Karla Weigand
Die Magd des Herzogs

Karla Weigand

Die Magd des Herzogs

rosenheimer

© 2016 Rosenheimer Verlagshaus GmbH & Co. KG, Rosenheim
www.rosenheimer.com

Titelbild: Franz von Defregger
Lektorat: Christine Weber, Dresden
Satz: SATZstudio Josef Pieper, Bedburg-Hau
Druck und Bindung: GGP Media GmbH, Pößneck
Printed in Germany

ISBN 978-3-475-54579-5

Inhalt

Prolog

Anno 1231

Was für ein ansehnlicher Mann mein gnädiger Herr doch ist, dachte Anna Winterhalter und lächelte dem Sechsundfünfzigjährigen zu, als sich an diesem herrlichen Morgen des 15. September ihre Wege kreuzten.

Gemeinsam mit einer Schar Begleiter schickte sich Herzog Ludwig von Bayern an, die kurze Strecke durch das Donautor in Richtung Marktplatz *per pedes* zu bewältigen. In aller Regel bevorzugte er es zwar, zu reiten, doch heute war einer dieser Tage, da er dem Volk nahe sein und wieder einmal ein Bad in der Menge nehmen konnte.

Die Bürger der Stadt verehrten den klugen Wittelsbacher, der sich allerdings viel zu selten bei ihnen sehen ließ, seit er seine Residenz nach Landshut verlegt hatte. Der hohe Herr genoss es noch immer sehr, die Huldigungen all jener, denen er von Kindesbeinen an vertraut war, entgegenzunehmen – und zwar von Angesicht zu Angesicht.

Selbst nach fünf Jahrzehnten, die Anna den Bayernherrscher bereits kannte, ging der Ehefrau des herzoglichen Chronisten Kajetan Winterhalter das Herz auf beim Anblick des prächtig gekleideten Fürsten. Er war von mittelgroßer Statur, sein Bart inzwischen ergraut, das einst üppige Haupthaar ausgedünnter als noch vor Jahren. Stirn und Wangen waren von tiefen Furchen durchzogen. Doch in ihren Augen würde Ludwig I., der ganze drei Lenze

9

weniger zählte als sie, immer derselbe hübsche, neugierige, etwas schüchterne Knabe bleiben, den sie einst kennen- und lieben gelernt hatte. Obschon der Standesunterschied gewaltiger nicht hätte sein können und sie beide aufgrund verschiedene Lebensläufe zurückblickten, hatten sie einander nie aus den Augen verloren.

Wie die vielen anderen Kelheimer Bürger sah Anna Winterhalter dem Herzog wohlwollend dabei zu, wie dieser erhobenen Hauptes die Donaubrücke betrat. Gleich würde er durchs Stadttor schreiten.

Wär ich eine Grafentochter gewesen, wer weiß, was aus uns beiden womöglich hätte werden können, überlegte die hoch gewachsene, auch im Alter von neunundfünfzig Jahren noch ansehnliche schlanke Frau, deren blaugrüne Augen so lebhaft wie eh und je funkelten – nur dass diese jetzt in einem Geflecht aus feinen Fältchen ruhten und die dicken Zöpfe unter der kleinen Haube nicht mehr weizenblond, sondern silbergrau hervorlugten.

Sie fasste den Entschluss, sich durch die gaffende Menge zu drängen, die sich im Nu vor dem Tor versammelt hatte, um dem Herzog zuzujubeln. Es war an der Zeit, ihn persönlich zu begrüßen, denn sie hatten sich eine ganze Weile nicht mehr gesehen. Da die Kelheimer sie kannten und um ihre Sonderstellung bei Herzog Ludwig wussten, machte man Frau Anna, der Gattin des herzoglichen Schreibers, bereitwillig Platz.

Kurz bevor sie Ludwig erreicht hatte, schob sich mit einem Mal ein fremdartig gekleideter Hüne dem Herzog in den Weg: ein Mann um die dreißig mit nahezu olivfarbenem Hautton, der mit seinem weiten grünen, an den Knöcheln gerafften Beinkleid und dem weiß-goldenen Wams die Blicke aller auf sich zog. Um den Kopf hatte er ein gelbes Tuch geschlungen, auffällig waren seine flachen Schuhe aus feinem rotem Leder, mit aufgebogenen Spitzen.

Später danach befragt, vermochte Anna nicht zu sagen, woher der Mann so unvermittelt gekommen war … Vermutlich hatte er in einer Nische im Donautor gewartet. In ehrfurchtsvoller Haltung nach vorn geneigt, blieb er vor Ludwig stehen, hielt ihm ein gefaltetes Papier entgegen und schien dabei das Wort an den Herzog zu richten. Doch der Lärm der begeisterten Menge verhinderte, dass Anna irgendetwas von dem Gesprochenen verstehen konnte.

Sicher ein Bettelbrief, oder vielleicht eine kaiserliche Botschaft?

Friedrich II., der kaum jemals einen Fuß auf deutschen Boden setzte, sondern meist in sizilianischen Gefilden weilte und mittlerweile befremdliche Freundschaften mit heidnischen Sarazenen pflegte, war es durchaus zuzutrauen, einen so fremdartig anmutenden Boten nach Bayern zu schicken.

Anna wusste, dass es zuletzt große Spannungen zwischen dem Kaiser und dem Herzog gegeben hatte, die inzwischen allerdings beigelegt worden waren. Womöglich handelte es sich gar um ein Versöhnungsschreiben … Unwillkürlich musste sie schmunzeln, denn sie wusste, wie sehr Ludwig auf ein solches Zeichen gewartet hatte.

Dasselbe schienen im Übrigen auch die Leibwachen – allesamt mit Waffen ausstaffiert – zu vermuten, denn offenbar fühlte sich keiner vom ihnen bemüßigt, den Unbekannten gewaltsam zu vertreiben oder auf andere Weise von dem Adeligen fernzuhalten.

Anna beobachtete, wie Ludwig freudig überrascht den Brief entgegennahm, ihn lächelnd entfaltete und sich anschickte, ihn auf der Stelle zu lesen …

11

I

Achtundvierzig Jahre zuvor,
auf der Burg zu Kelheim

Man schrieb den 10. Juli 1183. Frau Agnes, die junge Herzogin von Bayern, versammelte wie jeden Abend in der Kelheimer Schlosskapelle ihre Kinderschar um sich, um für die gesunde Rückkehr ihres Gemahls, Herzog Ottos I., zu beten.

Auch Anna, deren Oheim Pater Adalbert war, der Beichtvater des Herzogs und dessen Gemahlin, nahm ganz selbstverständlich an der Betstunde teil – wie überhaupt an so gut wie allen Unternehmungen der hochadeligen Familie.

Als die von Geburt an verwaiste Anna vor vier Jahren kurz nach ihrem achten Geburtstag auch noch die Großeltern verlor, die sich bisher um sie gekümmert hatten, hatte der Benediktinermönch aus dem nahen Kloster Weltenburg sie mit an den herzoglichen Hof genommen, um sich um das kleine elternlose Mädchen zu kümmern.

Im Jahre 1169 hatte Herzogin Agnes als damals Neunzehnjährige den Bayernherzog Otto geehelicht, der mit bereits fünfzig Jahren gut und gern ihr Vater hätte sein können. Ein stämmiger, mittelgroßer Mann mit hitzigem Gemüt war er, leicht aufbrausend und im Jähzorn häufig unberechenbar.

Er konnte aber sich auch sanft und nachgiebig geben; seine hübsche und kluge Gemahlin schätzte und verehrte er über alles. Das Verhältnis zu seinen Kindern war stets gut; und was die kleine Anna anbelangte, machte Herzog Otto niemals einen Unterschied zwischen ihr und den eigenen Töchtern.

Leider sah er seine Familie in der letzten Zeit viel zu selten. Da er seine Aufgaben als bayerischer Landesvater sehr ernst nahm, weilte er nicht mehr oft daheim in Kelheim. In den knapp drei Jahren, seit Kaiser Friedrich Barbarossa ihn zum Dank für geleistete Dienste mit dem Herzogtum Bayern belehnt hatte, war er ständig in seinem Reich unterwegs, um für Frieden zu sorgen und um Recht zu sprechen.

Herzog Otto unterstützte Barbarossa, wo er nur konnte. Einesteils aus dankbarer Ergebenheit – andererseits stand ihm das warnende Beispiel Heinrichs des Löwen vor Augen, dem der Kaiser die Herrschaft über Bayern kurzerhand entzog, nachdem der ihn schnöde im Stich gelassen und ihm die Gefolgschaft verweigert hatte.

Agnes, seine Gemahlin, ahnte längst, dass Otto sich in seinem Alter zu viel zumutete, und ihre Besorgnis um seine Gesundheit wuchs. Er hatte mit dem Kaiser das heilige Pfingstfest in Regensburg gefeiert und anschließend den »Rotbart« zum Friedensschluss mit den Städten der Lombardei nach Konstanz am Bodensee begleitet.

Es war Hochsommer und brütend heiß.

Der Herzog, der jetzt schon fünfundsechzig Jahre zählte, vertrug die Hitze nicht mehr gut; sein für gewöhnlich schon gerötetes Antlitz verfärbte sich bei hohen Temperaturen dunkelrot. Seine Umgebung befürchtete dann nicht ganz zu Unrecht einen Schlaganfall; worauf sein Leibknecht üblicherweise einen Medicus holen ließ, damit dieser den hohen Herrn zur Ader ließe, um Schlimmeres zu verhüten.

Agnes war unruhig. Immer wieder schweiften ihre Gedanken ab, was ihrem Sohn Ludwig nicht verborgen blieb.

»Woran denkt Ihr bloß, Frau Mutter?«, fragte der aufgeweckte Achtjährige, dessen um fünf Jahre älterer Bruder vor zwei Jahren an einer unbekannten Krankheit verstorben war und stattdessen *ihn* zum Erben und Nachfolger seines Vaters hatte werden lassen. »Macht Ihr Euch so große Sorgen um den Herzog? Ihr wisst doch, dass Vater diese Nacht noch in der Burg Pfullendorf verbringen will, um gleich morgen in aller Herrgottsfrühe aufzubrechen. Wenn alles gut geht, könnte er schon morgen Abend wieder bei uns sein!«

Ja, *wenn* alles gut ging!

Die Herzogin strich ihrem Sohn über den immer etwas wirren Blondschopf und seufzte. Sie sollte sich vor den arglos-unschuldigen Kindern nicht so gehen lassen. Mit aller Macht kämpfte sie gegen das dumpfe, bedrohliche Gefühl an, welches ein heraufziehendes Unheil anzukündigen schien.

Liebevoll ließ sie den Blick über die Kinderschar gleiten, die sie ihrem Gemahl bisher geschenkt hatte. Neunmal bereits hatte sie ihre »schwere Stunde« über sich ergehen lassen müssen und neun Kindern das Leben geschenkt. Einige hatte Gott der Herr allerdings schon wieder zu sich genommen: Otto, der älteste Sohn, starb als Elfjähriger. Auch zwei Mädchen hatte sie begraben müssen. Geblieben waren: Sophie, Agnes, Richardis, Ludwig, Heilika, Elisabeth und Mechthilde.

Lieber Herrgott, lass mir die restlichen wenigstens am Leben und schick mir meinen Gemahl heil nach Hause, betete die junge Herzogin im Stillen.

»Du hast recht, mein Sohn«, sagte sie sodann laut und entschlossen und schickte sich an, mit den Kindern die Kapelle zu verlassen. »Morgen kehrt euer Vater wieder heim!«

In ihrem innersten Herzen jedoch ahnte sie, dass sie den Gemahl nie mehr lebend sehen würde.

Am nächsten Tag ritt ein Bote in gestrecktem Galopp zur Burg Kelheim und überbrachte gegen Abend Frau Agnes die Trauerbotschaft, als diese sich gerade mit den älteren Kindern zur Tafel begeben wollte: »Euer Gemahl, edle Frau, Herzog Otto I. von Wittelsbach, ist in den frühen Morgenstunden des 11. Julius, im Jahre des Herrn 1183, in Pfullendorf einem Schlagfluss erlegen.«

Obwohl sie insgeheim damit gerechnet hatte, traf die Todesnachricht die Herzogin wie ein Blitzschlag. Stundenlang zog sie sich in ihr Gemach zurück; nur dem Beichtvater gewährte sie Zutritt. Ihre verstört draußen wartenden Kinder vernahmen nur das verzweifelte Weinen der Mutter, was auch sie in lautes Klagen ausbrechen ließ.

Endlich öffnete sich die Kammertür; Agnes erschien mit rot umränderten Augen, jedoch einigermaßen gefasst. Mit klaren Worten schilderte sie Ludwig, seinen älteren Geschwistern sowie auch Anna, wie der Herzog gestorben war, wobei sie ausdrücklich betonte, er habe vor seinem Ende noch die Tröstungen der heiligen Mutter Kirche empfangen. Gleichzeitig ermahnte sie die Weinenden, sich zu beruhigen und für die Seele des lieben Verblichenen zu beten.

»Folgt mir in die Kapelle, Kinder«, sagte sie leise.

Agnes von Loon, deren schlimmste Befürchtungen sich bewahrheitet hatten, war eine noch junge Witwe, die nun ihre vornehmste Aufgabe darin sah, zu verhindern, dass den Wittelsbachern nach dem Tod ihres Gemahls das Herzogtum Bayern gleich wieder verloren ging.

Bei Pater Adalbert, ihrem verständnisvollen Beichtvater, suchte und fand sie Rückendeckung und Unterstützung: »Neider und Missgünstige, die sich selbst Chancen auf die fette Beute ausrechneten, nachdem seinerzeit

Heinrich der Löwe beim Kaiser in Missgunst geraten war, gab und gibt es immer noch viele, Frau Herzogin. Unternehmt alles, um die Herrschaft für Euren Sohn Ludwig zu retten!«

Glücklicherweise war Agnes nicht nur eine ansehnliche, sondern auch energische, politisch klug agierende und hochgebildete Frau. Ludwig zuliebe überwand sie den Schmerz und reiste sofort nach Ottos Bestattung in der Familiengruft zu Scheyern von Burg zu Burg zu den mächtigen bayerischen Geschlechtern, wo sie für ihren Zweitgeborenen mit guten Argumenten warb.

Eine Aufgabe, die nicht nur Fingerspitzengefühl, sondern auch den Mut zu allerhand Zusagen und Versprechungen – und nicht unerhebliche finanzielle Zuwendungen! – verlangte. Uneigennützig gaben weder die Grafen von Andechs noch die von Bogen, gleich etlichen anderen, ihr Einverständnis dazu, die begehrte Herzogswürde bei den Wittelsbachern verbleiben zu lassen.

Frau Agnes hoffte, der Einsatz möge sich lohnen. Zusammen mit den weiteren Vormündern ihres Sohnes: Pfalzgraf Otto, Oheim Friedrich – ein Mönch – sowie Ludwigs Oheim Konrad – seit diesem Jahr Erzbischof von Mainz – würde sie die *Munt* und die Regentschaft bis zu Ludwigs Mündigkeit übernehmen.

»Mein größter Wunsch ist es, dir, meinem geliebten Sohn, einst ein geeintes Bayernland zu übergeben, dessen weltliche und geistliche Herren treu an deiner Seite stehen«, verkündete sie ihm im Kreise der gesamten Familie, unmittelbar nach ihrer Rückkehr von der strapaziösen Rundreise durchs Land.

Agnes' Ältester machte Anstalten, ihr die Hand zu küssen, doch seine Mutter winkte ab.

»Ich erwarte mir jetzt keinen Dank von dir, Ludwig, sondern nur deinen aufrichtigen Willen, alles zu tun, wozu ausgesucht gute Männer dich künftig anleiten werden, auf dass du einst fähig sein mögest, deines Vaters würdiger Nachfolger zu sein!«

Anna, die atemlos gelauscht hatte, vergaß die feierlichen Worte der Herzogin Agnes niemals.

II

Das jähe Ende unbeschwerter Kindertage

Vorerst war der Knabe Ludwig aber noch ein Kind, lebhaft, von rascher Auffassungsgabe, neugierig, unternehmungslustig, tatendurstig – und freiheitsliebend. Was sich unter anderem auch darin zeigte, dass er seinen Lehrern und Aufsichtspersonen immer wieder liebend gern entwischte, um in umliegenden Wäldern herumzustreunen, auf Hügeln oder in Höhlen und Steinbrüchen, etwa in Jachenhausen bei Riedenburg, herumzuklettern.

Sein Vater hatte insgeheim großes Verständnis für Ludwigs Freiheitsdrang aufgebracht und es stets geschafft, den oft umtriebigen Sohn vor allzu strenger Bestrafung durch Lehrer, Erzieher und selbst dessen eigener Mutter zu bewahren.

Der kleine Knabe litt ungeheuer unter dem Verlust des bewunderten Vorbilds. Immer wenn der Schmerz ihn zu übermannen drohte, hielt ihn nichts mehr daheim. Sobald er fühlte, dass er es kaum noch verhindern konnte, scheinbar grundlos Tränen zu vergießen, musste er einfach der Enge entfliehen und all den Menschen, die die Burg Kelheim bevölkerten, aus dem Weg gehen.

Was ihm am allermeisten Freude bereitete, das Aufsuchen von Höhlen und Steinbrüchen nämlich, in denen man auch weißen Kalkstein zum Errichten von Häusern abbaute, war den Herzogskindern – und damit auch ihm – strengstens untersagt.

Ludwigs ältere Schwestern Sophie, Agnes und Richardis hielten sich selbstverständlich daran; »dergleichen« kam ihnen überhaupt nicht in den Sinn; die jüngeren Heilika, Elisabeth sowie die erst drei Jahre zählende Mechthilde kamen für derartige Abenteuer sowieso nicht in Frage. Was sollte der Unsinn, in nacktem Fels herumzuklettern? Man war doch keine Ziege!

Von seinen männlichen Spielgefährten, allesamt Edelknaben aus befreundeten Familien, die man zur Erziehung an den Herzogshof geschickt hatte, verspürte auch kein einziger das Verlangen, sich mit ihm auf die nicht immer leichten, weil abschüssigen und steilen Bergpfade zu begeben.

Das zu tun sei allein Aufgabe der Hörigen, denen es oblag, den wertvollen Kalkstein in mühevoller Arbeit zu brechen – oder der leibeigenen Jäger und deren Gehilfen, die das Wildbret für die herzogliche Tafel beschafften, behaupteten die Adelssprösslinge und rümpften die Nasen. Und gar die unheimlichen Höhlen aufzusuchen, in denen früher hässliche heidnische Urmenschen und riesige gefährliche Bären gehaust haben sollten, weigerten sie sich strikt.

»Alles Hosenscheißer«, maulte der zukünftige kleine Herzog. »Die Feiglinge haben keine Ahnung, was ihnen entgeht!« Von den meisten seiner edlen Spielkameraden hielt er sowieso nicht allzu viel, diese waren ihm zu hochnäsig, träge und fantasielos. »Wenn sie sich nicht trauen, ziehe ich eben allein los!«

Mutter Agnes, Pater Adalbert, die Lehrer oder einer der Kämpen, die Ludwig seit seinem siebten Lebensjahr im ritterlichen Kampfe ausbildeten, durften das allerdings nicht hören. Vor allem die Herzogin wäre vor Angst gestorben, wenn sie fürchtete, nach dem ältesten Sohn und dem Gemahl nun auch noch ihren zweiten Sohn zu verlieren.

Doch trotz gegenteiliger Beteuerung so ganz mutterseelenallein durch die wilde Gegend zu streifen, das wollte Ludwig eigentlich auch nicht. Er wünschte sich sehnlichst, jemanden bei sich zu haben, mit dem er die Abenteuer *gemeinsam* erleben, den angenehmen Kitzel bei aufregenden Entdeckungen teilen konnte.

Wie so oft vermisste er schmerzlich seinen älteren Bruder Otto, der ihm, was Entdeckergeist und Wagemut anbelangte, sehr ähnlich gewesen war.

Ein neuer Freund

In diesen Tagen sollte sich die Anwesenheit eines weiteren Kindes am Hofe als überraschend hilfreich erweisen. Bisher hatte der kleine Abenteurer das Geschöpf allerdings nicht als besonders beachtenswert empfunden, weilte es doch fast so lange in der Burg, wie seine Erinnerung zurückreichte, gehörte also gewissermaßen zum Inventar, hielt sich dauernd bei seinen Schwestern auf und wies zu allem Überfluss noch von Geburt an einen gewaltigen Makel auf: Es handelte sich um ein Mädchen!

Anna, das Waisenkind, lebte zusammen mit einem Vormund zurückgezogen auf der Burg, während ihr Onkel die geachtete Stellung des herzoglichen Seelsorgers und geistlichen Beraters einnahm. Der Abt des Weltenburger Klosters hatte Pater Adalbert seinerzeit von dessen mönchischen Aufgaben und Pflichten entbunden, da Herzog Otto und Herzogin Agnes den vertrauten Beichtvater fortwährend in unmittelbarer Nähe wissen wollten.

Nicht lange nach dem Ableben seines Vaters fragte Ludwig eines Tages Anna, ob sie vielleicht Lust hätte, mit ihm »etwas Verbotenes« zu wagen. Weil er insgeheim zwar mit einer Ablehnung rechnete, sich vor einer Zurückweisung jedoch scheute, verpackte der Achtjährige seine Anfrage in eine provokante Behauptung, nachdem es ihm gelungen war, sie allein auf einem der Flure in der Burg anzutreffen:

»Ich wette mit dir, Anna«, behauptete Ludwig im Brustton der Überzeugung, »du würdest dich niemals getrauen, mich bei einem Abenteuer zu begleiten, das gefährlich ausgehen könnte!«

»Warum würdest du darauf wetten?«, wollte die um drei Jahre Ältere wissen. Insgeheim brannte sie längst darauf, die Freundschaft des künftigen Herzogs zu gewinnen. Das ewige Ringelreihen und Spielen mit Püppchen, womit sie sich gemeinsam mit Ludwigs Schwestern täglich die Zeit vertrieb, langweilte sie mittlerweile unsäglich – ebenso wie die Pflichten, ermüdende Handarbeiten auszuführen oder Bibelsprüche auswendig zu lernen.

Ihr Oheim pflegte des Öfteren zu sagen, der Herrgott müsse sich bei ihr geirrt haben, dass er sie als Mädchen auf die Welt habe kommen lassen. In Wahrheit ähnele sie im Wesen eher einem Knaben.

»Du hast offenbar keine Ahnung, wie sehr ich Abenteuer mag und wie mutig ich bin! Je gefährlicher etwas ist, desto geheimnisvoller klingt es für mich. Was schwebt dir denn so vor, Ludwig?«, fragte Anna den herzoglichen Sprössling; die hellen, blaugrünen Augen blitzten aufgeregt vor Unternehmungslust.

Der um einen Kopf kleinere Bub starrte zu dem mageren, hoch aufgeschossenen Mägdlein hinauf, das aber dennoch so kräftig wie ein Junge wirkte. Ein wenig zögerlich rückte er mit seinem Vorhaben heraus, wobei Anna ihm aufmerksam zuhörte. Am Ende besiegelten beide mit einem feierlichen Handschlag den Willen zu einer »geheimen und gefährlichen Unternehmung«, die bereits am kommenden Tag stattfinden sollte. Ludwig musste sich nur noch etwas einfallen lassen, um Pater Adalbert abzuwimmeln, der ihn jeden Vormittag unter anderem mit lateinischen Vokabeln drangsalierte.

»Ich werde so tun, als wär ich krank«, kündigte er an. »Halsweh erscheint mir eine famose Idee! Da hat dein Oheim gewiss Angst, sich anzustecken, und lässt mich mit Cäsar und seinem faden *De bello Gallico* zufrieden.«

»Aber Frau Elisabeth wird nach dir schauen, und dann fliegt deine Schummelei auf«, gab Anna vorausschauend zu bedenken. Die herzogliche Kinderfrau versorgte in der Regel die nicht allzu schwer Erkrankten in der Burg – auch die ihrer erlauchten Herrschaft. Nur wenn etwas Ernstes zu befürchten stand, bemühte man den Medicus. Doch Ludwig winkte lässig ab.

»Keine Gefahr«, behauptete er. »Meine kleine Schwester Mechthilde jammert seit Tagen wegen Bauchschmerzen; da hat Frau Elisabeth anderes zu tun, als sich um meinen kratzenden Hals zu sorgen.«

Der Trick gelang, und von da an kam es ziemlich häufig vor, dass Ludwig und Anna sich davonstahlen, um in den Altwassern von Donau und Altmühl mit ihren Angelruten nach Weißfischen und Karpfen zu angeln, herumzustreifen in den umliegenden Hügeln und hin und wieder interessante Entdeckungen zu machen. Meist hatten die Kinder auch Pfeil und Bogen dabei und schossen auf Wildtauben und Kaninchen, fingen mit Keschern bunte Schmetterlinge oder sperrten Grashüpfer und Marienkäfer in Medizingläschen, die Ludwig zuvor dem herzoglichen Medicus stibitzt hatte.

So gingen etwa drei Jahre ins Land.

Anlässlich eines Ausflugs altmühlaufwärts, in Richtung der Ansiedlung Prunn, gelangten die Kinder eines Tages auf einem Höhenweg zu einem großen Loch in einer ziemlich steilen Wand. Der Zugang erfolgte über ein schmales Felsenband; aber da beide schwindelfrei waren, war das für sie nichts Besonderes, obwohl es auf einer Seite senkrecht in die Tiefe ging – und das über gut fünfzehn Mannslängen.

»Von unten, vom Tal aus, kann man diese Höhle gar nicht erkennen«, staunte Anna, als sie endlich vor dem fünf Ellen hohen, halb überwucherten Eingang standen. »Den unteren Weg haben wir doch schon ein paar Mal genommen, ohne dass uns die Öffnung im Berg aufgefallen wäre!«

»Den Einheimischen ist sie sicher bekannt«, vermutete Ludwig. »Ich denke, die abergläubischen Fischer und Bauern werden sich wahre Schauermärchen darüber erzählen!«

»Von wilden Bären und riesengroßen Wölfen, die bloß darauf warten, Kinder zu fangen und aufzufressen«, kicherte das Mädchen, dessen Zöpfe sich wie üblich beim Schlüpfen durch Gebüsch und Geäst gelöst hatten, sodass ihr die blonden Strähnen wirr ins Gesicht hingen. Wie oft hatten sich Annas Haare nicht schon in den Zweigen verheddert, genau wie der lange Rock!

»Setz doch eine Mütze auf«, empfahl ihr kleiner Begleiter – und das nicht zum ersten Mal. »Dann läufst du nicht Gefahr, irgendwann wie Absalom, der Königssohn aus der Bibel, mit deiner Mähne an einem Ast hängen zu bleiben!«

Aber die Kleine hatte auch ihre Prinzipien. Und eines davon lautete: Keine Kopfbedeckung tragen – außer in der Kirche. Mit vierzehn Jahren gehörte es sich leider so, bei Andacht und Messe eine Haube zu tragen. »Ich mag keine Mütze«, knurrte sie bockig.

Ludwig musste lachen und zog an einem der geflochtenen Zöpfe. Spielerisch wollte sie nach ihm schlagen, aber das gerade mal zwei Kinderellen breite Felsenband vor der Höhle bot zu wenig Platz und war für eine kindische

Balgerei höchst ungeeignet. Um der Verfolgerin zu entkommen, schlüpfte er in die Höhle – und Anna drängte ihm hinterher.

Nach einigen Metern blieben die Kinder wie gebannt stehen. Sie brachten kein Wort heraus, standen nur starr und staunten andächtig.

»Das ist ja hier wie in einer großen Kirche«, wisperte Anna nach einer Weile. »Fast wie im Dom zu Regensburg!« Vor Aufregung zwirbelte sie einen Schürzenzipfel und kaute vor Aufregung darauf herum.

Ludwig hatte längst einen Daumen im Mund und wusste zunächst gar nicht, was er sagen sollte. »Eigentlich ist es sehr schön hier«, murmelte er schließlich ehrfürchtig und deutete zu der kuppelartigen Felsendecke hinauf, die tatsächlich ein wenig an das Gewölbe eines Gotteshauses erinnerte. Nur die herrliche Bemalung fehlte …

»Und wirklich finster ist es auch nicht«, stellte Anna fest. »Irgendwo oben muss ein Loch sein, durch das die Sonne scheinen kann.«

Vorsichtig wagten sich beide ein paar Schritte weiter in die Höhle hinein. Der Felsboden unmittelbar hinter dem Höhleneingang war ziemlich glatt und stieg ein wenig an.

»Schau«, Ludwig zupfte an Annas Gewandärmel. »Da vorn ist ein großer kohlrabenschwarzer Fleck am Boden!« Neugierig traten sie näher. »Das schaut grad aus wie Brandspuren«, rief er. »Ob da vielleicht einst Menschen gewohnt haben, die ein Feuer angefacht haben?«

»Kann schon sein.« Anna nickte. »Oben drüber ist eine Öffnung im Felsen, so ähnlich wie ein Kamin, durch den der Rauch hat abziehen können, damit sie hier drin nicht erstickt sind.«

»Wenn die Leute ein Feuer angezündet haben, konnten sie das Fleisch der erlegten Tiere braten oder kochen«, mutmaßte ihr kleiner Freund.

»Und warm hatten sie es im Winter in der Höhle auch. Gar nicht schlecht«, überlegte das Mädchen.

»Lass uns weitersuchen, Annele. Vielleicht finden wir wieder einen alten Tierschädel!«, regte Ludwig an, doch die Begleiterin hatte keine Lust dazu.

Schon häufiger hatten sie von ihren Exkursionen verschiedene Knochen mitgebracht, und das Mädchen fand die in einer Nische im Pferdestall der Burg aufgehäuften Schädel und Geweihe, all die Gebeine von Rindern, Hirschen und Ziegen allmählich gruselig. Zum Glück drückte Thomas, der Aufseher der Knechte, bisher ein Auge zu.

Pater Adalbert hatte sie allerdings eindringlich davor gewarnt, jemals einen *menschlichen Schädel* anzufassen – falls sie denn unglücklicherweise auf einen solchen stoßen sollten. Demnach schien der erfahrene Benediktinermönch um den Ungehorsam des künftigen Bayernherrschers sehr wohl zu wissen …

Der Felsenkamin oberhalb der alten Feuerstelle war nicht der einzige Lichtschacht; die Kinder entdeckten noch zwei weitere. Jetzt wussten sie, warum es in der riesigen Wohnhöhle nicht so dunkel war, wie man eigentlich erwarten musste.

Ungefähr in der Mitte der Höhle stand ein viereckiger, behauener Klotz aus Kalkstein, der ihnen bis zur Brust reichte. Sie hatten keine Ahnung, wozu der einst gedient haben mochte – vielleicht als eine Art Tisch.

Aus Jux fingen Ludwig und Anna an, rundherum Fangen zu spielen. Durch die ausgelöste Erschütterung vom Rennen und den Lärm, den sie mit ihrem Gekreische und Stampfen verursachten, schreckten sie allerdings eine Heerschar von Fledermäusen auf.

Die Tiere waren ihnen bisher noch gar nicht aufgefallen. Sie hingen im hinteren, finsteren Teil der Höhle kopfüber von der Felsendecke herab – ähnlich wie nasse Scheuerlappen, die eine nachlässige Magd zum Trocknen aufgehängt hat. Mit lautem protestierendem Fiepen und gewaltigem Rauschen ihrer lederartigen Hautflügel schwirrten die für gewöhnlich tagsüber schlafenden Tiere durch die Kuppel der Höhle.

Es mussten viele Hunderte, womöglich Tausende sein! Die Kinder erschreckten sich furchtbar. Laut schreiend rannten Ludwig und Anna in Richtung Ausgang, aber leider suchten die aufgeschreckten Fledermäuse denselben Weg ins Freie; nahezu blind vor Panik stolperten die Kinder in der riesigen Grotte umher.

Anna hatte schreckliche Angst, dass die dicht über ihren Köpfen flatternden und kreischenden Tiere sich in ihren langen Haaren verfangen könnten, und schlug wie wild um sich. Dabei stolperte sie über mehrere Kalksteinbrocken und -platten, die verstreut auf dem Boden herumlagen. Prompt fiel sie der Länge nach hin und konnte erst einmal nicht aufstehen. Gleich darauf plumpste nämlich Ludwig auf sie drauf und blieb in regelrechter Schockstarre auf ihr liegen.

Nach einer Weile fand zum Glück der Fledermausspuk allmählich ein Ende. Die Tiere beruhigten sich wieder und nahmen erneut, mit dem Kopf nach unten hängend, ihre Schlafplätze an der Felsendecke ein. Nach einigen Minuten waren auch jene, welche in Panik nach draußen ins Tageslicht geflüchtet waren, wieder da. Das Geschrei und Gefiepe hörte auf, und es kehrte abermals Ruhe ein.

»He, Ludwig«, protestierte Anna leise, »du liegst immer noch auf mir!« Worauf sich der Knabe, verlegen eine Entschuldigung murmelnd, zurückzog. Hatte er sich doch aus lauter Angst seiner kleinen Freundin an den Hals geworfen …

Die Kinder hatten nur noch den einen Wunsch: nichts wie raus aus dieser Grotte, die alles andere als unbewohnt war! Fledermäuse fanden beide hässlich und in einer solch unvorstellbaren Menge wie hier ausgesprochen ekelhaft. Erst jetzt fiel ihnen auch der widerliche Geruch von deren seit Jahren und womöglich Jahrzehnten aufgehäuften Hinterlassenschaften auf.

»Warum haben wir bloß nicht gleich den Haufen Dreck der Viecher gesehen?« Mit angeekelter Miene rappelte sich Ludwig auf. Fledermauskot sah allerdings ganz anders aus als der allseits bekannte Schafs- und Ziegenmist oder die Exkremente von Vögeln. »Komm, lass uns schnell verschwinden, Annele!«

Ein ganz besonderer Fund

Ludwig machte ein paar Schritte in Richtung Höhlenausgang, ehe er bemerkte, dass seine Begleiterin ihm gar nicht folgte. Er drehte sich nach Anna um. »Was ist denn?«, fragte er ängstlich.

Die Freundin stand da und deutete auf etwas, was sie beide vorher noch gar nicht wahrgenommen hatten: Auf dem felsigen Untergrund lagen mehrere Gesteinsbrocken, die sich bei ihrem Herumgehopse von der Wand oder von weit oben an der Decke gelöst haben mussten. Daher auch der infernalische Krach vorhin, der wiederum die Fledermäuse unsanft aufgeweckt haben musste.

»Was ist denn so wichtig an den Steinbrocken?« Beinah musste Ludwig lachen, als er Anna so perplex dastehen sah, immer noch mit dem Finger auf einen der Kalkbrocken deutend.

»So schau doch, Ludwig!«, forderte das Mädchen ihn auf.

Ihre Stimme klang drängend, also tat er ihr den Gefallen. Dass »Weiber« manchmal komisch sein konnten, war ihm natürlich als einziger Junge unter einer Schar von Schwestern nichts Neues. *Seine* Anna bildete da anscheinend keine Ausnahme …

Gehorsam beugte er sich zu dem Gebilde nieder, das sich da offenbar durch den Sturz aus etwa zehn Schrittlängen Höhe aus dem Kalkstein gelöst hatte – und schrie unwillkürlich auf. Gleich darauf schlug er sich die Hände vor den Mund: Alles, bloß nicht erneut die widerlichen Viecher an der Decke aufscheuchen! »Herrje! Was ist das denn?«, fragte er dann mit mühsam unterdrückter Lautstärke.

Die Kinder kauerten sich hin, um den Überraschungsfund genauer zu inspizieren. Eine der heruntergefallenen Kalksteinplatten war auseinandergeplatzt und lag in zwei mehr oder weniger beschädigten Hälften am Boden. Dabei war der darin verborgene Inhalt freigelegt worden – Knochen eines höchst merkwürdigen Wesens, in eine der Kalkplatten eingebettet …

»Was mag das denn für ein grässliches Vieh gewesen sein?«

Mit Mühe hob Anna die etwa eine halbe Handspanne dicke und eine halbe Elle im Quadrat messende Platte mit abgeschlagenen Ecken an. Auf dieser waren gebleichte Knochen festgebacken, anscheinend noch in derselben Anordnung, wie die Natur sie einst vorgegeben hatte.

»Schau nur, in der anderen Hälfte kann man die Abdrücke des Skeletts sehen, wie in einem Model für Lebkuchen!«

Sogar in der dämmrigen Höhle konnten die beiden einen Kopf mit riesigen Augenhöhlen und einem großen Schnabel erkennen, und zwei kräftige Beine mit langen Krallen. Zweifellos ein interessanter Fund – aber dennoch mehr als gruselig.

»Lass uns das Ding mit den Gebeinen nach draußen tragen, dann können wir es uns genauer anschauen«, schlug Ludwig leise vor.

Als Größere und Stärkere übernahm Anna das; hatte sie doch das sonderbare Teil auch entdeckt. »Schau her«, rief sie und lachte, als sie gemeinsam die Grotte samt ihren lärmempfindlichen Bewohnern verlassen hatten. Jetzt, im hellen Sonnenschein, machte ihnen das versteinerte Gebein überhaupt keine Angst mehr.

»Ach, das ist ja bloß ein Vogel gewesen!«, rief der Herzogssohn aus. »Nichts Besonderes! Lass ihn liegen, Annele!« Seiner Stimme war die Enttäuschung anzuhören, da der Fund ihm nun doch zu unspektakulär zu sein schien.

Doch das Mädchen – als stolze Entdeckerin – gab nicht so leicht auf. »Von wegen ›liegen lassen‹! Die Kalkplatte nehme ich mit und zeig sie meinem Oheim. Vielleicht war das ja einst ein ganz besonderer Vogel, und der Fund ist wertvoll?«

»Oh, ja, ganz bestimmt … Damit wirst du reicher werden als der Kaiser, haha. Aber wenn du dich mit dem sperrigen Ding abschleppen willst – bitte sehr, nur zu!«

Auf dem ziemlich weiten Heimweg nach Kelheim machte er sich erneut lustig über die Freundin, die jedoch stur und tapfer den scheinbar immer schwerer werdenden Kalkbrocken weiterwuchtete, obwohl die Kraft in ihren Armen allmählich erlahmte.

Weil er Anna aber wirklich mochte, half Ludwig ihr bald, indem er ihr die Platte abnahm. Bald verging ihm allerdings das Lachen; das Ding hatte ein ordentliches Gewicht. Zum Glück hatten sie die Deckplatte mit den Abdrücken in der Höhle liegen lassen.

Als sie schon glaubten, nicht mehr weiterzukönnen, kam zum Glück ein Fuhrwerk des Weges. Der Bauer zeigte Mitleid mit den Kindern und ließ sie bis Kelheim aufsitzen.

Als sie freudestrahlend Pater Adalbert aufsuchten, der gerade zu einer Strafpredigt ansetzte, weil der Herzogssohn erneut den Unterricht geschwänzt hatte, verkniff sich der Knabe sofort das Grinsen.

Der Benediktiner verhielt sich nämlich sehr befremdlich, kaum dass er einen Blick auf »das Ding« geworfen hatte. Lange schwieg er. Weder Anna noch Ludwig wagten es, auch nur einen Ton zu äußern.

»Woher stammt dieses Teufelszeug?«, erkundigte sich schließlich der herzogliche Beichtvater mit heiserer Stimme, wischte sich den Schweiß von der Stirn und bekreuzigte sich hastig – und das gleich mehrere Male.

»Aus einer riesengroßen Felsenhöhle mit ganz vielen ekelhaften Fledermäusen, zwischen hier und der Ansiedlung Prunn gelegen«, gab Anna zur Antwort. »Aber was habt Ihr bloß, Oheim? Warum seid Ihr so blass geworden und regt Euch so schrecklich auf?«, wagte das Mädchen zu fragen.

Der Mönch ermannte sich und holte tief Atem. »Wisst ihr überhaupt, was ihr da angeschleppt habt, ihr zwei Unglücksraben?« Der Pater stellte die Frage mit todernster Miene, erntete bei den Kindern jedoch nur ratloses Kopfschütteln.

»Irgendeinen alten Vogel?«, mutmaßte Anna schließlich.

»Ha! Einen Vogel! Herr Jesus Christus, erbarme dich unser!« Vor Entsetzen schüttelte es den Mönch regelrecht. Wieder schlug er das Kreuzzeichen.

»Seht her, aber berührt das Ding auf keinen Fall! Kann dieses Wesen ein Vogel gewesen sein, mit diesem langen knöchernen Schwanz? Der erinnert doch eher an eine Schlange oder an das Krokodil, das Arbeiter neulich aus dem Uferschlamm der Donau ausgegraben haben. Betrachtet nur einmal den Kopf des Untiers! Kennt ihr vielleicht einen Vogel, der so viele spitze Zähne hat? Und was ist das da oben auf der Stirn? Wonach sieht das aus für euch?«

Anna sah überhaupt nichts, aber Ludwig meinte nach einer Weile stummen Starrens vorsichtig:»Sind das womöglich Hörner, Pater?«

Ehe seine kleine Begleiterin kichernd protestieren konnte, bestätigte der Oheim die in ihren Ohren absurd klingende Vermutung. Sie hatte das Gebilde nämlich für zwei kleine verrutschte Knochenstückchen von einem anderen Teil des Vogelskeletts gehalten …

»Jawohl, meine lieben Kinder, das hier sind *Hörner!* Was ihr mir hier angeschleppt habt, ist nichts anderes als *ein Abbild des Teufels!*«

Oh! Das war in der Tat grauenhaft. Anna fühlte sich schuldig; auf einmal plagte sie ein fürchterlich schlechtes Gewissen.»Ludwig trifft keine Schuld!«, war das Einzige, was ihr dazu einfiel.»Er wollte, dass ich das Ding in der Höhle liegen lasse. Aber ich fand es so aufregend und –«

»Ja, meine Tochter, ›aufregend‹ ist das richtige Wort! Da hast du etwas ans Tageslicht gezerrt, das besser im Stein begraben geblieben wäre. Vor langer Zeit muss ein Priester den höllischen Unhold, den du wieder an die Sonne befördert hast, in den Kalkbrocken gebannt haben.«

»Daran war ich genauso beteiligt, Pater«, stellte Ludwig tapfer klar.»Wenn wir beide nicht in der Höhle herumgesprungen wären, dann hätte sich die Platte gar nicht von der Decke gelöst!«

»Das ist jetzt einerlei, Kinder. Das Stück zurückzubringen, nützt jedenfalls nichts. Der Teufel muss für immer unschädlich gemacht werden! Da werde ich nachdenken müssen, um eine Lösung zu finden. Um ganz sicherzugehen, dass ich mich nicht irre, werde ich es aber vorher meinem Abt im Kloster Weltenburg zeigen und ihn fragen, was er davon hält. Euch aber befehle ich aufs Allerstrengste, *keiner Menschenseele jemals davon zu erzählen!* Bei Ungehorsam würde Gott, der Herr, euch aufs Härteste bestrafen. Habt ihr mich verstanden? So schwört es mir bei eurem jungen Leben!«

Eingeschüchtert von Adalberts ernstem Tonfall, taten die beiden ohne jede Widerrede, wie ihnen geheißen. Auch noch am folgenden Tag waren sie völlig niedergeschmettert, als sie sich ausmalten, was der Satan, den sie dummerweise aus der Höhle befreit hatten, alles an Bösartigkeiten vollführen konnte.

»Womöglich lässt es der Teufel im Sommer schneien«, stellte Ludwig eine Vermutung an.

»Ha«, machte Anna. »Das wär ja noch gar nichts! Der Teufel hat große Macht und kann alle Menschen im Land krank machen und sterben lassen!«

»Oh, guter Gott! Auch meine Mutter und meine Schwestern, und dich auch, Annele?« Das erschien dem Knaben am schlimmsten. Dann fiel ihm noch etwas ganz anderes ein. »Und wenn der Teufel alle Leute im Land Bayern tötet, habe ich niemanden mehr, über den ich später mal regieren kann! Hältst du das für möglich?«

»Keine Ahnung, Ludwig, aber ich befürchte es schon«, gab Anna kleinlaut zur Antwort.

Wie froh war der Junge, dass Herzogin Agnes sich derzeit auf Reisen befand, um wieder einmal bei den Großen im Land für ihn, den künftigen Herzog, »gut Wetter zu machen«. So war seine Frau Mama zumindest aus der direkten Schusslinie, falls der Teufel Anstalten machen sollte, die Bevölkerung Bayerns auszurotten.

»Meine Mutter würde auch gleich merken, dass ich fürchterliche Angst habe«, gab Ludwig ehrlich zu. »Sie würde ganz bestimmt wissen wollen, warum. Und ich müsste ihr alles beichten. Das macht sie immer. Wenn ich ausweichende Antworten gebe, bohrt sie so lange weiter, bis ich es nicht mehr für mich behalten kann. So war es bisher jedenfalls immer!«

»Um Gottes willen«, jammerte Anna. »Du hast meinem Oheim geschworen, niemandem etwas zu verraten, Ludwig! Willst du etwa eidbrüchig werden?«

»Natürlich nicht, Annele. Drum bin ich ja so erleichtert, dass im Augenblick keiner da ist, der mich bedrängt.«

»Wenn wir nur schon etwas aus dem Kloster erfahren würden!« Ganz hatte die Ungeduldige die Hoffnung noch nicht aufgegeben, dass der Oheim sich womöglich doch im Irrtum befand und der Fund sich als ganz harmlos erwies. Sie bat ihren kleinen Freund, nur ja ganz fest die Daumen zu drücken.

Diese Hoffnung zerschlug sich leider nach wenigen Tagen. Pater Adalbert ließ Ludwig und Anna zu sich in sein Studierzimmer auf der Burg rufen. Sobald die Kinder seine todernste, ja, verzweifelte Miene sahen, wussten sie schon Bescheid.

»Die Versteinerung in der Kalksteinplatte hat bei meinem Abt und den wenigen gelehrten Klosterbrüdern, die er einweihte, helles Entsetzen ausgelöst«, berichtete Adalbert mit bedeutungsschwerer Miene. »Das muss der Teufel sein!‹, hat Abt Eustachius ausgerufen, worauf meine Mitbrüder entsetzt aus seiner Zelle geflohen sind. Der Abt hat mich verpflichtet, das grausige Ding sicher und vor allem dauerhaft zu verwahren, damit es keinen Schaden anzurichten vermag.« Mit angeekelter Miene deutete der Pater auf das eingewickelte Paket, das er auf seiner Truhe abgelegt hatte. »Sobald ich es an einen sicheren Ort gebracht habe, werde ich mich, diesen Raum – und euch beide dazu – mit vielen Gebeten und noch mehr Weihwasser reinigen müssen, um uns alle vor teuflischem Schaden zu bewahren!«

In den folgenden Nächten träumten die Kinder von dem satanischen Wesen, das sie in Gestalt eines scheinbar harmlosen, etwa rabengroßen Vogels zwar zu täuschen vermocht hatte, aber dank der Wachsamkeit Pater Adalberts nun unschädlich gemacht werden würde – mit Unmengen an geweihtem Wasser.

Einen Tag nach dem »kleinen Exorzismus«, den der Benediktiner an ihnen hatte vornehmen müssen, flüsterte Anna ihrem Spielgefährten beim Angeln an der Altmühl zu: »Ich weiß, wo mein Oheim den Teufel in der Nacht versteckt hat, Ludwig! Er hat gar nicht gemerkt, dass ich ihm heimlich gefolgt bin. Aber ich war neugierig und wollte es unbedingt wissen! Wenn du mir deine Angel leihst, die um vieles besser ist als meine, verrate ich dir den Ort, wo das Satansding verborgen ruht.«

»Um Himmels willen, nein!«, schrie der elfjährige Knabe entsetzt. »Lass mich bloß damit zufrieden, Anna! Ich will gar nicht wissen, wo der Pater den Teufel hingebracht hat. Hoffentlich hat er ihn auf den Mond geschossen – oder meinetwegen sonstwohin, Hauptsache weit genug weg und wohl verwahrt, damit das Ding uns und auch keinem anderen Schaden zufügen kann!« Um die Worte zu unterstreichen, bekreuzigte sich der zukünftige Landesherr. »Meine Angel kannst du auch so haben. Und nicht bloß geliehen – ich schenk sie dir! Hier, bitte schön! Und noch was: Sei so gut und versprich mir, Annele, *nie mehr* den Teufel aus dieser abscheulichen Fledermaushöhle zu erwähnen!«

Anna beschwor es feierlich.

Die beiden schlüpften auch nie mehr in irgendwelche obskuren Kalklöcher hinein. In Zukunft wollten sie nur noch mit Pfeilen auf Tauben schießen, mit bloßen Händen Krebse in den Uferhöhlungen der Altmühl fangen, nach

Weißfischen und Karpfen angeln und schillernde Eidechsen beobachten. Auf Annas Bitten hin ließen sie sogar die Jagd auf Schmetterlinge bleiben.

»Viel zu viele der schönen bunten Gaukler haben wir schon mit Nadeln auf Brettchen aufgespießt! Und wozu? Auf den Wiesen tanzend sind sie tausendmal schöner!« Das leuchtete auch Ludwig ein.

Der Ernst des Lebens

Als Frau Agnes zurück in Kelheim war, versammelte sie noch am gleichen Abend Familie und Gesinde in der Halle um sich. Die Herzoginwitwe hatte Wichtiges zu verkünden. »Du kannst Gott danken, mein Sohn, dass es mir dieses Mal gelungen ist, unsere sämtlichen Gegner im Land endgültig ruhigzustellen. Wie es aussieht, wirst du nach deiner Großjährigkeit ohne Schwierigkeiten die Regierung Bayerns übernehmen können. Freilich hat es mich einiges gekostet – und beileibe nicht nur gute Worte!«

Anna beobachtete gerührt, wie Ludwig vor seiner Mutter auf die Knie ging – genauso, wie es ihn seine Magister gelehrt hatten: *wie ein Ritter vor seiner angebeteten Dame.* Inzwischen war einiges an »höfischer Lebensart« von Frankreich auch bis nach Bayern vorgedrungen …

»Gottes Segen für Euch, Madame!«

Frau Agnes gab ihrem Sohn ein Zeichen, sich zu erheben, und wartete mit weiteren Neuerungen auf. »Es ist mein Wille, dass mein Sohn Ludwig, der designierte Herzog von Bayern, ab sofort nicht mehr geduzt wird! Seine Ausbilder und Lehrer, selbst die geistlichen, sowie sämtliche Angehörige der Dienerschaft – auch die Altgedienten – haben sich der respektvollen Anrede ›Ihr‹ und ›Euer Gnaden‹ oder ›Euer Durchlaucht‹ zu bedienen. Das soll selbst für mich, seine Mutter, gelten, sowie selbstverständlich auch für seine Geschwister und Freunde!«

Ein paar der Grafensöhne, die sich derzeit auf der Burg aufhielten, grinsten dümmlich, und einige von Ludwigs Schwestern verzogen die kindlichen Gesichter zu einem spöttischen Grinsen. Als sie jedoch der gestrenge Blick der Herzogin traf, änderten sie auf der Stelle den amüsierten Ausdruck. Vor allem Sophie und Agnes gelang es meisterhaft, vollkommen ungerührt vor sich hinzustarren.

Anna erschrak. Bedeutete das jetzt das Ende ihrer Freundschaft, überlegte sie betroffen. Diese Aussicht stimmte sie überaus traurig, hatte sie in Ludwig doch einen treuen Kameraden gefunden. Als sie bemerkte, wie ihr kleiner Freund, der bis dahin ehrfürchtig vor seiner Mutter gestanden hatte, ihr verschwörerisch zublinzelte, atmete sie erleichtert auf.

Seine Gnaden würde zwar weniger Zeit für sie haben, und es würde schwieriger werden, sich davonzustehlen, wenn sämtliche Burgbewohner ihn mit Argusaugen bewachten; aber die Hauptsache war doch, dass der Freund ihr gewogen blieb.

»Kniet erneut nieder, geliebter Sohn, und empfangt meinen mütterlichen Segen, Euer Durchlaucht!«, hörte das Mädchen die schöne Herzogin sagen, die auch heute wieder – jedenfalls nach Annas Dafürhalten – wie ein Engel aussah, trotz des schwarzen Trauerkleides und des unvorteilhaften Witwenschleiers über ihrem wunderbar dichten und leuchtenden Blondhaar.

Hoffentlich blieb Oheim Adalbert dabei und erzählte Frau Agnes niemals von dem »Teufel im Stein«, den sie beide in der Höhle gefunden und dummerweise in die Burg geschleppt hatten. Eigentlich hielt sie den Mann ja für zu klug, um sich zu verplappern. Ob das jedoch auch für den Weltenburger Abt und die Klosterbrüder galt? Für diese konnte Anna ihre Hand nicht ins Feuer legen, denn hin und wieder suchte die fromme Frau Agnes das berühmte Kloster an der Donau auf, um sich Exerzitien zu unterziehen.

Andererseits: Pater Adalbert hatte ziemlich glaubhaft versichert, Abt Eustachius und seine Brüder wären so furchtbar über den in Stein konservierten Dämon erschrocken gewesen, dass deren Münder vermutlich bis in alle Ewigkeit versiegelt bleiben würden, was diese Sache betraf.

Beinahe überhörte Anna in ihren Träumereien, wie man aus der Halle hinüber zur Kapelle aufbrach, in der ihr Oheim nun eine Dankesmesse für die erfolgreiche Reise der Herzogin Agnes abhalten wollte. Schnell schloss das Mädchen sich den Übrigen an, die zum ersten Mal von »Seiner Gnaden«, dem beinahe zwölfjährigen Ludwig von Wittelsbach, ihrem künftigen Herzog, angeführt wurden.

Da dessen Mutter darauf drang, dass die Lehrer ihres Sohnes ihr jeden Tag Bericht erstatteten, wie der künftige Bayernherrscher sich benommen und was er gewusst – beziehungsweise nicht gewusst – hatte, war es Ludwig nahezu unmöglich, den Unterricht zu schwänzen und Anna zu treffen, außer bei den Mahlzeiten.

Aber auch da zu seinem Leidwesen nur von fern, denn neuerdings musste er oben an der Tafel bei der Herzogin, dem Burggeistlichen und dem einen oder anderen der drei Vormünder sitzen. Meist handelte es sich um Oheim Friedrich, einen Mönch mit strengem Blick und verkniffenem Mund, den er nicht besonders gut leiden konnte, weil dieser es sich bei keinem seiner Besuche nehmen ließ, ihn in Latein zu examinieren.

Die beiden anderen Herren, die die *Munt* über ihn zusammen mit Frau Agnes ausübten – einer ein Erzbischof, der andere ein Pfalzgraf – ließen sich nur selten in Kelheim blicken, was Ludwig sehr an ihnen schätzte. Anna jedoch saß am unteren Ende der Tafel beim Gesinde, nicht mehr bei Ludwigs Schwestern. So hatte Frau Agnes es verfügt.

Um den unhaltbaren Zustand zu ändern, seine Freundin kaum noch sprechen zu können, ließ Ludwig sich etwas einfallen: Kategorisch verlangte er, dass sie ab sofort an seinen Unterrichtsstunden teilnehmen sollte.

»Anna ist sehr gescheit und hat bei ihrem Oheim schon eine Menge gelernt! Sie ist älter als die meisten von uns«, die Adelssöhne drückten mit Ludwig gemeinsam die Schulbank, »und sie kann uns helfen, wenn wir etwas nicht gleich verstehen«, argumentierte er nicht unvernünftig.

Insgeheim waren die Herren Magister nicht gerade unglücklich über den Vorschlag. Eine Schülerin konnte für die Knaben ein Ansporn sein. Es sprach nichts gegen Annas Teilnahme – außer dass sie ein Mädchen war und nicht so viel zu wissen brauchte. Sie erschien sowieso wie ein halber Bub und sollte sich nach landläufiger Meinung besser in Häkeln und Sticken üben.

Doch der Magister für die Fächer Geografie und Mathematik erklärte sich einverstanden, weil auch Pater Adalbert keinen Protest anmeldete. Er unterrichtete Religionslehre, Latein und Geschichte, und ihn störte es offenbar keineswegs, eine gebildete Nichte zu haben.

Anfangs schauten Ludwigs Kameraden konsterniert, als das Mädchen im Unterrichtszimmer der Burg auftauchte und ganz selbstverständlich in der Bank neben Ludwig Platz nahm. Sie war schlau – das entdeckten die übrigen bald – und bescheiden; was daraus zu ersehen war, dass sie sich nicht anmerken ließ, das meiste vom Unterrichtsstoff längst zu kennen.

Einer der adeligen Faulpelze fragte sie kurz nach ihrer Ankunft, ob sie ihn abschreiben ließe, er hätte Besseres zu tun, als über Hausaufgaben zu brüten.

»Von mir aus, gern«, gab sie zur Antwort, was ihr nicht nur bei dem einen Knaben eine Menge Sympathiepunkte einbrachte.

Lange hatte es gedauert, ehe sich das Leben nach dem Tode Herzog Ottos wieder normalisiert hatte. So richtig war man erst zur Ruhe gekommen, nachdem gesichert war, dass die Wittelsbacher weiterhin die Regierungsgeschäfte in Bayern innehaben würden. Frau Agnes schien eine zentnerschwere Last von den schmalen Schultern gefallen zu sein. Ludwig und seine Freunde strengten sich bei den Lehrern an, weil sie gegen Anna nicht andauernd wie Dummköpfe dastehen wollten. So hatten die Herren Magistri bei der Herzogin nur wenig zu beanstanden.

Das wiederum brachte es mit sich, dass die anfänglich strenge Überwachung des künftigen Landesherrn mit der Zeit lascher gehandhabt wurde. Ludwig hatte wieder mehr freie Zeit, um mit Anna die geliebten und so schmerzlich vermissten Streifzüge zu unternehmen.

Ihm war es auch einerlei, dass die anderen Kinder, seine älteren Schwestern eingeschlossen, Anna mittlerweile als seine »Magd« titulierten. Eine etwas doppeldeutige Bezeichnung, konnte das doch legitimerweise sowohl »Dienerin« bedeuten, aber leider auch für »Bettmagd« stehen – eine Beleidigung für jedes anständige junge Mädchen!

Der künftige Herzog verstand noch nichts vom heiklen Beigeschmack des Begriffs, und Anna kümmerte es ebenfalls nicht. So genau wusste auch sie über diese Sachen nicht Bescheid. Ihr fehlte die Mutter, die sie hätte aufklären können; Pater Adalbert kam gar nicht auf die Idee, solches mit ihr zu erörtern.

Selbst als sie das erste Mal ihre Tage bekam und glaubte, sterben zu müssen, war sie auf die beruhigenden Worte

Frau Elisabeths angewiesen, die ihr zumindest diese Angst nahm.

Allerdings erschöpfte sich die »Aufklärung« darin, das junge Ding zu warnen, sich »ja nicht mit Männern einzulassen« … Was immer das heißen mochte. Um Genaueres zu erfahren, würde sich Anna wohl oder übel mit einer der Küchenmägde unterhalten müssen.

Ludwig war inzwischen ein stämmiger Zwölfjähriger geworden, und die Freundin mit ihren fünfzehn Jahren wirkte wie ein magerer, aufgeschossener, älterer Bruder, vor allem, wenn sie ihre flüchtig aufgesteckten langen Haare unter eine Haube stopfte, den hinteren Rocksaum zwischen den dünnen Schenkeln hindurch nach vorn bis zur Taille hochschlug und in den Rockbund stopfte.

»Du schaust aus wie ein Storch, der Pumphosen trägt«, kicherte Ludwig, als er sie das erste Mal in diesem Aufzug durch einen knietiefen Bach staksen sah.

»Der Rock soll nicht nass werden, und ich will mir keine Blasenentzündung holen, wenn der dicke Stoff ewig nicht trocken wird«, meinte Anna in aller Unschuld. Dieses Mal waren sie zu dritt.

»Schlaues Kind«, sagte Georg von Felsing und grinste sie anerkennend an. Er war einer der adeligen Knaben, Sohn eines Edelmanns aus der Gegend um Abensberg, und er durfte die beiden heute ausnahmsweise begleiten. Der fast Zwölfjährige war unsterblich in Anna verliebt, aber lieber hätte er sich die Zunge herausreißen lassen, als das zuzugeben. Außerdem nahm er an, Ludwig besäße »ältere Besitzrechte« an Anna; dass der kleine Wittelsbacher Erbe unwahrscheinlich eifersüchtig sein konnte, hatten alle Kinder schon mehrmals erlebt. Sobald der sich nämlich darüber ärgerte, dass einer der anderen Knaben sich allzu sehr mit »seinem« Annele beschäftigte, verteilte er schon mal Rippenstöße oder Kopfnüsse.

Dass das aber noch gar nichts mit Verliebtheit und körperlicher Anziehungskraft zu tun hatte, ahnte Georg nicht. In dieser Beziehung war Ludwig noch ein richtiges Kind: Er hatte nur etwas dagegen, wenn jemand anderes (das konnte auch eine seiner Schwestern sein) seine Freundin zu sehr in Beschlag nahm.

Anna kommt mit einem blauen Auge davon

Auf Ferdinand von Hohentann, auch einer aus der Knabenschar auf der Burg, traf diese naiv-kindliche Art nicht mehr zu. Er war vierzehneinhalb Jahre alt und nach Ansicht der Zeit bedingt heiratsfähig. Dass seine Eltern ihm schon eine Braut ausgesucht hatten, wusste er: die vermögende Witwe eines alten Grafen, die zehn Jahre älter war als er. In einem halben Jahr sollte er mit ihr den Bund der Ehe schließen.

Eigentlich ganz schön, fand Ferdinand. Dann würde er als erwachsen gelten und brauchte sich endlich von seinem Vater nichts mehr befehlen zu lassen! Seine Verlobte war angeblich ziemlich hübsch – selbst gesehen hatte er sie noch nicht. Und sie sollte »unheimlich scharf auf ein richtiges Mannsbild« sein – so behaupteten es wenigstens die Knechte.

Er müsse sich besonders in der Hochzeitsnacht anstrengen, um sie ja zufriedenzustellen, warnten sie ihn vor, wobei sie vielsagend grinsten. Er hätte schließlich »seinen Mann zu stehen«, und einen »Schlappschwanz würde die edle Dame im Bett kaum schätzen«!

Leider besaß Ferdinand im Unterschied zu den meisten seiner Altersgenossen noch keinerlei direkte Erfahrung mit dem anderen Geschlecht. Die Kelheimer Hofhaltung bot in dieser Beziehung kaum Anschauungsmöglichkeiten, und für praktische Übungen mangelte es ebenfalls an Partnerinnen. Hier herrschten Zucht und Ordnung. Frau Agnes und ihre Damen sowie der Burggeistliche Adalbert hielten auf strenge Zurückhaltung und überwachten die Keuschheit sämtlicher Burgbewohner mit Argusaugen.

Bisher hatte Ferdinand nur beobachtet, wie sich rossige Stuten mit Hengsten und läufige Hündinnen mit Rüden paarten. Bei Menschen sollte es angeblich genauso sein, behaupteten die feixenden Stallknechte. Das vermochte sich der jugendliche Bräutigam allerdings nicht vorzustellen: Welche Frau mit Verstand wäre bereit, sich auf alle Viere niederzulassen, damit er von hinten aufreiten und ihr sein bestes Stück hineinstecken konnte? So ein Blödsinn, dachte er verärgert. Die unverschämten Kerle wollten ihn gewiss bloß veräppeln!

Aber wen sollte er fragen? Seine Unkenntnis »in Sachen Liebe« wollte er auf keinen Fall publik machen. So verfiel er auf einen höchst unseligen Gedanken.

Die Anna müsste eigentlich Bescheid wissen, überlegte der Knabe. Sie steckte doch andauernd mit dem künftigen Herzog zusammen, und alle hießen sie bloß seine »Bettmagd«. Ludwig würde sich von ihr schon hin und wieder »als Mann« verwöhnen lassen. Das könnte sie doch auch mit ihm, dem Ferdinand, machen – ein einziges Mal wenigstens, damit er in seiner Hochzeitsnacht nicht gar so blöd dastünde!

Er schlich den dreien nach, und als er vom Ufer des Baches aus, verborgen hinter einer Pappel, Anna dabei beobachtete, wie sie den Rock schürzte und die Beine bis zu den Oberschenkeln den Blicken Ludwigs und Georgs preisgab (die allerdings beide gar nicht darauf zu achten schienen), verlor Ferdinand fast den Verstand: Die hatte ja wohl überhaupt kein Schamgefühl und war damit für sein

Vorhaben geradezu perfekt, er musste sie unbedingt haben!

Vorsichtig verfolgte er das Trio durch den kleinen Flusslauf, weiter durch dichtes Weidengebüsch bis zu einer Stelle, wo der Bach sich zu einem kleinen Teich verbreiterte. Mitten drin befand sich eine Kiesbank, welche die drei ansteuerten, um sich anscheinend für länger dort niederzulassen. Das war allerdings schlecht für ihn! Aus dem Anschleichen wurde nichts, man hätte ihn sofort entdeckt. Um ungesehen zu bleiben, blieb ihm nur, sich hinter den Weidenbüschen am Ufer verborgen zu halten.

Ferdinand wartete und wartete, während er Anna, den kleinen Herzog und ihren Freund Georg scharf beäugte, soweit die Entfernung es zuließ. Sie schleuderten Kieselsteine ins Wasser, und wer am weitesten warf, hatte gewonnen – was auch immer, denn was sie redeten, konnte er nicht verstehen.

Jedenfalls schienen die Kameraden eine Menge Spaß zu haben, was Ferdinands Wut entfachte. Nach einer Weile gingen sie dazu über, flache Steine über die Wasseroberfläche hüpfen zu lassen. Sieger war der, dessen flacher Kiesel im Fluge am häufigsten auf dem Wasser aufkam. Soweit der heimliche Beobachter es mitbekam, stellte sich Anna am geschicktesten an. Ihre Steine hüpften im Schnitt fünfmal auf, ehe sie versanken. Eine ganze Weile ging das so – und zum Schluss war Ludwig der Sieger.

Die Anna hatte ihn absichtlich gewinnen lassen, war sich Ferdinand ganz sicher. Wie schlau von ihr! Jeder wusste doch, dass Ludwig nicht verlieren konnte; auf diese Weise erhielt sie sich sein Wohlwollen.

Auf einmal kam ihm die Idee, das Mädchen zu irgendetwas – noch dazu gegen ihren Willen – zu veranlassen, gar nicht mehr so gut vor. Ihr Freund und Beschützer

Ludwig würde ihm den Kopf abreißen, wenn sie sich bei ihm über ihn beschwerte.

Ferdinand war nahe daran, sich unauffällig zurückzuziehen und den Heimweg anzutreten, da kam ihm der Zufall zu Hilfe. Während die Knaben begannen, mit spitzen Stöcken Gräben in den Kies zu fräsen, machte Anna sich erneut eine »Pumphose«, stieg ins Wasser und stakste direkt auf ihn zu! Bald würde sie das Ufer und damit sein Versteck erreicht haben. Das war die Gelegenheit und erschien dem Tölpel wie ein Wink des Schicksals.

Sofort vergaß er die Skrupel, die ihn vorhin befallen hatten, und fieberte Anna regelrecht entgegen. Dumm, dass er sich nicht rechtzeitig überlegt hatte, wie er es anstellen sollte, sie sich gefügig zu machen …

Wenn es so weit ist, wird mir schon was einfallen, tröstete er sich und verhielt sich mucksmäuschenstill, um sie nicht vorzeitig zu verschrecken. Ihre weißen Schenkel brachten ihn vollkommen durcheinander. Das aufregende Gefühl in dem harten, aufrecht stehenden Ding zwischen seinen Beinen verstärkte sich. Automatisch griff er vorn in den Bund seiner Hose, um es mit der Hand zu umfassen.

Das fühlte sich wundervoll an, und erneut schob sich die Erinnerung an jenen Vorgang vor seine Augen, den er bei seinem letzten Besuch zu Hause beobachtet hatte: Einer der großen Jagdhundrüden seines Vaters hatte eine kleine Hündin besprungen. Ihr Besitzer wollte offenbar den Deckakt verhindern und hatte versucht, den Rüden mit einem Stock zu vertreiben. Aber er hatte nur erreicht, dass die beiden Tiere sich so erschreckten, dass das Weibchen einen Krampf bekam und das Männchen sein geschwollenes Ding nicht mehr herausziehen konnte. Es war ein richtiges Theater gewesen! Erst als ein Knecht mit einem Kübel kalten Wassers die Hunde übergossen hatte, waren sie voneinander losgekommen.

Die Erinnerung an das Ende dieser »Hundehochzeit« ernüchterte Ferdinand schlagartig; er bemerkte, wie sein eigener hart gewordener Schwengel wieder weich wurde und an Größe verlor. Das schlappe Ding konnte er Anna nicht gut präsentieren, sie würde ihn vermutlich bloß auslachen ... Entmutigt zog er die Hand aus der Hose und ging dem Mädchen entgegen.

»He! Was machst du denn da, Ferdl?«, empfing ihn Anna, den langen Rock züchtig über die Beine herabfallen lassend.

»Ich wollte grade zu der Kiesbank da vorn, ein bisschen spielen«, murmelte er verlegen, wobei er gar nicht wagte, das Mädchen anzuschauen.

»Das trifft sich gut, Ludwig und Georg sind auch da. Dann sind wir zu viert und können zwei Mannschaften bilden. Geh nur zu ihnen!«

»Aber, was machst du, Anna? Wo gehst du denn hin?«, fragte er dümmlich. Das Mädchen lachte ein bisschen verlegen.

»Ich verschwinde mal kurz hinter die Büsche – auf der Kiesbank gibt's nämlich keine, wenn du verstehst! Geh ruhig schon voraus, Ferdl; ich komme gleich nach.«

Er hörte bloß »hinter die Büsche«, und im Nu überkam ihn erneut die Versuchung, die Gelegenheit beim Schopfe zu packen. Dass er sich bei Anna und den Knaben sämtliche Sympathien zu verscherzen, den kleinen Herzog dauerhaft zu erzürnen und sich insgesamt nur größten Ärger einzuhandeln drohte, weil man ihn mit Schimpf und Schande vom Kelheimer Hof verjagen würde, spielte keine Rolle mehr. Auch nicht, dass seine Mutter vor Gram sterben, der Vater einen seiner berühmten Tobsuchtsanfälle kriegen und die zukünftige Braut nichts mehr von ihm würde wissen wollen: Das alles galt nichts mehr.

Das Abenteuer war es ihm wert. Seine Neugier auf das Liebesleben von Erwachsenen musste unbedingt befriedigt werden.

»Ist gut, Anna. Aber beeil dich! Ich weiß ein tolles Spiel«, murmelte er, um sie zu täuschen und in Sicherheit zu wiegen. Kaum hatte das Mädchen sich umgedreht, packte er Anna von hinten und versuchte, ihr ein Bein zu stellen, damit sie auf den Boden plumpsen würde.

»He! Spinnst du?«, schrie Anna empört und begann sich energisch zu wehren. »Lass das gefälligst, Ferdinand!«

Der Junge versuchte, ihr den Mund zuzuhalten, wenn er sie schon nicht gleich zu Fall bringen konnte. Das Mädel war um vieles kräftiger als von ihm vermutet. Außerdem schrie sie andauernd um Hilfe, sodass er es mit der Angst bekam. Sein ursprüngliches Ziel, sich ihr aufzudrängen, hatte er inzwischen längst vergessen; es ging nur noch darum, sie endlich ruhigzustellen.

Schließlich bekam er sie am Hals zu fassen, und Anna wurde es himmelangst, als sie seinen Würgegriff spürte. Dass es sich keineswegs um Spaß handelte, war ihr bewusst, und sie wehrte sich mit dem Mut der Verzweiflung. Zu ihrem Entsetzen spürte sie aber bald, dass ihre Kräfte allmählich nachließen. Dank einer gewaltigen Anstrengung gelang es ihr jedoch, sich endlich loszureißen, und sie brüllte, dass es dem Angreifer in den Ohren gellte: »Ludwig, Hilfe! Hilfe!«

Endlich vernahm der kleine Herzog ihre verzweifelten Schreie. »Was ist da denn los?«, fragte er Georg Felsing, doch beide konnten aus der Entfernung nichts Genaues erkennen – nur dass Anna in irgendwelchen Schwierigkeiten stecken musste. Die Freunde schauten, dass sie so schnell wie möglich von der Sandbank aus durchs seichte Wasser ans Ufer wateten, um der Spielkameradin zu Hilfe zu eilen.

Ferdinand versuchte noch zu fliehen, aber Ludwig und Georg holten ihn ein, nachdem ihnen Anna vollkommen aufgelöst von seinem Versuch berichtet hatte, ihr die Luft abzudrücken.

»Auf den Boden hat er mich schmeißen wollen«, schluchzte sie.

Für Ferdinand endete das Ganze mit einer fürchterlichen Abreibung, welche ihm Ludwig und Georg verpassten, und der Ankündigung, ihn jeden Tag aufs Neue zu verdreschen, falls er sich noch länger in Kelheim blicken ließe.

Bereits am nächsten Tag reiste er ab in seinen Heimatort – wobei er noch Glück hatte, dass die Erwachsenen nicht weiter nachbohrten, weshalb er sich denn so unmöglich gegen das Mädchen aufgeführt hatte.

Auch Anna dachte sich »Schwamm drüber« und weigerte sich, noch einen einzigen Gedanken an den verrückten Kerl zu verschwenden. Ihr war gar nicht klar, dass sie mit einem blauen Auge davongekommen und nur um Haaresbreite einer Vergewaltigung entgangen war.

In den nächsten Monaten änderte sich nicht allzu viel. Zumindest erschien es Ludwig nicht so, die Dinge wandelten sich nur ganz langsam. Woche um Woche, Monat für Monat war es so, dass seine Lehrer und Ausbilder »die Daumenschrauben ein wenig fester anzogen«, um eine übliche Floskel zu gebrauchen, die er mittlerweile regelrecht hasste. Zum Glück hatte das mit Folter aber nichts zu tun, lediglich seine Aufgaben wurden umfangreicher, die Pflichten vielfältiger – und die Freizeit karger.

Letzteres bereitete dem aufgeweckten und an allem interessierten Burschen nur Verdruss, sobald es bedeutete, längere Zeit von Anna getrennt zu sein. Mochten die Schwestern ruhig die Nase rümpfen, sein Vormund, Erzbischof

Konrad von Mainz, verwundert den Kopf schütteln und die adeligen Spielkameraden die Augen verdrehen: Ihn, den zukünftigen Herzog, focht das nicht an. Sein Annele war sein Ein und Alles.

Daran vermochte nicht einmal seine verehrte Frau Mutter, Herzogin Agnes, etwas zu ändern. Als sie eines Tages – kurz nach Ludwigs dreizehntem Geburtstag – vorsichtig die Andeutung machte, es sei höchste Zeit, für das sechzehnjährige Mädchen einen Ehemann zu finden, geriet Ludwig regelrecht in Rage.

»Es kommt nicht in Frage, dass irgendwer gegen Annas Willen einen Gatten für sie aussucht! Sie mag nur ein einfaches bürgerliches Mädchen sein – aber eine Sklavin ist sie beileibe nicht, Frau Herzogin!«

Dabei funkelte er Agnes wütend an, worauf diese wiederum annahm, er wolle Anna für sich selbst »aufsparen«. Darüber wiederum mochte sie sich kein Urteil anmaßen – das waren »Männersachen«, von denen die fromme Herzogin nichts wissen wollte. So etwas sollte ihr halbwüchsiger Sohn gefälligst mit seinem Beichtvater Adalbert ausmachen …

Um Ludwig ein wenig aufzuziehen, tat die Herzogin so, als hielte sie nach anderen Möglichkeiten für Annas Zukunft Ausschau. »Es gäbe für sie natürlich mehrere Gelegenheiten, in ein Kloster einzutreten, wo sie als Braut Christi ihr Dasein in Frieden und christlicher Beschaulichkeit verbringen könnte. Damit wäre sie gleichzeitig für ihr Lebtag versorgt – für ein Waisenkind die beste Möglichkeit!« Ludwig schnappte nach Luft und lief knallrot an wie einst sein Vater Otto, sobald ihm etwas gegen den Strich gegangen war. Das wurde ja immer noch schlimmer!

»Frau Mutter!« Er kämpfte sichtlich um Besonnenheit und ehrerbietiges Benehmen. »Ich denke, es ist das Beste, wir belassen es so, wie es jetzt ist. Anna ist wie eine

Schwester für mich. Sie versteht mich, ohne dass ich ihr viel erklären muss. Sie hat wie ich an den gleichen Dingen Spaß – wenn es nicht gerade der Schwertkampf ist. Sie kann sogar über dieselben Scherze lachen, die auch mich erheitern. Und«, fügte er mit erhobenem Zeigefinger hinzu, »sie ist klug und weiß mehr als ich. Das gebe ich neidlos zu. Das Schönste an ihr ist, dass sie sich keineswegs hochnäsig gibt, wenn sie mir etwas erklärt. Und sie gab mir auch noch niemals das Gefühl, ein Dummkopf zu sein. Aber vor allem, Frau Mutter, ist sie so schlau, mich beim Spielen oder bei Wettkämpfen meist gewinnen zu lassen! Sie glaubt, dass ich es nicht merke, worüber ich mich wiederum herzlich amüsiere. Ihr mögt Anna doch auch, nicht wahr, Madame?«

Das vermochte Frau Agnes nach kurzem Nachdenken guten Gewissens zu bejahen. Die Nichte ihres langjährigen Beichtvaters und Burggeistlichen war ein ganz besonderes Mädchen – und sehr hübsch anzusehen obendrein. »Also gut, mein Sohn! So sei es denn: Anna kann hier bei uns auf der Burg bleiben!«

Da erinnerte sich Ludwig, dass er eine gute Erziehung genossen hatte, was das Benehmen gegen hochgestellte Damen anbetraf. Er ließ sich wie ein Page vor seiner Mutter auf ein Knie nieder und küsste ihr ehrerbietig die Hand.

»So, das hätte ich geschafft«, verkündete er gleich darauf stolz seinem besten Freund, Georg von Felsing – nicht ahnend, dass dieser seit Jahren schon in Anna verliebt war. »Mein liebes Annele darf in der Burg bleiben! Die Idee von Mutter, sie in ein Kloster zu stecken oder sie mit irgendeinem Tölpel zu verheiraten, habe ich gottlob vom Tisch gewischt. Wäre ja noch schöner, meine Anna von der Burg wegzugeben! Niemals!«

Da fiel auch Georg ein Stein vom Herzen. »Das … das wäre wirklich jammerschade gewesen, junger Herr«, stammelte er verlegen.

Der Unfall

Im darauffolgenden Sommer, man schrieb das Jahr 1188, und Ludwig stand kurz vor seinem vierzehnten Geburtstag, gingen er und Anna gemeinsam mit dem Freund Georg auf Kaninchenjagd. Jeder der drei benutzte dazu eine Armbrust – allerdings für Knaben geeignete Ausführungen. Die für ausgewachsene Männer vermochte noch keiner von den dreien zu spannen.

Dass auch mit dieser Waffe, von den kräftigen Burgmännern als »Spielzeug« belächelt, Schaden angerichtet werden konnte, davor waren die Kinder eindringlich gewarnt worden. Sie hatten versprochen, besonders achtsam damit umzugehen.

Es hatte so schön begonnen. Ludwig und seinen Freunden war es gelungen, den zwei Knechten auszubüxen, die sie begleiten und beschützen sollten.

»Wir sind alt genug, wir brauchen keine Kinderfrauen«, der künftige Herzog grinste und winkte die Gefährten weiter. »Den Wald um Prunn kennen wir sowieso in- und auswendig! Da tut uns keiner was!«

»Da gibt's nicht mal Bären – höchstens Wölfe«, unkte Georg und schielte dabei auf Anna. Aber die ließ sich nicht ins Bockshorn jagen.

»So ist es, Georg. Selbst mit einer Schar Räuber werden wir drei Helden allemal fertig.«

»He, mal den Teufel nicht an die Wand, Mädchen.« Der Scherz ging Ludwig doch ein wenig zu weit. »Immer schön hinter mir her, Freunde! Ich weiß eine Stelle, wo wir eine Menge Kaninchen finden. Vielleicht geht uns sogar ein Reh vor den Bolzen.«

Schweigend kämpften sie sich durch das plötzlich unheimlich dichte Unterholz; das Weiterkommen gestaltete sich auf einmal äußerst beschwerlich. Ludwig überlegte schon, ob er sich womöglich verirrt habe. So hatte er dieses Waldstück weiß Gott nicht in Erinnerung.Vielleicht lag es daran, dass damals ein Haufen Treiber mit ihm unterwegs gewesen war und er nicht so auf den Weg geachtet hatte? »Wenn das Gelände nicht bald anders wird, kehren wir um, Freunde«, murmelte er. Zornig riss er an einer dornigen Brombeerranke, die sich in seinen Kleidern verfangen hatte.

Auch Georg hatte genug von dieser offensichtlichen Sackgasse, aber solange Anna sich nicht beschwerte, wollte auch er sich zurückhalten. Vor einem Mädchen – und gar vor einem, das man heiß verehrte – durfte man sich keine Blöße geben.

Auf einmal standen sie wieder auf dem richtigen Pfad. Ludwig atmete auf; das Gelände war ihm vertraut. »Geht ruhig weiter«, sagte er. »Da vorn am Waldrand hole ich euch wieder ein. Ich muss nur den Riemen an meinem Schuh fester anziehen!«

»Aber beeil dich«, mahnte Anna und marschierte los, gefolgt von Georg. Sobald die Freunde unter sich waren, scherte sich niemand um die korrekte Anrede, die Frau Agnes für ihren Sohn befohlen hatte. Der künftige Herzog legte Wert darauf, von seinen Freunden geduzt zu werden, sobald sie unter sich waren.

Das Gelände war fast eben und der schmale Pfad frei von Unkraut und Baumstrünken, was ein zügiges Voranschreiten erlaubte. Nur Georg blieb immer wieder stehen, um sich nach Ludwig umzuschauen.

»Wo bleibt er denn?«, murmelte er. »Sich die Schuhe zubinden kann doch nicht so lange dauern. Aber vielleicht muss er austreten.«

Anna hörte Georg schon nicht mehr; sie war ein gutes Stück vorausgeeilt. Unter einer Buche entdeckte sie einen sogenannten »Hexenring«, der ihre Aufmerksamkeit erregte: eine kreisförmige Anordnung von Pilzen, die sich häufig um einen Baumstamm wand. Zum Pilzesammeln waren sie jedoch heute nicht unterwegs, auch nicht zum Beerenpflücken.

Letzteres war zwar ein wenig bedauerlich; die saftigen Himbeeren verlockten durchaus zum Verweilen. Etwas weiter vorn wanderten helle Sonnenstrahlen über eine Lichtung, wo auch das Waldstück endete. Dort wollte sie auf die Buben warten, nahm Anna sich vor.

Im selben Augenblick gellte ein schriller Schrei durch die idyllische Waldesstille. Vor Schreck blieb ihr beinah das Herz stehen. Sie strauchelte und wäre um ein Haar über ihre eigene Armbrust gestolpert. Was um Himmels willen war das denn? Das hörte sich nach Georgs Stimme an, überlegte sie. Was mochte ihm bloß zugestoßen sein?

Ohne lange zu überlegen, drehte sie um und lief den Pfad zurück, auf die Stelle zu, von der der Schrei ausgegangen zu sein schien. Was sie kurz darauf entdeckte, versetzte ihr einen regelrechten Schock.

Georg lag bewusstlos seitlich auf dem Waldboden, ein Armbrustbolzen ragte unterhalb seines rechten Schulterblatts aus seinem Rücken! Am verstörendsten jedoch war der Umstand, dass Ludwig laut heulend über seinem Freund kniete und zwischen den Schluchzern »Das wollte ich nicht!« und »Mein Gott, das hab ich nicht gewollt!« hervorstieß.

Was, um alles in der Welt, hatte sich hier abgespielt?

Entsetzt warf sich Anna neben Ludwig nieder, um Georgs Verletzung zu untersuchen. Ohne sich um die Tränen des kleinen Herzogs zu kümmern, wies sie ihn an, ihr dabei zu helfen, den Körper des Freundes leicht zu drehen, ohne den Bolzen noch tiefer in die Wunde zu drücken. »Schau, Georg blutet kaum. Auch aus seinem Mund und seiner Nase rinnt kein Tropfen.«

Aus geröteten, tränennassen Augen blinzelte Ludwig zu Anna hoch. »Ist das ein gutes oder ein schlechtes Zeichen, Annele?«, fragte er naiv und wischte sich die laufende Nase am Joppenärmel ab.

»Ein gutes – glaube ich wenigstens«, gab Anna zur Antwort. »Ich habe einst jemanden sagen gehört, dass bei Verletzungen von Herz und Lunge Blut aus Mund und Nasenlöchern rinnt!«

»Und was heißt das jetzt?« erkundigte sich Ludwig, der komplett überfordert schien, mit hoffnungsvollem Blick. Die ältere und um vieles klügere Gefährtin würde hoffentlich einen Weg aus dem Dilemma wissen …

Anna zuckte die Schultern. »So genau weiß ich es auch nicht, Ludwig! Aber ich denke, er hat gute Aussichten, den Schuss zu überleben. Vielleicht hat der Bolzen nur eine Rippe getroffen.«

»Lieber Gott! Lass es, bitte, so sein! Mach meinen Freund bald wieder gesund«, betete Ludwig laut. »Es tut mir so unsagbar leid …«

»Kannst du mir sagen, *warum* du überhaupt auf ihn gezielt hast?« Sie setzte eine strenge Miene auf, während sie den Kopf des Verletzten vorsichtig in ihren Schoß bettete.

»Nicht mit Absicht, Annele, das musst du mir glauben! Welchen Grund hätte ich denn haben sollen? Aus reinem Blödsinn war's, aus purer Narretei! Hoffentlich ist Georg nicht tot!«

»Was heißt ›aus Blödsinn‹? Das versteh ich nicht, erklär es mir«, insistierte das Mädchen. In diesem Augenblick begann der getroffene Knabe zu stöhnen und den Kopf unruhig hin und her zu werfen. Beruhigend streichelte sie über seine totenbleiche Stirn. »Wie du hörst, ist der Ärmste aufgewacht und nicht gestorben! Also, jetzt sag schon, was du mit ›Narretei‹ gemeint hast, Ludwig!«

Schamrot im Gesicht atmete der kleine Herzog zuerst einmal erleichtert auf. Wenigstens hatte er den Freund nicht umgebracht …»Als ich meinen Schuh gerichtet hatte, bin ich ihm hinterhergerannt. Ich habe gerufen, dass er gefälligst auf mich warten solle, aber er hat nicht gehört – oder wollte nicht hören. Ich vermute, er war hinter dir her!« Dabei warf er Anna einen fragenden Blick zu.

»Und weiter?«, kam es ungeduldig über ihre Lippen.

»Na ja, da kam mir die saudumme Idee, ihn mit einem Schuss aus meiner Armbrust zum Stehenbleiben zu zwingen –«

»Was? Du hast ihn *absichtlich* niedergeschossen, nur damit er mir nicht nachlaufen kann? Es war doch ausgemacht, dass wir uns bei der Lichtung treffen wollten!« Anna sah Ludwig an, als zweifle sie an seinem Verstand.

»Nein, doch nicht mit Absicht, um Gottes willen! Der Bolzen sollte an ihm vorbeizischen, ihn erschrecken und zum Stehen zwingen. Ich wollte ihm wirklich bloß einen Schrecken einjagen; bitte, glaub mir Annele! Nie hätte ich gedacht, dass ich auf die Entfernung tatsächlich treffen könnte, es war ein blöder Zufall.«

»Das mit dem Schreckeinjagen ist dir ja auch gelungen, mein Lieber. Schau, Georg wird wach. Sollten wir nicht versuchen, den Pfeil aus der Wunde zu ziehen?«

»Bloß nicht!« Allmählich gewann Ludwig eine gewisse Sicherheit zurück. »Ritter Trautwein, mein Reit- und Fechtlehrer, hat gesagt, das sollte man in jedem Fall jemandem überlassen, der was davon versteht – einem Bader oder sonstigen Heilkundigen – und vor allem nicht in der freien Natur vornehmen. Falls die Wunde nämlich stark bluten sollte, womit könnten wir das Bluten zum Stillstand bringen?«

»Stimmt! Wir haben nicht das Geringste dabei, um eine Wunde zu versorgen. Weißt du was? Allein können wir

Georg sowieso nicht nach Hause schaffen. Die Knechte, denen wir entwischt sind, treiben sich gerade weiß Gott wo herum; aber wir brauchen auf alle Fälle Hilfe. Wie wäre es, wenn du zur Burg Prunn hinaufrennst? Da sitzt doch Ritter Berthold, ein Ministeriale von euch Wittelsbachern. Der soll ein paar seiner Männer schicken, um den Verletzten abzuholen.«

Als Ludwig nicht gleich antwortete, wurde Anna etwas energischer. »Wach auf, mein Lieber! Wir brauchen Hilfe von Erwachsenen. Also, wie steht's?«

»Jaja, du hast recht. Aber, wie wäre es, wenn *ich* bei ihm bliebe, und *du* liefest zur Burg Prunn? Dann könnte ich Georg in der Zwischenzeit den Unfall erklären – und auch, wie es dazu gekommen ist.«

»Von mir aus«, willigte das Mädchen ein. »Setz dich her und halt seinen Kopf so, wie ich es getan habe! Ich werde laufen, so schnell ich kann!«

Alles halb so schlimm

Dass da jemand atemlos angerannt kam und schon von Weitem um Hilfe schrie, war auf der Burg nicht unbemerkt geblieben. Einer der Burgwächter lief Anna entgegen und fragte, was sie so erschreckt habe.

Sie hatte sich schon unterwegs passende Worte zurechtgelegt, um möglichst klar ihr Anliegen, eigentlich ja das Ludwigs und seines angeschossenen Freundes, vorzubringen.

Allein der Name »Ludwig von Wittelsbach«, genügte schon, um sowohl den Burgherrn als auch seine Mannen auf Trab zu bringen. Ritter Berthold von Prunn, ein stattlicher Mann in mittleren Jahren mit eisengrauem Vollbart, loyaler Anhänger der Herzogsfamilie und kein Freund überflüssiger Worte, erteilte ein paar knappe Befehle, und ab ging's in den nahen Wald.

Da sich das Gelände und der angrenzende Forst für Pferde nicht eigneten, lief man zu Fuß. Zwei der Männer trugen eine einfache Bahre, von denen man etliche für solche Fälle bereithielt, wo schneller Transport Not tat. Es kam immer mal wieder vor, dass Holzfäller oder Kalksteinbrecher verunglückten ...

Nachdem Anna den Ritter und seine Knechte zu der betreffenden Stelle geführt hatte, sah sie mit Erleichterung, dass Georgs Zustand sich in der Zwischenzeit nicht verschlechtert hatte – im Gegenteil!

Noch etwas fiel ihr auf und ließ sie vor Freude insgeheim aufjubeln: Die Knaben schienen sich ausgesprochen zu haben; zumindest ließen Körperhaltung und Gesichtsausdruck den Schluss zu, dass der Verletzte dem künftigen Herzog den Fehlschuss nicht allzu übel nahm, sonst würde er doch nicht in Ludwigs Schoße liegen und ihn angrinsen. Vor lauter Erleichterung hätte sie die beiden am liebsten abgeküsst. Es wäre doch schrecklich gewesen, wenn ihre Freundschaft wegen eines idiotischen Streichs zerbrochen wäre.

Zuerst auf die Burg Prunn hinaufgeschafft zur Erstversorgung, transportierte man Georg anschließend in einem Pferdewagen heim nach Kelheim. Natürlich erregte der Unfall Aufsehen und sollte, ungeachtet seines glimpflichen Ausgangs, auch Folgen haben.

Georgs Vater holte seinen Sohn bald nach dessen Genesung nach Hause in seine kleine Grafschaft nach Oberbayern zurück, und Ludwig musste eine ordentliche Standpauke über sich ergehen lassen.

Als die Prunner mit dem Verletzten auf der Kelheimer Burg eintrafen, war zu allem Unglück Besuch da, strenger Besuch noch dazu. Oheim Konrad, Erzbischof von Salzburg und Mainz, gab sich wieder einmal die Ehre, um nach seinem Mündel Ludwig zu sehen. Seine Exzellenz war entsetzt und empört über diese Art laxer Erziehung, die dem künftigen Bayernherzog zuteil wurde. Das würde er zu ändern wissen.

Herzogin Agnes – selbst außer sich über das Vorgefallene – vermochte es nur ansatzweise, den erzürnten Schwager zu besänftigen.

Im ersten Zorn plädierte der hohe Geistliche sogar für die Prügelstrafe als Sühne für die »Bluttat«! Und wochenlang sollte Ludwig in seinem Gemach in der Burg eingesperrt bleiben, falls es nach ihm, Erzbischof Konrad, gegangen wäre. Von etlichen Tagen bei Wasser und Brot und einem Bußgang – barfüßig und mit einem Holzkreuz auf der Schulter – gar nicht zu reden.

Zum Glück setzte sich der eigentlich Betroffene, Georg von Felsing, vehement für Ludwig ein. »Ich trage meinem liebsten Freund nichts nach! Das Ganze war ein dummer Unfall, sonst gar nichts«, beharrte er.

»Unsinn!«, widersprach der Erzbischof streng. »Mit der Armbrust kann man gar nicht ›aus Versehen‹ schießen. Da müsste mein Mündel Ludwig schon beide Augen zugemacht haben, ehe er die Sehne spannte und den Pfeil einfach aus Jux und Tollerei schnellen ließ!«

Doch Georg blieb dabei: »Ich lege für Seine Durchlaucht meine Hand ins Feuer, dass Er mir nichts Böses antun wollte!«

Anna zu befragen, hatte wenig Sinn; sie war nicht unmittelbar dabei gewesen, als der verhängnisvolle Schuss gefallen war. Außerdem machte der Erzbischof nicht gerade den Eindruck, große Lust zu verspüren, eine Unterhaltung mit einer weiblichen Person niederen Standes zu führen …

Ja, der hohe geistliche Herr äußerte sogar deutlich sein Unverständnis, wie Herzogin Agnes es ihrem Ältesten durchgehen lassen könne, sich in seiner Freizeit mit einer »zweifelhaften jungen Weibsperson« herumzutreiben, die man doch besser und möglichst bald vom Hof entfernen solle!

Nachdem Ludwigs Mutter sich wieder gefangen hatte, reagierte sie auf die Vorwürfe recht empfindlich – ungeachtet der Tatsache, dass ihr selbst die Vorliebe ihres Sohnes für Anna mittlerweile auch recht dubios erschien.

»Mein lieber Schwager, es handelt sich bei Anna keineswegs um eine ›zweifelhafte Weibsperson‹, sondern um die brave elternlose Nichte meines Beichtvaters, des ehrenwerten Benediktinerpaters Adalbert von Weltenburg, welche mein Sohn und seine Schwestern seit frühester Kindheit kennen und mit der sie seit jeher Freud und Leid teilen. Mein verstorbener Gemahl, Herzog Otto, Exzellenz, hat verfügt, dass Pater Adalbert das Waisenkind Anna an unserem Hof aufziehen soll. Und dabei wollen wir es belassen!«

Das war zwar eine deutliche Abfuhr für den hohen Kirchenmann – Konrad hingegen keineswegs ein Mann, der so leicht aufgab. »Gut, ich verstehe, Schwägerin, dass Ihr dem Wunsch Eures verstorbenen Gatten gemäß dem jungen Ding nicht die Heimat nehmen möchtet. Das ehrt Euch sehr, Frau Agnes. Aber dann machen wir es eben anders: Wir entfernen nicht das Mädchen, sondern den jungen Herzog! Es ist sowieso an der Zeit, dass Ludwig an einen fremden Hof gegeben wird, um sich in den ritterlichen Tugenden zu vervollkommnen, damit er in einigen Jahren mit Fug und Recht – und zur Ehre des Kaisers und des Reiches – mit dem Ritterschlag ausgezeichnet werden kann! Ich denke da an …«

Der Erzbischof, der diesen Plan schon ganz genau ausgearbeitet haben musste, unterbreitete Frau Agnes eine Reihe von erstklassigen Adressen, an die man Ludwig vermitteln konnte und die es sich nach seinen Worten »zur Ehre angedeihen lassen würden, den künftigen Herzog von Bayern in ihren Mauern aufzunehmen, zu unterweisen und auch sonst aufs Beste zu betreuen«.

Die Herzogin wusste, dass der geistliche Schwager im Recht war, und hatte dem Vorschlag nichts entgegenzusetzen. Sie musste am Ende sogar noch froh sein, dass die »Affäre« so ein gutes Ende nahm.

Ludwigs Abschied von Anna verlief traurig. Beide wussten seit Langem, dass dieser Tag kommen würde, aber betrübt waren sie trotzdem.

Vor allem der Knabe war betroffen von der langen Dauer seiner Abwesenheit. »Mindestens drei Jahre werden wir einander nicht mehr sehen, Annele«, bedauerte der kleine Herzog. »Wenn ich zurückkomme, bist du schon zwanzig – und bestimmt längst verheiratet, vielleicht sogar schon Mutter!«

»Wenn *ich* dazu etwas sagen darf, wird das nicht so sein, Ludwig! Ich will bei meinem Oheim, dem Pater, bleiben. Er wird langsam alt und kann jemand brauchen, der ihm die Mühen des Alltags abnimmt«, sagte sie mit betont fester Stimme.

»Es wäre schön, gerade dich auf der Burg Kelheim vorzufinden, wenn ich zurückkehre, Anna.«

Am Morgen des Abschieds küsste er sie sogar vor aller Augen, ehe er sich aufs Pferd schwang, genauso, wie er sich zuvor von seiner Mutter und den Schwestern mit einem Kuss und einer herzlichen Umarmung verabschiedet hatte. Tränen verkniff er sich dabei mannhaft – eines Edelmanns und gar eines künftigen Landesherrn wären sentimentale Gefühlsausbrüche unwürdig gewesen.

III

Ende einer Kindheit

Wie eine Schockwelle durchlief es das Reich: Im Sommer des Jahres 1190, genau am 10. Juni, ertrank Kaiser Friedrich I. »Barbarossa«, Herzog von Schwaben, Römischer König und Kaiser, im Fluss Saleph. Er befand sich zu dieser Zeit auf dem Dritten Kreuzzug nach Jerusalem, um dort das Heilige Land von den Ungläubigen zu befreien.

Vor allem in Kelheim und im übrigen Bayern war die Trauer groß. Immerhin galt der »Rotbart« als Gönner und Förderer der Wittelsbacher, die er anstelle des unzuverlässigen Herzogs Heinrich des Löwen zum Herrscher des Bayernlandes ernannt hatte.

Es herrschte Unsicherheit, wie sich Heinrich, Friedrichs Sohn und Nachfolger, gegen Bayern verhalten werde. Womöglich söhnte er sich mit dem Welfen, Heinrich dem Löwen, aus und übergab diesem erneut das Land Bayern als Lehen?

Heinrich plagten zurzeit noch ganz andere Sorgen. Der Versuch, die Ansprüche seiner Gemahlin Konstanze, der Erbin des normannischen Königreichs Sizilien, durchzusetzen, lag wegen der Opposition deutscher Fürsten zwar nicht *ad acta,* aber immerhin bis auf Weiteres auf Eis.

Die Fürsten hatten sich der Unterstützung des englischen Königs Richard Löwenherz als wichtigstem Verbündeten gegen Heinrich versichert. Erst müsste es Heinrich gelingen, Richard gefangen zu nehmen, ehe er in Palermo zum König von Sizilien gekrönt werden könnte.

Der designierte Wittelsbacher Herzog Ludwig ließ es sich währenddessen angelegen sein, die ritterliche Ausbildung an verschiedenen Adelshöfen zu vervollkommnen. Die Zeit für kindliche Spielereien gehörte endgültig der Vergangenheit an.

Und dann war es endlich so weit. Auf der Burg zu Kelheim überschlug man sich schier: Der junge Herr sollte im Sommer 1192 mit siebzehn Jahren zum Ritter geschlagen werden! Frau Agnes und die Schwestern des Herzogs waren in heller Aufregung. Kein Vertreter, nein, der Kaiser selbst würde in Worms zugegen sein und dem jungen Ritter das Schwert überreichen!

Anna freute sich sehr, als ihr Oheim, Pater Adalbert, ihr davon berichtete. Wie immer wünschte sie Ludwig nur das Beste. Sie war mittlerweile zwanzig Jahre alt, unverheiratet und nur auf das Wohl ihres gütigen Ziehvaters bedacht, dem mittlerweile allerlei Gebrechen des Alters zu schaffen machten.

Aus dem Wildfang von einst war eine hübsche und stille junge Frau geworden, um die Adalbert sich allmählich sorgte. Er hätte es gern gesehen, wenn sie einen der zahlreichen jungen Männer erhört hätte, die in regelmäßigen Abständen um sie warben. »Ich werde nicht ewig leben, mein Kind! Es würde mich sehr beruhigen, dich nach meinem Tode gut versorgt zu wissen«, sagte er oft zu seiner Nichte.

Doch Anna lächelte dann nur und wechselte das Gesprächsthema. So blieb alles beim Alten.

»Ich habe eine Überraschung für dich, mein liebes Kind«, begann Adalbert eines Tages, als er ihr dabei zusah, wie sie eine neue bestickte Seidenstola, die er zur

61

sonntäglichen Messe tragen würde – ein Geschenk der Herzogin – mit dem Plätteisen glättete.

»So? Was ist es denn, Oheim?«

Sie erkundigte sich zwar freundlich, klang aber nicht übermäßig interessiert. Wahrscheinlich war es wieder nur ein Antrag irgendeines Jünglings, der bei ihm als ihrem Vormund und Ersatzvater um ihre Hand angehalten hatte ... Sie würde ablehnen, wie schon seit Jahren.

»Wir zwei werden auch auf Reisen gehen, Kind! Unser Herr Ludwig will mich als seinen künftigen geistlichen Berater und als Chronisten bei sich haben, wenn er im Sommer in Worms die feierliche Schwertleite erlebt. So wie ich seinem Vater, Herzog Otto, und seiner Witwe Agnes gedient habe, genauso soll ich jetzt beim jungen Herzog meines Amtes walten. Allein traue ich mir die Reise in meinem Alter natürlich nicht mehr zu. Dabei brauche ich dich als meine Begleiterin und Helferin! Nun, was sagst du dazu, Anna?« Erwartungsvoll schaute ihr der alte Mönch in die Augen und entdeckte plötzlich etwas, was er insgeheim schon seit Langem befürchtet hatte: Sein Mündel Anna liebte den Herzog!

Daher auch ihre Abneigung, sich einen der ehrsamen Herren, die in schöner Regelmäßigkeit um sie warben, zum Ehegemahl zu nehmen. Ach Gott, was für ein Drama! Wohin sollte das bloß führen?

Im nächsten Augenblick jedoch verschwand der verräterische Glanz in ihren wunderschönen blaugrünen Augen. Nüchtern und ruhig wie immer bekundete die junge Frau ihr Einverständnis, ihn zu diesem bedeutenden Ereignis zu begleiten. »Ich reise gern, lieber Oheim. Worms ist gewiss eine schöne Stadt – und den Kaiser sieht man weiß Gott auch nicht alle Tage.«

Von sich aus verlor sie über Ludwig kein einziges Wort. Erst auf Nachhaken des Benediktiners gab sie gleichmütig zu, sich über das Wiedersehen mit dem Bayernherzog *natürlich* zu freuen. Adalbert war beruhigt – mehr oder weniger.

Die nächsten Tage waren angefüllt mit Reisevorbereitungen mannigfaltigster Art. Auf der Burg herrschten Unruhe und ein ständiges Kommen und Gehen. Geschenke sollten besorgt, neue Garderobe wollte angeschafft werden! Die Knechte machten sich an den vorhandenen Kutschen zu schaffen, um sie für eine längere Fahrt tauglich zu machen, und ein paar neue musste man erst beim Wagner bestellen.

Anna ließ sich von Pater Adalbert über die Stadt Worms berichten. Bisher kannte sie nur Kelheim und die Bischofsstadt Regensburg, weiter weg war sie bis jetzt noch nie gekommen. Der Benediktiner war nur zu gern bereit, sein Wissen vor ihr – und zugleich vor der Herzoginmutter Agnes – auszubreiten.

Auch Frau Agnes war daran gelegen, über diesen Ort möglichst viel zu erfahren, der seit Langem als »Kaiserstadt« einen bedeutenden Ruf genoss und nun zur Stätte des Triumphs für ihren geliebten Sohn Ludwig werden sollte.

»Worms liegt südlich von Mainz am linken, also am westlichen Ufer des Rheins«, erklärte Adalbert den Damen – auch drei von Ludwigs Schwestern hatten sich mittlerweile dazugesellt. Er hatte eine aus dem Kloster Weltenburg entliehene Landkarte vor sich ausgebreitet und deutete mit dem Finger darauf. »Im Südwesten der Stadt haben wir die Ausläufer des Pfälzer Waldes und im Westen die Hügel des Wonnegaus, und jenseits des Rheins schließt sich im Osten der Odenwald an. Worms wetteifert übrigens mit Augsburg, Trier, Kempten und Regensburg um den Titel der ältesten Stadt Deutschlands, meine Damen!

Bekannt ist Worms vor allem für seinen Dom, der neben denen von Mainz, Speyer und Aachen einer der vier *Kaiserdome* ist! Und eine jüdische Gemeinde gibt es dort auch wieder, nachdem man die Hebräer während des Ersten Kreuzzugs aus der Stadt vertrieben hatte.«

Adalbert war der Meinung, das müsse fürs Erste als Unterweisung genügen. Alles Weitere konnte er auf der Hinreise oder in der Stadt selbst erklären, falls Bedarf dazu bestünde. Dass ihm seine Nichte immer wieder Fragen stellen würde, davon konnte er ausgehen. Bei den edlen Damen war er sich nicht so sicher, ob sie sich dafür interessierten – Herzogin Agnes ausgenommen, dachte er, denn sie war eine aufgeweckte und vielseitig begabte Frau, die alles zu hinterfragen pflegte, was sie nicht verstand.

Die Aufnahme in die Ritterschaft, genannt »Schwertleite«, durch den Stauferkaiser Heinrich VI., Sohn des großen Barbarossa, verlief in einer höchst eindrucksvollen Zeremonie. Keiner der zwölf Jünglinge edlen Geblüts würde sie jemals vergessen.

Nachdem Ludwig vier Jahre außerhalb seines Elternhauses als »Knappe« gedient hatte, sollte endlich der große Tag anbrechen, an dem er zu einem vollkommenen Ritter ausgebildet sein würde. Das Hauptgewicht der intensiven Schulung hatte auf den verschiedenen Kampftechniken gelegen. Bis zum Umfallen immer wieder aufs Neue geübt hatte der junge Herzog etwa die Treffsicherheit beim Anrennen mit der Lanze sowie den Kampf mit Schwert, Streitkolben und Streitaxt. Wichtig dabei war, dass der Knappe seine Waffen mit beiden Händen gut zu handhaben wusste.

Allerdings sollte der Jüngling nicht nur ein Experte im Kampf und in der Kriegskunst werden, auch seine

Manieren wurden verfeinert. So gehörte es beispielsweise zu seiner Erziehung, tanzen und »hofieren« zu lernen, Brettspiele zu beherrschen und *alles, was einen Edelmann noch zieren mag.* Das Letztere beinhaltete, dass der künftige Ritter sich auch der gängigen Tischmanieren zu befleißigen vermochte – was manch einem jungen Herrn große Schwierigkeiten bereitete.

Es gab sogar ein eigenes Buch für gutes Benehmen (das man am besten auswendig lernte), um die Benimmregeln jederzeit nachschlagen zu können, falls man sie später vergessen haben sollte ... Gut gelaunt präsentierte Ludwig dieses Regelwerk seinen Verwandten, die ihn in Worms in jenem Gasthof aufsuchten, in dem die künftigen Ritter untergebracht waren.

»Hört zu, was hier geschrieben steht, Madame«, forderte er vor allem Herzogin Agnes auf: »Der Ritter möge mit seinem eigenen Löffel essen, an der Tafel nicht rülpsen, es unterlassen, sich ins Tischtuch zu schnäuzen, sowie angebissene Brotstücke oder abgenagte Knochen in die Schüssel, aus der alle zugreifen, zurückzulegen.‹ Und man beachte vor allem den Hinweis: ›Wer gerade Essen im Munde hat, möge nicht saufen wie ein Vieh!‹ Liebste Frau Mutter, das alles hatte ich bei Euch daheim längst gelernt. Ich glaube, wenn ich mich bei Tisch nicht benommen hätte, wie Ihr es verlangtet, hättet Ihr mich mein Essen im Schweinestall einnehmen lassen!«

»Davon dürft Ihr getrost ausgehen, mein lieber Sohn.« Die Herzoginwitwe lachte und umarmte Ludwig, der inzwischen eineinhalb Köpfe über ihr aufragte und den sie schmerzlich vermisst hatte. Auch seine Schwestern Sophie, Agnes und Richardis freuten sich sichtlich, trotz anfänglicher Scheu gegenüber dem fremd (weil erwachsen) gewordenen Bruder, und schlossen ihn liebevoll in die Arme.

Ludwig erkundigte sich nach Heilika und Mechthilde, die in Kelheim geblieben waren. Beide hatten sich nach einer erst kürzlich überstandenen Krankheit noch nicht so recht wohl gefühlt; aber sie ließen ihn grüßen und gratulierten ihm zu seinem großen Ehrentag.

Auch das Wiedersehen mit Pater Adalbert verlief äußerst herzlich. Der alt gewordene Mönch vergoss sogar heimlich ein paar Tränen der Wiedersehensfreude. Jetzt stand nur noch die Begrüßung zwischen Ludwig und Anna an – welcher der Benediktiner und vor allem Frau Agnes mit einer gewissen Anspannung entgegensahen.

Ein Wiedersehen nach langer Zeit

Wie Pater Adalbert hatte auch die Herzoginmutter hin und wieder gewisse Gefühle zwischen den beiden jungen Leuten geargwöhnt, die über »rein geschwisterliche« hinausgingen. Aber die erste Begegnung nach so langer Zeit verlief vollkommen unspektakulär. Falls ihr Sohn nervös war, ließ er sich nichts anmerken, und Anna hatte es schon als kleines Mädchen verstanden, sich gut zu beherrschen – oder sollte man lieber sagen, »sich zu verstellen«?

Aber auch in der Folgezeit ließ absolut nichts darauf schließen, dass sich hier etwas Unziemliches anbahnen könnte; Frau Agnes atmete auf: Wahrscheinlich hatte sie nur Gespenster gesehen.

Den Abend verbrachten die einzelnen Familien gemeinsam.

Bei den Wittelsbachern hielt sich auch Erzbischof Konrad von Mainz und Salzburg auf. Sein Amt als Ludwigs Vormund würde am folgenden Tag enden; auch Herzogin Agnes und die beiden anderen Vormünder, Pfalzgraf Otto und Oheim Friedrich, waren ab morgen ihrer Pflichten

66

ledig. Von nun an würde der junge Ritter als eigenständiger Herzog über das Land Bayern herrschen.

Die Kelheimer mussten sich, wie die Angehörigen der übrigen Knappen auch, bald zurückziehen. Die jungen Männer, meist zwischen neunzehn und einundzwanzig Jahren (Ludwig war mit nicht ganz achtzehn der jüngste), würden die kommende Nacht schlaflos im Dom verbringen. Das sollte der Einstimmung und Vorbereitung auf ihre künftigen Aufgaben dienen.

»Angetan mit einer Kutte wie ein Mönch, das Haupt mit einer Kapuze verhüllt, kniet der Knappe vor dem Altar und bittet Gott um Beistand und rechte Einsicht in seine Pflichten als christlicher Ritter«, erklärte Pater Adalbert der Herzoginmutter, was ihrem Sohn als Nächstes bevorstand. »Außerdem betet jeder Jüngling für das Seelenheil jener Knappen, denen ein allzu früher Tod die Schwertleite versagt hat.«

Nicht selten endete das Leben eines Knappen tödlich. Obwohl noch kein richtiger Krieger, war es doch dessen Pflicht, den Herrn, unter dessen Obhut er stand, in einen etwaigen Kampf zu begleiten, ihm nicht von der Seite zu weichen, sondern im Gegenteil, falls seinem Herrn Gefahr drohte, mutig dazwischenzugehen. Als Folge dieser frühzeitig eingeschärften Treuepflicht starb so mancher Knappe einen frühen Heldentod. Für die Gruppe, welcher Ludwig angehörte, traf dies zum Glück nicht zu.

Sein Herr und Ausbilder bestimmte auch den Zeitpunkt, wann ein Knappe reif war für den Ritterschlag. Dazu musste er sein militärisches Können voll entwickelt, gutes Benehmen gezeigt und seine Charakterstärke bereits bewiesen haben.

Kein Wunder, dass sowohl der Anwärter dieser Ehre als auch seine Familie und Freunde dieser Zeremonie voller Stolz und Erwartung entgegensahen – und sein Ausbilder natürlich ebenso! In Ludwigs Fall Graf Edelgard von Bingen, der Bruder seines erzbischöflichen Vormunds, Konrad von Mainz.

Am Vortag, noch ehe Mutter und Schwestern in Worms eingetroffen waren, hatte die Zeremonie der Schwertleite, die im Laufe der Jahrhunderte einen ausgeprägt religiösen Charakter angenommen hatte, für alle Knappen ein rituelles Bad vorgesehen. Das galt als altehrwürdige Erinnerung an die notwendige Abwaschung all ihrer Sünden.

»Danach bettete man Euren Sohn auf ein weißes Lager«, berichtete der Mönch den aufmerksam Lauschenden. »Das diente zur Verheißung des ewigen Friedens, der ihn als christlichen Ritter dereinst im Paradies erwartet. Jetzt, nach dem abendlichen Mahl, werden die Knappen gemeinsam in den Dom ziehen, wo sie die Nacht betend vor dem Altar verbringen werden. Diese ganz bewusst dem Mönchsleben nachempfundene Nachtwache wird im Morgengrauen mit einer feierlichen Messe des Erzbischofs enden, an der alle Angehörigen und Freunde teilnehmen dürfen«, fügte Pater Adalbert hinzu. »Danach wird der eigentliche Festtag mit der zeremoniellen Einkleidung beginnen.«

Die Kelheimer begaben sich kurz darauf zur Ruhe, um für den kommenden ereignisreichen Tag gewappnet zu sein. Ludwigs Mutter und ihr Beichtvater Adalbert wollten allerdings diese Nacht ebenfalls im Gebet verbringen.

Was Ludwigs Verwandtschaft und ihre Begleiter zum Glück nicht wussten, war der Umstand, dass der junge Herzog ein ausnehmend unangenehmes Zusammentreffen mit einem anderen Knappen gehabt hatte, als die jungen Herren zum ersten Mal nach der Ausbildung, kurz vor der feierlichen Verleihung der Ritterwürde, zusammenkamen, um einander besser kennenzulernen, den Ablauf der feierlichen Schwertleite in allen Einzelheiten zu besprechen und die einzelnen, genau festgelegten Schritte einzuüben.

Ferdinand von Hohentann war es, der Ludwig die seinerzeit wegen Anna bezogene Tracht Prügel keineswegs vergessen hatte. Er glaubte nun, den Jüngeren mit seiner jetzigen Stärke beeindrucken zu können.

Nach einigen provokanten Sprüchen seinerseits lud der um einen halben Kopf kürzere, aber stämmige Wittelsbacher ihn allerdings ein, mit ihm »nach draußen« zu gehen, um einiges »zu besprechen«. Die übrigen Jünglinge hatten begonnen, lange Hälse zu machen, um ja mitzubekommen, was die beiden Streithähne veranlasste, sich zueinander so offenkundig feindselig zu verhalten.

»Willst du dich etwa mit mir anlegen, Wittelsbach?«, fragte Ferdinand und grinste frech. »Überleg's dir gut! Dieses Mal hilft dir kein Georg Felsing, mich kleinzukriegen!« Er lachte laut und überheblich.

Da hatte er allerdings auch schon eine Maulschelle im Gesicht sitzen, die ihn schier umwarf.

»Keine Sorge«, meinte Ludwig in aller Ruhe. »Mit dir werde ich auch allein fertig, Hohentann.« Und, bei Gott, das wurde er.

Nach einer fürchterlichen Abreibung schlich Ferdinand reichlich kreuzlahm von dannen. *Mist!* Falls er an seinem großen Tag humpeln sollte, würde er damit sich und seine ganze Familie blamieren. Er schäumte vor Wut. Aus sicherer Entfernung schrie er dem Kontrahenten noch zu: »Pass bloß auf, Wittelsbach! Irgendwann kriege ich dich – grade, wenn du nicht dran denkst!«

»Das sieht dir ähnlich, Feigling, der du bist!«

Ludwig zuckte unbekümmert die Schultern und gesellte sich wieder zu den anderen.

Der nächste Morgen wurde von allen mit großer Spannung erwartet. Es gab nur eine einzige Person, die nach außen hin keinerlei Emotionen erkennen ließ, sondern betonten Gleichmut zeigte, und zwar Anna. Ihr war in keiner Regung anzusehen, welche Gefühle sie bewegten; nur ihr Oheim mochte andeutungsweise ahnen, was in der jungen Frau in jenen Stunden vorging.

Versammlungsort war die große Vorhalle in der königlichen Residenz. Pater Adalbert hatte schon in Kelheim versprochen, seiner Herrin und ihrer Familie die einzelnen Vorgänge der feierlichen Zeremonie leise im Flüsterton zu erklären.

»Seht, Frau Herzogin, Eurem Sohn wird gerade ein rotes Gewand angelegt. Das dient als Erinnerung an seine Pflicht, wenn nötig, sein Blut für die Kirche zu vergießen; dazu erhält er schwarze Strümpfe als Mahnung an den Tod und einen weißen Gürtel als Zeichen für die Keuschheit seines Leibes.«

Ungefähr mit diesen Worten wollte der Benediktiner seine erlauchte Begleiterschar belehren, damit sie die ungewohnte Prozedur auch ja verstehen könnten.

»Derart angetan, führt man Ludwig und seine Mitknappen jetzt in den Festsaal, wo Kaiser Heinrich, zahlreiche ehrwürdige Herren des Reiches und viele edle Ritter auf die jungen Herren warten, um die Schwertleite zu vollziehen.« So in etwa würde seine Ansprache lauten.

»Dürfen wir dem feierlichen Akt auch selbst beiwohnen, Pater?«, erkundigte sich Ludwigs Schwester Richardis. Sie schien am meisten von allen Schwestern an ihrem einzigen Bruder zu hängen.

»Selbstverständlich, edles Fräulein! Wir alle werden Zeugen sein!«

Die riesige Halle bot zum Glück Platz für die zwölf Familien. Die Vornehmsten jeder Sippe nahmen auf Stühlen

Platz, die jüngeren und weniger wichtigen mussten stehen. Jeder reckte den Hals und manche stellten sich auf die Zehenspitzen, um ja nichts zu verpassen. Immerhin galt es, den Römischen Kaiser leibhaftig zu sehen, und dazu viele Große des Reiches.

Vor allem Anna versuchte, über die vor ihr Stehenden hinwegschauen zu können. Nichts von dem, was ihrem lieben Ludwig widerfuhr, wollte sie sich entgehen lassen.

Leider kam es zu einer nicht unerheblichen Verzögerung. Niemand der Anwesenden wusste den Grund dafür, und allmählich machte sich Unruhe breit im Saal. Was war geschehen? Weshalb geriet die Feier bereits ins Stocken, ehe sie überhaupt begonnen hatte?

Hinter den Kulissen herrschte ziemliche Aufregung: Ausgerechnet das Kleiderbündel Ludwigs von Wittelsbach, welches gleich allen anderen parat liegen sollte, war auf rätselhafte Weise verschwunden! Ludwig und seine Mitknappen suchten fieberhaft danach. Auch Ferdinand von Hohentann beteiligte sich daran, allerdings vermochte er ein boshaftes Grinsen nicht zu unterdrücken, was ihm sogar die scharfe Rüge eines hohen Geistlichen eintrug.

Ehe die Lage vollends peinlich zu werden drohte – der Kaiser selbst schaute schon ziemlich grimmig drein –, war es ausgerechnet Ferdinand, der einen verstaubten Kleiderhaufen anschleppte, den er angeblich hinter einer Truhe nahe der großen hinteren Saaltür gefunden haben wollte.

Eiligst gingen Dienstboten nun daran, das rote Zeremonialgewand zu säubern und die offensichtlich mutwillig hineingeschnittenen Löcher in den schwarzen Strümpfen zu stopfen.

Die Dienerschaft des Mainzer Bischofs vollbrachte sogar wahre Wunder: Keinem der Festgäste fiel etwas auf – vor allem weil man den verschmutzten weißen Gürtel durch einen neuen ersetzte ... Die Feier konnte endlich beginnen.

Der jugendliche Herzog stand nun auf dem Podest, die Hände zum Himmel erhoben, und der Kaiser selbst umgürtete ihn mit dem Schwert, während ihm ein hoher Adeliger die Sporen anlegte; Helm, Schild und Lanze wurden von anderen edlen Herren bereitgehalten.

Die Zeremonie unter Mitwirkung vieler Edler war so ergreifend, dass nicht nur die Mutter des Herzogs in Tränen zerfloss. »Wie sehr würde mein lieber Gemahl Otto sich freuen, dürfte er diesen Ehrentag seines Nachfolgers erleben«, schluchzte sie.

Auch Ludwigs sonst manchmal altkluge Schwestern zeigten sich sehr berührt, und selbst Anna, die sich vorgenommen hatte, durch keinerlei Sentimentalitäten aufzufallen, vermochte nicht zu verhindern, dass Tränen in ihren Augen schimmerten.

Während der Kaiser den jungen Herzog Ludwig nun mit dem Schwert – einer speziellen Prunkanfertigung – umgürtete, rezitierten die hochrangigen Zeugen, die das Podest umstanden, folgendes Gebet, das seit Jahrhunderten üblich war:

»Wir bitten dich, o Herr, erhöre unsere Gebete und heilige dieses Schwert, mit dem dein Diener Ludwig von Wittelsbach sich zu umgürten wünscht. Segne es mit deiner rechten Hand, auf dass es zum Schutze von Kirchen, Witwen, Waisen und allen Gottgläubigen diene. Möge es uns gegen die Heiden schützen und allen unseren Feinden Angst, Schrecken und Entsetzen einjagen!«

Über viele Stunden zog diese Zeremonie sich hin, bis allen Knappen die Ehre der Schwertleite erwiesen war. Jeder der zwölf Jünglinge war nun ein Ritter und Vasall des Königs und Kaisers. Anschließend zogen alle gemeinsam zum Dom, wo der Erzbischof über den auf dem Altar liegenden Schwertern sowie über den davor knienden jungen Rittern den kirchlichen Segen sprach.

Erst danach begann ein Freudenfest mit Festtafel, Musik und Tanz. Für jeden Einzelnen ein Anlass, sich in seinen schönsten und prachtvollsten Gewändern zu zeigen – und für die frisch gebackenen Ritter die Gelegenheit, zu demonstrieren, dass sie tatsächlich höfische Sitten und ritterliche Tugenden erlernt hatten.

Der junge Wittelsbacher tat sich am meisten hervor – das gestanden ihm selbst die kritischsten Beobachter zu, allen voran seine ehemaligen Vormünder. Ferdinand von Hohentann reagierte bloß mit höhnischem Lächeln, wagte jedoch nicht, Ludwig noch einmal anzugreifen – auch nicht mit Worten.

»Wenn Ihr Euch am morgigen Tag beim Turnier genauso geschickt und erfolgreich zeigen solltet, Wittelsbach, wie Ihr es heute bei den holden und schönen Damen tut, dann beglückwünsche ich mich selbst, Euch als meinen Gefolgsmann zu besitzen«, äußerte sich der Kaiser doch tatsächlich laut vor allen Umstehenden!

Ein Lob, das Ludwig vor Verlegenheit erröten ließ und seiner Mutter Agnes erneut Freudentränen entlockte.

Vor lauter Stolz sah diese sogar darüber hinweg, dass ihr Sohn sich nicht scheute, selbst die unbedeutende Anna zum Reigentanz zu bitten. »Immerhin versteht das junge Frauenzimmer, anmutig zu tanzen«, raunte die edle Frau ihrer Kammerzofe zu, während sie mit wachsamen Augen den Sohn und dessen ehemalige Spielgefährtin auf dem glänzenden Parkett verfolgte.

In der Tat blamierte Anna den erlauchten Herrn keineswegs. Manch einer der jungen Ritter warf ihr mehr als nur *einen* interessierten Blick zu … Leise Fragen wurden laut, *wer* um alles in der Welt dieses schöne, anmutige Fräulein sei, das man noch niemals gesehen habe …

73

Selbst Ferdinand von Hohentann erkannte sie anfangs nicht. Als er erfuhr, um wen es sich handelte, hielt er sich vorsichtshalber, wenn auch zähneknirschend, von Anna fern, spürte er doch noch immer die Fäuste des Wittelsbachers auf seinen Rippen …

Pater Adalbert, der Frau Agnes und ihre misstrauischen Gedanken zu durchschauen schien, gab bald vor, müde und erschöpft zu sein. So verließ Anna umgehend das wunderbare Fest, um mit dem Oheim aufzubrechen und ihn in den Gasthof zu geleiten, wo er sich auch alsbald zu Bett begab.

Adalbert seufzte. Wieder einmal ließ seine Nichte durch nichts erkennen, ob sie enttäuscht war, dass der schöne Abend für sie so abrupt geendet hatte. Nicht zu übersehen, dass ihr einfaches, aber dennoch überaus geschmackvoll drapiertes hellgrünes Obergewand über dem in dunklerem Grün gehaltenen Seidenhemd die Blicke aller Anwesenden auf sich gezogen hatte …

Zweifellos hat meine Nichte zu den schönsten Jungfrauen gezählt – trotz ihrer schlichten Aufmachung, dachte der alte Mönch. Sie muss die bewundernden Blicke der jungen Herren gespürt haben – obwohl sie vorgab, nichts dergleichen zu bemerken!

Aber ihm, dem erfahrenen Beichtvater, vermochte sie dennoch nichts vorzumachen. Es konnte zwar stimmen, dass ihr die anderen jungen Herren gleichgültig waren; er aber glaubte, um ihre wahren Gefühle für Herzog Ludwig zu wissen, und dass sie es genoss, wenn dieser sie wunderschön fand.

Zurück in Kelheim

Anna schwebte wie auf Wolken. Endlich war ihr lieber Herr wieder daheim – und nun nicht mehr unter der Munt von Mutter Agnes und den strengen Vormündern, sondern als eigenständiger Herrscher, als Ludwig I., Herzog von Bayern!

Als guter Sohn bedankte sich Ludwig artig bei allen, die an seiner statt jahrelang das Land zu seinem Vorteil verwaltet hatten. Danach schickte er sich umgehend an, einige wichtige Änderungen auf der Burg Kelheim einzuführen.

Für Anna am bedeutsamsten erwies sich die Neuerung, dass sie ab sofort bei den Mahlzeiten zusammen mit Oheim Adalbert bei Tische der hohen Herrschaften saß, und nicht länger beim niederen Gesinde. Sie durfte vorn am Kopf der Tafel sitzen, sodass der Herzog jederzeit mit ihr plaudern konnte, wovon er oft und gern Gebrauch machte.

»Ich werde mich nicht mehr von dir trennen lassen, Annele«, verkündete er ihr gleich am ersten Tag, als die ganze Familie sich zur festlichen Abendtafel begab. Er passte einen günstigen Augenblick des zufälligen Alleinseins mit ihr ab, ehe seine Rückkehr als Bayernherrscher gebührend gefeiert werden sollte. Sogar die Koseform ihres Namens aus der Kinderzeit benutzte der Herzog noch … Ja, der überraschten jungen Frau verriet er sogar noch mehr: »Ab jetzt wirst du mich auf sämtlichen meiner Reisen begleiten, weil ich deinem gesunden Menschenverstand und deiner Loyalität absolut vertraue. Als Herzog von Bayern bin ich von vielen Schmeichlern umgeben, die mir nur nach dem Munde reden – und darauf kann ich gut und gern verzichten!«

»Das hört sich wunderbar für mich an, Herr«, erwiderte Anna knicksend und runzelte die Stirn. »Aber ich sehe nicht, wie das möglich sein sollte. Ich habe keinerlei Funktion bei Hofe und daher –«

Ludwig lachte verschmitzt auf. »Von wegen! Schau, Annele, das ist ganz einfach: Pater Adalbert wird in Zukunft nicht nur mein geistlicher Beistand sein, sondern mein offizieller Chronist. Als solcher muss er auf Reisen stets an meiner Seite sein. Wie sollte er sonst wahrheitsgemäß und vollständig berichten können? Und weil seine Gesundheit leider nicht mehr die allerbeste ist, braucht er dich, seine Nichte, die auf ihn schaut und um sein leibliches Wohl besorgt ist. Da hast du doch deine offizielle Funktion, liebste Anna!«

»Wie wundervoll, Ludwig!«, entfuhr ihr ein Jubelschrei. Gleich darauf lief sie feuerrot an, und sie eilte sich, erneut vor ihm zu knicksen. »Verzeiht, edler Herr, ich wollte natürlich sagen: Euer Durchlaucht sind zu gütig gegen mich! Aber ich freue mich riesig, Euer Gnaden!«

»Das will ich hoffen, Anna. Und merk dir: Wenn wir unter uns sind, lass diese merkwürdigen Anreden ruhig weg. Für dich bin ich nach wie vor ›Ludwig‹.«

Wieder versank die junge Frau in einem Hofknicks; aber im Stillen beschloss sie, von diesem ebenso freundlichen wie großzügigen Angebot niemals Gebrauch zu machen. Ihre unbeschwerten Kindertage gehörten der Vergangenheit an, und Pater Adalbert hatte ihr längst beigebracht, dass es nicht opportun war, sich mit hohen Herren auf zu vertrauten Fuß zu stellen …

»Wenn es zu Meinungsverschiedenheiten kommt, ist der zu vertraute Umgang eines niedrig Geborenen mit dem Höhergestellten nicht gut. Die Spannungen sind um ein Vielfaches größer – weil es der Herr im Allgemeinen nicht verträgt, wenn ihm der Knecht widerspricht!«

Ja, Oheim Adalbert war ein lebenserfahrener, kluger Mann – und Anna seine nicht minder gescheite Nichte.

Falls man am Herzogshof die Nase rümpfte über die neue alte Vertrautheit zwischen ihr und ihrem Jugendgespielen Ludwig, geschah dies im Geheimen. Niemand – auch Frau Agnes nicht – wagte es, laut Kritik zu äußern. Auch die Schwestern des Herzogs gewöhnten sich alsbald an »Fräulein Anna« – obwohl sie nicht von Adel war.

Mit zwanzig galt man bereits als »alte Jungfer«, die keinen Mann abbekommen hatte. Doch in der Burg und der Stadt Kelheim war bekannt, dass Pater Adalberts Verwandte bisher jeden Bewerber um ihre Hand abgewiesen hatte.

»Die wartet wohl auf einen ganz besonderen Prinzen«, wagten manche Weiber über Annas Stand als ledige Frau zu spötteln.

»Der ihr passt, muss wohl erst noch gebacken werden«, lästerte gar eine Krämerin auf dem Markt, nachdem Anna mit ihrem Henkelkorb, ohne etwas zu kaufen, an ihr vorübergegangen war, nachdem sie den verschrumpelten Weißkrautköpfen lediglich einen kritischen Blick gegönnt hatte.

Die junge Frau war auch bei Lebensmitteln ausgesprochen wählerisch, denn hin und wieder verspürte sie Lust, in der Burgküche selbst etwas für den Oheim zu kochen. Auch so eine Marotte von ihr, die der herzogliche Küchenmeister ihr allerdings nachsah, da er das junge Ding sympathisch fand und sie wirklich etwas von guter und bekömmlicher Speisenzubereitung verstand.

Pater Adalbert liebte gefüllte Kohlblätter über alles, und Anna tat ihm gern den Gefallen, indem sie das zarte Fleisch von Stubenküken faschierte, was nichts anderes bedeutete, als es mit einem scharfen Messer fast zu Brei zu zerkleinern. Dann würzte sie das Kükenfleisch mit Petersilie und ein klein wenig Pfeffer und Salz, gab klein gewürfelte Zwiebeln dazu und vermengte das Ganze mit einem Hühnereigelb. Sie strich die Farce auf einzelne, ganz kurz in Salzwasser vorgegarte Weißkohlblätter, rollte diese auf und umwickelte sie mit einem Garnfaden.

Nebeneinander in eine Rein gelegt und mit etwas flüssiger Butter, weißem Wein und Wasser aufgegossen, schmorten die »Vogerl« genannten Weißkohlrollen dann ungefähr eine Dreiviertelstunde lang im Ofen.

Sooft Anna dieses Gericht in der Burgküche zubereitete, luden sich auch der Küchenmeister und ein paar der Küchenmägde dazu ein, denn an der herzoglichen Tafel wurde Weißkraut seit Langem nicht mehr serviert. Seit Herzog Ottos Tod galt es als »zu gewöhnlich«.

In Wahrheit war es Frau Agnes, die den Kohl aus der herrschaftlichen Küche verbannt hatte; ihr Magen vertrug ihn nicht mehr, und sie bekam Leibschmerzen davon. Anna hatte dem Koch zwar den Rat gegeben, den Kohlgerichten gemahlenen Kümmel beizufügen, um Blähungen zu verhindern – aber das Verdikt war nun einmal gefallen. Für die Dienerschaft allerdings bildete diese Art von Gemüse nach wie vor die Grundlage der Hauptmahlzeiten.

Bereits im Morgengrauen öffneten die Knechte das Burgtor; Herzog Ludwig schickte sich an, als neuer Herrscher mit gewaltigem Tross durch die bayerischen Lande zu ziehen, um seine Vasallen nacheinander aufzusuchen. Einerseits aus Höflichkeit: Er wollte sich bei den Edlen persönlich vorstellen und bei dieser Gelegenheit jedem Einzelnen seinen Dank dafür aussprechen, dass sie seine Mutter, Herzoginwitwe Agnes, jahrelang unterstützt und ihr die Treue gehalten hatten.

Der eigentliche – und für ihn wichtigere – Grund war jedoch der, dass er all die Grafen, Ritter und Barone kennenlernen wollte, um sie und ihre Charaktere einschätzen zu können. Waren die Herren zuverlässig und vertrauenswürdig, oder würde er ihnen besonders auf die Finger schauen müssen, damit sie hinter seinem Rücken keinen Verrat begingen?

Der Herzog neigte sich der neben ihm reitenden Anna zu. »Mein verstorbener Vater Otto hat mir als kleinem Buben mehr als einmal gesagt: ›Mein Sohn, merk dir eines: Vertrauen in die Menschen zu haben, ist schön und gut! Aber noch besser ist es, sie regelmäßig zu kontrollieren!‹ Verstanden habe ich das seinerzeit natürlich überhaupt nicht – heute dagegen schon. Ich weiß, dass das Menschenherz wankelmütig und für Bestechungen aller Art offen sein kann.«

Sein Beichtvater und neu ernannter Chronist, Pater Adalbert, der zu seiner Linken auf einem lammfrommen Braunen saß, konnte ein amüsiertes Schmunzeln nicht unterdrücken.

»Worüber erheitert Ihr Euch, Pater?«, erkundigte sich der Herzog.

»Ich musste auch gerade an Euren seligen Herrn Vater, Herzog Otto, denken, Euer Gnaden! Er ließ es sich stets angelegen sein, seine Untergebenen von Zeit zu Zeit aufzusuchen, um nach dem Rechten zu sehen. Im Jahr 1150, er war damals noch Pfalzgraf von Bayern, trug er als Vogtherr des Doms zu Freising des Öfteren Streitigkeiten mit dem Freisinger Bischof Otto aus. Einmal sind die beiden Herren sogar während eines Gottesdienstes aneinandergeraten – und wurden handgreiflich! Euer Vater hat damals den Bischof *während der Messe im Dom* niedergeschlagen! Ein skandalöser Vorfall, gewiss, aber nicht wenige haben dem hochnäsigen Bischof die Abreibung insgeheim gegönnt.«

Anna sah dem Herzog, der für derbe Späße im Allgemeinen immer zu haben war, sofort an, dass ihm dieser Abstecher in die Vergangenheit nicht besonders behagte, befürchtete er doch schon länger, den wittelsbachischen

Jähzorn seines Vaters geerbt zu haben. Ludwig war stets darauf bedacht, sich zu beherrschen.

Sie unterdrückte also ihre Heiterkeit und äußerte sich nicht dazu. Stattdessen machte sie ihn auf schwarze Gewitterwolken aufmerksam, die sich im Westen zusammenbrauten und nichts Gutes verhießen.

»Wir sind jetzt etwa auf der Höhe von Teugn«, überlegte der Herzog. »Nach Saal zurückzukehren, erscheint mir keine gute Idee. Genauso weit ist es bis Abbach. Wenn wir uns beeilen, können wir dort ankommen, ohne bis auf die Haut nass zu werden. Lasst es uns versuchen!«

Er gab dem Pferd die Sporen, und seine Begleiter taten es ihm gleich.

Pater Adalbert hatte allerdings Schwierigkeiten, das Tempo zu halten, so ließ auch Anna sich zurückfallen. Einer der Pferdeburschen zügelte ebenfalls seinen Gaul, um die junge Frau und den ältlichen Mönch nicht ganz abzuhängen. Alle drei schickten zweifelnde Blicke gen Himmel, wo die düsteren Wolken sie rasend schnell einholten. Die Sonne war bereits verschwunden, und es herrschte ein sonderbares Zwielicht.

»Jetzt kommt auch noch Sturm auf!«

Der Pater hörte sich ernsthaft besorgt an. Seine Worte waren zwar kaum zu verstehen, denn der Wind riss sie gleichsam von seinen Lippen fort, aber schon seine gerunzelte Stirn sprach Bände.

»Versucht es mit Beten, Pater!«, riet der Knecht. Er musste bereits brüllen, um noch verstanden zu werden.

»Das tut mein Oheim längst, Stephan!«, schrie Anna zurück. Gütiger Gott, dachte sie dabei, das sieht wirklich gefährlich aus!

Mit Gewittern war nicht zu spaßen. In diesem Sommer des Jahres 1192 hatten bereits schwere Unwetter mit Starkregen und Hagelschlag in weiten Gebieten Bayerns die

Ernten vernichtet. Durch Blitzschlag waren überdies nicht nur zahlreiche Kühe auf der Weide, sondern auch mindestens ein Dutzend Bauern auf den Feldern zu Tode gekommen.

Auch das noch! Als hätte Ludwig nicht schon genug Sorgen, erschien es in der Tat so, als müsse der junge Herzog die Großen seines Reiches von Neuem für sich gewinnen. Was die Herren einst Frau Agnes geschworen hatten, schien für sie auf einmal keine Geltung mehr zu besitzen. Es war offensichtlich, dass sie sich ihr endgültiges Einverständnis mit dem Wittelsbacher als Landesherr *abkaufen* lassen wollten – und zwar möglichst teuer.

Als Erstes war Ludwig daran gelegen, mit den mächtigen Bischöfen seiner Region im Reinen zu sein. Hatte er sie als hochrangige geistliche Fürsten auf seiner Seite, würde das meiste schon gewonnen sein. Der wichtigste war ihm der Bischof von Regensburg, den er jetzt auch als Ersten aufsuchen wollte.

Zum Glück ist Herzog Ludwig ein besonnener Herr und nicht so hitzigen Gemüts wie sein Vorgänger Otto, der einen hohen Kirchenmann sogar in seiner eigenen Kirche verprügelt hat, ging Anna durch den Sinn. Genauso wichtig ist es ihm jedoch, auch die Bischöfe von Passau, Freising, Augsburg und Salzburg für sich einzunehmen! Aber der Herzog ist schlau – er wird die Herren schon davon überzeugen, dass er für dieses hohe Amt der am besten geeignete Mann ist. Immerhin hat der Kaiser selbst ihn bestätigt!

Der Gedankengang erfuhr eine jähe Unterbrechung, als ein furchtbarer Donnerschlag ertönte und ein Blitzschlag in eine Pappel fuhr, die weiter vorn gleich neben dem Reitweg stand. Schwefelgestank machte sich in der Luft bemerkbar.

Menschen und Tiere erschraken beinah zu Tode. Die Pferde wieherten wild auf; Pater Adalberts Brauner scheute, schlug mit den Vorderläufen um sich und hätte um ein Haar den Benediktiner abgeworfen. Stephans sofortigem Zugriff war es zu verdanken, dass es dazu nicht kam, weil es ihm mit eisenharter Faust gelang, Adalberts Pferd am Halfter niederzuziehen und festzuhalten.

Allerdings schickte Annas Stute sich jetzt an, durchzugehen, nachdem das Feuer auf die niedrigen Weidenbüsche übergriff, die den schmalen Pfad entlang der Donau säumten, die noch Hochwasser vom letzten Unwetter führte. Es krachte, feurige Blitze zuckten hernieder, die meisten fuhren zischend in den reißenden Strom.

Und wieder war es der Reitknecht, der als Retter eingriff und Anna vor Schlimmerem bewahrte. Zweifellos besaß der junge Mann ein Händchen für Pferde und kam zum Glück auch mit nervösen und vor Furcht kopflosen Kreaturen zurecht. »Die trockenen Gewitter sind die schlimmsten«, schrie er. »Vor allem müssen wir runter vom Uferweg, das Wasser zieht die Blitze an!«

Der bis zur Wurzel der Länge nach aufgespaltene Baumstamm, dessen Krone von der Wucht des Einschlags glatt abgerissen worden war, loderte in hellen Flammen auf.

»Und wohin jetzt?«, schrie Pater Adalbert zurück und duckte sich ängstlich nieder auf den Rücken seines Gauls.

Immer noch waren die Pferde zu Tode erschrocken und standen kurz davor, erneut durchgehen zu wollen. Anna hatte Mühe, ihr Reittier überhaupt noch zu beherrschen, und selbst Adalberts braver Brauner begann mit absurden Bocksprüngen, sodass der Pater sich nur mit äußerster Mühe im Sattel zu halten vermochte. Zu ihrem Schrecken konnte Anna beobachten, dass auch Stephan kaum noch seines Apfelschimmels Herr wurde.

»Mir nach!« Stephan bog scharf rechts durch das Weidengebüsch ab und folgte einem schmalen, vermutlich nur von den Donaufischern benutzten Pfad. Die mittlerweile lichterloh brennende Pappel ließen sie links liegen.

Nach wenigen Minuten erreichten die Ermatteten ein paar elende kleine Steinhütten mit Schilfdächern.

Der Knecht hielt vor einem der winzigen Häuschen an und stieg ab, wobei er seinen Begleitern bedeutete, es ihm gleichzutun. In einem an der Hütte angebauten Unterstand banden sie ihre Pferde an – bei dem Sturm keine ganz leichte Angelegenheit; die Tiere waren unruhig, rollten mit den Augen und wieherten ängstlich.

Erleichtert folgten der Benediktiner und Anna dem Burschen zu der niedrigen Tür, die sich im gleichen Augenblick öffnete. Eine uralte Frau winkte sie herein.

»Das ist meine Großmutter Berta«, erklärte Stephan. »Sie ist blind, aber hören kann sie noch ausgezeichnet. Tretet ein, Pater, und Ihr auch, Fräulein Anna!«

Seit sie so offen vom Herzog ausgezeichnet wurde, wagte kein Bediensteter mehr, die junge Frau wie seinesgleichen zu duzen.

Das Innere der Einraumhütte wirkte wie alle anderen dieser Art: düster, eng und verqualmt. An einer Wand gab es nur ein einfaches Bettgestell mit einem Strohsack und einer dünnen Schafwolldecke, zwei niedrige Holzschemel und einen wackligen Tisch sowie eine gemauerte Herdstelle in der Mitte. Der Rauch zog durch eine im Dach darüber ausgesparte Öffnung ab.

Von diesem einen Loch in der Decke stammten auch die »Beleuchtung« und die Frischluftzufuhr, denn ein Fenster gab es nicht. Bei warmer Witterung ließ die Bewohnerin einfach die Tür offen … War es kalt oder regnerisch, wurde diese natürlich mit einem Holzscheit verriegelt und das Lüftungsloch mit einer Art Deckel verschlossen.

Dann hockte man beim Feuerschein und erstickte fast.

»Besonders bequem ist es nicht bei meiner Vatersmutter«, entschuldigte sich Stephan, nachdem er die alte Frau mit einer Umarmung begrüßt und ihr seine Begleiter vorgestellt hatte.

»Hauptsache, wir haben ein Dach über dem Kopf«, gab Anna zur Antwort. »Hört bloß, es hat angefangen zu schütten!«

Wie ein Sturzbach strömte es von oben herunter. Der Himmel schien endlich seine Schleusen geöffnet zu haben.

»Der Herr sei gelobt! Der Regen wird das Feuer löschen, das der Blitz entzündet hat«, stellte der Pater mit Erleichterung fest. »Es hätte sich womöglich zu einem Flächenbrand ausgeweitet. Das Gebüsch an der Uferböschung der Donau ist knochentrocken und brennt wie Zunder!«

Aus einem kleinen hölzernen Kasten holte Stephans Großmutter einen halben Brotlaib hervor, um den Gästen davon anzubieten. Auf die beiden Schemel nötigte sie den Pater und »das Fräulein«, während ihr Enkel sich wie selbstverständlich auf dem gestampften und mit Heu bestreuten Lehmboden niederließ.

Anna brachte es nicht übers Herz, der guten Frau das offensichtlich einzige Nahrungsmittel wegzunehmen, worüber sie verfügte. Auch der Benediktiner lehnte höflich dankend ab. Die junge Frau gab vor, noch satt vom Frühmahl zu sein, und Adalbert behauptete, sich als Mönch dieser Tage zum Fasten verpflichtet zu haben.

»Aber einen Schluck Wasser würden wir mit Freuden annehmen«, meinte Anna, um die alte Frau in deren Rolle als Gastgeberin nicht zu beschämen. In einer Ecke hatte sie beim Hereinkommen ein Holzfass mit Schöpflöffel bemerkt und nahm an, es enthielte Trinkwasser.

Die blinde Alte, die sich erstaunlich gut in ihrem schlichten Zuhause zurechtfand, schöpfte aus dem Fass einen irdenen Krug voll, den sie erst der jungen Frau und – nachdem Anna vorsichtig gekostet hatte – auch dem Mönch anbot.

Das Wasser schmeckte schal und abgestanden; das Fass war offenbar seit Längerem nicht mehr frisch aufgefüllt, geschweige denn gereinigt worden. Um Stephans Großmutter nicht zu kränken, lobten beide die Erfrischung. Der Enkel lehnte dankend ab, vermutlich wusste er Bescheid …

Danach sprach eine ganze Weile niemand mehr ein Wort; nur der Pater räusperte sich hin und wieder, und das Knacken der lodernden Holzscheite im Herd war zu hören. Der Qualm brannte in den Augen und legte sich ihnen auf die Brust.

»Hoffentlich hört das Unwetter bald auf!« Anna wollte vermeiden, dass das Schweigen allzu peinlich wurde. »Wir werden uns beeilen müssen, damit wir den Herzog einholen.«

»Da besteht keine Gefahr, Frau Anna«, behauptete der junge Mann. »In Abbach, wo Herzog Ludwig Halt machen wollte, wird man auf Euch warten. Ich denke, inzwischen wird man Euer Fehlen längst bemerkt haben.«

»Sobald der Regen etwas nachlässt, reiten wir weiter«, ordnete der Pater an, wobei er sich vergeblich bemühte, einen quälenden Hustenanfall zu unterdrücken. »Seine Gnaden soll nicht gezwungen sein, unseretwegen Zeit zu verlieren«, ächzte er dann.

Nach einer gefühlten Ewigkeit war es so weit; die drei schlugen ein zügiges Tempo an, um den Herzog und dessen übrige Begleitung einzuholen. Mittlerweile nieselte es nur noch, aber die Temperatur war schlagartig und beträchtlich gesunken. Etwas, das Anna im Hinblick auf ihren Oheim mit einer gewissen Sorge erfüllte: Er war mit den Jahren empfindlich geworden und vertrug feuchte

Kälte nicht mehr so gut. Sie hoffte, dass sich der Husten, der sich seit geraumer Zeit in seiner Brust festgesetzt hatte, nicht verschlimmerte. Adalbert mit heißem Kräutertee und einem warmen Brustwickel zu versorgen, würde ihr leider erst in Regensburg möglich sein.

Ernste Konflikte

In Abbach trafen alle wieder zusammen.

»Wo, um Himmels willen, habt Ihr Euch nur so lang aufgehalten?« Die Frage Herzog Ludwigs richtete sich zwar an seinen Beichtvater und Chronisten, aber sein besorgter Blick galt eindeutig Anna. »Wir machten uns bereits Sorgen um Euch!«

»Verzeiht, Euer Gnaden. Aber ich konnte Euch nicht so schnell folgen, und plötzlich stand uns ein durch einen Blitz in Brand geratener Baum im Weg. So schlugen wir einen Seitenpfad ein und gelangten zu einem Haus, in dem wir das Unwetter abwarten konnten«, erklärte der Benediktiner seinem Herrn. Dann musste er sich schnell beiseitedrehen, weil ihn erneut ein unerwarteter Hustenanfall übermannte.

»Gottlob seid Ihr ja jetzt hier.« Herzog Ludwig schien sichtlich erleichtert.

Ein Ritter verriet Anna später, der beunruhigte Herzog habe tatsächlich ins Auge gefasst gehabt, umzukehren und sich auf die Suche nach Adalbert und dessen Nichte zu machen. »Das hätte Seine Gnaden für keinen von uns Übrigen auch nur in Erwägung gezogen«, fügte der Mann mit bedeutsamem Augenzwinkern hinzu.

Die wusste nicht recht, wie der Edelmann das meinte: Sie war versucht nachzuhaken. Aber da rief Pater Adalbert nach ihr, sie wurde abgelenkt und vergaß den Vorfall.

Erst später fiel er ihr wieder ein. Sie ärgerte sich über sich selbst, dass sie dem Ritter nicht umgehend den Schneid abgekauft hatte. Was er da hatte andeuten wollen, war gewiss eine Unverschämtheit gewesen, sonst hätte der Kerl nicht so frech gegrinst! Aber leider war die Gelegenheit zu einer passenden Antwort verpasst.

Die Begegnung mit dem Regensburger Bischof verlief nach anfänglichem gegenseitigem Abtasten nicht unangenehm, ja, der Empfang war geradezu pompös. Ganz offensichtlich wollte der Bischof zeigen, was er sich leisten konnte – aber auch seine Ehrerbietung brachte er dadurch zum Ausdruck.

Das Gastmahl, wozu er den Herzog und die Seinen einlud, war vom Feinsten: Obwohl es ein Freitag und damit ein Fasttag war, tischte man dem hohen Gast zu Ehren mehrere Fleischspeisen auf, dazu als Fischgerichte gebratenen und mit würzigen Kräutern gefüllten Donauwaller und große, in viel Butter gesottene Krebse, mit der Hand gefangen in den Uferhöhlungen der Seitenarme des Flusses. Ein Gericht, das Ludwig an seine Kindheit erinnerte: Wie oft war er mit Anna, trotz mütterlichen Verbots, zur Donau geschlichen, um mit ihr einer seiner damaligen Lieblingsbeschäftigungen nachzugehen, dem Krebsefangen per Hand …

»Das in Pfefferrahm gegarte Kalb schmeckte äußerst delikat«, lobte der Herzog, als man beim Nachtisch saß. »Und der Hirschbraten mit der Rotweintunke und den gedämpften Mehlklößen suchte seinesgleichen! Euer Koch versteht wahrlich sein Handwerk, Bischof.« Er erhob das Glas, um dem Gastgeber zuzutrinken. »Desgleichen ziehe ich meinen Hut vor den köstlichen Weinen, die Ihr persönlich für dieses Mahl ausgesucht habt, Eminenz!«

Dem hohen Kirchenmann entlockten diese Lobsprüche ein zufriedenes Lächeln. Wie man an seiner Figur

unschwer erkennen konnte, legte er auf gute Küche großen Wert. Doch auch in finanziellen Angelegenheiten verstand es der Bischof ausgezeichnet, seinen Vorteil zu er-
langen.

»Der Bischof von Regensburg ist ein Fuchs! Aber alles in
allem bin ich dabei noch gut weggekommen!«

Der Herzog zeigte keineswegs eine unzufriedene Miene, als man nach drei Tagen Abschied nahm von der alt-
ehrwürdigen Bischofsstadt Regensburg. Als Schlusspunkt
hatten sie ein stundenlanges feierliches Hochamt im Dom
hinter sich – natürlich vom Bischof persönlich zelebriert.

Anna hatte sich allmählich Sorgen um ihren Oheim gemacht. Wie von ihr befürchtet, hatte ihm der Gewitter-
schauer leider eine hartnäckige Erkältung beschert, die allen Mitteln trotzte, die Anna bisher zur Anwendung
gebracht hatte.

»Den Bischof auf meine Seite zu ziehen, hat mich weniger gekostet als ursprünglich insgeheim veranschlagt«,
gab Ludwig in ihrer Anwesenheit freimütig zu. »Habt Ihr
alles wohl vermerkt, Pater?«

»Auf Heller und Pfennig, Euer Durchlaucht! In meine
Chronik kommt nichts, was nicht genau der Wahrheit ent-
spräche – und weglassen werde ich als gewissenhafter
Chronist sowieso nichts, Herr!«, krächzte Annas Oheim
heiser. Bereits diese wenigen Sätze lösten erneut einen
Hustenreiz bei ihm aus.

»Das wollte ich nur hören, mein Lieber!«, meinte der
Herzog trocken. »Jetzt bleibt nur zu hoffen, dass meine
Mission bei den anderen geistlichen Herren ebenso gut
verläuft.« Erneut wandte er sich Anna zu. »Im Grunde bedeutet es immer ein geschicktes Abwägen zwischen Angebot und Nachfrage. Ich habe schon bemerkt, dass ein Herzog auch ein geschickter Kaufmann sein muss.« Er lachte.

Anna freute sich mit ihm – nur Oheim Adalberts Gesundheit bereitete ihr zunehmend Sorgen. Eigentlich gehört er ins Bett, dachte sie und seufzte im Stillen. Die Rundreise des Herzogs durchs Bayernland hatte erst begonnen und würde sich noch etliche Zeit hinziehen.

Im Laufe der nächsten Tage und Wochen erwies es sich, dass nicht die Kirchenfürsten die Hauptgegner des Wittelsbachers waren, sondern die weltlichen Herren, was ihm die größten Schwierigkeiten bereitete.

»Am schlimmsten führt sich der Graf von Andechs auf; und die Grafen zu Ortenburg und die von Leonsberg sind nicht viel besser! Desgleichen machen mir die Grafen von Frontenhausen und seit Neuestem auch die Edlen von Zulling-Ellenbrechtskirchen das Leben schwer. Eine besonders harte Nuss scheint mir auch der derzeitige Graf von Bogen zu sein – der noch dazu über ein größeres Herrschaftsgebiet waltet, als ich es als Erbe der Scheyerner tue! Darum glaubt er auch, *er* müsste eigentlich Herzog von Bayern sein! Aber wenn er meint, mich schamlos erpressen und ausplündern zu können, dann täuscht er sich! Im Notfall werde ich ihn mit meinen Rittern angreifen und niederringen. Alles hat seine Grenzen. Ich bin zwar friedliebend, aber wahrlich kein Dummkopf!«

Anna erschrak. Bloß kein Krieg, dachte sie. Kriege und Kämpfe, die so viele Menschen das Leben kosteten, Äcker und Felder verwüstet hinterließen und ganz allgemein Elend und Seuchen mit sich brachten, fürchtete die junge Frau über alles. Bisher hatte sie nur kleinere Scharmützel erlebt – aber die hatten ihr allemal gereicht. »Ich bin überzeugt, Euer Gnaden, dass Euer diplomatisches Geschick es zuwege bringt, den Bogener zufriedenzustellen – ohne dass es zum Äußersten kommt!«

89

»Ein frommer Wunsch, meine Liebe, den ich von Herzen unterschreibe. Aber sicher bin ich nicht, ob es mir gelingt. Außerdem geht es ja noch weiter: Auch die Benediktinerklöster, wie etwa das in Niederaltaich oder die Klöster Aldersbach, Metten und Oberaltaich sind mächtig und versuchen immer wieder, mir Steine in den Weg zu legen.«

Anna kam sich so unwissend und unnütz vor. Wie sollte sie Ludwig nur helfen? Ihr blieb nur, sich damit zu trösten, dass der Herzog ja seine klugen Berater habe, die ihm gewiss gut durchdachte Vorschläge unterbreiteten, wie er das Land regieren solle.

Ihre größte Sorge galt im Augenblick ihrem kränkelnden Oheim, der an Gewicht verloren hatte, sodass die Mönchskutte um seinen ohnehin mageren Körper schlotterte. Er hustete erbärmlich, kam ihr oft fiebrig vor und sah schlecht aus.

Endlich konnte sich der herzogliche Trupp wieder auf den Heimweg machen. Ludwigs Bilanz fiel nach seinem eigenen Dafürhalten gemischt aus.

»Für eine Weile wird wohl Ruhe im Land herrschen. Die Herren haben mich schlussendlich als Herzog anerkannt – wenn auch manche nur zähneknirschend. Aber da Kaiser Heinrich hinter mir steht, wagt es keiner, offen gegen mich zu rebellieren: Alle haben sich mir letztlich unterworfen.« Er seufzte. »Wie lang der Friede allerdings anhalten wird, wage ich nicht vorherzusagen, Anna! Auf jeden Fall scheint es mir ratsam, mich möglichst eng an den Staufer Heinrich zu binden. Der Kaiser ist der mächtigste Verbündete, den ich mir wünschen kann.«

Als er sie ansah, schien er die Unruhe der jungen Frau zu spüren. »Ich weiß, dass du dir Gedanken um Pater Adalbert machst. Geh zu ihm und versorge ihn mit allem, was nötig ist, damit er bald wieder wohlauf sei. Ich brauche einen Mann wie ihn an meiner Seite: gebildet, erfahren, verschwiegen und absolut loyal! Mein eigener Medicus steht ihm selbstverständlich jeder Zeit zur Verfügung. Falls du irgendetwas benötigst, lass es mich wissen, Annele!«

Anna – tief gerührt, dass der Herzog trotz eigener Probleme so sehr um ihren Oheim besorgt war – knickste vor ihrem Herrn und bedankte sich aufrichtig. »Eine gesegnete Nacht wünsche ich Euch, Euer Gnaden!«

Damit verließ sie Herzog Ludwig, um die Kammer des Benediktiners aufzusuchen.

»Oh! Ich dachte, Ihr läget bereits zu Bett, Oheim«, tadelte Anna. »Und kalt ist es in diesem Gemach auch. Ich werde sofort im Kamin ein Feuer anfachen lassen! Wie wollt Ihr denn Euren Husten loswerden, wenn Ihr andauernd friert?«

»Das lohnt die Mühe nicht, liebes Kind. Hilf mir lieber, meine Sachen zusammenzupacken.« Hektisch kramte Adalbert in seinen Akten und Papieren.

»Wohin in aller Welt wollt Ihr denn, liebster Oheim?« Anna hegte ernsthaft die Befürchtung, der Pater würde – gepackt vom Fieberwahn – irre daherreden. Besänftigend legte sie ihm eine Hand auf den Arm. »So setzt Euch doch! Ich werde Euch einen Trank bereiten, der Euch müde macht und gut schlafen lässt.«

Bei dem ausgelassenen Gelächter, in das der Benediktiner sogleich ausbrach, zuckte sie irritiert zusammen. Gott im Himmel, was war nur los mit Adalbert?

»Gute Neuigkeiten, Anna! Unser gnädiger Herr Ludwig hat uns beiden eine größere Wohnung in der Burg anweisen lassen. Es schicke sich nicht, dass der ehrwürdige herzogliche Beichtvater und Chronist samt seiner frommen und ehrsamen Betreuerin in zwei so schlichten Kammern hausen müsse, ließ er mir durch den Burgverwalter mitteilen. Also, liebstes Kind: Frisch ans Werk! Umso eher halten wir uns in komfortablen und warmen Gemächern auf.«

Das ließ sich die junge Frau nicht zweimal sagen. Zusammen mit einer eilig herbeigerufenen Magd packten sie zu dritt ihre Siebensachen und bezogen in Kürze zwei schöne, geräumige, durch eine Tür verbundene Zimmer – eines mit Ausblick auf die Donau und die das jenseitige Ufer umgebenden Hügel, das andere mit Blick in den Burghof.

Was Anna jedoch neben den zahlreichen anderen Annehmlichkeiten am besten gefiel, waren die in beiden Gemächern installierten und eingeheizten Kaminöfen.

Nachdem Pater Adalbert seine wenigen Habseligkeiten in Regalen und Truhen verstaut hatte – das meiste davon theologische Bücher und Handschriften, geschichtliche und philosophische Werke in Latein und Griechisch sowie Pergamente mit der bayerischen Chronik, die er für den Herzog erstellte –, legte er sich erschöpft in sein neues, himmlisch weiches Daunenbett.

Von dort aus beobachtete er Anna, wie sie seine wenigen Kleidungsstücke und ein festes Paar lederner und mit Schafwolle gefütterter Stiefel, das er im Winter auf den ausdrücklichen Wunsch Ludwigs anstatt der leichten Sandalen zu tragen hatte, in einer Truhe verstaute.

»Was für ein Aufwand! Für einen Mönch, der Armut geschworen hat, ist das eigentlich viel zu viel, ganz und gar unnötig, jawohl«, hörte Anna ihn murmeln. Gleich darauf war er auch schon eingeschlafen, und sie konnte sich die Antwort ersparen. Aber dass er sich unbändig darüber freute und den »unnötigen Aufwand« sichtlich genoss, das hatte sie deutlich herausgehört.

Sie würde ihm die Vorzüge eines bequemeren Lebens schon schmackhaft machen, nahm sie sich vor. Beim verstorbenen Herzog Otto und später bei Frau Agnes hatte der Oheim sich ständig in der Burg aufgehalten. Doch nun, als Chronist Ludwigs, musste er in seinem Alter von fünfundfünfzig Jahren mit seinem Herrn oft durch die Lande reiten und war dabei auch noch allerlei gesundheitlichen Gefahren und Risiken ausgesetzt. Da hatte der liebe Mann es weiß Gott verdient, wenigstens in Kelheim einen gewissen Komfort zu genießen.

Zwist mit dem Grafen von Bogen

Bereits im August desselben Jahres begann der Ärger. Der Regensburger Burggraf hatte das Zeitliche gesegnet, und für Herzog Ludwig war es eine Selbstverständlichkeit, dass dessen Besitz zur Gänze an den Landesherrn – also an ihn – zurückfiele.

Graf Albrecht III. von Bogen sah das jedoch ganz anders und meldete seinerseits Ansprüche an, die Ludwig umgehend als absurd zurückwies. Eine kleine Weile gingen nun Wünsche und Abmahnungen, die schließlich in gegenseitigen Vorhaltungen mit Beschimpfungen und zuletzt sogar in wüste Drohungen mündeten, zwischen Kelheim und Bogen hin und her.

»Ich hab's ja geahnt, dass der Zwist mit dem Bogener Sturkopf nur notdürftig beigelegt war und bei der geringsten Misshelligkeit wieder aufflammt!« Mit großen Schritten ging der Herzog in der großen Burghalle auf und ab. »Aber dass es so schnell kritisch werden könnte, hätte selbst ich nicht gedacht! Wie es ausschaut, bleibt als einziges Mittel, eine Lösung herbeizuführen, nur der Krieg zwischen mir und dem Grafen Albrecht.«

Pater Adalbert notierte eifrig alles, was sein Herr von sich gab, mit einem Griffel auf einer Schiefertafel. Später würde er die sich daraus ergebenden Tatsachen auf Pergament übertragen, um sie für spätere Generationen festzuhalten.

Anna, die sich gerade anschickte, dem Oheim ein Fläschchen mit Hustensirup auf den Tisch zu stellen, erschrak. Ein Krieg drohte – und zwar im eigenen Land! Eine ausgemachte Schande war das, und ein furchtbares Elend dazu! Sie hoffte inständig, der Herzog könne das Unheil noch abwenden. Worum es eigentlich ging, hatte sie sich schon von Pater Adalbert erklären lassen.

Graf Albrecht von Bogen hatte sich nach dem Tod des Regensburger Burggrafen, mit dem er genauso wie mit den Babenbergern verwandt war, die bambergischen (eigentlich *babenbergischen*!) Lehen im Donauraum widerrechtlich angeeignet und weigerte sich beharrlich, sie an den Herzog und Landesherrn herauszugeben.

Vielleicht hätte Ludwig es mit gewieften Vermittlern tatsächlich noch geschafft, den Grafen zum Einlenken zu bringen und das Ärgste abzuwiegeln, da mischte sich zu allem Unglück noch Ottokar ein, der eben erst vom Kaiser erhobene Herzog von Böhmen: Er unterstützte nämlich seinen angeheirateten Neffen, den Grafen von Bogen, der seine Nichte, die schöne Ludmilla, geheiratet hatte.

An einem feuchtwarmen Augusttag erreichte ein Bote die Burg Kelheim mit der Schreckensnachricht, dass Herzog Ludwig und dessen Reiterschar massiv von Albrecht, Ludmillas Vater Friedrich und Ottokar angegriffen worden sei. Eine Botschaft, die nicht nur Anna entsetzte, sondern auch beträchtliche Unruhe in der Stadt auslöste. In den Wirtsstuben und auf dem Markt Kelheims gab es unter den Bürgern nur noch ein einziges Thema: Krieg im eigenen Land – eine Tragödie!

Anna konnte dieses Mal nicht an der Seite ihres Oheims sein. Ein Sturz vom Pferd hatte ihr vor einigen Wochen einen gebrochenen Arm beschert. So hatte der Herzog verfügt, sie müsse die Verletzung vollständig auskurieren, ehe sie Pater Adalbert erneut begleiten dürfe. Eine Anordnung, die ihr zwar nicht gefiel, aber deren Sinn nicht anzuzweifeln war.

Gemeinsam mit der Herzogin Agnes bekniete sie den Boten inständig, ihnen wirklich alles – und zwar so genau wie möglich – zu schildern, was sich zugetragen hatte.

»Die Verbündeten setzen unserem Herzog gewaltig zu! Er ist ihnen an Anzahl der Ritter haushoch unterlegen und befindet sich ständig auf dem Rückzug. Um nicht größere Verluste zu erleiden, weicht Herr Ludwig mit Bedacht einem offenen Gefecht aus – soweit dies möglich ist. Auf diese Weise gelingt es Albrecht und Ottokar, unseren Herrn regelrecht vor sich her zu treiben; mittlerweile ist er bis in die Gegend von Mühldorf am Inn gelangt. Die Böhmen sind gar fürchterliche Krieger!«

»Gütiger Himmel!«

Frau Agnes rang die Hände, und Anna wurde regelrecht übel. Welche Schmach für ihren lieben Herrn – und welche Gefahren mochten auf ihren verehrten Oheim lauern? Im Geiste malte die junge Frau sich die grässlichsten Untaten aus, die man an dem alten, kränkelnden Benediktiner verüben könnte … Die Böhmen waren im ganzen Reich als grausam und unbarmherzig verschrien und dafür bekannt, auch vor Folter nicht zurückzuschrecken.

Über Monate blieb die Lage halbwegs unentschieden, dann neigte sich die Waagschale bedrohlich zugunsten Albrechts von Bogen. Mittlerweile ging es längst nicht mehr nur um das strittige Babenberger Erbteil des Regensburger Burggrafen, sondern wieder einmal um die Vorherrschaft der Wittelsbacher in Bayern.

Ehe es indes so weit kam, dass Ludwig sein Herzogtum an den mächtigen Grafen von Bogen verlor, wurde ihm zum Glück doch noch wirksame Hilfe zuteil. Auch dieses Mal machte die Botschaft in Kelheim schnell die Runde: »Gott sei gelobt! Der Kaiser selbst greift ein und stellt sich an die Seite unseres Herzogs!«

Auf der Burg erlebte man einen wahren Freudentaumel. Kraft seiner Autorität bereitete Kaiser Heinrich VI. dem Spuk ein Ende, indem er als Erstes einen Waffenstillstand anordnete und anschließend Ottokar dessen erst kürzlich verliehene böhmische Herzogswürde aberkannte! Damit hatte Graf Albrecht von Bogen seinen bedeutendsten und schlagkräftigsten Mitkämpfer eingebüßt.

Doch damit noch nicht genug! Der Kaiser erklärte den Grafen außerdem auf dem Reichstag zu Regensburg 1193 zum Reichsfeind. Ein ungeheuerlicher Vorwurf! Heinrich begründete seinen harten Urteilsspruch mit der Tatsache, dass er das barbarische und wilde Volk der Böhmen für diesen unnötigen und ungerechten Krieg in das Land der Bayern gelockt hatte.

Ein wahrhaft schlauer Schachzug: Jetzt gingen sämtliche bayerischen Sympathisanten auf Distanz zu Graf Albrecht von Bogen: Landesverrat war nun einmal eine todernste Sache, mit der niemand etwas zu tun haben wollte. Schon allein der Verdacht wog schwer.

Ohne kriegerische und sonstige Unterstützung musste Albrecht seine ehrgeizigen Pläne begraben und durfte, wie Herzog Ludwig in Kelheim verkündete, »froh sein, sich auf seine Burg auf dem Bogenberg zurückziehen zu dürfen und nicht die Schmach zu erleiden, von kaiserlichen Truppen attackiert und besiegt zu werden.«

»Ihr könnt Euch nicht vorstellen, Euer Gnaden, wie sehr ich um Euch gebangt habe!«

Als Anna, deren gebrochener Arm inzwischen längst verheilt war, den Herzog nach dessen Rückkehr im Burghof begrüßte, ließ der es sich nicht nehmen, ihr dafür vor den Augen seiner Familie sowie der zahlreich erschienenen Anhängerschar mit einem Kuss auf die Wange zu danken. »Von einer treuen Seele wie dir, meine Liebe, habe ich auch nichts anderes erwartet«, äußerte er trocken; aber er strahlte sie an, um sich sogleich nach dem Heilungsprozess ihres Armes zu erkundigen – und machte ihr zum Schluss noch ein Kompliment über ihr gutes Aussehen.

Letzteres kam bei einigen seiner Schwestern nicht sonderlich gut an – wie ihre spöttischen Mienen deutlich verrieten.

Aber darum hatte Ludwig sich noch nie geschert. »Bei meinem nächsten Zug bist du jedenfalls als Unterstützerin meines Chronisten wieder mit dabei. Also, pass gefälligst auf, Anna, und purzle nicht wieder so ungeschickt vom Pferd«, scherzte er, was Gelächter bei seinen Herren auslöste und selbst den herzoglichen Schwestern ein verkniffenes Lächeln entlockte.

Eine neue Welt tut sich auf

Nachdem sich der Kaiser so tatkräftig für Ludwig eingesetzt hatte, war es für den Herzog gewissermaßen Freundespflicht, ein loyaler Anhänger Heinrichs VI. zu bleiben. Sowohl im gesamten Jahr 1193 und ein weiteres Mal anno 1194 begleitete er den Kaiser auf dessen Reichsheerfahrten nach Apulien und Sizilien.

Es ging um nicht weniger als um die Eroberung des Königreiches Sizilien, das Heinrichs Gemahlin Konstanze nach dem Tode ihres Vaters, König Rogers II., als Alleinerbin zu beanspruchen hatte.

Der Herzog sorgte dafür, dass Anna, die dieses Mal erneut ihren Oheim begleitete, wohlbehütet die Tage im Feld in seinem eigenen bequemen Zelt verbringen konnte. Das war groß und mit allem erdenklichen Luxus ausgestattet – sogar Daunendecken waren vorhanden, und die Feldküchenmeister wetteiferten darum, wer von ihnen die leckersten Speisen zubereitete.

So saß Anna die meiste Zeit neben dem herzoglichen Geschichtsschreiber, reichte Pater Adalbert Pergament, Federkiel, Tintenfass und Streusandbüchse, las ihm bei Bedarf aus Dokumenten vor, half ihm bei kniffligen Formulierungen und versorgte ihn mit Klatschgeschichten, die ihr von den Rittern zugetragen wurden.

Die Herren liebten es, sich bei jeder sich bietenden Gelegenheit mit einer hübschen jungen Frau zu unterhalten, und suchten das Zelt des Herzogs häufiger auf als üblich.

Dazu achtete Anna strengstens darauf, dass ihr Verwandter sich nicht zu viel zumutete, vor allem aber, dass er genügend Schlaf bekam und das Essen nicht vergaß. Da sie die Amtssprache Latein sehr gut beherrschte, fiel ihr die Arbeit leicht. Allmählich machte sich im alltäglichen Ablauf eine gewisse Routine bemerkbar.

Alsbald entflammten jedoch schwerere Kämpfe, und weil Anna sich nützlich machen wollte, machte sie es sich zur Aufgabe, den Badern und Feldschern bei der Arbeit erst zuzusehen, um später dann auch bei der Wundversorgung selbst mit Hand anlegen zu können.

»Eure Mithilfe lasse ich mir gern gefallen«, lobte einer der Bader sie ausdrücklich. »Woher nehmt Ihr die Besonnenheit, auch bei üblen Verletzungen, die viel Blut kosten, nicht zurückzuzucken? Die notwendigen Handgriffe scheinen Euch förmlich in die Wiege gelegt!«

Italien war eine völlig andere Welt als jene, die Anna bisher kennengelernt hatte. Die Heere des Kaisers und des Herzogs waren ja nicht ständig in Kämpfe verwickelt. So bestand die Möglichkeit, sich im Lande umzuschauen. Vor allem die Städte beeindruckten Anna sehr: Die Kunstschätze in den zahlreichen Kirchen, die Villen und Paläste der Mächtigen, in denen man den römischen Kaiser Heinrich VI. empfing, machten sie beinahe schwindelig vor Bewunderung. Sowohl die Anhänger des Kaisers als auch seine Feinde beherbergten ihn – Letztere allerdings sehr widerwillig und erst, nachdem er sie besiegt hatte.

Auch die Speisen waren anders, als man es in Bayern gewohnt war. Am seltsamsten erschien Anna, dass es nur ganz weißes Brot zu essen gab; dunkles Roggenmehl schien unbekannt. Die herrlich saftigen und angenehm duftenden Südfrüchte und die fremden Gemüsesorten entzückten sie jeden Tag aufs Neue. Das war deutlich abwechslungsreicher als immer nur heimischer Kohl und Rüben …

Bald vermisste sie auch das in deutschen Landen übliche Schweinefleisch nicht mehr, sondern verspeiste mit Behagen das gebratene oder geschmorte Lammfleisch sowie die zahlreichen Fische und anderes Meeresgetier, von dem sie bisher noch nicht einmal den Namen gehört hatte.

»Nur mit den Tintenfischen vermag ich mich nicht recht anzufreunden«, verriet sie Pater Adalbert. »Die finde ich zäh und wenig delikat.«

Am meisten aber – und da ging es ihr wie vielen Rittern aus dem meist kühlen und häufig recht unfreundlichen Norden – liebte sie das milde Klima des Südens.

»Ein Land, das so gesegnet ist mit lieblichem Sonnenschein und wohltuender Wärme, kann eigentlich gar keine bösartigen Menschen hervorbringen. Nur Kälte, Frost und Nässe erzeugen üble Charaktere.«

Das hatte Anna zu Anfang der Heerfahrt tatsächlich noch geglaubt, nachdem der kaiserliche Zug die Alpen am Brenner überquert hatte und in die Tiefebene des Flusses Po eingerückt war. Ludwig, der ihren naiven Ausspruch gehört hatte, hatte sich wohlweislich jeder Äußerung enthalten.

Bald schon war sie eines Schlechteren belehrt worden. Es gab in Italien durchaus Städte, in denen man die Tore vor dem Kaiser verschloss und sich oft erst nach vehementer Weigerung, den Rückzug anzutreten, bereit erklärte, den Herrn einzulassen und gebührend zu empfangen. Wenn die Stadtväter die Anzahl der schwer bewaffneten Ritter von der Stadtmauer aus in Augenschein genommen hatten, ging es jedoch im Allgemeinen mit dem »Willkommenheißen« recht schnell.

Je weiter man aber nach Italiens Süden vordrang, desto kritischer wurde es. Es kam nicht nur zu Scharmützeln, sondern leider auch zu sehr grausamen und blutigen Gefechten, die letztendlich zum Glück alle zugunsten Kaiser Heinrichs endeten.

»Das Kampfgeschrei vom Schlachtfeld, der aufgewirbelte Staub, das Getöse der Waffen und die jämmerlichen Hilferufe der Verletzten und Sterbenden verfolgen mich bis in den Schlaf! Niemals werde ich das Morden und die Gräuel des Krieges vergessen können!« Anna litt schrecklich unter den ganz alltäglichen Grausamkeiten. »Wie kann es denn sein, dass christliche Krieger sich gegenseitig solche Dinge antun?«, fragte sie ihren Oheim beinahe jeden Tag. Die Antworten, die sie darauf erhielt, ließen sie zwar für eine Weile verstummen, aber befriedigen konnten sie sie nicht.

Während einer Gefechtspause – denn nur dann war es möglich, das Schlachtfeld zu betreten –, bemühte Anna sich dieses Mal ganz allein um einen schwer verletzten

Ritter, dem ein Bein oberhalb des Knies mit dem Schwert abgeschlagen worden war. Viel für ihn zu tun vermochte sie leider nicht. Vermutlich würde man ihm das Bein bereits oben an der Hüfte abtrennen müssen, um den todbringenden Wundbrand zu vermeiden.

Man konnte den Eingriff jedoch nicht unter freiem Himmel wagen, sondern wollte den Mann nach Annas oberflächlicher Wundversorgung, die sich im Abbinden der Gliedmaße und dem Anlegen eines Verbandes erschöpfte, in ein nahe gelegenes Nonnenkloster bringen, um ihn der Barmherzigkeit und dem medizinischen Können der frommen Frauen zu überlassen.

Auf inständiges Bitten des Verwundeten, der bei Bewusstsein war, aber zeitweise immer wieder wegdämmerte, würde Anna ihn begleiten, seine Hand halten und versuchen, ihn von seinem Schmerz und dem Unglück abzulenken, das ihn getroffen hatte.

Inzwischen wussten alle Feldscher, dass die junge Frau sich angewöhnt hatte, sich nützlich zu machen. Schritt für Schritt hatte sie sich Kenntnisse angeeignet. Zuerst war es nur das Verbandsmaterial gewesen, um das sie sich gekümmert hatte: Es galt, Binden und Wundauflagen von Eiter und Blut zu säubern, zu waschen, zum Trocknen aufzuhängen und danach zu neuem Gebrauch aufzurollen.

Danach war sie stillschweigend dazu übergegangen, die Betroffenen direkt zu versorgen, indem sie den medizinisch ausgebildeten Helfern zur Hand ging. Die Männer zeigten sich überaus dankbar dafür; jede hilfreiche Hand war willkommen.

»Du stellst dich sehr geschickt an, Frau«, stellte wieder einmal einer der Feldscher bewundernd fest. »Wo hast du denn das gelernt?«

Der Mann stammte aus Attel am Inn, und sein Bayerisch klang ein wenig anders als das Idiom, an das Anna gewöhnt war. Er hieß Sepp – eigentlich Joseph – und bewunderte sie offensichtlich sehr. Ihr kam vor, als sei der Bursche sogar ein bisschen verliebt in sie.

Mit der Zeit ergab es sich, dass Anna nach Beendigung der Kampfhandlungen mit ihm über das Schlachtfeld zog und nach noch lebenden Verwundeten Ausschau hielt.

Dann hieß es schnell sein, den Betreffenden vom Topfhelm zu befreien, ihn aus Kettenhemd und Lederweste zu schälen, wenn nötig auch seine Beinkleider aufzuschneiden und ihm die Stiefel auszuziehen, um seine Verletzungen genau zu untersuchen.

Danach ging es ans Säubern der Wunden. Auch etwas, das Anna mit sanfter Hand Sepp gern abnahm, ohne sich wirklich zu ekeln.

»Du stellst dich weitaus geschickter an als ich grober Lackel«, gab er neidlos zu. »Von einer hübschen jungen Frau lassen sich die verwundeten Ritter auch viel lieber helfen.«

Wenn es sich darum drehte, Fremdkörper aus blutenden Wunden zu entfernen, war es wiederum Anna – mittlerweile längst an den Anblick von Blut gewöhnt –, die mit einer Art Spreizer die Wundränder offen hielt, damit Sepp Messerklingen, Lanzenspitzen, Holzsplitter, Kieselsteine oder Grashalme mit einer Pinzette aus den Wundkanälen herausfischen konnte. Auch beim Verbinden leistete sie wertvolle Hilfe.

Im weiteren Verlauf der Kampfhandlungen in Sizilien wollten auch alle anderen Feldscher Anna als Gehilfin haben. Sie verfügte nämlich über ein für die Schwerverwundeten sehr wertvolles Talent: Geduldig hörte sie sich die Lebensbeichten der Männer an, die sich dem Tode geweiht wussten.

Dann sah man die Betreffenden auf dem Erdboden liegen, den Kopf auf Annas Schoß gebettet; die summte ihnen leise ein Lied vor, nachdem sie ihnen versprochen hatte, Briefe und letzte Grüße in die Heimat an Eltern oder Bräute, Ehefrauen, Kinder oder gute Freunde weiterzuleiten.

»Ich bin sehr stolz auf dich, Anna!«

Dieses Lob ihres Oheims freute die junge Frau ganz besonders. Adalbert hatte seine Nichte stets liebe- und verständnisvoll behandelt – nur mit Lobsprüchen war er immer sehr sparsam gewesen. Er hatte es vermeiden wollen, sein Mündel zum Hochmut zu verleiten.

»Mir bleibt oft nur noch, den Männern die Absolution zu erteilen. Sie sind meist schon von dir getröstet worden und haben bereits ihre begangenen Sünden bereut.« Der Pater legte eine kleine Pause ein, ehe er fortfuhr: »Möchtest du vielleicht, falls ich einmal nicht mehr bin, in einen weiblichen Orden eintreten? Überleg's dir, Kind!«

Doch davon wollte Anna nichts hören. »Ich werde stets bei Euch bleiben, lieber Oheim! Und das wird, so Gott will, noch sehr lange dauern. Wenn Ihr einst geht, werde ich selbst schon so alt sein, dass ein Umzug in ein Kloster reine Zeitverschwendung wäre, glaubt mir.«

Letztendlich hatte sie so viel zu tun, dass sie jede Nacht todmüde entweder auf ihr Feldbett oder in eine richtige Bettstatt mit Kissen und Decke sank, falls man in einer Nobelherberge übernachtete.

Auf Sizilien selbst änderte sich ihr Lebensstil entscheidend. Niemals hatte Anna sich vorstellen können, dass es solche Pracht auf Erden gab!

Die Überfahrt zur Insel *Sicilia* unternahm Kaiser Heinrichs Truppe per Schiff. Man benötigte schon eine große Flotte, um sämtliche Ritter und Knechte samt deren Pferden und Waffen vom italienischen Festland hinüberzuschaffen.

Schon als sie sich der Stadt Palermo von Norden her näherten, war Anna gefesselt vom Anblick der türmereichen Metropole am Fuße des *Monte Pellegrino*. Als das kaiserliche Heer nach einer ziemlich stürmischen Überfahrt, die den meisten die gefürchtete Seekrankheit bescherte, in dem großzügig angelegten Naturhafen an Land ging, waren die bayerischen Ritter verblüfft über den lebhaften Handels- und Passagierverkehr.

»Hier scheinen sich ja die unterschiedlichsten Völker ein munteres Stelldichein zu geben«, stellte Anna mit glänzenden Augen fest. »Das ist ja großartig – ich sehe Menschen mit brauner und sogar schwarzer Hautfarbe, Oheim! Sogar einige, die mir eine gelblich getönte Haut und ganz schmale schwarze Augen zu haben scheinen. Ich könnte stundenlang nur die Leute betrachten und ihre sonderbaren bunten Gewänder bestaunen …«

»Oh, das kann ich gut verstehen. Hierher kommen Völkerschaften aus aller Herren Länder, Anna. Vornehmlich, um Handel zu treiben.« Herzog Ludwig hatte die Bemerkung gehört und reagierte erfreut auf ihr Interesse. »Palermo ist eine ganz alte Stadt, die einst von den Phöniziern gegründet worden ist. Im Laufe der Jahrhunderte wurde sie von vielen Völkern erobert: erst von den Römern, dann von den Byzantinern, bis endlich die Sarazenen die Stadt einnahmen. Sie machten sie sogar zur Hauptstadt der Insel Sizilien. Um 1072 kamen schließlich die Normannen und nahmen Palermo ein. Du wirst sehen, Anna, die Normannen haben auch weitgehend den Baustil der Stadt geprägt. Am herrlichsten ist der Dom, in dem König Roger II., der Vater von Königin Konstanze, begraben liegt. Du wirst tief beeindruckt sein!«

»Den Namen König Rogers habe ich schon einmal gehört, aber ich weiß gar nichts über ihn«, gab Anna zu. Es gefiel ihr außerordentlich gut, dass der Herzog es sich persönlich angelegen sein ließ, sie zu belehren.

»Er war ursprünglich Graf und ein großer Eroberer und hatte nicht nur Sizilien fest im Griff, sondern dehnte sein Herrschaftsgebiet auch auf Unteritalien aus. Im Jahr 1130 übergab ihm der Papst sein Reich als Königreich zu Lehen. Er hat eine Erbmonarchie begründet, und seine Tochter Konstanze – also die Gemahlin unseres Kaisers Heinrich – beansprucht die Herrschaft über Sizilien ganz zu Recht. Und daher sind wir auch hier, meine Liebe: um diesem Anspruch Geltung zu verleihen!«

Konstanzes Empfang für ihren Gemahl war in der Tat beeindruckend. Der Prunk überwältigte Anna, die schlichte junge Frau aus Bayern, die bisher noch nie zuvor im Ausland geweilt hatte. Doch auch die meisten anderen aus Heinrichs Heer waren eine einfachere Lebensweise gewohnt. Umso mehr genossen alle den Komfort, der sie in Palermo auf Sizilien, dieser »Insel der Seligen«, umgab. Wohin man den Blick auch schweifen ließ, herrschten nur Üppigkeit, kolossaler Reichtum und Bequemlichkeiten aller Art.

Anna, immer schon eine Meisterin scharfer Beobachtung, kam allerdings das Verhältnis von Kaiser Heinrich zu seiner Gemahlin nicht besonders herzlich vor. Selbstverständlich waren die hohen Herrschaften überaus höflich zueinander, wertvolle Geschenke wurden zwischen den Ehegatten ausgetauscht, man übertraf einander mit Komplimenten und überschüttete sich gegenseitig mit Liebenswürdigkeiten. Und dennoch …

»Oheim, ich glaube, die beiden lieben sich gar nicht!«

Beinahe hätte Pater Adalbert die Bemerkung seiner Nichte überhört. Sein Augenmerk galt anderen Dingen: Er war schließlich Chronist – und das mit Leib und Seele.

»Findest du?«, fragte er schließlich zerstreut, als sie ihre Feststellung hartnäckig wiederholte. »Wie kommst du darauf, meine Tochter?«

»Ich weiß es nicht, nur so ein Gefühl. Ob es daran liegt, dass Frau Konstanze elf Jahre älter ist als ihr Gemahl? Ich gebe ja zu, nichts von diesen Dingen zu verstehen. Aber obwohl seit vielen Jahren verheiratet, haben sie noch keine Kinder. Erst kürzlich soll Frau Konstanze endlich schwanger geworden sein!«

Der Benediktiner schmunzelte.

»Bedenke, die beiden sahen sich nur äußerst selten und hatten bisher wenig Gelegenheit, sich näher ans Herz zu wachsen! Kaiser Heinrich war mit wichtigen Belangen beschäftigt, die das Reich betrafen. Eigentlich wollte er sich schon lange um die Erbansprüche seiner Frau kümmern. Um genau zu sein, seit 1186, dem Jahr seiner Eheschließung mit ihr. Aber die Opposition der deutschen Fürsten machte ihm jahrelang einen Strich durch die Rechnung.«

»Ah, jetzt begreife ich, Oheim! Erst nachdem es ihm gelungen ist, Richard Löwenherz bei Dürnstein gefangen zu nehmen, hat das die Front gegen ihn zusammenbrechen lassen.«

»So ist es, Anna. Damit haben die deutschen Gegner ihren wichtigsten Verbündeten verloren, und Heinrich kann erst jetzt in Süditalien und Sizilien großmächtig auftreten, um Konstanzes Erbe zu retten!«

Lebensweisheiten

Noch etwas lag dem Pater am Herzen; ihm schien es wichtig, gewisse Irrtümer, denen seine Nichte erlegen zu sein schien, auszuräumen. »Und merk dir eines, mein Kind«, begann er mit erhobenem Zeigefinger, »es ist gar nicht nötig, dass Eheleute einander *lieben*. Es ist ein Ammenmärchen, dass dieses Gefühl von Bedeutung sei. Bei gekrönten Häuptern ist die gegenseitige Liebe sogar eher die Ausnahme denn die Regel. Wichtig ist allein, dass beide sich als aufrichtige Christen ihrer Verpflichtung bewusst sind, in unbedingter Treu und Glauben und in gegenseitigem Respekt ihre ehelichen Pflichten erfüllen, ihre Kinder im rechten Glauben erziehen und sich gegenseitig keinen Schaden zufügen.«

Letzteres hatte Anna ihn zwar schon hin und wieder sagen gehört, aber so recht wollte es ihr nicht einleuchten. Einen Mann zu heiraten, ohne ihn zu lieben? – Eine furchtbare, ja geradezu abstoßende Vorstellung!

Da verzichte ich lieber auf Ehe und Familie, dachte sie. Wie gut, dass ich meine Aufgabe bei Pater Adalbert gefunden habe und nicht unter dem Zwang stehe, den zu verraten, dem mein Herz in Wahrheit gehört, indem ich meine Hand einem anderen Mann reiche, der mir bestenfalls gleichgültig ist.

Vor sich selbst gestand die junge Frau sich seit Längerem die Tatsache ein, dass ihre Weigerung, sich mit einem der zahlreichen Bewerber um ihre Hand zu verheiraten, mit ihren Gefühlen für Herzog Ludwig zu tun hatte.

Das war ihr ureigenstes Geheimnis, und ihr Leben lang sollte es das auch bleiben …

Die nächste Zeit nutzte Anna, um sich in der Stadt umzusehen. Sie tat es den anderen Frauen gleich, schlang sich ein großes seidenes Umschlagtuch um Kopf und Hals und drapierte es so, dass es möglichst wenig von ihrem Gesicht preisgab. Der bodenlange, gerade geschnittene Umhang verbarg weitgehend ihre Figur – aber der Modestil hier unterschied sich nicht sehr von dem, den sie von der eigenen Heimat her gewohnt war. Lediglich die Stoffe waren bunter – und um einiges edler.

Immer wieder zog es sie in den Dom, aber ebenso zur Kirche *San Giovanni degli Eremiti,* die man bereits um 1130 herum zu bauen begonnen hatte. Sie war noch nicht ganz fertig, im Gegensatz zu dem angrenzenden Kloster, dessen Kreuzgang Anna zusammen mit ihrem Oheim und Herzog Ludwig besuchen durfte.

Meist gingen die drei ganz frühzeitig auf Streifzug durch Palermo, denn je näher die Mittagszeit rückte, desto unerträglicher wurde die Hitze.

Vor allem Adalbert litt unter den ungewohnt hohen Temperaturen. »Selbst in der Hölle kann es nicht heißer sein«, ächzte er zuweilen.

Schließlich verbot der besorgte Herzog es ihm, bei strahlendem Sonnenschein die Kühle der Gemäuer zu verlassen, was für den Pater bedeutete, die Zeit von zehn Uhr vormittags bis zum späten Nachmittag an einem Schatten spendenden Plätzchen zu verbringen.

Anna war darüber sehr erleichtert und dankte Ludwig für dessen einfühlsames Entgegenkommen.

»Dafür doch nicht, Anna«, murmelte der Herzog ihr vertraulich ins Ohr. »Es geschieht aus purem Eigennutz! Ich brauche meinen Chronisten noch lange Zeit – und auf deine Gegenwart möchte ich auch nicht verzichten.« Dabei sah er ihr tief in die Augen.

Die junge Frau lief rot an; verlegen wandte sie den Blick ab. Was war denn auf einmal in Ludwig gefahren? Er würde doch nicht etwa …?

Sie beschloss, ihm in nächster Zeit so weit wie möglich aus dem Weg zu gehen. Es gab im Königspalast so viele schöne Frauen – da würde doch hoffentlich eine dabei sein, die seinen Ansprüchen genügte. Es wäre überhaupt am schicklichsten, Ludwig würde sich eine Gemahlin suchen.

Dass der Herzog sich stattdessen regelmäßig mit recht zweifelhaften Damen abgab, missfiel nicht nur seinem Beichtvater Adalbert. Annas Oheim hoffte im Übrigen, dass man baldmöglichst in der Lage wäre, den Heimweg anzutreten.

Der tiefe Süden mit all seinen verführerischen Annehmlichkeiten: der vorgeblichen Leichtigkeit des alltäglichen Lebens, der Konvenienz und Sorglosigkeit – Adalbert nannte es sogar ungeniert »Faulheit«, eine sinnliche Trägheit, die wie giftiger Efeu alles überwucherte –, schien ihm in höchstem Maße verdächtig und einer strengen christlichen Lebensführung äußerst abträglich zu sein.

»Gott gebe, dass Heinrichs Krönung zum König von Sizilien bald stattfindet und wir schleunigst nordwärts über die Alpen nach Bayern ziehen können!«

Diesen Wunsch ihres Oheims hörte Anna beinahe jeden Tag.

Der große Augenblick rückte in der Tat unaufhaltsam näher. Im *Palazzo Reale,* dem Herrscherpalast mit den prachtvollen Mosaiken in der *Cappella Palatina,* waren Hunderte Fleißige damit beschäftigt, alles für die Festivitäten anlässlich der feierlichen Königskrönung vorzubereiten.

Prachtvolle bunte Teppiche auf Böden und an den Wänden waren in Persien geknüpft worden. Überall in den Räumen, aber auch in Treppenhäusern, Dielen und Fluren standen prachtvoll bemalte mannshohe Porzellanvasen, importiert aus China, in denen die Diener meterlange bunte Blütenzweige gefällig drapierten. Heerscharen von Schneidern waren dabei, nicht nur die Großen des normannischen Reiches prachtvoll auszustaffieren, auch die Dienerschaft und die Gäste aus Deutschland erhielten neue, prunkvolle Gewänder.

Obwohl Anna sich geschworen hatte, sich nicht allzu sehr von der orientalisch anmutenden Mode begeistern zu lassen, war sie doch über die Maßen entzückt von dem langärmeligen, bis zum Boden reichenden Seidenhemd in blassem Roséton. Darüber trug sie ein feines, farblich genau passendes Übergewand, das ihre Füße in den goldglitzernden, mit Edelsteinen geschmückten Sandalen umschmeichelte. Obwohl ans eher bescheidene Leben gewöhnt, war sie doch zu sehr eine dieser jungen, lebenslustigen Frauen, die gefallen wollten, um davon nicht hingerissen zu sein.

Eine wundersame Welt tat sich vor Anna auf.

»Ich komme mir vor wie im Himmel, Euer Gnaden«, entfuhr es ihr unwillkürlich, als sich alle nach der überaus feierlichen, allerdings auch sehr ermüdenden Zeremonie im Dom zu Palermo im *Palazzo Reale* zum Festmahl einfanden. Ihr schwindelte immer noch, wenn sie allein an die prunkvollen Gewänder der hohen Geistlichkeit dachte sowie an die vielfältigen Aktionen, welche die Krönung begleitet hatten.

Der ständige Wechsel von Niederknien und Wiederaufstehen, der dem Kaiser abverlangt worden war, hatte nicht nur Anna verwirrt, sogar zeitweiliges Liegen auf dem Steinboden vor dem Altar, mit dem Gesicht zur Erde geneigt, hatte zum vorgesehenen Ritual gehört, dem sich Heinrich hatte unterwerfen müssen.

Dazu waren die kräftigen Stimmen von Mönchen erschallt, abgelöst von brausenden Posaunenklängen. Selbst Engelsgesang hätte nicht eindrucksvoller sein können als die sich unmittelbar anschließenden lieblichen Töne des Nonnenchores.

Herzog Ludwig brachte Annas Begeisterung zum Schmunzeln. »Ach, liebste Anna, nicht nur dir geht es so!

Hier versteht man es in der Tat, bedeutsame Festlichkeiten zu begehen. Nach all den widerlichen Vorfällen um die monatelangen Kämpfe mit Kaiser Heinrichs Gegnern empfinden wir wohl alle die Annehmlichkeiten hier als überaus angenehm.«

Unauffällig betrachtete er die Jugendgespielin. Eine wunderschöne Jungfrau war aus dem Wildfang geworden, der einst mehr einem Knaben denn einem Mädchen ähnelte, stellte er zum wiederholten Male fest. Ihre raffinierte, duftige Garderobe war dem festlichen und prunkvollen Rahmen, dem ehrenvollen Anlass einer Königskrönung, zweifellos angemessen. Diese Kleidung würde man in Bayern zwar gewiss als gewagt ansehen, aber er war doch sehr froh, dass Kaiserin Konstanze seiner lieben Anna diese feinen Sachen zum Geschenk gemacht hatte. Wie wundervoll wäre es, wenn er auch in seinem Reich ab und zu Gelegenheit hätte, Anna darin zu bewundern. Aber dagegen würde vermutlich ihr Oheim sein Veto einlegen …

Ludwig wollte es so vorkommen, als habe er Anna nach all der langen Zeit, die sie sich nun bereits kannten, erst in Palermo *richtig* angesehen. Und was er sah, gefiel ihm ausnehmend gut.

Obwohl Pater Adalbert zwar noch nicht laut seinem Unmut über die »heidnischen Bräuche« Luft gemacht hatte, die in Palermo Eingang gefunden hatten, wusste Anna ganz genau, dass der Benediktinermönch vieles davon missbilligte. Die hiesigen Kirchenmänner nahmen jedoch keinen Anstoß daran, und er als Gast würde sich bestimmt hüten, seinen Widerwillen laut kundzutun.

Eigentlich wunderte sie sich auch, dass Heinrich – trotz seiner Frömmigkeit – alles so klaglos hinnahm. Der Einfluss der *Mohammedaner* schien hier über Gebühr groß. Königin Konstanze schien daran gewöhnt zu sein, und sie billigte ihn offenbar.

Aber dass nicht christliche Menschen so viele Rechte besaßen, erschien manchem doch, gelinde gesagt, seltsam.

Wie selbstverständlich gingen hohe Herren mit weißen Turbanen und seidenen Pluderhosen im Palast ein und aus, saßen mit an der königlichen Tafel, und während der Mahlzeiten war fremdländische – arabische! – Musik zu hören. Die Tischordnung sah vor, dass die deutschen Gäste mitten unter den Muselmanen saßen!

Die Speisen, welche exotisch kostümierte, zum Teil dunkelhäutige Diener servierten, muteten Anna seltsam fremd an. Von den meisten kostete sie nur ganz wenig, weil sie sie nicht kannte. Vor allem den Fleischgerichten traute sie nicht recht – wie im Übrigen auch ihr Oheim! Sie hielt sich lieber an das weiße Fladenbrot und an süße, mit Wasser vermischte Limonade, denn den Alkohol, der reichlich floss, verschmähte sie bei der im Saal herrschenden Hitze.

Seltsam, dachte die junge Frau, als sie den Blick über die Tafel schweifen ließ, Oheim Adalbert hat mir doch erzählt, dass die Anhänger Mohammeds keinen Alkohol zu sich nehmen dürfen – anscheinend halten sie sich aber keineswegs an dieses Verbot!

Auch ihr arabischer Tischherr fand sichtlich großen Gefallen an den Karaffen mit rotem und weißem Wein. Es konnte von den Domestiken gar nicht schnell genug Nachschub für ihn herbeigeschafft werden …

Zu Annas Leidwesen, denn sie fand die zunehmend kühnen Komplimente des arabischen Jünglings zu ihrer Linken doch recht gewagt und hätte liebend gern darauf verzichtet, zumal sie nicht wusste, wie sie »höfisch elegant« darauf reagieren sollte. Im schlimmsten Fall würde der Fremde sie für einen niederbayerischen Dorftölpel halten. Gut, damit konnte sie zur Not leben – das wäre allemal besser, als wenn sie ihn beleidigte und er sich daraufhin beim Kaiser über sie beschwerte.

Die Unterhaltung bei Tisch fand statt in einer Mischsprache – einer Art gemeinsamem fränkischem Idiom mit allerhand Beimischungen von Latein, die jedermann verstand, auch Anna. Dennoch fehlten ihr häufig die richtigen Worte, weil sie oft gar nicht wusste, wovon eigentlich die Rede war.

Ich bin eben keine Dame von Welt, überlegte sie missmutig und merkte, wie ihr zum wiederholten Male während dieses abendlichen Diners die Röte der Verlegenheit ins Gesicht schoss.

Während des Nachtischs führten junge Frauen in nahezu durchsichtigen langen Hosen und schmalen, knapp sitzenden Oberteilen merkwürdige Verrenkungen vor, die man »Bauchtanz« nannte. Schockierend für viele Gäste aus dem Norden! Obwohl die Gesichter der Mädchen züchtig verhüllt waren, ließen die befremdlichen Kostümierungen jeweils den Bauch der Tänzerinnen vollkommen frei! Im Nabel trug jede zudem einen großen Edelstein, um erst recht die Blicke auf ihre entblößte Leibesmitte zu lenken …

Annas stets durstiger Tischherr – charmanter Sohn eines Emirs aus Arabien – versicherte seiner sichtlich befremdeten, ja, schockierten Tischdame aus Bayern glaubhaft, dass es sich bei diesen Tänzerinnen keineswegs um Huren handle, sondern um große Künstlerinnen, höchst ehrenwerte und angesehene Frauen, deren Darbietungen nicht als anstößig empfunden würden und die durchaus im Einklang mit ihrer Religion und den guten muslimischen Sitten stünden.

Reisen bildet, dachte Anna gottergeben, aber gutheißen muss ich deswegen noch lange nicht alles! Ich würde mich jedenfalls niemals in so einem Aufzug in der Öffentlichkeit blicken lassen.

Sie ließ sich auch nicht durch die Tatsache beeindrucken, dass die grazilen Tänzerinnen einen feinen Gesichtsschleier trugen. Immerhin ließ dieser ihre schönen kohlschwarzen Augen frei – und die feurigen Blicke, die sie dem König von Sizilien und den übrigen männlichen Gästen zuwarfen, kamen Anna recht einladend und keineswegs fromm und schüchtern vor.

Dem Festmahl anlässlich der Krönung Kaiser Heinrichs zum König von Sizilien, die der Erzbischof von Palermo im Dom vorgenommen hatte, wohnten neben besagtem Kirchenfürsten noch zahlreiche andere hohe Geistliche bei. Keiner hatte gegen die muselmanischen Teilnehmer protestiert; im Gegenteil, man unterhielt sich lebhaft miteinander, und die christlichen Kleriker beklatschten sogar die schamlose Vorführung der Bauchtänzerinnen.

Ich werde mit Oheim Adalbert darüber sprechen müssen, nahm Anna sich vor. Vielleicht bin ich einfach nur zu ungebildet und zu schlicht für diese Art feudaler Lebensart. Wenn wir nur schon wieder zu Hause wären!

Auf einmal empfand sie brennendes Heimweh nach Kelheim …

Anna erweitert ihren Horizont

Um auf andere Gedanken zu kommen, verlagerte die junge Frau ihr Interesse von den anstößigen Frauenzimmern in den durchsichtigen Pluderhosen auf das Kopfende der Tafel, wo Kaiserin Konstanze mit der Krone auf dem Haupt, und in vor Gold strotzender Robe, und ihr gleichfalls herausgeputzter königlicher Gemahl Heinrich steif wie Puppen nebeneinandersaßen. Sie wirkten wie Fremde;

überaus höflich zwar, aber einander eigentlich gleichgültig. Man konnte erahnen, dass die beiden Hauptpersonen das Ende des zeremoniellen Mahls herbeisehnten.

Trotz ihrer pompösen Aufmachung mit glitzernden Gewändern, Konstanzes kunstvoller Aufsteckfrisur mit silbernen Kämmchen und weißen Seidenblumen und der vielen Schminke im Gesicht war der beträchtliche Altersunterschied zwischen den Eheleuten deutlich sichtbar: Heinrich schien zwar müde zu sein, wirkte jedoch wie der junge, kraftvolle Mann, der er auch war; während man die verblühte Schönheit an seiner Seite für seine Mutter hätte halten können. Frau Konstanze sah man deutlich die Erschöpfung an. Auf Anna wirkte sie irgendwie geistesabwesend.

Die Ärmste fühlt sich nicht wohl, überlegte sie und floss beinahe über vor Mitleid. Kein Wunder, erwartete die Königsgattin in ihren Jahren zum ersten Mal Nachwuchs! Trotz der Diener, die der Kaiserin andauernd mit riesigen Federfächern zuwedelten, war die Luft hier wegen der vielen Kerzen und all der Leute im Saal beinah zum Ersticken.

Auch Anna selbst fühlte, wie sich auf ihrer Stirn Schweißtröpfchen bildeten. Unauffällig griff sie nach einem Tüchlein, um sie sich diskret abzutupfen. Auch der betörende Rosenduft – hervorgerufen durch Abertausende roter und weißer Rosenblüten, die man auf dem Boden der Halle verstreut hatte – vermochte nichts zur Erfrischung beizutragen. Im Gegenteil! Der Blütenduft war aufdringlich, viel zu süß und schwer. Gegen Ende des Essens litt Anna an fürchterlichen Kopfschmerzen.

Dennoch: Um nichts auf der Welt hätte sie den glanzvollen Aufenthalt in Palermo und dieses opulente Krönungsmahl missen wollen!

Afrika war nicht weit entfernt, sozusagen nur einen Katzensprung. Zur Palastanlage gehörte auch ein Tiergarten, in dem Anna so fremdartige Geschöpfe wie Elefanten, Giraffen, Nashörner, Zebras, Löwen und Leoparden bewundern konnte.

Zum Glück waren alle afrikanischen Kreaturen hinter Gittern wohl verwahrt. Vor allem der strenge Raubtiergeruch der großen Katzen bereitete der jungen Frau Übelkeit; doch die exotischen Tiere selbst faszinierten sie.

Dagegen flößten ihr die großen Affen regelrecht Angst ein: Für ihre Begriffe waren sie viel zu menschenähnlich! Die Weibchen der Schimpansen, die ihren Nachwuchs zärtlich in den Armen hielten und liebevoll stillten, glichen auf erschreckende Weise Menschenmüttern mit Kleinkindern, und der finstere, tückische Blick, mit dem der Affenmann die Zuschauer musterte, ließ ihn wie einen verzauberten Waldmenschen erscheinen, der aus Rache für seine Gefangenschaft Schlimmes aushecke.

Anna überlegte ernsthaft, ob diese behaarten schwarzen Wesen nicht tatsächlich einst Menschen gewesen waren! Beispielsweise solche, die sich schwer versündigt hatten und zur Strafe vom Herrgott in stumme haarige Tiere verwandelt worden waren …

Was für eine aufregende und fantastische Welt sie hier erlebte!

Am nächsten Tag sollte ein ganz besonderes Ereignis zu Ehren des neuen Königs und seiner Gemahlin stattfinden: eine *Fantasia* nämlich! Dabei handelte es sich um ein Reiterspiel aus Arabien, bei dem die Männer einem staunenden Publikum auf galoppierenden Pferden akrobatische Kunststücke vorführen sollten.

Die Vorstellung, welche die jungen, gelenkigen Muselmanen vor den Toren der Stadt auf einem großen, sandigen Geviert zum Besten geben würden, wie Anna wusste, würde ein Erlebnis werden, das alle Zuschauer – die deutschen, die sizilianischen und die arabischen gleichermaßen – in helle Begeisterung versetzte.

In der Tat! Die Reiter schienen schwerelos durch die Luft zu fliegen, ihre Knochen mussten wohl, fast wie jene von Vögeln, mit Luft gefüllt sein … Trotz der mehrfachen Salti, welche sie über den galoppierenden Pferden schlugen, landeten die Jünglinge zielsicher und millimetergenau wieder auf deren Rücken! Genauso, wie es ihnen ein Leichtes zu sein schien, aus dem Stand vom Boden aus auf den Sattel ihres Reittieres zu springen.

Als besondere Überraschung war anschließend ein Wettrennen auf Kamelen geplant, auf *Dromedaren,* jenen merkwürdigen Höckertieren mit dem hochmütigen Gesichtsausdruck, denen man auf Palermos Straßen ganz selbstverständlich begegnete. Daran mit großer Freude teilzunehmen, waren auch die Gäste aus Deutschland herzlich eingeladen.

»Vermutlich wollen die arabischen Herren, aber gewiss auch die sizilianischen, etwas zu lachen haben!« Pater Adalbert schüttelte tadelnd den ergrauten Kopf. Anna müsste ihm die Tonsur wieder einmal nachschneiden.

»Kann schon sein«, Herzog Ludwig grinste. »Aber trotzdem will ich's versuchen! Spaß macht es bestimmt – auch wenn ich mich nicht allzu lange auf dem buckligen Kamelrücken werde halten können.«

Sofort musste ihn einer seiner Reitknechte bei der Rennleitung als Teilnehmer anmelden. Dieses gute Beispiel machte umgehend Schule, und zum Schluss waren fast alle deutschen Ritter dabei.

Gleich zu Beginn fiel Anna auf, dass diese Dromedare eine ganz andere Gangart als beispielsweise Pferde oder Esel aufwiesen.

»Das nennt man *Passgang*«, wurden sie und einige andere junge Frauen aus deutschen Landen von einem jüngeren Ritter mit lustigen Augen und keckem Oberlippenbärtchen aufgeklärt. Auch er hatte sich bereits auf die Liste setzen lassen, was ihm den Beifall der Schönen einbrachte.

Die Nichte des Chronisten war nämlich beileibe nicht das einzige weibliche Wesen, das mit Heinrichs Schar gen Süden gezogen war. Nicht wenige der hohen Herren hatten sich neben ihren Knechten auch Dienerinnen von zu Hause mitgenommen, die für ihr leibliches Wohl, die Wäsche und stets für gute Garderobe sorgen mussten.

Anfangs, als Anna begonnen hatte, Palermo zu erkunden, war sie ständig von einer Schar dieser Mädchen und jungen Frauen umgeben gewesen. Da sich deren Interesse aber meist nur auf Dinge wie Kleider oder Schmuck bezogen hatte, war sie bald dazu übergegangen, allein loszuziehen. Um nicht belästigt zu werden, kleidete sie sich wie eine einfache Magd und schlang ein großes Tuch um Kopf und Schulter, um möglichst wenig von ihrem Blondhaar und dem Gesicht preiszugeben.

Am liebsten besuchte sie nach wie vor Kirchen oder versuchte, sich zu Nonnenklöstern Zutritt zu verschaffen; meist unter dem Vorwand, sich deren Heilwissen zum Nutzen deutscher Ritter aneignen zu wollen. Nicht immer gelang es ihr, denn viele Orden schotteten sich gegen Fremde vollkommen ab.

Ihre Alleingänge blieben nicht unbemerkt und trugen wenig zu Annas Beliebtheit bei.

»Sie dünkt sich etwas Besseres, weil sie den bayerischen Herzog von Kindheit an kennt«, flüsterten die Mägde sich zu und bedachten sie mit neidischen Blicken.

Aber den weitaus größten Anteil an holder Weiblichkeit bildeten die Trosshuren, die – wie allgemein üblich – im

Gefolge jedes Heeres mitzogen. Die »Hübschlerinnen« waren in aller Regel robust und jung, was sich in Anbetracht der zu bewältigenden Reisestrapazen und der Anzahl ihrer liebeshungrigen Kunden auch dringend empfahl.

Die meisten dieser »Wanderhuren« verfügten über einen kleinen Karren, den ein Maultier zog und in dem sie ihr gesamtes Hab und Gut verwahrten.

Daneben dienten diese Wägelchen, die alle mit einem mehr oder weniger bequemen Bett ausgestattet waren, nicht nur als Schlafzimmer, sondern als »Begegnungsstätten« der Huren mit ihren Freiern.

Die »Venusdienerinnen«, wie sie genannt wurden, blieben in aller Regel für sich und verkehrten nicht mit den »anständigen« Frauen. Anna kannte bisher keine einzige mit Namen, trug aber auch kein Verlangen danach. Irgendwie waren sie ihr nicht ganz geheuer.

»Sünderinnen« nannten die Geistlichen diese Damen; aber dennoch waren sie bei allen Männern wohlgelitten, was Annas Aufmerksamkeit keineswegs entging. Hinter vorgehaltener Hand wurde getuschelt, dass nicht nur hohe Herren wie Herzog Ludwig, sondern auch die Kleriker ganz gern ihre »Dienste«, worin auch immer diese bestehen mochten, in Anspruch nahmen …

Die Spannung auf dem Gelände vor der Stadt stieg. Ein Mann in grauen Pluderhosen und rotem Turban gab endlich das Zeichen, und sämtliche speziell zu diesen Zwecken gezüchteten Rennkamele liefen los, auf einen in einiger Entfernung liegenden Zielpunkt zu.

»Die normalen Dromedare eignen sich zum gemächlichen Lastenschleppen und zu ausdauernden Märschen durch die Wüste, aber nicht für Wettrennen«, murmelte Pater Adalbert. Es war Anna und ihm gelungen, sich eines der wenigen Schattenplätzchen entlang der Laufstrecke zu sichern. In der prallen Sonne hätte der ältliche Benediktiner nicht auszuharren vermocht, dennoch hielt seine Nichte fürsorglich einen seidenen Sonnenschirm schützend über ihn und sich selbst.

Die Zuschauer feuerten die Reiter an, von denen manche gleich zu Anfang aufgeben mussten: Ihr Kamel hatte sie beim Antraben abgeworfen! Es sah – vor allem für die zuschauenden Gäste aus dem Norden – ungeheuer drollig aus, wenn wieder einer der Kontrahenten vom Höcker des Tieres kippte und im wild aufstiebenden Sand landete.

Die Gruppe aus Bayern feuerte mit lautem Geschrei natürlich Herzog Ludwig an. Er sollte zum Sieger gekürt werden, das wünschte sich jeder von ihnen – Anna vermutlich am meisten.

Als Preise gab es weiße Kamele mit Zaumzeug und Sattel aus rotgoldenem Leder und goldbestickter purpurroter Satteldecke zu gewinnen! Dem Sieger winkte nicht weniger als ein Dutzend dieser sehr seltenen Tiere. Dafür konnte man sich in Arabien eine wunderschöne Braut aus edler Familie samt reicher Mitgift kaufen … Für den Zweitplatzierten gab es noch sechs, und dem Dritten winkten immerhin noch drei weiße Dromedare.

Das lieferte reichlich Stoff für allerhand derbe Scherze.

»Was soll unser Herzog mit einer Braut aus Arabien anfangen?« – »Ha! Die müsste erst getauft werden, damit er sie heiraten kann!« – »Er würde ihre Sprache gar nicht verstehen!« – »Im Bett muss man sich ja nicht unbedingt unterhalten!« – »He, es ist bei uns verboten, eine Ehefrau zu *kaufen!* Sie ist doch keine Sklavin!« – »Ludwig ist schlau, er wird schon wissen, was er zu tun hat.«

Ein Spaßvogel schrie laut hinaus: »Er muss das Schätzchen ja nicht gleich *heiraten*, oder?«

»Genau!«, grölte ein anderer. »Zum Amüsieren würde ein Heidenmädchen mit schwarzen Glutaugen gewiss gut taugen!«

»Eben! Unser Herzog kann ja anschließend beichten, haha!«

Zum Glück achteten die Herren darauf, dass sie von den Muselmanen nicht gehört wurden ... Immerhin gab es nicht wenige, welche ihren Dialekt verstanden.

Auch die Araber feuerten die ihrigen Reiter an. Soweit man ersehen konnte, wetteiferten zum Schluss Herzog Ludwig und ein Reiter mit gelbem Turban und Gesichtsschleier nach Art der Berbernomaden um den Sieg. Das Tuch sollte wohl den Sandstaub von seinen Nasenlöchern und dem Mund fernhalten.

Alle anderen Kontrahenten waren weit abgeschlagen. Wer von den beiden würde es schaffen?

»Selbst wenn unser Herzog nur Zweiter wird, ist das ein großer Erfolg« behauptete Adalbert. »Wer von den Deutschen ist es denn schon gewohnt, auf diesen seltsamen buckligen Viechern zu reiten – und noch dazu bei solch atemberaubendem Tempo?«

Inzwischen gab es einige, die Wetten eingingen, wer von beiden am Ende wohl die Nase vorn haben würde ...

Ludwig von Wittelsbach wurde in der Tat »nur« Zweitbester. Bei der Siegerehrung achteten die Bayern nicht mehr besonders auf den, der am schnellsten das Ziel – eine bestimmte Dattelpalme – erreicht hatte.

Erst als dieser Reiter den Turban abnahm und den Schleier fallen ließ, schrien die ersten vor Überraschung auf. Da erst wurden auch alle anderen aufmerksam. Unfassbar! Sie hatten überhaupt nicht mitbekommen, dass er sich als Teilnehmer hatte registrieren lassen. Auch die Bewohner Palermos waren perplex – und die Araber sowieso!

»Heil unserem Kaiser!«, »Heil dem König von Sizilien!«, »Hoch, Kaiser Heinrich!«, »Respekt dem Kaiser!«, erschallte es. Alle waren wie aus dem Häuschen.

»Diese Überraschung ist ihm wirklich gelungen!«, freute sich Pater Adalbert. Das gäbe eine großartige Notiz in seiner Chronik!

»Er saß doch vorhin noch neben Kaiserin Konstanze auf der Zuschauertribüne«, wunderte sich Anna.

Fasziniert vom Rennen, hatten alle nur noch auf die Reiter auf ihren Kamelen und die Rennstrecke geachtet.

»Was macht Herr Heinrich jetzt mit den zwölf weißen Dromedaren? Eine Gemahlin hat er doch schon«, meldete sich der Spaßvogel von vorhin zur Erheiterung der Anwesenden erneut zu Wort. »Der Erzbischof wird ihm kaum die Erlaubnis zu einer weiteren Ehefrau erteilen!«

Dem Kaiser würde gewiss etwas einfallen. Anna und ihr Oheim waren eher neugierig, was der Bayernherzog mit seinem zweiten Preis – immerhin sechs weißen Kamelen – anfangen würde.

»Für eine halbe Braut reicht's ja schon mal«, meinte der Witzbold trocken und erntete damit lautes Gelächter.

Anna schluckte. Obwohl sie die Meinung vieler durchaus teilte, war ihr jedes Mal ganz wunderlich zumute, sooft die Rede darauf kam, dass Ludwig sich verheiraten sollte. Obwohl es doch selbstverständlich war, dass er irgendwann auch für Nachwuchs sorgen musste, sofern er Wert darauf legte, dem Hause Wittelsbach die Herzogswürde zu erhalten.

Unruhen im Lande

Die Kaiserin gab ihrem Gemahl noch ein Stück weit das Geleit, als er sich mit seinem Heer gen Norden, Richtung Deutschland wandte. Noch auf sizilianischem Boden kehrte Frau Konstanze um. Sie würde im warmen Süden, in ihrer gewohnten luxuriösen Umgebung bleiben und die

Geburt ihres Kindes im Kreise ihrer vertrauten Damen erwarten.

Der Abschied der Eheleute gestaltete sich etwas unterkühlt – so dünkte es zumindest Anna. Nach einem festlichen Abschiedsmahl mit schmetternden Fanfarenklängen und etlichen höflichen Glück- und Segenswünschen zog jeder von beiden seines Weges.

Keiner weiß, ob sie sich jemals wiedersehen werden, überlegte die »Magd des Herzogs« ein wenig trübsinnig. Der Spitzname war an Anna hängen geblieben und verfolgte sie sogar bis nach Italien …

Binnen einiger Wochen war die Rückreise ohne Probleme geschafft. Heinrichs kriegerischer Erfolg über seine Gegner hatte sich im Land Italien von der Stiefelspitze im äußersten Süden bis zu den Alpenpässen im Norden verbreitet. Städte und kleinere Fürstentümer überboten sich geradezu mit Freundlichkeiten, sobald der römisch-deutsche Imperator sich ihren Grenzen näherte.

»Hauptsache, der Kaiser zieht bald wieder weiter«, stellte Pater Adalbert trocken fest. »Die meisten, die Herrn Heinrich jetzt Honig um den Bart schmieren, sehen ihn lieber von hinten als von vorn. Einquartierungen so vieler Herren sind eine kostspielige Angelegenheit. Immerhin gibt es aber ein paar Gegenden, in denen man uns Deutsche leiden kann.«

Endlich wieder daheim in Kelheim! Für Anna bedeutete es eine große Erleichterung: Ihr Oheim kränkelte hin und wieder, und im vertrauten Umfeld vermochte sie ihn leichter zu versorgen. Jetzt, gegen Ende des Sommers, würde sie wieder Heilpflanzen sammeln können, um wirksame Säfte und Tees anzusetzen. Sie sollten dem Benediktiner helfen, die langen Wintermonate gesund zu überstehen.

Der Herzog freute sich sichtlich über den freudigen Empfang, den die Kelheimer Bürger ihm bereiteten. Die Willkommensfeierlichkeiten – man veranstaltete ein richtiges Volksfest – zogen sich über eine ganze Woche lang hin.

Am dritten Tag machte Anna sich heimlich davon, um in den nahe gelegenen Wäldern auf Kräutersuche zu gehen. Bei dem Volksauflauf würde sie niemand so schnell vermissen, dachte sie. Bis es so weit war, dass man ihr Fehlen bemerkte, wäre sie längst wieder zu Hause.

Als Begleitung und um jemanden dabeizuhaben, der ihr den schweren Korb tragen half, nahm sie eine blutjunge, aber kräftige Magd namens Marei mit. Das unaufhörlich schwatzende junge Ding erschien ihr liebenswert, aber ein wenig naiv in ihrer grenzenlosen Bewunderung für die »Magd des Herzogs«. Weiß der Himmel, welche Art von Beziehung sie mir zum Herzog unterstellt, dachte Anna und verbiss sich das Lachen. Marei in ihrer Herzenseinfalt schien felsenfest zu glauben, dass ihr Einfluss auf Ludwig ein ganz enormer sei … Das Mädchen sah dabei aber so treuherzig und blauäugig drein, dass man ihr einfach nicht böse sein konnte.

»Schau, Marei, da vorn dieser riesige Welschnussbaum! Da wollen wir hin«, unterbrach Anna den Redefluss der Magd, die ihr gerade lang und breit von den Liebesschwüren eines Knechts berichtete, der angeblich ein Auge auf sie geworfen habe.

»Wirkli? Geh weida, Anna! Des moanst do' net im Ernst, naa?« Erneut lachte das junge Ding, das sich, wie die meisten aus der einfachen Bevölkerungsschicht, nur in der bayerischen Mundart auszudrücken vermochte; womit Anna aber einigermaßen gut zurechtkam.

»D' Niss san do' no' lang net reif! Da kriagt ma' bloß Bauchweh davo'!«

»Zum Heilen brauch ich aber die grünen Blätter und die grünen Außenschalen der Nüsse.«

Anna schlug mit dem langen Stecken, den sie mitgenommen hatte, gegen den Stamm des Nussbaums; woraufhin tatsächlich viele der unreifen Früchte herunterpurzelten, und auch eine Reihe langstieliger grüner Blätter segelte herab.

»Wos mochst jetz' nachad domit, Anna?«, fragte Marei, jetzt doch neugierig geworden. Während sie der jungen Frau half, die Nüsse samt Blättern aufzusammeln und in den Korb zu packen, bekam sie von Anna eine Gratislektion in Heilkunde.

»Wenn du einmal starkes Hautjucken verspürst oder im Mund eine wunde Stelle hast, hilft dagegen eine Spülung mit dem Absud der grünen Fruchtschalen! Wenn es schlimmer ist und du dich andauernd kratzen musst, mach am besten einen Umschlag mit einem damit getränkten Lappen. Plagt dich aber ein Durchfall oder das Magendrücken, dann musst du den gepressten Saft der grünen Nussblätter trinken! Die grünen Schalen helfen übrigens auch bei Leberleiden und Gallenschmerzen.«

»Ja, mei, Anna, du bist ja so vui g'scheit! Bist goar a richtiga Medicus?«

Die jedoch winkte ab und bot der Aufgeregten an, ihr noch mehr in Sachen Heilkunde beizubringen, wenn sie ihr denn ab und zu beim Sammeln half.

Marei schien ernsthaft interessiert. Geschwind hatte sie bald auch die letzte Nuss im Korb versenkt, ehe sie sich einen Ruck gab: »Aber, sog amal, Anna, woaßt du aa', warum der Baam ›Welschnuss‹ hoaßt?«

»Freilich! Eigentlich ist er früher nur in warmen Ländern gewachsen, in Italien zum Beispiel. Die alten Römer haben ihn natürlich gekannt und auch schon für Heilzwecke genutzt. Sie haben ihn über die Alpen zu uns gebracht – und siehe da: Die Bäume gedeihen auch in Bayern! ›Welsch‹ heißt einfach ›romanisch‹ und erinnert uns daran, woher die Nüsse ursprünglich stammen.«

Marei stand mit offenem Munde da. »Mei, bist du g'scheit, Anna!« Sie sagte es ein ums andere Mal und schüttelte dabei voll Bewunderung den Kopf. »Jetz' woaß i' aa', warum insa Herr Ludwig so gern mit dir red'n tuat …«

»Ja, freilich!« Jetzt lachte Anna laut heraus. »Der Herzog hat nix Besseres zu tun, als sich mit mir über Welschnüsse zu unterhalten!« Es war durchaus Absicht dabei gewesen, dass sie sich oftmals nach außen hin bewusst etwas dumm gestellt hatte, dachte sie doch nicht im Traume daran, ihre Unterhaltungen mit Ludwig zum Thema allgemeinen Interesses zu machen. Mit einer Magd schon zweimal nicht – wo sie doch selbst bei ihrem Oheim äußerst sparsam mit Informationen umging, was ihre eigenen Gedanken um den Herzog anbelangte. Die gingen nur sie etwas an …

So froh man war, wieder in heimischen Landen zu sein, so wenig friedlich sollte sich die allernächste Zukunft gestalten.

Ludwig und seine Mutter Agnes mit ihren Damen, zu denen neuerdings auf des Herzogs ausdrücklichen Wunsch auch Anna gehörte, hatten sich gerade im Burghof unter den schattigen Bäumen niedergelassen, um ein wenig die gute frühherbstliche Luft nach der sommerlichen Gluthitze zu genießen, als ein Bote zu Pferde mit den Farben Bischof Wolfgers durchs Burgtor hereinpreschte.

Der Bursche riss einem Gaul die Gebissstange ins weiche Maul, sprang ab und begrüßte untertänigst den Landesherrn.

»Was möchte der Bischof denn von mir – und warum hast du es so brandeilig, dass du dein armes Ross so hart an die Kandare nimmst?« Ludwig runzelte etwas unwillig die Stirn, als der junge Mann ihm ein Schreiben überreichte. Grundlos Tiere zu quälen, war so gar nicht seine Sache.

Anna, die den Herzog nun wirklich gut kannte, ahnte gleich, dass dieser Brief nur großen Ärger bedeuten konnte.

In der Tat! Sozusagen händeringend bat Bischof Wolfger von Passau den Herzog um militärische Hilfe. Die Grafen von Ortenburg fielen in sein Bistum ein, machten ihm das Leben schwer und richteten im Umland von Passau schreckliche Verwüstungen an, behauptete er; und dass seine Krieger nicht ausreichten, um der Ortenburger Herr zu werden.

»Gerade musste ich froh sein, die Herren Bischöfe einigermaßen auf meiner Seite zu haben – und schon muss ich meine landesherrliche Fürsorgepflicht unter Beweis stellen! Natürlich werden wir Herrn Wolfger sofort zu Hilfe eilen«, lautete Ludwigs Einschätzung.

So blieb nicht lange Muße, sich von der sizilianischen Heerfahrt und der langen Reise zu erholen.

»Gerade einmal zum Pferdewechseln reicht die Zeit, schon heißt es wieder: Aufgesessen und Aufbruch zum nächsten Streit«, brummte Pater Adalbert. Er fühlte sich noch ziemlich erschöpft und angegriffen, aber obwohl es ihm Anna auf den Kopf zusagte und ihn bat, daheimzubleiben, stritt er vehement jegliches Missbehagen ab und behauptete, ganz im Gegenteil, frisch und munter zu sein. »Ein Chronist, der etwas taugt, sollte schon selbst bei den Ereignissen anwesend sein, von denen er der Nachwelt berichten möchte! Nur vom Hörensagen zu berichten, empfinde ich äußerst ungenügend. Außerdem habe ich ja dich als meine Beschützerin dabei, liebste Anna.«

Bereits am übernächsten Tag eilte Herzog Ludwig dem Bischof Wolfger mit einer ansehnlichen Anzahl von Rittern zu Hilfe. In Kürze gelang es ihnen auch, den Angreifer vom bischöflichen Territorium zu vertreiben.

Um den Ortenburgern zu zeigen, was es bedeutete, ohne Not aus purem Mutwillen Unfrieden in Bayern zu stiften, verfolgte Ludwig die Feinde und zerstörte obendrein die ortenburgische Stadt Kraiburg. Passau und sein geistlicher Oberhirte waren gerettet.

Natürlich kostete auch ein verhältnismäßig kurzer Krieg eine Anzahl an Leben; außerdem blieben zahlreiche Verwundete zurück, die ihr Leben lang an den Folgen zu leiden hätten. Und das auf beiden Seiten.

Anna machte nun an sich selbst die verstörende Beobachtung, dass ihr das menschliche Elend, das sich zwangsläufig mit jeder Kampfhandlung verband, lange nicht mehr so zu schaffen machte, wie das noch beim Feldzug durch Italien der Fall gewesen war. Sie fühlte sich irgendwie schlecht deswegen, und sie musste mit ihrem Oheim darüber sprechen.

Der aber versuchte die Nichte zu beruhigen. »Das muss so sein, meine Liebe! Und es hat nichts damit zu tun, dass du gegen menschliches Leid jetzt für alle Zeiten abgestumpft bist. Du reagierst nur nicht mehr so verstört wie damals, als du das erste Mal mit Krieg und Schlachten in Berührung kamst. Eine gewisse Abgeklärtheit ist notwendig, sonst könntest du niemals einem verwundeten Krieger zu Hilfe eilen und all die grauenhaften Verletzungen versorgen. Die Erfahrung, die dich im Augenblick so befremdet, machen alle Medici, Bader, Feldscher und sonstigen Heiler, ja, selbst Mönche und Nonnen, die sich der Krankenpflege und der Versorgung von Sterbenden verpflichtet haben. Wäre das nicht so, könnte niemand über einen längeren Zeitraum Schwerverletzte pflegen.«

Darüber musste Anna in Ruhe und sehr genau nachdenken. Sie hoffte inbrünstig, dass Pater Adalbert recht haben möge.

Frohgemut zogen alle nach Kelheim zurück. Aber lange dauerte es nicht, bis Anna sich erneut um ihren Verwandten Sorgen machen musste.

Pater Adalbert selbst berichtete ihr von den möglichen Schwierigkeiten. »Erzbischof Eberhard von Salzburg liegt ja, wie du weißt, seit Längerem mit unserem Herzog in Streit wegen der Salzrechte in Reichenhall«, begann er seine Erklärung.

Anna fuhr auf. »Jetzt sagt bloß nicht, er zieht deswegen gegen Herrn Ludwig zu Felde!«

»Nicht direkt, mein Kind. Wie allgemein bekannt, ist neulich der Landgraf von Steflingen verschieden; um sein Erbe ist sofort ein Streit zwischen Herzog Ludwig und Bischof Konrad III. von Regensburg entbrannt. Mit Konrad würde unser Herr leicht fertig werden; aber nun hat sich der Regensburger ausgerechnet Eberhard von Salzburg als Bundesgenossen gesucht!«

»Oje«, Anna begriff sogleich. »Ich verstehe! Mit dem Erzbischof an Konrads Seite wird es für Ludwig um einiges schwieriger, sein Recht auf die Stefflinger Ländereien durchzusetzen!«

Die Querelen sollten sich insgesamt über Jahre hinziehen, mit all den furchtbaren Verheerungen des Landes, die solch ein abscheulicher Krieg mit sich brachte.

»Ich werde Kelheim als Hauptstadt Bayerns vermutlich aufgeben müssen«, verkündete Ludwig eines Tages während einer Entenjagd in den Donauauen.

»Euer Gnaden belieben wohl zu scherzen!« Anna war wie vor den Kopf geschlagen. Sie gehörte zu der kleinen Gruppe, die der Herzog an diesem Tag um sich geschart hatte, um sich ein paar Stunden der Erholung und Entspannung zu gönnen.

»Leider nein, Anna. Kelheim liegt am Rande Bayerns, und es wäre viel günstiger, den Regierungssitz mehr in der Mitte des Landes zu haben.«

Die Herren seiner Begleitung und seine um ein Jahr ältere Schwester Richardis stimmten umgehend zu. Die Burg in Kelheim war nun wirklich kein Prunkstück, wie es sich als Standort für den Herzog eines so großen Landes ziemte. »Zu Repräsentationszwecken eignet sich Burg Kelheim wahrlich nicht.«

Betroffen schwieg Anna zu Richardis' Worten. Es stand ihr nicht zu, eine gegenteilige Meinung zu äußern. Außerdem stimmte es ja: Großer Staat war mit dem alten Gemäuer nicht mehr zu machen. Noch dazu lag Kelheim vermutlich viel zu nah an Regensburg und dem Bischof Konrad, der Ludwig feindlich gesinnt war, überlegte die junge Frau messerscharf.

»Und wo gedenkt Ihr den neuen Wohnsitz zu errichten, Herr?«, fragte Fräulein Richardis.

»Die Stadt Landshut soll es werden! Auch sie liegt an einem Fluss, nämlich an der Isar. Bis jetzt gibt es dort nur eine kleine Siedlung, die will ich zu einer richtigen Stadt ausbauen. Oben auf der Anhöhe hat bereits mein Vater Otto eine Burg errichten wollen. Leider ist er verstorben, ehe er das Werk in Angriff nehmen, geschweige denn vollenden konnte.

»Eine ganz hervorragende Idee, Euer Gnaden«, schmeichelte ihm einer der Begleiter, der offenbar ganz genau Bescheid wusste. Er wandte sich an die Übrigen. »Dieses Landshut liegt ziemlich mittig zwischen Augsburg im Westen und Passau im Osten, während sich Regensburg im Norden und in gleicher Entfernung im Süden der Ort Wasserburg befinden.«

Die Zuhörer wirkten beeindruckt, aber der Höfling setzte noch eins drauf.

»Schlüge man einen gedachten Kreis um Landshut als Mittelpunkt des Landes Bayern, träfe man in südwestlicher Richtung auf München. Fürwahr eine ausgezeichnete Wahl, Herzog!«

Anna sah ein, dass längst alles entschieden war.

Machtkampf im Reich

Kaiserin Konstanze hatte im Jahr 1194 in Iesi, am zweiten Weihnachtsfeiertag, einem gesunden Knaben das Leben geschenkt. Man taufte das Kind auf den Namen seines Großvaters: Friedrich.

Mit knapp zwei Jahren wählte man den Kleinen zum römisch-deutschen König. Konstanze ahnte nämlich, dass es Widerstände geben könnte, und denen wollte man durch geschaffene Tatsachen den Wind aus den Segeln nehmen. Mit der Wahl hatte man es so besonders eilig, weil sein Vater Heinrich sich auf einen Kreuzzug begeben wollte – und man nicht wusste, ob er lebend zurückkehren würde.

Im Jahr darauf, anno 1197, starb völlig überraschend der Vater des Knaben, Heinrich VI.; mit ihm verlor Bayern einen seiner mächtigsten Gönner. Auch im Reich kam es zu Verwerfungen. Die papsthörigen deutschen Fürsten verweigerten auf Anordnung des Heiligen Vaters die Anerkennung des kleinen Friedrich. So ließ ihn seine Mutter Konstanze im Jahr darauf wenigstens zum König von Sizilien krönen.

So weit, so gut. Dann allerdings machte Konstanze etwas, was den Anhängern der Staufer großes Kopfzerbrechen bereitete: Sie stellte ihren minderjährigen Sohn ausgerechnet unter die Vormundschaft des gerade regierenden Papstes, Innozenz III.!

»Das nenne ich ›den Bock zum Gärtner machen‹«, entfuhr es Ludwig von Bayern, nachdem er von Konstanzes befremdlicher Aktion gehört hatte.

Im Reich entbrannte daraufhin ein heftiger Machtkampf, wie zu erwarten gewesen war. Auch Herzog Ludwig stand vor einer schweren Entscheidung.

»Der Heilige Vater setzt sich für den Welfen Otto IV. von Braunschweig als römisch-deutschen Kaiser ein, obwohl sein Mündel Friedrich ein Staufer ist«, versuchte Pater Adalbert seiner Nichte Anna den Zwist zu erklären. »Viele deutsche Fürsten unterstützen den Papst darin. Aber unser Herzog favorisiert aus Dankbarkeit gegenüber den Staufern, denen er immerhin die bayerische Herzogswürde verdankt, Herzog Philipp von Schwaben, einen Sohn von Kaiser Friedrich Barbarossa!«

»Da scheint sich Frau Konstanze gewaltig geirrt zu haben, als sie glaubte, den Papst den Staufern geneigt zu machen, indem sie ihren Sohn unter die Munt des Heiligen Stuhls stellte.« Anna durchschaute die Motive der besorgten Mutter sehr wohl. »Das bedeutet jetzt also, dass es wieder einen fürchterlichen Krieg geben wird«, seufzte sie, »der sich vermutlich über viele Jahre, wenn nicht sogar Jahrzehnte hinziehen wird.«

Das waren traurige Aussichten; als hätte es nicht schon genügend andere Probleme gegeben.

In diesem Jahr wurde immerhin – »nach furchtbarer Verheerung des Landes Bayern«, wie der Chronist Adalbert vermerkte – mit Bischof Konrad Frieden vereinbart; mit Salzburg hingegen war der Herzog noch lange nicht im Reinen.

Die Errichtung der Burg Trausnitz oberhalb der Stadt Landshut verlor Ludwig in all den Jahren jedoch keineswegs aus dem Auge; die Bauarbeiten gingen auch in Kriegszeiten zügig voran.

Eines Tages zeigte der Herzog Anna voller Stolz verschiedene Baupläne.

»Inzwischen habe ich mich mit dem Gedanken schon beinah angefreundet, Euer Gnaden, bald nach Landshut umsiedeln zu müssen und Kelheim, meiner Heimatstadt, Lebewohl zu sagen.«

»Ich denke, du und mein Chronist, ihr beide werdet zufrieden sein mit dem Tausch«, meinte Ludwig. »Ich jedenfalls kann es kaum noch erwarten, mein neues Heim zu beziehen. Die Gegend dort ist wunderschön!«, schwärmte er.

Was Anna keineswegs bezweifelte. Aber trotzdem würde sie schreckliches Heimweh haben nach Kelheim, der Donau und der Altmühl mit ihren ausgedehnten Auen.

Gegen Ende des Jahres 1198, genau am 27. November, verstarb Kaiserin Konstanze, die Mutter des erst vierjährigen Friedrich, in Palermo.

Falls die Feinde des Staufergeschlechts geglaubt haben sollten, die Vollwaise Friedrich leicht um ihr Erbe prellen zu können, sahen sie sich getäuscht: Tatsächlich übernahm sein Oheim Philipp von Schwaben für ihn das Reich, solange der Knabe noch minderjährig war. Der Welfe Otto sollte nur die Rolle des Gegenkönigs spielen.

Herzog Philipps Hauptunterstützer war der Wittelsbacher Ludwig, der als einer der Führer der staufischen Partei mithalf, dessen Wahl zum deutschen König zum Gelingen zu bringen – gegen den ausdrücklichen Willen des Papstes und der Welfenfreunde.

Sogleich entbrannte wiederum ein Krieg, Ludwig von Bayern rüstete sich mit einem ansehnlichen Heer. Auch sein Chronist und dessen Nichte zogen mit und erlebten die ersten Feldzüge des Neugewählten gegen den Welfen Otto, einen Sohn Heinrichs des Löwen. Am Niederrhein kam es zur Auseinandersetzung, wo es auch nach schweren Gefechten gelang, den Braunschweiger zu besiegen.

»Das ist noch lange nicht das Ende, meine Liebe!« Herzog Ludwig zerstörte mit diesen wenigen Worten Annas Hoffnung auf eine rasche Heimkehr nach Kelheim. Obwohl sie sich dieses Mal von der kämpfenden Truppe weitgehend ferngehalten und sich so gut wie nicht an der Versorgung Verwundeter beteiligt hatte, konnte sie das Hauen und Stechen immer weniger ertragen. Das brutale Gemetzel und das in ihren Augen sinnlose Blutvergießen widerten sie einfach nur noch an.

»Als Nächstes geht es gegen den Bischof von Straßburg und gegen den Grafen von Dachsburg im Elsass!«, hörte Anna den Herzog sagen. Plötzlich fröstelte sie. Würde das Töten denn nie ein Ende nehmen?

Unvermittelt lachte Herzog Ludwig bitter auf. »Seit Neuestem bin ich der päpstlichen Kurie ganz besonderer Aufmerksamkeit wert! Innerhalb kürzester Zeit hat mir Papst Innozenz mehrere Briefe geschrieben. Im letzten Schreiben, das er mir zukommen ließ, *bittet* mich der Heilige Vater, die Seiten zu wechseln!« Erneut lachte Ludwig auf.

»Was erheitert Euch daran so sehr, Euer Gnaden?« Anna wollte es immer ganz genau wissen und hatte keinerlei Scheu, Aufklärung zu verlangen, sobald sie etwas nicht verstand. Eine Eigenschaft der jungen Frau, die viele irritierte, dem Herzog jedoch außerordentlich gut gefiel, bewies es ihm doch, dass seine Jugendfreundin stets mitdachte und sich dafür interessierte, was er ihr sagte.

»Der Ton des Heiligen Vaters hat sich auf bemerkenswerte Weise geändert, Anna! Zu Anfang *befahl* er mir noch, die Staufer fallen zu lassen. Als das nichts nutzte, legte er mir den Verrat nahe, indem er mir verschiedene Versprechungen machte – er versuchte es also mit Bestechung! Als auch das meine Haltung nicht zu ändern vermochte, verlegte Seine Heiligkeit sich schließlich aufs Bitten!«

Jetzt schmunzelte auch Anna, während ihr Oheim das Gesicht verzog. Er äußerte sich zwar nicht ausdrücklich dazu, aber die beiden Jüngeren wussten, dass der Benediktinermönch die Vorgehensweise des Papstes zutiefst missbilligte.

Der Wittelsbacher blieb Herzog Philipp von Schwaben, dem Oheim des kleinen Friedrich, treu. Er selbst kehrte zwar nach Bayern zurück, ließ jedoch einen Teil seiner Truppen mit dem königlichen Heer zusammen gegen die Anhänger Ottos in Thüringen kämpfen. Mit Erfolg.

Das Jahr 1198 verzeichnete nicht nur den traurigen Tod der Kaiserin; noch jemand segnete das Zeitliche. Und dieses Ereignis wiederum sollte Herzog Ludwig durchaus von Nutzen sein.

Die Kelheimer Bürger raunten sich auf dem Marktplatz und in den Gassen zu: »Ist es denn wirklich wahr? Hatte der Herrgott mit unserem Herrn tatsächlich ein Einsehen? Ist Ludwigs großer Gegner im eigenen Land endgültig ausgeschaltet?«

Die andauernden, immer wieder neu aufflammenden Querelen mit dem mächtigen Grafen von Bogen hatten in der Tat ein Ende: Graf Albrecht III. war zu seinen Ahnen eingegangen.

»Es ist nicht recht und spricht nicht für eine gute christliche Gesinnung, wenn man sich über den Tod eines Mitmenschen freut«, tadelte Pater Adalbert seine Nichte.

Anna schämte sich auch gleich ihrer Jubelschreie. »Ich weiß, das war schlecht von mir, Oheim! Gott vergebe mir! Das war nur die Erleichterung darüber, dass jetzt wenigstens von dieser Seite Ruhe sein wird. Es gibt noch andere Streitpunkte in Bayern – da brauchte es nicht noch zusätzlich der ewigen Nadelstiche vom Bogenberg.«

»Du hast ja recht, Kind«, gab der Pater zu. »Dennoch will ich für Graf Albrechts Seelenheil beten.«

»Ja, tut das nur! Aber unser Herzog wird aufatmen, glaubt mir.«

In diesem Falle beanspruchte die junge Frau das letzte Wort.

Bald verbreiteten sich Gerüchte im Lande Bayern, dass es doch ein gute Lösung wäre, die schöne Witwe des Bogenbergers, die böhmische Gräfin Ludmilla, mit Ludwig von Wittelsbach zu vermählen. Zuerst war es nur ein zaghaftes Flüstern, das sich allmählich zu einem vernehmlichen Vorschlag und schließlich zu lauten Wünschen, die beinah schon die Wucht von Forderungen annahmen, auswuchs:

»Unser Herzog ist alt genug; er muss sowieso heiraten, und weshalb soll es nicht die Přemyslidentochter Ludmilla sein, die er zu seiner Herzogin erwählt? Vermutlich wäre die junge Witwe auch gar nicht abgeneigt – ist Ludwig doch ein prächtiger junger Herr!«

Natürlich drangen diese Gerüchte auch an das Ohr des Regenten. Was er bisher über die reiche Gräfin aus Böhmen gehört hatte, klang vielversprechend. Sie war nur etwa vier Jahre älter als er – also noch keine dreißig Jahre alt – und demnach noch jung genug, ihm Kinder zu schenken.

Vorsichtig wurden erste Kontakte geknüpft. Der Herzog wollte sich vor allem persönlich von der Witwe ein Bild machen; nicht nur von ihrem Aussehen, sondern auch von ihrem Wesen. Von der Möglichkeit, »die Katze im Sack zu kaufen«, hielt er nichts. Da kam ihm die gute alte Sitte des Kondolenzbesuches gerade recht, wurde so ein Trauerbesuch vom Landesherrn doch geradezu gefordert! Zu diesem Anlass ließ er sich unter anderem von Pater Adalbert begleiten – und damit auch von Anna.

»Schau dir diese Ludmilla ja gut an, Annele«, bettelte der Herzog regelrecht. »Frauen sind schlaue Geschöpfe, die es ausgezeichnet verstehen, sich zu verstellen und andere übers Ohr zu hauen. Uns törichten Männern können sie allerhand vormachen – aber dich als kluge Mitschwester wird sie nicht so leicht betrügen! Verrate mir anschließend ohne Umschweife, was du von der Gräfin hältst. Ich möchte nämlich eine verträgliche und friedfertige Frau an meiner Seite haben – wenn es denn schon durchaus sein muss – und keinen zänkischen Hausdrachen!«

Anna schluckte, enthielt sich aber jeglichen Kommentars. Was es ausgerechnet für sie bedeuten musste, ihm zu einer Gemahlin zu verhelfen, davon hatte der Herzog anscheinend nicht die geringste Ahnung ... Als Gemahlin für ihn kam sie selbst nicht in Frage. Außerdem sah er in ihr zwar eine junge, schöne und kluge Frau, aber keine, die er sich als Gespielin fürs Bett erwählen würde. Dazu stand sie ihm zu nahe, war sie doch beinah ein Familienmitglied und damit so etwas wie eine geliebte und überaus geschätzte ältere Schwester für ihn. Dass er sie als Weib begehrte, war gewiss lange vorbei – eben eine längst verdrängte Jugendsünde. Seine diesbezüglichen täppischen Versuche, die Anna seinerzeit zum Glück elegant abzuwehren wusste, hatte er bereits vergessen.

Hätte ich damals seinem kindischen Temperament nachgegeben und mich auf eine intime Beziehung mit ihm eingelassen, hätte dies mit Sicherheit den Tod unserer Freundschaft bedeutet! Da war sich Anna ganz sicher.

Sie erinnerte sich noch ganz genau daran, wie Ludwig sie eines Nachmittags, er war noch keine vierzehn Jahre alt, unvermittelt auf seinen Schoß gezogen und ihr in den Ausschnitt gegriffen hatte, um mit ihren Brüsten zu spielen ... Anfangs war sie so perplex gewesen, dass sie sich gar nicht gewehrt hatte; was den Jüngling damals noch mehr anspornte, ihren Körper zu erkunden.

Erst als er eine ihrer Hände ergriff, sie sich auf seinen zum Bersten gespannten Hosenlatz legte und sich seinerseits unter ihrem Rock nach ihrer Scham vortastete, wobei sie ihn keuchen hörte, als wäre er einen Hügel hinaufgerannt, war Anna bewusst geworden, was er da von ihr wollte. Sie musste ihn energisch abwehren – ohne ihn als Landesherren jedoch allzu deutlich vor den Kopf zu stoßen, war ihr seinerzeit siedend heiß durch den Sinn gegangen. Kein leichtes Unterfangen! Sie hatte ihn schließlich nicht als Freund verlieren wollen.

»Ach, du bist erregt«, hatte sie gesagt und sich verzweifelt bemüht, sich dabei ganz kühl und überlegen zu geben. »Denk dir nichts, Ludwig, das kommt bei Jungen in deinem Alter öfter vor. Da weiß ich ein gutes Gegenmittel.«

Damit hatte sie ihn für den Augenblick abgelenkt und vermochte es, sich von ihm freizumachen, indem sie von seinen Knien aufsprang und zur breiten Fensterbank auf der Nordseite seines Gemachs lief, wo stets ein großes Gefäß mit frischem Wasser bereitstand, falls ihn plötzlich der Durst überkam.

Dieser Wasserkrug war ihre Rettung gewesen. Flink hatte sie die Karaffe ergriffen, war zu ihrem Gespielen gestürzt – und hatte ihm mit Schwung den gesamten kalten Inhalt über den Unterleib gegossen!

Kreischend war Ludwig hochgesprungen. »Bist du verrückt geworden?«, hatte sie ihn wütend schreien gehört.

»Nicht doch, glaub mir, das hilft! Merkst du es denn nicht?«, hatte sie insistiert – innerlich zitternd, dass er ihr diesen Streich niemals verzeihen und sie für immer aus seiner Nähe verbannen könnte …

Schlagartig hatte er zu plärren aufgehört, wie festgenagelt dagestanden und sich in den nassen Schritt gegriffen. »Du hast recht«, war ihm sodann verblüfft entfahren. »Es hat tatsächlich gewirkt! Aber, he, so kann ich mich nirgends blicken lassen. Es schaut ja grad so aus, als hätt ich in die Hose gebrunzt!«

»Ach, das ist ja nicht schlimm, Ludwig. Du bist ja in deinem eigenen Gemach und kannst dir jederzeit trockene Beinkleider anziehen. Ich geh dann mal hinaus und warte unten im Hof auf dich. Und vergiss die Rute nicht, wir wollten doch zum Weißfischangeln an die Donau.«

Schnell wie der Blitz war sie aus der Tür gewesen. Als ihr junger Freund später im Burghof mit trockenem Gewand aufgetaucht war – auch sein pitschnasses Hemd hatte er austauschen müssen –, wechselten die beiden kein einziges Wort über das Vergangene, wie auch später nie mehr.

Beinah war Anna nun ein bisschen wehmütig zumute, als sie sich an die längst vergangene Jugendzeit erinnerte.

»Ich werde mir Frau Ludmilla genau ansehen, Euer Gnaden!« Sie knickste und sah zu, dass sie dem Herzog, der nicht gerade zu den sensibelsten Exemplaren seines Geschlechtes zählte, aus den Augen kam.

Zukunftssorgen

Der Aufenthalt auf dem Bogenberg war ein voller Erfolg.

Erstens einmal schloss man endgültig Frieden. Die ständigen Scharmützel, die schon seit Jahren immer wieder

139

aufflackerten, sollten fortan für alle Zeiten beendet sein; die geplagte Bevölkerung konnte aufatmen.

Trotz des an sich traurigen Anlasses plauderten Gäste und Gastgeberin überdies lebhaft und interessiert über viele Dinge, die sich im Reich ereigneten. Die junge Witwe und der Herzog waren sich in den meisten Punkten einig, fanden einander ausgesprochen liebenswert und entdeckten eine Reihe von Gemeinsamkeiten, was etwa Vorlieben und Abneigungen gegen Sachverhalte oder Personen anbetraf.

Vor allem Frau Ludmilla schien ordentlich Feuer gefangen zu haben …

Kaum war man wieder zurück auf der heimischen Burg, ließ der Herzog Anna zu sich rufen. Ihr fiel es nicht gerade leicht, aber um der Wahrheit die Ehre zu geben, musste sie ihre gute Meinung über die Gräfin zum Ausdruck bringen. »Herrin Ludmilla ist nicht nur eine wunderschöne Frau mit angenehmen Gesichtszügen und einer schlanken Figur, sondern verfügt auch über eine friedfertige, vernünftige und – wie mir scheint – auch eine ausgesprochen humorvolle Wesensart. Nicht gerade die schlechtesten Eigenschaften für eine Ehefrau, Euer Gnaden! Ich habe mich bei ihren Domestiken in aller Behutsamkeit umgehört. Alle stellen ihr ein sehr gutes Zeugnis aus und schaffen mit Freuden für sie. Mit dem um einiges älteren Grafen hatte sie es offenbar nicht immer leicht, aber es ist ihr gelungen, trotz Herrn Albrechts Launen eine gute und vor allem friedliche Ehe mit ihm zu führen. Ihr wäret mit Gräfin Ludmilla als Gemahlin gut beraten, Herr.«

»Nun, wenn du es sagst, Anna.« Der Herzog lachte. Er schien ebenfalls zufrieden zu sein mit der Inaugenscheinnahme und plante, der Witwe ganz ernsthaft den Hof zu machen, sobald die offizielle Trauerzeit vorüber wäre.

Immer wenn Anna dachte, jetzt könne ihr Oheim sich eine Weile von ihr pflegen lassen, hieß es schon wieder: Reisesack schnüren, Kleider zum Wechseln aussuchen, Schreibzeug und Pergamente einpacken, hinauf aufs Pferd und losreiten.

»Ob Ihr wohl irgendwann ein kleines bisschen zur Ruhe kommen werdet?«, fragte Anna, die sich ständig Sorgen um seine Gesundheit machte, den Pater.

»Gewiss, mein Kind – sobald ich tot sein werde«, gab Adalbert trocken zur Antwort.

Das nun hatte Anna gerade *nicht* hören wollen. Es gab so vieles, was sie von ihm wissen wollte, aber nie bot sich genügend Zeit, um ein längeres Gespräch zu führen. Manches Mal wollte es ihr scheinen, als wäre es Adalbert nicht ganz unlieb, wenn sie ihn nicht so viel fragen konnte. Über ihre Eltern beispielsweise, die beide viel zu früh verstorben waren.

»Ich habe deine Mutter, meine jüngste Schwester, kaum richtig gekannt. Ich habe das Elternhaus verlassen, als sie noch ein kleines Mädchen war.« So in etwa lauteten Adalberts dürftige Erläuterungen. »Den Mann, den sie später geheiratet hat, hatte ich vorher noch nie gesehen, denn als sie erwachsen war, befand ich mich schon seit Jahren im Kloster. Ausgesucht hat ihr den Ehemann Herzog Otto, mehr weiß ich nicht.«

Angeblich gab es keine anderen lebenden Verwandten mehr außer Anna und Adalbert – eine Tatsache, die sie oft traurig stimmte.

Immer wieder standen Reichstage an, bei denen Ludwigs Teilnahme gefordert war. Erst reiste man nach Würzburg – eine Stadt am Main, die Anna großen Eindruck machte: das stattliche Schloss auf dem Hügel, der Dom unten in der Stadt und die lieblichen Weinberge ringsum! Einfach zauberhaft, fand sie. Auch die vielen schmalen Gassen, die es zwar in jeder Stadt gab, gefielen ihr gerade in Würzburg besonders gut. Am schönsten aber fand sie die ringsum an den Hängen des Mains gedeihenden Weinreben.

Adalberts gesundheitlicher Zustand bot ihr allerdings zunehmend Anlass zur Sorge. Kaum zurück in Kelheim, war der Benediktiner so erschöpft, dass er einige Tage nicht von seinem Lager aufzustehen vermochte.

Selbst der Herzog begab sich eilends an das Bett seines Chronisten. Insgeheim erschrocken, gebot er ihm, sich zu schonen und genau die Anweisungen seines eigenen Medicus zu befolgen, den er zu ihm befohlen hatte.

Nach kurzer Zeit erholte sich der Mönch leidlich; als sich der Herzog zu einem weiteren Reichstag – dieses Mal nach Mainz – begeben musste, beharrte Adalbert starrsinnig auf seiner Teilnahme.

Von dieser Stadt bekam Anna, außer dem wunderschönen Dom, leider nicht allzu viel zu sehen, denn ihr Oheim wurde immer wieder von Schwächeanfällen niedergestreckt. Zum Schluss brach er regelrecht zusammen. Dieses Mal musste man ihn in einer Kutsche nach Hause befördern, weil er zu schwach war, um ein Pferd zu besteigen, geschweige denn eine längere Strecke zu reiten.

In seinem Gemach im Bett sitzend, gestützt durch einen Berg von Kissen, ließ Adalbert eines Abends seine Nichte zu sich rufen. »Setz dich zu mir, mein Kind«, forderte er matt. »Ich habe einiges mit dir zu besprechen!«

Anna schwante nichts Gutes. Gewiss dachte der Oheim an seinen baldigen Tod und wollte mit ihr seine »letzten Dinge« regeln, wie es in so einem Falle üblich war – wovon sie allerdings nichts hören wollte. Vor zwei Tagen hatte Adalbert bereits den Stellvertreter des Abtes von Kloster Weltenburg empfangen, um mit ihm Wichtiges zu erörtern.

Für die junge Frau würde es allerdings den schlimmsten Schicksalsschlag bedeuten, falls der Pater das Zeitliche segnete und sie allein zurückließe. Sie selbst hatte keine eigene Funktion am Herzogshof inne. Dass man sie gelegentlich als »Hofdame« der Herzoginmutter Agnes duldete, war keine Lebensaufgabe.

Ohne Oheim Adalbert wäre sie hier überflüssig und könnte schauen, wo sie bliebe, überlegte sie trübsinnig. Vielleicht reichte es zu einem winzig kleinen Häuschen in Kelheim. Aber was sollte sie dann den ganzen Tag machen? Freunde hatte sie so gut wie keine in der Stadt. Die Kelheimer begegneten ihr zwar freundlich und respektvoll, aber distanziert. Nein, sie gehöre nicht zu ihnen – aber zu den Hofleuten auch nicht. Ich habe keine Familie, dachte sie. Im Grunde gehöre ich nirgendwohin!

Unvermittelt brach die junge Frau in Tränen aus.

Der Pater, dem ihr ungewohnter Gefühlsausbruch sehr naheging, sprach mit Anna in ruhigem, fast geschäftsmäßigem Ton über ihre Situation nach seinem Tod. »Da ich inzwischen weiß, dass du weder nach einem Leben in klösterlicher Abgeschiedenheit strebst, noch daran interessiert scheinst, eine Ehe einzugehen, nehme ich an, dass du doch gern in Kelheim wohnen bleiben möchtest. Ich kann dir garantieren, dass dir nach meinem Tod die Mittel zur Verfügung stehen werden, um dir ein schönes Anwesen mit großem Garten und etlichen Dienstboten zu leisten. Selbst für Pferd und Wagen sollte es reichen! Womit du dich beschäftigen wirst, wenn die Versorgung für mich wegfällt, ist dir überlassen. Du verfügst über viele Talente, mein Kind, und es sollte möglich sein, etwas zu finden, das dich zufrieden macht. Ich bin ganz sicher, dass dir das gelingen wird. Vielleicht wirst du eine Heilerin, falls du deine Kenntnisse noch erweiterst –«

»Ich mag nicht daran denken, was sein wird, falls Ihr einmal nicht mehr seid, lieber Oheim!«, fiel ihm Anna trotzig ins Wort. Manchmal konnte sie bockig wie ein Kleinkind reagieren.

»Noch ist es nicht so weit, mein liebe Tochter«, sagte der Pater begütigend. »Aber irgendwann beruft der Herr uns alle ab.«

Niedergeschlagen nach dieser Unterredung mit ihrem einzigen Verwandten, beschloss Anna, ein wenig in der Stadt herumzuspazieren, ganz ziellos, einfach nur, um den Kopf ein bisschen freizubekommen.

Es ging auf den Abend zu, aber fürchten musste sie sich keineswegs – jeder kannte die »Magd des Herzogs« inzwischen und begegnete ihr mit Freundlichkeit. Bösartiges Volk gab es in Kelheim nicht.

Wie so oft führte sie ihr Weg auch dieses Mal zu den Häusern, Werkstätten und kleinen Geschäften der jüdischen Einwohner ihrer Heimatstadt. Auf dem Markt hatte sie neulich die Bekanntschaft eines bildschönen jüdischen Mädchens gemacht, Rachel mit Namen, Tochter eines Arztes.

Hin und wieder suchte sie Rachel auf, ohne sich um die gerümpften Nasen mancher Kelheimer zu scheren. Über das »Anderssein« dieses Teils der Bevölkerung hatte sie schon vor längerer Zeit bei ihrem Oheim Erkundigungen eingezogen, hatte jedoch nicht allzu viel erfahren.

Dass Menschen wie Rachel auf Hebräisch *Aschkenas* hießen – im Unterschied zu den *Sephardim,* den Juden aus Spanien – konnte Adalbert seiner Nichte erzählen; und dass sie einst den römischen Legionären zu Fuß über die Alpen gefolgt waren, um sich in Germanien niederzulassen, nachdem man sie aus ihrer eigentlichen Heimat Palästina vertrieben hatte. Vor allem entlang des Rheins hatten sie in den dort gegründeten Städten Aufnahme gefunden. So sei bereits im vierten Jahrhundert nach Christi Geburt eine jüdische Gemeinde in Köln erwähnt, wusste der Pater.

Auf weiteres Nachbohren hatte ihr Oheim noch erwähnt, dass die Hebräer sich in der neuen deutschen Heimat in Kürze ein blühendes kulturelles Leben aufgebaut hatten, das seinen Höhepunkt unter der Herrschaft Kaiser Karls des Großen erreichte.

»Die Juden sind klug, gewandt und überaus fleißig«, hatte Adalbert zwar mit Bewunderung, aber, wie es Anna schien, leisem Widerwillen hinzugefügt.

»Warum mögt Ihr sie dann nicht, Oheim?« Anna fragte ihn sehr direkt; um den heißen Brei herumzureden war nicht ihre Art.

»*Nicht mögen* wäre zu viel gesagt, mein Kind«, hatte sich der Beichtvater des Herzogs damals herausgewunden. »Aber ich kann – wie die Kirche und die meisten anderen Christen – nicht verstehen und auch nicht akzeptieren, warum die Juden ihre Intelligenz nicht dazu benutzen, endlich einzusehen, dass der *Messias,* auf den sie sehnsüchtig warten, längst gekommen ist: Jesus von Nazareth ist der Sohn Gottes, der Erlöser der Menschheit! Die Hebräer jedoch verharren in ihrem dummen Starrsinn, verleugnen eigensinnig den einzig wahren Glauben der Christen, warten immer noch auf den Messias und machen sich über uns und unseren Glauben lustig!«

Anna war ein wenig verwirrt. »Dass sie sich über uns lustig machen, habe ich noch nicht gemerkt, Oheim! Aber, verstehe ich das richtig: Weil die Juden nicht an Jesus glauben, sondern einen anderen Messias erwarten, werden sie von vielen verachtet? Das erscheint mir aber mindestens genauso töricht! Eher könnte man die Juden doch bemitleiden! Von einigen Kelheimern weiß ich sogar, dass sie

Mitbürger jüdischen Glaubens regelrecht hassen. Das verstehe *ich* wiederum nicht! Wo bleiben da christliche Nächstenliebe und Barmherzigkeit? Ihr sagt doch selbst, dass die Juden gescheit und arbeitsam sind. Warum kann man diese Leute dann nicht einfach in Ruhe lassen?«

Ganz offensichtlich war Adalbert über den Verlauf dieses Gesprächs mit seiner Nichte nicht sehr glücklich gewesen. »Im Augenblick gebricht es mir an der nötigen Muße, mich länger mit dir darüber zu unterhalten, Anna. Aber wir werden das gewiss später noch einmal aufgreifen.«

Dazu war es jedoch nie mehr gekommen.

Nachhilfe für das Glück

Sooft es seine Zeit erlaubte, stattete der Herzog natürlich auch Gräfin Ludmilla in Bogen Besuche ab, wobei er sich stets als überaus großzügiger Gast erwies. Seine Geschenke pflegten kostbar und geschmackvoll zu sein und erregten nicht nur die Bewunderung anderer edler Damen, sondern auch deren Neidgefühle gegenüber der solcherart Verwöhnten.

Ludmilla genoss das Werben des gut aussehenden Herzogs sehr, welches dieser gleich nach Beendigung der offiziellen Trauerzeit in Angriff genommen hatte. Aber so sehr Ludwig sich auch anfangs beeilt hatte, »den Fuß in der Tür zu haben«, um später nicht gegen unliebsame Konkurrenten antreten zu müssen, so sehr ließ er sich jetzt Zeit, nachdem er alle anderen Bewerber um Ludmillas Hand aus dem Feld geschlagen hatte.

»Herr, Ihr müsst Euch jetzt endlich erklären, wenn Ihr es ernst meint mit Eurer Werbung um die Gräfin!« Ausgerechnet Anna war es, die Ludwig aufforderte, nicht länger mit den Gefühlen der verliebten Witwe zu spielen. »Die Jahre vergehen – und die Gräfin könnte schon längst wieder verheiratet sein. Bewerber gab es zuhauf! Aber da jeder der Herren fürchtete, mit Euch in Konflikt zu geraten, haben sich die potenziellen Freier alle wieder zurückgezogen. Was soll Gräfin Ludmilla nur von Euch denken? Dass Ihr sie bloß zum Narren haltet?«

»Was fällt dir ein? Natürlich ist es mir ernst mit meiner Zuneigung zur Gräfin. Und du kannst sicher sein, dass sie das auch weiß! Deine Vorwürfe sind absurd – ja, geradezu beleidigend!«

Da verstummte Anna lieber, sie wollte den Herzog keinesfalls verärgern. Aber Ruhe ließ ihr die Sache keine, wusste sie sich doch einig mit der edlen Frau: Der Herzog bedurfte dringend eines Anstoßes, der ihn endlich die Worte eines *offiziellen* Heiratsantrags aussprechen ließ!

»Genug des Getändels«, hatte Ludmilla sich neulich resolut gegenüber Anna geäußert. »Es reicht mir langsam! Ich unterstelle Ludwig ja gar nicht, dass er mich bloß vorführen will, um dann letztendlich eine andere zur Gemahlin zu nehmen. Aber ich will endlich wissen, was er eigentlich vorhat. Schließlich werde ich nicht jünger.«

Worauf ihr die »Magd des Herzogs« sogleich zugestimmt und versprochen hatte, sich »etwas einfallen« zu lassen …

Dazu musste man wissen – was auf den Herzog ganz offensichtlich nicht zutraf –, dass sich seine Braut in spe und Anna ziemlich bald angefreundet hatten. Die jungen Frauen waren sich von Anfang an, ungeachtet ihrer Herkunft und Stellung, außerordentlich sympathisch gewesen und mittlerweile sogar ausgesprochen gute Freundinnen geworden.

»Wir könnten Schwestern sein«, stellte die böhmische Adelsdame ab und an fest, wenn sie wieder einmal den gleichen Gedanken hatten, und diesen auch noch zur selben Zeit! Außerdem vermochten sie über viele, oft ganz banale Ereignisse herzhaft zu lachen.

Beiden fiel manches Mal etwas Komisches auf, was andere überhaupt nicht bemerkten. Aber genauso empfanden die jungen Frauen auch Trauer über Dinge, die anderen völlig gleichgültig waren.

Beide liebten es, zu reiten; wobei die Gräfin sich natürlich wie eine geschickte Amazone gab. Adalberts Nichte hingegen hatte doch erst reichlich spät zum ersten Mal auf einem Pferde gesessen – und auch nur, weil ihr Kinderfreund Ludwig einst energisch gefordert hatte, dass sein »Annele« ebenfalls Reitunterricht erhielt.

Ein weiterer Punkt war, dass sowohl Ludmilla als auch Anna liebend gern schöner Musik lauschten, aber auch selbst ausgezeichnet singen und erstaunlich gut zu musizieren verstanden. Davon konnte sich auch der Herzog so manches Mal überzeugen, wenn nach einem Festmahl der musikalische Teil auf die Gesellschaft wartete und Frau Ludmilla und Anna zu Harfe und Flöte griffen oder wenn sie im Duett Lieder zum Besten gaben, wobei der Gräfin reiner Sopran sich trefflich mit Annas samtiger Altstimme ergänzte.

Von ihrer gräflichen Freundin hatte Anna auch noch um einiges besser tanzen gelernt, was ihr bei ihrer Musikalität nicht allzu schwergefallen war. Ferner trugen die zwei häufig eine Schachpartie auf oder lasen sich gegenseitig aus Büchern vor.

»Wenn dich dein alter Oheim nicht so dringend brauchte, würde ich versuchen, dich dem Herzog abzuwerben und dich als meine Gesellschaftsdame zu übernehmen, Anna!«

Oje, da wäre der Herzog aber sehr dagegen, dachte die sogleich. Aber wer weiß? Wenn die beiden endlich heiraten würden, ist vielleicht so einiges möglich, falls Pater Adalbert einmal nicht mehr sein sollte.

»Jetzt lass mich endlich hören, meine Liebe, was du dir ausgedacht hast, wie ich den Herzog am besten dazu bringe, um meine Hand anzuhalten!«

Dieses Thema trieb nicht nur Ludmilla seit einiger Zeit schon um. Anna hatte beim letzten Besuch versprochen, sich ernsthaft Gedanken darüber zu machen.

»So hört! Die Sache ist doch die, dass Herr Ludwig Euch zwar häufig seine Aufwartung macht, Euch mit kostbaren Geschenken überrascht und mit Komplimenten überhäuft, seine Liebesschwüre hingegen recht unverbindlich klingen«, begann Anna kämpferisch. »Das müssen wir ändern, und da habe ich mir Folgendes überlegt, Madame: In Eurem Gemach, in dem Ihr den Herzog meist zu empfangen pflegt, lasst Ihr auf den weißen Vorhang, der Euer Bett tagsüber vor den Augen der Besucher verbirgt, drei Ritter malen – und zwar in Lebensgröße, möglichst naturgetreu.

Sobald nun Herr Ludwig kommt und damit anfängt, seine schönen Worte zu deklamieren, müsst Ihr ihn fragen, Gräfin, ob es ihm denn tatsächlich ernst sei mit dem so schön Gesagten.

Natürlich wird er bei allem, was ihm heilig ist, schwören, dass dem so ist! Er wird wissen wollen, wieso Ihr ihn derart kränken könnt, indem Ihr an seinen Worten zweifelt. Hört Euch alles ruhig an, ohne ihn zu unterbrechen.

Erst zum Schluss legt Ihr ihm dann die Frage vor, wenn er es denn wirklich ehrlich meine mit seinen Liebesschwüren und den Andeutungen, Euch zu ehelichen, ob er dann bereit sei, einen Eid auf die drei Ritter zu leisten. Dabei zeigt Ihr auf die auf dem Vorhang aufgemalten Figuren. Ihr könnt sicher sein, dass Ludwig schwören wird!«

»Ha! Ich ahne, was dir vorschwebt, liebste Anna.« Die Gräfin brach in helles Gelächter aus. Ohne auf eine Antwort zu warten, fügte sie hinzu: »Ja, genau so werde ich es machen!« Erneut wurde sie von Heiterkeit geschüttelt. Nachdem sie sich beruhigt hatte und wieder ernst war, sagte sie: »Kaum hat Ludwig den Eid auf sein Eheversprechen geleistet, ziehe ich den Vorhang zurück, hinter dem vorsorglich drei *echte* Ritter gestanden haben! So habe ich drei lebende Zeugen, die er nicht gut der Lüge bezichtigen kann. Dann wird sich erweisen, ob er je überhaupt daran gedacht hat, mich zu seiner Herzogin zu machen – oder ob ich mir einen anderen Bräutigam suchen muss.«

Anna strahlte, als sich die Gräfin über ihren Vorschlag so begeistert zeigte.

Gesagt, getan!

Ein Künstler, der etwas von Malerei verstand, war leicht gefunden, und Anna selbst legte ebenfalls Hand an und half mit, die drei Recken ausgesprochen lebensecht auf den Vorhangstoff zu bannen.

»Gut sehen die Ritter aus, liebste Freundin«, fand Ludmilla schließlich, und Anna erinnerte sie: »Jetzt wählt Euch nur noch drei vertrauenswürdige edle Herren aus, die als Zeugen hinter dem Vorhang taugen und nicht, sobald es darauf ankommt, aus lauter Angst vor unserem Herzog an plötzlichem Gehörverlust leiden.«

Das brachte die beiden Freundinnen erneut zum Kichern. Oh, da kannte Ludmilla einige Ritter, die ihr den Gefallen mit Freuden erweisen würden …

Leider war Anna, welche die raffinierte List ersonnen hatte, nicht persönlich anwesend, als die Geschichte sich genauso zutrug wie von ihr vorhergesehen. Herzog Ludwig tappte in die »Falle« und war völlig perplex, als er die drei Ritter leibhaftig vor sich stehen sah.

Als kluger Mann, der auch Humor hatte und durchaus verstand, was ihm die Gräfin damit zu verstehen geben wollte, brach er in befreites Gelächter aus. »Ihr habt es mir leicht gemacht, Liebste, meinen längst geplanten Antrag endlich vorzubringen! Wie Ihr wisst, bin ich recht schüchtern und habe mich bisher nicht getraut, an Euch die entscheidende Frage zu richten«, behauptete er geistesgegenwärtig.

»Ach? Dass Ihr schüchtern seid, Herzog, habe ich bisher noch gar nicht bemerkt! Aber ich darf Euch – vor Zeugen – versichern, dass ich Euren Antrag mit großer Freude annehme.«

Genauso erzählte es Ludmilla später ihrer Vertrauten Anna. Die bedauerte es aufrichtig, die kleine Komödie versäumt zu haben. Das Gesicht des Herzogs hätte sie zu gern gesehen.

»Das Datum für den Hochzeitstag steht ebenfalls schon fest«, jubelte die Gräfin.

»Ach, ich freue mich so für Euch«, rief Anna spontan aus. Zu ihrer eigenen nicht geringen Verblüffung meinte sie es tatsächlich so. Für Ludwig konnte sie sich keine bessere Ehegefährtin vorstellen als die schöne, kluge und liebenswerte Gräfin aus Böhmen. »Ich wünsche Euch alles Glück der Welt und Gottes Segen, Madame.«

»Irgendwann im zeitigen Frühjahr wird der große Tag sein, Anna! Ich bin dann fast vierunddreißig, hoffentlich schenkt der Herrgott mir dann noch ein weiteres Kind.« Aus ihrer ersten Ehe mit dem Grafen von Bogen hatte Ludmilla bereits drei Söhne.

Anna hegte aber keinerlei Zweifel, warum die ausgesprochen gesunde, kräftige und jugendlich wirkende Herzogin nicht erneutes Mutterglück genießen sollte. »Dafür werden Tausende im Land Bayern beten, Gräfin, und ich ganz besonders. Ich bin sicher, Madame, dass Ihr dem Herzog bald einen Erben schenken werdet!«

Die großartige, mit allem Pomp gefeierte Hochzeit des Wittelsbacher Herzogs Ludwig mit der Bogener Witwe Ludmilla von Böhmen wurde leider überschattet von erneut ausgebrochenen kriegerischen Auseinandersetzungen mit dem Regensburger Bischof Konrad.

Nach erfolgreicher Beendigung mehrerer Waffengänge bedurfte es noch zäher Verhandlungen, ehe wirklich Ruhe einkehrte – für dieses Mal zumindest.

»Mit Bischöfen habe ich überhaupt so meine Schwierigkeiten«, stellte der Herzog im Gespräch mit seinem Chronisten Adalbert fest. Leicht dahingesagt klang es, aber der Benediktiner und seine Nichte Anna verstanden auch so, wie nahe ihm die Sache ging. Es wollte einfach kein Frieden einkehren in seinem Bayernland!

»Immerhin habt Ihr dem hohen Kirchenmann einen recht ordentlichen Gewinn abgetrotzt, Euer Gnaden. Daran wird der Regensburger noch eine ganze Weile zu beißen haben.«

Anna verkniff sich ein Lächeln. Sie wusste natürlich, worauf ihr Oheim anspielte: Ludwig hatte es erreicht, eine regensburgische Isarbrücke weiter flussaufwärts – auf herzogliches Gebiet – zu verlegen: in eine Siedlung hinein, die seit etwa 1150 ein bescheidenes Schattendasein geführt hatte, vom Herzog gleichsam neu gegründet worden war und *Landshut* hieß.

Während oben auf der Höhe die Burg *Trausnitz* erbaut werden sollte, entstand unten zwischen den zwei Armen der Isar, zu beiden Seiten einer bereits von den Römern angelegten Straße, die nagelneue Stadt. Das kostete eine ganze Stange Geld, weshalb Ludwig die Einnahmen aus dem künftigen Brückenzoll gerade recht kamen.

»Mit dem Brückenverlegen an der Isar haben die bayerischen Herzöge ja seit Heinrichs des Löwen Zeiten schon eine gewisse Übung!« Der Pater lachte unbändig.

Der Welfe hatte einst in einer Nacht-und-Nebel-Aktion die bischöfliche Brücke bei Freising niedergebrannt, eine eigene in München errichtet, selbst den Brückenzoll kassiert und damit eine schwere Untat begangen. Aber Kaiser Barbarossa hatte ihm seinerzeit den üblen Streich, wenn auch unter Auflagen, durchgehen lassen. Herzog Ludwig hingegen hatte einen ordentlichen Vertrag mit dem Bischof geschlossen …

Aber dennoch durfte sich Pater Adalbert diesen Scherz erlauben. Der Herzog lachte ebenfalls, wenn auch ein wenig gequält.

Anna wusste, dass er seinem Chronisten und Beichtvater niemals etwas ernsthaft krummnahm. Beide Männer verband eine tiefe Zuneigung. Von Adalbert wusste sie mit Bestimmtheit, dass er sein Leben für Ludwig opfern würde.

Der Ehestand schien dem Herzog ausgesprochen gut zu tun. Er schien ruhiger und ausgeglichener als je zuvor. Seine Laune war vorwiegend heiter, und er liebte es noch mehr als früher, mit den Knechten und Domestiken kleine Scherze zu machen.

»Ihr erlaubt, Herr, dass ich mich zurückziehe«, hörte Anna ihren Oheim sagen. »Ich muss noch die Urkunde ausstellen für das Kloster Reichenbach, welchem Ihr die Vogteirechte gewährt habt, Euer Gnaden. Der Bote kann sie morgen in aller Frühe mitnehmen.«

Der Herzog nickte seinem Schreiber zu; auf Annas tiefen Knicks reagierte er mit einem gnädigen Winken und einem freundlichen Lächeln.

»Eine gute Nacht gewähre Euch der Liebe Gott, Herzog, und ebenso Eurer Gemahlin«, wünschte sie, ehe die Tür sich hinter ihr schloss. Sie konnte Ludmillas Sorge um eine möglichst baldige Schwangerschaft gut nachvollziehen.

Für Adelsdamen gab es nichts Wichtigeres im Leben, als ihrem Gatten Kinder zu schenken. Am besten viele, denn nur die wenigsten erreichten das Erwachsenenalter. Die Herzogin war nicht mehr die Jüngste, und bisher hatte sie nur jeden Monat aus Enttäuschung heimliche Tränen vergossen. Nur Anna, die sie als einzige Frau ins Vertrauen zog, vermochte sie dann zu trösten.

Ludwig hingegen sah das Thema viel entspannter. Weder zweifelte er an seiner eigenen Zeugungskraft noch an Ludmillas Fähigkeit, ihm noch Nachkommen zu schenken. »Gut Ding will Weile haben«, pflegte er zu sagen.

So erfreulich sich Ludwigs Privatleben als Ehemann anließ, so problematisch erwiesen sich in der Folgezeit die politischen Ereignisse in Bayern.

Ereignisreiche Zeiten

Obwohl sich die Mehrheit der deutschen Fürsten für Kaiser Heinrichs Bruder, Herzog Philipp von Schwaben, als König ausgesprochen hatte – trotz päpstlichen Einspruchs –, legten sich die bayerischen Bischöfe immer noch quer, dem Papst und der Kurie zu Gefallen. Sie stellten sich auf die Seite des Welfen Otto und standen damit auch in Gegnerschaft zu Herzog Ludwig, der den Staufern aus Dankbarkeit Gefolgschaft schuldete.

Bei all dem Ärger verlor Ludwig allerdings sein vordringlichstes Lieblingsprojekt – die Fertigstellung der Burg Trausnitz oberhalb der Stadt Landshut, die erst richtig ausgebaut und verschönert werden sollte – keineswegs aus den Augen. Er verhandelte mit Baumeistern, zeichnete selbst Pläne von der Stadt und brachte seine Wünsche in Bezug auf den Burgenbau aufs Pergament.

Von Zeit zu Zeit sah er persönlich nach dem Rechten und kontrollierte die Bauarbeiten, die zum Glück zügig voranschritten.

»Das nächste Mal, Anna, kommst du aber mit, wenn ich mich wieder nach Landshut aufmache. Du wirst Augen machen!«

»Ich weiß, Herr, Euch kann es gar nicht zu schnell gehen mit dem Burgenbau«, entfuhr es ihr, worauf sie einen schnellen Seitenblick vom Herzog erntete.

»Und ich weiß, dass du am liebsten in Kelheim bleiben würdest und dir insgeheim wünschst, die Trausnitz würde niemals fertig.«

Dagegen verwahrte sie sich vehement. »Das stimmt nicht, Euer Gnaden! Meine Wünsche sind nicht von Belang. Euch zuliebe und weil ich genau weiß, wie viel Euch daran liegt, würde ich den Bau sogar beschleunigen, falls es mir möglich wäre.«

»Wie wär's mit fleißig beten, Anna?«, scherzte der Herzog.

Beim Abfassen der Reichenbacher Klosterurkunde unterlief dem Pater ein eigenartiger Lapsus. Kein Mensch konnte sich später erklären, wie dieser überhaupt möglich gewesen war, wo Adalbert doch stets so korrekt und fehlerfrei arbeitete.

Welcher Teufel hatte ihn da wohl geritten? Am Schluss des hochoffiziellen Dokumentes schien der Benediktiner von außerordentlich patriotischem Stolz getrieben zu sein, verstieg er sich doch zu folgendem Schluss: *Monarchiam Bavariae tenente glorioso duce Ludewico* – fürwahr eine kühne Formulierung! Ob bei Adalbert der Wunsch der Vater des Gedankens gewesen war, dass er von einer »Monarchie Bayerns« träumte, oder ob gar hellseherische Fähigkeiten bei ihm zum Tragen kamen?

Ganz entgegen seiner Gewohnheit unterließ es der Pater dieses Mal, Anna das Dokument auf Fehler durchsehen zu lassen; so fiel niemandem der Irrtum auf, und das Kloster Reichenbach erhielt seine Urkunde mit der »interessanten« Textstelle. Erst viel später stieß ein Mönch auf den bewussten Satz.

In der bayerischen Grafschaft Andechs tat sich auch einiges, was nicht unbedingt zur Erbauung des Herzogs beitrug. Die Andechser Grafen waren seit seines Vaters Otto Zeiten Gegner der Wittelsbacher, weil sie gern selbst die Herzogswürde erhalten hätten. Zum gegenwärtigen Zeitpunkt waren sie vom Glück verfolgt wie andere vom Pech.

Ein Bruder des derzeitigen Andechser Grafen, mit Namen Heinrich, war Markgraf von Istrien, einer Halbinsel an der Küste der Adria, zwischen dem Golf von Triest und der Bucht des Kvarner gelegen. Deren mildes Klima und die Kalkböden eigneten sich hervorragend für den Getreide-, Wein- und Olivenanbau sowie zur Viehhaltung.

»Schon die Römer hatten Istrien unterworfen; später kam die Halbinsel unter byzantinische und fränkische Herrschaft, ehe man sie Bayern, später dem Herzogtum Kärnten angegliedert hat. Seit dem Jahr 1040 ist Istrien eine eigene Markgrafschaft und wird jetzt ausgerechnet von einem Andechser regiert«, brummte Pater Adalbert, den der Herzog auf das Problem »Andechs« angesprochen hatte.

»Damit nicht genug«, warf Herzog Ludwig verärgert ein. »Der jetzige Graf von Andechs darf sich auch *Herzog von Andechs-Meranien* nennen! Dabei handelt es sich um die kroatischen Küstengebiete um den Kvarner. Dank Kaiser Barbarossa war dieser Teil Istriens seit dem Jahr 1152 ein selbstständiges Herzogtum und den Andechsern unterstellt, weshalb sich das Andechser-Geschlecht auch in anmaßendem Stolz ›Haus Andechs-Plessenburg-Meranien‹ nennt!«

Pater Adalbert konnte noch Weiteres anfügen; in derlei Dingen kannte der Benediktinermönch sich bestens aus. »Ein Bruder des Grafen, namens Bertold, war Patriarch von Aquileia; ein weiterer Bruder mit Namen Egbert Bischof von Bamberg, und ihre Schwester Agnes wurde verheiratet mit König Philipp August von Frankreich, während der ungarische König Andreas eine andere Schwester, Gertrud, zur Gemahlin nahm. Und eine Schwester namens Hedwig ist die Ehefrau Herzog Heinrichs von Schlesien.«

»Ein bisschen arg viel warmer Regen für die Andechser Sippschaft«, meinte der Herzog sichtlich verdrossen.

Anna spürte seinen Neid, und ihr sank der Mut. Mit einer so erlauchten Familie mit derart weit reichenden Verbindungen in Unfrieden zu sein, konnte für Bayern nur eines bedeuten: ewig »zweiter Sieger« zu bleiben … Dazu bereitete der jungen Frau die Gesundheit ihres Oheims wieder einmal zunehmend Sorgen. Die Atemnot, die ihm vor allem in den feuchten und nebelreichen Frühjahrsmonaten zu schaffen machte, der mangelnde Appetit und eine infolgedessen unvermeidliche stetige Gewichtsabnahme wollten ihr gar nicht gefallen.

Adalbert war noch keine siebzig, sah jedoch um vieles älter aus mit dem schlohweißen Haarkranz um die Tonsur, den tiefen Falten um die Augen und den Runzeln im Gesicht. Aber sein Geist war hellwach und sein Verstand wie immer äußerst rege. Ja, dem Herzog wollte es nicht selten scheinen, dass sein Chronist und Beichtvater nicht nur an Alter zunahm, sondern auch an Weisheit und der Fähigkeit zur Voraussicht.

»Wo andere mit den Jahren längst abbauen, wird, wie mir dünkt, mein Geschichtsschreiber und geistlicher

Berater immer gescheiter, Anna!« So äußerte Ludwig sich des Öfteren und erhob mahnend den Zeigefinger. »Auf dir liegt eine große Verantwortung, meine Liebe! Du hast die schwere und wichtige Aufgabe, für die Gesundheit und Wohlfahrt des Paters Sorge zu tragen! Die Zeiten werden nicht einfacher, das Reich befindet sich in Aufruhr; der Streit zwischen Staufern und Welfen, wer König im Lande sein soll, ist noch lange nicht ausgestanden. Von dem Ärger, den mir in Bayern die Bischöfe und anderen Herren bereiten, will ich gar nicht sprechen! Als einer der Großen des Reiches bin ich auf jeden klugen Kopf als Ratgeber angewiesen. Falls du etwas brauchst, was tauglich sein könnte, ihm das Leben angenehmer zu gestalten, lasse es mich wissen – es wird dir auf der Stelle gewährt werden!«

Anna war keineswegs eine Frau, die ihre privilegierte Stellung in irgendeiner Weise schamlos ausnutzte; außerdem war sie sicher, alles Nötige zu besitzen, um auf das Wohlergehen ihres Oheims positiv einwirken zu können. Sie wusste gar nicht, was sie darüber hinaus hätte fordern können.

Im Laufe der Jahre hatte sich Anna ein ordentliches heilkundliches Wissen angeeignet, um die üblichen Malaisen zu behandeln. Vieles davon verdankte sie einer etwas ungewöhnlichen Freundschaft, die auf höchst ungewöhnliche Weise zustande gekommen war.

Es war kurz nach des Herzogs Hochzeit mit Gräfin Ludmilla, als Anna eines Abends noch später unterwegs gewesen war, als es die Stadtväter eigentlich erlaubten. Die Stadttore waren längst verschlossen, der Nachtwächter drehte seine Runden, und jeder anständige Bürger Kelheims hatte am häuslichen Herd zu sein, wenn nicht gar bereits im Bett. Ausnahmen wurden nur geduldet, wenn der Nachtschwärmer, den die patrouillierenden Stadtwachen aufgriffen, beweisen konnte, sich noch »aus wichtigem Grunde« auf den Gassen aufzuhalten.

In erster Linie traf das auf Geistliche »auf Versehgang« zu, die zu einem Sterbenden gerufen worden waren, um ihm die Beichte abzunehmen und die Sterbesakramente zu reichen; auf die Stadthebamme natürlich – Kinder, die ans Licht der Welt drängten, richteten sich nun einmal nicht nach städtischen Vorschriften – oder auf sonst einen Heiler, Bader oder Medicus, der seinem Berufe nachging. Und in Seuchenzeiten auf den Totengräber samt seinen Helfern.

Auch Anna hatte noch spätabends, lange nach dem Gebetläuten, eine alte Bekannte aufgesucht, die an Wassersucht litt, kaum noch atmen konnte und deren Herz nur noch ganz schwach schlug. Die junge Frau schätzte, dass dieser Zustand höchstens noch ein oder zwei Tage anhalten werde, ehe der Todesengel die mehrfache Großmutter erlösen würde.

Vor der Stadtwache brauchte sie sich nicht zu fürchten; selbstverständlich kannte man die »Magd des Herzogs«. Auch der Nachtwächter wechselte gern ein paar Worte mit ihr, wenn er sie antraf, wie sie beschwingten Schrittes mit der Laterne und ihrer Arzneimitteltasche den Weg durchs verwinkelte Städtchen nahm, um zur Burg zu gelangen – was in der Nacht nur durch ein winziges Seitentor in der Stadtmauer möglich war, das von Fall zu Fall eigens für Anna geöffnet wurde.

An diesem späten Abend, etwa eine Stunde vor Mitternacht, war jedoch alles anders. Nicht die übliche Stille der Nacht umgab die einsame Passantin; es waren auch nicht die schweren Schritte von Kaspar, dem Nachtwächter, oder das Waffengeklirr der beiden Stadtwachen, die sie irritierten, sondern ein Laut, der sich verdächtig nach Stöhnen anhörte.

Unvermittelt blieb sie stehen und lauschte. Woher kam das Geräusch? Kam es überhaupt aus einer menschlichen Kehle? Waren es vielleicht im zeitigen Frühjahr – man schrieb den Monat März – lediglich Katzen im Liebestaumel? Oder handelte es sich um das Röcheln, das ein aus dem Winterschlaf erwachter Igel manchmal ausstieß?

Beherzt marschierte sie auf die Quelle der merkwürdigen Töne zu. Furcht empfand sie keine – wozu auch? In der Stadt gab es keine Verbrecher.

Was sie allerdings hinter der nächsten Hausecke in unmittelbarer Nähe des Stadtmarktes entdeckte, ließ sie vehement an Kelheims Sicherheit zweifeln. Sie stolperte über etwas, das sie anfangs für ein großes Lumpenbündel hielt. Der Kleiderhaufen stieß jedoch Schmerzenslaute aus, als sie damit kollidierte; demnach musste Leben in ihm stecken.

Zum Glück hatte Anna im Straucheln die Laterne festgehalten. Es gelang ihr sogar, nicht hinzufallen und die Lampe weiterhin hochzuhalten.

»Wer seid Ihr, in Gottes Namen?«, erkundigte sie sich, als das Bündel sich im Lichtschein regte und ein älterer Mann schwerfällig den Kopf hob. Dann erkannte sie ihn.

Die grauhaarige, bärtige Gestalt, die erneut ein Stöhnen hören ließ, war niemand anders als Jacob Graubart, ein jüdischer Arzt, der mit einigen Glaubensbrüdern und deren Familien unter des Herzogs ausdrücklichem Schutz in der Stadt Kelheim lebte und die Erlaubnis besaß, seine wenigen jüdischen Mitbürger medizinisch zu versorgen. Ausdrücklich verboten waren ihm allerdings jegliche Behandlungen christlicher Patienten.

Nicht einmal medizinisch beraten durfte er sie.

Jacob Graubart in Not

»Was, um Himmels willen, ist Euch denn widerfahren, Medicus Graubart?« Anna erschrak furchtbar, als sie den Alten in diesem Zustand vor sich liegen sah, nachdem sie ihn im Schein der Laterne genauer betrachtet hatte.

»Hingefallen bin ich dummer alter Mann in der Dunkelheit, Jungfer!«, stammelte der Jude. Aber damit konnte er Anna nicht hinters Licht führen.

»Verzeiht, aber das glaube ich Euch nicht, Meister Graubart«, widersprach sie. »Es sieht mir ganz danach aus, als habe man Euch schrecklich verprügelt! Woher sonst sollten die Blutergüsse in Eurem Gesicht stammen? Welcher gemeine Kerl hat Euch das nur angetan?«, fragte sie resolut, mit einer Mischung aus Mitleid und Entschlossenheit.

Doch Graubart schwieg.

»Ihr dürft den Namen des Täters nicht verschweigen und den Strolch ungestraft davonkommen lassen! Er wird es sonst wieder tun und auch Eure Glaubensgenossen malträtieren, und das würde wiederum den Herzog gewaltig erzürnen. Also, heraus mit dem Namen des Übeltäters!«

»Ich erkenne Euch auch! Ihr seid die ›Magd des Herzogs‹, Jungfer Anna, nicht wahr?«, wich der Verletzte erneut einer Antwort aus.

Sie bestätigte das und schickte sich an, ihm aufzuhelfen, was sich als schwieriges Unterfangen erwies. Unbekannte mussten den Hebräer so brutal geschlagen und getreten haben, dass er nur unter Wimmern, das er tapfer zu unterdrücken suchte, und nur ganz langsam imstande war, sich wacklig zu erheben, wobei er sich schwer auf Annas Schulter stützte. Graubart atmete dabei auffallend mühsam.

»Ihr habt Schmerzen beim Atemholen«, stellte sie fest. »Ich schätze, man hat Euch mindestens eine Rippe gebrochen!« Sie hob die Laterne und betrachtete ihn wiederum genauer. »Das Blut, das Euch übers Gesicht läuft, stammt von einer Kopfwunde, von der ich noch nicht sagen kann, wie tief sie ist. Und die Nase haben Euch die Schweine auch gebrochen, wie mir scheint! Normalerweise sitzt die nämlich nicht schief in Eurem Gesicht, wenn ich mich recht erinnere. Es waren doch sicher mehrere Kerle, die Euch aufgelauert und Euch niedergeschlagen haben?«

»Drei waren es«, nuschelte Graubart kaum verständlich. Offensichtlich hatte er auch ein paar seiner Zähne eingebüßt.

»Ich helfe Euch nach Hause und schaue mir den Schaden genauer an.« Im Stillen wunderte sie sich, dass keine der Stadtwachen den Vorfall bemerkt und eingegriffen hatte. Ausgerechnet jetzt ließ sich kein Wächter blicken, obwohl sie Hilfe gut hätte gebrauchen können. »Wenn es Euch das Gehen erleichtert, könnt Ihr mir auch ungeniert den Arm um die Schulter legen«, bot sie an. »Hauptsache, wir sind bald bei Euch daheim angelangt. Die Wunden müssen schnellstens versorgt werden.« Zum Glück war es nicht weit bis zu Jacobs Häuschen in der Gasse, wo mehrere jüdische Familien lebten.

Als sie schließlich vor seiner Haustür standen, bedankte er sich unter Schmerzen und wollte sie fortschicken, seine Tochter Rachel würde sich weiter um ihn kümmern.

Doch Anna ließ nicht mit sich reden, schließlich müsste seine Kopfwunde, die heftig blutete, unbedingt genäht werden. Ohne sich weiter auf Diskussionen mit ihm einzulassen, pochte sie kräftig gegen die blau gestrichene Haustür, die sich in Kürze vorsichtig öffnete. Die junge Frau, welche erschrocken die Hände vor den Mund schlug, erkannte sie im Gegenlicht, das aus dem Innern des Häuschens nach draußen drang, als Graubarts Tochter.

»Bitte, hilf mir, deinen Vater hineinzuschaffen, Rachel. Er braucht dringend ärztliche Versorgung!« Die Retterin blieb betont sachlich.

Das junge Mädchen riss sich zusammen. Sie, die Anna natürlich ebenfalls erkannt hatte, grüßte scheu, unterließ jegliches unnütze Gejammer und packte kräftig mit an, um den schlanken, aber seiner Größe wegen schweren Mann über die Eingangsstufen hinauf in die Diele zu führen. Dann geleiteten sie Jacob mit aller Vorsicht in eine Stube, wo die jungen Frauen ihn behutsam auf einen Stuhl setzten.

Unauffällig blickte Anna sich um. Regale und Schränke mit den gelehrten Fachbüchern, zahlreichen Medizinflaschen, Destillierkolben, Klistierspritzen, Schröpfgläsern und Mullbinden deuteten darauf hin, dass sie sich hier im Behandlungszimmer des Doktors befanden. Bisher hatte der jüdische Arzt ihr nur Zugang zum Vorderzimmer gleich neben dem Eingang gewährt, wenn sie zu ihm gekommen war, um ihr Heilwissen zu vervollkommnen.

Vorsichtig schälte Rachel den Versehrten aus dem zerrissenen Überrock und löste seinen engen Hemdkragen.

»Euren Hut habt Ihr wohl verloren, Tate?«, fragte das Mädchen leise. »Nicht weiter schlimm. Ihr habt ja noch einen neueren.«

Anna machte sich daran, ihm die Schuhe auszuziehen und die Beinkleider hochzurollen. Auch beide Schienbeine waren verletzt – vermutlich von Tritten schwerer Stiefel. Am schlimmsten schien ihr jedoch die Kopfverletzung zu sein. »Sei so gut, meine Liebe, und besorge heißes Wasser und sauberes Linnen, damit ich die Wunde auswaschen kann«, ordnete sie ganz selbstverständlich an.

»Halt! Das könnt Ihr nicht tun«, wehrte Graubart erneut ab.

»Aha! Und warum nicht, wenn ich fragen darf? Traut Ihr mir gar nichts zu, Meister Jacob? Ich habe immerhin schon an einem Kriegszug nach Sizilien teilgenommen, wo ich mehr als einem Ritter das Leben gerettet habe.« Anna sah gekränkt auf.

»Das weiß ich doch. Aber, bitte bedenkt, ich bin *Jude!*«

»Ja – und? Es ist doch gleichgültig, ob Ihr Chinese oder Franzose seid oder meinetwegen von den britischen Inseln kommt. Ihr seid ein Mensch in Not, und deshalb ist es meine Christenpflicht, Euch zu helfen, ob Jude oder nicht! So einfach ist das!«

»Für Euch vielleicht, die Ihr eine gütige, mitleidige Seele besitzt. Aber viele Eurer Glaubensgenossen sehen das ganz anders. Es ist einem Christen sogar *verboten,* einem Juden zu helfen.«

»Das möchte ich sehen«, eiferte sich die Helferin. »Wer sollte es wagen, mir in den Arm zu fallen, wenn ich meiner Samariterpflicht nachkomme, als Mensch zu handeln?«

»Die Gesetze lauten, dass es Euch nicht einmal gestattet ist, ein jüdisches Haus auch nur zu betreten.«

»Was sind das nur für dumme Gesetze? Rachel, sei so gut und reich mir einen frischen Leinenlappen. Ich will das Blut vom Kopf deines Vaters abwaschen.«

Das schwarzhaarige junge Mädchen brachte eine Schüssel mit dampfend heißem Wasser aus der Küche herbei, und Anna begann dann mit der gebotenen Vorsicht, mit einem feuchten Leinentuch, das Rachel ihr reichte, die grässliche Wunde von dem bereits verkrusteten Blut zu säubern. »Derlei Gesetze sind es nicht wert, dass man ihnen Beachtung schenkt – ich jedenfalls weigere mich. Und jetzt verratet mir, wer Euch so übel zugerichtet hat, Meister Jacob.«

Der alte Mann schüttelte hartnäckig den Kopf, sodass Anna gezwungen war, ihn festzuhalten. »Wenn Ihr so zappelt, kann ich die Wunde nicht auswaschen. Es sieht so aus, als hätte Euch ein spitzer Stein seitlich am Kopf getroffen. Also, wer war es?«

Jacob Graubart blieb weiter schweigsam. Es war nicht zu übersehen, dass der Medicus große Angst hatte.

»Wovor fürchtet Ihr Euch?«, fragte ihn Anna jetzt ganz direkt.

»Es geht nicht um mich! Aber nachdem mir Gott der Herr vor einem Jahr mein Weib Sarah genommen hat, habe ich nur noch meine Tochter Rachel. Wenn ihr etwas Schlimmes geschähe, wäre dies mein Tod. Also muss ich schweigen.«

»Das wäre ja noch schöner! Wer es wagen sollte, Eurer Tochter oder Euch noch einmal etwas anzutun, bekommt es mit Herzog Ludwig persönlich zu tun! Das kann ich Euch in die Hand hinein versprechen. Aber um Euch wirksam schützen zu können, muss ich wissen, wer dafür verantwortlich ist. Also, sprecht!«

Als der eingeschüchterte alte Hebräer immer noch stumm blieb wie ein Fisch, kam Rachel Anna zu Hilfe. »Bitte, Tate, du musst es der Dame vom Hof sagen! Wer hat dir das angetan? Es muss eine Falle gewesen sein, in die du getappt bist. Bitte, um meinetwillen: Vertrau dich Jungfer Anna an.«

Das schien endlich zu wirken. Jacob zuckte zwar hin und wieder schmerzlich zusammen, als die Heilkundige mit Garn und Nadel aus einer seiner zahlreichen Schubladen die klaffenden Wundränder, die Rachel ohne Widerrede mit spitzen Fingern zusammenhielt, mit geübten Stichen vernähte. Tapfer ertrug der alte Mann die Marter.

Endlich löste sich die Zunge des Medicus, und er berichtete, wie es zu dem Ganzen gekommen war. »Man hat mich lange nach dem Abendsegen zu einem Kranken gerufen. Ein mir unbekannter Junge, ein Kind noch, nannte mir den Namen eines jüdischen Mitbürgers, der angeblich in seinem Haus zusammengebrochen sein sollte. Ich möge so schnell wie möglich dorthin kommen, richtete der Knabe aus und war gleich darauf verschwunden. So viele Hebräer gibt es in Kelheim ja nicht, ich wusste, wen er meinte, und machte mich umgehend zu ihm auf den Weg. Aber ich kam gar nicht bis zu Herschel Grünbaums Wohnung, der so plötzlich erkrankt sein sollte! Hinter einer Hausecke hielten mich drei Männer an, von denen mir einer ein Bein stellte, sodass ich hinfiel, bevor der andere mit einem Knüppel auf meinen Kopf und mein Gesicht eindrosch. Der zweite trat mich mit Stiefeln in die Seite, als ich am Boden lag, während mich schließlich etwas Schweres und Hartes am Kopf traf. Da verlor ich kurz die Besinnung, sodass ich nichts mehr spürte und auch ihre wüsten Beschimpfungen nicht mehr hören konnte.«

»Was sagten die Kerle denn zu Euch?«, erkundigte sich Anna. »Habt Ihr die Stimmen erkannt?«

»Sie hießen mich einen verdammten Judenhund, und ich solle mich aus Kelheim fortscheren, sonst würden sie sich das nächste Mal Rachel vornehmen! Das Gleiche würde geschehen, falls ich irgendjemandem von alledem erzählen würde. Die Stimmen waren mir unbekannt.«

»Wer um alles in der Welt waren diese Unmenschen? Ich bin sicher, Ihr wisst mehr, als Ihr jetzt zugeben wollt, Meister Jacob. Seid gewiss, dass Ihr von jetzt ab vollkommen sicher seid – dafür werde ich sorgen. Wenn Ihr mir die Namen der Täter verratet, wird der Herzog sie streng bestrafen. Ich habe noch einen Wunsch bei ihm frei.«

»Und eines Hebräers wegen wollt Ihr die Erfüllung eines Wunsches durch den Herzog opfern, Jungfer Anna?«

»Und ob! Ich persönlich brauche ja eigentlich nichts. Alles, was mein Oheim Pater Adalbert und ich benötigen, haben wir doch sowieso.«

»Wer war es, Tate?«, insistierte nun auch Rachel, die von Anfang an zu Anna Vertrauen gefasst hatte.

Der jüdische Arzt, dessen weißer Kopfverband, den Anna angelegt hatte, in der dämmrigen Stube leuchtete, winkte Anna näher zu sich heran und flüsterte ihr die Namen ins Ohr.

»Was? Die drei Schurken? Unglaublich! Der Herzog wird schäumen vor Wut, wenn ich ihm gleich morgen früh davon berichte. Die bekommen ihre Strafe, verlasst Euch drauf. Und zwar eine öffentliche, damit alle, die vielleicht geneigt sein könnten, so eine Missetat nachzuahmen, für alle Zeiten abgeschreckt werden. Und Eure Medikamententasche, die sie offenbar haben mitgehen lassen, werden wir uns auch zurückholen! So, und jetzt, Rachel, sei so gut und hilf mir, deinem Vater den Oberkörper frei zu machen.«

Der alte Mann genierte sich zwar etwas, aber als Arzt längst nicht so sehr wie seine übrigen Zeitgenossen in solch einer Situation. Er duldete es, dass die jungen Frauen ihn behutsam aus den Kleidern schälten. Sein Brustkorb war übersät mit blauen und grünlichen Flecken.

»Wie befürchtet, haben die Schufte Euch mehrere Rippen gebrochen. Da hilft nur ein ganz stramm anliegender Verband, damit die Rippen wieder zusammenwachsen können. Rachel, wo sind die langen Binden?«

Geschickt bandagierte Anna den mageren Brustkorb des Hebräers. Währenddessen musste Rachel das verkrustete Blut von der deutlich in Mitleidenschaft gezogenen, nun schiefen Nase ihres Vaters abtupfen.

»Soll ich versuchen, sie wieder geradezurücken, oder stört es Euch nicht, wenn sie schief zusammenwächst?«

»Von mir aus soll sie ruhig krumm sein! Ich muss keiner Frau mehr gefallen«, behauptete Jacob Graubart, aber seine Tochter protestierte. Er sei immer noch ein schöner Mann, trotz seiner beinahe sechzig Jahre – und, wer weiß?, vielleicht fände er doch noch eine zweite Hausfrau, die ihm das Alter versüßen könnte?

»Aber mit einer schiefen Nase ist das um einiges schwieriger«, behauptete die junge Frau.

Anna amüsierte sich im Stillen. Aus Rachels Worten meinte sie entnehmen zu können, dass das Mädchen selbst einen Liebsten hatte, den es gern geheiratet hätte, dass sie es aber nicht wagte, um den geliebten Vater nicht alleinzulassen … Ohne lang zu überlegen, fasste sie herzhaft zu und brachte mit einem geschickten Handgriff, den ihr ein Feldscher einst gezeigt hatte, die gebrochene Nase wieder in ihre vom Herrgott vorgesehene Stellung. Dem jüdischen Arzt schossen die Tränen in die Augen, aber tapfer verkniff er sich jeden Schmerzenslaut.

»Mit einer geraden Nase atmet es sich um vieles leichter«, stellte Anna fest und verlieh damit der gewalttätigen »Verschönerung« ein medizinisches Feigenblatt, dessen Wahrheitsgehalt man außerdem nicht leugnen konnte.

Bis endlich alle Blessuren verarztet waren – auch die an den Schienbeinen und der einen Hand –, waren gute zwei Stunden vergangen. Lediglich die ausgeschlagenen Zähne konnte Anna dem armen Mann nicht ersetzen.

Gerade hatte der Nachtwächter die erste Stunde nach Mitternacht ausgerufen, als Anna sich erneut auf den Weg zur Burg machte, wobei sie durchs kleine Donautor gehen musste.

Hoffentlich schläft der Torwächter nicht allzu tief, sonst muss ich brüllen, sodass sämtliche Leute aufwachen, die gleich hinter der Stadtmauer wohnen, dachte sie belustigt. Sie war guter Dinge. Die Dankbarkeit der kleinen jüdischen Familie sowie die Tatsache, ein gottgefälliges Werk verrichtet zu haben, beflügelten sie regelrecht. Die Aussicht, dass drei Übeltäter bald ihre gerechte Strafe erhalten sollten, tat ein Übriges, ihre Laune zu heben.

Fügungen des Lebens

Der Herzog zeigte sich zwar recht verwundert, als Anna auf den Wunsch zu sprechen kam, den er ihr zum letzten Weihnachtsfest als Geschenk zugestanden hatte, und ihn bat, die drei Kerle, die den jüdischen Arzt tätlich angegriffen hatten, streng zu bestrafen. Nicht nur mit einer Geldforderung, wie sie üblicherweise für derlei Vergehen ausgesprochen wurde, sondern die Übeltäter sollten darüber hinaus zum Prangerstehen auf dem Marktplatz und zu jeweils zwanzig Stockschlägen, vom Henker verabreicht, verurteilt werden. Damit sie es sich ja merkten, wie schwer solche Untaten wogen, sollten noch zusätzlich fünf Gulden pro Mann als Wiedergutmachung für Jacob Graubart hinzukommen.

»Findest du das nicht ein bisschen übertrieben?«, wollte Ludwig wissen.

Anna spürte schon, dass ihm die Bestrafung der drei Schurken nicht gerade eine Herzensangelegenheit war. Sie beschloss daher, zu einer List zu greifen.

»Die Strafe für dieses unsäglich feige und gemeine Verbrechen – drei gegen einen alten Mann – kann gar nicht hoch genug sein, Euer Gnaden!«, widersprach sie vehement.

»Na, na, Annele! Du tust ja gerade so, als hätten die drei Spitzbuben ein Majestätsverbrechen verübt«, unterbrach der Herzog sie und lachte ein bisschen. »In Wirklichkeit haben sie einen Juden etwas rau angefasst; was natürlich ohne Zweifel eine Straftat ist«, fügte er hinzu, als er der finsteren Miene seiner Spielgefährtin aus Kinder- und Jugendtagen gewahr wurde.

»*Majestätsverbrechen* kommt dem schon recht nahe, Herr. Ich denke nämlich an Euch und an Eure landesherrliche Autorität! Die frechen Schurken haben es gewagt, einen Mann aus dem Volke der Hebräer, die Euren ausdrücklichen Schutz genießen, hinterhältig in eine Falle zu locken, ihn zu mehreren hinterrücks anzugreifen und empfindlich zu verletzen. Damit haben sie frech gegen herzogliche Gesetze verstoßen! Das darf man ihnen keinesfalls so leicht durchgehen lassen, finde ich, Euer Gnaden!«

Das wiederum empfand Herzog Ludwig als absolut einleuchtend. Er wollte sogar noch jeweils zehn Gulden pro Mann hinzufügen, zahlbar in die herzogliche Kasse als Sühne für ihre Vergehen.

Anna musste sich ein Lächeln verkneifen. Der Kehrtschwenk des Herzogs war beachtlich – aber von ihr vorhergesehen …

Ludwig verschaffte sich damit eine erkleckliche Summe, die in die herzogliche Schatulle fließen sollte, zur Strafe dafür, dass die Männer – ein reicher Gastwirt und seine beiden erwachsenen Söhne – den Willen des Landesherrn aufs Gröbste missachtet hatten.

Anna genoss die Genugtuung, dass dem Medicus Jacob Graubart Gerechtigkeit widerfuhr, dass sich der Fall im Land herumsprechen und er und seinesgleichen künftig Ruhe haben würden.

»Die elenden Schufte glaubten wohl, ich erließe meine Judenedikte zum Spaß! Das jüdische Volk versteht eine Menge von Handel und Wandel – und damit vom Geld, wovon auch das Land durch die Steuern profitiert. Auf der Stelle nehme man die Übeltäter fest und nehme sie in Gewahrsam!« Richtig in Rage geraten war der Herzog mittlerweile, denn er hatte nachgedacht und sich die Konsequenzen ausgemalt: Sollten die geschäftstüchtigen Hebräer aus Bayern vergrault werden, bei wem in Jesu Christi Namen sollte er dann seine keineswegs unerheblichen Kredite aufnehmen? Die Burg Trausnitz bezahlte sich schließlich nicht von allein …

»Meine liebe Nichte, du legtest dich ja mächtig ins Zeug für den alten Graubart«, stellte Pater Adalbert fest, als auch er davon Kenntnis erhielt. »Woher kennst du den Hebräer überhaupt?«

»Auf den Gassen der Stadt habe ich ihn hin und wieder gesehen. Schon da ist mir unangenehm aufgefallen, dass die meisten Bürger einen Bogen um ihn machten, als wäre er aussätzig! Einmal, auf dem Stadtmarkt, hat eine Frau sogar vor ihm ausgespuckt und ihn ›Jesusmörder‹ geheißen! Der jüdische Arzt ist gleich weitergegangen, ohne ihr zu antworten, aber ich habe die Frau angehalten und sie gefragt, ob sie eigentlich wüsste, wie dumm sie sei, worauf sie mich nur empört anschaute. ›Dass Jesus gekreuzigt worden ist, ist weit über tausend Jahre her – und so alt scheint Jacob Graubart ja nun wirklich nicht zu sein, um als Täter in Frage zu kommen!‹, habe ich zu ihr gesagt und sie gefragt, ob sie das vielleicht anders sähe.«

»Soso, du hast demnach den Juden verteidigt! Ein Zeichen für dein gutes Herz – aber ganz so einfach ist es nicht, das Verhältnis zwischen uns Christen und den Juden. Wir sollten uns wirklich einmal genauer darüber unterhalten, mein liebes Kind. Aber jetzt erwartet mich der Herzog.«

Anna, der jetzt bei Tageslicht aufgefallen war, wie schlecht der Oheim aussah – ganz gelblich und mager –, hatte gar keine Gelegenheit mehr, ihn zu fragen, wie er sich fühle.

Ludwigs Befehl bezüglich der drei brutalen Schläger wurde peinlich genau ausgeführt, und die Schurken landeten im Burgverlies, wo man sie erst eine ganze Weile bei Wasser und Brot und einer Schar Mäuse und Ratten als Gesellschaft in Finsternis und Feuchtigkeit schmoren ließ, ehe man ihnen öffentlich den Prozess machte und das Urteil sprach.

Die drei waren vollkommen überrascht, dass man sie tatsächlich festnahm wegen so einer »Kleinigkeit«. Sie hatten auf gar keinen Fall damit gerechnet, dass der Jude es überhaupt wagen würde, sie bei den Behörden anzuschwärzen. Hatten sie ihn denn nicht eindringlich davor gewarnt und ihm im Falle des Zuwiderhandelns die Folgen für sich und seine Schlampe von Tochter drastisch ausgemalt? Noch während die Büttel sie in Ketten abführten, plusterten sie sich auf und verkündeten großmäulig, dem »verfluchten Judenhund« nach ihrer baldigen Entlassung schon zu zeigen, was es hieß, sich gegen ehrliche Christenmenschen aufzulehnen. Er könne doch froh sein, so glimpflich davongekommen zu sein!

Wie groß war ihr Entsetzen, als sie erst wochenlang im stinkenden Kerker »weichgesotten« wurden, ihr Gasthof bis auf Weiteres geschlossen blieb und sie den Prozess und vor allem einen Urteilsspruch erleben mussten, der keineswegs so ausfiel, wie sie es offenbar noch immer erwartet hatten.

Das Urteil wurde anschließend sofort auf dem Marktplatz vollstreckt – in Gegenwart des Herzogs und etlicher hoch angesehener Herren und Damen aus der Burg. Der Henker legte sich daher bei der Prügelstrafe mächtig ins Zeug, und das Wehgeschrei der Delinquenten war in ganz Kelheim zu hören.

»Sie sollen sich glücklich preisen, dass unser Herzog in seiner Güte darauf verzichtet hat, sie brandmarken zu lassen«, sagte ein Bürger laut, und ein anderer meinte, es handele sich bei den Gestäupten um ganz elende Kerle, die es nicht besser verdienten. Viele nickten dazu.

Dass sie selbst den alten Medicus Jacob schon mehrmals als »Jesusmörder« und »ungläubiges Schwein« beschimpft hatten – davon wussten sie jetzt rein gar nichts mehr.

Anna aber suchte von da ab häufig das kleine Haus des Jacob Graubart auf, lernte vieles von ihm, was die Behandlung Kranker und Verletzter anbetraf, und freundete sich mit Rachel an.

Diese Frauenfreundschaft war logischerweise eine ganz andere als jene, die Anna mit der Herzogin Ludmilla verband. Zwischen ihr und der Gemahlin Ludwigs herrschte ein starkes gesellschaftliches Gefälle, obwohl die dankbare Ludmilla immer betonte, Schwesterliebe für Anna zu empfinden.

Mit Rachel befand sie sich hingegen auf Augenhöhe – so fühlte es sich zumindest an. Für die Tochter des Medicus war es allerdings ein wenig anders. Ausgegrenzt und abgelehnt wegen ihres Glaubens, verachtet und bei vielen auch verhasst, fühlte sie sich der »Magd des Herzogs« stets unterlegen, wovon Anna allerdings nichts hören wollte.

Ihre Kräutersuche in Wald und Feld unternahm sie jedenfalls nicht mehr allein oder mit der lieben, aber sehr naiven Magd Marei, sondern nur noch zusammen mit Rachel. Im Laufe der Zeit vertraute sich das junge Mädchen der etwas Älteren auch restlos an.

»Habe ich es doch geahnt, dass du einen Liebsten hast, meine Liebe. Also Mosche Mandelbaum ist es! Ein ausgesprochen gut aussehender Bursche und ein kluger Kopf dazu, wie mir scheint. Er ist Kaufmann und unternimmt weite Handelsreisen, nicht wahr? Sogar in China soll er schon gewesen sein.« Anna lachte der Freundin ins Gesicht. »Weiß dein Tate schon Bescheid?«

»Nein, nein! Er wäre gewiss richtig traurig darüber«, wehrte das rabenschwarz gelockte Mädchen mit den großen, dunkelbraunen Augen ab.

»Ach, wieso denn das? Als Vater kann er sich doch nichts Besseres wünschen als einen schmucken, fleißigen und gescheiten Ehemann für seine Tochter!«

»Tate müsste doch Angst haben, wenn ich heirate, dass er dann ganz allein leben muss. Das wäre gewiss schrecklich für ihn.«

Anna lachte geradeheraus. »Aber, ich bitte dich, liebe Freundin! Es ist der normale Lauf der Welt, dass Kinder ihre Eltern verlassen und selbst eine Familie gründen. Wie soll er denn sonst Enkel bekommen? Und die möchte Jacob doch sicher eines Tages haben! Außerdem würde das doch für ihn bedeuten, dass er sich selbst noch einmal nach einer passenden Gefährtin umsehen könnte. Ich habe übrigens gehört, dass die Witwe Esther Goldstein deinen Vater sehr nett findet …«

»Esther? Oh, eine wunderbare Frau! Und trotz ihrer fast fünfundvierzig noch immer eine echte Schönheit – eine bessere Partie könnte mein Tate gar nicht machen.«

»Na also! Gleich heute Abend erzählst du ihm von deiner Liebe zu Mosche Mandelbaum.«

Das brachte wiederum Rachel zum Lachen. »Dein Talent als Kupplerin hast du ja schon einmal unter Beweis gestellt. Mal sehen, ob du auch dieses Mal recht behältst.«

Eines Tages hatte Anna nämlich der Freundin von der List erzählt, die es dem Herzog »erleichtert« hatte, um Frau Ludmillas Hand anzuhalten …

Bei der nächsten Reise musste der Herzog auf seinen Chronisten leider verzichten. Nicht nur Anna hatte gegen des Paters Teilnahme Protest eingelegt: Der Herzog selbst machte sich im Vorfeld ein Bild von ihm und seinem Gesundheitszustand. Und was er sah, ließ ihn zutiefst erschrecken: Auf dem Bett vor ihm lag ein abgemagertes, leichenblasses Männlein mit tief eingesunkenen Augen, das dem baldigen Tod geweiht war – und dies auch wusste.

»Wenn Ihr Euch sehr beeilt, Herr, und rechtzeitig nach Hause kommt, findet Ihr mich nach Eurer Reise vielleicht noch am Leben vor. Wenn nicht, habe ich meine letzte Ruhe im Kloster Weltenburg, meinem Heimatkloster, gefunden. Mit dem Abt und den Brüdern ist bereits alles abgesprochen.«

Ludwigs Miene war ernst und voller Trauer. Da er sich allein im Raum mit dem Sterbenden aufhielt – Anna hatte er vorsorglich gebeten hinauszugehen –, beugte er sich tief zu dem Benediktiner hinunter. »Habt Ihr bereits mit Anna gesprochen, Pater, über … Ihr wisst schon?«

Adalbert schüttelte leicht den Kopf. »Nein, Euer Gnaden, das habe ich bisher vor mir hergeschoben. Aber ich werde es in den nächsten Tagen tun – dessen dürft Ihr gewiss sein, Herr!« Das Sprechen strengte den Mönch sichtlich an.

»Gut. Ich verlasse mich auf Euch und Eure Klugheit, Pater. Ihr seid der einzige Mensch, dem ich es zutraue, mit Diskretion und Feingefühl das Geheimnis einer Familie zu bewahren und gleichzeitig die Mitbetroffenen nicht schnöde um ihr Recht zu bringen.«

Kein Außenstehender wäre imstande gewesen, zu verstehen, wovon die Rede war. Nur der Benediktiner und sein geliebter Herr wussten um die Problematik, die ein lange verschollenes, kürzlich unversehens aufgetauchtes Schriftstück in sich barg …

»Ich bitte Euch, segnet das Land Bayern, ehrwürdiger Vater, mich, meine Gemahlin und das Kind, das Ludmilla unter dem Herzen trägt, sowie das Haus Wittelsbach – und Anna!«

Mit Mühe richtete der Benediktiner sich auf, sodass er, gestützt von etlichen Kissen, im Bett mit zitternder Hand vollführen konnte, worum der mittlerweile vor dem Lager kniende Herzog ihn gebeten hatte. Danach war Adalbert so erschöpft, dass er mitten im letzten Satz, noch vor dem »Amen«, einschlief.

Leise, um ihn nicht zu wecken, und überaus traurig verließ Ludwig das Gemach seines treuen Begleiters, der über viele Jahre an seiner Seite gewesen war.

Anna jedoch, noch keineswegs bereit, der Tatsache ins Auge zu blicken, hatte inzwischen einen Plan gefasst. Der war so tollkühn und unerhört, dass sie niemandem ein Sterbenswörtchen darüber verriet. Sie musste nur noch überlegen, wie sie ihn am besten in die Wege leiten konnte, damit niemand ihr Vorhaben scheitern lassen konnte.

Behutsam, auf Zehenspitzen, betrat sie das Sterbezimmer des Oheims.

Dieser erwachte jedoch und blickte sich suchend um. »Ist Seine Gnaden schon gegangen?«, fragte er, was seine Nichte bejahte.

»Der Herzog ist mit seinem Tross bereits vor einer Stunde von der Burg weggeritten. Kann ich irgendetwas für Euch tun, liebster Oheim?«

»Setz dich zu mir, mein Kind, und höre gut zu, was ich dir zu sagen habe. Eine Bitte habe ich: Unterbrich mich nicht, denn das Sprechen fällt mir mittlerweile etwas schwer.«

Beunruhigt nahm Anna Platz auf dem Hocker neben Adalberts Bett. Erst waren es nur Dinge allgemeiner Art, die der Benediktiner für die Zeit unmittelbar nach seinem Ableben anordnete. Dann, nach einer Pause, in der kein einziges Wort fiel, kam er zum Wesentlichen.

»In der Truhe, hinten in der Ecke beim Fenster, findest du ganz zuunterst etwas, das ich in ungebleichtes Linnen eingeschlagen habe. Es handelt sich um einen Brief, der seit über zwei Jahrzehnten in meinem Besitz ist und der Dinge enthält, welche für die Familie Wittelsbach von Wichtigkeit und großer Brisanz sind, die jedoch der unbedingten *Geheimhaltung* unterliegen sollten. Vielleicht sogar für immer! Denk immer daran, mein liebes Kind, und verwahre das Schreiben gut. Es gibt nur eine einzige Ausnahme, die es für dich rechtfertigen würde, es zu öffnen: Wenn du ohne jeden Zweifel und aus tiefstem Herzen schwören könntest, vor Sorgen nicht mehr weiterzuwissen, wenn etwa die Gefahr bestünde, in Elend und Verzweiflung verkommen zu müssen oder du sonst irgendwie am Ende bist: Dann – und *nur* dann – ist es dir erlaubt, von deinem Wissen über den Inhalt dieses Briefes maßvollen Gebrauch zu machen! Versprichst du mir das, Anna?«

Die Augen des Paters schienen sich förmlich in ihre zu brennen. Anna lief ein eisiger Schauer über den Rücken. »Das hört sich ja unheimlich an, Oheim! Der Inhalt des Briefes muss demnach mit mir zu tun haben! Das macht mich schaudern. Mein Gott! Natürlich schwöre ich bei allem, was mir heilig ist, dass ich das Schreiben bewahren und unter keinen Umständen öffnen will. So schlecht kann es mir niemals gehen, dass ich ein Geheimnis nur um schnöder Neugier willen preisgäbe, welches Ihr offenbar über zwanzig Jahre lang gehütet habt!«

Trotz seines elenden Zustandes lächelte der Pater. »Frauen sind von Natur aus neugierige Geschöpfe; darum habe ich dich schwören lassen. Solltest du dir jemals ohne Not Kenntnis vom Inhalt des Briefes verschaffen, könnte dich und viele andere großes Ungemach treffen. Das Wissen um jenes Geheimnis würde dich in diesem Falle nur sehr unglücklich machen. Ja, es könnte dich womöglich sogar vernichten!«

Sie versicherte ihm erneut, das Schreiben niemals ohne Not zu öffnen.

»So nimm es an dich und verwahre es sorgfältig. Solltest du jemals einen Nachkommen haben, übergib ihm das Schreiben erst, sobald dieser bei Verstand ist und Verantwortung übernehmen kann. Und erlege ihm dieselbe Beschränkung auf, die du eben auf dich genommen hast, mein Kind! Ansonsten überlasse es, sobald du fühlst, dass dein eigenes Ende naht, meinem Heimatkloster Weltenburg zur ewigen Verwahrung. Aber jetzt, meine Tochter, lass mich schlafen. Ich bin sehr müde.«

Die letzten Worte des Benediktiners waren kaum noch zu verstehen.

Anna suchte ihre eigene Kammer auf und verbarg das brisante Material zuunterst in der Kleidertruhe. Anschließend verließ sie die Burg.

Auf dem Weg in die Stadt kam ihr der Gedanke, dass sie nun bereits Hüterin von *zwei* Geheimnissen war: dem geheimnisvollen Schreiben, das die Familie Wittelsbach und irgendwie auch sie selbst betraf, und dann dem Wissen um den Aufenthaltsort des »steinernen Teufels«, den sie einst als Kind mit Herzog Ludwig aus einer Kalksteinhöhle geborgen hatte …

Und beide hingen auf irgendeine Weise mit dem Wittelsbacher Herrscherhaus zusammen – und mit ihr! Sie schüttelte den Kopf, um die verwirrenden Gedanken zu vertreiben. Jetzt hatte sie Wichtigeres zu erledigen.

IV

Pater Adalberts Tod

Annas aus Verzweiflung geborener Plan war mit allerhand Schwierigkeiten verbunden. Nachdem der Leibarzt
des Herzogs seine Hilflosigkeit eingestehen musste, hatte
sie sich vorgenommen, den jüdischen Medicus Jacob Graubart ans Krankenbett ihres Oheims zu holen. Nur diesem
Manne traute sie noch zu, den Mönch von der Schwelle
zum Jenseits zurückzuholen. Schon viele aussichtslose Fälle hatte der Hebräer zum Besseren gewendet. Warum
nicht auch dieses Mal?

»Oh, liebe Jungfer Anna«, hatte Graubart, der sich von
seinen Blessuren längst erholt hatte, sich gewunden. »Ich
weiß, dass ich tief in Eurer Schuld stehe, und ich würde
wirklich gern alles tun, um Euren teuren Verwandten zu
retten – wenn es denn noch eine Rettung für ihn gäbe!
Aber so, wie Ihr mir seinen Zustand geschildert habt, gibt
es keinen Zweifel: Er wird sich in Kürze zu seinen Ahnen
versammeln.«

»Aber Ihr könntet es doch wenigstens versuchen?« Anna weinte beinahe. »Und nicht, weil Ihr mir etwas schul-
det, Meister Jacob, sondern weil ein hilfloser Kranker
Eurer Hilfe bedarf! Es ist sozusagen ein Gebot der Nächstenliebe, das Ihr erfüllen sollt.«

Unter vielen Seufzern schien Graubart widerstrebend
geneigt nachzugeben. »Aber sagt mir, wie soll ich als Jude in eine christliche Burg hineingelangen, ohne dass der

Burgherr das wünscht, indem er ausdrücklich nach mir verlangt? Die Wächter am Tor werden mich totschlagen, sobald sie mich entdecken! Schließlich bin ich in Kelheim bekannt wie ein bunter Hund. Und das nicht nur wegen der gelben Armbinde, die ich tragen muss.«

Anna wusste genau, worauf der Arzt anspielte. Nachdem das gemeinsame Leben von Christen und Juden in deutschen Landen jahrhundertelang einigermaßen reibungslos funktioniert hatte – von immer mal wieder aufflammenden Querelen abgesehen –, hatten seit dem Ersten Kreuzzug massive Beeinträchtigungen, Beleidigungen und Übergriffe begonnen.

Als die ersten Kreuzfahrer im Jahre 1096 aufgebrochen waren, um das Heilige Grab in Jerusalem aus den Händen der Ungläubigen zu befreien, hatten sie einen kurzen Halt eingelegt, um zuerst einmal mit den »Ungläubigen«, den Juden, vor der eigenen Haustür abzurechnen. Gnadenlos wurden all jene abgeschlachtet, die es ablehnten, sich taufen zu lassen …

In Kelheim hatte man sich damit »begnügt«, für Hebräer das Tragen gelber Armbinden zur Pflicht zu machen. Ansonsten war alles beim Alten geblieben. Allein die Angst vor dem Herzog hinderte so manche Christen daran, ihrem Groll freien Lauf zu lassen.

»Lieber Tate, lasst das mit der Armbinde nur Annas und meine Sorge sein.« Rachel war es, die sich nun einmischte. »Anna hat recht! Ihr seid Arzt, und es ist Eure Pflicht, einem Todkranken Hilfe zu leisten.«

»Aber ich darf doch einen Christen, noch dazu einen Mönch und geweihten Priester, gar nicht behandeln! Es kostet mich den Kopf, wenn das bekannt wird!«

»Dann darf es eben nicht bekannt werden, Tate.« Rachel ließ sich nicht beirren. »Wie ich Anna kenne, hat sie sich längst einen schlauen Plan zurechtgelegt.«

180

Die nickte sofort. »Euch zu verkleiden, dürfte uns nicht allzu schwerfallen, Meister Jacob! Außerdem werde ich euch begleiten. Und den möchte ich sehen, der es wagen würde, Euch aufzuhalten! Verbeugen wird man sich vor uns – und das war es dann auch schon mit der strengen Kontrolle.«

»Nun denn, in Gottes Namen.« Seufzend ergab sich Jacob Graubart in sein Schicksal und ließ sich von den beiden Frauen mithilfe eines großen Umschlagtuchs, das Kopf, Hals, Schultern und den Oberkörper verbarg, eines bodenlangen Rocks und eines großen Henkelkorbes in ein altes Kräuterweib verwandeln, das sich schwer auf einen Stock stützte und seiner flinken Begleiterin kaum zu folgen vermochte.

»Jeder in Kelheim und Umgebung kennt die alte Susanne Fiedler als die ›lahme Kräutelsann‹! Alle werden denken, dass sie es ist, die ich in die Burg zu Hilfe hole«, sagte Anna.

»An meiner Stimme wird man sofort erkennen, dass ich keine Frau bin«, protestierte Jacob.

»Ich werde es schon zu verhindern wissen, dass Ihr etwas zu sagen habt, lieber Medicus. Wir beeilen uns, und ich werde den Wachen am Tor schon von Weitem zurufen, dass Eile Not tut, wenn wir Pater Adalbert noch retten wollen. Sofort wird ein Knecht das Tor sperrangelweit aufreißen, um den Beichtvater des Herzogs nicht zu gefährden. Niemand wird versuchen, sich mit Euch zu unterhalten! Vertraut mir.«

Der Plan war ausgezeichnet. Tatsächlich gelangten sie ungeschoren ins Gemach des Benediktiners. Seine Nichte scheuchte die Magd, die sich soeben anschickte, die Kissen des Todkranken aufzuschütteln, unter einem Vorwand aus dem Zimmer. Zeugen konnten sie jetzt nicht gebrauchen; daher verriegelte sie auch vorsorglich die Tür,

181

damit der jüdische Arzt sogleich die lästige Tarnung ablegen konnte.

Ein einziger Blick Jacobs auf den röchelnden Pater Adalbert genügte, und er wusste, dass hier jegliche menschliche Hilfe vergebens war. Auf Annas fragenden Blick hin vermochte er nur leicht den Kopf zu schütteln. Der Tod des Mönchs würde bereits in den nächsten Minuten eintreten. Um ihm das Atmen zu erleichtern – nichts war für einen Sterbenden schlimmer zu ertragen als das entsetzliche Gefühl, ersticken zu müssen –, schob er ihm noch zusätzliche Polster unter Kopf und Rücken, damit der Arme besser Luft bekäme.

Zu sprechen vermochte der Benediktiner nicht mehr, aber der dankbare Blick, den er dem Hebräer gönnte, sprach Bände.

Anna, die jetzt endlich das Unabänderliche akzeptierte, stand ganz still neben dem Lager ihres Oheims und starrte auf ihn nieder. In ihren todtraurigen Augen schimmerten Tränen. Plötzlich sprang sie auf, lief zum Fenster und riss es weit auf.

Dann eilte sie zum Bett zurück: »Liebster Oheim, ihr liebt doch das Zwitschern der Vögel und das Blätterrauschen so sehr – überhaupt die ›Geräusche des Lebens‹, wie Ihr immer sagt! Hört Ihr, drunten im Burghof wiehern ein paar Pferde, und die Knechte schäkern mit den jungen Mägden. Und jetzt schlägt die Turmuhr der Kapelle gerade die elfte Stunde!«

Das schwache Lächeln auf dem eingefallenen Gesicht des Paters zeigte ihr, dass er die Geräusche ebenfalls hören konnte und glücklich darüber war, nicht in der Ruhe des Zimmers abwarten zu müssen.

Der Hebräer wischte ihm den Schweiß von der Stirn, und Anna beugte sich hinab zu dem Sterbenden. Sie hielt seine blau geäderte, abgemagerte Hand in der ihren.

Noch ehe der letzte Glockenton verhallte, brach Adalberts Blick, das angestrengte Röcheln fand abrupt ein Ende, und absolute Stille senkte sich über das Gemach. Sogar die Laute aus dem Burghof schienen verstummt, selbst die Vögel schienen den Gesang eingestellt zu haben.

Nur das zufriedene Lächeln auf seinem Gesicht, das wie durch ein Wunder um viele Jahre verjüngt wirkte – die tief eingekerbten Spuren eines langen, erfüllten Lebens schienen verschwunden – bezeugte, dass hier ein Mensch in Frieden mit sich und Gott in die Ewigkeit eingegangen war.

Auf demselben Weg, den Jacob Graubart hinzu genommen hatte, kehrte er wieder in sein Heim zurück, wiederum begleitet von Anna.

Noch wusste niemand auf der Burg vom Tode des Benediktiners. Erst nach ihrer alsbaldigen Rückkehr gab die junge Frau bekannt, dass ihr Oheim verblichen war, und gestattete den Mägden, die Leiche zu waschen und herzurichten.

Die Trauer bei der Herzoginwitwe Agnes und ihren Töchtern, soweit diese noch auf der Kelheimer Burg lebten, war echt. Adalbert hatte sich großer Beliebtheit erfreut und war im Laufe der Jahrzehnte zu einem festen Teil der Familiengemeinschaft geworden. Boten sprengten ins Kloster Weltenburg, um den Abt und die Brüder zu informieren, sowie nach Landshut, wo sich der Herzog und dessen Gemahlin derzeit aufhielten, um nach den Bauarbeiten an der Burg Trausnitz zu sehen.

Am dritten Tag wurde der Leichnam des Paters, dessen Sarg von zwei Mönchen flankiert wurde, auf einem blumenumkränzten Boot nach Weltenburg getreidelt, während am Ufer der Herzog von Bayern, adlige Familienangehörige und Freunde sowie eine Reihe von Geistlichen zu Pferd den Weg ins Kloster nahmen, wo man Annas Oheim in der Gruft der Klosterkirche beisetzen würde.

Herzogin Ludmilla fehlte. Sie stand kurz vor der Niederkunft, und die Reise nach Kelheim in einer Kutsche hatte sie bereits über Gebühr angestrengt. Sie bedurfte nun unbedingter Schonung, und der Medicus des Herzogs hatte der hohen Frau strikte Bettruhe verordnet.

Während Anna neben dem Herzog und seiner Mutter Agnes auf einer Rappstute mit schwarzem Zaumzeug und schwarzer Satteldecke am Donauufer langsam dahinritt – wobei sie immerfort darauf achteten, das kleine Totenschiff auf dem Fluss nicht zu überholen – ging ihr mancherlei durch den Sinn.

»Das ist der Lauf der Welt‹, pflegte der Oheim immer zu sagen! Und heute beweist es sich, dass er recht behält: Ein Mensch ist gestorben, und ein anderer schickt sich an, das Licht der Welt zu erblicken. Ich hoffe, Euer Gnaden, dass der kleine Herzog, den Frau Ludmilla Euch schenken wird, sich so lange Zeit lässt, bis Ihr wieder zurück in Kelheim seid!«

»Geb's Gott, ja! Das wäre schön«, stimmte die Herzoginmutter zu, und ihr Sohn nickte.

»Wie der Herrgott es will, so wird's geschehen«, murmelte Ludwig verhalten und zügelte erneut sein feuriges Ross, dem das Tempo viel zu gemächlich zu sein schien. Er wünschte sich so sehr, nach der Wehmutter der erste Mensch zu sein, der den künftigen Herzog begrüßen konnte.

Die meiste Zeit jedoch schwiegen sie, denn ein jeder war in seine eigenen Gedanken versunken. Während Frau Agnes mit gewissem Bangen überlegte, dass sie vermutlich die Nächste sein würde, deren Begräbnisfeier man begehen werde, fieberte der Herzog seinem Erben entgegen, während Anna betrübt darüber nachsann, nun ganz allein dazustehen, ohne den Hafen einer eigenen Familie.

Die Totenfeier im Kloster Weltenburg beging man so ausgedehnt und würdevoll, wie es sich für einen verehrten Mitbruder und langjährigen Vertrauten, ja, beinahe väterlichen Freund des Herzogshauses und des derzeitigen Landesherrn geziemte. Anschließend lud der Abt die herzogliche Familie und ihre Begleitung zu einem feierlichen Totenmahl ein.

Dass sie, als einzige Verwandte des Verstorbenen, dabei besonders geehrt wurde, konnte Anna noch irgendwie verstehen. Aber dass man sie anschließend noch einmal in das Arbeitszimmer des Abtes bat, erschien ihr ungewöhnlich. Eigentlich war doch alles gesagt worden. Schon vor Wochen hatte der Oheim alle kirchlich relevanten Papiere, Akten und sonstigen Dokumente, die das Weltenburger Kloster betrafen, den Brüdern mitgegeben, damit sie dort verwahrt werden konnten.

Selbst eine nicht unerhebliche Summe Geldes, die Adalbert im Laufe seines Lebens erhalten, aber niemals für sich verwendet hatte, überließ er seinem Ordensvorgesetzten zu dessen alleiniger Verfügung. Er hatte sich stets an die Klosterregel der absoluten persönlichen Armut gehalten. Was konnte Vater Erasmus also von ihr wollen? Anna steckte voller Neugier.

Der auf einmal streng wirkende Klostervorsteher betrachtete die junge Frau eingehend, ehe er ihr mit einer knappen Handbewegung gestattete, sich zu setzen, während er selbst vor ihr stehen blieb. Zunehmend beschlich sie ein ungutes Gefühl. Wieso behandelte der Abt sie auf einmal ganz anders als vorhin, als er sie bei der Ankunft im Kloster zusammen mit Herzog Ludwig und den anderen begrüßt hatte? Selbst während des Totenmahls zu Ehren ihres Oheims hatte er huldvolle Worte an sie gerichtet. Warum plötzlich dieser prüfende Blick – so, als hätte sie etwas Verbotenes getan?

»Was habt Ihr mir zu sagen, Vater Abt?«, erkundigte Anna sich geradeheraus. »Ihr wirkt so streng und unzufrieden. Ich bin mir keiner Schuld bewusst, sondern empfinde nur Trauer über den Tod meines einzigen Verwandten.«

»Wo ist die Urkunde?« Die schneidende Stimme durchschnitt den Raum.

Anna verstand erst nicht. Vater Erasmus blickte fast schon lauernd auf sie hernieder. »Wovon sprecht Ihr, Ehrwürdiger Vater?«

»Du weißt sehr wohl, wovon ich spreche, mein Kind«, grollte er. »Ich möchte, dass du mir die Urkunde aushändigst, die dem Kloster gehört – und zwar nach dem Willen Pater Adalberts! Er wollte sie den beiden Brüdern mitgeben, die ihn kurz vor seinem Tod noch aufgesucht haben! Nachdem er die Beichte bei Bruder Gregor abgelegt hatte, übergab er ihm und Bruder Aloisius eine kleine Kiste mit wichtigen Papieren, die bei uns im Kloster Weltenburg besser aufgehoben sind als an einem weltlichen Ort. Darin sollte sich auch jene Urkunde befinden. Also: Wo ist dieses Dokument?«

Anna schüttelte den Kopf. »Von der kleinen Kiste weiß ich natürlich. Ich selbst habe sie für meinen Oheim gepackt, weil er bereits zu schwach war. Ich kenne die Papiere, um die es sich handelte – obwohl ich natürlich nicht über den genauen Inhalt jeden einzelnen Schriftstückes Bescheid weiß. Manches davon war geheim und ging mich nichts an. Was ich jedoch mit aller Gewissheit sagen kann, Ehrwürdiger Vater, ist, dass sich unter all den Schriftsachen keine einzige Urkunde befand.«

»Du lügst! Das kann gar nicht sein«, ereiferte sich der Abt. »Ich weiß genau, dass es sich um ein Dokument handelt, welches sich mit den Rechten der Stiftsherren von Berchtesgaden befasst und das dein Oheim uns überlassen wollte, nachdem es auf wundersamen Wegen in seinen Besitz gekommen war!«

»Was hätte mein Oheim mit Angelegenheiten von Berchtesgaden zu schaffen? Ich weiß wirklich nicht, wovon Ihr redet, Ehrwürdiger Vater – und außerdem lüge ich *niemals!* Nehmt das bitte zur Kenntnis.« Sie hatte ganz ruhig gesprochen und dem Abt dabei unerschrocken und fest in die zornigen Augen geblickt.

Eine Weile herrschte angespanntes Schweigen im Raum. Dann zuckte Vater Erasmus mit den Schultern. »Nun gut, ich will dir glauben, junge Frau. Das bedeutet jedoch, dass ich die beiden Patres Gregor und Aloisius noch einmal streng ins Gebet nehmen muss. Möglicherweise haben sie das Dokument verschlampt. Du kannst jetzt gehen, meine Tochter.«

Dass Anna den gesamten Heimritt über sehr schweigsam war, nahm ihr niemand übel. Jeder dachte, es wäre ihrer Trauer um Adalbert geschuldet. In Wahrheit bedrückten sie ganz andere Gedanken. Der Verdacht, sich etwas unrechtmäßig angeeignet zu haben und dann noch dreist zu lügen, traf sie schwer. Sie wollte sich sofort auf die Suche nach der verloren gegangenen Urkunde machen.

Am 7. April des Jahres 1206 schenkte Herzogin Ludmilla in der Burg Kelheim ihrem Gemahl Ludwig nach komplizierten und langwierigen Wehen einen gesunden Sohn. Man taufte ihn, nach seinem Großvater väterlicherseits, auf den Namen Otto – in der Hoffnung, er werde das kritische Kleinkindalter und die Jugendjahre überstehen, um einst selbst auf Bayerns Herzogsthron zu sitzen. Ludmilla war beinahe sechsunddreißig Jahre alt und die Hebamme der Ansicht, die Gattin des Herzogs würde nun wohl keine weiteren Kinder mehr gebären. Umso mehr müsste man auf das Wohl des kostbaren Erben bedacht sein.

Dass der Knabe in Kelheim zur Welt kam, geschah auf ausdrücklichen Wunsch des Herzogs: Hier hatte sein eigener Vater, Herzog Otto, gelebt; hier war er, Ludwig, mit seinen Geschwistern – und mit Anna – aufgewachsen; hier hatte er seine ersten Jahre als junger Herzog verbracht. Dass er künftig seinen Lebensmittelpunkt nach Landshut und auf die Burg Trausnitz verlegen wollte, bedeutete ja nicht, dass er Kelheim zu missachten gedachte …

Herzogin Ludmilla allerdings mochte die alte, unbequeme Kelheimer Burg mit den engen Gemächern nicht. Daran änderte auch das neue Wappen nichts, welches neuerdings auf sämtlichen Türen prangte: das weiß-blaue Bogener Rautenmuster, welches dem bayerischen Herrscherhaus für Jahrhunderte erhalten bleiben sollte.

Die Herzogin hätte es vorgezogen, die Geburt in Bogenberg zu erleben, das ihr von früher noch vertraut war. Aus naheliegenden Gründen liebte Ludwig Bogenberg wiederum nicht sonderlich: Dort war seine Gemahlin jahrelang mit dem Grafen Albrecht verheiratet gewesen – und dort lebten auch ihr Sprösslinge aus erster Ehe, die Stiefsöhne, mit denen er, der Herzog, nie so recht »warm« geworden war …

Die Burg Trausnitz ob Landshut war leider noch mehr oder weniger im Zustand einer Bauruine und harrte der endgültigen Vollendung. So hatte Ludmilla sich als gute Gemahlin dem Wunsche des Herzogs gebeugt und war für die Zeit ihres Wochenbetts nach Kelheim umgesiedelt.

Die Kelheimer Bürger waren jedoch überglücklich, so ein freudiges Ereignis, das der Herzog natürlich mit einem großzügigen Fest beging, in ihrer Stadt feiern zu dürfen.

»Schade, dass Adalbert das nicht mehr erleben kann«, seufzte er, als Anna ihm die Geburtsurkunde, die sie in Stellvertretung für einen neuen Geschichtsschreiber erstellt hatte, vorlegte.

»Du kannst es beinahe so gut wie der Pater«, murmelte Ludwig. »Aber es geht leider nicht, dass du auf Dauer diese Aufgabe übernimmst. Ich werde mich nach Ersatz für einen Chronisten umsehen müssen. Ich bitte dich jedoch, meine Liebe, dass du dieses Amt übernimmst, solange ich noch keinen geeigneten Ersatz gefunden habe.«

Dazu war Anna gern bereit. Nachdem das mit vielen Wachssiegeln und Unterschriften versehene Dokument, welches die Geburt des herzoglichen Sprösslings bezeugte, in der dazu vorgesehenen Truhe wohl verwahrt war, gingen der jungen Frau allerlei rebellische Gedanken durch den Kopf.

Weshalb in Gottes Namen, sollte es für eine Frau nicht möglich sein, als Chronistin tätig zu werden? War sie etwa dümmer als ein Mann? Hatte sie nicht hinlänglich bewiesen, dass sie es konnte? Jahrelang hatte sie Adalbert beim Abfassen seiner Texte über die Schulter gesehen und von ihm gelernt! Zuletzt hatte er vieles von ihr ausführen lassen, weil ihre Augen natürlich mittlerweile die besseren gewesen waren und ihre Hand nicht zitterte.

Und selbst das Argument, dass der Geschichtsschreiber auch bei kriegerischen Auseinandersetzungen vor Ort zu sein hatte, sprach nicht gegen Anna: Immerhin hatte sie ihren kränklichen Oheim ständig überallhin begleitet!

Dem Herzog gegenüber ließ sie jedoch nichts von den aufsässigen Überlegungen verlauten. Vermutlich schickte es sich nicht, als Frau öffentlich zu zeigen, dass man nicht nur Herz, sondern auch Hirn und Verstand besaß.

Bürgerkrieg in Bayern

Das Fest anlässlich Ottos schwerer Geburt, die ja letzten Endes doch glücklich verlaufen war, blieb für lange Zeit das einzige Ereignis, dessen die Bewohner Bayerns sich erfreuen konnten. Schlimme Zeiten brachen für die Bürger an.

Der Konflikt um die Königsnachfolge im Reich war auch nach Jahren noch nicht beigelegt. Nach wie vor standen sich die Anhänger von Staufern und Welfen unversöhnlich gegenüber. Der Heilige Vater unterstützte weiterhin den Sohn Kaiser Heinrichs – sein Mündel, der kleine Stauferabkömmling Friedrich, sollte sich mit dem Rang eines Königs von Sizilien zufriedengeben – übrigens ganz im Sinne seiner inzwischen verstorbenen Mutter, Kaiserin Konstanze.

Für viele war das vollkommen unverständlich. Sie werteten Konstanzes Haltung als unbillige Unterwerfung unter den Willen von Papst Innozenz III., als weibliche Schwäche, und waren sich darin einig, dass es zu Lebzeiten ihres Gemahls niemals zu solchen »Zumutungen« für den kleinen Kaisersohn gekommen wäre.

Die Lage in Bayern, wo inzwischen sämtliche Bischöfe auf die Linie des Papstes eingeschwenkt waren, gestaltete sich düster, denn die geistlichen Herren agierten nun gemeinsam gegen ihren Herzog. Und beileibe nicht nur aus vorgenanntem Grund: Auf einmal weigerten sie sich auch, ihn überhaupt als Herzog anzuerkennen. Somit herrschte Bürgerkrieg; das Land wurde mit Kämpfen überzogen und die Bevölkerung drangsaliert, Dörfer wurden verwüstet, Felder verheert.

Noch lebte man in Kelheim relativ unbehelligt, aber es mehrten sich die Nachrichten, dass in verschiedenen Teilen des Landes Scharmützel stattfanden und an manchen

Stellen regelrechte Gefechte tobten, die viele Tote und Verwundete hinterließen.

Der Herzog zog mit seinen Kriegern von einem Brandherd zum nächsten, um Aufständische zur Räson zu bringen, für Ruhe zu sorgen und seine Autorität zu untermauern und zu festigen. Seine Gemahlin und sein kleiner Sohn Otto waren in aller Eile nach Landshut auf die Burg Trausnitz geschafft worden.

Das Gebäude mochte zwar noch nicht fertiggestellt sein; dennoch bot es allein durch seine geschützte Lage auf einer Anhöhe über der Isar Schutz vor eventuellen Feinden. In der Burg zu Kelheim war lediglich Ludwigs jüngste Schwester Mechthilde verblieben.

Anna, die außer ihren medizinischen Studien – die sie ganz offen bei Jacob Graubart betrieb, wofür viele Kelheimer sie scheel anschauten – nichts zu tun hatte, verbiss sich mittlerweile regelrecht in die Suche nach dem Dokument, von dem der Abt von Weltenburg gesprochen hatte.

Es musste sich um ein ganz besonders brisantes Papier handeln, sonst hätte Vater Erasmus sich nicht so ereifert. Auch die Tatsache, dass Adalbert ihr niemals auch nur ein Sterbenswort darüber anvertraut hatte, sprach dafür, dass es um gefährliche Geheimnisse ging und es besser war, wenn sie darüber nicht Bescheid wusste. Aber in diesem Fall blieb ihr keine Wahl.

Zentimeter für Zentimeter durchsuchte sie das ehemalige Gemach des Paters, das ihm zugleich als Schreibstube gedient hatte. Sogar die Bodendielen unterzog sie einer genauen Inspektion. Wäre ja nicht das erste Mal, dass geheimes Material unter Fußbodenbrettern versteckt wurde.

Zum Teil löste sie sogar die lederne Tapete von den Wänden, um sich Gewissheit zu verschaffen. Der schmale, hohe Schrank mit dem oben aufgesetzten, wunderschön geschnitzten romanischen Rundbogenfries, geschmückt mit sogenannten »deutschen Bändern«, wie man sie beispielsweise am romanischen Stufenportal des Münsters St. Castulus in Moosburg fand, wurde von ihr mit aller Sorgfalt untersucht – und die wenigen Truhen, die Pater Adalbert besessen hatte, sowieso.

Nirgends fanden sich ein doppelter Boden oder ein Geheimfach.

Allmählich glaubte sie selbst daran, dass die beiden Klosterbrüder, die Adalbert vor seinem Tod aufsuchten, die Urkunde an sich genommen hatten, um eigene Zwecke damit zu verfolgen. Enttäuscht fasste sie den Entschluss, das fruchtlose Nachforschen aufzugeben.

Nachdem sich in Kelheim die erste Aufregung gelegt hatte, beschlossen die Fischer, erneut auf Fang auszugehen, und die Bauern, sich wieder um ihre Felder zu kümmern. Aus Furcht vor feindlichen Überfällen hatte bis dahin kaum jemand mehr gewagt, die schützenden Stadtmauern zu verlassen, sondern man verkroch sich tage-, ja wochenlang bei Bekannten oder Verwandten.

Selbst auf den umliegenden Dörfern hatten viele Bauern Haus und Hof verlassen oder zumindest Weiber und Kinder in die Stadt geschickt, während sie selbst draußen auf dem Lande ausharrten, um ihr Hab und Gut zu verteidigen.

Wie es schien, kam es in anderen Teilen Bayerns zu wüsten Gefechten; die Gegend um Kelheim bleib vorerst noch so gut wie verschont. Lediglich versprengte Haufen ließen sich hin und wieder blicken, unternahmen Überfälle, zündeten Höfe an, raubten das Vieh, vergewaltigten Bäuerinnen und Mägde und massakrierten diejenigen, die sich von ihrem Eigentum partout nicht trennen wollten. Aber das schienen Einzelfälle zu bleiben.

Das verleitete auch Anna, sich im Hochsommer 1206 in Begleitung Rachels und eines Burgknechts auf den Weg in die umliegenden Wälder zu machen, um den eigenen Vorrat an Heilkräutern aufzustocken.

Der junge Mann, der die beiden Freundinnen begleitete, war der Reitknecht Stephan, der vor einigen Jahren Anna und deren Oheim zu seiner blinden Großmutter geführt hatte, um sie vor einem gefährlichen Unwetter in Sicherheit zu bringen. Seitdem vertraute sie ihm blind, von ihm würde bestimmt keinerlei Gefahr ausgehen. Er würde sie im Gegenteil mit seinem eigenen Leben verteidigen, falls es zu einer unerfreulichen Begegnung käme. Stephan war gutmütig, stark und verlässlich, kannte sich in der umliegenden bewaldeten Gegend bestens aus und würde sie auch wieder heil nach Hause geleiten.

»Und als Korbträger wird er sich auch gut machen«, kicherte Anna und warf Rachel einen belustigten Blick zu. Der Himmel war zwar bedeckt, aber aller Voraussicht nach würde es trocken bleiben. Die Ausbeute an Kräutern, Blättern, Wurzeln und Nesseln fiel erstaunlich hoch aus, und bald war der Weidenkorb so voll, dass Anna zufrieden vorschlug, den Heimweg anzutreten.

»Aber ein wenig könnten wir doch ausruhen, Jungfer Anna!« Stephan blickte sie an wie ein waidwundes Reh, und sie musste lachen.

»Geh, sag bloß, du bist schon müde? So ein großer, starker Bursche – und macht wegen eines kleinen Waldspaziergangs schlapp!«

»Es ist nicht wegen mir«, verteidigte sich der junge Mann sofort. »Aber Jungfer Rachel ist bestimmt erschöpft und würde gewiss gern ein wenig rasten.«

Rachel wurde ein bisschen rot, aber lächelte geschmeichelt, dass der Knecht, obwohl ein *Goi*, sich ihr, einer Jüdin, gegenüber so feinfühlig zeigte und ihr zu einer Ruhepause verhelfen wollte. Derlei Freundlichkeiten waren sie und ihre Glaubensgenossen nicht unbedingt gewohnt. Sie nickte zustimmend. »Stimmt schon, Annele! Es ist so schön im Wald, und ein wenig auszuruhen, kann gewiss nicht schaden.«

»Na, meinetwegen. Setzen wir uns eine Weile da vorn neben dem Weg auf den umgestürzten Baumstamm.«

Während Anna und Rachel sich niederließen und bei einer zwanglosen Unterhaltung ein paar Heidelbeeren naschten, die sie in einem Rindengefäß gesammelt hatten, blieb Stephan mannhaft stehen.

Sooft ihr Blick zufällig auf Stephan ruhte, der sich ein Stück von ihnen entfernt hatte, fiel Anna jedes Mal auf, dass er irgendwie den Eindruck vermittelte, auf etwas – oder jemanden? – zu warten. Erst dachte sie sich nichts dabei, weil es unsinnig schien: Niemand wusste, dass sie drei sich ausgerechnet hier aufhielten. Wer sollte schon ein Interesse daran haben, sie hier zu treffen? An Schlimmeres, wie etwa einen Überfall, war nicht im Entferntesten zu denken.

Nach einer Weile machte sie Anstalten aufzustehen, und wollte gerade auch Rachel ermahnen, an den Heimweg zu denken, der gewiss noch eine Stunde dauern würde. Ehe sie jedoch ein Wort herausbrachte, wurde es dunkel um sie. Sie hörte bloß noch den gedämpften Aufschrei der Freundin, dann herrschte erst einmal Stille. Offenbar hatte sich jemand von hinten an sie herangeschlichen und ihr einen Sack über den Kopf gestülpt.

»He! Was soll das?«, rief Anna gleich darauf erbost – und erschrak darüber, wie dumpf und leise ihre Stimme klang. So könnte niemand sie hören, selbst wenn sie noch so laut um Hilfe brüllte! »Soll das ein Scherz sein?«, versuchte sie noch einmal im Guten auf den unbekannten Angreifer einzuwirken, den unverschämten Blödsinn zu beenden.

Warum um alles in der Welt kam ihnen Stephan nicht zu Hilfe? Panik erfasste sie, als sie spürte, wie jemand barsch ihre Handgelenke packte und diese mit einem Strick hinter ihrem Rücken zusammenband. Die Lage war zweifelsohne ernst.

Hatten sie – Anna hatte es im Gespür, dass es sich um mehrere Angreifer handelte – Stephan als Erstes ausgeschaltet, damit er ihnen nicht helfen konnte? Oder steckte der gar mit den Angreifern unter einer Decke? Ja, so musste es sein! Deshalb hatte er so auf eine Rast gedrungen! Es war keineswegs die Sorge um Rachel gewesen, sondern er hatte auf die Kerle gewartet, denen er sie hatte ausliefern wollen! Seit zwei Tagen schon hatte er von dem geplanten Gang in den Wald gewusst – genügend Zeit, um etwaige Entführer zu informieren. Den »guten« Sammelplatz für die Heilkräuter verdankten sie ebenfalls ihm. Er hatte sie hierhergelockt – direkt in die Falle!

Eine hinterhältige Entführung

Heilige Maria, Muttergottes, hilf uns, flehte Anna stumm. Lass diese Gefahr an uns vorübergehen! Nie könnte ich es mir verzeihen, falls Rachel, die doch bald ihren Liebsten heiraten will, ein Leid geschähe.

Im Hause Graubart stand nämlich demnächst eine Doppelhochzeit an: Der Medicus Jacob würde seine zweite Ehe schließen – mit Esther –, und seine Tochter Rachel sollte am gleichen Tag Mosche Mandelbaum heiraten … Wie es im Augenblick aussah, würde möglicherweise nichts daraus werden.

Anna begann, sich energisch zu wehren, obwohl das mit gefesselten Händen nicht so leicht war. Aber dafür schlug sie mit den Beinen aus und trat um sich, in der Hoffnung, irgendjemanden zu treffen. Das gelang ihr auch. Aber nachdem Rachels Jammern und das hämische

Gelächter zweier Kerle an ihr Ohr drangen, war klar, dass sie nicht einen von ihnen, sondern versehentlich die Freundin mit Tritten attackiert hatte.

»Was wollt ihr denn von uns?«, fragte sie, um Gelassenheit bemüht, obwohl sie meinte, das eigene Herz bis zur Kehle hinauf schlagen zu hören.

»Ach, so allerlei, schöne Frau«, vernahm sie eine heisere Stimme dicht an ihrem Ohr. Gleichzeitig fühlte sie eine derbe Männerhand eine ihrer Brüste kneten, und eine zweite unter ihrem Rock. Der Kerl griff ihr zwischen die Beine!

Rasend vor Wut und Ekel, robbte sie seitwärts, und es gelang ihr tatsächlich, den Angreifer vorerst mit einem überraschenden Hüftschwung abzuwehren. Zumindest hatte er seine Griffel von ihrem Körper genommen!

»Lass deine dreckigen Pfoten von der ›Magd des Herzogs‹«, grollte eine tiefere Stimme. »Dieser Leckerbissen ist nichts für unsereinen! Mit der hat unser Auftraggeber was vor. Wenn du unbedingt willst, nimm dir das Judenmädel vor – die haben's bekanntlich ganz gern, wenn man sie tüchtig rannimmt. Bloß ist jetzt nicht der richtige Zeitpunkt für solche Späßchen. Der Herr wartet auf uns, und es wird Zeit, dass wir hier wegkommen, ehe man die beiden Frauenzimmer vermisst und nach ihnen sucht. Du weißt ja nicht, wem sie von ihrem Gang in den Wald erzählt haben.«

So ganz schien der andere Rabauke noch nicht überzeugt, warum er sich nicht jetzt sofort einen Übergriff auf eine der beiden erlauben sollte. »Sind aber verdammt hübsch, die Vögelchen, und ich hab schon lang nicht mehr …!«

»Lass gut sein, ja?«, fiel der Kerl ihm ins Wort. »Sonst kriegst du mächtig Ärger mit unserem Auftraggeber – und dann möcht ich nicht in deiner Haut stecken, Freundchen! Erinner dich mal dran, wie er neulich dem Pferdeburschen den Buckel verbläut hat, als der über eine junge Magd hergefallen ist.«

»Ist halt ein Pfaffe und versteht die Not von unsereinem nicht!«

»Halt 's Maul, du Depp! Fehlt grad noch, dass du seinen Namen nennst!«

In der Tat war Anna wie von einer Wespe gestochen aufgeschreckt und hatte die Ohren gespitzt: Der Auftraggeber war demnach ein Geistlicher – und gewiss kein unbedeutender kleiner Dorfpfarrer!

Jetzt musste sie nur noch herausbekommen, *wem* das Ganze eigentlich galt: Der Tochter eines jüdischen Arztes oder ihr, der Nichte des Mönchs Adalbert, der als Chronist – und mehr noch als Beichtvater des Landesherrn – möglicherweise über Dinge Bescheid gewusst hatte, die auch andere brennend interessierten.

Unwillkürlich fiel ihr das seltsame Gebaren des Abts von Kloster Weltenburg ein. Der war ja offensichtlich auch davon ausgegangen, sie müsse irgendetwas vor ihm verborgen halten, das ihr von ihrem Oheim überlassen worden war. Gütiger Himmel! Sie hatte keine Ahnung, was alle auf einmal von ihr wollten! Erst die Falle, in die sie ahnungslos getappt war, dann der Überfall mit diesen dramatischen Begleitumständen (was sollte etwa die Kapuze über ihrem Kopf?) … und jetzt sollten sie allem Anschein nach irgendwohin, zu einem Auftraggeber verschleppt werden!

Im Stillen bat sie die Freundin um Verzeihung, die jetzt auch in Mitleidenschaft gezogen wurde. Sehen konnte sie zwar nichts, aber hören dafür umso besser, wie die Männer auch die junge Jüdin nötigten, sie »auf einen kleinen Gang« zu begleiten …

Dann jedoch schoss Anna wieder der erste Gedanke durch den Kopf: Vielleicht hatte das alles doch nichts mit ihr zu tun? Womöglich war man hinter den Hebräern her und fing mit der Tochter des Arztes an, um der jüdischen Gemeinde zu zeigen, wie ernst es ihnen damit war, die Juden aus Kelheim zu vertreiben? Wollte ein irregeleiteter Kleriker Rachel vielleicht als Geisel nehmen, um den Auszug aller jüdischen Bürger durchzusetzen? Bald würden sie es wissen, hoffte sie, als sie am Arm eines fremden Kerls durch den Wald stolperte, auf ein unbekanntes Ziel zu.

Da ihre Entführer ihnen die Säcke nicht vom Kopf abnahmen, sondern die beiden stattdessen immer wieder aufforderten, sich im Kreis zu drehen, und mehrmals die Richtung wechselten, war es unmöglich, auch nur annähernd den schlussendlichen Aufenthaltsort zu bestimmen.

Nur etwas schien Anna sicher: In der Stadt hielten sie sich nicht auf; sie spürte nämlich keinen einzigen Pflasterstein unter ihren Schuhsohlen, und die für Kelheim typischen Geräusche und Gerüche fehlten ebenfalls. Sie liefen auf knirschendem Sandboden, der mit groben Kieseln vermischt war. Wahrscheinlich waren sie in irgendeinem verlassenen Gehöft gelandet, denn selbst die für ein Dorf übliche Geräuschkulisse fehlte. Es gab weder Hundegebell noch das Blöken von Schafen, und Hühner hörte sie auch keine gackern. Immerhin hing der Geruch von Kuhdung in der Luft.

Plötzlich wurde Anna furchtbar wütend. »Ich verlange auf der Stelle, dass man uns freilässt! Was glaubt ihr eigentlich, was ihr euch erlauben könnt? Mit welchem Recht habt ihr uns entführt? Rachel, geht es dir gut?«, rief sie gleich anschließend. Auf dem gesamten Weg hierher hatte man ihre Nachfragen nach Rachels Befinden abgewürgt.

»Halt 's Maul«, hatte ihr Aufpasser jedes Mal sofort geknurrt und brutal an dem Strick gerissen, an dem er sie hinter sich her zerrte.

»Mir geht's gut, Anna«, hörte sie ihre Freundin leise murmeln.

»Keine Unterhaltung zwischen den Gefangenen«, plärrte jetzt gleich der andere Kerl, und Anna hörte das Klatschen einer Ohrfeige.

»Du Schwein! Lass sie gefälligst zufrieden! Was erlaubst du dir, du Hund?«, empörte sich Anna, erntete jedoch nur das höhnische Gelächter beider Männer. Bezeichnenderweise erhielt *sie* jedoch keine Schläge.

»Für jemanden, der gefesselt ist, einen Sack über dem Kopf hat und unserer Willkür ausgeliefert ist, spuckst du ganz schön große Töne, Schätzchen! Wär vielleicht gescheiter, das Maul nicht so voll zu nehmen.«

»Pah, du elender Schwachkopf! Vergiss nicht: Wir sind nicht in *deiner* Gewalt, sondern wir sind hier, um mit deinem Auftraggeber, diesem angeblichen Pfaffen, zu verhandeln.«

»Noch ist der aber nicht da, Liebchen! Da könnten wir beide uns doch so lange ein bisschen anfreunden, meinst du nicht?«, hörte sie die heisere Stimme desjenigen, der sie zu Anfang unzüchtig angefasst hatte. Diese Stimme würde sie sich auf jeden Fall gut merken …

»Lass gut sein, ja? Der Herr hat uns angewiesen, wie die Frauenzimmer zu behandeln sind, während er noch nicht hier ist«, widersprach der Kumpan sofort und hörte sich verärgert an. Der andere erwiderte zu Annas Erleichterung daraufhin kein Wort mehr.

Es stellte sich heraus, dass sie die Nacht über in einer Hütte verbringen mussten, um auf die Ankunft eines dubiosen geistlichen Herrn am nächsten Morgen zu warten. Eine Aussicht, die sowohl Anna als auch Rachel schaudern ließ. Mit diesen beiden Kerlen allein die Nachtstunden durchzustehen, erschien ihnen mehr als grauslich. Besonders der eine wartete offenbar nur auf eine günstige

Gelegenheit, um über eine von ihnen oder auch über sie beide herzufallen.

Sie würde jedenfalls kein Auge zutun, nahm Anna sich vor. Zu ihrer Erleichterung nahm einer der Männer ihnen die lästigen Kapuzen ab, sodass sie wenigstens etwas sehen konnten und auch besser Luft bekamen.

Wie sie es sich schon gedacht hatte, war einer der Verbrecher ein etwas älterer, und wie es schien, um einiges vernünftigerer Mann, während der andere, ein junger, dummer und seinen niederen Trieben unterworfener Bursche, immer wieder glaubte, sich Frechheiten gegen die weiblichen Entführungsopfer herausnehmen zu dürfen.

»Ich glaube, falls der Junge versuchen sollte, dich anzufallen, würde der Ältere dazwischengehen«, flüsterte Rachel der Freundin zu.

»Und falls er *dir* etwas täte, würde ich solchen Krach schlagen und um mich treten, dass er auch dich verteidigen würde«, murmelte Anna resolut zurück.

»Ruhe, ihr verdammten Weibsbilder«, grölte der jüngere Kerl sofort, »sonst setzt es Maulschellen!«

»Na, na«, wies ihn sein älterer Kumpan zurecht. »Jetzt benimm dich gefälligst ein bissel anständig gegen die ehrenwerten Frauen.«

»Ehrenwert?«, fragte der unverschämte Bursche sofort. »Allerhöchstens eine! Die andere ist eine dreckige Jüdin! Dass eine Ungläubige dabei sein würde, hat mir vorher keiner gesagt, davon ist nie die Rede gewesen. Außerdem hast du selbst gesagt, dass ich mir die Hebräerin ruhig vornehmen darf.«

»Ach, halt einfach die Schnauze, Mann«, gab der andere grob zur Antwort. »Wusste doch niemand, dass noch ein zweites Weib dabei sein würde. Und dass es eine Jüdin ist, habe ich auch erst an der Armbinde erkannt, die sie trägt. Und was das Vornehmen angeht: Ich hab's mir anders überlegt und werde nicht dulden, dass du eine von ihnen anrührst.«

»Ach?«, hakte Anna sofort ein. »So hat euch Stephan also doch nicht die ganze Wahrheit gesagt? *Er* wusste genau, dass wir zu zweit sein würden.«

»Keinen Ton hat er davon gesagt, der Tropf«, fiel der einfältige junge Entführer darauf herein. Jetzt wusste es Anna also gewiss, dass sie tatsächlich Stephan den Verrat zu verdanken hatten. Na, warte, Bürschchen, dachte sie grimmig. Der konnte etwas erleben, wenn sie wieder in Kelheim war!

Die hirnlose Geschwätzigkeit seines Kameraden machte den Älteren fuchsteufelswild. »Schau, dass du endlich verschwindest, du blöder Hammel«, befahl er ihm. »Du kannst derweil die Kühe melken oder Heu machen!« Beleidigt zog der andere ab.

Anna jedoch war bitter enttäuscht über die Treulosigkeit des Knechts, den sie bisher für so loyal gehalten hatte.

Der ältere Bandit, der ihnen auch noch die Handfesseln abnahm, ließ die zwei bald darauf allein in dem winzigen finsteren Loch hocken, in dem nicht ein einziges Möbelstück stand. Sie hörten, wie ein Riegel vor die Tür geschoben wurde, und blickten sich erschrocken an.

Es gab nur ein winziges Fensterchen, eigentlich nur eine kleine Aussparung in der Bretterwand, durch die man keinesfalls fliehen, allerhöchstens einen Arm durchstecken konnte.

»Jetzt bleibt uns nur das Beten«, meinte Anna schließlich und ließ sich auf dem gestampften Lehmboden nieder. »Und, auf den angeblichen Priester zu warten, der von mir etwas wissen will! Der Mensch glaubt demnach tatsächlich, ich wüsste irgendwelche Geheimnisse, die zu kennen sich lohnt. Er wird recht enttäuscht sein.«

»Womöglich etwas, dem du selbst nie Beachtung geschenkt hast, das jedoch für andere von großer Wichtigkeit sein muss«, mutmaßte Rachel. Dann schwiegen sie und überließen sich ihren Gedanken.

Anna und Rachel erfahren Genugtuung

Zäh verrann Stunde um Stunde, die Eingesperrten erhielten weder zu essen noch zu trinken – lediglich einen verbeulten Kübel für ihre Notdurft hatte ihnen der Ältere durch die kurzzeitig aufgerissene Tür geworfen, ehe er das Gefängnis erneut zusperrte. Durch das Scheppern waren sie wieder hochgeschreckt, kurz nachdem sie eingenickt waren.

»Wir haben Hunger«, hatte sich Anna sofort beschwert, aber da war die Tür schon wieder zugeknallt worden. »Ich zermartere mir das Hirn, was man von mir wollen kann«, murmelte sie verärgert und erhob sich, um den Eimer in der gegenüberliegenden Zimmerecke aufzustellen. Aber ihr wollte einfach nichts einfallen. »Vielleicht stellt sich bald heraus, dass man mich verwechselt hat und die Falsche entführen ließ. Mir tut es nur unendlich leid, Rachel, dass du in so ein Unglück hineingeraten bist.«

»Mach dir keine Gedanken, Annele. Den *Schlamassel* werden wir zwei schon gut überstehen!«

So viel *Jiddisch* verstand Anna auch, dass sie wusste, was damit gemeint sein musste. Rachel hatte recht. Warum die Sache schlimmer reden, als sie vermutlich war? In der Hütte wurde es jedoch allmählich empfindlich kühl. »Nicht einmal eine Zudecke haben sie uns gegeben«, beschwerte sie sich. Aber da wiederum erwies Rachel sich als recht pfiffig.

»Schau mal, was in der hinteren Ecke, gleich neben dem Kübel, liegt! Die zwei Säcke, sie sie uns über den Kopf gestülpt haben!«

»Ha, du bist doch die Schlaueste«, jubelte Anna, die sofort begriff. Beide schlüpften jeweils in einen Sack und hatten es jetzt von den Füßen bis zur Brust einigermaßen warm. So konnten sie zumindest einige Stunden schlafen.

Gegen Morgen erschien der angebliche »Hausherr« – niemand anderer als der ältere der beiden Entführer –, der um einen großen, kräftig gebauten Herrn, gekleidet in die Soutane eines höheren Geistlichen, herumscharwenzelte und katzbuckelte: Nein, nein, den Fräuleins habe es an nichts gefehlt, natürlich nicht, was denke der gnädige Herr denn von ihm?

»Aber, woher denn«, fuhr Anna schlagfertig dazwischen. »Es war alles bestens! Wir beide konnten uns nichts Schöneres vorstellen, als ohne jedes Licht hier auf der blanken Erde zu kauern, ohne Kissen oder Decke, und dabei nichts zu beißen und noch weniger zu trinken zu bekommen. Aber wir wollen ja nicht undankbar sein und uns womöglich beklagen – die Überlassung des Mistkübels dort hinten in der Ecke war schon äußerst liebenswürdig. Jetzt allerdings würden wir gern auf die weitere Gastfreundschaft hier verzichten und nach Hause gehen.« Sie warf dem älteren Kerl und dem neu Hinzugekommenen einen vernichtenden Blick zu.

»Schön, dass Ihr Euren Humor nicht verloren habt, Jungfer Anna. Das wird uns das Kommende immens erleichtern.«

Dem Kleriker, der mit der Hand ein um den Hals baumelndes, sicherlich recht schweres Silberkreuz umschloss, war demnach bekannt, wer sie war. Rachel würdigte er keines Blickes, also wusste er vermutlich Bescheid, dass sie zu den von sehr vielen verachteten Hebräern gehörte. Oder er hatte trotz der frühmorgendlichen Dunkelheit in der kargen Hütte die grellgelbe Armbinde der jungen Frau entdeckt, die zu tragen sie zwar nicht direkt verpflichtet war, worum die Stadtväter Kelheims aber bereits Herzog Otto nachdrücklich »ersucht« hatten und woran auch Herzog Ludwig nichts ändern wollte.

»So? Was ist denn ›das Kommende‹, Herr?«, fragte Anna aufsässig. »Etwa Eure Entschuldigung für den ungeheuerlichen Vorfall? Der Herzog wird Euch die richtigen Antworten erteilen, denke ich, sobald er davon erfährt!«

»Dazu ist zweierlei zu sagen, junge Frau«, erwiderte ungerührt der Geistliche, nachdem er den hörigen Bauern mit einer herrischen Geste verscheucht hatte. Der grobe jüngere Bursche, der sie zu belästigen versucht hatte, ließ sich vorsichtshalber gar nicht erst blicken.

»Erstens sehe ich keinen Grund, mich für irgendetwas zu entschuldigen. Ich habe Euch lediglich herbitten und Euch sogar noch Geleit zubilligen lassen, damit Ihr unbeschadet hergelangen konntet, und zweitens …«

Aber da fuhr ihm Anna derart über den Mund, dass derselbe ihm vor Erstaunen offen stehen blieb. »*Herbitten* nennt Ihr das?«, schrie sie ihm wütend ins Gesicht. »Mit einem Schlag in den Rücken und einem Sack über dem Kopf? Mit auf den Rücken gefesselten Händen kreuz und quer durch den Wald geschleift, frech befingert von einem Eurer Schergen, von diesem großartigen *Geleit,* wie Ihr es zu nennen beliebt? Durch obszöne Reden beleidigt und anschließend in dieses Rattenloch gesperrt – ohne Essen und Trinken, ohne Licht, ohne Schemel, ohne Tisch, ohne Bett, ohne Decken, nur mit einem Kübel versehen? Sollen wir vielleicht noch dankbar sein für die gastliche Aufnahme? Wie Euch nicht entgangen sein dürfte, bin nicht nur ich von diesem Banditenstreich betroffen, sondern auch Jungfer Rachel, Tochter des stadtbekannten Medicus Jacob Graubart!«

»Die Tochter eines Juden, jaja, ich weiß«, bestätigte betont ungerührt der Mann in der Soutane, aber eine gewisse

Betroffenheit meinte Anna ihm anzumerken. »Das war so nicht geplant. Mit ihr habe ich nichts zu schaffen.«

»Ach? Mit *mir* so zu verfahren, erscheint Euch demnach völlig in Ordnung?« Befriedigt glaubte sie allmählich Anzeichen zu erkennen, dass dem Kleriker nicht mehr ganz wohl war in seiner Haut. Vermutlich hatte er damit gerechnet, sie nach einer Nacht Gefangenschaft zermürbt vorzufinden. Aber um eine Frau wie sie kleinzukriegen, brauchte es schon bedeutend mehr. Anna starrte dem Kontrahenten aufsässig ins Gesicht, während sie betont freundschaftlich Rachel Graubart einen Arm um die Schulter legte.

»Ich gebe zu, das Ganze ist wohl etwas aus dem Ruder gelaufen. Verzeiht, Jungfer Anna. Man muss mich missverstanden haben; ich hatte angeordnet, dass Ihr keinerlei Ungemach erleiden solltet. Auch Eurer Begleiterin sollte natürlich kein Unrecht widerfahren. Von ihr wussten wir allerdings überhaupt nichts.«

»Da hat Euch Stephan, diese widerwärtige Verräterseele, wohl nicht ausreichend informiert! Er wusste, dass ich ohne Rachel nicht zum Kräutersammeln in den Wald gehen würde!« Sollte der geistliche Herr sich ruhig mit dem Pferdeknecht auseinandersetzen … Sie würde es Stephan von Herzen gönnen, falls man ihn zur Rechenschaft zöge und bestrafte.

Geschickt überging der Geistliche jedoch die Angelegenheit mit dem Knecht und kam direkt zum Wesentlichen: »In Eurem Besitz befinden sich Unterlagen – ich frage gar nicht danach, wie Ihr an sie gelangt seid –, die für Euch nicht von Belang, aber für das geistliche Stift Berchtesgaden von größter Relevanz sind.«

Also doch! Der große Mann mittleren Alters, der sich bisher noch nicht vorgestellt hatte, stieß ins gleiche Horn wie der Abt vom Kloster Weltenburg! Worum, in Himmelherrgottsnamen, drehte es sich denn überhaupt? Anna schwieg eisern, in der Hoffnung, der Geistliche möge endlich preisgeben, was es mit diesem Dokument auf sich habe. Und in der Tat – er sah sich offenbar genötigt, ein wenig Licht ins Dunkel zu bringen.

»Hört, Jungfer! Damit Ihr den Ernst der Lage erkennt, will ich Euch Einblick geben. Es handelt sich um eine von Kaiser Friedrich Barbarossa ausgestellte Urkunde, in welcher er den Mönchen von Berchtesgaden nicht nur die dortigen Forstrechte bestätigt, sondern auch noch das Recht des Salzabbaus! Damit verbunden ist die freie Vogtwahl!«

»Ich verstehe!«, erwiderte Anna kühl. »Dieser freien Vogtwahl wohnt automatisch die Immunität inne – die rechtliche Grundlage, dass das Stift Berchtesgaden zum geistlichen Reichsfürstentum erhoben werden kann und nicht mehr dem weltlichen Herrscher, nämlich dem Kaiser, untersteht. Fürwahr eine bedeutsame *causa!*«

Dem Kleriker fiel die Kinnlade herunter.

»Ihr scheint erstaunt, Herr, was *mich* wiederum verwundert! Immerhin steht vor Euch die jahrelange Helferin des herzoglichen Chronisten. Ich kenne mich bestens mit Urkunden und Dokumenten aller Art aus. Um ihnen Glaubwürdigkeit zu verleihen, pflegen solche Papiere mit einer kaiserlichen Goldbulle, an roter Seidenschnur befestigt zu sein. Falls mein Oheim oder ich jemals diese Urkunde in den Händen gehalten hätten, wüsste ich davon, seid dessen versichert, Herr. Und ich würde sie Euch selbstverständlich übergeben, falls Ihr Euch ausweisen könntet, um sie berechtigterweise in Empfang zu nehmen.«

Sie starrte ihrem Gegenüber fest in die prüfenden grauen Augen – ohne sich ihres vorletzten Satzes zu schämen, der eine glatte Lüge gewesen war: Tatsächlich konnte sie einmal einen flüchtigen Blick auf dieses Dokument werfen, ehe ihr Oheim es wieder verwahrt hatte.

Es hatte sie nie gekümmert, was daraus geworden war. Aber diesem Herrn, der da herrisch und überheblich fordernd vor ihr stand, würde sie das begehrte Stück Pergament gewiss niemals aushändigen – falls es sich denn in ihrem Besitz befand. Tatsächlich verhielt es sich so, dass sie wirklich keine Ahnung hatte, wo sich dieses brisante Schriftstück derzeit befand.

Erst als der große Mann, dessen Namen sie immer noch nicht kannte, anfing, von den Salzabbaurechten in Berchtesgaden und von der freien Vogtwahl zu sprechen, kam ihr die Erleuchtung.

Oheim Adalbert hatte ihr ein Vierteljahr vor seinem Tod diese Urkunde mit dem kaiserlichen Siegel gezeigt und ihr, die sich erstaunt gezeigt hatte, weshalb er ein solches Schriftstück besaß, anvertraut: Jemand, der dreisten Betrug der Berchtesgadener Benediktinerklosterbrüder argwöhne, habe ihm das Pergament zur Überprüfung überlassen.

Später war nie mehr die Rede davon gewesen: Adalbert war noch schwerer erkrankt, und Anna hatte das Dokument schlichtweg vergessen. Seltsam nur, dass es nach dem Tod des Paters unter dessen Sachen nicht aufgetaucht war. Aber offenbar war der Diebstahl mittlerweile von den Berchtesgadenern entdeckt und die Spur bis nach Kelheim verfolgt worden. Daher auch der Versuch des Weltenburger Benediktinerabts Erasmus, sie unter Druck zu setzen!

Dass sie über den Verbleib des ebenso umstrittenen wie begehrten Pergaments nichts wusste, konnte Anna jederzeit beschwören. Außerdem: Was nützte *ihr* diese Urkunde? Hätte sie jemanden damit erpressen wollen, wäre das sicher schon längst geschehen. Aber so etwas kam ihr ja gar nicht in den Sinn.

Das sah offenbar auch der Herr mit dem silbernen Kreuz um den Hals nun endlich ein. Grimmig verabschiedete er

sich, höchst nachlässig seinem Bedauern über ihre erlitte-
ne Mühsal Ausdruck verleihend.

»Ach? Und damit soll es nun sein Bewenden haben?«
Anna schaute ihn spöttisch an. »Ein von Euch kurz und
beiläufig hingeworfenes ›Entschuldigt vielmals!‹, und das
war es dann? So billig kommt Ihr uns nicht davon!« Absichtlich band sie Rachel mit ein.

»Was verlangt Ihr von mir, Jungfer? Soll ich Euch etwa
reumütig die Füße küssen?«, versuchte er ihren Angriff
ins Lächerliche zu ziehen.

»Darauf verzichten wir großmütig«, erwiderte sie fros-
tig. »Aber eine finanzielle Entschädigung erscheint uns
durchaus angebracht. Für jede von uns fünf Mark in Silber für den ausgestandenen Schrecken und die verbalen
und tätlichen Übergriffe – der jüngere Entführer hat mich
unsittlich berührt und meine Freundin sogar geschlagen –
erscheint uns im Minimum angemessen.«

Zum Glück besaß der geistliche Herr so viel Anstand,
über die Höhe der Summe nicht zu verhandeln. Zähneknirschend erklärte er sich damit einverstanden.

»Außerdem verlange ich, dass man uns zwei Pferde zur
Verfügung stellt. Noch einmal werden wir den beschwer-
lichen Fußmarsch durch diesen Teil des Waldes nicht unternehmen, und der Bauer, dem diese Hütte gehört, muss
uns zu unserer Sicherheit begleiten. Ferner würde es nicht
schaden, den anderen Burschen, der uns so frech verraten
hat, ordentlich durchprügeln zu lassen.«

»So sei es«, zeigte der Herr in der schwarzen Soutane
sich einverstanden. »Und was die Schelte für den Knecht
anbelangt, könnt Ihr sicher sein, dass ich sie persönlich
anordnen und den Vollzug überwachen werde.«

Wenigstens eine kleine Genugtuung für die beiden
Frauen.

Nachdem sie heimgekehrt waren, überraschte es Anna nicht, dass von Stephan, dem verräterischen Kerl, weit und breit nichts mehr zu hören oder zu sehen war. Er blieb spurlos verschwunden.

»Wer weiß, wozu es gut ist, dass er sich nicht mehr blicken lässt«, meinte Jacob Graubart.

Als sie Rachels Vater einen verständnislosen Blick zuwarf, gab der Medicus zu bedenken, blinde Wut auf den jungen Mann hätte den Herzog mit Sicherheit dazu bewogen, ihn zum Tode zu verurteilen – eine Strafe, die ihm, Jacob Graubart, jedoch weit überzogen dünkte. Großer Schaden war durch sein unbedachtes Handeln zum Glück ja nicht entstanden. »Wer weiß, was die Häscher der Berchtesgadener Mönche ihm vorgelogen haben?«, gab der alte Hebräer zu bedenken. »Wahrscheinlich war er sich der Tragweite seines Tuns überhaupt nicht bewusst.«

Die Milde des Arztes war irgendwie verständlich: Die jungen Frauen waren sich nämlich darin einig gewesen, nicht allzu genau zu schildern, was wirklich vorgefallen war … So war möglichen Spekulationen, was ihnen tatsächlich zugestoßen wäre, von vornherein der Boden entzogen.

Jacob, dessen künftige zweite Gemahlin Esther und Rachels Verlobter waren zwar in Sorge gewesen, als es Abend geworden und die Arzttochter nicht heimgekehrt war. Aber sie wussten sie mit Anna zusammen und glaubten, die jungen Frauen seien durch irgendetwas Harmloses aufgehalten worden. Jedenfalls vermuteten sie nicht gleich das Schlimmste – wurden die Freundinnen doch von einem vertrauenswürdigen, kräftigen jungen Mann begleitet.

Erst war Anna über Jacobs sanftmütige Haltung verblüfft, dann wurde sie nachdenklich. Schließlich war auch sie froh, dass es so gekommen war: dass das Blut eines

Menschen, der ja nicht gemordet hatte, an ihr kleben sollte – das wollte sie wirklich nicht. »Soll der Schelm meinethalben bleiben, wo er jetzt ist. Hauptsache, ich muss ihm nie mehr begegnen«, meinte sie.

Sie konnte ja nicht ahnen, dass ausgerechnet dieser Wunsch – allerdings zu ihrem Glück – nicht in Erfüllung gehen würde.

Glück im Unglück

Die Schrecken des Bürgerkrieges näherten sich unaufhaltsam auch der Stadt Kelheim. Alles, wovon man bisher nur ängstlich *vernommen* hatte, gehörte auf einmal zur rauen Lebenswirklichkeit.

Am schlimmsten machte sich bemerkbar, dass die Versorgungswege gekappt waren. Man hielt die Stadttore aus gutem Grund fest verschlossen, betend und hoffend, dem Feind werde es nicht gelingen, einzudringen, die Häuser zu plündern und die Bürger niederzumetzeln.

Die Kämpfe gestalteten sich mittlerweile höchst grausam und blutig – höchst typisch für Bürgerkriege dieser Zeit.

»Pro Stauf'!« oder »Pro Welf'!«, »Für Wittelsbach!« oder »Gegen Wittelsbach!« lauteten die Parolen, und je länger der Krieg andauerte, desto unerbittlicher wurden die Auseinandersetzungen. Jahrelang aufgestauter Groll, immer nur notdürftig besänftigt durch laue Friedensversprechungen und verlogene Bekundungen angeblich guten Willens, entlud sich jetzt mit einer Urgewalt, die keine Rücksicht mehr nahm auf Unbewaffnete, auf Alte, Weiber und Kinder.

Nahrung und Brennholz wurden knapp. Viele Bürger besaßen kleine Gemüsegärten hinter den Häusern, die meisten hielten sich auch Haustiere wie Hühner, Tauben und Stallhasen; doch ewig würde man davon nicht zehren können, und der Nachschub fehlte.

Die Stadtverwaltung ordnete an, dass in den Familien nur noch kurz Feuer gemacht werden durfte, um einmal am Tag Brei oder Suppe zu kochen. Ansonsten wurde an Holz gespart. Zum Glück war noch Sommer, und auch die Nächte blieben warm. Aber wie es aussah, konnte der elende Krieg sich noch über Monate hinziehen. Dann würden viele von ihnen elendig erfrieren und verhungern.

Man vermisste den Herzog an allen Ecken und Enden. Doch Ludwig musste kreuz und quer durch das Land Bayern reiten, um seinen geistlichen Widersachern zu trotzen. Es schien, als müsse er jeden einzelnen mit Heeresmacht davon »überzeugen«, ihn endgültig als Herzog anzuerkennen.

Nachdem es rings um Kelheim eine kleine Weile ruhig geblieben war, ja, ein vor den Mauern der Stadt bedrohlich aufmarschiertes Regensburger Belagerungsheer sogar den Rückzug angetreten hatte, dachten viele, das Schlimmste sei überstanden.

Auch Anna, die die meiste Zeit in ihrem kleinen Haus in der Stadt wohnte und nicht mehr in der Burg, wagte sich wieder hinaus aus den Mauern, ins Freie. Die Wälder mied sie allerdings, da bestand immerhin die Gefahr, dass marodierende Krieger die Gegend unsicher machten.

Aber ein kurzes Stück hinunter zur Donau laufen, das glaubte sie riskieren zu können. Das ewige Kaninchenfleisch hing ihr, wie vielen anderen, längst zum Halse heraus. Die Hühner ließ man, der Eier wegen, zumeist am Leben.

»Fische werde ich fangen, oder Krebse«, kündigte sie frohgemut ihrer Freundin an. »Wenn mir genügend ins Netz gehen, bekommt ihr natürlich welche ab!«

Rachel wollte eigentlich mitgehen; aber ihre Stiefmutter Esther befand sich nicht wohl, und ihr Tate war auswärts auf Krankenbesuch. So blieb die frisch gebackene Ehefrau daheim zur Betreuung der zweiten Frau ihres Vaters.

Anna marschierte durchs Donautor – und dieses Mal schlug sie nicht den Weg zur Burg ein, sondern bog ab in Richtung Donauufer. Was sie vorhatte, war leicht zu erkennen: trug sie doch Fangnetz, Angelstab mit Schnur und einen Korb bei sich – was die Torwächter erheiterte. Sie riefen ihr wohlwollende Scherze hinterher und wünschten ihr »Petri Heil, Jungfer Anna!«

Die Älteren unter ihnen erinnerten sich noch gut an das knabenhafte, magere kleine Mädchen und den damals noch ebenfalls kleinen Herzog, die beide einst so gern in der Donau oder der Altmühl ihr Anglerglück versucht hatten.

Was für die gut Gelaunte an diesem Tag so friedlich begonnen hatte, sollte sich jedoch bald zu einem Drama auswachsen.

Anna hatte sich ein verstecktes Plätzchen an der Uferböschung ausgesucht, wo sie, geschützt vor der prallen Sonne, im Weidengebüsch saß und die selbst gefertigte Angelrute ins Wasser hielt, in dem eine Menge großer Forellen herumschwamm. Im seichten Wasser unten am Ufersaum hatte sie schon die Reuse aufgestellt, in der Hoffnung, dass sich ein paar Krebse hineinverirrten, die in den Höhlungen des unbefestigten Ufers hausten.

Bald biss eine Forelle an. Anna taxierte den Fang mit einem Blick. Der Fisch war zu klein. Vorsichtig zog sie ihn heraus und zu sich her, löste ihm behutsam den Angelhaken aus dem Maul, achtete darauf, ihn nicht unnötig zu verletzen, und warf die junge Forelle wieder zurück in die Donau, wo diese eilig davonschwamm.

Die nächste würde bald anbeißen. Anna, die Angel ruhig in der Hand, hatte Muße, sich ihren Träumereien hinzugeben. Hin und wieder erlaubte sie sich Überlegungen, die immer damit begannen: »Was wäre gewesen, wenn ...?«

Klug genug, zu wissen, dass derlei Spekulationen zu nichts führten und daher müßig waren, fand sie doch zuweilen Gefallen daran, sich ein vollkommen anderes Leben auszumalen: Hin und wieder stellte sie sich vor, ein Adelsfräulein und mit dem Herzog verheiratet zu sein.

Am Ende pflegte sie jeweils zu seufzen und sich damit abzufinden, dass es so, wie es sich im Augenblick verhielt, ganz gut auszuhalten war. Eigentlich konnte sie mit ihrem Schicksal zufrieden sein. Wer wusste schon, ob sie andernfalls nicht todunglücklich herumsäße?

So weit war sie auch an diesem Tag mit ihren Tagträumereien gekommen, als ein ungewohntes Geräusch sie auffahren ließ. Vorsichtig legte sie die Angelrute neben sich ins Gras, griff sie sich das scharfe Messer, mit dem man die Fische ausnehmen und ihnen die Köpfe abschneiden konnte, und lauschte.

Ohne Zweifel, jemand war hier! Obwohl sie niemanden in dem dichten Weidengebüsch erkennen konnte, hatte sie ein kurzes klirrendes Geräusch vernommen, und auch ein Knarzen, welches wie die Bewegung von etwas Ledernem geklungen hatte.

Ihre höchst empfindliche Nase nahm zudem beißende Schweißausdünstung, vermischt mit dem Geruch nach mit ranzigem Fett eingeriebenem Leder wahr. Offenbar hielt sich ein Mann in entsprechender Bekleidung in unmittelbarer Nähe auf! Normalerweise kein Grund zur Sorge – aber in Zeiten wie diesen durchaus beunruhigend.

»Ist da jemand?«, rief sie laut und wollte bewusst resolut klingen.

»Und ob, Schätzchen!«

Mit lautem Knacken brach eine dunkle Gestalt in abgeschabtem braunem Lederkoller und kniehohen Stiefeln gleich einem wild gewordenen Keiler durchs Gebüsch und stürzte direkt auf sie zu.

Vor Schreck blieb Anna fast das Herz stehen. Der bärtige Kerl hatte nichts Gutes im Sinn, das sah man am stechenden Blick seiner Augen und dem zynischen Lächeln. Weit und breit war vermutlich niemand, der ihr zu Hilfe eilen könnte. Jetzt bloß keine Furcht zeigen, dachte sie – und starb doch förmlich vor Angst.

»Erst mal Gott zum Gruße, Fremder«, würgte sie tapfer hervor und bemühte sich, das Händezittern zu unterdrücken. Gleichzeitig versteckte sie instinktiv die Messerklinge zwischen den Rockfalten. Falls er sie zu überwältigen gedachte, dünkte es sie besser, unbewaffnet und schutzlos zu erscheinen. Wenn er nicht mit Widerstand rechnete, war er vermutlich nicht ganz so brutal.

»Ihr kommt gerade recht, um mir beim Krebsefangen zu helfen! Die Reuse unten am Fluss ist ziemlich schwer, und die Biester zwicken wie verrückt.« Der Bursche stand direkt vor ihr, und beinah wurde ihr übel von dem Gestank, der von ihm ausging.

»Ich mag keine Krebse«, behauptete er abschätzig. »Aber dich, Täubchen, dich mag ich! Schön rund und saftig, aber doch schlank. Hm, ein echter Leckerbissen!«

Ohne dass sie es verhindern konnte, schloss er die Hände um ihren Hals und leckte sich genüsslich über die Lippen. Zum Glück drückten seine stahlharten Finger noch nicht zu, dennoch begann ihre Kehle, von dem unangenehmen Druck zu schmerzen. »Wo kommt Ihr denn her, Fremder?«, krächzte Anna.

Sie wollte ihn unbedingt ablenken, aber das verfing bei dem unsauberen Kerl nicht.

»Das willst du doch gar nicht wirklich wissen, Kleine«, behauptete er, ließ jedoch von ihrem Hals ab und begann stattdessen, an ihrem Brusttuch zu zerren.

»He! Immer mit der Ruhe, Freund! Du bist ja ein ganz Stürmischer, wie mir scheint«, versuchte sie es auf eine andere Tour und schenkte ihm ein vielsagendes Lächeln, obwohl sie sich am liebsten übergeben hätte. »Eile mit Weile‹, sagt man bei uns, dann hat man mehr Spaß dabei …«

Die Burgmägde hatte sie einst sagen hören, es sei besser, sich nicht zu wehren, sondern im Gegenteil auf einen Angreifer mit bösen Absichten einzugehen, um ihn in Sicherheit zu wiegen und ihn im richtigen Augenblick entweder außer Gefecht setzen oder verschwinden zu können.

»Ob *du* Spaß dabei hast, Hure, ist mir wurscht.« Der Mann knurrte abfällig. »Hauptsache, *ich* hab mein Vergnügen!« Dabei riss er Anna das Hemd vom Hals bis zum Nabel in Fetzen. »Na, was haben wir denn da Schönes? Wunderschöne kleine knackige Äpfelchen! Diese Art Obst lass ich mir gefallen.« Er biss sie begierig in die rechte Brust.

Vor Schmerz schrie Anna unwillkürlich laut auf. Der Kerl war ja ein wildes Tier! Und dieses Vieh warf sie jetzt ins Gras, wo es auf ihr zu liegen kam. Er wird mir tatsächlich Gewalt antun, dachte sie in Panik. Dennoch war sie vor Angst wie gelähmt und brachte keinen Ton hervor. Das Fischmesser hielt sie Gott sei Dank noch immer fest umklammert.

Aber als sie gewahr wurde, dass er ihr bereits den Rock hochgeschlagen, ihre Beine gespreizt und geschickt seine lederne Hose geöffnet hatte – ja, dass er kurz davor stand, mit einem ihr monströs erscheinenden Glied in sie einzudringen, löste sich Annas Erstarrung. Und sie trieb ihm, ohne die geringsten Skrupel zu empfinden, die Messerklinge in den Bauch.

Was ihr überraschend schwerfiel, denn der Kerl war äußerst muskulös und trug ein Wams aus Schafsleder sowie ein Hemd aus dickem Leinen.

Das scharfe Messer drang kaum ein, weil Anna im Liegen nicht mit dem nötigen Schwung zustechen konnte. Doch was ihre Kräfte nicht vermochten, gelang seinem eigenen Körpergewicht, mit dem er sie, sein Opfer, nicht nur niederdrückte, sondern sich gleichzeitig selbst die Waffe in den Leib rammte.

Erst gab er keinen Laut von sich, so sehr hatte der Stich ihn überrascht. Er bäumte sich auf, sodass es ihr gelang, sich blitzschnell unter ihm wegzuwälzen. Mit maßloser Verblüffung beäugte der Vergewaltiger den beinernen Messergriff, der unter seinem Nabel hervorstand – gleichsam eine Parodie seines erregten Gemächts.

»Du hast mich verletzt, du verfluchtes Weibsstück«, ächzte er. »Ich blute!«, kam es dann erstaunt über seine Lippen.

»Ja, genau wie das Schwein, das Ihr seid und das abgestochen werden muss«, murmelte Anna. Geschwind rappelte sie sich auf, strich sich den Rock glatt und ließ den Angreifer liegen, der mittlerweile kraftlos im Gras lag und wahre Blutströme vergoss. Zeit, zu fliehen.

Es gelang ihr jedoch nicht, denn der Kerl hielt sie eisern an einem Knöchel fest, sodass sie strauchelte und genau neben ihm hinfiel, das Gesicht ganz dicht vor seinem.

Vor Entsetzen brach sie in Tränen aus. Der Unhold war zwar schwer verletzt, würde vermutlich sogar verbluten, aber ehe er seinen Geist aufgab, würde er sie noch umbringen! Sie spürte bereits wieder, wie sich eine seiner Pranken um ihren Hals schloss und er dieses Mal erbarmungslos zudrückte, augenscheinlich nur eines im Sinn: ihren Tod!

Während sie mit der Atemnot kämpfte, flehte sie im Stillen mit geschlossenen Augen, Gott im Himmel möge ihr beistehen. Sie riss sie jedoch sofort wieder auf, als sie einen dumpfen Schlag vernahm, dem unmittelbar darauf ein seltsames Knirschen folgte. Hatte der Wüstling ihr womöglich die Knochen gebrochen?

Noch halb betäubt und um Atem ringend, erkannte Anna einen weiteren Mann, der ihr vage bekannt vorkam. Am Ende ein Kumpan des mit dem Messer Verletzten? Dann war sie endgültig verloren. Doch ehe sie in einer gnädigen Ohnmacht zu versinken drohte, zog der andere Bursche sie mit kräftiger Hand hoch.

»Könnt Ihr gehen, Jungfer Anna?«, fragte er sie leise. »Sonst trage ich Euch besser! Wir müssen so schnell wie möglich verschwinden, ehe die Kameraden dieses regensburgischen Schurken eintreffen und uns beide ermorden!«

Wie durch einen Schleier nahm sie wahr, dass er ihren Korb aufhob, während er sie am Arm gepackt hielt und sie von der Stelle des Grauens wegzuzerren versuchte. »Unten an der Donau ist noch meine Reuse«, flüsterte sie töricht und bückte sich nach der Angelrute.

Aber der junge Mann wehrte ab. »Die Reuse lassen wir, wo sie ist! Nichts wie weg!« Er zog erneut an ihrem Arm, wobei er sich bemühte, nicht auf ihren klaffenden Hemdausschnitt zu schielen …

Irgendwie funktionierte Annas Gehirn noch nicht so, wie es sollte. Sie wehrte den Retter ab, starrte entsetzt auf den reglos am Boden liegenden Kerl und auf den mit Blut befleckten Steinbrocken daneben. »Was habt Ihr mit ihm gemacht?«, ächzte sie mit versagender Stimme.

»Ihm den Schädel eingeschlagen, was sonst? Deshalb müssen wir ja schauen, dass wir uns davonmachen, ehe man uns bei der Leiche entdeckt!«

Anna starrte den Burschen an, und langsam drang der Sinn seiner Worte zu ihr durch. Widerstandslos ließ sie sich von ihm aus dem Weidengebüsch ziehen, weg vom Fluss und in Richtung Donaubrücke.

»Hoffentlich lassen die Stadtwächter uns ein.« Annas Retter sprach leise mit sich selbst. »Wenn dieses Schwein kein versprengter Einzelgänger war, sondern zur Vorhut eines Trupps unserer Regensburger Feinde gehörte, dann kann es sein, dass die Tore bereits verrammelt sind, weil der Turmwächter sie hat kommen sehen.«

»Dann flüchten wir uns eben in die Burg, Georg!«

»Ach! Ihr erinnert Euch an mich?« Erfreut strahlte er sie an. »Dachte, Ihr hättet mich lange schon vergessen.«

»Du bist einer von den Donaufischern, Georg. Ich erinnere mich sehr gut an dich und deinen Vater! Ihr verdingt euch beide auch als Treidler flussaufwärts nach Kloster Weltenburg, nicht wahr?«

»Ja, ganz recht. Bloß lebt mein Vater seit vorigem Winter nicht mehr. Ich betreibe die Fischerei und das Treideln jetzt allein.«

»Das tut mir sehr leid, Georg. Und bitte sag Du zu mir. Ich bin kein edles Fräulein.«

»Ist gut, Anna! Schau, die Stadtwache ist gerade dabei, das Donautor zu verrammeln. Lass uns also gleich den Weg zur Burg einschlagen! Wir müssen den Vorfall auch unbedingt den Burgwächtern melden.«

»Wird man uns nicht wegen Mordes zur Rechenschaft ziehen?« Anna hatte plötzlich Skrupel bekommen und klang auf einmal ängstlich.

»Na hör mal, so was nennt man ›Nothilfe‹! Der Hund wollte dir Gewalt antun und hätte dich fast erwürgt. Da wird man doch noch eingreifen dürfen! Du hast damit gar nichts zu tun.«

»Ja, schon. Aber ich hatte ihm *vorher* schon ein Messer in den Bauch getrieben. Das muss doch jetzt noch drinstecken!«

»Umso besser, dann verreckt der Saukerl todsicher. Kein Schad um ihn!«

Anna, die völlig aufgelöst und mit zerrissenen Kleidern in der Burg auftauchte, erregte beim Wachpersonal, das sie schon einige Zeit nicht mehr gesehen hatte, natürlich Aufsehen. Ihre Schilderung des Überfalls, der Zustand ihrer Kleidung und dazu Georgs Anmerkungen lösten Flüche, lauten Protest und das Versprechen aus, die Untat blutig zu rächen. Anna und Georg unterließen es, darauf hinzuweisen, dass dies bereits hinlänglich geschehen war …

Dass die feindlichen Regensburger im Anmarsch waren, wusste man bereits; vom Bergfried aus hatte man sie schon erspäht.

»Ich werde sie mit meinen Mannen gebührend empfangen«, versprach der Burghauptmann, Ritter Kajetan, der in Abwesenheit Herzog Ludwigs die alleinige Befehlsgewalt innehatte. »Es wird Zeit, dass man den bischöflichen Rabauken mal zeigt, wer hier das Sagen hat! Der Burg und unseren Bewohnern können sie ja gottlob nichts anhaben, aber es muss auf alle Fälle vermieden werden, dass sie in die Stadt eindringen und die Bürger metzeln.«

Eine brisante Entdeckung

Auf der Burg konnte sie wieder ihre alte Kammer beziehen, die bekanntlich neben Adalberts ehemaligem Gemach lag und mit diesem durch eine Zwischentür verbunden war. Bis der Feind vertrieben wäre, fand sich auch für Georg ein Plätzchen beim männlichen Gesinde.

Anna hätte später nicht mehr zu sagen gewusst, was sie dazu veranlasst hatte, diese Zwischentür zu öffnen, ihres Oheims Zimmer zu betreten und sich an eine nochmalige gründliche Durchsuchung desselben zu machen. Irgendetwas trieb sie dazu an, obwohl sie nicht wusste, *wonach* sie eigentlich Ausschau hielt.

»Jetzt hab ich buchstäblich jeden Winkel und jede Bodenritze sorgfältig in Augenschein genommen«, murmelte sie nach etwa einer Stunde, »und außer Staubflocken, einem leeren Tintenfass und ein paar nicht angespitzten Gänsefedern nichts gefunden.«

Das war nicht weiter schlimm – hatte sie doch gar nicht wirklich damit gerechnet, fündig zu werden. Dennoch fühlte sie Enttäuschung aufsteigen. Gerade wollte sie den Raum verlassen, als etwas ihre Aufmerksamkeit erregte. Was war das denn? Etwa eine Maus?

Anna stand vor dem hohen Schrank mit den vielen Regalbrettern und dem hohen geschnitzten Aufbau. Mindestens zehnmal hatte sie das sperrige Möbel schon durchsucht – vergebens natürlich.

»Wovon sollte hier eine Maus denn leben können?« Sie bückte sich, um seitlich hinter den Schrank zu spähen, der dicht an der mit Holz getäfelten Außenmauer stand. Aber es war zu dunkel, um in dem engen Spalt zwischen der Schrankrückwand und der Wand des Gemachs etwas zu erkennen.

Jetzt erwachte ihr Jagdinstinkt! Sie würde das Loch schon finden, in dem das Mäuslein sich verkrochen hatte. Diese Tiere waren schon auf den Getreidefeldern eine Plage, aber in menschlichen Behausungen hatten sie überhaupt nichts verloren. Notfalls würde sie eine Katze ins Gemach sperren … Sie zog und zerrte an dem schweren Möbelstück, und ganz allmählich gelang es ihr auch, dieses ein Stück weit von der Mauer weg in den Raum hineinzuziehen.

»Liebe Güte! Was ist das denn?« Sie kam aus dem Staunen nicht mehr heraus. In dem Spalt hatte sich anscheinend etwas verklemmt, das sich nun durch das Verrücken gelöst hatte und zu Boden geplumpst war. Allem Anschein nach ein aufgerolltes Pergament.

Und was für eines! Anna schwindelte es beinah, als sie es entrollt in Händen hielt. Eine goldene Bulle, das kaiserliche Siegel, hing daran, an einer roten Seidenschnur!

»Das muss die Urkunde sein, von dem dieser merkwürdige Geistliche gefaselt hat – und nach der mich auch der Abt befragte!« In der Aufregung hatte Anna laut gesprochen.

Erschrocken hielt sie inne und lauschte. Bestimmt empfahl es sich nicht, Mitwisser zu haben. Sie verspürte keine Lust, noch einmal Ähnliches – oder noch Schlimmeres – durchzustehen, weil man glaubte, sie wolle mit einem Papier wie diesem die Berchtesgadener Klosterbrüder erpressen.

Wieso dachte man überhaupt, damit eine Erpressung begehen zu können?, grübelte sie und schloss dann messerscharf, dass mit dieser Urkunde etwas nicht stimmen musste und ihre Besitzer sie deshalb keinesfalls aus der Hand geben wollten.

Sorgfältig las Anna das Dokument durch, das sie ein einziges Mal zu Lebzeiten ihres Oheims für einen Augenblick zu Gesicht bekommen hatte. Sie unterzog es dieses Mal Wort für Wort einer genauen Prüfung, besah sich die Unterschrift, die sie jedoch tatsächlich als die Kaiser Friedrich Barbarossas zu erkennen glaubte, hatte sie doch schon eine ganze Reihe Urkunden dieser Sorte in ihrem Leben gesehen. Aber eine Expertin für etwaige Fälschungen war sie deshalb noch lange nicht.

Auch das goldene Siegel schien ihr in Ordnung zu sein. Kein Zweifel, die Urkunde war echt! Und doch war Anna geneigt zu glauben, dass es sich um irgendeinen Schwindel handeln musste. Weshalb sonst hätte jemand ihrem

Oheim, einem der engsten Mitarbeiter des Wittelsbacher Herzogs, dieses Pergament in die Hände gespielt? Das war sicher nur geschehen, um die Aufmerksamkeit auf einen groß angelegten Betrug zu lenken.

Sie beschloss, das Dokument vorerst an sich zu nehmen, es gut zu verwahren und Herzog Ludwig zu übergeben, sobald er nach Kelheim zurückkehrte. Sollte er es überprüfen lassen und dann entscheiden, was damit zu geschehen hatte!

Die nächste Zeit war Anna sozusagen in der Kelheimer Burg »eingesperrt«. Es schien nicht ratsam, die schützenden Mauern zu verlassen. Der Weg in die Stadt war zwar nur kurz, aber überall – auch auf der Donaubrücke – trieben sich feindliche Regensburger Krieger herum, die unbedingt Kelheim zu stürmen versuchten und die passende Stelle in der Stadtmauer suchten, um eine Bresche ins Mauerwerk zu schlagen.

Die Glocken der Kirchen in der Stadt hörten gar nicht mehr auf, die Menschen vor dem Feind zu warnen: Tag und Nacht wurde Alarm geläutet. Der Türmer der Burg kam kaum noch zum Verschnaufen; auch er blies beinah stündlich, sobald ein neuer Trupp von Nordosten heransprengte.

»Dieses Mal ist es bitterer Ernst«, meinte Ritter Kajetan, als die Kämpfer des Regensburger Bischofs Anstalten machten, selbst die Burg anzugreifen. Dem Mann war anzumerken, dass er sich in diesem Augenblick wünschte, der Herzog wäre hier …

Anna kannte den Burghauptmann allerdings als umsichtigen Mann und war sicher, er würde das Richtige tun, Burg und Stadt erfolgreich verteidigen und die Feinde zurück nach Regensburg treiben.

Es blieb nicht aus, dass sie und ihr Retter Georg sich jeden Tag irgendwo im Burghof begegneten. Tagtäglich liefen sie sich mehrmals über den Weg. Der junge Fischer, ein hoch gewachsener, muskulöser, blonder Mann mit auffallend strahlend blauen Augen, gefiel Anna sehr – wie sie sich ganz offen eingestand.

Vor allem seine kühne Nase und der breite Mund hatten es ihr angetan. Wenn Georg, wie so oft, herzlich lachte, bewunderte sie stets seine unheimlich schönen, weißen Zahnreihen. Dass in diesen schlimmen Zeiten überhaupt noch jemand Sinn für Humor aufbrachte, empfand sie als ausgesprochen wohltuend.

Obwohl die beiden jeweils immer nur kurz ein paar Worte miteinander wechseln konnten, erfuhr Anna im Laufe einiger Wochen doch das Wichtigste aus Georgs bisherigem Leben. Dass sein Vater nicht mehr am Leben war, wusste sie ja bereits, aber dass der Donaufischer sich als junger Witwer entpuppte, war ihr vollkommen neu.

Sein Weib, die Tochter eines anderen Fischers, war vor vier Jahren im Kindbett gestorben, zusammen mit ihrem kleinen Sohn. Seitdem hatte Georg es ängstlich vermieden, sich einer anderen Frau auch nur zu nähern – aus Furcht, die Tragödie könne sich wiederholen.

»Manche Mannsbilder haben halt kein Glück im Leben, und zu denen scheine ich zu gehören. Erst sind es Frau und Kind, dann sterben mir beide Eltern« – auch seine Mutter lag seit Kurzem auf dem Gottesacker – »und dann verliere ich auch noch meinen jüngeren Bruder an der Lungensucht!«

Wie er das sagte, klang es nicht etwa weinerlich, sondern eher nach der unbestreitbaren Feststellung, dass er eben zu den Unglücksraben zähle. Sofort erwachte Annas Widerspruchsgeist.

»Das kannst du doch nicht ernsthaft behaupten, Georg! Schau, dass die Eltern vor uns sterben, ist vom Herrgott so gewollt. Umgekehrt wär's eine Tragödie! Das mit deiner Frau und deinem Kind ist allerdings ein schweres Unglück, widerfährt jedoch vielen Männern. Das Kinderkriegen ist nun einmal gefährlich für uns Weiber. Die Sache mit deinem Bruder tut mir ganz besonders leid. Er war noch so jung, hätt sein halbes Leben noch vor sich gehabt. Aber dadurch darfst du dich nicht verleiten lassen, als Einsiedler zu leben! Such dir wieder eine Frau und gründe selbst eine Familie. Dann kommst du auf andere Gedanken. Es muss doch nicht auch beim zweiten Mal schiefgehen.«

»Du selbst bist auch nicht mehr die Allerjüngste, Anna! Wenn es erlaubt ist, das zu sagen.« Er zwinkerte. »Warum bist denn *du,* eine so schöne, kluge Frau mit solch angenehmem Wesen, nicht längst unter der Haube?«, erkundigte sich Georg – offensichtlich bestrebt, das Thema zu wechseln, aber auch, ihr ein verstecktes Kompliment zu machen.

»Du hast natürlich recht. Ich werde heuer fünfunddreißig Jahre alt – eine uralte Jungfer! Ich hab es wohl verpasst, einen Mann zu finden. All die Jahre meiner Jugend war ich für meinen Oheim da, habe ihm bei seiner Arbeit geholfen und ihn später, als er kränklich wurde, versorgt. Und so sind meine schönsten Jahre vergangen.«

»Das macht dich doch nur noch begehrenswerter, Anna! Ein gutes, aufopferungsvolles und verständnisvolles Herz, ein scharfer Verstand, Loyalität gegenüber dem Landesherrn, gepaart mit Schönheit und angenehmem Charakter: Du bist für jeden Mann, der nicht dumm oder blind ist, die ideale Ehegefährtin!«

Richtig ereifern konnte sich ihr Gegenüber beim Aufzählen ihrer Tugenden … Das brachte die junge Frau zum Lachen. »Was du da so sagst, scheint die Männer bisher aber eher abgeschreckt zu haben.« Dass sie selbst jeden Freier abgewiesen hatte, verschwieg Anna.

Ehe Georg sich weiter versteigen konnte mit seinen Lobsprüchen, mussten sie sich trennen, denn der Burghauptmann hatte einen Auftrag für ihn: Er konnte jeden Mann zur Verteidigung gebrauchen, denn die Anzahl der Mannen, die ihm zum Kampfe zur Verfügung standen, war leicht überschaubar, um nicht zu sagen, sehr gering; die meisten hatten natürlich den Herzog ins Feld begleitet. Da kam der Fischer ihm gerade recht. Er war jung, geschickt, gesund und kräftig, wusste, wie man mit Dolch und Spieß umging, und mit der Stärke, die in seinen Fäusten steckte, vermochte er einen direkten Angreifer problemlos bewegungsunfähig zu schlagen.

Anna hatte indes ihre Dienste dem Vertreter des herzoglichen Medicus angeboten; dieser, ein noch junger, in Italien in *ars medicinae* ausgebildeter gelehrter Magister, bemühte sich redlich, die Stelle des eigentlichen Arztes der erlauchten Familie auszufüllen, denn dieser war ebenfalls mit Ludwig in den Krieg gezogen.

Was er sich anfangs bei Annas Angebot gedacht hatte, war deutlich an seinem Gesicht abzulesen gewesen: Verblüffung folgten zunächst Ablehnung, allmählich zufriedene Zustimmung, zuletzt sogar Dankbarkeit. Ja, ihre Hilfe könne er durchaus gebrauchen, befand der junge Medicus nach einer Weile des Nachdenkens. Ob sie denn irgendeine Art von Erfahrung besäße in der Pflege und Versorgung von Kranken und Verletzten?

Da konnte die Heilkundige ihn beruhigen; daran gebrach es ihr wahrlich nicht. Als sie ihm mit einem gewissen Stolz erzählte, sogar während der Heerfahrt nach Sizilien auf dem Schlachtfeld verwundeten Soldaten beigestanden zu haben, war Magister Eckardt von ihrer Eignung restlos überzeugt. Auf einmal sah er Anna mit ganz anderen Augen an.

Auf der Burg zählte man bereits ein Dutzend Verwundete – sogar ein Toter war zu beklagen. Als Erstes half Anna dem Arzt beim Wechseln der Verbände. Das Gefühl, sich in solch schwerer Stunde nützlich machen zu können und damit dem Herzog ein wenig von seinen ihr im Laufe der Jahre erwiesenen Wohltaten zu vergelten, stimmte sie zufrieden; selbst wenn der Anlass ein wirklich düsterer war.

Des Abends jedoch, sobald sie wieder in ihrer kleinen Kemenate ruhelos auf und ab ging, ließ ihr die Sache mit dem bewussten »Dokument« der Berchtesgadener Mönche keine Ruhe. Sie war sicher, dass es bei dieser Urkunde nicht mit rechten Dingen zuging – aber beweisen konnte sie es nicht.

»Und wenn ich sie mir noch hundertmal vornehme – das Rätsel wird sich mir nicht enthüllen«, sagte sie laut. Vielleicht war es besser, die Sache anders anzugehen.

Aus einer ihrer Büchertruhen kramte sie sämtliche Papiere hervor, die ihr von Pater Adalbert als Erbteil zugedacht waren. Darunter fanden sich verschiedene Überschreibungen von kleineren Grundstücken, ja, sogar etliche Schuldscheine, die ihre verstorbene Mutter nicht mehr eingelöst hatte – und die auch ihr Oheim nicht angerührt, sondern für sein Mündel getreulich aufbewahrt hatte.

Als Nächstes fielen ihr Blätter in die Hände, auf denen ihr Oheim »Gebete für den täglichen Gebrauch im Jahresablauf eines christlichen Mannes« formuliert hatte. Anna schmunzelte; sie fand, dass diese Gebete auch durchaus für Frauen Sinn machten.

Das Nächste waren Entwürfe für Kurzbriefe Herzog Ottos oder Anweisungen und Mitteilungen seines Sohnes Ludwig, die der Pater sorgfältig aufgehoben hatte; auch einige Briefe seines Abtes aus Weltenburg. Da es sich insgesamt nur um Abschriften handelte, die Adalbert zur

Sicherheit angefertigt hatte, befanden sich die Papiere in seinem Besitz und nicht im herzoglichen Archiv, welches nur die Originale aufbewahrte.

Dann stieß Anna auf das verschlossene Schreiben, das sie laut Pater Adalbert nur öffnen durfte, falls es »um Leben oder Tod« ginge. Rasch legte sie es auf den Stapel zu den anderen Dokumenten, um nicht in Versuchung zu geraten ...

Endlich hielt sie das Pergament in der Hand, das sie schon etliche Male aufs Genaueste untersucht hatte – ohne jedes Ergebnis. Als sie erneut die Schnüre entknotete, es entrollte und gegen das Kerzenlicht hielt, machte sie allerdings eine Entdeckung. »Das gibt's doch gar nicht«, murmelte sie, blass vor Aufregung. »Wie konnte mir das bisher nur entgehen?«

Im Schein des fünfflammigen Leuchters war deutlich zu erkennen, dass die gesamte Oberfläche des Pergaments nicht durchgehend von gleicher Stärke war. Eine Hälfte der Urkunde schien doppelt so dick zu sein wie die andere.

Bisher hatte sie das Dokument niemals umgedreht. Warum auch? Solche Urkunden pflegten auf der Rückseite nicht beschriftet zu sein. Was zu sagen war, stand auf der Vorderseite, durch Unterschriften beglaubigt und zusätzlich mit mindestens einem Wachssiegel beurkundet.

Vorsichtig, um das schon etwas brüchige Material nicht zu beschädigen, wendete sie die Schafshaut um. Tatsächlich! Mit ein wenig Mehlkleister war auf der Rückseite ein weiteres kleines Stück hauchdünnen Pergaments angeheftet.

Anna las es durch, erblasste noch mehr – und musste sich eines plötzlichen Schwächeanfalls wegen dringend setzen. Was sie hier in Händen hielt, war geradezu ungeheuerlich – sofern es denn der Wahrheit entsprechen sollte!

Beim Verfasser des brisanten Schreibens handelte es sich um einen Mönch mit Namen Balduin, beschäftigt im *scriptorium* des Stifts von Berchtesgaden.

Im Jahre 1194 hatte der verstorbene Kaiser Heinrich VI. dem Stift die Forst-, Salz- und Bergrechte, die den Mönchen bereits von Kaiser Friedrich Barbarossa schon einmal per Urkunde verliehen worden waren, erneut bestätigt. Das war an sich nicht das Interessante. Viele verfuhren so, dass sie sich alte Rechte vom Nachfolger eines Herrschers erneut festsetzen und verleihen ließen. Das geschah, um etwaige Zweifel auszuräumen und mit dem eigenen Besitzstand stets »auf der Höhe der Zeit« zu sein.

Und was behauptete nun der Klosterbruder Balduin? Nichts weniger, als dass bereits die Urkunde Barbarossas eine dreiste *Fälschung* gewesen sei und somit Kaiser Heinrich unbeabsichtigt und unwissentlich einer Fortsetzung dieses Betrugs Vorschub geleistet habe!

Anna, die das Schreiben beim ersten Mal nur überflogen hatte, las es sich beim zweiten Mal laut vor: »*Zum Beweis lege ich Euch das angebliche ›Original‹, das aus der Kanzlei Kaiser Rotbarts stammen soll, bei. Ursprünglich hat die aus dem Geschlecht der Grafen von Sulzbach stammende Gräfin Irmengart zusammen mit ihrem Sohn Berengar den Mönchen die Forstrechte verliehen – was Kaiser Friedrich Barbarossa ihnen später auch bestätigte. Das war den Brüdern aber zu gering; eigenmächtig änderten sie das Dokument und schrieben sich zusätzlich das Recht des Salzabbaus hinein. Um ihren Betrug offiziell und authentisch zu machen – es ging immerhin um die freie Vogtwahl und die Reichsimmunität des Klosters –, hat man von einer anderen alten, nicht mehr relevanten, aber echten kaiserlichen Urkunde die Goldbulle mit der roten Seidenschnur genommen und an der Fälschung befestigt.*«

Sie war regelrecht entsetzt! Der Mönch Balduin hatte ihren Oheim Adalbert noch gebeten, die Urkunde selbst zu überprüfen und sie – sollte er sich nicht ganz sicher sein – auch von weiteren Experten prüfen lassen. Er, Balduin, könne es mit seinem Gewissen nicht vereinbaren, als Schreibermönch des Berchtesgadener Stifts zu einem offensichtlichen Betrug zu schweigen.

Ein gutes Jahr vor seinem Tod musste Adalbert diese brisante Post aus Bayerns Süden erreicht haben. Dass der Oheim nie mit ihr – und allem Anschein nach auch nicht mit Herzog Ludwig – darüber gesprochen hatte, erklärte sich Anna damit, dass er selbst zu schockiert gewesen sein musste, um etwas zu unternehmen. Sie wusste, dass er es im Allgemeinen nicht geschätzt hatte, »schlafende Hunde zu wecken«. Später hatte es ihm vermutlich seine Krankheit unmöglich gemacht, sich mit der heiklen Materie intensiv zu befassen.

Nun verstand sie auch die Bestrebungen von verschiedenen Seiten, sich dieses Dokuments erneut zu bemächtigen. Sie entschloss sich, die Angelegenheit in die Hände des Herzogs zu übergeben. Sollte er doch die brisante Angelegenheit prüfen lassen und danach über eine eventuelle Strafe entscheiden.

Vorsichtig rollte sie die zweifelhafte Urkunde samt angeheftetem Schreiben wieder zusammen und verstaute sie zuunterst in der Bücherkiste.

Anna und Georg

Um auf angenehmere Gedanken zu kommen, rief Anna, die noch sehr aufgewühlt war, sich lieber den schmucken Fischer Georg ins Gedächtnis, der ihr ausnehmend gut gefiel. Obwohl nicht geschult und mangels Gelegenheit auch keineswegs irgendwie gebildet, schien er ihr wachen Geistes und überdies mit rascher Auffassungsgabe gesegnet zu sein.

Dazu sah er blendend aus, passte auch, wie ihr dünkte, im Alter zu ihr und war noch dazu ein redlicher und fleißiger Mann, der großen Mut bewies, als er sie vor diesem Untier beschützte, das ihr Gewalt hatte antun wollen. Ob man die Leiche dieses Kerls am Donauufer bereits gefunden hatte? Vermutlich waren längst ein Krähenschwarm oder Füchse über ihn hergefallen …

Kurz vor dem Einschlafen, nachdem sie ihr übliches Abendgebet gesprochen hatte, flüsterte sie noch: »Ich glaube, lieber Herrgott, ich habe mich in Georg verliebt! Bitte, beschütze auch ihn in dieser Nacht und lass ihn morgen wieder gesund erwachen!«

Irgendwie kamen ihr die eigenen Gefühle seltsam unwirklich vor. Über diese Art von emotionaler Anwandlung war man mit über dreißig Jahren doch längst hinweg – oder doch nicht? Sie hatte stets geglaubt, nachdem ihre tiefe Zuneigung zu Ludwig für immer unerfüllt bleiben musste, wäre für sie das »Kapitel Mann« für alle Zeiten abgeschlossen.

»Anscheinend habe ich mich geirrt«, murmelte sie noch, ehe sie endgültig in den Schlaf sank.

Der Bischof von Passau, der von Freising sowie der oberste Seelenhirte von Regensburg waren nach wie vor bedingungslose Gegner des Herzogs. Nicht zu vergessen der Erzbischof von Salzburg! Auch er war immer noch ein Unterstützer der Welfen und erklärter Feind der Wittelsbacher.

Langsam, Stück für Stück, musste Ludwig die geistlichen Herren auf dem Schlachtfeld niederringen, um sie anschließend mit allerlei Versprechungen auf seine Seite zu ziehen. Während er gezwungen war, vorsichtig zu taktieren, zu lavieren, ja, auch zu bestechen – und wenn es gar nicht anders ging, auch blutigen Krieg zu führen –, gelang es den Kelheimern und der schneidigen Burgbesatzung, die Regensburger Soldaten endlich zurückzuschlagen und zu vertreiben.

»Gottlob ist es uns gelungen, zu verhindern, dass die Männer des Regensburger Bischofs, die bereits ihren Fuß nach Kelheim hineinsetzten, all unsere Häuser brandschatzen, die Kinder ermorden und unsere Frauen schänden!«, jubelten die Bürger, als die Gegner vertrieben waren. Neuerdings wagte man auch wieder, die Stadttore zu öffnen, um Handel und Verkehr mit dem Umland zu ermöglichen.

»War auch höchste Zeit, eh noch eine gewaltige Hungersnot ausgebrochen wäre!« Anna stand unten im Burghof, um sich von Georg zu verabschieden. Sie würden nur kurz getrennt sein, denn auch die junge Frau plante, so bald wie möglich ihr Häuschen in der Stadt aufzusuchen, um dort nach dem Rechten zu sehen. »Hoffentlich haben sich keine Diebe eingeschlichen, während ich weg und das Haus verlassen war.« Aber sie glaubte nicht wirklich daran. In Kelheim gab es keine derartigen Schurken … Jeder kannte jeden und man gab gut acht aufeinander.

»Ich hoffe, dass du mich nicht vergisst, mein Schatz!«, flüsterte Georg ihr ins Ohr. »Ich komme zu dir, so schnell ich kann!«

Seine Arbeitskraft als Treidler auf der Donau war mehr denn je gefragt. Kriegszeiten waren hart, und die meisten Pferde hatte man den Bauern und Händlern für Kriegszwecke entwendet. So mussten die Lastkähne donauaufwärts wieder von menschlicher Muskelkraft bewegt werden.

Anna und Georg waren sich nähergekommen, wie alle in der Burg mittlerweile mitbekommen hatten. Sie hatten einander ihre Liebe gestanden und waren sich so gut wie einig darüber, den weiteren Lebensweg gemeinsam bestreiten zu wollen. Noch aber machten sie die Heiratspläne nicht öffentlich.

Ihren Liebsten hatte Anna um sein Einverständnis gebeten, als Erstes dem Herzog nach dessen hoffentlich baldiger Heimkehr die Eheschließungspläne zu unterbreiten. Irgendwie war es doch so, dass er als Herrscher seine Zustimmung geben musste – obwohl beide keinen Augenblick daran zweifelten, dass Ludwig sein Plazet erteilen werde.

Mit »Handel und Wandel« war es so eine Sache: Einladend geöffnete Stadttore allein bewirkten wenig in einem Land, das durch einander bekriegende Heere grausam geplündert und verheert worden war: Ganze Gehöfte waren verbrannt, Bauernkaten niedergerissen, überall lagen umgeschlagene Bäume. Man sah von Pferdehufen zerstampfte Äcker, niedergetrampelte Felder und mutwillig abgeschlachtetes Vieh, dessen Kadaver die Kriegsknechte in der Sonne hatten verrotten lassen; Letzteres den Aasvögeln, Füchsen und sogar Wölfen aus dem Böhmerwald zur Freude.

Das Wenige, das die Bürger Kelheims in ihren Hausgärtchen angebaut hatten, und das Kleinvieh waren nahezu aufgezehrt. Mit Nachschub sah es nicht gut aus, denn die Lage war nicht nur im Kelsgau kritisch: Fast überall in Bayern herrschte Mangel am Allernötigsten.

Hungersnöte machten sich in der Stadt breit, die Stimmung unter den Bürgern war äußerst gedrückt. Bald wuchs der Unmut sich zu geradezu lächerlichen Schuldzuweisungen aus: Man suchte ganz einfach nach einem Sündenbock!

Kaufleute und Händler, deren Vorratsspeicher und Magazine gähnend leer blieben, da wegen immer noch vereinzelt aufflackernder Gefechte und marodierender Kriegerhaufen so gut wie keine Handelszüge nach Kelheim gelangten, waren hoch zufrieden, als das ärmere Volk begann, nicht ihnen die Schuld dafür zuzuschreiben, sondern nach anderen suchte, die sie für den Mangel und den Hunger ihrer Kinder verantwortlich machen konnten.

Wäre der Herzog vor Ort gewesen, hätte er als realistisch und logisch denkender Mensch mit Sicherheit dem Spuk gleich zu Anfang ein Ende bereitet. So jedoch verstärkte sich Tag für Tag der Druck auf die ohnehin nicht besonders beliebte Minderheit: die Juden!

Ihnen begegnete man seit Langem ohnehin mit Misstrauen. Warum waren sie keine anständigen Christen, sondern befolgten eigensinnig ihre von der katholischen Kirche als »heidnisch« oder gar »teuflisch« gebrandmarkten Rituale? Solchen Leuten war doch alles zuzutrauen! Man begann, sie auf der Straße zu beleidigen und vereinzelt sogar tätlich anzugreifen. Sobald Besonnene zu Vernunft und Mäßigung mahnten, wurden auch sie als »Judenfreunde« und »Verräter« beschimpft.

Anna wurde gleich am ersten Tag, den sie wieder in der Stadt verbrachte, Zeugin solch unerfreulicher Auseinandersetzungen. Auf dem trotz leerer Stände lebhaft besuchten Marktplatz waren verschiedene Gruppen aneinandergeraten. Die einen plärrten hysterisch: »Nieder mit dem Judenpack!«; die Besonnenen hielten dagegen, dass die Hebräer doch am allerwenigsten dafürkonnten, wenn im Land Elend und Not herrschten. Es wären immerhin »gute Christen« gewesen, die gegeneinander Krieg geführt und die Verheerungen im Land angerichtet hätten.

Die meisten wollten allerdings nicht beschwichtigt werden, sondern fanden es besser, ihre Wut an einigen Mitbürgern auszulassen, die erstens in der Minderzahl waren und sich zweitens – trotz jahrhundertelangen

233

Aufenthalts in Bayern – auch rein äußerlich von den Einheimischen unterschieden. So waren Haut und Haare der Hebräer im Allgemeinen dunkler, die Nasen kräftiger gebogen, das Haar vielfach gekräuselt – und zu allem Überfluss waren sie gemeinhin gebildeter, vermögender und sogar gesünder! Wie schafften die es bloß, dass ihnen weniger Kleinkinder wegstarben als ihren deutschen Nachbarn? Selbst immer mal wieder aufflammende Seuchen rafften für gewöhnlich weniger Juden dahin als Einheimische! Konnte das überhaupt mit rechten Dingen zugehen?

Der Mob meinte, darauf die Antwort zu kennen: Es war klar, dass es sich bei diesem »Heidenvolk« um Satansanbeter handeln musste, die Gott weiß was für unsägliche Praktiken ausübten.

Anna glaubte erst, sich verhört zu haben. Wie eine Furie ging sie auf eine der lautesten Schreierinnen los – eine ältere Wehmutter, die sich mit mäßigem Erfolg auch als Heilerin versuchte. Der Frau starben immerhin mehr Säuglinge, Frauen im Wochenbett und andere Kranke weg als den anderen beiden städtischen Hebammen. Für Anna ein klarer Fall.

»Wenn du dich sauberer halten und vom reinen Wasser mehr Gebrauch machen würdest, indem du dir die Hände und deine Kleider öfter waschen würdest, hätten auch die, die du behandelst, bessere Aussichten, Niederkünfte und Krankheiten zu überleben. Die Juden, die ihr so grundlos schmäht, sind einfach reinlicher als manche von euch Schmutzfinken!«, schrie sie dann der Meute entgegen, die sich anschickte, die bewusste Hebamme zu verteidigen.

Die Krakeeler rückten ihr daraufhin, laut protestierend, von allen Seiten ziemlich zu Leibe. Aber da kannten sie die »Magd des Herzogs« schlecht!

»Zurück mit euch! Bleibt fort von mir, ihr ungewaschenen Stinker, sonst kann jeder Einzelne von euch damit rechnen, dass ich ihm bestimmt nicht helfen werde, sollte es ihm mal wieder schlecht gehen«, drohte sie ihnen energisch.

Das zeigte Wirkung. Vor Ausbruch der kriegerischen Handlungen hatte sie es sich nämlich angewöhnt, arme Leute, die erkrankt waren, umsonst zu behandeln – mit Arzneien Jacob Graubarts oder aber Heilmitteln, die sie selbst aus ihren gesammelten Kräutern herstellte. Der jüdische Medicus schenkte Anna von Zeit zu Zeit aus Dankbarkeit Medikamente aus seinem eigenen Fundus, die er für gewöhnlich aus dem Morgenland importierte. Diese Neuigkeit schleuderte Anna dem Pöbel nun auch entgegen, in der Hoffnung, die Leute damit zur Einsicht zu bringen.

Ihre Worte schien niemand zu bezweifeln. Es war bekannt, dass sie guten – verdächtig guten! – Kontakt zu dem Judenpack hielt. Eisiges Schweigen schlug der jungen Frau entgegen. Selbst die, die anfangs noch Partei für die Hebräer ergriffen hatten, äußerten sich nicht dazu.

In der schweigenden Menge öffnete sich eine breite Gasse, um Anna einen Durchgang zu bieten. Hoch erhobenen Hauptes zwar, aber mit einem unguten Gefühl ging sie ihres Weges zu einem Bekannten, einem alten Mann, der seit urdenklichen Zeiten bettlägerig und sterbenskrank war – und dennoch nicht den Weg ins Himmelreich fand. Er selbst führte dies auf Annas wirksame Kräuterkuren zurück.

Als sie sein windschiefes Häuschen verließ, dunkelte es bereits, und sie war müde. Den beabsichtigten Besuch bei Jacob und seiner Ehefrau Esther würde sie auf den kommenden Tag verschieben. Rachel und ihr Gemahl hatten nach Jacobs Wunsch kurz nach der Hochzeit Verwandte im Rheinland aufgesucht, wo sie in Ruhe die Kriegszeiten in Bayern abwarten sollten.

Der nächste Tag ließ sich seltsam an. Obwohl Anna in der gesamten Stadt durch einfache Leute hatte verkünden lassen, sie stünde ab sofort wieder als »Kräuterfrau« zur Verfügung – den Begriff »Heilerin« vermied sie bewusst –, ließ sich keiner der üblichen Bedürftigen blicken. War plötzlich eine Welle der Gesundheit über die Stadt geschwappt?

Schön wär's, dachte sie, glaubte jedoch aufgrund der allgemein schlechten Versorgungslage und der beträchtlichen Hungersnot, die immer zuerst die ganz Armen traf, nicht daran. Was mochte bloß dahinterstecken? Es konnte eigentlich nur mit ihrem gestrigen Eintreten für die Hebräer zusammenhängen.

»Sei's drum«, entfuhr es ihr laut. »Sollen sie doch wegbleiben, die Dummköpfe! Sobald es ihnen noch schlechter geht, werden sie schon wieder angekrochen kommen.« Anstatt noch länger zu warten, beschloss sie, Jacob Graubart aufzusuchen.

Obwohl es längst heller Vormittag war, erschienen Anna die Gassen wie leer gefegt. Merkwürdig! Es konnten doch nicht alle jetzt noch in den Betten liegen und schlafen.

Die wenigen, die auf den Straßen zu sehen waren, zogen die Köpfe ein, sobald sie der Heilkundigen begegneten, drückten sich an die Häuser, als wollten sie mit den Mauern verschmelzen, und murmelten nur ganz leise einen Gruß, sobald sie mit ihr auf gleicher Höhe waren. Ob sie sich womöglich wegen ihrer gestrigen Aufführung schämten? Dazu hätten sie auch wahrlich Grund genug!

Den Gedanken schob Anna jedoch bald wieder beiseite und freute sich einfach nur auf das lange vermisste Gespräch mit dem klugen jüdischen Arzt, von dem sie bisher eine Menge gelernt hatte.

Nicht nur sein heilkundliches Wissen breitete Jacob Graubart vor ihr aus – auch sonst war er umfassend gebildet und erzählte gern und spannend von anderen Ländern, den dort lebenden Menschen und Tieren und von der exotischen Pflanzenwelt.

Heute will ich ihn einmal über Sonne, Mond und die anderen Gestirne ausfragen, nahm Anna sich vor. Sie war sicher, der gescheite Medicus wäre auch darüber bestens im Bilde.

Pogrom in Kelheim

Als Anna in dem Gewirr von Gassen um die letzte Ecke vor dem schmalen Weg zu Jacobs Haus bog und sah, dass die Haustür sperrangelweit aufstand, ahnte sie bereits Schlimmes.

Beim Näherkommen entdeckte sie, dass das Haustor nicht einfach nur offen, sondern gewaltsam aus den Angeln gerissen worden war und zertrümmert auf der Gasse lag.

»Oh Gott! Was ist denn hier Furchtbares geschehen?« Anna stürzte ins Innere des Hauses; aber ehe sie nach dem Medicus rufen konnte, fand sie ihn auch schon.

Jacob Graubart, ihr väterlicher Freund und Rachels geliebter *Tate*, lag in zerfetzter Kleidung im Flur am Boden, die zerrissene *Kippa* – sein Scheitelkäppchen – und die abgeschnittenen *Peies*, die traditionellen Schläfenlocken, neben sich liegend. Die weit aufgerissenen traurigen Augen schienen blicklos gen Himmel zu starren, während sich neben dem Grauschopf und seiner halb entblößten Brust eine riesige Blutlache ausgebreitet hatte, die längst getrocknet war. Die Mordwerkzeuge lagen in geringer Entfernung am besudelten Boden: ein mit Blut verschmierter Dolch und eine Art Keule.

Aufschluchzend beugte Anna sich über den Freund, doch jegliche Hilfe kam zu spät. Die grausame Tat musste bereits am vergangenen Abend verübt worden sein. Der oder die Täter hatten alles zerstört, was ihnen in die Finger geraten war. Sämtliches medizinisches Instrumentarium, Laborgefäße und andere Utensilien lagen am Boden, zerbrochen, zertreten, verbogen … Selbst in der kleinen Diele war zerrissenes Verbandszeug verstreut.

»Heiliger Gott im Himmel! Wenn ich gestern doch bloß nicht so müde gewesen und noch hergekommen wäre«, flüsterte die junge Frau voll blankem Entsetzen. »Mit Sicherheit hätte das den Mörder abgeschreckt!«

Aber ganz leise widersprach ihr eine innere Stimme: *Im Gegenteil! Diese Tiere hätten auch dich umgebracht!*

Noch war das Grauen nicht zu Ende.

Während der getötete Arzt im zur Gasse hin offenen Hausflur lag, fand Anna Jacobs Ehefrau im angrenzenden Behandlungsraum. Der Gestank war abscheulich.

Esthers Leiche saß in einem Stuhl mit Rücken- und Armlehnen, aufrecht wie eine Puppe. Kehle und Halswirbel waren durchtrennt, der Kopf hing nach hinten über die Rückenlehne. Schwarzes Blut war über das Oberteil ihres Gewandes geflossen, in ihren Schoß und von da auf den Boden. Das Zimmer erinnerte an ein Schlachthaus; der Geruch des Todes war widerlich, Fliegen summten in Scharen um die grässlich klaffende Wunde, und Anna befürchtete, sich übergeben zu müssen.

Laut schreiend rannte sie aus dem Haus, dennoch in weiser Voraussicht darauf bedacht, den ermordeten Jacob in der Diele nicht zu berühren.

»Zu Hilfe! Zu Hilfe! Jacob und Esther sind ermordet!«, schrie sie so laut, dass es durch die anliegenden Gassen schallen musste.

Langsam und zögerlich fanden sich Graubarts jüdische Nachbarn ein. Die Gesichter ganz blass, schlurften sie zitternd und ängstlich herbei und standen der entsetzten Anna nur recht einsilbig Rede und Antwort.

»So gegen elf Uhr abends muss es gewesen sein«, berichtete schließlich ein sichtlich eingeschüchterter Anwohner. »Da haben mein Weib und ich lautes Poltern an Jacobs Tür gehört, und aufgeregtes Geschrei. Als wir zum Fenster eilten, um nachzusehen, stand drüben eine Gruppe von vier Nichtjuden auf der Gasse. Jacob sprach mit ihnen durch ein offenes Fenster im Oberstock. Ein Mann behauptete, vorn auf der Hauptstraße lägen zwei Verletzte, ein Disput mit Messern hätte stattgefunden. Ärztliche Versorgung sei dringend notwendig, worauf der Medicus sich sofort daranmachte, herunterzukommen.«

»Als Jacob die Tür geöffnet hatte, drängten sie ihn sofort nach drinnen und schlossen gleich wieder zu«, unterbrach seine Frau ungeduldig den Erzähler. »Von da an konnten wir nichts mehr hören, alles blieb ruhig. Erst nach einer halben Stunde konnten wir sehen, wie die Besucher ganz schnell wieder verschwunden sind.«

»Genauso war es«, bestätigte ein anderer Nachbar, den Anna vom Sehen kannte. »Wir dachten, vielleicht war der Fall doch nicht so dringend und Jacob hätte die besorgten Besucher mit guten Ratschlägen abgespeist – was eigentlich gar nicht seine Art war. Wenn Not am Mann war, hat er jederzeit auch Christen geholfen!«

»Ist Euch das denn nicht merkwürdig vorgekommen? Und wann wurde die Eingangstür zertrümmert? Das muss doch laut gewesen sein!« Anna vermochte das Gehörte kaum zu glauben. So viel Dummheit und Gleichgültigkeit war doch gar nicht denkbar! Ihr kam das äußerst verdächtig vor. Andererseits, weshalb sollten die Hebräer, die meisten von ihnen gute Freunde des Arztes, ihn so feige im Stich gelassen haben, wenn sie wirklich Schlimmes befürchtet hätten? Eine Bande von vier Tätern wäre doch zu überwältigen gewesen …

»Ihr glaubt das wohl nicht recht, Jungfer Anna?« Eine jüngere Frau, welche die Heilerin gut kannte und von Annas enger Freundschaft mit der jüdischen Familie wusste, traf den Nagel auf den Kopf.

»Es fällt mir, ehrlich gesagt, nicht leicht«, gab diese unumwunden zu. »Aber seht selbst! Überzeugt Euch mit eigenen Augen, wie diese gemeinen Mörder gewütet haben.« Sie erlaubte ihnen, einen Blick in den Hausflur zu werfen, wo der Hausherr in seinem Blut lag.

In diesem Augenblick des allgemeinen Entsetzens trafen zwei Knechte der Stadtwache ein, die ein Bekannter Jacob Graubarts inzwischen endlich alarmiert hatte.

»Was ist hier eigentlich los?«, erkundigten sich die Männer mürrisch.

Anna fiel sofort auf, dass sie nur widerwillig ihrer Pflicht als Wach- und Ordnungskräfte nachkamen. Aber vielleicht war das auch nur Unsicherheit angesichts der Tatsache, dass sie sich im Judenviertel befanden, überlegte sie dann. Es kam vermutlich selten genug vor, dass die Ordnungshüter hier nach dem Rechten sehen mussten.

Damit lag sie durchaus richtig. Im Allgemeinen regelten die Hebräer ihre Auseinandersetzungen und Streitereien selbst, die es bei ihnen genauso wie bei den Christen gab.

»Ich bin …«, wollte sie gerade beginnen sich vorzustellen, aber der ältere der beiden Stadtknechte winkte ab.

»Wir kennen Euch, Jungfer Anna! Was tut Ihr hier?«

»Ich wollte meinen alten Freund Jacob Graubart, den Medicus, aufsuchen. Seht selbst, wie ich ihn vorgefunden habe!« Sie deutete auf den Leichnam hinter sich.

»Alle verschwinden auf der Stelle aus dem Haus! Auch davor will ich niemanden mehr sehen – bis auf Jungfer Anna!«, ordnete wiederum der Ältere an. »Aber haltet euch für Befragungen in euren Häusern bereit, Leute.«

Still und widerspruchslos, wahrscheinlich sogar erleichtert, verdrückten sich die Nachbarn in ihre Wohnungen; nur weg von diesem Haus des Todes! Manche harrten in einiger Entfernung auf der Gasse aus, um später das Wenige auszusagen, was sie wussten.

Bei genauerer Durchsuchung des Tatorts wurde offenbar, dass die Mörder ganze Arbeit geleistet hatten: Alles, was irgendwie von Wert schien oder mit dem Judentum in Verbindung stand, war sinnlos zerstört worden.

Sämtliche Sabbatlampen aus Messing und Silber waren der Vernichtungsraserei zum Opfer gefallen, Öllämpchen aus Ton sowie der gläserne *Kidduschbecher* lagen zerbrochen am Boden, die rituelle *Besamimbüchse*, ein Gewürzgefäß, war ebenso zerstört wie die wunderschön bemalten *Sederteller.*

Der kunstvoll bestickte Wandbehang, den Rachel einst ihrem Vater zum Geschenk gemacht hatte, lag zerrissen und beschmutzt auf dem besudelten Fliesenboden neben der toten Esther. Wie hatte Anna die Freundin dafür bewundert, mit welcher Geduld und mit welchem Geschick sie wochenlang daran gearbeitet und wie viel Sorgfalt und Geschmack sie dazu aufgewandt hatte, um mit haarfeinen Stichen die verschiedenen Figuren auf dem goldfarbenen Stoff aufzubringen!

Tränen stürzten aus Annas Augen, als sie die mutwillig zerschnittene Stoffbahn aufhob und das mit Blut verklebte Linnen entfaltete.

Den Rand zierten grüne Ranken mit bunten Blumenmotiven und ein reiches Blätterdekor, während die Mitte des Behangs besondere Tiergestalten schmückten, mit für das Judentum symbolischer Bedeutung.

Rachel hatte sie Anna einst geduldig erklärt.

Da gab es den Storch, auf Hebräisch *Chassida,* als Sinnbild des frommen Juden; daneben den Elefanten, der für

Ausdauer stand, während der Hirsch das Befolgen von Gottes Geboten bedeutete.

Auch die *Behemoth,* die jüdischen Fabeltiere, hatte Rachel nicht vergessen: Den *Leviathan* etwa, ein Seeungeheuer, ferner das Einhorn sowie das *Schor ha-bar* – als wilder Stier ebenfalls ein Geschöpf aus dem Reich der Fabel – und den *Ziz,* den die Deutschen »Vogel Greif« nannten.

Annas Entsetzen wuchs noch an, als sie in einer Ecke, zusammengeknüllt und bösartig zerschnitten, auch Jacobs *Tallith* entdeckte, seinen weißen Gebetsmantel mit den schwarzen Streifen, sowie die gleichfalls in Stücke zerteilten ledernen Gebetsriemen, die *Tefillin.*

Sogar die *Mesusa,* das in einem jüdischen Haus am Türpfosten jedes Zimmers angebrachte kleine Behältnis, das einen hebräischen Bibeltext enthielt, war gewaltsam abgerissen worden …

Auch die Männer der Stadtwache waren entsetzt, nachdem sie das ganze Ausmaß der Zerstörung gesehen hatten.

»Hier war unheimlich viel Wut im Spiel«, stellte der jüngere Stadtknecht erschüttert fest. »Gestohlen haben die Verbrecher aber anscheinend nichts.«

»Es ging diesen Irren nur darum, alles Jüdische auszulöschen«, stellte sein Kamerad kopfschüttelnd fest. »Alles, was irgendwie mit Religion zu tun hatte, ist zerstört. Schaut nur, sogar die Schläfenlocken hat man ihm abgeschnitten!«

»Nichts sollte mehr an Jacob Graubart, den ausgezeichneten Medicus, erinnern! Es ist eine Schande – mir fehlen die Worte«, rief Anna schluchzend. »Nie hätte ich es für möglich gehalten, dass so etwas Niederträchtiges hier, in unserem kleinen, beschaulichen Städtchen, möglich sein könnte. Der Herzog wird diese Untat bitter rächen!«

»Ich kann nicht glauben, dass Bürger Kelheims das verbrochen haben sollen«, wehrte mit einem Mal der ältere Wachsoldat ab. »Das müssen fremde Kerle gewesen sein. Aber wir werden die Schweine schon kriegen!«

Die junge Frau hatte ihre Zweifel, aber sie äußerte nichts dazu. Außerdem trafen in diesem Augenblick vier Mitglieder der *Chewra Kadischa* ein, einer »heiligen Bruderschaft«, welche für die Krankenbetreuung und Beerdigung der Bürger jüdischen Glaubens zuständig war. Sie hatten wohl den Auflauf der Nachbarn vor Graubarts Haus beobachtet und richtig gedeutet.

Dies ist der bitterste Tag meines Lebens! Bitterer noch als der, an dem Adalbert starb! Anna lag in ihrem Bett. Es war lange nach Mitternacht, aber sie fand einfach keinen Schlaf. Nach den aufwühlenden Tagesereignissen war sie viel zu traurig und wütend. Sie dachte an Rachel, und ihr Zorn wuchs ins Unermessliche. Dann wanderte ihr Blick zu einem hölzernen *Cruzifixus*, der ihr gegenüber an der Wand hing.

Tut mir leid, Herr, aber niemals werde ich den feigen Mördern meiner Freunde vergeben können, hielt sie stumme Zwiesprache mit dem christlichen Erlöser. Selbst wenn es unchristlich ist und eine Sünde wider den Heiligen Geist – so etwas Gemeines kann niemals verziehen werden!

Ehe sie gegen die Mittagsstunde den Ort des Grauens verlassen hatte, war die Rede davon gewesen, dass man die Tochter und den Schwiegersohn des unglücklichen Mannes und seiner abgeschlachteten Ehefrau über die Untat benachrichtigen werde.

Ehe sie kommen und sich im Haus niederlassen konnten, musste es aber erst gründlich gereinigt und erneut gesegnet werden, da es durch die Mordtat unrein sei. Um die

Wohnstatt wieder *koscher* zu machen, bedurfte es zahlreicher Rituale und Zeremonien durch einen *Cohen,* einen jüdischen Geistlichen, den man aus Regensburg kommen lassen müsste. In Kelheim selbst gab es keinen.

Den Rest der Nacht verbrachte Anna einesteils betend und andererseits versunken in Erinnerungen an gemeinsame Begegnungen und Erlebnisse mit einem so außergewöhnlichen Menschenfreund, wie Jacob es gewesen war, dem sie so viel an Wissen und vor allem an Anregungen zu selbstständigem Denken und Überlegen ohne Scheuklappen verdankte.

Der Ruf nach Landshut

Herzog Ludwig gelang es, das Land zu befrieden; die Herrschaft der Wittelsbacher war gerettet – für den Augenblick. Umso wichtiger erschien ihm der Ausbau von Landshut und der Burg Trausnitz. Sie sollte eine Feste werden, die nicht so leicht zu erobern sein würde.

Schon ihr Name war Programm: Die frühere, aus Holz errichtete Festung hatte sich noch *Landeshuata,* also »Schutz des Landes« genannt, während Ludwig seinen Steinbau in *Trausnitz* umbenannte, was »Trau dich nicht!« hieß und auf potenzielle Feinde abschreckend wirken sollte.

Der neue Regierungssitz des Herzogs stand kurz vor der Vollendung. Der trutzig-wuchtige »Wittelsbacherturm« war bereits fertiggestellt, ebenso waren der Torbau, die Dürnitz und der Palas bereit für den edlen Bewohner und die Seinen.

Zwischen den beiden Trakten von Dürnitz und Palas wurde nach Ludwigs Vorstellungen noch eine zweigeschossige Kapelle mit Flachdach errichtet, die dem heiligen

Georg geweiht werden sollte. Als Besonderheit wurden Altar und Sitzplätze für die fürstliche Familie auf einer Empore errichtet.

Anna ließ Ludwigs begeisterte Schilderungen seiner Bauprojekte an sich vorbeirauschen – nach Landshut hatte der Herzog sich nämlich vorgenommen, noch weitere Städte gründen zu wollen.

An ihren einsilbigen Kommentaren bemerkte er ihre Zerstreutheit und war gekränkt, weil sie ganz offensichtlich wenig Anteil nahm. »Was ist los, Anna?«, fragte er verärgert. »Du warst doch sonst immer so darauf bedacht, über die Baufortschritte informiert zu werden, an denen mir so viel liegt! Warum jetzt ein solches Desinteresse?«

Da brach es aus ihr heraus, das ganze Elend über die grausame und feige Bluttat, von der zwei ihrer liebsten Freunde, nämlich Jacob und Esther Graubart, heimgesucht worden waren. »Das Schrecklichste ist, dass die Täter spurlos verschwunden sind, Euer Gnaden! Angeblich weiß niemand in Kelheim, wer das gewesen sein könnte und wo sie sich verkrochen haben. Ich kann das einfach nicht glauben, und viele andere auch nicht. Aber durch die Stadt zieht sich eine Mauer aus Schweigen. Angeblich weiß keiner etwas, niemand will etwas gehört oder gesehen haben, und eine Vermutung, wer's gewesen ist, mag angeblich auch kein Mensch anstellen. Bloß gut, dass Ihr wieder in Kelheim seid, Herr! Euch wird es sicher gelingen, Licht ins Dunkel zu bringen, die Mörder zu finden und zu bestrafen!«

Der Herzog, sichtlich erschüttert über das grauenhafte Verbrechen an Menschen, die unter seinem ausdrücklichen Schutz gestanden hatten, zeigte sich ehrlich betroffen. Er versprach Anna hoch und heilig, alles in seiner Macht Stehende zu unternehmen, um der Verbrecher habhaft zu werden. Selbstverständlich werde man die Täter hinrichten lassen, kündigte er an. Nicht ganz zu Unrecht erblickte er in dieser Mordtat auch eine feindselige und widersetzliche Haltung gegen sich persönlich.

Anna jedoch war nicht ganz sicher, welches Gefühl letztendlich beim Herzog überwog: Abscheu vor dem ruchlosen Verbrechen oder der Zorn über die Insubordination …

»Ich denke, dass hier am besten die Tötungsart des *Räderns* in Frage kommt, eine Hinrichtungsmethode für besonders abscheuliche Verbrechen, die bereits den Römern bekannt war.«

Unwillkürlich erschauderte Anna. Sie hatte den Vollzug dieser Bestrafung zwar zum Glück noch nie an einem Delinquenten erlebt, aber schon davon gehört. Es handelte sich um eine der grauenvollsten Hinrichtungsarten überhaupt. Als Erstes brach der Henker dem Verurteilten die Arm- und Beinknochen in mehrere Teile. Dazu ließ er ein eisenbeschlagenes schweres Wagenrad auf dessen Extremitäten niedersausen, welches ihm das Gebein zermalmte.

Jetzt war es möglich, den nackten Körper ohne nennenswerten Widerstand in die Speichen des Rades einzuflechten. Danach wurde das Rad mithilfe eines Pfahls aufgerichtet und das noch lebende Opfer mitsamt seinen Höllenqualen Wind, Wetter, Sonnenglut oder Eiseskälte ausgesetzt – nicht zu vergessen den Aasvögeln, die sich mit scharfen Schnäbeln über den Delinquenten hermachten, ohne seinen Tod abzuwarten, der oft tagelang auf sich warten ließ. Eine wahrhaft entsetzliche Leibesstrafe!

Des Herzogs ganzer Sinn war derzeit mit dem Umzug nach Landshut, genauer gesagt auf die Burg Trausnitz, befasst. Er unternahm überdies allerlei Anstrengungen, um die Wunden – Folgen des jahrelangen Krieges, der das Land Bayern verheert hatte – zu heilen. So fand er kaum noch Zeit für etwas anderes.

Umso höher rechnete ihm die Vertraute sein Bemühen an, die Täter zu fassen und abzustrafen, wie es der Schwere des Verbrechens angemessen war.

Georg, der Fischer und Treidler, war zurückgekehrt und versuchte, seine Braut zu trösten. Lange wollte es ihm nicht gelingen; gar zu groß war Annas Kummer um Rachels Vater und deren gütige Stiefmutter.

Rachel und ihr Mann hielten sich immer noch im Rheinland bei Verwandten auf, denn sie sah mittlerweile Mutterfreuden entgegen und die Reisewege waren allgemein schlecht und nicht unbedingt sicher. Die Beerdigung der Eltern war ohnehin längst ohne sie geschehen: Bei den Hebräern war es religiöser Brauch, die Toten so schnell wie möglich unter die Erde zu bringen – normalerweise noch am Tage des Hinscheidens, spätestens jedoch am darauffolgenden.

Ganz allmählich kehrte bei Anna und Georg wieder der normale Alltag ein, und der junge Fischer wartete voll Ungeduld darauf, dass seine Verlobte sich endlich an den Herzog wandte, mit der Bitte, ihre eheliche Verbindung zu gestatten. »Warum zögerst du, mein Schatz?«, fragte er beinah jeden Tag.

Immer trauriger wurde Georg, glaubte er doch, sie liebe ihn nicht wirklich. Was gäbe es sonst für einen Grund, die Hochzeit hinauszuschieben?

»Aber nein, mein Liebster«, versuchte sie ihn dann zu beschwichtigen. »Es liegt einfach daran, dass ich noch zu traurig bin, um mich mit einem Freudenfest, wie es unsere Vermählung ja sein soll, zu befassen. Mir ist noch nicht nach Feiern zumute. Das hat gar nichts mit meiner Zuneigung für dich zu tun, Georg!«

Er glaubte das nur allzu gern. Dennoch wünschte er, es verhielte sich anders. Er wollte nicht länger warten.

Um ihm die Angst zu nehmen, sie habe es sich anders überlegt, zeigte sie ihm den Inhalt ihrer Aussteuertruhe, wo sich die linnenen Bettbezüge, Laken, Kissen, Tischdecken und allerhand nützliche Küchengerätschaften förmlich auftürmten. »Ich brauche bald eine weitere Truhe, wo ich die Festgewänder und mein Schuhwerk für die Hochzeit unterbringen kann.« Anna strahlte den schmucken Burschen an, und dieser lachte gutmütig.

»An einer weiteren Truhe soll's nicht fehlen, Liebste!« Anscheinend wurde doch alles gut. Insgeheim atmete Georg erleichtert auf, während er sich daranmachte, eine zweite Aussteuertruhe zu zimmern: So war ihre Verlobungszeit doch noch von Vorfreude erfüllt. Er war überzeugt, seine Braut werde den richtigen Zeitpunkt beim Herzog nicht versäumen, um die Erlaubnis zur Eheschließung – sowieso mehr oder weniger eine Formalie – zu erhalten.

Anna beunruhigte die Tatsache, dass es immer noch keinerlei Hinweise auf die Mörder Jacobs und Esthers gab, ungemein. Diese Schurken – mittlerweile ging man davon aus, dass es sich um fünf gehandelt hatte – konnten sich doch nicht in Luft aufgelöst haben! Aber die Beschreibungen der Nachbarn blieben vage. Nach ihnen konnte es jeder x-Beliebige gewesen sein. Auffallend schien, dass die Täter nichts geraubt hatten; ihr Motiv musste demnach rein religiöser Natur sein – was die Suche nach ihnen nicht einfacher machte.

Am schlimmsten kam Anna die Möglichkeit vor, dass diese Unmenschen sich nach wie vor unerkannt und unbehelligt in Kelheim aufhielten und sich insgeheim ins Fäustchen lachten; es war keineswegs gesagt, dass die Unholde nach der Tat das Weite gesucht hatten.

Aber möglich war es natürlich doch. Und wie sollte man dann der verfluchten Mörderbande je habhaft werden? Womöglich war man auf den dummen Zufall angewiesen, was nichts anderes bedeutete, als darauf warten zu müssen, bis sich einer der Übeltäter irgendwann aus Unachtsamkeit selbst verriet.

Der Herzog war zwischenzeitlich und ohne Ankündigung wieder nach Landshut abgereist; beim Ausbau der Trausnitz waren noch letzte Details zu klären. Außerdem hatte er Sehnsucht nach seiner Gemahlin und seinem kleinen Sohn.

»Sobald Herzog Ludwig das nächste Mal nach Kelheim kommt, werde ich ihn mit unserem Heiratswunsch konfrontieren«, versprach Anna ihrem Verlobten.

»Sowieso nur noch eine reine Formsache, damit Seine Gnaden nicht den Eindruck hat, man wolle ihn übergehen. Wir können meinetwegen schon mit dem Pfarrer der Mariä-Himmelfahrts-Kapelle sprechen und die Feier planen, Liebster. Ich selbst hab ja keine Verwandten mehr, aber du schon! Und Freunde und Bekannte müssen dabei sein!«

Der überglückliche junge Mann schloss daraufhin seine schöne Braut in die Arme, drückte sie an sich, dass ihr fast die Luft wegblieb, und konnte gar nicht mehr aufhören, sie zu herzen und zu küssen. Jetzt erst war er sich ihrer Liebe wirklich sicher.

Beide malten sich in ihren Träumen aus, wie wundervoll es sein würde, künftig als Eheleute durchs Leben zu gehen und – wer weiß? – auch bald als Elternpaar …

Kurz darauf erreichte Anna eine Botschaft des Herzogs, sie möge sich doch umgehend aufmachen nach Landshut; er habe Wichtiges mit ihr zu besprechen.

Sie und Georg waren ratlos, was so dringend sein könne. Der berittene und gut bewaffnete Bote, der den in eine höfliche Bitte gekleideten Befehl überbracht hatte, führte ein zweites Pferd am Zügel mit, mit dem sich Anna umgehend aufmachen sollte.

»Es tut mir leid, dass ich nicht mitkommen und dich begleiten kann.« Georg war untröstlich. Aber das Kloster Weltenburg hatte ihn verpflichtet, eine Treidelfahrt zu übernehmen, und er hatte bereits zugesagt. »Ich kann unmöglich wortbrüchig werden – und auf die Schnelle finde ich auch keinen Ersatz für mich«, bedauerte er aufrichtig.

Anna, die genau wusste, wie wenig es ihm gefiel, für etliche Wochen von seiner Braut getrennt zu sein und überdies ihre Sicherheit einem wildfremden Mann zu überlassen, tröstete Georg damit, indem sie ihm versprach, so schnell wie möglich zurückzukehren.

»Es hat auch den Vorteil, dass ich Seine Gnaden endlich über unseren Heiratswunsch ins Bild setzen kann. Sobald ich wieder in Kelheim bin, Schatz, treten wir vor den Altar!«

Diese Aussicht war es, die den braven Donaufischer Georg mit der zeitweiligen Trennung versöhnte.

Nachdem Anna das Bündel mit den Sachen, die sie für etwa einen Monat benötigen würde, fest verschnürt und aufs Pferd geschnallt hatte, ging es auch schon los, in Richtung Landshut an der Isar.

Alles kommt ganz anders

Der Herzog, der sichtlich stolz und zufrieden auf seiner neuen Burg residierte, freute sich ungemein, dass sein »Annele« der Aufforderung so prompt gefolgt war und er seiner Jugendgespielin jetzt alles zeigen konnte.

Die Trausnitz war in der Tat ein höchst beeindruckendes Bauwerk. Hundert Meter über der Isarstadt thronte sie und erlaubte einen herrlichen Rundumblick bis ins weite Land.

»An schönen Tagen kann man im Norden bis zum Bayerwald sehen, und im Süden gar bis zu den Gipfeln der Chiemgauer Alpen«, schwärmte der Herzog.

Anna musste sich im Stillen eingestehen, dass dieser prachtvolle Herrschaftssitz mit der bescheidenen Burg in Kelheim nicht zu vergleichen war. Und dennoch zog sie ihre vertraute heimatliche Umgebung um ein Vielfaches vor. Aber sie konnte gut verstehen, dass Ludwig sich eine solch prächtige Residenz genau inmitten seines Reiches geschaffen hatte.

»Ihr lebt hier ja wie ein König!«, rief sie in ehrlicher Bewunderung aus. »Hoffentlich vergesst Ihr über all dem Neuen und Prunkvollen unser kleines bescheidenes Kelheim nicht.«

Herzog Ludwig lachte. »Keine Sorge, Anna, meine Heimat werde ich nie hintanstellen.«

Die junge Frau hegte im Stillen allerdings Zweifel, ob das möglich wäre. Hier war alles neu und bequem – und wunderschön und kostbar. Lediglich die Georgskapelle harrte noch der endgültigen Fertigstellung.

Das erste Treffen mit Ludwig verlief insgesamt überraschend kurz, und von den angeblich so wichtigen Dingen, die besprochen werden sollten, war keine Rede. Aber der Besuch sollte ja noch länger dauern …

Auch die Herzogin freute sich aufrichtig über Annas Eintreffen. Stolz führte Ludmilla sie in ihrem Reich umher, und selbst den Erben, den kleinen Otto, durfte Anna auf den Arm nehmen und herzen – eifersüchtig beäugt von der herzoglichen Kinderfrau. Aber weil die hohe Frau selbst es gestattet hatte, schwieg die Amme und verzog nur missbilligend das Gesicht.

»Mach dir nichts draus, meine liebe Freundin«, meinte Ludmilla und lachte amüsiert. »Selbst mir als Mutter des Knaben würde die Amme am liebsten untersagen, den Kleinen aus der Wiege zu nehmen und herumzutragen.«

Die zwei hatten einander eine Menge zu erzählen. Wohl war einige Zeit vergangen seit Annas großartigem Vorschlag – aber die bayerische Landesmutter hatte ihn keineswegs vergessen.

»Das war das Klügste, wozu mir je ein Mensch geraten hat«, Ludmilla dachte entzückt an die damalige List, mit welcher der Herzog zu seinem Heiratsantrag »überredet« worden war. »Ich denke beinah, Ludwig war damals in der Tat zu schüchtern, um mich von sich aus um meine Hand zu bitten – obwohl es mir seinerzeit schwerfiel, das zu glauben.«

Für niemanden war es zu übersehen, dass die beiden in ihrer Ehe sehr glücklich waren. Anna konnte schon irgendwie verstehen, dass Ludwig gewisse Hemmungen hatte überwinden müssen, um ausgerechnet die Witwe eines seiner größten ehemaligen Gegner zu heiraten – zumal diese ja auch schon Söhne aus erster Ehe gehabt hatte.

Dass Ludmilla ihm nun auch einen Erben geschenkt hat, macht sein Glück erst vollkommen, überlegte Anna im Stillen. Unwillkürlich musste sie lächeln, als sie daran dachte, dass womöglich auch ihr bald Mutterglück beschieden sein könnte …

»Was lachst du, Liebste?«, erkundigte sich die Herzogin und bedachte die Vertraute mit einem neugierigen Blick.

Die sah keinen Grund, hinterm Berg zu halten. Von Georg und ihrer Liebe zu ihm plauschte sie, dass sie zu heiraten beabsichtige, um endlich ein Leben wie andere

Frauen zu führen und vielleicht Kinder zu bekommen – und nur noch den Herzog bitten wolle, ihr seinen Segen zu geben. Während sie Georgs gute Wesenseigenschaften aufzählte, wobei sie seinen Mut, den er gegen den feindlichen Krieger bewiesen hatte, besonders hervorhob, war ihre Begeisterung so groß, dass ihr Ludmillas zunehmend ernster werdende Miene völlig entging.

Dann kam die Amme und reklamierte den kleinen Otto, der zum Schlafen in sein Bettchen gelegt werden musste. Damit war der Augenblick verronnen, in dem die Herzogin die Freundin hätte vorwarnen können.

Der Herzog ließ erneut nach Anna schicken, und sie folgte einer Dienerin, die ihr – mittlerweile war der Abend hereingebrochen – mit einem Leuchter den Weg zum Audienzsaal wies.

Ludwig von Wittelsbach war kein Mann, der lange um den heißen Brei herumredete. So kam er auch in diesem Augenblick gleich zur Sache. »Wie du weißt, meine Liebe, trauere ich immer noch deinem Oheim nach, der mir während langer Jahre so ein guter und verlässlicher Ratgeber und Chronist gewesen ist. Zeitweilig wurde er ersetzt durch einen anderen Mönch aus Weltenburg, den der Vater Abt mir freundlicherweise zur Verfügung gestellt hat. Aber nun habe ich endlich einen, wie ich glaube, trefflichen Ersatz gefunden!«

»Oh, wie schön, Euer Gnaden! Das freut mich aufrichtig für Euch«, äußerte die junge Frau ahnungslos.

»Ja, ich bin ebenfalls überglücklich, Anna! Vor allem, weil ich damit gleichzeitig eine großartige Lösung dafür gefunden habe, auch dich bei mir zu behalten. Du weißt ja, dass wir beide von Jugend auf eine ganz besondere Beziehung haben. Es kam mir immer so vor, als verbände uns eine unsichtbare Kette, die es nicht zulässt, uns für längere Zeit zu trennen. Und mit meinem endgültigen Umzug auf die Trausnitz wäre es wohl so gewesen: Wir hätten künftig an verschiedenen, weit auseinanderliegenden Orten gelebt – und das ist etwas, was mir überhaupt nicht gefallen würde.«

Trotz der freundlichen, ja, liebevollen Worte fröstelte Anna auf einmal. Plötzlich schwante ihr Unheil. »Wie meint Ihr das, Euer Gnaden? Ich verstehe nicht, was Euer Chronist mit mir zu tun hat.« Ihre Stimme klang ungewohnt verzagt.

Der Herzog lachte vergnügt auf. »Ich habe eine großartige Überraschung für dich, Annele! Hör zu: Ich verheirate dich mit meinem neuen Chronisten, mit Kajetan Winterhalter! Du wirst mit ihm einen guten und braven Ehemann bekommen. Kajetan ist äußerst wachen Verstandes und ausgesprochen gutmütig. Er wird dich immer in Ehren halten – und für sein Alter sieht er noch recht gut aus!«

Vor Schreck blieb Anna beinahe das Herz stehen. Ehe sie etwas erwidern konnte, fuhr der Herzog bereits fort: »Ein bisschen kränklich ist er von Kindheit an; er braucht daher eine Frau, die ihm tatkräftig zur Seite steht und ihm manches abnimmt im täglichen Leben. Aber daran bist du ja schon gewöhnt, nicht wahr? Mit deinem Oheim Adalbert war es ja ähnlich. Ich bin sicher, dass ihr beide es gar nicht besser treffen könntet, seid ihr doch wie füreinander geschaffen! Und auch mir ist endlich geholfen bei der bisher vergeblichen Suche nach einem guten Historienschreiber, der mir die nächsten Jahre dienen kann.«

Annas Hals war wie ausgedörrt. Um überhaupt ein Wort herausbringen zu können, musste sie mehrmals kräftig schlucken. Im Geiste hatte sie sich blitzschnell die Sätze zurechtgelegt, die ihr ermöglichen sollten, das drohende Unheil abzuwenden: Ich bin bereits einem guten Mann versprochen – einem hübschen jungen zumal, den ich lieben kann und mit dem ich Aussicht auf Kinder habe! Das musste sie Ludwig unbedingt sagen.

Aber noch ehe sie ihren Widerspruch geltend machen konnte, stürzte ein Diener in den Saal, um einen offenbar ungeheuer wichtigen edlen Herrn anzumelden, der dringend den Herzog zu sprechen wünschte.

»Wir sprechen morgen weiter, meine Liebe«, beschied Ludwig.

Anna blieb gerade noch Zeit, zu knicksen und den Saal zu verlassen.

Wie vor den Kopf geschlagen, suchte sie die geräumige Kemenate auf, die man ihr zur Verfügung gestellt hatte. Vor einem bequemen Federbett lag ein bunt gestreifter wollener Teppich auf dem polierten Holzboden, und Wandteppiche hingen an den blumenbemalten Wänden. Von beiden Fenstern aus genoss man einen unglaublichen Ausblick auf die unterhalb der Burg liegende Stadt Landshut, auf die grüne Isar und die dunklen Auwälder, die blaugrauen Berge erhoben sich im weit entfernten Süden.

Anna jedoch besaß keinen Sinn mehr für die Schönheiten der Natur – auch nicht für die Annehmlichkeiten des Gemachs, als da waren eine bunt bemalte Kleidertruhe, ein schmaler hoher »gotischer« Schrank mit Aufsatz, ähnlich dem im Gemach ihres verstorbenen Oheims. Ein Tisch, ein hölzerner Stuhl mit Lehne und Armstützen, ein kleiner Schemel sowie eine Betbank vor einem Kruzifix aus hellem Lindenholz und eine gewebte Decke mit bunten Mustern über dem Bett vervollständigten die Einrichtung. Dazu lagen auf dem beinahe meterbreiten Fenstersims mehrere weiche Kissen, sodass man darauf sitzen und ins Tal hinunterblicken konnte. In der Nacht, bei großer Hitze und bei Kälte konnte man zudem die hölzernen Läden schließen.

Ein dreiflammiger Leuchter spendete mildes Kerzenlicht; eine Magd musste ihn eben erst entzündet haben, denn die Dochte der Wachskerzen waren noch weiß, nur die Spitzen waren angesengt.

Wie betäubt schloss Anna die Läden. Dann blies sie zwei Kerzen aus. Sie wollte kein helles Licht; zu ihrer Gemütsverfassung passte eher Düsternis. Völlig erschlagen und voll bekleidet warf sie sich auf die Lagerstatt.

»Oh, Heilige Jungfrau Maria! Was soll ich nur tun?«

Die erste Nacht auf der Trausnitz war zugleich eine der schlimmsten ihres bisherigen Lebens. Nein, eigentlich die schlimmste! Denn es ging um *ihr* weiteres Leben, um Georgs und ihre ureigenste Zukunft!

Dass man auf die Wünsche von Frauen im Allgemeinen nicht einging, sobald diese den Vorstellungen der Männer nicht entsprachen, war üblich. Vor allem, wenn die Frau dem Manne unterlegen war – wie es in jeder Ehe und Familie mehr oder weniger zutraf. Bestanden gar noch Unterschiede im gesellschaftlichen Rang der beiden, war von vornherein klar, wer zu bestimmen hatte.

Kann ich überhaupt gegen den Willen Ludwigs heiraten? Diese Frage beschäftigte Anna die ganze Nacht über. Wie wird der Herzog reagieren, wenn ich seinem Wunsch entgegen handele und mich mit einem Mann verbinde, den er nicht gutheißt?

Herzog Ludwig herrschte über alle seine bayerischen Untertanen, und sogar seine Schwestern hatten mittlerweile Ehegatten genommen, die er für sie ausgesucht hatte. Auf einmal erfasste Anna unbändige Wut gegen sich selbst.

»Ich allein bin schuld daran, dass es so weit gekommen ist!«, rief sie verzweifelt aus. »Warum habe ich nicht schon viel früher das Gespräch mit ihm gesucht? Zu einer Zeit, als er noch nichts von diesem neuen Geschichtsschreiber wusste? Er hätte uns bestimmt seine Erlaubnis gegeben, und alles wäre gut!« Sie schluchzte heftig. Es wäre so leicht gewesen! Ludwig könnte diesem Kajetan ganz selbstverständlich eine andere Frau suchen – und sie mit ihrem Georg glücklich werden.

Laut wimmernd warf sie sich hin und her und vergrub vor Kummer das Gesicht in den Kissen, um das verzweifelte Weinen zu ersticken. Nicht jeder, der an der Tür ihrer Kemenate vorüberging, brauchte von ihrem Unglück zu wissen …

Was verliere ich, und was tausche ich eigentlich ein?

Wohl hundert Mal in dieser Nacht dachte sie hierüber nach. Die Antwort, die sie sich selbst gab, war und blieb niederschmetternd: Sie verlöre einen jungen, gut aussehenden, verliebten Mann, der sie von Herzen gern hatte, sie auf Händen tragen und mit ihr Kinder zeugen wollte. Dafür musste sie sich mit einem hinfälligen Tattergreis, siech von Kindesbeinen an, herumschlagen, der eigentlich keine Ehefrau, sondern eine Krankenpflegerin brauchte! Fürwahr Aussichten, die sie schier verzweifeln ließen.

»Und was gewinne ich tatsächlich *für mich* dabei?«, schluchzte sie.

Hier wollten ihr zunächst nur rein materielle Werte einfallen: eine wunderschöne neue und komfortable Umgebung, die Nähe zum Herzog und seiner Gemahlin Ludmilla – und damit verbunden gewiss eine sorgenfreie Zukunft, Ansehen, Einfluss bei Hof, ein nicht unvermögender Gemahl – der wohl nicht ewig leben würde. Doch sie dachte auch an lauter Tätigkeiten, die ihr lagen und die sie liebte: das Schreiben, Kopieren, Korrigieren und Verzieren von Dokumenten und Urkunden, deren Sammlung und sorgfältige Archivierung. Aber das Wichtigste von alldem erschien Ludwigs Zufriedenheit. Das Wissen, dass sie ihm gehorchte und ohne Widerspruch auf seinen »Vorschlag« eingegangen war – und damit verbunden seine Dankbarkeit, dass sie bereit gewesen war, ein enormes Opfer für ihn zu bringen. Letzteres müsste sie ihm natürlich deutlich zu verstehen geben …

Bestimmt wäre seine lebenslange herzogliche Gunst, die sie sich damit erwerben könnte, nicht zu verachten. Doch war diese Sicherheit es wert? Vermochte sie im Gegenzug weiterzuleben mit der Gewissheit, Georg auf das Bitterste zu enttäuschen? Anna stellte sich auch diese Frage immer wieder, und zwar in voller Ernsthaftigkeit.

Als der Morgen graute, hörte Anna noch einmal tief in sich hinein, und erkannte die schlichte Wahrheit.

Im Grunde liebte sie doch nur Ludwig von Wittelsbach! Sie würde *alles* tun, was er wollte, nur um ihn zufriedenzustellen und ihm nahe sein zu dürfen. So war es eigentlich schon ihr ganzes Leben lang gewesen. Und so würde es wohl auch in Zukunft bleiben. In Georg war sie nur heftig verliebt gewesen, ohne jedoch zu wissen, wie lange dieses Gefühl andauern würde.

Ja, sie fasste einen Entschluss: Sie würde Kajetan Winterhalter zum Ehemann nehmen.

Der Herzog war erfreut über Annas Entscheidung – wenn auch nicht sehr überrascht. Natürlich hatte er damit gerechnet, dass sie sich in seinem Sinne entscheiden werde. Nach reiflicher Überlegung unterließ sie es auch, ihm überhaupt von Georg zu erzählen – obschon das schlechte Gewissen sie plagte.

Als Anna bald darauf ihren Zukünftigen das erste Mal zu sehen bekam, war sie keineswegs entsetzt, sondern im Gegenteil sogar ganz angetan von dem schmalen älteren Herrn mit der blassen Stubenhockergesichtsfarbe und dem schütteren grauen Haar, der aber recht munter und vor allem sehr höflich und aufmerksam wirkte.

Trotz schwächlicher Gesundheit war der hochgebildete Mann weit gereist. Sogar im Heiligen Land war er schon gewesen! Bei sich dachte Anna, sie hätte es weiß Gott schlimmer treffen können.

Herr Kajetan bemühte sich sehr um seine schöne junge Braut. Er gab sich wortgewandt und witzig und wusste sich ritterlich-höfisch zu benehmen, ohne selbst dem Ritterstande anzugehören. Er stammte aus einer vermögenden Kaufmannsfamilie und pflegte einen gehobenen Lebensstil, an dem nun auch Anna teilhaben sollte.

Sein Aussehen war ihr keineswegs zuwider, im Gegenteil! Er sah mitnichten so hinfällig aus, wie sie es befürchtet hatte, sondern wirkte frisch, und seine blaugrauen Augen blitzten unternehmungslustig. Mit ihm müsste eigentlich recht gut auszukommen sein, dachte sie, als sie ihm an der Abendtafel des Herzogs und der Herzogin zutrank. Ludwig, kein Freund langen Zauderns, gab ihr Verlöbnis allseits bekannt, und damit waren die Weichen für Annas weiteres Leben gestellt.

Weder Kajetan Winterhalter noch der Herzog sahen es gern, dass Anna darauf bestand, noch einmal nach Kelheim zurückzukehren, um »verschiedene Dinge zu regeln«, wie sie es ausdrückte, ohne genauer ins Detail zu gehen.

Der Herzog bot ihr sogar an, durch einen Mann seines Vertrauens ihr Häuschen zum Höchstpreis veräußern zu lassen. Aber sie blieb dabei: Das müsse sie selbst in die Wege leiten.

Ihr zukünftiger Ehemann, ein kluger und erfahrener Mensch, schien zu ahnen, dass da noch »ein anderer« war, dem seine Zukünftige erst den Laufpass geben musste.

Aber er vertraute darauf, dass Anna wiederkäme. Im Jahr darauf sollte die Vermählung stattfinden.

Der Abschied von Georg war herzzerreißend. Beide, Anna und ihr Kelheimer Bräutigam, der nun doch keiner wurde, weinten, als sie sich das letzte Mal umarmten. Wobei die junge Frau es ihm hoch anrechnete, dass er ihr keine Vorwürfe machte. Kein Wort hatte er über ihre etwaige Untreue verloren. Widerstandslos akzeptierte er, dass es gegen den Willen des Landesherrn keinen Einspruch geben konnte. Die einzige Alternative wäre gewesen, aus Bayern zu fliehen … Etwas, das weder er noch Anna jemals in Erwägung zogen.

»Wir niedrig Geborenen müssen eben immer den Anordnungen der Herrschaft gehorchen«, sagte er leise mit zittriger Stimme, wobei er ihr beinah scheu über das schöne aschblonde Haar streichelte, das sie als Unverheiratete immer noch unbedeckt tragen durfte. »Aber vergessen werde ich dich nie, Anna! Und eine andere Frau will ich auch niemals heiraten. Nach dir wird es keine andere mehr für mich geben. Das schwöre ich bei Gott und der Heiligen Jungfrau!«

Den Verkauf ihres von Pater Adalbert geerbten Kelheimer Häuschens brachte Anna jedoch nicht übers Herz. »Du kannst drin wohnen, Georg«, bot sie ihm an, was der junge Fischer jedoch strikt ablehnte.

»Aber drum kümmern will ich mich«, schlug er ihr vor. »Damit das Haus nicht verkommt. Vielleicht kommst du ja eines Tages wieder zurück und bist froh darüber, ein ordentliches Heim zu haben.«

Und einen solch guten Menschen hatte ausgerechnet sie so schwer enttäuschen müssen, dachte Anna da traurig. Unversehens rannen ihr erneut bittere Tränen über die Wangen.

Alles, was ihr nötig und wichtig erschien, hatte sie eingepackt. Auch das gewisse Dokument der Berchtesgadener Mönche, um es dem Herzog zu übergeben. Bisher hatte sie es noch nicht über sich gebracht, die Urkunde – ob echt oder gefälscht – aus der Hand zu geben; jetzt glaubte sie, dazu bereit zu sein.

Als sie dann das allerletzte Mal die schmale Haustür hinter sich zuzog, freute sie sich sogar ein wenig auf Landshut, die Burg Trausnitz, ihren künftigen Gemahl und die Herzogin Ludmilla – am meisten aber auf Herzog Ludwig.

V

Ein Attentat und seine Folgen

Im Jahr darauf – im Frühsommer 1208 – sollte Beatrix, die Nichte des Stauferkönigs Philipp von Schwaben, in Bamberg heiraten. Der König, obwohl gerade mit Vorbereitungen für einen Feldzug gegen Otto IV. beschäftigt, hatte dennoch sein Kommen zugesagt und traf am 20. Juni, einen Tag vor der Eheschließung, mit großem Gefolge in der Alten Hofhaltung ein.

Festlich wurde die Trauung zwischen der Erbin der Pfalzgrafschaft Burgund und Otto, dem Herzog von Andechs und Meranien, vollzogen. Natürlich gehörte auch der Herzog von Bayern zu den illustren Gästen. Inzwischen hatte er sich mit den Andechsern ja geeinigt und ausgesöhnt. Die prächtige Feier bot allerhand bemerkenswerten Stoff für Kajetan, Ludwigs Chronisten, der natürlich von Anna, seiner jungen Frau, begleitet wurde.

Der König, ein noch junger Mann, gab den Neuvermählten noch ein Stück weit das Geleit, dann kehrte er um nach Bamberg.

Es war unwahrscheinlich heiß an diesem Sommertag, und König Philipp zog sich mit Herzog Ludwig von Wittelsbach, Bischof Konrad von Speyer sowie seinem Truchsess Heinrich von Waldburg in seine Gemächer zur Mittagsruhe zurück. Ehe der König sich zum Schlafen niederlegte, ließ ihn sein Medicus noch vorsichtshalber zur Ader.

Nachdem der Arzt sich zurückgezogen hatte, herrschten tiefste Ruhe und Frieden im Saal, bis diese Idylle aufs Grausigste zerstört wurde.

Der bayerische Pfalzgraf Otto VIII. von Wittelsbach, ein Vetter Herzog Ludwigs, machte dem König unangemeldet seine Aufwartung. Ihn hatte man nicht zur Hochzeitsfeier eingeladen, und zwar aus Rücksicht auf Ludwig, der sich mit seinem Verwandten gerade überworfen hatte.

Dem König selbst war der Pfalzgraf ein immer gern gesehener Gast, obwohl ihm der Ruf vorauseilte, jähzornig, ja, sogar brutal zu sein. Für Philipp jedoch war er von Anfang an ein treuer Anhänger und Waffengefährte gewesen, der außerdem witzig zu unterhalten wusste und sich auf mancherlei Kunststücke mit Lanze und Schwert verstand und damit mühelos eine Schar von Zuschauern zu begeistern vermochte.

Kajetan Winterhalter, Ludwigs Chronist, befand sich mit Anna auf dem Weg zu seinem Herrn, um etwas Wichtiges mit ihm zu besprechen, als er im Treppenhaus der Alten Bamberger Hofhaltung auf Graf Otto von Wittelsbach traf. Dieser stürzte an ihm und Anna vorbei nach oben, als habe er die beiden gar nicht bemerkt. Er beachtete auch nicht den grüßenden Zuruf der beiden, sondern rannte sie um ein Haar über den Haufen.

Kajetan und seine Frau wechselten einen bestürzten Blick. »Es muss sich ja um etwas ganz Wichtiges handeln, wenn der Graf bei diesen höllischen Temperaturen solch unziemliche Eile an den Tag legt«, murmelte Anna und schüttelte indigniert den Kopf.

»Zu wem in aller Welt er bloß will?«, rätselte der Geschichtsschreiber. »Gewiss zu König Philipp! Mit seinem Vetter Ludwig wechselt er ja im Augenblick kein einziges Wort. Dieses Mal scheint der gegenseitige Groll tiefer als üblich zu sitzen.«

»Mit Bischof Konrad und Truchsess von Waldburg wird er auch kaum so Dringendes zu verhandeln haben«, raunte Anna und zuckte unwillkürlich zusammen, denn in diesem Augenblick wurde im Stockwerk über ihnen eine Tür heftig zugeschlagen.

»Wir werden es gleich wissen«, gab Kajetan beunruhigt zur Antwort. Er und Anna beeilten sich, die letzten Treppenstufen zu erklimmen.

Was sie dann zu sehen bekamen, ließ sie allerdings vor Grauen regelrecht erstarren.

Dieses Mal war Pfalzgraf Otto keineswegs erschienen, um seine Zuschauer mit trickreichen Spielchen zu unterhalten, sondern er stürmte, nachdem er sich blitzschnell nach eventuellen Gegnern umgesehen hatte, mit erhobenem Schwert auf den vollkommen überraschten und wehrlos daliegenden König los und versetzte ihm einen Schlag gegen den Hals, als wolle er ihn enthaupten!

Das Ehepaar Winterhalter schrie vor Entsetzen auf.

Der Truchsess von Waldburg saß dem König am nächsten. Er versuchte noch geistesgegenwärtig, mit seinem Dolch dazwischenzutreten, um den König zu schützen, aber auch ihn verletzte der rabiate Graf Otto mit dem Schwert, indem er ihm die scharfe Klinge geradewegs in die rechte Schulter hieb.

Einen weiteren Schwerthieb gegen König Philipp vermochte Ludwig von Wittelsbach zu vereiteln, indem er seinem Cousin Otto die Faust gegen den Schwertarm rammte, sodass dieser die Waffe fallen ließ.

Der Bischof von Speyer war vor Schreck wie gelähmt.

Wie eine Gestalt aus der Hölle habe der Pfalzgraf ausgesehen, sagte Annas Mann später aus. Aber der Herzog von Bayern verbesserte Kajetan: »Nein, eher wie ein zorniger Racheengel!«

Einig waren sich alle, die Zeugen gewesen waren, dass diese Szene auf sie wie aus einem Albtraum gewirkt habe.

Der schwer verletzte König ließ keinen Laut hören; der Schwertstreich hatte nicht nur die Halsschlagader aufgerissen, sodass sein Blut bei jedem Herzschlag in hohem Bogen an die Wand und auf den Boden spritzte, sondern auch den Kehlkopf und die Stimmbänder des Herrschers zerfetzt.

Es war, als erwache jetzt der wie in Trance handelnde Attentäter: Ludwigs Faustschlag schien ihn wachgerüttelt zu haben! Mit einem Satz sprang er zum Fenster, stieß die hölzernen Läden auf, welche die Gluthitze draußen halten sollten, und sprang kurzerhand aus dem Fenster. Ein einigermaßen großes Risiko; der Saal befand sich immerhin im ersten Stockwerk.

Anna erholte sich am schnellsten aus ihrer Erstarrung. Auch sie stürzte zum Fenster und konnte gerade noch sehen, wie Ludwigs Vetter Otto sich unten aufrappelte, in den Sattel eines im Hof wartenden Gauls sprang und davonstob, ehe jemand ihn daran zu hindern vermochte. Wie auch? Sämtliche Dienstboten und die meisten Wachposten hielten ebenfalls Mittagsruhe …

Obwohl sich so vieles ereignet hatte, war alles in unwahrscheinlicher Geschwindigkeit geschehen. Der folgenschwere Überfall bis zu Ottos abenteuerlicher Flucht hatte insgesamt nicht länger als eine Minute in Anspruch genommen. Bis Alarm geschlagen wurde, hatte der Pfalzgraf bereits das Weite gesucht; wohin, wusste niemand.

Anna, die einst in Italien mit Kriegsverletzten und Verstümmelten umzugehen gelernt hatte, näherte sich dem König, der völlig blutüberströmt war.

Keine Fontäne schoss mehr aus der grässlichen Halswunde, weil des Königs Herz, wie Anna mit einem Blick erkannte, aufgehört hatte zu schlagen.

»Der König ist tot! Pfalzgraf Otto hat ihn ermordet!«
Anna bemühte sich, diese Sätze noch einigermaßen ruhig
zu sprechen. Dann begann sie haltlos zu schluchzen – ihre
Nerven versagten. Ohne zu überlegen, warf sie sich dem am
nächsten stehenden Herrn, Herzog Ludwig, an den Hals.

Der tätschelte ihr, obwohl er ebenso entsetzt war, beruhigend über Kopf und Rücken und redete ihr einen Augenblick gut zu, bevor er sich an seinen Chronisten wandte:
»Kajetan, seid so gut und führt Euer Weib aus der Halle«,
bat er. »Ich muss diesem Mörder geschwind hinterher!«

Lange wurde über das Motiv dieser bizarren Bluttat gerät-
selt, genau erfuhr man es nie. Die einen sagten, der König
habe Otto eine seiner Töchter zur Gemahlin versprochen,
diese aber dann einem anderen zur Frau gegeben.

Andere führten ins Feld, der Staufer Philipp habe dem
Freund Otto, der zur Brautwerbung nach Schlesien gereist war, für dessen Schwiegervater in spe ein angebliches
»Empfehlungsschreiben« mitgegeben, indem er allerdings
nicht die Tugenden des Freiers betont, sondern vor dem
jähzornigen Bayern gewarnt haben sollte …

So hätte Philipp dem Pfalzgrafen gleich zweimal die
Heiratschancen verdorben, daher habe dieser ihn aus Rache getötet.

Für Ludwig, als Verwandten des Attentäters, war es gewissermaßen »Ehrensache«, den Mörder dingfest zu machen, um die Ehre des Wittelsbacher Herzogshauses wie-
derherzustellen.

Anna litt noch viele Monate an Panikanfällen und Alb-
träumen, die sie nachts aufschrecken und schreiend aus dem
Schlaf auffahren ließen. Gräfin Ludmilla tat ihr Möglichs-
tes, um die ihr so lieb gewordene junge Frau zu trösten.
Ohne sich um das Murren der Kinderfrau zu scheren, ließ

sie Anna mit dem kleinen Otto spielen und verbrachte plaudernd und handarbeitend viele Stunden mit ihr.

Ein Thema war und blieb allerdings tabu: Niemals wurde der Fischer Georg aus Kelheim erwähnt …

Herzog Ludwig war wie besessen von der Aufgabe, den Entflohenen zu stellen und festzunehmen. »Der Kerl ist gewiss nicht ins Ausland geflohen«, vertraute er Anna an. »Dazu hängt er viel zu sehr an seiner bayerischen Heimat! Da er ja inzwischen für vogelfrei erklärt worden ist, wird er sich irgendwo bei Freunden im Bayerischen verstecken. Aber ich werde nicht eher rasten noch ruhen, bis ich den feigen Mörder zur Strecke gebracht habe.«

Der Herzog selbst begab sich mit ausgewählten Rittern auf die Suche nach Otto; bis in die hintersten Ecken des Landes sandte er Kundschafter aus, die sich umhören sollten. Aber alles blieb ergebnislos. Weder die berittenen und bewaffneten Adelsherren noch die herzoglichen Knechte, die sich als Spione verdingten, waren erfolgreich.

»Es ist beinahe so, als hätte der Erdboden sich aufgetan und den Pfalzgrafen verschluckt«, bedauerte auch Kajetan Winterhalter die enttäuschenden Versuche, des Attentäters habhaft zu werden.

Auch Anna wünschte sich sehnlichst, dass endlich ein Schlussstrich gezogen werden könnte unter das entsetzliche Geschehen, dessen unfreiwillige Zeugin sie gewesen war.

»Nicht nur seine Grausamkeit muss eine gerechte Strafe nach sich ziehen; allein die Tatsache, dass ein Lehnsmann es überhaupt *wagt*, Hand an seinen König zu legen, bedarf strengster Sühne«, betonte Anna gegenüber der Herzogin. »Es kann und darf nicht sein, dass Gott der Herr den Grafen straflos davonkommen lässt!«

»Außerdem wird ein Schatten auf allen Wittelsbachern liegen, solange dieser Übeltäter nicht gefasst und bestraft worden ist«, fügte Ludmilla hinzu, die es ebenfalls begrüßt hätte, ihren Gemahl endlich wieder zufrieden zu sehen. »Immerhin ist seit der Bluttat bereits ein Dreivierteljahr vergangen. Aber ich bin sicher, der Herr wird bald ein Einsehen haben und den Mörder nicht ungeschoren davonkommen lassen.«

Als hätte Ludmilla es geahnt, sollte sich das Blatt in absehbarer Zeit wenden.

Enttäuschung über Ludwig

An einem windigen Tag Anfang März, man schrieb das Jahr 1209, fanden Flucht und Versteckspiel des Pfalzgrafen ein Ende. Der schlaue Verbrecher war keineswegs sehr weit geflohen, sondern hatte sich sozusagen »in der Höhle des Löwen« verkrochen: Ganz in der Nähe, in Oberndorf bei Kelheim, hielt er sich verborgen! Dennoch hatte man den gewitzten Attentäter aufgespürt.

Die Aufregung auf der Trausnitz war unbeschreiblich, als Boten für den Herzog eintrafen, um den Erfolg zu melden. Der anfängliche Jubel erschallte vom Burghof bis hinauf in die Kemenate der Herzogin, wo Ludmilla mit ihrem Sohn Otto spielte, und zwar im Beisein von Anna.

Bald allerdings legten sich die Freudenausbrüche, die Jubelschreie verebbten. So erfreulich der Fahndungserfolg auch war, so peinlich war die Tatsache, dass nicht etwa die Leute des Herzogs den Vogelfreien gestellt, sondern dass der Reichsmarschall von Kalden ihn mit seinen Mannen zur Strecke gebracht hatte.

Als man dann noch die näheren Umstände erfuhr, wie man mit dem Attentäter umgegangen war – »immerhin ein Mann von hoher Geburt und kein beliebiger Rossknecht«, wie der Herzog sich zornig ausdrückte –, da verstummte jegliche Zustimmung, und schlagartig wurden die Mienen grimmig.

»Man hat Graf Otto nach seiner Gefangennahme, die er widerstandslos über sich ergehen ließ, umgehend das Haupt abgeschlagen«, hatte nämlich der Bote vermeldet. »Dann warf man seinen abgetrennten Kopf einfach in die Donau! Den kopflosen Leichnam ließen die Männer des Reichsmarschalls vorerst liegen, um zu beraten, was man damit machen solle. Manche plädierten dafür, ihn den Aasvögeln zu überlassen.«

Jetzt regte sich lauter Unmut bei allen, sie sich auf dem Burghof aufhielten. Das war keineswegs nach Fug und Recht geschehen! Wozu gab es für Edelleute einen eigenen Rechtskodex?

»Der Gefasste mag ja die Todesstrafe verdient haben, aber bitte durch den Urteilsspruch eines dazu befugten Gerichtes und nicht durch irgendwelche Schergen des Reichsmarschalls!«, erregte sich Anna, die mit der Herzogin in den Burghof geeilt war, nachdem sie den kleinen Burschen der Amme überlassen hatten.

Ludwig, dessen Gesicht vor Zorn ganz bleich geworden war, blieb schweigsam. Auf sein Zeichen hin fuhr der Überbringer der brisanten Botschaft fort: »Mönchen des Klosters Indersdorf ging dieser Frevel offenbar zu weit! Sie haben den Leichnam des Grafen kurzerhand entführt, ihn in einem mit Pech ausgestrichenen Fass versteckt, um ihn für die Einbalsamierung frisch zu erhalten, und Pfalzgraf Otto anschließend in aller Heimlichkeit, jedoch feierlich in ihrer eigenen Klosterkirche beigesetzt.«

Jetzt ging ein Aufatmen durch die inzwischen angewachsene Menschenmenge im Hof der Trausnitz. Kein Zweifel: Die wackeren Klosterbrüder hatten gewusst, was sie einem Mitglied der edlen Familie schuldig waren:

Immerhin war Indersdorf eine Gründung der Wittelsbacher!

»Jedenfalls hat man meinen Vetter nicht wie einen verreckten Hund verscharrt«, stellte der Herzog mit steinerner Miene fest, ehe er sich abwandte, einem Knecht ein Zeichen gab und sich zu den Pferdestallungen aufmachte.

Sooft er in Ruhe nachdenken musste oder im Geiste strategische Lösungen von Problemen durchspielte, ehe er mit jemandem darüber sprach, pflegte sich Herzog Ludwig neuerdings auf den Rücken seines schwarzen Hengstes zu schwingen und ein Stück weit an der Isar entlangzureiten.

Im Nachhinein kam es Anna so vor, als wäre just an diesem Tag, an dem Ludwig die Kunde vom schmachvollen Tod seines Verwandten erreichte, jener bedeutsame und folgenschwere Augenblick gewesen, in dem sich in seinem Innern eine deutliche Wandlung vollzogen hatte.

»Und bei Gott leider keine zum Guten, Herr«, behauptete die junge Frau, als sie mit ihrem Mann Kajetan zu einem viel späteren Zeitpunkt das Thema berührte.

Winterhalter hatte versucht abzuwiegeln. So viel an Loyalität glaubte er seinem Herrn schuldig zu sein. »Was so viele Große im Reich insgeheim für richtig halten, kann so verkehrt nicht sein«, behauptete er. »Weshalb sollte es dem Herzog denn nicht gestattet sein, seine Meinung zu ändern? Mit der Ermordung König Philipps hat sich das Machtgefüge im Land deutlich verschoben, alles ist wieder offen.«

»Ja, dem Herrn sei's geklagt! Jetzt geht der Kampf darum von Neuem los, ob Staufer oder Welfen die Oberhand erhalten sollen. Ich weiß schon, nirgends ist für die Ewigkeit festgeschrieben, dass der König nur aus staufischem

Geblüt stammen darf. Aber muss es denn sein, dass Ludwig der erste deutsche Fürst ist, der sofort die Fahnen wechselt und für den Welfen Otto als König stimmen will?«

»Warum denn nicht? Hat Otto ihm doch fest zugesichert, dass die bayerische Herzogswürde für alle Zeit in der Familie der Wittelsbacher bleiben soll!«

»Mag sein. Dennoch bin ich geradezu entsetzt über Ludwigs Wankelmut – und sehr enttäuscht.«

Der herzogliche Chronist befürchtete nicht zu Unrecht, dass Anna auch dem Herzog gegenüber mit ihrer Ansicht nicht hinter dem Berg halten werde. In der Tat gelang es ihm nur noch im letzten Augenblick, ein ernsthaftes Zerwürfnis der beiden von Kindheit an Vertrauten dadurch zu verhindern, indem er seiner Frau streng untersagte, laute Kritik am Herzog zu üben.

»Soll ich ihn etwa belügen, falls er mich nach meiner Meinung fragt, Herr?«, begehrte Anna widerspenstig auf.

»Nein, Frau, zu lügen brauchst du keineswegs! Auf Fragen wirst du ihm lediglich antworten, du habest vollstes Vertrauen in seine Entscheidung und dass diese schon richtig sein wird. Hast du mich verstanden, Anna?« Kajetan klang besorgt, aber auch verärgert. »Du darfst dir nicht zu viel herausnehmen. Herzog Ludwig weiß schon, was er tut! Wer bist denn du, dass du ihm Ratschläge erteilen dürftest?«

Anna lag auf der Zunge, zu sagen, dass sie das schon viele Male getan habe. Meist hatte Ludwig ja sogar auf sie gehört – und durchaus nicht zu seinem Schaden. Doch sie hielt sich noch rechtzeitig zurück. Kajetan musste durchaus nicht alles wissen. So nickte sie nur und meinte diplomatisch: »Sicher habt Ihr recht. Ich werde tun, was Ihr sagtet.«

Tief in ihrem Herzen grollte sie dem Herzog allerdings – und auch ihrem Ehemann. Ihr erschien es nach wie vor ein Verrat an den Staufern, denen Ludwigs Vater und auch der Herzog selbst die bayerische Herzogswürde ursprünglich verdankten.

Der Herzog selbst enthob Anna ihrer Gewissensnöte, indem er sich erst gar nicht nach ihrer Meinung erkundigte. Möglicherweise ahnte er ihr Widerstreben und wollte sich unerfreuliche Debatten darüber ersparen. Oder aber die erfolgte Einladung zu König Ottos Vermählung überhäufte ihn so mit Vorbereitungen, dass er das Ganze schlichtweg vergaß.

Der neue König war sehr darauf bedacht, die Freundschaft des Wittelsbachers zu erringen und zu erhalten. Er übertrug ihm nicht nur die Reichslehen des so schmachvoll enthaupteten Vetters, sondern übergab ihm obendrein auch noch die Markgrafschaft Istrien. Die hatte sich bis dato in den Händen der Andechser Grafen befunden, aber der andechsische Markgraf Heinrich von Istrien war – vollkommen grundlos – verdächtigt worden, in die Mordtat an König Philipp verwickelt gewesen zu sein.

Für Anna ein klarer Fall, dass Heinrich, falls er sich von dem Verdacht reinwaschen konnte, alles unternehmen würde, um seinen Besitz an der Adria zurückzuerhalten. Damit stünde also eine weitere kriegerische Auseinandersetzung in Bayern bevor.

Gemeinsam mit Kajetan sollte sie Herzog Ludwig und Ludmilla zur Hochzeit des Welfenkönigs Otto begleiten, die zu Pfingsten 1209 stattfinden sollte. Seine Königin würde ausgerechnet Beatrix sein, die Tochter des gemeuchelten Königs Philipp …

Für Anna schien die Verbindung einen Hoffnungsstrahl zu bedeuten, dass mit einer staufisch-welfischen Ehe die ständigen Querelen um das Amt des Königs endlich ein Ende fänden.

»Ich freue mich auf die Feier«, gestand sie ihrem Mann, als sie ihre ganz persönlichen Vorbereitungen trafen. »Vor allem für den Herzog, dem die große Ehre widerfährt, König Ottos Brautführer zu sein.«

Sie wäre keine richtige Frau gewesen, hätte ihr nicht die Aussicht, wunderschöne neue Garderobe zu erhalten, das Herz erwärmt. Selbst Kajetan, ein eher nüchterner Mann, der nicht übermäßig viel Wert auf Äußerlichkeiten legte, ließ sich von der nahezu fiebrig-erwartungsvollen Atmosphäre anstecken, die auf Burg Trausnitz herrschte. Mit sichtlichem Vergnügen probierte er verschiedene Wämser, Hemden, Umhänge und Kopfbedeckungen an.

Die wurden ihm von den herzoglichen Schneidern vorgelegt, damit er das ihm Genehme und Passende auswählen konnte. Selbst Anna stand er mit kundigem Rat zur Seite, wenn die sich wieder einmal – »ganz nach Weiberart«, wie die Männer oft schelmisch schimpften – nicht entscheiden konnte.

Die Wahl zwischen roten, grünen oder blauen Seidenstoffen, zwischen Spitzen aus Holland oder Spanien, Schuhen mit hohem oder nur mittelhohem Absatz, mit spitzem, lang ausgezogenem Vorderfuß oder eher mäßig gerundetem, fiel ihr nicht leicht. Bei den Schuhen schließlich zog sie die Herzogin zurate. Ihrem Mann gegenüber musste als Entschuldigung für ihre ganz untypische Entschlusslosigkeit die Erklärung herhalten, sie wolle auf keinen Fall Herzogin Ludmilla beim Schuhwerk »übertrumpfen« …

Die Hochzeit war außerordentlich prunkvoll – wie jedermann es auch erwartet hatte. Den edlen Gästen schien sogar eine Sympathie zwischen den Neuvermählten zu bestehen, was nicht wenige erstaunte. Eigentlich musste man doch eher von einer gewissen Abneigung der Braut gegen

den neuen König ausgehen: Immerhin war Otto der Nutz-
nießer von ihres Vaters Ermordung …

Für den grünäugigen Bräutigam mit dem vollen braunen Haar sprachen allerdings seine liebenswürdige Wesensart – und sein gutes Aussehen, das angeblich, sofern
man den Gerüchten Glauben schenken mochte, schon so
manche Adelsdame hatte schwach werden lassen.

Allen fiel natürlich die beinah übertriebene Liebenswürdigkeit auf, die der König gegenüber dem Bayernherzog an den Tag legte.

»Unser Herr schien sich in der Gunst des Königs ja geradezu zu sonnen«, stellte Anna leicht spöttisch auf dem
Heimweg im Gespräch mit ihrem ziemlich erschöpften
Gemahl Kajetan fest. Der schien sich nur mit Mühe auf einer lammfrommen Stute im Sattel zu halten. Vom Angebot des Herzogs, mit Herzogin Ludmilla in der Kutsche
zu sitzen, hatte er aus falsch verstandenem Stolz keinen
Gebrauch gemacht.

»Warum sollte er das denn nicht tun, Frau?« Ludwigs
Chronist betrachtete mit Befremden Annas gerunzelte
Stirn. »Hast du ihm seinen Seitenwechsel denn immer
noch nicht verziehen? Begreif doch: König Philipp weilt
nicht mehr unter uns! Wo steht geschrieben, dass Ludwig
für alle Zeiten aufseiten der Staufer stehen müsse?«

»Ich weiß! Aber ich frage mich, ob es nötig war, so auffällig laut das Lied der Welfen zu singen? Nicht nur mir ist
das merkwürdig erschienen, auch manch andere haben
sich darüber mokiert.«

»Lass doch die anderen sich ruhig die Mäuler zerrei-
ßen! Herzog Ludwig weiß schon, was für ihn und vor allem für Bayern gut ist.«

Darauf gab es für Anna nichts mehr zu sagen. Aber eine gewisse Enttäuschung über den Mann ihres Herzens
blieb.

Wie ein Fähnlein im Wind

Die mit allergrößtem Pomp gefeierte Hochzeit König Ottos sollte nicht das einzige Ereignis bleiben, zu dem der Herzog von Bayern geladen wurde. Als Nächstes sollte er den Welfen auch zu dessen Krönung zum Kaiser nach Rom begleiten.

Es war ja nun nicht das erste Mal, dass Anna gen Süden, nach Italien reiste; aber einer Kaiserkrönung in Rom durch den Papst beizuwohnen, war doch etwas ganz Außerordentliches. Sie und ihr Ehemann Kajetan gehörten zur Begleitung Herzog Ludwigs, der zu diesem Anlass natürlich auch seine Gemahlin Ludmilla mitgenommen hatte, die sich sehr darüber freute, endlich Muße zu haben, mit »ihrer liebsten Anna« Zeit zu verbringen.

»Daheim in Landshut habe ich so vieles um die Ohren – jeder Domestik erwartet ständig Anweisungen von mir –, dass die Begegnungen mit dir viel zu kurz geraten«, behauptete die schöne Herzogin. Ludmilla vereinnahmte Anna kurzerhand als Erste Kammerzofe.

Nicht, dass Anna sich nicht geschmeichelt gefühlt hätte über die besondere Gunstbezeugung der bayerischen Landesmutter, aber sie hätte es begrüßt, sich mehr um ihren kränklichen Gatten kümmern zu dürfen, dem das schwülheiße Klima der Tiberstadt nicht allzu gut bekam.

Rund um die Ewige Stadt zogen sich riesige Sumpfgebiete, die man zwar seit der altrömischen Kaiserzeit zum großen Teil immer mal wieder trockengelegt hatte, die jedoch durch die von Kriegswirren verursachte Verwahrlosung des Geländes stets aufs Neue entstanden. Die Moskitos, Mücken, die das gefährliche Sumpffieber sogar inmitten Roms verbreiteten, waren nur zu bekämpfen, indem man in den Häusern auch in den Sommermonaten Feuer unterhielt, und zwar Tag und Nacht, wobei man verschiedenste Kräuter verbrannte, um das Ungeziefer zu vertreiben. So herrschte auch in den Wohnungen unerträgliche Hitze. Wer sich im Freien aufhalten musste, war darum bemüht, möglichst wenig Haut zu präsentieren, worauf sich Stechmücken niederlassen und zustechen konnten.

Vor allem den vornehmen Damen, die sich bei kirchlichen Prozessionen oder weltlichen Umzügen gern dem Volk in eleganten Roben zeigen wollten, war dieses Vergnügen bald verleidet; es war entschieden klüger, Gesicht, Hals und Arme zu verhüllen, um den gefährlichen Krankheitsüberträgern keine »Angriffsflächen« zu bieten.

Sogar Seine Heiligkeit, Papst Innozenz III., warnte die Gäste aus Deutschland: »Jedes Jahr fallen Dutzende dem Sumpffieber zum Opfer. Sämtliche Medici vermögen ihm einfach nicht beizukommen! Eine schwere Prüfung unseres Herrn ... Eigentlich sollte man Rom verlassen und in Gegenden wohnen, die der Gesundheit zuträglicher sind. Aber ein echter Römer liebt die Ewige Stadt. Für Christen ist es der Ort, wo der heilige Apostel Petrus und viele Märtyrer gewirkt haben, und wir halten Rom trotz allem die Treue! Nur in den allerheißesten Monaten ziehen Klerus und Adel aufs Land in ihre Villen, um der Hitze und den Moskitos zu entfliehen.«

»Ich kann beim besten Willen nicht verstehen, Kajetan«, bemerkte Anna leicht aufsässig, »warum man die Krönung nicht auf einen Wintermonat verlegt hat! Jetzt ist es von den Temperaturen kaum weniger unerträglich.« Um den Eindruck zu verwischen, sie wolle an Papst und Kaiser Kritik üben, fügte sie sofort hinzu, sie mache sich nur Sorgen um Frau Ludmilla, und auch ihm täte dieses Höllenklima nicht gut.

Das war noch untertrieben; in Wahrheit litt Kajetan Winterhalter sehr unter der brütenden und feuchten Hitze.

Er kämpfte gegen Atemnot, die ständigen Schweißausbrüche schwächten ihn zusätzlich. Aber dass er schwer angeschlagen war, hätte er niemals zugegeben. »Ich bin nicht stärker davon betroffen als andere auch, Anna!« Damit beendete er das unerfreuliche Gesprächsthema.

Papst Innozenz und Kaiser Otto IV. gingen zwar respektvoll miteinander um, aber gute Freunde oder gar Vertraute würden sie niemals werden. Sie verband ein reines Zweckbündnis, ein gegenseitiges Geben und Nehmen.

Der Heilige Vater erwartete und erhoffte sich weiterhin großen Einfluss im Reich und den kaiserlichen Schutz gegen mögliche Feinde der Kirche. Und für den Welfen Otto ging der sehnlichste Wunsch in Erfüllung: Seine Krönung zum römischen Imperator, mit der er Macht und Ansehen bei den Fürsten im Deutschen Reich ausbauen konnte. Auch in Rom ließ er alle Welt miterleben, wie sehr er Herzog Ludwig von Bayern schätzte und liebte.

»Ich könnte mir denken, dass Ludwigs auffällige Vorzugsbehandlung durch den Kaiser den anderen Großen langsam gegen den Strich geht«, argwöhnte Anna während des pompösen Krönungsmahles.

Sie sprach leise zu ihrem Mann, der zusammengesunken und erschöpft neben ihr kauerte und sich insgeheim nichts mehr wünschte, als sich endlich in sein Bett zurückziehen zu dürfen. Aber als Chronist gehörte es auch zu seinen Aufgaben, der Nachwelt von diesem superben Krönungsmahl zu berichten, das in Anwesenheit des Heiligen Vaters, der gesamten römischen Kurie, etlicher deutscher Bischöfe und vieler Edler des Reiches stattfand.

»Kaiser Otto ist unserem Herzog zu großem Dank verpflichtet, dass der ihn als Erster, vor allen anderen Adligen, als König im Reich anerkannt hat. Zuvor war Otto lediglich Philipps machtloser Gegenkönig.«

Dass Ludwig nach Philipps Ermordung so schnell zu dem Welfen übergelaufen war, nahm Anna ihm heute noch ein wenig übel … Aber sie hielt es für klüger, nicht daran zu rühren – vor allem nicht an einem Freudentag wie diesem.

Unauffällig blickte sie sich im Festsaal auf dem Aventin, einem der sieben Hügel Roms, um. Die riesige Halle fasste kaum die zahlreichen Gäste – ein Zeichen der Wertschätzung Kaiser Ottos. So hatte es jedenfalls Kajetan behauptet, nachdem sie ein kurialer Diener in goldbetresster Livree an ihren Stuhl in der Nähe des Bayernherzogs geleitet hatte.

Von ihrem Platz aus war es gut möglich, Frau Beatrix, die nunmehrige junge Kaiserin, im Auge zu behalten. Und Anna war eine äußerst scharfe Beobachterin … Jetzt eben hatte Ottos Gemahlin bereits zum dritten Mal von ihrem Wein verschüttet, weil ihre Hand so stark zitterte, als sie dem Kaiser das Glas entgegenhielt, um ihm zuzutrinken.

Entweder ist sie gesegneten Leibes und wirkt deshalb so unkonzentriert und fahrig – dann sollte sie aber besser keinen Alkohol zu sich nehmen –, oder ihr bekommt das Klima nicht, was ich verstehen kann. Oder sie ist nicht sehr glücklich. Wenn ich raten müsste, würde ich mich für das Letzte entscheiden, ging der »Magd des Herzogs« durch den Sinn. (Wie Kajetan zu seinem Missvergnügen hatte feststellen müssen, war diese zweideutige Bezeichnung für seine Ehefrau sogar dem Papst geläufig …)

Nein, einen glücklichen oder wenigstens zufriedenen Eindruck machte Ottos Gemahlin nicht!

Man war nicht allzu lange zurück in der bayerischen Heimat, als Neuigkeiten nach Landshut drangen, die besonnene Leute bedenklich die Köpfe schütteln ließen; waren sie doch geeignet, wieder einmal große Aufregung zu verursachen: Der ohnehin bloß oberflächlich vereinbarte und eher widerwillig eingehaltene Friede war in großer Gefahr, sich ins Gegenteil zu verkehren! Falls die Gerüchte stimmten, wurde das ganze Reich in einen weiteren Krieg hineingezogen, der nicht so bald beendet sein würde.

Natürlich bewahrheitete sich alles, was die ersten Kundschafter verbreitet hatten: Kaiser Otto hatte nichts Besseres zu tun gewusst, als einen Kriegszug nach Süditalien zu unternehmen! Dass er damit die Interessen von Papst und Kurie empfindlich störte, scherte ihn offenbar nicht. Freilich wusste er, dass sich auch südlich von Rom päpstliches Territorium befand, das er jedoch rücksichtslos dem Deutschen Reich einzuverleiben gedachte.

Papst Innozenz reagierte erwartungsgemäß auf jene Weise, wie Päpste derlei seit Jahrhunderten zu handhaben pflegten: Er exkommunizierte den Kaiser. Sein Favorit war jetzt auf einmal sein Mündel, der Stauferabkömmling Friedrich!

Die kirchliche Ächtung richtete sich auch nicht allein gegen die Person Ottos: Das gesamte Reich und alle seine Bewohner waren davon betroffen. Das bedeutete, dass keinerlei priesterliche Handlungen stattfinden durften, keine Messen gelesen, keine Kinder getauft wurden und auch die Letzte Ölung im Sterbefall zu unterbleiben hatte, genauso wie Beichte und der Empfang der heiligen Kommunion. Paare wurden nicht mehr eingesegnet, und Bittgottesdienste oder Prozessionen gehörten der Vergangenheit an. Kein Segenswort eines Priesters würde mehr zu den Christen gelangen und keine Kirchenglocke künftig zu Andacht und Gebet ermahnen.

Bei einer Exkommunikation handelte es sich um die schlimmste Strafe, die ein Stellvertreter Christi über ein

Schäflein seiner Gemeinde verhängen konnte, für einen Herrscher jedoch war sie geradezu fatal!

»Üblicherweise fallen die meisten Fürsten von einem derart inkriminierten König ab.« Kajetan wagte kühn einen Blick in die Zukunft: »Dieses Mal wird sich der Papst vermutlich täuschen. Zumindest wird er aus Bayern keine Rückendeckung bekommen.«

In diesem Fall war seine Frau ausnahmsweise mit ihm einer Meinung. Allein die Vorstellung, Herzog Ludwig könnte seinem »lieben kaiserlichen Freund Otto« die Gefolgschaft aufkündigen, bloß weil Innozenz sich ärgerte, ein paar süditalienische Provinzen an den Kaiser verloren zu haben – einfach lächerlich!

Und dann kam der Hammerschlag für viele, die ähnlich wie das Ehepaar Winterhalter gedacht hatten.

Herzog Ludwig war der Erste, der sich der immer noch real existierenden staufischen Opposition im Reich der Deutschen anschloss und Kaiser Otto sofort den Rücken kehrte.

Anfangs war Anna sprachlos. Wie konnte Ludwig nur so handeln? Was hatte ihn bewogen, urplötzlich auf die Linie Innozenz' III. einzuschwenken, den er eigentlich – ungeachtet anderslautender Beteuerungen – nie besonders geschätzt hatte? Hatte er es einst diesem Papst nicht schwer angekreidet, dass der seinerzeit seinen Ziehsohn, den Stauersprössling Friedrich, praktisch von seinem Erbe ausgeschlossen hatte, indem er den Welfen bevorzugt hatte?

Oder war es auf einmal das schlechte Gewissen, das Ludwig zu schaffen machte, weil er den Staufern die schuldige Loyalität versagt und auf den Nachkommen Heinrichs des Löwen gesetzt hatte? Das hielt Anna zwar für ziemlich ausgeschlossen, aber genau wissen konnte sie es nicht, weil Herzog Ludwig niemals darüber ein Wort verlor.

Wie sollte er auch? Neuerdings ging er ihr wieder auffällig aus dem Weg – für Anna ein Zeichen, dass er ihre bohrenden Fragen scheute.

Eine Magd hatte ihr zugetragen, der Herzog erkundige sich jedes Mal, ehe er tagsüber die Kemenate seiner Gemahlin aufsuche, ob sich Anna etwa bei der Herzogin aufhalte. War dies der Fall, nehme der Herr unter einem Vorwand Abstand davon, Ludmilla einen Besuch abzustatten …

Offenbar fürchtet er meine Kritik, dachte Anna verblüfft. In Bezug auf ihre Freundschaft empfand sie das als nicht ungefährlich – und sehr schade. Selbst auf die von ihm so geliebten Ausritte entlang der Isar nahm er sie neuerdings nicht mehr mit, obwohl sie sich mittlerweile zu einer recht geschickten Reiterin gemausert hatte, gerade dank seiner Unterweisung.

Mit ihrem Mann konnte Anna über Ludwigs inkonsequentes Verhalten nicht sprechen. Kajetan würde stets aufseiten des Herzogs stehen, und sie wollte sich Belehrungen ersparen.

Spätes Glück

Neuerdings trieben Anna Gedanken ganz anderer Art um: Falls sie sich nicht irrte, sah sie tatsächlich Mutterfreuden entgegen!

Anfangs hatte sie die entsprechenden Anzeichen ihres Körpers, etwa die ausbleibende monatliche Reinigung und das Füligwerden von Busen und Hüften, auf das kommende Alter geschoben. Bei nicht wenigen Frauen kamen die Wechseljahre bereits in den Dreißigern. Erst als sie jeden Morgen mit Übelkeit und gegen Brechreiz zu kämpfen hatte, begann sie allmählich, das Unwahrscheinliche für wahr zu halten.

Die wenigen Male, die Kajetan seine ehelichen Pflichten erfüllt hatte – jedoch eher hastig, lustlos und für sie keineswegs erfüllend –, vermochte Anna an zwei Händen abzuzählen. Kurz nach der Hochzeit war es noch am häufigsten geschehen; danach war ein eheliches Beisammensein aus verschiedenen Gründen unterblieben.

Da war einmal das fortgeschrittene Alter ihres Gatten, dazu kamen sein schlechter Gesundheitszustand, die starken Schmerzen, die er wegen seines verkrümmten Rückgrats erleiden musste, sowie die Belastungen durch die vielen Reisen, die sein Amt als Hofberichterstatter des Herzogs mit sich brachte. Es war genauso gekommen, wie Anna ursprünglich geargwöhnt hatte: Kajetan Winterhalter benötigte kein Eheweib, sondern eine Pflegerin.

Nun verhielt es sich zum Glück aber so, dass die junge Frau darüber nicht besonders enttäuscht oder traurig war. Sie begehrte ihren Mann ja nicht – ganz anders, als sie bei Georg empfunden hatte! Bei ihm hatte sie sich ehrlich darauf gefreut, die viel besungene »Gattenliebe« mit ihm nach der damals angestrebten Heirat zu genießen. Im Nachhinein tat es ihr oft leid, dass sie es ihm und sich selbst aus Rücksicht auf die Keuschheitsgebote der Kirche verwehrt hatte, einander zu »erkennen«, wie es in der Bibel hieß. Andererseits war sie aber so klug, zu ahnen, dass sie mit einschlägiger Erfahrung und »Gewöhnung« an ein normales Geschlechtsleben nicht so ohne Weiteres die Ehe mit einem mittlerweile impotenten Gemahl hätte ertragen können. Die Gefahr, Ehebruch zu begehen, wäre dann vermutlich riesengroß, gestand sie sich ehrlicherweise ein. Aber so vermochte sie nicht zu vergleichen und war eigentlich mit ihrem »Fast-Jungfrauenstatus« leidlich zufrieden gewesen.

Das Einzige, was sie tatsächlich bedauerte, war das traurige Schicksal der Kinderlosigkeit, welches auf ihr lastete. Aber inzwischen, nach Jahren der Abstinenz, als sie sich bereits damit abgefunden hatte, niemals ein eigenes Kind im Arm zu wiegen, schien plötzlich alles ganz anders zu sein!

Vor zweieinhalb Monaten hatte sich Kajetan offensichtlich sehr wohlgefühlt. Es war eine friedliche Zeit auf der Burg Trausnitz; Geruhsamkeit war eingekehrt.

Ein wunderschöner Herbst, der das Land ringsum vergoldet hatte, war in einen milden Winter übergegangen, dieser in einen nassen Frühling, worauf ein heißer, aber erträglicher Sommer gefolgt war. Augenblicklich herrschte sogar Frieden in Bayern.

Das hatte Ludwigs Chronisten vermutlich dazu verleitet, sein schönes Weib wieder einmal anders ins Auge zu fassen als nur als jene Person, die auf die Zubereitung seiner Mahlzeiten achtete, ihm pünktlich seine Arzneien verabreichte und sich darum sorgte, dass er weder Sonnenhitze noch Kälte oder Zugluft ausgesetzt war und genügend Schlaf bekam. Kurzum, Kajetan hatte sie wieder einmal als seine *Frau* und nicht nur als sein *Kindermädchen* gesehen.

In jener Nacht musste es geschehen sein, überlegte Anna und musste schmunzeln. Die intime Begegnung mit ihm war um nichts angenehmer oder auch nur im Geringsten anders verlaufen als die letzte vor etlichen Jahren. Zunächst hatte sie sich gewundert, dass Kajetan mitten in der Nacht so dicht an sie herangerückt war. Erst als er ihr Nachthemd ungeschickt nach oben geschoben, ihre Hand auf sein leicht versteiftes Glied gelegt und sie zaghaft auf den Hals geküsst hatte, hatte sie verstanden, worauf die Annäherung hinauslaufen sollte.

Gesprochen hatte er wie üblich nichts. Beinahe gerührt über seine nach so langer Zeit ungeschickt schüchterne Art beim Liebesakt, war sie ihm behilflich gewesen, sein

»Wollen« auch halbwegs in ein »Können« zu verwandeln …

»Und daraus soll nun ein neues Leben entstanden sein?«, fragte sie sich leise. Ziemlich banal, wollte ihr scheinen. Die Zeugung eines Kindes hatte sie sich immer viel spektakulärer vorgestellt und erhofft: versunken im Sinnentaumel der Ehegatten, erfüllt von machtvollem Begehren, überströmend vor Liebe und einig im Zeugungswunsch von Mann und Frau! In Wirklichkeit genügte ein beinah beiläufiger Akt, der Kajetan zwar zur Entspannung verholfen, den sie jedoch mehr oder weniger unbeteiligt hatte über sich ergehen lassen.

Doch dann fiel ihr ein, dass neues Leben oft genug auch durch rohe Gewalt entstand. Viele brutal geschändete Frauen mussten ihren Nachwuchs austragen, ohne dessen Erzeuger wenigstens etwas Achtung entgegenbringen zu können.

»Also sei's drum, ich darf mich glücklich schätzen! Ich werde ein Kind bekommen, das ich von ganzem Herzen lieben werde und dessen Leben gesichert sein wird«, versprach sie sich selbst sowie dem winzigen Ungeborenen, von dessen Existenz sie vorläufig aber noch keinem Menschen etwas verraten wollte. Sachte legte Anna sich eine Hand auf den noch flachen Bauch. »Das ist jetzt unser großes Geheimnis, mein Kleines«, flüsterte sie zärtlich. Inzwischen hatte sie jeden Zweifel an einer tatsächlichen Empfängnis ausgeschlossen.

Der Gedanke daran, endlich in anderen Umständen zu sein, erfüllte sie mit derart tiefen Glücksgefühlen, ja, mit einer Wonne, die sie alles andere um sich herum als zweitrangig empfinden ließ. Mochte Ludwig sein Fähnlein nach dem Winde hängen, sooft es ihn danach gelüstete, es scherte sie nicht mehr. Für seinen Charakter musste der Herzog vor sich selbst geradestehen.

Kurz danach fand eine Reise nach Nürnberg statt. Natürlich waren Anna und Kajetan Winterhalter im Geleit des Bayernherzogs. Die werdende Mutter fühlte sich prächtig; die morgendliche Übelkeit hatte schlagartig aufgehört. Sie empfand gegen keinerlei Speisen mehr einen Widerwillen, nur gegen Wein oder Bier.

An der abendlichen Tafel machte Ludwig zwar launige Bemerkungen über ihre so unvermittelt aufgetretene Abstinenz, denn sie trank nur noch reines Brunnenwasser. Aber sie lachte ebenfalls über ihre »Marotte« und schob es auf ein Gelübde, das sie kürzlich abgelegt habe und deshalb auf alkoholhaltige Getränke verzichte.

Dass niemand auf den wahren Grund zu sprechen kam, was bei einer verheirateten und trotz ihres Alters noch jugendlich wirkenden Frau eigentlich normal gewesen wäre, gab ihr zu denken. Anscheinend traute kein Mensch ihrem Gatten und ihr zu, noch als Mann und Frau zu verkehren!

Alle würden Augen machen, sobald ihr Zustand für jedermann offenbar sein würde. Ein spitzbübisches Lächeln erhellte das schon etwas voller gewordene Gesicht der »Magd des Herzogs«.

Flüchtig schoss ihr der Gedanke durch den Kopf, manche könnten vielleicht argwöhnen, der Herzog selbst sei der Erzeuger ihres Kindes. Für den Bruchteil eines Augenblicks zog bei dieser Idee eine Spur von Bedauern durch Annas Herz, verflüchtigte sich jedoch sofort wieder.

Um dem Ungeborenen nicht zu schaden, hatte sie sich vorgenommen, sich zu schonen, sofern es möglich war, und vor allem, sich jeder Aufregung zu enthalten. So versuchte sie sich auch keine Gedanken darüber zu machen, dass der Herzog von Bayern als einer der ersten der Fürsten die Wahl des Staufers Friedrich befürwortet hatte. Mit einer geradezu verblüffenden Leichtigkeit kehrte er der

Partei der Welfen den Rücken, um sich erneut den Staufern anzuschließen.

Mag er tun, was immer er für richtig hält, dachte Anna. Dieses Mal vermochte sie ihm nicht so böse zu sein wie bei seinem letzten Gesinnungswechsel: Immerhin verdankte er es den Staufern, dass er überhaupt auf Bayerns Herzogthron saß.

Dass ihr Ehemann das Lob seines Herrn sang, einerlei, wozu auch immer dieser sich entschloss, verstand sich von selbst. Dieses neue Kapitel in der bayerischen Chronik triefte geradezu vor Lobpreisungen der »klugen«, ja, »weisen« und »vorausschauenden Haltung« des wittelsbachischen Landesfürsten.

Von der schönen Reichsstadt Nürnberg bekam Anna leider nicht allzu viel zu sehen. Das Wetter hatte sich gedreht, und wo gerade noch strahlend goldene Septembertage mit samtig blauem Himmel und weißen Wölkchen die Gemüter der Menschen verzaubert hatten, herrschte über Nacht das nasskalte Grau in Grau, das man im Allgemeinen nur dem »Totenmonat« November zuschrieb.

Es nieselte unaufhörlich; morgens lag Reif auf den steilen Giebeldächern und den holprigen Gassen. Vorsichtige Reiter umwickelten die Hufe ihrer Pferde mit Lappen, damit die Tiere nicht ins Straucheln gerieten. Jeder, der ins Freie musste, mummelte sich dick in einen wollenen Umhang, zog sich die Kapuze über den Kopf und schlüpfte in fellgefütterte Stiefel, so er denn welche besaß.

Schlimm waren wieder einmal die Armen dran. Blau gefroren in dünnen, zerschlissenen Kitteln, kauerten sie mit triefenden Augen und roten Nasen hustend und spuckend auf den Kirchenstufen oder belagerten die Tore der Klöster, wo man ihnen aus Barmherzigkeit eine warme Suppe reichte. Anna fand die Armut in den größeren

Städten um einiges schrecklicher als auf dem Lande oder in kleineren Ortschaften.

»In Kelheim ist die Anzahl der Stadtarmen noch gut überschaubar. Während des Winters nehmen die Reichen die Bedürftigen auf, indem sie ihnen gestatten, in ihren Pferdeställen oder Scheunen zu nächtigen. Diese schöne Sitte hat Herzog Otto, Ludwigs Vater, eingeführt. Die meisten lassen die Armen auch mit ihrem Gesinde mitessen. Dafür leisten die Bettler aus Dankbarkeit kleine Dienste oder übernehmen Arbeiten, die sonst liegen blieben, weil das reguläre Knechtsvolk keine Zeit dafür findet oder keine Lust dazu hat.«

»Eine äußerst kluge und großherzige Einrichtung«, befand Kajetan und beschloss, so etwas auch in Landshut anzuregen. Seines Wissens hatte Herr Ludwig bisher nichts Vergleichbares befohlen.

Kaum war man wieder zu Hause, besserte sich das Wetter, und es wurde ausgesprochen warm; eigentlich viel zu warm.

»Aber den Leuten kann's unser Herrgott ja niemals recht machen«, beklagte sich der Burggeistliche, Pater Honorius, ein ältlicher Benediktinermönch aus dem Kloster Tegernsee.

Den Lebensjahren nach war er eigentlich noch keineswegs alt, er zählte gerade mal zweiundvierzig Winter – etwa so viele wie Anna. Aber wegen seiner überwiegend pessimistischen Lebenseinstellung, die sich vor allem in tiefen Stirnfalten und herabgezogenen Mundwinkeln manifestierte, wirkte Honorius um zwanzig Jahre älter.

Vor allem Herzogin Ludmilla störte sich manchmal an seiner ewigen Schwarzseherei. »Anna, ich glaube, ich habe den Pater noch niemals lachen, ja, nicht einmal lächeln gesehen«, stellte sie des Öfteren missbilligend fest.

»Wahrscheinlich geht der gute Honorius erst in den Burgkeller, ehe er sich traut, das Gesicht zum Lachen zu verziehen«, meinte Anna, die dem Griesgram möglichst aus dem Weg zu gehen versuchte. »Auf mich wirkt er immer wie das kurz bevorstehende Jüngste Gericht!«

Darüber lachten nun beide Frauen sehr herzlich. Es stimmte ja: Keine Predigt des Paters, ohne dass er seine Schäflein – den Herzog eingeschlossen – ermahnt hätte, sich jederzeit bereit zu machen für den »allerletzten Weg«, den jeder Mensch irgendwann gehen müsse. So war der Benediktiner auch zu seinem absonderlichen Spitznamen gekommen: »Der letzte Weg«!

»Achtung! Da vorn biegt ›Der letzte Weg‹ um die Ecke«, murmelten etwa die jungen Mägde, sobald sie seiner ansichtig wurden, ließen das albern-fröhliche Grinsen sein und setzten scheinheilig ernste Mienen auf. Vielsagend verdrehten sie die Augen, sobald der Pater an ihnen vorüber war.

Anna, die ihr süßes Geheimnis noch immer nicht gelüftet hatte, fühlte sich weiterhin wohl. Tag und Nacht hielt sie seit ihrer Rückkehr auf die Trausnitz stumme Zwiesprache mit dem Ungeborenen in ihrem Schoß und malte sich aus, wie es wohl sein würde, wenn ihr Kind erst laufen und sprechen konnte.

»Ich werde dir alles beibringen, was ich selber kann und weiß«, versprach sie ihm und freute sich jeden Tag mehr über das große Glück, das ihr widerfahren war. Weniger denn je vermochte sie Mütter zu verstehen, die ihre Kinder vernachlässigten, hungern ließen, ohne Grund schlugen oder sie gar aussetzten. »So arm könnte ich niemals sein, dass ich mein eigen Fleisch und Blut verraten würde. Lieber selbst hungern und darben oder sogar stehlen, als zu wenig Essen für mein Kind haben«, sagte sie sich. »Aber diese Gefahr wird bei uns beiden wohl niemals bestehen.«

Schnell sprach Anna ein kurzes Dankgebet dafür, dass sie zu jenen zählte, die sich keine Sorgen um das tägliche Brot zu machen brauchten.

Eine kleine Weile noch wollte sie das Wunder ganz für sich behalten und es allein genießen, ehe sie es publik machte. Mittlerweile plagte sie mitunter das schlechte Gewissen, sogar gegenüber Kajetan ihren Zustand verschwiegen zu haben. Gefühlsmäßig tendierte Anna eher dazu, zuerst die Herzogin einzuweihen. Sie, selbst Frau und Mutter, die ihr überaus wohlgesinnt war, könnte dieses Bedürfnis wahrscheinlich noch am ehesten verstehen. Ehe Anna zu einer Entscheidung gelangte, wurde ihr diese jedoch aus der Hand genommen.

Beide Frauen saßen eines milden Nachmittags in Ludmillas Kemenate bei ihrer augenblicklichen Lieblingsbeschäftigung, dem Schachspiel, als die Herzogin Anna quasi »überfiel«, nachdem diese ihr eben mit ihrem Springer Schach geboten hatte:

»Sag, meine Liebe, was ist los mit dir? Du hast dich in der letzten Zeit auffallend verändert! Du wirkst glücklicher denn je und bist ungleich gelassener. Sogar deine Scharfzüngigkeit scheint mir abgemildert zu sein. Und mir will vorkommen, als seien deine Körperformen gerundeter und weiblicher geworden. Schön bist du ja immer gewesen, auf deine ganz eigene, sehr schlanke Weise; jetzt jedoch umgibt dich ein regelrechtes Strahlen, und zwar von innen heraus: Sag, bist du etwa schwanger?«

Die derart überrumpelte Anna vermochte nur stumm zu nicken. Wozu es noch leugnen?

»Das ist doch wunderbar, meine Liebe! Ich beglückwünsche dich von Herzen!«

Ludmilla erhob sich aus ihrem Sessel, zog Anna zu sich empor und drückte sie lange und herzlich an sich. »Das ist eine wunderbare Neuigkeit! Kajetan wird ja selig sein, dass der Herr es ihm erlaubt, in seinem fortgeschrittenen Alter noch Vater zu werden.«

»Ich hoffe es«, murmelte Anna zaghaft.

»Wie? Willst du damit etwa sagen, dein Mann weiß noch nichts davon?«

Betreten schüttelte Anna den Kopf. »Ich wollte es erst einmal für mich behalten«, fügte sie fast schon entschuldigend hinzu, merkte jedoch selbst, wie falsch sich das auf einmal anhörte.

»Aber, liebste Anna, ich bitte dich – er als Vater hat doch ein Anrecht darauf, es als Erster zu erfahren!« Scharf musterte die Herzogin die kleinlaut gewordene Freundin. »Kajetan *ist* doch der Vater, oder etwa nicht?«

»Ja, natürlich, Frau Ludmilla! Was denkt Ihr denn von mir, Herzogin?« Ganz blass war Anna auf einmal geworden, aber eine innere Stimme verriet ihr, dass jedermann so reagieren würde, der von der merkwürdigen Geheimniskrämerei erfuhr. »Gleich heute werde ich ihm die Freudenbotschaft überbringen. Ich versprech's!«

»Ja, tu das, meine Liebe! Dein Mann wird dich umso mehr schätzen, wenn er erfährt, dass du ihm dieses wunderbare Geschenk machen wirst. Von jetzt an musst du dich schonen, damit deinem Kind nichts geschieht. Ich werde mich deiner ganz persönlich annehmen, denn du selbst erscheinst mir oft nicht sehr vernünftig, sobald es darum geht, auf deine eigene Gesundheit zu achten. Die nächsten Reisen wird Kajetan Winterhalter ohne dich unternehmen müssen, liebste Freundin. Um auf ihn aufzupassen und ihn gegebenenfalls zu pflegen, werden wir ihm eine eigene geschickte Magd und einen verständigen Knecht mitschicken. Bei den Schreibarbeiten wird ihn ein junger

Novize unterstützen. Und du wirst dich hier auf der Burg ausruhen und verwöhnen lassen – und vor allem auf kein Pferd mehr steigen!«

Unwillkürlich stiegen Anna Tränen in die Augen, als sie die Herzlichkeit der hohen Dame spürte – die sicher nicht ahnte, dass sie beide denselben Mann liebten. Und was Anna anbetraf, würde das auch für immer so bleiben.

Als sie darüber nachdachte, dass es künftig dreier Personen bedürfen würde, um sie bei Kajetan zu ersetzen, war sie sogar ein wenig stolz auf sich.

Ludwig wechselt wiederholt die Seiten

Endlich hatte Anna sich aufgerafft und Kajetan in ihre schon länger bestehende Schwangerschaft eingeweiht.

Der ältliche, stets kränkliche Mann konnte es im ersten Augenblick gar nicht glauben, dass ihm dieser Segen in seinem Alter noch zuteilwerden sollte; als er sich schließlich an den Gedanken gewöhnt hatte, war er außer sich vor Freude. »Anna, liebstes Weib!« Zaghaft umarmte er sie. Vor Rührung vergoss er sogar Tränen, als er versprach, ihr jeden Wunsch zu erfüllen, den sie nur haben konnte.

Anna lächelte und erwiderte, sie würde darüber nachdenken und ihn bei Gelegenheit daran erinnern … Seltsamerweise kam es sie schwer an, als Frau Ludmilla es an der Abendtafel allen laut verkündete und auf einmal die prüfenden Blicke sämtlicher Anwesender auf ihr ruhten.

Nein, widersprach sie sich im Stillen, das stimmt so nicht – es ist mir nur unangenehm, dass Ludwig davon erfährt. Eigenartig, ich habe das merkwürdige Gefühl, mich vor ihm rechtfertigen zu müssen. Vollkommen verrückt! Ich bin schließlich verheiratet – noch dazu mit einem Mann, den er mir selbst ausgesucht hat!

Sie tröstete sich mit dem Gedanken, dass man wohl nicht zu Unrecht behauptete, Frauen in anderen Umständen hätten nicht nur seltsame Gelüste, was gewisse Speisen anbelangte, sondern neigten auch sonst zu allerhand Überspanntheiten.

Mittlerweile schwebte sie wie auf Wolken. Dass es endlich ausgesprochen war und jedermann auf der Burg Trausnitz davon wusste, erfüllte sie mit Erleichterung. Es war, als sei eine schwere Last von ihr abgefallen.

Sie lebte in den nächsten Wochen ganz zurückgezogen, nahm nur noch am Rande am Schicksal anderer teil und kümmerte sich kaum noch um Dinge, die sie und ihr Ungeborenes nicht unmittelbar betrafen.

Umso konsternierter traf sie die offizielle Mitteilung des Herzogs, der eines Sonntags publik machte, er habe lange und genau nachgedacht und sei zu dem Ergebnis gelangt, seine Unterstützung für Friedrich von Staufen sei ein Irrtum gewesen! Darum sei er von jetzt an erneut ein treuer Parteigänger des Welfen Otto.

»Ich gelobe feierlich«, ließ er sich während der heiligen Messe in der fast fertigen, dem heiligen Georg geweihten Burgkapelle vernehmen, »nie mehr von Kaiser Otto abzufallen! Vielmehr werde ich ihm mein Leben lang gegen den Papst und dessen Anhänger dienen. So wahr mir Gott helfe!«

Den meisten war es vermutlich mehr oder weniger gleichgültig, auf wessen Seite der Fürst stand. Egal, wen ein Landesherr unterstützte – ein Grund für irgendeinen verdammten Krieg fand sich immer.

Für Anna war es allerdings ein Paukenschlag. Erneut hatte sich Ludwig als Mensch erwiesen, der von Treue wenig hielt. Sie vermutete, Ottos Versprechungen hatten sich für ihn als lohnender herausgestellt, daher der erneute Gesinnungswandel. Obwohl sie sich innerlich dagegen sträubte, konnte sie einen gewissen Widerwillen nicht unterdrücken ...

Allmählich genoss sie es sehr, so verwöhnt zu werden. Ihr Mann – ganz der stolze werdende Vater – wirkte auf einmal um vieles jünger und kräftiger und behandelte sie mit großer Behutsamkeit.

»Beinahe wie ein rohes Ei!«, feixte Anna, als sie wieder einmal mit Herzogin Ludmilla beisammensaß, um dicke Strümpfe für ihre Ehemänner zu stricken. Schnee und Kälte würden auch in diesem Jahr nicht ausbleiben ...

Jetzt war es fast Winter und der erste Schnee bereits gefallen. Es war tagsüber trotzdem sonnig, wurde aber schon früh dunkel, und im Gemach der Burgherrin brannten dann teure Wachslichter, um es hell und gemütlich zu haben. Die verwöhnte Přemyslidentochter verabscheute den aufdringlichen Geruch der billigeren Talglampen.

Weil die Nacht bereits hereinbrach und sich der rote Schein der untergehenden Sonne in den runden, in Blei gefassten Glasscheiben wie Ströme von Blut ausnahm, schickte sich Afra, die Leibmagd der Herzogin, an, die Holzläden vor den Fenstern im Gemach der Herrin zu schließen.

»Ach, seht nur!«, rief sie sodann über die Schulter und verkniff sich das Lachen. »Da kommt ›Der letzte Weg‹ im Sauseschritt über den Burghof gerannt. Ich glaube gar, er möchte zu Euch, Frau Herzogin!«

Es dauerte nur eine kleine Weile, dann pochte es an der Tür der Kemenate. Afra öffnete und ließ den schwer schnaufenden Benediktinerpater eintreten. Schnell wie der Blitz musste er die steile Wendeltreppe hochgelaufen sein.

»Gelobt sei Jesus Christus, Frau Herzogin!« Pater Honorius trocknete sich mit seinem Sacktuch den Schweiß von der Stirn.

»In Ewigkeit, verehrter Pater! Ihr seid ja ganz außer Atem. Setzt Euch, mein Lieber, und verschnauft Euch eine Weile, ehe Ihr mir den Grund Eures Kommens verratet«, bat Ludmilla ihn mit gewohnter Liebenswürdigkeit.

Noch nie hatte Anna es erlebt, dass die hohe Frau es auch nur ein einziges Mal an Freundlichkeit hätte fehlen lassen. Selbst wenn sie sich genötigt sah, gegen Domestiken einen Tadel auszusprechen, geschah dies stets in Ruhe und mit Augenmaß. Jemanden zu verletzen, lag der Böhmin Ludmilla völlig fern – dieser Gedanke ließ die derzeit stark zu Sentimentalitäten neigende Anna sogar feuchte Augen bekommen. Ihr Gefühl der Zuneigung für die immer noch schöne Herzogin wurde plötzlich übermächtig, und sie musste sich zusammennehmen, nicht aufzuspringen und ihr zu Füßen zu fallen.

»Es geht mir gut, Frau Herzogin«, beteuerte Pater Honorius. »Aber was ich Euch zu verkünden habe, ist es wert, dass man sich beeilt. Finde ich zumindest.«

»Macht es nicht so spannend, Pater, ich bitte Euch.« Die Herzogin lachte. »Meine Damen und ich sind schon sehr neugierig, womit Ihr uns überraschen wollt!«

»Euer Gemahl, der Herzog, hat sich nun doch wieder anders besonnen! Er hat dem Welfen die immerwährende Gefolgschaft aufgekündigt und will sich jetzt doch für Friedrich, den Staufer, aussprechen! Im Dezember wird er in Frankfurt anlässlich der Königswahl, zusammen mit allen anderen großen bayerischen Herren, Friedrich seine Stimme geben.«

»Oh! Wird er das?«

Die leichthin gesprochene Frage der Herzogin schwebte im Raum. Anna schwindelte. Sie war nichts weniger als entsetzt. Konnte es solche Meinungsumschwünge überhaupt geben? Dass man sich irrte und seinen Fehler nach erfolgter Einsicht korrigierte, war menschlich und auch bei gekrönten Häuptern nur verzeihlich. Aber diese ständigen Schwankungen erschienen ihr, zumal sie doch innerhalb so kurzer Zeit stattfanden, ein bedenkliches Zeichen von Schwäche. Sie war versucht, innerlich ein Stück weit abzurücken von Ludwig, ihrem angebeteten Idol. Aber dazu war sie gar nicht imstande. Sie liebte ihn zu sehr.

Dennoch sollte der Vorfall Konsequenzen haben. Noch immer befand sich jene bewusste Urkunde in Annas Besitz, wonach die Berchtesgadener Stiftsherren gierten. Hatte sich bisher noch keine Gelegenheit ergeben, sie dem Herzog auszuhändigen, wie sie es eigentlich geplant hatte? Oder war da vielleicht doch von ihrer Seite ein inneres Widerstreben vorhanden, das eine Übergabe an Ludwig verhindert hatte? Diese Fragen vermochte die »Magd des Herzogs« nicht zu beantworten.

Aber just an diesem Tage hatte sie beschlossen, das Dokument bis auf Weiteres – vorläufig zumindest – bei sich in einer ihrer Truhen zu verwahren. Misstraute sie etwa dem Urteilsvermögen des Herzogs? Rasch schob sie diesen Gedanken beiseite. Sie würde einfach später entscheiden, was damit geschehen sollte, nahm sie sich vor. Es eilte ja nicht.

Als er die Neuigkeit von Ludwigs erneutem Verrat verkündete, ahnte »Der letzte Weg« nicht, welche Gedanken der Frau des herzoglichen Chronisten durch den Kopf gingen. Vielleicht hätte er sonst seine Worte sorgfältiger gewählt, das Ganze diplomatischer und letzten Endes womöglich noch als kluge Entscheidung des Herzogs dargestellt.

Aber der Benediktiner schien selbst wie vor den Kopf geschlagen und hatte jegliche Diplomatenfinesse beiseitegelassen. Jeder – auch Frau Ludmilla – konnte deutlich die Missbilligung des Paters spüren.

Es geschah wie von der Herzogin angekündigt: Kajetan begleitete dieses Mal seinen Herrn auf seiner Reise ohne Anna. Die werdende Mutter blieb auf der Trausnitz zurück, und ihr Mann würde von zwei fürsorglichen Dienstboten, einem vertrauenswürdigen Knecht und einer in Krankenpflege nicht unerfahrenen Magd, betreut werden.

Der Abschied der Eheleute Winterhalter fiel sehr herzlich aus. Wer auch immer ihn im frühmorgendlich kalten, zugigen Burghof miterlebte, konnte sich davon überzeugen, dass Anna und Kajetan eine gute Ehe führten, die jetzt sogar noch mit Nachwuchs gekrönt wurde.

Anna machte sich, trotz der speziell für ihn abgestellten Betreuer, große Sorgen um ihren Mann. Sie kannte ihn doch und wusste genau, dass er »Fremden« gegenüber nicht so leicht klagen, sondern den Starken und Gesunden spielen würde, ungeachtet dessen, wie er sich tatsächlich fühlte.

Sowohl Karel als auch Marie, beides Leibeigene aus Böhmen und seinerzeit von Ludmilla fast noch als Kinder aus ihrer Heimat nach Bayern mitgebracht, mussten sich noch ein letztes Mal von der besorgten Anna allerlei Instruktionen anhören, die sie natürlich zu befolgen versprachen.

Nach Kajetan sagte sie auch dem Herzog Lebewohl, wobei sie sich ihre kritische Haltung zu seiner Wankelmütigkeit nicht anmerken ließ. Wozu sollte es gut sein, ihn zu verärgern? Er war der Herr und würde stets tun, was ihm gut dünkte …

»Geht mit Gott, mein lieber Herr – und kehrt mit Jesu Christi Segen wieder heil zurück«, verabschiedete sie ihn und küsste ihn auf die Wange.

Wunderschön sah sie aus mit ihren strahlenden blaugrünen Augen und den von der Winterkälte rosig angehauchten Wangen. Der mit Marderpelz gefütterte wollene

Umhang verdeckte ihre Schwangerschaft – aber jeder wusste davon.

»Pass auf dich auf, liebste Anna! Auf dich und euer Kind! Die Herzogin hat versprochen, dich, die du mir wie eine Schwester bist, ganz besonders unter ihre Fittiche zu nehmen.« Darauf zog Ludwig sie vor aller Augen an sich und küsste sie auf den Mund, wie es unter Geschwistern üblich war.

Gleich darauf, noch ehe Anna vor Verlegenheit erröten konnte, war der besondere Augenblick vorüber, und der Herzog gab bereits das Zeichen zum Aufbruch nach der Stadt Frankfurt, wo man sich auf Friedrich, der seine Kindheit und Jugend in Sizilien verbracht hatte und kaum ein Wort Deutsch sprach, als deutschen König einigen wollte.

Zu ihrer eigenen Überraschung vermisste Anna ihren Kajetan sehr bald. Ja, wenn sie das Gefühl, welches sie umtrieb, richtig deutete, empfand sie sogar Sehnsucht nach ihrem Gatten. Jetzt, wo er nicht ständig um sie war, wurde sie sich erst seines wahren Wertes bewusst: Ganz deutlich stand ihr sein edler Charakter, sein friedfertiges und großzügiges Wesen vor Augen. Noch nie hatte er sie ernsthaft getadelt, und noch nie hatte sie jemals ein böses Wort von ihm gehört.

Er hielt sie tatsächlich in Ehren, so, wie es sich jede verheiratete Frau ersehnte und nur selten zu spüren bekam. Ja, sie glaubte jetzt sogar, Anzeichen dafür zu erkennen, dass er sie nicht nur schätzte und verehrte, sondern auf seine stille, schüchterne Art sogar *liebte!*

»Oh, Kajetan, Lieber! Das macht mir ein schlechtes Gewissen«, flüsterte sie, als sie nachts allein in dem großen Bett lag, das sie sonst mit dem Gemahl teilte. »Ich achte dich über alles – aber mein Herz kann dir leider niemals ganz gehören. Das habe ich schon seit Langem verschenkt.« Sie empfand ehrliches Bedauern darüber, denn tief in ihrem Innern war sie sich bewusst, dass sie ihre Liebe seit Jahrzehnten an einen Mann verschwendete, der ihr niemals gehören konnte und der selbst mit einer wunderbaren Frau verbunden war, die sie sehr verehrte und liebte.

Und dennoch ...

»Wir Frauen sind dumme Geschöpfe«, murmelte sie nach einer Weile. »Die wenigsten sind in der Lage, ihr Herz festzuhalten, wenn es nötig wäre. Aber so hat uns Gott, der Herr, nun einmal geschaffen.«

Jahre zuvor hatte Anna sich verboten, an Georg, den Fischer aus Kelheim, zu denken. In ihn war sie einst sehr verliebt gewesen, und zwischen ihnen hatten keine störenden gesellschaftlichen Schranken bestanden. In den ersten enttäuschenden, keineswegs sonderlich erfüllenden Nächten ihrer Ehe hatte sie oft an ihn gedacht und sich vorgestellt, Georg läge neben ihr. Wie oft hatte sie es bedauert, sich an die Gebote der Kirche gehalten und ihre Jungfräulichkeit bewahrt zu haben. Und wofür? Um sie für einen schwächlichen Ehemann aufzusparen, für den es offensichtlich eine Plage war, die eheliche Pflicht zu erfüllen!

Weil ihr allerdings bewusst gewesen war, wie gefährlich derlei Überlegungen sein konnten, hatte sie sich selbst streng untersagt, künftig auch nur einen einzigen Gedanken an Georg, seine Küsse und seine zärtlichen Berührungen zuzulassen. So glaubte sie, den ansehnlichen Fischer für immer aus ihren Gedanken verbannt zu haben. Schlimm genug, dass sie nicht aufhören konnte, in einsamen Nächten an den schönen Herzog zu denken ...

»Welch ein dummes und sündiges Geschöpf ich doch bin«, schalt Anna sich noch einmal, ehe sie mit der Hoffnung auf eine glückliche und baldige Rückkehr Ludwigs *und* Kajetans einschlief.

Ein neues Gesicht für Bayern

Überraschend schnell waren sich die hohen Herren in Frankfurt einig geworden: Der Staufer sollte noch anno 1212 anstelle des von Papst Innozenz III. mit dem Kirchenbann belegten Otto IV. als König Friedrich II. gekrönt werden. Otto hatte das sizilianische Reich Friedrichs erobern wollen und somit die päpstliche Lehnshoheit missachtet.

Jedermann im Reich erhoffte sich damit das Ende aller Querelen. Endlich sollte Ruhe im Land einkehren. Die Aussichten dazu standen nicht schlecht: War doch selbst der Heilige Vater auf Friedrichs Seite!

Eines Nachmittags im Frühling ließ Herzog Ludwig nach Anna rufen.

»Gut siehst du aus! Wie fühlst du dich?«, erkundigte er sich als Erstes und warf einen Blick auf ihren jetzt deutlich gerundeten Leib unter dem weiten blauwollenen Gewand.

»Danke der gütigen Nachfrage, Euer Gnaden, es geht mir ausgezeichnet. Das Kind bewegt sich zuweilen recht heftig. Ich denke, es wird wohl ein Knabe werden.«

»Das wäre großartig, Annele!« Der Herzog schien blendender Laune zu sein; es war einige Zeit her, seit er sie das letzte Mal mit ihrem Kindernamen angesprochen hatte. Unvermittelt schwelgte er in Erinnerungen. »Dass du Mutter wirst, kommt mir immer noch ungewohnt vor. Aber ich muss sagen, es steht dir recht gut! Weißt du noch, wie du mit mir und den anderen Knaben in der Donau um die Wette geschwommen bist und wie sehr du dich abgemüht hast, mit der kleinen Kinderarmbrust auf Kaninchen zu schießen? Hast du eigentlich jemals irgendetwas getroffen?« Er lachte laut auf.

Anna war versucht, ihn darauf hinzuweisen, dass sie immer eine deutlich bessere Schützin als manch anderer gewesen war … Schließlich war nicht ich es, die einen Spielkameraden im Wald von Prunn beinahe totgeschossen hat, lag ihr auf der Zunge zu sagen. Gerade noch rechtzeitig hielt sie inne.

»Ich kann mich nicht mehr erinnern«, umschiffte sie klug die gefährliche Klippe und lächelte arglos.

»Meine Liebe, ich habe dich hergebeten, damit du dir meine neuen Pläne anschauen kannst«, eröffnete ihr stolz der Herzog und führte sie zu einem Kartentisch, wo zwei riesige Pergamentrollen darauf warteten, ausgebreitet und genau besehen zu werden.

Offenbar genügt ihm die Burg Trausnitz nicht, dachte Anna. Nun ja, Burgenbauen war allemal besser, als Kriege zu führen.

Nachdem der Herzog eines der beiden Pergamente vor ihr ausgerollt und es an den vier Ecken mit Lineal, Zirkel, Tintenfass und Streusandbüchse beschwert hatte, damit es sich nicht ständig wieder aufrollte, stockte ihr beinahe der Atem. »Oha, da habt Ihr Euch ja eine ganze Stadt ausgedacht, Herr! Ich dachte, Ihr wolltet mir nur eine neue Burg zeigen.« Interessiert beugte sie sich über den fein gezeichneten Plan eines Ortes, durch welchen sich eine lange und breite Marktstraße wand – ganze sechshundert Meter sollte diese laut danebenstehender Angabe werden!

»Sogar eine Kirche, Pfarrhaus und Pfarrgarten … Ein Amtsgebäude und ein Schlachthaus habt Ihr auch eingezeichnet, neben vielen Wohnhäusern! Und einen Namen habt Ihr, wie ich sehe, auch schon gefunden.«

»Jawohl – *Straubing* soll meine Stadt heißen.« Der Herzog lächelte erfreut.

Doch Anna warf ihm einen fragenden Blick zu. »Da verstehe ich etwas nicht ganz, Euer Gnaden …« Sie deutete auf eine ganz in der Nähe der erst zu bauenden Stadt abgebildete Ansiedlung, die offensichtlich schon älter sein musste, wie sie aus den eher krummen und verwinkelten Gässchen schloss. »Gleich neben Eurem neuen Marktort gibt es doch schon einen mit Namen …«, sie beugte sich tiefer über das Pergament, um die Bezeichnung zu entziffern, »*Strupinga,* zumindest lese ich das da. Eine Ortschaft mit schmalen, engen, kreuz und quer laufenden Gässchen. Kein Vergleich mit den von Euch vorgeschlagenen breiten Zufahrts- und Gehwegen! Wollt Ihr etwa der allem Anschein nach alten Ansiedlung Konkurrenz machen?«

»Du bist wirklich klug, Anna.« Der Herzog lächelte anerkennend. »Genau das ist mein Plan! Das Strupinga rund um die alte Peterskirche gehört dem Augsburger Bischof und seinem Domkapitel seit 1029, als man ihnen das schon über ein Jahrhundert zuvor in einer Urkunde erwähnte Dorf überlassen hat. Du wirst sehen, Annele, wie bald mein nur etwa zehn Gehminuten entferntes Straubing ihren schäbigen Marktflecken überflügeln wird! Eine kleine Rache von mir – ich geb's zu! Dafür, dass mir der Bischof von Augsburg über lange Zeit Steine in den Weg gelegt hat und mir die Gefolgschaft verweigerte, als ich zu Anfang meiner Herrschaft dringend Unterstützung gebraucht hätte.«

Anna schmunzelte. »Der Herr Bischof und sein Domkapitel werden sich schwarzärgern, Herr!« Diese Art Schachzug sah dem Herzog ähnlich. »Sonnenklar, dass die Menschen sich lieber in neuen und bequemen Häusern einrichten und auf einer breiten Straße zu einem großen Marktplatz gelangen, um ihre Waren feilzubieten, als in winzigen Hütten zu hausen und nirgends richtig Platz zu haben, um den Kunden ihr Gemüse und Fleisch gefällig zu präsentieren.« Sie schnaufte kurz. »Aber jetzt, Euer Gnaden, verzeiht – ich muss mich setzen.«

»Aber natürlich, liebste Anna! Ich vergaß … Setz dich, setz dich! Ich habe dir noch etwas zu zeigen.« Insgeheim war Ludwig über sich selbst verärgert. Wie dumm von ihm, eine schwangere Frau einfach stehen zu lassen, um in gebückter Haltung seinen Plan zu studieren! Er hatte sich noch immer nicht daran gewöhnt, sie als werdende Mutter zu betrachten. Für ihn würde sie immer das burschikose Annele von einst bleiben: quicklebendig, gertenschlank, ausdauernd, gelenkig und mager wie ein Junge: mit dünnen Armen und Storchenbeinen, und stets zu Streichen aufgelegt.

Eigentlich so gar nicht nach dem Geschmack der Zeit. Frauen und junge Mädchen hatten rundlich und niedlich zu sein, mit weichen Konturen, eher füllig als zu dünn. Dennoch war der Herzog von der Schönheit ihres schmalen Gesichts von Anfang an verzaubert gewesen. Vor allem ihre Augen, die einem tiefen Bergsee im flirrenden Sonnenlicht glichen, hatten es ihm schon als kleiner Knabe angetan …

»Ist dein Mann auch immer gut zu dir?«, brach es unvermittelt aus dem Herzog hervor.

Er bedachte sie mit einem so eindringlichen, ja, geradezu wilden Blick, dass Anna das Lachen im Halse stecken blieb. Jesus!, dachte sie zutiefst erschrocken, falls ich Kajetan jetzt wegen irgendetwas anschwärzen würde, wäre Ludwig imstande und erschlüge ihn auf der Stelle! Unwillkürlich fröstelte sie, fasste sich dann aber.

»Da kann ich Euch beruhigen, Euer Gnaden! Ihr hättet mir keinen besseren und liebevolleren Ehegemahl aussuchen können. Ich danke Euch sehr dafür! Kajetan und ich führen eine gute Ehe; voller Eintracht und Zufriedenheit, in gegenseitigem Vertrauen und größter Sorge um den jeweils anderen.«

»Das ist gut, Anna! Genau das wollte ich hören.«

Die »Magd des Herzogs« beobachtete den Bayernherrscher, wie er den Stadtplan vom zukünftigen Straubing
zusammenrollte, in eine feste hölzerne Röhre steckte und
diese abseits in einer Eichentruhe verstaute. Dann griff er
nach der zweiten Pergamentrolle, um sie auf dem großen
Tisch auszubreiten.

»Schau her: Das ist mein Plan für eine weitere Stadt, die
aber erst später verwirklicht werden soll.«

Neugierig geworden, beugte sich die Schwangere auch
über dieses Blatt und fuhr mit dem Finger leicht die Konturen der eingezeichneten Gebäude und die Linien der
Straßenführung entlang.

»Dieses blaue Band – ist das etwa auch die Isar?«, fragte sie dann.

»Ganz genau! Auf einer Anhöhe über dem Fluss soll
diese Stadt gegründet werden. Damit werde ich erstmals
auch an der unteren Isar einen Stützpunkt haben. Mit den
dort ansässigen Besitzern, den Herren von Zulling, habe
ich mich bereits gütlich geeinigt. Als Erstes wird dort eine Burg entstehen, ein sogenanntes *oppidum*, wie es die
Römer früher nannten.«

»Und wie Ihr oben geschrieben habt, Herr, soll dieses
oppidum Landau heißen. Ein Name, der mir ausgesprochen gut gefällt! Er lässt einen an weites Land und grüne
Auen denken – eine Verbindung, die neugierig darauf
macht, was einen in seinen Mauern erwartet.«

»Es freut mich, dass es deine Zustimmung findet, Annele.«

Die Worte des Herzogs klangen ehrlich, und seine
blaugrauen Augen strahlten glücklich.

»Wie kommt Ihr nur auf so grandiose Einfälle, Euer
Gnaden?« Anna deutete auf die mit bunten Häuschen und
Linien überzogene Landkarte – sogar Bäume und Bäche
hatte Ludwig eingezeichnet.

Begeistert erklärte er: »Diese Siedlung ist nahezu ein Quadrat! Wo hat es das jemals zuvor in Bayern gegeben? Und eine Mauer wird natürlich Schutz vor Feinden bieten.«

Anna war wirklich hingerissen. Wiederum war die Ortschaft in »wittelsbachischer Manier« durch zwei senkrecht zueinander verlaufende breite Straßen in vier Teile geteilt – das kannte sie so bisher nur von Italien. Die Römer hatten dereinst Städte in ganz ähnlicher Weise erbaut.

»Die Hauptstraße von Landau wird von Süden nach Norden führen, von einem Stadttor zum anderen. Und wie der großzügig angelegte Marktplatz zeigt, soll der Ort einst zu einem florierenden Handelsplatz werden«, erklärte Ludwig mit Feuereifer. »Wie du siehst, liegt im Augenblick unterhalb der Anhöhe, direkt an der Isar, ein kleines Fischerdorf. Ich habe es auf der Karte nur angedeutet.«

»Oh! Ich denke, wenn diese Stadt erst einmal gegründet ist, wird es gewiss nicht lange dauern, bis es mit der Oberstadt zusammenwächst.« Seine Begeisterung war ansteckend. »Ihr habt mir durch Eure Güte, mich in Eure Pläne einzuweihen, eine riesengroße Freude bereitet!«

»Und mir hat es meinerseits enormes Vergnügen bereitet, mit so einer verständigen Person, wie du es bist, über Künftiges zu plaudern. Wir sollten das in Zukunft häufiger machen, Annele!«

Letzteres wird wohl einfach nur sein Wunsch bleiben, dachte Anna nüchtern, denn Ludwig fände gewiss gar nicht die Zeit dazu, sie häufiger zu solchen Treffen zu rufen. Dennoch war sie sehr glücklich über das unverhoffte Geschenk dieser ganz allein mit ihm verbrachten Stunde.

»Beinah so wie früher fühlte es sich an, als wir noch Kinder waren, Kajetan!« Zufrieden und stolz berichtete sie

ihrem Mann von der empfangenen Gunst des Herzogs.
»So zukunftsweisend und voller Tatkraft habe ich Ludwig
schon lange nicht mehr erlebt!«

»Ja, unser Herr bräuchte nur genügend Friedensjahre,
und er würde das Land so zum Besseren verändern, dass
es niemand wiedererkennen würde«, behauptete der
Chronist des Herzogs aus tiefster Überzeugung.

»Die *Karte von Abbach* hat er dir wohl nicht gezeigt,
Frau? Diesem Ort hat er ja bereits 1210 die Marktrechte
verliehen.«

»Nein! Er ließ mich nur einen Blick auf seine *geplanten*
Städte werfen, Herr.«

Kajetan verzog das Gesicht.

Anna wusste, es geschah nicht etwa aus Kritik am Herzog, sondern weil er es nicht mochte, wenn sie ihn »Herr«
nannte. Allzu oft hatte er sie schon darum gebeten, ihn zu
duzen und mit dem Taufnamen anzusprechen. Aber dazu
konnte sich Anna auch nach all den Jahren ihrer Verbundenheit nicht entschließen. Es erschien ihr doch ungehö-
rig, einen so viel älteren und gebildeteren Mann wie ihres-
gleichen zu behandeln.

Der frisch gekürte König Friedrich war dem Herzog von
Bayern in enger Freundschaft verbunden und lud diesen
oft ein, auf einer der zahlreichen Königs- und Kaiserpfal-
zen im Reich Zeit mit ihm zu verbringen. Er hatte den
Wunsch, sein Reich endlich kennenzulernen, denn bisher
kannte er nur Italien – und da ganz besonders den Süden
und die Insel Sizilien.

Kurz nach diesem für Anna und Ludwig so entspannten Beisammensein erreichte den Herzog wiederum ein
Ruf des Königs. Er sollte Friedrich erneut bei einer Begrü-
ßungs- und Erkundungstour durchs Land begleiten. Der
Herzog, sehr geschmeichelt über diese Gunst, sagte nur

allzu gern zu. Dieses Mal sollte auch seine Gemahlin Ludmilla dabei sein.

Man überlegte, ob Kajetan unbedingt anwesend sein müsste. Könnte ihn ausnahmsweise nicht ein anderer vertreten, einer der jungen Mönche vom Kloster Tegernsee beispielsweise? Dem ältlichen Mann ging es zwar selbst gesundheitlich so gut wie seit Langem nicht mehr – aber er wollte sein schwangeres Weib nicht unbedingt allein lassen.

Auch Ludmilla plädierte dafür, den Chronisten Winterhalter auf der Trausnitz zu belassen. Fast hatte sie ihren Gemahl so weit, dass er auf ihn, zugleich einen seiner liebsten Berater, zu verzichten bereit war, da schaltete Anna sich ein.

Vehement drängte sie darauf, dass ihr Mann die Reise mit dem Herzogspaar unternähme. »Es geht Euch doch gut, Kajetan! Außerdem werden genügend Bedienstete dabei sein, die sich um Euch kümmern werden, falls nötig. Dazu wird es dieses Mal eine reine Vergnügungsreise durch deutsche Lande sein; keine gefährlichen kriegerischen Handlungen und keine politisch allzu wichtigen Ereignisse, die ihr auf das Penibelste dokumentieren müsst, stehen an. Ihr werdet kaum etwas aufzuschreiben haben und könnte die Reise endlich einmal nur zu genießen – und dies unter dem gleichen Dach und an der Tafel neben unserem König. Das dürft Ihr Euch keinesfalls entgehen lassen. Andere würden für diese Ehre einen ihrer Arme opfern oder sich ein Bein ausreißen! Um mich braucht Ihr Euch wirklich auch keine Sorgen zu machen, Herr! Mir geht es so gut wie selten, und bis zu meiner schweren Stunde vergehen vergehen noch ein paar Wochen. Außerdem bin ich auf der Burg in den besten Händen vieler Mägde, nebst einer Heilerin und Hebamme. Und drunten in Landshut gibt es noch den Stadtmedicus und einen ausgezeichneten Apotheker. Also: Macht Euch auf und reist guten Gewissens mit König Friedrich!«

Nach den eindringlichen Worten seiner Gattin erklärte Kajetan sich endlich dazu bereit.

Als Herzogin Ludmilla davon erfuhr und sich noch einmal eingehend mit ihrem Gemahl beriet, war es am Ende beschlossene Sache: »Der Winterhalter reitet mit uns!«

Anna in Gefahr

Sie langweilte sich unsäglich. Nicht nur der Herzog und die Herzogin hatten die Trausnitz verlassen, auch ihr Ehemann und alle anderen, die sonst die Burg mit Leben erfüllten und mit denen sie in aller Regel guten Umgang pflegte, waren fort. Selbst diejenigen Knechte und Mägde, deren Gesellschaft sie gern suchte, weil sie ihr liebenswürdig und gescheit erschienen, standen nicht mehr zur Verfügung. Es führte kein Weg daran vorbei: Die Burg war nahezu verwaist!

Dass Anna sich so einsam fühlte, war bisher noch nie vorgekommen. Eigentlich kein Wunder, dachte sie, als sie überlegte, weshalb sie sich so verlassen vorkam: In meinem ganzen Leben – von wenigen Ausnahmen abgesehen – war ich es gewohnt, von vielen Menschen umgeben zu sein! Im Augenblick leben nur ganz wenige auf der Trausnitz – und gerade diejenigen haben mich noch nie interessiert und tun es auch jetzt nicht.

Es handelte sich vorwiegend um ganz schlichte, meist bigotte Gemüter, denen sie nichts zu sagen wusste, oder um sehr alte Menschen, die kaum noch hören konnten, die meiste Zeit auf ihren Strohsäcken kauerten – und auf den nahen Tod warteten. Ludmilla und Ludwig erlaubten nämlich ihren altgedienten Domestiken, in einem abgeschiedenen Winkel der Burg ihr Gnadenbrot zu verzehren, bis der Herr sie schließlich zu sich heimholte.

Wen gab es sonst noch auf der Burg?

Ein paar Knechte und Mägde, die sehr beschäftigt schienen und mit denen sie bisher kaum etwas zu tun gehabt hatte. Sogar »Der letzte Weg« hatte das Herzogspaar begleitet – ungeachtet seines Widerwillens gegen das Reiten und gegen Pferde ganz im Allgemeinen. Den König kennenlernen und gar hautnah mit ihm Umgang haben – wer wollte sich das schon entgehen lassen?

»Bloß *ich* bin dazu verdammt, hier heroben zu hocken und mich zu schonen!« Richtiggehend wütend war Anna auf einmal. »Bloß weil ich schwanger bin, bin ich doch nicht gleich schwer krank!« Wie immer, wenn sie erregt war oder sich allein glaubte, redete sie mit sich selbst. »Dass ich mich nicht auf einen Gaul schwinge, ist ja wohl selbstverständlich! Aber es sind genügend Leute mitgezogen, die aus Gesundheits- oder Altersgründen auch nicht mehr reiten können. Für sie gab es Wägen! Warum habe ich nicht darauf bestanden, auch in so einem Ding sitzen zu dürfen?«

Bei ihrem Lamento vergaß sie leider völlig den miserablen Zustand der Straßen und Wege im Reich: Schlaglöcher ohne Ende, ausgefahrene Spurrillen, Löcher über Löcher; nicht zu vergessen die aufgewirbelten Sand- und Staubmengen, die einem ins Gesicht flogen und die Nasenlöcher verstopften – selbst wenn man das Glück hatte, in einer Kutsche zu sitzen. Von dem Schwanken und Schaukeln der Fahrzeuge, was einem schier das Kreuz ausrenkte, gar nicht zu reden.

Als ihr das jedoch alles in den Sinn kam, ermahnte sich Anna umgehend, nicht mehr mit dem Schicksal zu hadern. Nur ein Verrückter würde eine Frau, die in anderen Umständen ist, in eine Kutsche setzen!

Seufzend erhob sie sich von der Bank vor der Schmiede im hinteren Burghof, um ihr Gemach im Inneren des Gebäudes aufzusuchen. Trotz wollenem Umschlagtuch um Kopf und Schultern war ihr in der Höhe allmählich etwas kühl geworden.

Selbst der wortkarge Schmied und seine beiden Gesellen hatten für heute Schluss gemacht. Das Feuer in der Esse war gelöscht, und im Hof war es still, da die Domestiken sich in ihren Quartieren verkrochen hatten, nachdem sie den zur Nacht üblichen Haferbrei verzehrt hatten. Nur ein Amselmännchen ließ sein Abendlied ertönen – einen Gesang, der Anna so voller Sehnsucht erschien, dass ihr fast die Tränen kamen.

»Heulen? Ja, freilich, das fehlte noch«, rief sie sich zur Ordnung. »Morgen will ich mir eine Aufgabe suchen, damit mir die Zeit nicht lang wird. Vielleicht mache ich auch einen kleinen Spaziergang, wenn es das Wetter erlaubt.« Liebe Güte! Wie lange war sie nicht mehr drunten in der Stadt gewesen? Sie könnte der Stadtapotheke einen Besuch abstatten. Ja, das erschien ihr eine gute Idee. Es würde ihr zudem erlauben, mit dem Apotheker, einem gebildeten und weit gereisten Mann, ein Plauderstündchen zu halten.

Diese Aussicht auf den nächsten Tag erfüllte sie mit froher Erwartung. Etwas schwerfällig, längst nicht mehr so leichtfüßig wie noch vor Monaten, stieg sie die Stiege im Turm empor, in ihr Gemach, das sie sich vor Jahren zusammen mit Kajetan recht behaglich eingerichtet hatte.

Ein Apfel, ein Stück Brot und ein Glas angewärmte Milch, die ihr eine Magd auf den Tisch gestellt hatte, genügten ihr als Nachtmahl. Bald darauf lag sie im Bett, streckte und dehnte sich behaglich, legte die Hand auf ihren Bauch, um das strampelnde Kind zu beruhigen, und sprach wie üblich ihr Abendgebet. Gleich darauf sank sie in einen traumlosen Schlaf.

Der nächste Morgen zeigte strahlenden Sonnenschein, als sie die hölzernen Läden aufstieß. Für Anna ein Zeichen, dass sie die Wanderung von der Trausnitz aus nach Landshut hinunter getrost in Angriff nehmen konnte. Mit Wetterkapriolen hatte sie an diesem wunderschönen Tag sicher nicht zu rechnen.

Wie üblich führte ihr erster Weg in die Burgküche, wo die zwar ewig brummige, aber vorzügliche Köchin namens Margareth bereits zugange war.

»Bei der Gretl schmeckt sogar die einfachste Mehlsuppe«, pflegten die Knechte anerkennend zu sagen. »Und was sie erst aus ein paar Stangen Lauch, etlichen Schweinepfoten, Weißkraut, Zwiebeln, Selleriewurzeln und ein paar Gelben Rüben zaubern kann, das muss ihr erst mal einer nachmachen!«

Trotzdem verspürte Anna eigentlich keinen Hunger. Sie beschloss, lediglich ein wenig Milch zu sich zu nehmen.

»Was darf's denn sein, Frau Anna?«, erkundigte sich die stämmige Küchenmeisterin, als Anna an dem massiven Gemeinschaftstisch des Gesindes Platz genommen hatte, wo ein paar ältere Knechte und Mägde noch dabei waren, ihren Hirsebrei zu schlürfen oder an ihrem Kanten Brot herumzukauen, der dick mit Käse belegt war.

»Was habt Ihr denn im Angebot, Jungfer Margareth?«

Anna war von Anfang an so klug gewesen, der unverheirateten, mürrisch wirkenden, aber herzensguten Person mit Respekt zu begegnen – und das nicht zu ihrem Nachteil. Das sollte sich auch an diesem Morgen bezahlt machen.

»Lasst Euch überraschen, Frau Anna!« Die gute Seele stellte der werdenden Mutter einen riesigen Napf, randvoll gefüllt mit kleinen, saftigen Rindfleischstückchen und zartem Gemüse in feiner Rindsbrühe, auf der zahlreiche Fettaugen schwammen, vor die Nase, zusammen mit einem

Kanten weißen Brotes, wie es normalerweise nur »die Herzoglichen« jeden Tag aßen.

»Wer gesegneten Leibes ist, braucht Kraft für zwei«, behauptete die Küchenmeisterin resolut. »Esst, Liebchen, und lasst ja nichts übrig!«

Anna, die auf einmal aufgrund des köstlichen Duftes der Fleischsuppe einen mächtigen Hunger verspürte, konnte sich das Lachen nicht verkneifen, verspeiste aber alles mit großem Appetit und dankte der guten Köchin anschließend herzlich.

Gestärkt machte sie sich danach auf den Abstieg von der Burg hinunter nach Landshut.

Es war ein wunderbarer Tag – weder zu warm noch zu kühl auf dem von alten Buchen und Eichen beschatteten Weg. Vergnügt lauschte Anna dem Hämmern eines Buntspechtes, der unter der Rinde eines als »Totholz« am Waldrand liegenden Ahornstamms vermutlich nach Würmern suchte.

Unwillkürlich verhielt sie den Schritt, als ein rotbraunes Eichkätzchen über die Wegstrecke huschte, um dann im dichten Unterholz zu verschwinden.

»Jesusmaria, wie sehr habe ich das vermisst«, flüsterte glücklich die einsame Wanderin. Die zahlreichen in ihrer Jugendzeit gemeinsam mit Ludwig unternommenen Streifzüge durch Wald und Flur kamen ihr in den Sinn. Unwillkürlich seufzte sie tief auf.

Wunderschön die Zeit, die sie in Kelheim hatte verbringen dürfen, dank der Güte ihres Oheims, der sie als elternlose Waise zu sich nahm und aufzog. Er hätte sie genauso gut in ein Waisenhaus abschieben können. Sie war auch dem damaligen Herzog Otto und seiner inzwischen ebenfalls in die Ewigkeit eingegangenen Gemahlin Agnes dankbar, die es ihr ermöglicht hatten, in Frieden und

Wohlstand zusammen mit den herzoglichen Geschwistern aufzuwachsen.

So in Gedanken an lang vergangene Ereignisse versunken, überhörte Anna beinah das merkwürdige Geräusch, das an ein Schluchzen erinnerte. Plötzlich jedoch schreckte sie auf, als das Weinen lauter wurde, und sie blieb stehen, um zu lauschen.

Kam es nicht von rechts, von hinter dieser Brombeerhecke? Dort musste jemand sein, der Hilfe brauchte! Es hörte sich ganz nach einer Frau oder einem Kind an, sicher war jemand böse gestürzt. Ohne einen Augenblick lang zu überlegen, verließ Anna den Weg und bahnte sich einen Weg vorbei an dem dichten, dornenreiche Gestrüpp nahe dem Randstreifen.

»Wer ist da?«, rief sie, erhielt jedoch keine Antwort. »Ich komme Euch gleich zu Hilfe!« Das Gejammer indes nahm zu. Offensichtlich war da jemand tatsächlich arg in Nöten.

Als sie das Ende der Brombeerhecke erreichte, wohinter die verletzte Person liegen musste, blieb ihr allerdings fast das Herz stehen! Eine dunkel gekleidete Gestalt sprang sie an und brachte sie zu Fall.

Um auch ganz sicherzugehen, sie tatsächlich außer Gefecht gesetzt zu haben, versah der Angreifer Anna noch mit einem mächtigen Schlag gegen den Kopf. Um sie herum wurde es finster.

Stunden mussten vergangen sein, als Anna wie zerschlagen, mit stechenden Kopfschmerzen und grauenvollen Krämpfen im Unterleib erwachte.

»Wo bin ich? Was ist mit meinem Kind? Oh, Gott, wie geht es meinem Kleinen?« Entsetzt fuhren ihre Hände zum Bauch, der sich gottlob immer noch prall anfühlte. Sie spürte sogar leichte Kindsbewegungen. Aber durfte sie darauf vertrauen, dass ihm nichts widerfahren war? Das Ganze glich einem Albtraum! »Hilfe! Hilfe! Hört mich denn keiner?«

Anna, die sich auf einem primitiven Strohlager wiederfand, ohne zu wissen, wie sie dort hingelangt war, versuchte aufzustehen. Doch der Schmerz, der sie wie ein Messer durchbohrte, sowie der Schwindel, der sie sogleich erfasste, machten ihre Anstrengung zunichte. Panik erfasste sie. »Heilige Mutter Gottes, was ist los mit mir? In Gottes Namen, ist denn da niemand, der mir beisteht?«, versuchte sie sich schreiend Gehör zu verschaffen – in Wahrheit gelang ihr gerade einmal ein heiseres Flüstern.

»Bleibt liegen, Frau Anna, und bewegt Euch besser nicht. Ihr fangt sonst nur wieder an, Blut zu verlieren. Und davon habt Ihr schon eine ganze Menge eingebüßt«, drang eine männliche Stimme an ihr Ohr.

»Wer seid Ihr? Eure Stimme kommt mir bekannt vor! Sagt, was mit mir geschehen ist«, forderte sie und reckte den Kopf nach dem Mann, der in diesem Augenblicke in ihr Gesichtsfeld trat.

Infolge des Hiebs auf den Kopf war es unmöglich, die Person, in deren Hütte sie anscheinend Zuflucht gefunden hatte, auf Abhieb zu erkennen. Oder war es am Ende gar derselbe Kerl, der sie niedergeschlagen und nun entführt hatte? Aufgrund seiner sanften, beruhigend klingenden Stimme glaubte sie das allerdings nicht.

Man begegnet sich immer zweimal

»Habt *Ihr* mich gefunden? Wer seid Ihr? So redet doch mit mir!«, drängte Anna den Unbekannten, der vor ihrem Lager stand und auf sie herabstarrte.

»Ihr erkennt mich tatsächlich nicht wieder, Frau Anna?«

313

»Dann hätte ich nicht nach Eurem Namen gefragt. Also: Wie lautet er? Und wieso habe ich Blut verloren? Bitte, so spannt mich nicht länger auf die Folter, Herr!« Da erneut ein schrecklicher Krampf ihren gesamten Leib erfasste, krümmte Anna sich vor Schmerzen.

»Ihr dürft mich ruhig duzen, Frau Anna. Ich bin kein Herr, sondern nur ein armer leibeigener Knecht.«

»Mögest du sein, wer du magst! Bloß rede mit mir; ich bitte dich!«

Aber ehe der Unbekannte damit zu beginnen vermochte, sank Anna erneut in Ohnmacht.

Als die junge Frau nach einer Weile wieder zu sich kam, hatte ihr Wirt bereits eine Lampe entzündet, und in dem fahlen Schein konnte sie erkennen, dass sie sich in einer höchst einfachen Bretterhütte, eher einem Unterstand für Jäger oder Hirten, befand. Schmerzen jagten zwar noch immer durch ihren ganzen Körper, doch die Benommenheit war gewichen, und sie konnte wieder zusammenhängend denken. Die vermeintliche Erkenntnis traf sie wie ein Keulenschlag: Sie hatte mit Sicherheit ihr Kind verloren!

In diesem Augenblick geriet der Besitzer der Hütte in ihr Blickfeld – und dieser Anblick ließ sie vor Schreck aufschreien: Vor ihr stand kein anderer als Stephan, der verräterische Knecht, der einst sie und die Jüdin Rachel in die Falle hatte tappen lassen und die Schuld trug an ihrer damaligen Entführung.

»Hast du dich dieses Mal um einiges härter an mir vergriffen als dazumal im Wald bei Kelheim, Stephan? Wer hat dich heute für deinen Verrat bezahlt? Wieder ein hoher geistlicher Herr, der glaubt, aus mir Geheimnisse herauspressen zu können, über die ich gar nicht verfüge? Du Unmensch! Du weißt ja gar nicht, was du mir angetan hast! Du bist der Mörder meines Ungeborenen«, schrie ihm

Anna verzweifelt ins Gesicht. Trotz der spärlichen Beleuchtung in der schäbigen Unterkunft konnte sie sehen, wie blass der Knecht geworden war.

»Bei allen Heiligen, nein, Frau Anna! Im Gegenteil – ich habe Euch noch rechtzeitig aus den Klauen von Milos, einem gemeinen Räuber, gerettet! Er war einer der böhmischen Knechte aus der Burg, der Euch gefolgt ist, nachdem er wusste, dass Ihr allein unterwegs nach Landshut sein würdet. Er hatte Euch allerdings bereits bewusstlos geschlagen, ehe ich eingreifen konnte.«

In ihr reifte eine Erkenntnis. »Warum sagst du, er *war*, Stephan?« Annas Stimme bebte.

»Ich hab den Kerl erstechen müssen, als er versucht hat, auch mich umzubringen«, erwiderte der junge Mann fest.

»Woher wusstest *du* denn, dass ich vorhatte, in die Stadt hinunterzugehen?« Anna traute Stephan noch keineswegs.

»Ihr habt Euch laut genug mit Gretl, unserer Köchin, unterhalten! Mich habt Ihr nicht beachtet, denn Ihr unterhieltet Euch außerdem mit einer Magd, die neben Euch ihr Frühmal verzehrte, und ich saß am hinteren Ende des Tisches mit mehreren anderen zusammen. Auch Milos hockte dabei. Ich bin schon seit Längerem Stallknecht auf der Trausnitz. Ich bin Euch nämlich damals gefolgt, um in Zukunft auf Euch aufzupassen, als Sühne für meinen damaligen Verrat! Ich habe mir nie verziehen, dass ich mich damals habe überreden lassen, Euch den Schergen dieses Prälaten auszuliefern. Die Mönche hatten mich belogen und behauptet, sie wollten Euch im Wald lediglich ein paar Fragen stellen. Dass man Euch und Eure Freundin entführen wollte, davon war keine Rede gewesen, das schwöre ich Euch beim Andenken an meine verstorbene Mutter!«

Stephan sank an der Seite des einfachen Heulagers nieder und ergriff Annas Hand, um diese ergeben zu küssen. Es gelang ihr kaum, sie ihm zu entziehen.

»Als ich bemerkte, dass Milos Euch folgte, schwante mir nichts Gutes, und so bin ich hinterher. Ich wusste, dass er plante, hinüber ins Böhmische zu fliehen, weil er sich angeblich in Landshut Feinde gemacht hatte, aber auch, dass er vollkommen mittellos war und sich irgendwie Geld beschaffen wollte. Da kamt Ihr ihm gerade recht!«

»Was ist im Wald mit mir geschehen, Stephan?«, flüsterte Anna schwach. »Und, bitte, lüg mich nicht an!«

»Durch seinen Schlag mit einem Knüppel wart Ihr sogleich bewusstlos. Da Ihr unglücklicherweise dicht neben einer Grube gestanden habt, die etwa eine halbe Mannslänge tief, aber so mit Brombeerranken überwuchert ist, dass man sie nicht erkennen kann, seid Ihr in das Loch gefallen – aber Euer Angreifer offenbar gleich mit! Er muss mit seinem ganzen Gewicht auf Euch draufgeplumpst sein und hat Euch den Beutel entrissen, worin er Geld vermutete, welches Ihr in der Stadt ausgeben wolltet. Er ist gleich wieder aus er Grube herausgeklettert, weil er annahm, Ihr hättet Euch das Rückgrat gebrochen und wärt tot. Offenbar wollte er Euch dort liegen lassen. Gewiss hätte Euch keiner jemals in dem wirren Gerank gefunden!«

»Dieser Teufel«, keuchte Anna. »Sprich weiter!«

»Womit Milos jedoch nicht gerechnet hatte, war ich. Am Rand der Grube habe ich ihn erwartet und ihm sogleich eine furchtbare Maulschelle verpasst. Wir fingen an zu raufen, und er versuchte gar, mich zu erwürgen – den Knüppel hatte er wohl unten in der Grube verloren. So musste ich mein Messer zücken. Schließlich hab ich ihn in Notwehr erstochen, Frau Anna.«

»Schrecklich! Aber er hat es nicht anders verdient. Dieser Unmensch trägt die Schuld daran, dass ich …«, sie wurde von heftigen Schluchzern geschüttelt, »dass ich … mein Kind verloren habe!«

»Aber wieso denn, Frau Anna? Nein, Ihr irrt Euch, das hätte ich doch bemerkt! Als ich Euch mühsam aus dem Erdloch herausgehoben und in diese Jagdhütte hier geschafft hatte, war es zwar so, dass Ihr Blut verloren habt, aber es ist seitdem keine Frucht abgegangen. Ich hätte es Euch doch gleich gesagt, wenn das arme kleine Ding tot gewesen wäre!«

Anna brach in Tränen aus – aber nicht vor Kummer, sondern aus riesengroßer Erleichterung. Eine Totgeburt wäre das Schlimmste gewesen, was ihr hätte widerfahren können. Nichts wollte sie so sehr wie dieses Kind! Erst die Mutterschaft verlieh einer verheirateten Frau ihre volle Würde. Auch die Kirche behauptete, der Sinn des weiblichen Daseins bestünde darin, Nachkommen in die Welt zu setzen – oder Nonne zu werden.

»Du hast nicht nur mir, sondern auch meinem Kind das Leben gerettet, Stephan«, brachte sie hervor. »Ich kann dir nicht genug dafür danken, dass du mich nicht hast in der Grube liegen und sterben lassen!« Beim Gedanken daran, wie knapp sie einem schrecklichen Unglück entronnen war, begann sie erneut zu schluchzen.

Stephan stand hilflos an ihrem Strohlager, rang die Hände und wusste nicht, wie er sie beruhigen sollte. Als Annas haltloses Schluchzen leiser wurde, wagte er es, eine Bemerkung zu machen, in dem Bemühen, sie aufzuheitern: »Ich wünsche Euch, dass es ein Bub wird, Frau Anna!«

Ehe sie darauf reagieren konnte, verschwand der Knecht aus der Hütte, um bald darauf zurückzukehren. Offensichtlich hatte er, während sie bewusstlos auf dem Strohsack gelegen hatte, in der Umgebung der Hütte einen

317

Strauß Waldblumen gepflückt. Den überreichte er ihr nun, als kleinen »Willkommensgruß zurück ins Leben«, wie er es ausdrückte.

Nie hätte ihm Anna, die diese Geste stark berührte, so viel Gefühl zugetraut. Er schien wirklich ein gutes Herz zu haben.

Weil es kein Gefäß für die Blumen gab, legte er das Sträußchen aus Glockenblumen, Margeriten, einigen Stängeln Schlangenknöterich, Baldrian und Habichtskraut und einem Spitzwegerich direkt neben sie, auf das Kopfpolster.

»Das ist das schönste Gebinde, das ich jemals bekommen habe«, versicherte Anna dem Knecht, der vor Verlegenheit rot anlief. Und um ihm zu beweisen, dass sie tatsächlich so empfand, kündigte sie an, die Blumen auf die Burg mitzunehmen und sorgfältig zu trocknen, um sie für Jahrzehnte aufbewahren zu können: als Erinnerung an ein Unglück, das sich letzten Endes doch noch zum Guten gewendet habe.

»Auch mein Kind soll das Sträußchen später, wenn es alt genug ist, all das zu begreifen, als dein Geschenk in Ehren halten – denn du warst sein Lebensretter!«

Stephan fehlten offenbar die Worte, aber Anna konnte deutlich erkennen, wie sehr ihn ihre Anerkennung freute und wie stolz er war, ihr diesen Dienst erwiesen zu haben. Hoffte er doch augenscheinlich aus ganzem Herzen, damit einen Teil wiedergutgemacht zu haben von dem Ungemach, dass er einst an ihr und ihrer jüdischen Freundin verschuldet hatte, wenngleich es auch so von ihm nicht gewollt gewesen war.

Eine Weile herrschte Stille in dem primitiven Unterstand. Anna dachte über vieles nach, und in Gedanken schien sie ganz weit weg zu sein. Stephan in seiner Schlichtheit schwieg lange aus Ehrerbietung, um sie nicht zu stören. »Vielleicht wäre es gut, dem Herrn ein Dankgebet zu sprechen, dass er doch noch alles hat gut werden lassen, Frau Anna«, schlug er schließlich laut vor und hoffte, damit zu ihr durchzudringen. Und tatsächlich! Es gelang ihm, sie aus ihrer Trance zu reißen.

Anna blickte auf. Die Bewegungen ihres Kindes waren wieder kräftiger geworden; es schien gesund zu sein. »Du hast recht, ich muss Gott danken! Für meinen Sohn oder für meine Tochter! Und ich will auch für dich beten. Wenn es zu einer zu frühen Geburt gekommen wäre, bin ich nicht sicher, ob das Kind sich hätte am Leben halten können. Dank dir und deinem mutigen Eingreifen hat der Herrgott darauf verzichtet, mein Engelchen wieder zu sich zu nehmen! Mein Gemahl und ich werden dir stets in Dankbarkeit verbunden bleiben. Und was den Herzog betrifft, so denke ich, auch Herr Ludwig wird deine beherzte Tat nicht unbelohnt lassen.«

Lohn für etwas zu erhalten, das er gern getan hatte, erschien Stephan zwar weit übertrieben, aber Anna ließ sich nicht umstimmen: »Dank und Ehre, wem Dank und Ehre gebühren. Und ein Geschenk darf ruhig auch dabei herausspringen, mein Lieber«, befand sie trocken.

Dann sprachen beide leise ein Gebet, wie es ihnen gerade in den Sinn kam.

Obwohl Anna sicher war, dass ihr Kind, falls es bei dem Anschlag sein Leben verloren hätte, direkt ins Paradies eingegangen wäre, kannte sie nur allzu gut die Haltung der Kirche dazu: Ungetauft verstorbene Kinder kamen keineswegs sofort in den Himmel, und auch der Platz auf einem geweihten Gottesacker blieb ihnen, gleich unbußfertigen Sündern, verwehrt. So rechnete sie es Stephan doppelt an, dass er sie aus dieser verfluchten Grube herausgehoben und gerettet hatte.

»Ich möchte, falls mein Kind ein Sohn sein wird, dass es deinen Namen, ›Stephan‹, erhält!«, eröffnete sie dem wackeren Knecht, der sich selbst in Gefahr gebracht und letzten Endes einen Totschlag hatte begehen müssen, um sein eigenes Leben zu retten. Immerhin war es kein Mord gewesen, denn er hatte in Notwehr gehandelt.

Sie beschlossen, dass es für Anna gut wäre, noch ein wenig auszuruhen und sich von dem Schrecken zu erholen, während ihr Retter sich um Milos kümmern wollte.

Den Leichnam des Getöteten beließ Stephan in dem Erdloch, in das dieser mit Anna gestürzt war. Er bedeckte ihn lediglich mit einer Menge an größeren und kleineren Steinen und schaufelte zusätzlich Erde und Reisig darauf, um die Verbreitung von Fäulnisgeruch zu vermeiden und um wilde Tiere abzuhalten. Anschließend lief der junge Mann zur Burg hinauf und alarmierte Hilfe, um die geschwächte Frau nach Hause zu schaffen.

Von diesem entsetzlichen Tag an trug Anna dem Pferdeknecht nichts mehr nach. Im Gegenteil: Künftig betrachtete sie ihn als loyalen Freund.

Das Leben geht weiter

Sosehr Anna in den folgenden Tagen und Wochen Trost von guten Freunden gebraucht hätte, war sie doch insgeheim erleichtert, dass ihr Gemahl nicht anwesend war. Sie schämte sich, sein Kind in Gefahr gebracht zu haben – ohne jeden Grund natürlich! Nein, sie hatte nichts Schlimmes getan: Bei schönem Wetter den Weg nach Landshut hinunter einzuschlagen, einen kleinen Spaziergang an der frischen Luft zum Stadtapotheker zu machen – was war schon dabei?

Wäre ihr der Rückweg zu anstrengend gewesen, hätte sie ohne Schwierigkeit einen Knecht gefunden, der bereit gewesen wäre, eine schwangere Dame zur Burg hinaufzufahren. Ein kräftiger Kerl hätte die noch immer Leichtgewichtige sogar getragen …

Trotzdem empfand die junge Frau Scheu davor, ihrem Mann von dem schrecklichen Vorfall zu berichten. Kajetan freute sich doch so sehr auf einen Stammhalter; selbst ein kleines Mädchen würde ihn über die Maßen entzücken.

Zum Glück wurde diese Hoffnung nicht zunichte gemacht, nachdem der Stadtmedicus sowie die Heilerin, die von den Burgleuten bei leichteren Erkrankungen konsultiert wurde, die niederschmetternde Meinung vertraten, diese Gelegenheit zu einer Mutterschaft sei wohl Annas erste und zugleich auch letzte … Nach dem unschönen Erlebnis im Wald hatte sich die junge Frau ihnen anvertraut. Sooft sie sich künftig das Los einer für alle Zeit kinderlosen Frau vor Augen hielt, dem sie offenbar knapp entgangen war, brach Anna in Tränen aus.

Vor Beginn der Schwangerschaft hatten sich beide Eheleute Winterhalter damit abgefunden, einst ohne Nachkommen ins Grab zu sinken. Aber dann war die wunderbare Überraschung wahr geworden – und beinahe wäre die einmalige Hoffnung auf Elternschaft mit einem Schlag zerstört worden.

Als sie sich ein klein wenig besser fühlte, trat Anna an ihre Truhe, in der sie wichtige Dokumente aufbewahrte. Ganz zuunterst fand sich jenes Schreiben, das ihr einst Oheim Adalbert kurz vor seinem Tod ausgehändigt hatte, mit der Einschränkung, es nur zu öffnen, falls sie sich in einer wirklich aussichtslosen Lage befände. Würde sie hingegen nur ihre Neugierde befriedigen wollen, könnte der Inhalt ihr und anderen womöglich großen Schaden zufügen.

Zögernd hielt sie den mit Siegelwachs verschlossenen Brief in der Hand. *Nur für Anna* stand darauf, und weiter:

Nur zu öffnen im allerhöchsten Notfall, wenn es um Leib und Leben geht und nichts mehr vorhanden ist, um des Leibes Notdurft zu stillen!

Ehrlicherweise musste sie sich eingestehen, dass ein Ungeborenes zu verlieren für sie zwar ein großes Unglück bedeutet und ihr größten Kummer bereitet hätte, aber auch nicht einmal das geeignet gewesen wäre, sie in materielle Not zu stürzen. Zur Befreiung von seelischem Kummer war der geheimnisvolle Brief offensichtlich nicht gedacht. Oder vielleicht doch?

Diese Frage vermochte ihr vermutlich niemand zu beantworten.

Seufzend legte sie das Schreiben zurück in die Truhe.

»Wie soll ich es nur meinem Mann erklären, dass ich so leichtsinnig gewesen bin und mich in meinem Zustand allein auf den Weg gemacht habe?«, fragte Anna die Küchenmeisterin, Jungfer Margareth. Zu ihr gesellte sie sich mittlerweile sehr gern, falls die liebe mitfühlende Seele Zeit hatte. Das traf sich im Augenblick gut, da der Herzogshof nahezu komplett ausgeflogen war und der Küchenzettel dementsprechend kurz und einfach gehalten wurde.

»Erzählt es Eurem Gemahl genau so, wie es sich zugetragen hat«, riet ihr die ältere Frau. »Herr Kajetan wird es verstehen und versuchen, mit Euch zu fühlen. Er ist mittlerweile so alt geworden und hat so viel an Tragischem erlebt – da wird er das Unglück, das beinahe Euch betroffen hätte, auch noch überstehen!«

»Glaubt Ihr das wirklich?«, erkundigte sich Anna zögerlich. »Wird er mich nicht als wertlos verachten oder wütend auf mich sein, weil ich nicht besser auf mich und das Kind aufgepasst habe?«

»Wie ich Euren gütigen Mann kenne, wird er das keineswegs! Ich bitte Euch! Im siebten Monat darf eine Frau doch noch allein einen Spaziergang machen. Mägde und Bauersfrauen gehen bis zum Tag der Geburt aufs Feld. Meine Mutter selig hat vor dem Mittagsläuten noch Hafer geschnitten, und am Nachmittag hat sie mich zur Welt gebracht!«

»Ja, ich weiß. Eine Schwangerschaft mag beschwerlich sein, aber eine Krankheit ist sie nicht.«

»Nur bei Adelsdamen verhält es sich bekanntermaßen ganz anders«, behauptete ein wenig ironisch die Küchenmeisterin und verdrehte dabei die Augen, was Anna ein zaghaftes Lächeln entlockte.

Es tat ihr unendlich gut, sich mit einer wohlmeinenden Person zu unterhalten, die mit beiden Beinen fest auf dem Boden stand und über einen gesunden Menschenverstand verfügte. Immerhin war sie jetzt in der Lage, der Heimkehr ihres Gatten mit mehr Gelassenheit entgegenzusehen.

Wie die Burgköchin vorausgesagt hatte, traf es ein.

Kajetan Winterhalter war in erster Linie besorgt um seine Frau. Immer wieder fragte er sie, ob sie sich auch wirklich wohlfühle und gesund sei. Er behandelte Anna wie eine kostbare, dünnwandige Schale aus Glas, erkundigte sich ständig nach ihrem Befinden, fragte sie nach ihren Wünschen und ließ sie mit allen lästigen Kleinigkeiten in Ruhe, die er ihr üblicherweise im Laufe ihrer Ehe aufgebürdet hatte.

Die Magd Marie, die ihn so vorzüglich auf der Reise betreut hatte, durfte er nach dem Willen Frau Ludmillas weiter behalten, und somit war Anna entlastet.

Beinah war ihr all die Fürsorge zu viel, die ihr auf einmal zuteil wurde. Aber Jungfer Margareth, die sie jetzt als ihre Freundin betrachtete und jeden Tag aufsuchte, hatte ihr geraten, sich ruhig einige Verpflichtungen abnehmen zu lassen.

»Es bleibt Euch noch genug zu tun, glaubt mir, Anna! Sobald der Herzog und Frau Ludmilla sehen, dass Ihr nach der Entbindung wieder zur Verfügung steht, wird man Euch erneut wieder mehr in die herzogliche Familie einbinden. Zu Beginn war es doch auch anders. Da habt Ihr Herrn Ludwig auf seinen Ritten durch die Gegend begleitet oder mit der Herrin stundenlang Schach gespielt. Das alles ist in letzter Zeit eingeschlafen, weil Ihr Euch ständig nur mit Eurem Gemahl beschäftigt habt. In Zukunft werdet Ihr wieder mehr Zeit für die hohen Herrschaften haben – und sicher nicht zu Eurem Schaden.«

Anna fiel aus allen Wolken, als sie die Köchin so sprechen hörte. Zweierlei war bemerkenswert: Erstens, dass man so genau auf sie und ihr Tun und Lassen geachtet hatte. Und man schien stillschweigend davon auszugehen, dass sie sich nicht selbst um ihr Kind kümmern würde, sondern das Kleine, gleich adeligen Damen, nach der Geburt einer Amme, dann einer Kinderfrau und später einer Erzieherin übergäbe. Das hatte Anna eigentlich nicht im Sinn.

Wozu ein Kind haben und es dann anderen überlassen?, überlegte sie etwas unwillig. Freilich entsprach es den Gepflogenheiten der Zeit, dass nur die unterste Volksschicht ihren Nachwuchs selbst aufzog. Aber darüber würde sie sich Gedanken machen, wenn es so weit war.

Im Augenblick genoss sie die Freundschaft mit der Köchin. Die Frau aus niederem Stande war in der Tat ein wahrer Ausbund an Klugheit und Lebenserfahrung. Anna durfte sich glücklich schätzen, diese Perle unter all den Beschäftigten als zusätzliche Freundin auf der Trausnitz gefunden zu haben.

Nie hätte sie es für möglich gehalten, noch Tage und Wochen nach dem Überfall so durcheinander zu sein. Sie schlief schlecht, was für werdende Mütter gar nicht gut war; tagsüber war sie nervös, zerfahren, litt an Panikattacken und Zukunftsängsten und brach oft grundlos in Tränen aus.

Das war etwas, was sie bisher überhaupt nicht gewohnt war. Auch Kajetan hatte schon oft festgestellt, dass er kaum eine Frau kannte, die weniger »nah am Wasser gebaut« war als seine Anna. Sie selbst schob es auf die »anderen Umstände«, die ihr im Augenblick besonders zu schaffen machten.

Auch der herzogliche Medicus, den sie nach dem Willen Frau Ludmillas aufsuchte, die sich Sorgen um sie machte, hielt das für die plausibelste Erklärung. »Nach der Entbindung ist alles wieder so wie früher«, behauptete er.

Anna sehnte daraufhin mehr als je zuvor einen baldigen Geburtstermin herbei.

Noch jemand zeigte sich in diesen Tagen als guter Hirte und kluger geistlicher Berater: »Der letzte Weg«! Ausgerechnet Pater Honorius, der Burggeistliche, den sie bisher insgeheim so oft belächelt hatte, erwies sich als wertvoller und warmherziger Tröster, wenn ihr Gemüt wieder einmal verdüstert war.

Von ihm, einem wahrhaft mitfühlenden Mann, erhielt Anna so viel an seelischem Beistand, dass sie von nun an zu seinen leidenschaftlichsten Verteidigerinnen zählte. Keine Magd und kein Knecht durften es künftig wagen, sich über den angeblichen »Griesgram« lustig zu machen.

Er hatte ihr sogar das Angebot unterbreitet, sich persönlich beim Herzogspaar dafür starkzumachen, dass es Anna erlaubt werden sollte, sich persönlich um die Erziehung ihres Kindes zu kümmern.

»Dafür danke ich Euch von ganzem Herzen, Pater!« Anna, vollkommen überrascht, erbat sich dennoch Bedenkzeit.

Ohne sich mit Kajetan darüber zu beraten, kam sie allerdings nach einigen Tagen zu dem Entschluss, es so zu machen, wie immer Herzogin Ludmilla es für sie beschließen würde. Immerhin war es eine ungeheure Ehre, falls das edle Paar ihre Gegenwart erneut wünschen würde! Wie könnte sie es ablehnen, wo sie den beiden doch so viel verdankte?

Am Ende war es gar nicht so schlimm, wenn eine andere Frau ihr das Gröbste abnahm, überlegte sie. Zeit, um mit dem kleinen Schatz zu spielen, würde sie gewiss noch haben! Die Muße dazu hatte sich selbst die Herzogin damals nicht nehmen lassen, nachdem sie Mutter geworden war.

»Ganz, wie es Euch beliebt, liebe Frau Anna. Vielleicht tut Ihr sogar sehr gut daran.« Der Burggeistliche konnte ihre Entscheidung offenbar verstehen, denn er unternahm keinen Versuch, sie umzustimmen.

Wie von Margareth vorhergesagt, erlangte Anna nach der Niederkunft, die bemerkenswert unspektakulär verlaufen war, erneut ihre frühere privilegierte Stellung beim Herzogspaar; was sie mit völliger Zufriedenheit erfüllte. Vor allem halfen ihr die neuen Verpflichtungen, schnell wieder »die alte Anna« zu werden. Allmählich erlangte sie ihre einstige Lebhaftigkeit und Schlagfertigkeit zurück; selbst körperlich war sie bald wieder so kräftig und ausdauernd wie zuvor.

Die Hebamme, die sie von ihrem Kind – einem hübschen, gesunden Mädchen – nach nur fünf Stunden Wehen problemlos entband, kam aus dem Staunen gar nicht mehr heraus, da Anna doch schon eine ziemlich alte

Erstgebärende war und die erfahrene Wehmutter insgeheim mit Komplikationen gerechnet hatte.

»Mein Töchterchen soll Stephania heißen«, bestimmte die überglückliche Mutter, »und Stephan soll einer ihrer Paten sein!«

Manche mochten vielleicht die Stirn runzeln, als in der Burgkapelle neben den beiden anderen Paten – Ludwig und Ludmilla – ein schlichter Knecht stand; aber das Herzogspaar selbst empfand Annas Entscheidung als durchaus angemessen: Immerhin verdankte das Kind es diesem Mann, dass es überhaupt das Licht der Welt erblickt hatte!

Ludmilla hatte auch dafür gesorgt, dass für Stephania die beste Amme gefunden worden war, die man sich nur wünschen konnte: Jana, eine junge Böhmin, die hochschwanger ihren Ehemann, einen der herzoglichen Knechte, durch einen Unfall verloren und kurz danach einen Knaben zur Welt gebracht hatte, der jedoch vor Kurzem nach wenigen Tagen gestorben war. Jana hatte Annas winzige Tochter sogleich ins Herz geschlossen und würde sich um die Kleine kümmern, als handele es sich um ihr eigenes Kind.

Auch Anna war hochzufrieden mit der Wahl. Sie selbst konnte nämlich viel zu wenig Milch geben, um den Säugling zu stillen, und war auf eine Amme angewiesen.

Kajetan freute sich sehr, als er seine Anna endlich wieder lachen sah.

Ähnlich zufrieden zeigte sich der Herzog, als sie ihn nach verhältnismäßig kurzer Zeit wissen ließ, sie könne wieder längere Zeit im Sattel sitzen. »Dann lass uns heute nach dem Frühmahl einen Ausritt entlang der Isar und anschließend über die Felder unternehmen!«

Nichts, was Anna lieber getan hätte. Ihr Töchterchen wusste sie bei Jana bestens aufgehoben. Nur zwei bewaffnete Edelknechte und ein Rossbub sollten Ludwig und sie begleiten. Fast ein ganzes Jahr war vergangen, seit sie dieses Privileg zuletzt genossen hatte. Dementsprechend aufgeregt war sie, als der Knecht ihr in den Sattel der Stute half, auf der sie früher schon oft ausgeritten war.

Es handelte sich um ein sanftes, gutmütiges Pferd, das, kaum geboren, von ihr einst auf den Namen »Rachel« getauft worden war, weil die riesigen schwarzen Augen des dunkelbraunen Fohlens sie unwillkürlich an die herrlichen Augen der jüdischen Freundin aus Kelheim erinnerten …

»Ich werde Stephan – den ich keineswegs als ›Mörder‹ von Milos ansehe – für sein mutiges Eintreten für dich und für seine vorbildliche Haltung bei der Taufe von Stephania besonders auszeichnen: Er soll von nun an dein und Kajetans persönlicher Leibknecht sein«, überraschte der Herzog seine Begleiterin. »So hat er die Möglichkeit, sein Patenkind täglich zu sehen.«

Darüber zeigte sich Anna aufs Höchste erfreut; spontan stellte sie in Aussicht, Stephan nach etlichen Jahren treuer Dienste aus der Leibeigenschaft zu entlassen, wogegen der Herzog nichts einzuwenden hatte. Unwillkürlich musste sie schmunzeln, als sie sich an die Szene in der Burgkapelle erinnerte: Stephan hatte den Täufling über das Taufbecken gehalten, als der Burggeistliche der Kleinen Wasser über den Scheitel goss. Das Mädchen hatte gebrüllt wie am Spieß und anschließend ihrem Paten, der sie noch immer auf dem Arm hielt, ins Gesicht gespuckt!

Aber Stephan hatte das nichts ausgemacht. Er war nahezu geplatzt vor Stolz, der Ehre teilhaftig geworden zu sein, mit dem Herzogspaar gemeinsam Pate sein zu dürfen. Und sein Patenkind liebte er, als wäre es sein eigener Sprössling.

Auch der Herzog schien sich dieser komischen Begebenheit zu entsinnen, denn er fiel in Annas Lachen ein.

Mit Spannung erwartete Kajetan den Bericht seiner Gemahlin über den Ausritt. Sofort fiel ihm auf, dass sie, die in aller Regel vor Begeisterung geradezu überschäumte, wenn sie von Ausflügen mit dem Herzog zurückkehrte, heute merkwürdig einsilbig blieb.

»Gab es denn gar nichts, was dir besonders gefallen hat?«, fragte er sie schließlich ganz direkt.

Anna seufzte. »Doch, Kajetan. Seine Gnaden hatte die Güte, uns Stephan als *unseren* Leibeigenen zu überlassen! Ich habe angekündigt, dem Burschen nach einigen Jahren die Freiheit zu schenken, falls wir mit ihm zufrieden sein sollten.«

»Wie überaus großzügig vom Herzog«, freute sich der alte Chronist. »Das ist doch eine wunderbare Neuigkeit – ich verstehe gar nicht, Anna, weshalb du so bedrückt bist.«

»Was ich auf dem Ausritt durch die Dörfer gesehen habe, hat mich erschreckt, mein Lieber! Mir kommt es vor, als seien die Bauern noch mehr verarmt, seit ich sie das letzte Mal besucht habe. Ich weiß, dass auch rund um Kelheim die Landleute zum Teil bitterarm gewesen sind, verglichen mit den Städtern. Aber was mir heute vor Augen kam, übertrifft dieses Elend noch bei Weitem. Die Erwachsenen zerlumpt und abgemagert, die Kinder schwach und unterernährt, und die winzigen Elendshütten kurz vor dem Einsturz. Es fehlt ganz offensichtlich an allem. Auch Herrn Ludwig fiel die Not auf. Aber erst nachdem ich ihn darauf aufmerksam machte! Anfangs meinte er, die Nöte der Bauern seien nicht größer als sonst auch, aber da musste ich ihm lebhaft widersprechen.

›Ich bin näher dran am einfachen Volk als Ihr‹, habe ich zu ihm gesagt. ›Und mir fällt auf, dass die Menschen kurz vorm Verhungern sind: Sie leiden immer noch an den Schäden, die durch die dauernden Kriege in Bayern verursacht wurden. Sie haben kaum noch Vieh, weil die Soldaten es geschlachtet haben; die Felder und Äcker wurden über Jahre hinweg von Pferdehufen zerstampft. Aus Angst, von den Feinden getötet zu werden, haben es die Bauern unterlassen, ihre Felder neu zu bestellen. Wohin man sieht, wächst Unkraut. Manche Gegenden müssten gar komplett neu gerodet werden! Aber die Dörfler sind zu schwach und zum Teil zu alt, denn die Jungen ziehen lieber in die Städte und verdingen sich als Dienstboten oder Handwerker.‹ Ich sagte ihm auf den Kopf zu, dass sein Augenmerk bislang vor allem auf den Stadtleuten gelegen hat, und ich denke, er sollte sich auch Gedanken darüber machen, wie er den Geringsten der Untertanen unter die Arme greifen könnte. Schließlich sind sie es, denen wir die Früchte des Feldes zu verdanken haben – von Geflügel und den Eiern ganz zu schweigen.«

»Das alles hast du ihm einfach so ins Gesicht gesagt?« Kajetan war sichtlich erschrocken.

»Wie hat denn der Herzog darauf reagiert?«, erkundigte er sich dann behutsam.

»Nun ja … Zuerst hat er gelacht und mir widersprochen, dann ist er nachdenklich geworden, und schließlich hat er mir zugesagt, seinem Vogt Anweisung zu erteilen, sich genau nach den Nöten der hiesigen Bauern zu erkundigen und ihnen dann entsprechend ihrem Bedarf Hilfe zuteilwerden zu lassen – und zwar aus der herzoglichen Schatulle!«

Ein Erfolg der Beharrlichkeit seiner Gattin, die den verblüfften Kajetan insgeheim sehr stolz machte.

Die Trausnitz – ein Hort der Kultur

Da eine Zeit des Friedens Einzug gehalten hatte, von der man allerdings nicht wusste, wie lange sie anhalten würde, konnte man sich getrost »nicht kriegerischen« Dingen zuwenden. Auch Ludwig und Ludmilla pflegten gleich vielen anderen Adeligen an ihrem Hofe die Beschäftigung mit den *artes bellas,* den schönen Künsten.

Beliebt waren Aufenthalte von bekannten Dichtern auf der Trausnitz. Anna lernte auf diese Weise so bedeutende Poeten wie den nahe der bayerisch-fränkischen Sprachgrenze geborenen Wolfram von Eschenbach kennen – der sogar einen Teil seines »Parzival« am Herzogshof von Landshut verfasste!

Eines Tages war Anna im Burghof mit einem gut aussehenden, aber recht einfach gekleideten Herrn zusammengetroffen. Sie hatte zusammen mit Stephania am Brunnen gesessen. Als sie mit dem Kind auf dem Arm aufstand, um eine windstillere Ecke im Burghof aufzusuchen, stieß sie leicht mit einem Mann zusammen.

Erschrocken lüftete dieser sein schwarzes Samtbarett, verbeugte sich viele Male und entschuldigte sich wortreich für seine Ungeschicklichkeit. Seine Hauptsorge galt dem weinenden kleinen Mädchen, das im ersten Schreck ein fürchterliches Gebrüll anhob. Aber seine sanfte Stimme besänftigte Stephania ganz schnell und auf geradezu wundersame Weise. Neugierig betrachtete sie mit großen himmelblauen Augen den nicht mehr ganz jungen Mann. Es handelte sich um keinen Geringeren als um Herrn Walther, den bekannten Dichter von der Vogelweide, der gerade als Ludwigs Gast am Hof weilte.

Anna war fasziniert. »Die Schuld lag ebenso bei mir, mein Herr«, behauptete sie und ergriff sogleich die Gelegenheit, den berühmten Dichter und Sänger in ein Gespräch zu verwickeln. »Über Euch wird verbreitet, Ihr wäret in Wahrheit der unbekannte Verfasser des berühmten *Nibelungenliedes,* Herr Walther!«

Der Gast des Herzogs lachte herzlich. »Leider stimmt das nicht, liebwerte Dame!« Als er ihren ungläubigen Blick bemerkte, fuhr er vertraulich fort: »So glaubt mir! Weshalb sollte ich vornehme Zurückhaltung üben, falls es der Wahrheit entspräche? Meinem Ruf würde es bestimmt nicht schaden.«

Anna bat ihn, sie doch nicht mit »Dame« anzusprechen, und klärte ihn über ihre wahre Stellung bei Hofe als Ehefrau des herzoglichen Chronisten auf. Dann befragte sie ihn nach dem tatsächlichen Urheber des Liedes der Nibelungen und erfuhr Folgendes:

Wolfger von Erla, der seit 1191 Bischof von Passau und oftmals Gegner Herzog Ludwigs gewesen war, hatte seinen Notar Konrad beauftragt, die insgesamt um die 2400 Strophen eines unbekannten Verfassers der bedeutenden Dichtung aufzuschreiben, um sie vor dem Vergessen zu bewahren.

»Zu der Mär von meiner Urheberschaft trug allerdings eine Notiz des bischöflichen Chronisten bei, der am 12. November 1203 in das Reisejournal Bischof Wolfgers eintrug: *Am folgenden Tag (nach dem Martinitag) bei Zeiselmauer dem Sänger Walther von der Vogelweide … fünf Schillinge für einen Pelzmantel gegeben.* Ihr könnt mir glauben, so billig hätte nicht einmal ich, der ich seit dem Tod meines Wiener Gönners, Herzog Friedrich, vollkommen mittellos bin, so ein Werk wie die *Nibelungen* verfasst.«

Das leuchtete Anna sofort ein. Sooft sich in den nächsten Wochen die Gelegenheit ergab, suchte sie die Gesellschaft dieses armen, bescheidenen, aber großartigen Poeten auf.

Herzog Ludwig und seine Gemahlin ließen es sich neuerdings angelegen sein, ihren Hof zu einem Mittelpunkt von *ars et cultura* zu machen. Davon profitierten neben vielen anderen auch solch illustre Namen wie etwa Reinmar von Hagenau, Heinrich von Morungen, Neidhart von Reuental sowie Godefried von Winchester und Walther von Châtillon.

Sie alle waren bedeutende fahrende Sänger aus dem europäischen Raum, die ihre gereimten Dichtungen mit Gesang und Lauten- oder Harfenbegleitung den hohen weltlichen und geistlichen Herren und Damen zu Gehör brachten. Ja, auch einzelne Nonnenklöster zeigten sich sehr daran interessiert ...

»Ludwig hört sich alles mit großem Vergnügen an. Er hat auch nichts dagegen, die Poeten wochenlang zu beherbergen und zu verköstigen, aber mehr zu tun ist er nicht bereit«, beschwerte Anna sich eines Tages bei ihrem Mann.

»Was sollte der Herzog denn deiner Meinung nach überdies noch tun, meine Liebe?« Selbst noch nach Jahren gelang es Anna immer wieder, Kajetan Winterhalter zu verblüffen.

»Nun, er könnte sich beispielsweise am Bischof von Seckau ein Beispiel nehmen! Dem hohen geistlichen Herrn bedeuteten die Lieder der fahrenden Sänger so viel, dass er sie sammeln, von drei Schreibern notieren und in einem eigenen Buch zusammenstellen ließ! Das kostete ihn zwar eine Menge Geld – aber die Verse waren es ihm wert, sie vor dem Vergessenwerden zu bewahren.«

»Offenbar, Anna! Ich habe auch davon gehört. Es soll sich um Lieder in lateinischer Sprache handeln, in denen vor allem die Käuflichkeit von geistlichen Ämtern getadelt wird, aber auch um Liebes-, Trink- und Spielmannslieder sowie ein paar geistliche Schauspiele. Soweit mir bekannt ist, hebt man die Sammlung im Kloster Benediktbeuern auf und nennt sie daher *Carmina Burana*. Aber weil dieser Bischof so eine Vorliebe für Gedichte und Lieder gezeigt hat, muss unser Herzog nicht desgleichen tun, Anna!« Damit war für Kajetan die Sache abgetan. Kritik an seinem Herrn schätzte er nach wie vor nicht.

Immerhin begrüßten es viele, und insgeheim auch Anna, dass ein etwas frischerer Wind durch die Gemäuer der Trausnitz fegte, als es in Kelheim der Fall gewesen war. Man musste sich nicht mehr gar so sehr provinziell vorkommen …

Wer ebenfalls von der kulturellen Vielfalt profitierte, war der Erbe des Herzogs: sein Sohn Otto, der im gleichen Jahr 1220, am siebten Aprilis, um genau zu sein, seinen vierzehnten Geburtstag feiern konnte! Er erhielt nicht nur eine Ausbildung in verschiedenen ritterlichen Kampftechniken, in Waffenkunde, Angriffs- und Verteidigungsstrategie, sondern auch sein Geist wurde gewissermaßen »erhoben und bereichert« durch Literatur, aber auch durch Musik, die inzwischen ebenfalls bei Hofe sehr gepflegt wurde.

Anna mochte den liebenswerten und aufgeweckten Herzogssprössling sehr. Ein Ereignis war ihr noch gut im Gedächtnis geblieben: Zu Pfingsten 1212 hatte man den damals ungemein verträumten Knaben Otto, den Sechsjährigen, auf dem Hoftag zu Nürnberg mit der um fünf Jahre älteren Agnes aus dem Geschlecht der Welfen verlobt. Sie war die Erbin der Pfalz, somit winkte Otto später der Titel »Pfalzgraf bei Rhein«; dazu kam ein beachtlicher Zuwachs an Land und anderen Würden.

»Und nun steht gar schon die Hochzeit des jungen Paares an! Der vierzehn Jahre alte Otto, ein zwar hoch aufgeschossenes, aber noch vollkommen unreifes Jüngelchen, soll diese Agnes von der Pfalz heiraten, die bereits neunzehn Jahre zählt. Da wird die junge Frau viel Vergnügen in ihrer Hochzeitsnacht haben«, mokierte sich Anna.

Kajetan schnappte nach Luft. Je älter seine Gattin wurde, desto ungenierter pflegte sie ihre Meinung zu äußern. Diplomatisch wie immer, weigerte er sich jedoch, einen Kommentar dazu abzugeben. Seiner Meinung nach schickte es sich nicht, als Niedriggestellter die Heiratsgepflogenheiten hoher Herrschaften einer kritischen Betrachtung und überhaupt einer Erörterung zu unterziehen.

Auch weiterhin wurde Herzog Ludwig der Gunstbezeugungen Friedrichs II. teilhaftig. Der König, der längst mit dem Titel »Kaiser« geehrt worden war, ohne noch als solcher gekrönt zu sein, ließ dem Bayernherzog und seiner Gemahlin nebst Anhang im Jahre 1220 eine feierliche Einladung nach Rom zukommen, wo ebendiese Kaiserkrönung im Monat November stattfinden sollte.

Für Anna bedeutete es die dritte außergewöhnliche Feierlichkeit ähnlicher Art, an der sie in Italien teilnehmen sollte. Bei der ersten war sie noch als Begleiterin ihres Oheims Adalbert dabei gewesen …

Jetzt war sie neunundvierzig, und ihr war ein wenig bang vor dem schrecklichen Klima, das den Aufenthalt in der überwältigenden Ewigen Stadt mit all ihren Zeugnissen einer grandiosen Vergangenheit so gefährlich machte. Zum Glück sollte das große Ereignis nicht in den schier unerträglichen Sommermonaten stattfinden.

Des Weiteren war sie robust und gesund; dank Stephan und der geschickten Magd Marie würde es ihr mit Gottes Hilfe auch gelingen, ihren mittlerweile über siebzigjährigen Gemahl Kajetan vor der Malaria zu beschützen und wieder heil nach Hause zu bringen. Nach wie vor übte er zu Ludwigs voller Zufriedenheit seine Tätigkeit als fleißiger, genauer und äußerst zuverlässiger Chronist aus.

Es war geplant, auch Stephania, die ja fast schon eine kleine Dame war, samt ihrer Gouvernante Libussa – ebenfalls eine Böhmin und unheimlich gebildet – nach Rom mitzunehmen. Annas Tochter, ein ausnehmend hübsches, elfenhaft zartes, aber gesundes Mädchen mit wachem Geist und friedfertigem Gemüt, freute sich unheimlich auf die bevorstehende Reise. Libussa konnte ihr gar nicht genug über Rom und Italien erzählen; auf einmal erwachte sogar Stephanias Interesse an der alten Gelehrten- und Kirchensprache Latein …

Herzogin Ludmilla überlegte nur einen Augenblick lang, ob sie sich mit fünfzig Jahren die weite Reise nach Rom noch zutrauen konnte. Bald war es entschieden: Sie konnte! Über ihre Gesundheit vermochte sie nicht zu klagen, und außerdem war sie viel zu neugierig, um sich ein solch einmaliges Erlebnis entgehen zu lassen.

»Ich werde, außer dem Petersdom, jede einzelne Kirche in der heiligen Stadt aufsuchen«, kündigte die Herzogin an. An einem Ort, an dem Petrus und viele andere Heilige schon leibhaftig gewandelt waren, müsste das einfach sein, meinte Ludwigs Gemahlin. Anna versprach sogleich, sich ihr dabei mit dem größten Vergnügen anzuschließen.

Außerdem interessiere sie sich für die Überreste aus altrömischer Zeit, ließ Ludmilla verbreiten, besonders für das Kolosseum und die antiken Badruinen – und eine Bootsfahrt auf dem Tiber erhoffe sie sich natürlich auch. Das alles klang wie Musik in Annas Ohren.

Eine äußerst geschäftige Zeit brach nun auf der Trausnitz an. Jeder war bestrebt, sich die schönsten Gewänder und das modischste Schuhwerk anmessen zu lassen. In den nächsten Wochen pilgerten wahre Prozessionen von Schneidern, Schuhmachern, Taschnern, Strumpfwirkern und Goldschmieden hinauf zur Burg, um die Damen und Herren mit neuen Kleidern, Umhängen, Schuhen, Strümpfen, Hüten, Schmuckstücken und anderen edlen Dingen zu versehen.

Für Anna gab es einen weiteren Grund zur Freude. Sie hatte Walther von der Vogelweide auf der Burg Trausnitz kennen- und schätzen gelernt, und sie wusste um seine schlechte finanzielle Lage. So erfüllte es sie mit großer Genugtuung, dass Friedrich II., ehe er sich samt riesigem Gefolge nach Rom aufmachte, dem Dichter und Sänger sein heiß ersehntes Lehen in der Nähe von Würzburg verlieh.

»Der große Künstler hat es jetzt nicht mehr nötig, regelrecht zu betteln für sein täglich Brot!«, jubelte Anna. Sie freute sich aufrichtig für ihn und gönnte ihm die längst fällige Anerkennung von Herzen.

Die fiebrige Unrast, die wochenlang den Alltag auf der Trausnitz bestimmt hatte, fand in diesem Augenblick ihr Ende, als Herzog Ludwig endlich das Zeichen zur Abreise geben ließ.

»Auf nach Rom zur Krönung unseres Herrn!«, erschallte der Jubelruf durch die Reihen der Italienreisenden.

Anna und Kajetan konnten sich dem nur halbherzig anschließen: Ihre Tochter fehlte! Völlig überraschend hatte eine fiebrige Krankheit mit roten Flecken am gesamten Körper, die mit Kopf- und Gliederschmerzen einherging, Stephania aufs Krankenlager verbannt. Auch die Reise in der allerbequemsten Kutsche kam, trotz Protestgeschrei der jungen Dame, in einem solchen Fall nicht in Betracht.

Anna, die ihrer Tochter, die sie über alles liebte, kaum jemals die Erfüllung eines Wunsches versagte, blieb in dieser Sache hart. Es war schließlich kein Spaziergang, der ihnen bevorstand. Sie und ihr Gemahl Kajetan bedauerten es mit am meisten, dass ihrem Kind die großartige Erfahrung einer Kaiserkrönung versagt bliebe.

Ein wahrhaft kaiserliches Geschenk

Trotz der weit fortgeschrittenen Jahreszeit herrschte in diesem Jahr in Rom auch im November noch eine ungeheure, geradezu unnatürliche Hitze. Diese sowie das quirlige, laute, von ungeheuren Menschenmassen förmlich überquellende Rom erwiesen sich für Anna nur schwer erträglich. Es hatte den Anschein, als wäre jedermann in die Ewige Stadt geeilt, um teilzunehmen an dem exquisiten Spektakel einer Kaiserkrönung, sei es als Bettler oder Beutelschneider …

Selten erlebte die berühmte Stadt eine solche Invasion von Dieben und Trickbetrügern, selten wurden so viele Raubüberfälle verübt, wie sie anlässlich dieser Krönungsfeierlichkeiten an der Tagesordnung waren.

»Sogar im Petersdom schneiden einem die Schurken die Geldkatzen vom Gürtel!«, beklagte sich auch der sonst recht duldsame Kajetan Winterhalter, dem genau solches im Gedränge widerfahren war.

Die oft bizarr anmutenden Rituale, die seit Jahrhunderten die Kaiserkrönungen begleiteten, nahmen kein Ende; der feierliche Akt mit Messen, Segnungen, Gebeten, Gesängen, Umzügen und wiederholten feierlichen Gelöbnissen zog sich über viele Stunden hin, und nicht wenige – vor allem Frauen – fielen einfach ohnmächtig um.

Auch dem Chronisten Ludwigs wurde es schließlich schwarz vor Augen; Anna hatte es mit den Knechten Stephan und Karel sowie ihrer Magd Marie nicht leicht, den

338

alten Mann aus der berühmtesten Kirche der Christenheit mitten durch dichtestes Menschengewühl ins Freie zu schaffen.

Draußen machten ihm allerdings die unbarmherzigen Sonnenstrahlen zu schaffen; seine Gattin beschloss, in das Gebäude zurückzukehren, das man ihnen für die Zeit ihres römischen Aufenthalts angewiesen hatte; einen außergewöhnlich schönen Palazzo ganz in der Nähe des Petersdoms, wo auch Herzog Ludwig mit Gemahlin Ludmilla und ihrem Sohn Otto weilten.

Der arme Knabe empfand regelrecht Angst vor seiner Hochzeit, die man nach der Rückkehr ins heimische Bayern feiern wollte. In einem unbeobachteten Augenblick hatte er dies Frau Anna anvertraut. »Zuletzt habe ich meine pfälzische Braut Agnes vor acht Jahren gesehen«, beschwerte sich der Jüngling. »Da war ich sechs Jahre alt – und sie elf und bereits eine junge Dame! Ich habe damals überhaupt nicht verstanden, was das mit der »Verlobung« bedeutete.«

Anna vermochte dem kleinen Herzog lediglich ihr Mitgefühl auszusprechen. Ihn wie früher als kleinen Jungen in den Arm zu nehmen und zu trösten, schickte sich längst nicht mehr. Sie merkte es selbst, wie hohl die Worte klangen, mit denen sie versuchte, Otto mit seinem schweren Los zu versöhnen.

Der Hinweis, dass dies das übliche Schicksal von Söhnen und Töchtern gekrönter Häupter sei, von denen es den wenigsten vergönnt war, sich den Ehepartner selbst auszuwählen, vermochte den Herzogssohn nicht wirklich zu besänftigen: Seinem eigenen Vater war es schließlich auch vergönnt gewesen, sich sein Weib selbst zu suchen …

Auch als gekrönter Kaiser ließ es sich Friedrich II. nicht nehmen, gerade Herzog Ludwig von Bayern vor allen Großen des Reiches als seinen ganz besonderen Freund zu bevorzugen und immer wieder auszuzeichnen.

Die Gesellschaft hatte sich nach dem verspätet stattfindenden Mittagsmahl erhoben, und Friedrich beschloss, sich mit Ludwig und dessen Anhang im Park seines Palazzos zu ergehen. Dazu gehörten auch Anna und Kajetan, der sich überraschend schnell von dem Schwächeanfall erholt hatte.

Bei den Stallungen machte man halt. Auf ein Zeichen des Kaisers brachte einer seiner bevorzugten Knechte auf einem bis zum Ellbogen reichenden, dick gepolsterten ledernen Handschuh einen Raubvogel mit braungrau gesprenkeltem Gefieder herbei. Die messerscharfen Krallen schlossen sich um die geschützte Faust des Mannes; der Kopf des Tieres mit dem gefährlichen Schnabel war unter einer ledernen Haube verborgen, um den etwa dreieinhalb Handspannen hohen Vogel nicht zu irritieren.

Beim dem Anblick ging ein wohlwollendes Raunen durch die Reihen der Anwesenden, wusste man doch, dass Friedrich eine ganz besondere Liebe zu diesen klugen Federtieren gefasst und nicht wenige von ihnen persönlich zur Jagd abgerichtet hatte.

Ein weiterer Knecht überbrachte nun auch dem Kaiser Arm- und Handschutz, und der Raubvogel wechselte über zu seinem eigentlichen Herrn, wo er mittels einer dünnen Kette an Friedrichs Arm befestigt wurde. Die Gruppe der Höflinge wanderte ein Stück weiter auf freies Feld hinaus, wo der Kaiser seiner Begleitung, vor allem jedoch Herzog Ludwig, vorführen wollte, wozu ein Beizvogel fähig war.

An geeigneter Stelle verharrten Friedrichs Begleiter. Alle hatten ein kleines Stück zurückzutreten – mit

Ausnahme des Bayernherzogs, der dicht dabeistehen sollte. Erst jetzt nahm der Kaiser dem Vogel den Sichtschutz ab.

Aufgrund des zahnartigen Höckers auf dem oberen Schnabelteil war für jedermann ersichtlich, dass es sich um einen Jagdfalken handelte. Dafür hatten schon die langen, schmalen und spitz zulaufenden Flügel gesprochen, durch die sich das Prachtexemplar von anderen Greifvögeln unterschied. So ein Jagdfalke war imstande, andere Vögel bis zur Größe einer Ente zu schlagen.

In einiger Entfernung wartete ein weiterer Knecht mit einem Käfig, aus dem er auf ein Zeichen Friedrichs eine Taube freiließ, die sich umgehend in die Lüfte erhob.

Der Kaiser löste nun den Falken, der das Ganze mit seinen riesigen, scharfen Augen beobachtet hatte, mit dem Ruf »Oktavian, hol mir!« von der Kette; worauf der Vogel wie ein Pfeil in den Himmel schoss, der Taube hinterher, sie im Fluge mit seinen Tod bringenden Krallen packte, in weitem Bogen umkehrte und die geschlagene Beute seinem Herrn, dem Kaiser, überbrachte.

Der nahm die blutige Taube mit einem lauten »Oktavian, guter Vogel!« und weiteren Lobesworten entgegen und belohnte den dressierten Falken mit einem Stückchen Fleisch, das er aus einem besonderen, an seinem Gürtel befestigten Beutel holte.

Die Zuschauer applaudierten begeistert, und auf ein Zeichen Herrn Friedrichs durften jetzt alle wieder nahe herzutreten; der Falke würde sich jetzt nicht mehr gestört fühlen.

»Wie gefällt Euch das, mein Freund?«, fragte der Kaiser den Herzog, wobei er einen gewissen Stolz in der Stimme nicht verhehlen konnte. Er kraulte das Halsgefieder des Jagdfalken, ohne sich vor dem scharf gebogenen Schnabel zu scheuen. Man sah, dass Mensch und Tier einander gut leiden konnten …

»Ich bin tief beeindruckt, Herr«, hörte Anna den Herzog sagen. Es klang ehrlich. »Ich bewundere Euch, wie Ihr es geschafft habt, *einen Vogel* zu lehren, nach Eurem Willen Beute zu machen und diese dann Euch zu überlassen! Wahrlich eine Kunst, die ich nur zu gern auch erlernen würde, wozu ich aber wohl niemals Gelegenheit haben werde.«

»So? Meint Ihr, Herzog?« Über Friedrichs entspannte Gesichtszüge glitt ein verschmitztes Lächeln.

»Dann scheint mir, habe ich doch das Richtige gefunden, um Euch auf meine Weise Dank zu sagen für Euren Beistand von Anfang an und für Eure mir bisher erwiesene Treue, Herr Ludwig!«

Des jungen Kaisers Antlitz nahm einen feierlichen Ausdruck an.

»So nehmt diesen Falken als mein Geschenk an, Herzog! Habt an Oktavian so großes Vergnügen, wie ich es hatte, als ich mit ihm dieses Kunststück einübte!«

Der Neid aller Anwesenden war ihrem Herrn jetzt gewiss! Darüber bestand für Anna kein Zweifel, wenn sie die Blicke der Umstehenden richtig deutete. Sie jedoch freute sich aufrichtig über die wahrlich fürstliche Auszeichnung ihres Jugendfreundes. Von dieser Art des Jagdvergnügens hatte sie natürlich schon gehört – das erste Mal vor Jahren in Sizilien, wo diese *moda* von den reichsten und vornehmsten Araberfürsten gepflegt wurde.

Ferner wusste sie, wie wertvoll und dementsprechend kostspielig ein derart abgerichteter Raubvogel war. Man benutzte mit Vorliebe Falken, aber auch Habichte, Milane, Sperber und sogar Adler dienten der Jagd auf Vögel und Kleintiere wie Marder, Kaninchen und junge Hasen. Die riesigen Adler, sagte man, wären sogar imstande, Lämmer und Rehkitze zu schlagen!

»Ich übe mich seit Jahren im Umgang mit diesen klugen Vögeln«, erläuterte der Kaiser. »Und wenn ich einmal mehr Zeit und Muße habe, will ich sogar ein Buch über Aufzucht, Haltung und Dressur schreiben! Bisher allerdings«, er lachte ein wenig verlegen, »weiß ich lediglich den Titel, den diese Schrift einmal tragen soll: *De arte venandi cum avibus!*«

So viel Latein hatte Anna einst bei ihrem Oheim gelernt, dass sie den Titel für sich übersetzen konnte: *Über die Kunst, mit Vögeln zu jagen.*

Dem Herzog war anzusehen, wie überaus glücklich ihn die ehrenvolle Auszeichnung machte – und Anna war ungeheuer stolz auf Ludwig.

»Die nächsten Tage, die wir noch in Rom verbringen werden, Herzog, will ich Euch gute Ratschläge geben, wie Ihr den Falken füttern und behandeln müsst, um Euch Oktavian zum Freund zu machen. Dazu müsst Ihr die nötigen Kommandos erlernen, mit denen Ihr ihn zu Jagd und Angriff animieren und wieder zu Euch zurückkehren lassen könnt«, kündigte Friedrich an. »Das Tier muss sich erst an Euch gewöhnen, ehe es Euch ganz und gar als neue Bezugsperson anerkennt.«

Als Erstes ließ er Ludwig den langen ledernen Schutzhandschuh anlegen und setzte ihm den Vogel persönlich auf den Arm, damit dieser begriff, dass es ab jetzt noch einen Herrn gab, dem er zu gehorchen hatte. »Es wird einige Zeit dauern, bis Oktavian nur noch Euch zu Gefallen jagt!«

Die folgenden Tage vergingen buchstäblich wie im Fluge. Der Herzog erhielt jeden Tag vom Kaiser wertvolle Instruktionen, und bald konnten die hohen Herren gemeinsam auf die Beizjagd gehen, denn natürlich hatte Friedrich mehrere dieser sorgfältig abgerichteten Vögel auf die Reise nach Rom mitgenommen.

»Ich liebe diesen Falken, seit er mir zum ersten Mal mit diesen großen, intelligenten Augen ins Gesicht geblickt hat«, gestand der Herzog drei Abende später während eines abendlichen Festmahls seiner Begleitung. »Es scheint mir gerade so, als könne er mich gut leiden! Der Kaiser sagt, allein die Voraussetzung, dass der Vogel mich als seinen Herrn annimmt und schätzt, garantiere den späteren Jagderfolg. Wen der Falke ablehnt, für den wird er nicht jagen.«

»Ludwig drängt es geradezu, Rom zu verlassen und endlich wieder nach Bayern zurückzukehren«, vertraute Anna spät nachts ihrem Ehemann an.

Ein Wunsch, den Kajetan teilte – wenn auch aus anderen Gründen. »Ich bin für die große Hitze und ein Leben im Süden nicht geschaffen, Frau«, seufzte er und legte die Hand auf seine Brust, wo er neuerdings ständig ein Gefühl der Enge verspürte.

Tagsüber blieb er meistens in dem luxuriösen, abgedunkelten und relativ kühlen Quartier und machte sich immer erst gegen Abend bereit, an den stundenlangen üppigen Gastmählern teilzunehmen, die römische Aristokraten und hohe Geistliche zu Ehren von Papst und Kaiser abhielten.

Schock für Anna

Anna, immer schon eine Meisterin im scharfen Beobachten und im Allgemeinen auch fähig, Gesehenes richtig einzuordnen, machte in diesen Tagen eine Entdeckung, die sie mit großer Besorgnis erfüllte. Ja, sie war auch jetzt noch unsicher, wie sie sich verhalten sollte. Handelte es sich doch um Dinge, über welche eine »anständige« Frau nicht redete …

In Annas Augen ein Unding! Wie sollte man etwas Ungehöriges unterbinden, wenn man es nicht einmal erwähnen durfte? Mit Kajetan darüber zu sprechen, hielt sie für keine gute Idee; hatte sie es doch während ihrer gesamten Ehe vermieden, mit ihm auch über ganz normale Vorgänge des Geschlechtslebens zu diskutieren.

Wie sollte sie jetzt mit ihm über etwas reden, das man keineswegs als »normal« bezeichnen konnte und das ihres Wissens von der Kirche verboten und nicht nur von guten Christen verabscheut wurde? Im Geiste ließ sie noch einmal das zufällig Belauschte und anschließend noch widerwillig Beobachtete an sich vorüberziehen.

Während der Zeit der sogenannten Siesta hatte es sich zugetragen – den drei Nachmittagsstunden, an denen es am heißesten war und während denen das gesamte öffentliche Leben in Rom zum Erliegen kam. Auch im privaten Bereich herrschte Ruhe vor, das sogenannte *dolce far niente,* das süße Nichtstun. Die Menschen suchten ihre verdunkelten Schlafräume auf, legten sich während der Mußestunden aufs Bett und lasen, träumten vor sich hin oder schliefen.

Anna, obgleich unter der ungewöhnlich schwülen Wärme leidend, fand dennoch keine Ruhe. Sich tagsüber hinzulegen, entsprach nicht ihrem Naturell. Sie wartete ab, bis Kajetan eingeschlafen war, ehe sie ihre übliche Wanderung durch das weitläufige Gebäude aufnahm.

Der riesige Palazzo eines römischen Aristokraten, der den Deutschen während ihres Aufenthalts in Rom zur Verfügung stand, hatte Anna von Anfang an fasziniert. Allein das gewaltige Treppenhaus aus roséfarbenem Marmor übertraf nahezu alles, was sie bisher an Wohnkultur gesehen hatte.

Auf jedem Treppenabsatz erhoben sich überlebensgroße Marmorskulpturen mythischer Gestalten aus heidnischer Vergangenheit, wie Jupiter, Juno, Venus, Merkur und Minerva. Zu Füßen jeder Gottheit war auf einem kleinen Marmortäfelchen ihr Name eingemeißelt.

Sonst wüsste man auch gar nicht, um wen es sich handelt, dachte Anna belustigt. Es war lange her, dass sie ein bestimmtes Buch ihres Oheims betrachtet hatte, das den antiken Götterhimmel genauestens auflistete, mit farbigen Bildern und den dazugehörigen Namen auf Griechisch, und darunter noch in Latein.

Vor allem die lebensechten Mienen der Dargestellten ließen Anna jedes Mal wegen der beinah erschreckenden Natürlichkeit erschauern. Wer fähig war, solches in Marmor zu hauen, musste ein wahrhaft genialer Künstler gewesen sein. Worüber sie sich immer aufs Neue verwunderte, war auch die Freizügigkeit, mit der die antiken Künstler den nackten menschlichen Körper abgebildet hatten. Und beinah noch mehr erstaunte sie die Tatsache, dass diese Skulpturen sogar in Häusern von Geistlichen üblich waren ...

Im Gegensatz zu den Heidengöttern der Antike standen die zahlreichen gemalten Darstellungen christlicher Heiliger, ihrer allseits bekannten Wundertaten und, noch häufiger, ihrer erduldeten Torturen, weswegen man ihnen besondere Verehrung entgegenbrachte. Oft waren es Szenen von außergewöhnlicher Grausamkeit, die dem ehrfürchtig schaudernden Betrachter die Qualen der Märtyrer drastisch vor Augen führten.

Ob sie wohl die Kraft besessen hätte, ihren Glauben nicht zu verleugnen, angesichts einer drohenden Folterung?, überlegte Anna jedes Mal, sooft sie an einem der Gemälde vorüberging, das im Flur über dem mächtigen Eingangsportal hing und zeigte, wie rohe Schergen einer jungen christlichen Heiligen die Brüste abschnitten ...

Auch jenes Bild, das dem Betrachter die Qualen eines Mannes mit Namen Laurentius vor Augen führte, der bei lebendigem Leibe auf einem glühenden Rost gebraten wurde, verursachte ihr jedes Mal Übelkeit.

Es war ein großer Unterschied, während des Gottesdienstes von den Martyrien der Heiligen nur *zu hören* oder ob man sie so deutlich *zu sehen* bekam.

Wie üblich beschleunigte sie ihren Schritt und bog auf einen weiteren langen Flur ein, an dessen Ende sich ein Balkon befand, von dem aus man einen Blick in den weitläufigen Park mit seinen Brunnen, alten Pinien und Zypressen werfen konnte. Da sich links und rechter Hand des Gangs bewohnte Schlafräume aneinanderreihten, schlich Anna nur auf Zehenspitzen, um niemanden während der Siesta zu stören.

Da hörte sie im Vorüberhuschen die Stimmen zweier männlicher Personen durch die nicht ganz geschlossene Tür eines Gemachs dringen. Offenbar standen die beiden miteinander in lebhaftem Disput.

Unwillkürlich hielt sie inne. Nie hatte sie behauptet, überhaupt nicht neugierig zu sein, und so bedrückte sie auch jetzt kein schlechtes Gewissen, an der Tür zu lauschen, zumal ihr eine der beiden Stimmen wohlbekannt vorkam.

Ludwigs Sohn Otto, der in Kürze Agnes von der Pfalz ehelichen sollte! Den anderen Mann erkannte Anna nicht. Dem Akzent nach schien er kein Deutscher zu sein, sondern Italiener, vermutlich ein Römer.

»Ich empfinde einen ausgesprochenen Widerwillen gegen meine Heirat«, hörte Anna den Jüngling sich beklagen. »Aber mich hat ja niemand gefragt!«

Oh weh!, dachte sie. Der junge Herr Otto gestand einem fremden Herrn seine Sorgen! Wüsste sein Vater davon, wäre er darüber äußerst ungehalten.

»Ich verstehe Euren Kummer, junger Herr«, vernahm die heimliche Lauscherin die tiefere Stimme der zweiten Person. »Oh, ja, sogar sehr gut kann ich Euch begreifen. Aber es ist klar, dass Ihr dem Willen Eures Vaters gehorchen müsst, edler Herr.«

»Euer Zuspruch ist nicht gerade hilfreich, Don Tommaso«, beschwerte sich der vierzehnjährige Otto. »Dass ich folgen sollte, weiß ich selbst! Gerade diese Ausweglosigkeit macht mich ja so unglücklich!«

Aha! Da Otto den anderen mit »Don« ansprach, schien der ein Geistlicher zu sein! Anna war versucht, den Lauschposten an der Tür des Gemachs aufzugeben. Es gehörte sich nicht, was sie hier gerade tat. Gerade als sie sich zum Weitergehen anschickte, vernahm sie erneut die Stimme des Älteren.

»Mein liebster Sohn! Lasst Euch versichern, auch für die schwere Last, die Ihr zu schultern haben werdet, gibt es einen Ausweg, der Euch das Ganze leichter machen kann.«

»So? Da macht Ihr mich aber neugierig, Padre Tommaso!«

Das erging Anna genauso; sie verharrte, wo sie war, und horchte weiter.

Von drinnen war ein Geräusch zu hören, als ließe sich eine schwergewichtige Person auf einer Bettstatt nieder. »Mein lieber junger Freund. Wenn ich es recht verstehe, hegt Ihr nicht nur gegen die Hochzeit einen Widerwillen, sondern auch gegen Eure Braut! Vielleicht empfindet Ihr sogar Ekel vor ihr?«

»Das kann schon sein, Don Tommaso. So genau habe ich noch nicht darüber nachgedacht. Ja, ich denke, Ihr habt recht. Mir graut vor der Alten!«

Beinahe wäre der amüsiert lauschenden Anna ein Lacher entwichen. »Die Alte« war gerade mal neunzehn!

»Verstehe, junger Herr. Ich könnte mir sogar vorstellen, dass sich Euer Widerstreben nicht nur gegen Agnes von der Pfalz richtet, sondern gegen alle weiblichen Wesen! Eure edle Frau Mutter, die Herzogin, natürlich ausgenommen.«

»Freilich, Ehrwürdiger Vater! Meine Mutter liebe ich natürlich sehr. Auf der Trausnitz gibt es noch ein paar Frauen mehr, die ich gut leiden kann. Aber die muss ich ja auch nicht heiraten.«

Mehr denn je beschlich Anna das Gefühl, dass Otto noch ein rechtes Kinde war. Warum konnte diese Heirat nicht wenigstens noch ein Jahr warten?

»Nein, wahrlich nicht, junger Herr«, gab der Kleriker sich verständnisvoll. »Ein so hübscher, intelligenter junger Mann, wie Ihr es seid, der es versteht, seine Umgebung mit seinem Liebreiz zu bezaubern, sollte überhaupt zu nichts gezwungen werden. Schon gar nicht dazu, mit einem Weib das Bett zu teilen. Pfui, das ist schmutzig!«

Diese Aussage ließ Anna aufhorchen.

»Man müsste Euch die Zeit geben, Euer Verlangen langsam zu entdecken – am besten mit der Hilfe eines erfahrenen Mannes, der Euch als treuer und liebevoller Freund dabei behilflich ist, Eure eigenen Wünsche zu entwickeln und diese Sehnsüchte dann auch zu stillen!«

Heiliger Jesus! Anna schwindelte es plötzlich. Was ging hier vor sich?

Sie war längst nicht mehr das naive Geschöpf, als das man sie erzogen hatte. Inzwischen wusste sie ziemlich gut Bescheid über die mannigfaltigen Wege oder Irrwege, die Menschen einschlagen konnten, falls man sie von früher Jugend an daran gewöhnte. Und was sie im Augenblick zu hören bekam von dieser öligen Stimme eines offenbar älteren Geistlichen, schien ihr genau in jene Kategorie »Verderbnis einer reinen Seele« zu gehören!

Der junge Herr Otto hatte bisher noch nie den Anschein erweckt, einen Widerwillen gegen das weibliche Geschlecht im Allgemeinen zu hegen. Im Gegenteil! Zuhause beliebte er mit Vorliebe mit hübschen jungen Mägden zu scherzen, und in Rom hatte sie ihn des Öfteren

dabei ertappt, wie er attraktiven Damen hinterherstarr-
te … Dass er jetzt unsicher war, wie er sich als *Ehegatte* einer erwachsenen Frau verhalten müsse – das stand doch
auf einem ganz anderen Blatt.

Jedenfalls schien Anna die »helfende Aufklärung« dieses Klerikers in die vollkommen falsche Richtung zu zie-
len. Für sie stand außer Frage, dass der Geistliche versuchte, den unwissenden Jüngling für seine eigenen schmutzigen
Zwecke einzuspannen. Wie sollte sie nur vorgehen, um
das sofort zu unterbinden?

Die Geräusche, die mittlerweile aus dem Gemach drangen, schienen Eile zu gebieten. Es hörte sich an, als drängte eine schwere Person eine schwächere auf die Bettstatt
nieder, um sich an ihr zu schaffen zu machen! Die Stimmen, die sie durch den Türspalt vernahm, schienen diesen
Eindruck zu untermauern.

»Was tut Ihr denn da, Ehrwürdiger Vater?«, hörte sie
Otto fragen. Er klang nicht nur verdutzt, sondern in des
Wortes wahrer Bedeutung unangenehm berührt.

»Pst, keine Sorge, mein Sohn. Lasst mich nur machen.
Es mag Euch zu Anfang ein wenig seltsam vorkommen,
aber Ihr werdet es mögen, ja geradezu *lieben!* Geradezu
süchtig werdet Ihr danach sein – das verspreche ich Euch …«

»Bitte, Padre Tommaso, lasst das sein! Ich will nicht,
dass Ihr mich an dieser Stelle berührt«, drang Ottos Stimme ängstlich an Annas Ohr.

Ohne weiter zu überlegen, stieß »die Magd des Herzogs« den Türflügel weit auf, stürmte in den leicht verdunkelten Schlafraum und stürzte vor zum Bett, auf dem der
junge Herzog sich gegen die Übergriffe eines etwa vierzig-
jährigen Benediktinermönchs zur Wehr zu setzen suchte.

Dieser wandte ihr sein zorngerötetes Gesicht zu und
zischte: »Was erlaubt Ihr Euch, Weib? Macht, dass Ihr augenblicklich verschwindet!«

Aber Anna hatte sich bereits gefangen. »Mein Auftrag lautet, den jungen Herrn Otto umgehend zu seinem Vater, Herzog Ludwig von Bayern, zu bringen«, log sie unverfroren und mit eiskalter Miene. »Das kann ich jedoch nur, falls Ihr wohl die Güte hättet, Eure Hände aus den Beinkleidern des Jünglings zu nehmen. Außerdem fände ich es angebracht, wenn Ihr Eure Kutte nicht bis zur Brust heraufgeschürzt, sondern, wie es sich gehört, über die Knie fallend tragen würdet!«

Sie ließ den Pater überhaupt nicht zu Wort kommen. Wenn der glaubte, sich vor ihr aufspielen zu können, hatte er sich geirrt.

»Oder ist es neuerdings *moda* bei römischen Geistlichen, Jugendlichen und Frauen das Geschlechtsteil zu präsentieren? Ich könnte mir vorstellen, dass dies den Herzog, den Kaiser und auch den Papst brennend interessieren wird!« Hatte Anna bisher in ziemlich ruhigem, beinahe nachlässigem Ton gesprochen, schrie sie den letzten Satz laut hinaus – was Padre Tommaso offenbar so erschreckte, dass er Otto augenblicklich losließ, vom Bett aufsprang, sich hektisch das Gewand ordnete und anfing, nach Ausreden zu suchen.

»Ihr missversteht das vollkommen, gute Frau«, wollte er herablassend beginnen und ließ dabei ein verächtliches Lachen hören. »Was denkt Ihr Euch denn eigentlich? Ich wollte diesem jungen Manne lediglich einen Dienst erweisen, indem ich ihm etwas zeige, was für ihn, der in Kürze heiraten soll, von großer Wichtigkeit sein könnte. Aber davon versteht Ihr vermutlich nichts! ... Sagt, meine Liebe, solltet Ihr etwa über eine schmutzige Fantasie verfügen?«

»Hört auf der Stelle auf, mich für dumm verkaufen zu wollen, Padre!« Anna war nahe daran zu explodieren. »Ich habe Euer Gespräch von draußen mit angehört und weiß Bescheid über Eure Art von *Aufklärung!* Ihr gehört zu denen, die ihr eigenes Geschlecht lieben. Das ist Eure Sache, und Ihr müsst es mit Eurem Herrgott ausmachen. Aber Ihr seid zudem einer von der Sorte, die sich am liebsten an ganz jungen, unerfahrenen Knaben vergreift, um sie zu verderben. Ich weiß nur zu gut, wes Geistes Kind Ihr seid, Padre. Schluss mit dem Gerede! Ihr werdet Euch vor höheren Stellen zu verantworten haben, seid dessen gewiss! Und Ihr, junger Herr«, sie wandte sich nun an Otto, der sich mittlerweile etwas beruhigt zu haben und für die »Störung« im rechten Augenblick mehr als dankbar zu sein schien, »kommt mit mir. Wir wollen Seine Gnaden nicht warten lassen!«

Damit verließ sie mit dem künftigen Herzog der Wittelsbacher das Gemach, ohne sich weiter um den Mönch zu scheren.

»Wenn er klug ist, verschwindet er so schnell wie möglich hinter seinen Klostermauern«, murmelte Anna wenig später. »Ich bin dafür, dass wir Eurem Vater nichts von dem Vorgefallenen erzählen – und auch sonst gegenüber niemandem etwas verlauten lassen, Herr Otto!« Auf dem Treppenabsatz des pompösen Stiegenhauses blieb sie stehen und zwang den Jüngling, sie anzusehen.

»Und warum nicht, Frau Anna? Der Mönch hat sich doch falsch verhalten!«

»Oh, ja, das hat er ganz gewiss! Aber Euch ist nichts geschehen – und das ist das Allerwichtigste. Sorgten wir für Verbreitung des beabsichtigten Übergriffs, gäbe es nur viel unnützes Gerede. Und wer weiß? Womöglich bliebe bei manch einem ein leiser Verdacht zurück, dass es mit Eurem Einverständnis geschah? Wir können doch davon ausgehen, dass der Pater jegliches eigene Verschulden abstreiten würde und bestrebt wäre, Euch allein die Schuld zuzuweisen. Und dass ihn sein Orden mit aller Macht zu schützen versuchte, ist wohl ebenso sicher. Ich rate Euch daher dringend, Herr Otto, die leidige Angelegenheit auf sich beruhen zu lassen! Ihr kennt den lateinischen Spruch: *Semper aliquid haeret!*«

»Was Ihr sagt, Frau Anna, erscheint mir vernünftig zu sein. Es ist leider wahr: Irgendetwas bleibt immer hängen ...« Vertrauensvoll legte Otto ihr eine Hand auf den Arm.

»Ich folge Eurem Rat, Frau Anna! Lasst uns nun zu meinem Vater gehen.« Er schickte sich an, die marmornen Stufen hinaufzusteigen, aber die Ältere bekam ihn am Ärmel zu fassen.

»Wartet, junger Herr! Der Herzog wird gewiss noch Siesta halten. Ich habe seine Aufforderung eben nur als Ausrede gebraucht, um einen Vorwand zu haben, das Gemach zu betreten. Aber wenn Ihr wollt, können wir uns in den Brunnenhof begeben, dort ist es schattig und kühl. Und es wird dem Pater die Möglichkeit verschaffen, aus dem Palazzo zu verschwinden.«

»Wie ich hoffe, für immer!« Der Bräutigam wider Willen schien sehr erleichtert. »Euch aber danke ich ganz besonders. Ich werde Euch diesen Dienst, den Ihr mir erwiesen habt, niemals vergessen! Der Mönch war wirklich stärker als ich – wer weiß, wozu er mich gezwungen hätte?«

Auch nur daran zu denken, schob Anna von sich. Lediglich ein stummes Dankgebet schickte sie gen Himmel zu jenem Engel, der ihr eingegeben hatte, vorhin genau zu dieser Zeit diesen bestimmten Flur entlangzugehen ...

Nach einiger Überlegung kam sie zur Überzeugung, mit niemandem, auch nicht mit Kajetan, darüber zu sprechen.

Insgeheim war jeder aus Kaiser Friedrichs Begleitung froh, die Ewige Stadt mit ihrer andauernden feuchtschwülen Hitze, den Menschenmassen, dem Dreck, dem fauligen Gestank des Tibers, den zahlreichen Stechmücken und dem Lärm, den der aufdringlich bettelnde Pöbel überall verursachte, verlassen zu können.

»Sämtliche großartigen Ruinen der Antike wiegen die Nachteile Roms nicht auf«, behauptete Herzog Ludwig, der den Herrn pries, dass von seinen Leuten niemand von giftigen Insekten gestochen, von Banditen überfallen und beraubt oder von den allgegenwärtigen Straßenräubern ermordet worden war. Die paar Diebstähle von Geldkatzen und Schmuckstücken fielen angesichts der alltäglichen Gräueltaten kaum ins Gewicht.

»Mir hat man berichtet, dass es hier militärisch organisierte Gaunerbanden mit je einem Hauptmann gibt, welche die Überfälle strategisch vorbereiten, ähnlich einer Schlacht«, behauptete der Kaiser. »Nach dem Verbrechen ziehen sie sich blitzschnell in ihre geheimen Schlupfwinkel zurück, und es ist nahezu unmöglich, ihrer habhaft zu werden, wobei sie nicht selten Tote und Verwundete zurücklassen.«

»Die vielen Gebäudereste aus der Römerzeit bieten beste Verstecke, in die sich die Ordnungskräfte der Stadt und des Heiligen Vaters nicht hineinwagen. Von den dauernden blutigen Fehden der Adelsfamilien Roms, die immer wieder aufs Neue aufflackern, ganz zu schweigen. Wenn wir nur schon zu Hause wären!«, ereiferte sich der Erzbischof von Köln.

»Nun, wie ich höre, Erzbischof, wartet in Eurem Erzbistum auch nicht gerade der lauterste Friede auf Euch.« Friedrich lachte, während der Kirchenfürst schmerzlich das Gesicht verzog. Vom Kaiser an seine permanent aufmüpfigen Bürger erinnert zu werden, gefiel ihm nicht besonders. Schon seit Jahrhunderten gab es zwischen dem Erzstuhl und den freiheitsliebenden und eigenwilligen Kölnern ständig harte Auseinandersetzungen.

»Wie wahr, wie wahr, Herr«, murmelte der geplagte Geistliche. Ihm graute bereits davor, was sich seine unbotmäßigen Schäfchen wohl an neuen Schikanen ausgedacht haben mochten …

Erneut machte sich der Kaiser auf zur Falkenbeiz, in einem Gelände weit weg von Rom, wozu er Ludwig von Bayern herzlich einlud. »Ich kann Euch noch einiges beibringen, Herzog, was Euch den Umgang mit diesem klugen Vogel erleichtern wird!«

Ein Wittelsbacher geht auf Kreuzzug

Am allerletzten Tage ihres Romaufenthalts, der mit einer vom Heiligen Vater, Innozenz III., gelesenen Messe zu Ende gehen würde, machte der Kaiser »seinem gutem Freund aus Bayern« noch ein weiteres kostbares Geschenk: Ein weibliches Gegenstück zu dem Jagdfalken Oktavian, einen Raubvogel namens »Julia«!

Es handelte sich um ein wunderschönes Weibchen, ein gutes Stück größer als Oktavian, das Federkleid ebenso hübsch gezeichnet, mit höchst intelligenten riesigen Augen, gefährlich scharfen Krallen und dem gleichen scharf gebogenen, eisenharten Schnabel.

»Damit habt Ihr jetzt ein Pärchen und könnt mit ihnen eine Zucht beginnen, falls Ihr daran Interesse haben solltet!« Mit Vergnügen registrierte der Kaiser die unbändige Freude des Herzogs. Dem konnte es jetzt gar nicht schnell genug gehen, um nach Norden, über die Alpen via Brennerpass nach Bayern – und nach Kelheim zu gelangen.

»Meine Gemahlin, Herzogin Ludmilla, wird mit unserem Sohn Otto nach Landshut reiten«, setzte Ludwig seinen Chronisten Kajetan in Kenntnis. »Dort muss noch einiges an Hochzeitsvorbereitungen in die Wege geleitet werden. Ich aber will wieder einmal meinen Geburtsort Kelheim aufsuchen. Es wird nicht schaden, dem dortigen Verwalter ganz unverhofft auf die Finger zu sehen! Ich darf doch darauf zählen, dass Ihr und Eure Frau mich ebenfalls begleiten?«

Für Kajetan bestand kein Zweifel, dass diese Frage rein rhetorischer Natur war. Selbstverständlich erwartete der Herzog uneingeschränkte Zustimmung. »Meine Gattin und ich schätzen uns überglücklich, Euer Gnaden nach Kelheim begleiten zu dürfen«, behauptete der alte Mann – obwohl er um vieles lieber in seinem bequemen Bett auf der Trausnitz gelegen hätte.

Frau Ludmilla, die Anna ansah, dass diese es bei Weitem vorgezogen hätte, ebenfalls nach Landshut zu reisen, um die Tochter erneut in die Arme schließen zu können, überraschte sie alle mit dem Vorschlag, die Gouvernante Libussa samt ihrem Schützling Stephania und zwei Knechten als Eskorte nach Kelheim schicken zu lassen.

Ein Angebot, das Anna zu Tränen rührte, bewies es doch einmal mehr das gute Herz der edlen Frau …

Wie selig war sie, als Ludwig ihr verriet, was ihm am Ort ihrer gemeinsam verbrachten Kindheit und Jugend – neben der Kontrolle des Burgpflegers – hauptsächlich vorschwebte: Er wollte mit seinem »Annele« das exquisite Vergnügen der Beizjagd genießen. Ja, er stellte ihr sogar in Aussicht, sollte sie Lust und Liebe haben *und Talent* zur Jagd mit dem Falken zeigen, ihr Julia zum Geschenk zu machen!

Insgesamt genossen beide zwei Wochen lang jeden Tag eine gewisse Freiheit ohne protokollarische Zwänge, meist in freier Natur. Der Winter 1220 zeigte sich überraschend mild. Nur ausgesuchte Jagdbegleiter halfen bei der Beiz mit den zwei Raubvögeln, die sich ebenso gut miteinander verstanden wie ihre beiden Besitzer.

Endlich erlebte Anna ihren Ziehbruder Ludwig wieder so, wie er sich als Knabe verhalten hatte: Locker und befreit von Regierungs- und anderen Zwängen, musste er nicht auf seinen hohen Rang bedacht sein. Er zeigte sich humorvoll, ausgelassen und schnell bereit, über komische Zwischenfälle und unerwartete Begebenheiten herzhaft zu lachen.

Die Vormittage und die Zeit vor dem Schlafengehen gehörten jeweils ihr und ihrer Tochter. Libussa war so klug, sich nicht zwischen das Mädchen, das ihr mittlerweile wie ein eigenes Kind ans Herz gewachsen war, und seine Mutter zu drängen. Mit großer Feinfühligkeit entfernte sie sich jedes Mal, wenn Anna auftauchte, um die beiden allein zu lassen.

Von mir aus könnte es mein ganzes Leben lang so weitergehen, dachte Anna, als sie sich wieder in ihrer alten Kemenate schlafen legte, die sie nun mit Kajetan teilte und die sich seit Pater Adalberts Zeiten nicht verändert hatte.

Ihr Häuschen in der Stadt aufzusuchen, unterließ sie, obwohl Kajetan und sogar der Herzog sie dazu ermunterten. Immerhin bestand die Möglichkeit, Georg, ihrem ehemaligen Bräutigam, zu begegnen. Einst hatte er doch versprochen, sich um das kleine Gebäude zu kümmern. Weshalb ihr ein Zusammentreffen mit dem wackeren Treidler und Donaufischer unangenehm sein würde, hätte sie selbst nicht genau zu beantworten gewusst.

»So, wie es jetzt ist, ist es gut«, murmelte sie vor dem Einschlafen.

Kajetan, der sich schlafend gestellt hatte, um seine Frau nicht zu beunruhigen – die gute Seele hätte ihm gewiss auch noch um Mitternacht einen Schlaftrunk zubereitet –, konnte die Worte zwar gut hören, wusste aber nicht, worauf sie sich bezogen. Das macht aber nichts, überlegte der alte Mann. Hauptsache, meine liebe Frau ist zufrieden!

Kurz nach Jahresbeginn 1222 machte man sich auf den Weg in die Pfalz, wo die junge Pfalzgräfin Agnes auf ihren Bräutigam Otto wartete. Nach der vollzogenen Hochzeit würde der Titel »Pfalzgraf bei Rhein« auf Otto von Wittelsbach übergehen.

Bisher trug diesen Titel bereits seit 1214 – wenn auch nur in Vertretung – sein Vater Ludwig. Als weiteren Beweis seiner Huld hatte Friedrich II. dem Bayernherzog damals auch die Pfalzgrafschaft verliehen – quasi im Vorgriff auf die Hochzeit Ottos mit der pfälzischen Erbin.

Der Chronist Winterhalter hatte im gleichen Jahr diese Auszeichnung seines Herrn in einer Urkunde vom 6. Oktober 1214 festgehalten: *Dei gratia comes palatinus Rheni et dux Bavariae* – was übersetzt meinte: *von Gottes Gnaden Pfalzgraf bei Rhein und Herzog von Bayern.*

Vor der Abreise hatte der alte Kajetan dieses Dokument aus einer Truhe genommen und es erneut betrachtet. Zufrieden stellte er fest, dass er sechs Jahre später immer noch imstande war, genauso schön zu schreiben und den Text mit gefälligen Verzierungen zu versehen wie damals. Wie lange er dem Herzog noch würde dienen können? Er geriet ins Grübeln. Sein Augenlicht wurde von Jahr zu Jahr schwächer. Immerhin zitterte seine Schreibhand noch nicht – zumindest nicht stark. Seufzend legte er das Schriftstück in die Truhe zurück zu den anderen Papieren und verschloss erneut sorgfältig den Deckel.

Anna fand die Braut sehr hübsch. Sie war schlank, aber nicht mager, und etwas kleiner als ihr Gemahl, der bestimmt noch wachsen würde. Agnes besaß braunes, dicht gelocktes Haar und himmelblaue, große, unschuldig dreinblickende Kinderaugen – obwohl sie schon eine junge Frau war. Dazu wirkte sie interessiert und klug, aber zu Annas Erleichterung gar nicht eingebildet und rechthaberisch, sondern eher mädchenhaft schüchtern.

Zu allen guten Eigenschaften würde Ottos Gemahlin als zusätzliche »Mitgift« noch den goldenen Löwen auf schwarzem Grund ins bayerische Wappen einbringen.

»Eure Braut hat vor der Hochzeitsnacht genauso viel Angst wie Ihr, Herr«, rutschte es Anna in einem unbelauschten Augenblick heraus.

Der künftige Ehemann grinste schief. »Wer behauptet denn, dass ich Angst habe, Frau Anna?«, fragte er grinsend, aber ebenso leise zurück. »Macht Euch keine Gedanken, es wird schon alles seine Richtigkeit haben«, versicherte er dann und nickte ihr wie zur Bestätigung zu.

Gott geb's, dachte sie und sinnierte, wovon dieser erfreuliche Gesinnungswandel und die plötzliche Selbstsicherheit des jungen Mannes herrühren mochten. Irgendetwas musste in den paar Wochen geschehen sein, in denen sie sich in Kelheim aufgehalten hatte!

Vermutungen konnte sie zwar anstellen, aber allein der Gedanke daran war unschicklich. Über »Hübschlerinnen« sollte eine ehrenhafte Frau wie sie eigentlich gar nichts wissen …

Alle, die an dieser Fürstenhochzeit teilnahmen, waren darin übereingekommen, dass die jungen Edelleute ein schönes Paar abgaben. Sie würden ihre künftige Wohnung im Schloss zu Heidelberg beziehen. Auffällig nur, dass man gar nicht merkte, dass der Bräutigam noch ein halbes Kind war. Otto, für sein Alter recht groß und kräftig gebaut, schien auch im Denken seinen Jahren weit voraus zu sein. Es stand zu vermuten, dass er einst im Aussehen seinem etwas schwergewichtigen Großvater, Otto I. von Wittelsbach, gleichen würde. Seine Vermählung mit Agnes von der Pfalz, der Enkelin Heinrichs des Löwen, blieb für längere Zeit ein erfreuliches Ereignis, an das man sich gern zurückerinnerte.

Die Gegenwart, und noch mehr die fernere Zukunft, gestalteten sich allerdings sehr unangenehm, denn kriegerische Zeiten brachen an.

Vor seiner Krönung hatte Friedrich II. dem Papst ein ebenso folgenreiches wie fatales Versprechen gegeben: Er hatte sich zu nichts weniger als einem weiteren Kreuzzug gegen die Herrschaft der Ungläubigen im Heiligen Land verpflichtet! Und nun drängte Seine Heiligkeit auf die Einlösung dieses Versprechens, sehr zum Missvergnügen des Kaisers.

Als ausgemachter Kenner und Freund der Araber hielt er nicht viel von einer kriegerischen Lösung – es wäre bereits der fünfte Kreuzzug! –, wie sie sich der Papst vorstellte. Friedrich pflegte für geschickte Verhandlungen »auf Augenhöhe« mit den Muselmanen zu plädieren, und für kluge und gerechte Verträge, deren Einhaltung beide Seiten jederzeit kontrollieren können sollten.

Darauf wiederum wollte sich der Papst nicht einlassen. Kaiser Friedrich hatte jedoch Besseres zu tun, als nach Jerusalem zu ziehen. Um den Heiligen Vater nicht allzu sehr zu erzürnen – der ließ nämlich bereits etwas von »Kirchenbann« in Umlauf bringen, eine beliebte päpstliche

Erpressungsmethode! –, ernannte Friedrich den Bayernherzog Ludwig zu seinem Stellvertreter. Der Herzog sollte an seiner Statt in den Krieg gegen »die Ungläubigen« ziehen.

Als Herzog von Bayern und stellvertretend für seinen Sohn Pfalzgraf bei Rhein, galt Ludwig derzeit nach dem Kaiser als der bedeutendste deutsche Fürst.

»Als solcher sehe ich den Auftrag Herrn Friedrichs als äußerst ehrenvoll an. Ich werde also für ihn mit einem Heer von immerhin fünfhundert wohlgewappneten Rittern an die Mündung des Flusses Nil ziehen, nach *Damiette«*, verkündete der Herzog. Er sprach im kleinsten Familienkreis, zu dem auch der Burggeistliche, Pater Honorius, sowie sein Chronist Winterhalter und dessen Ehefrau und mittlerweile Betreuerin, Frau Anna, gehörten.

Augenblicklich verging Anna die gute Laune. Um Himmels willen, dachte sie besorgt. Die Zahl fünfhundert mag ja beeindruckend klingen – aber was sagt das schon über die Anzahl der Feinde aus, die auf die deutschen Kämpfer warten? Das werden Zigtausende sein!

Die bärtigen Turbanträger, von denen jeder einen scharf geschliffenen Dolch im Gürtel trug, hatte sie seinerzeit auf Sizilien zur Genüge beobachten können. Kein einziger hatte ihr den Eindruck gemacht, feige zu sein und nicht bis aufs Blut für das zu kämpfen, was er für sein Recht erachtete. Und dazu zählte für die Araber nun einmal die territoriale Oberhoheit über Palästina, sprich das »Heilige Land« der Christen. Bei aller vorgeblichen Begeisterung des Herzogs glaubte Anna jedoch, auch bei ihm eine gewisse Skepsis herauszuhören.

»Vielleicht wird der Entschluss des Kaisers zum nunmehr fünften Kreuzzug bei einigen Großen des Reiches auf wenig Gegenliebe, ja, bei manchen sogar auf Vorbehalte stoßen«, begann Ludwig, nachdem er sich mehrere Male umständlich geräuspert hatte.

»Zumal die bisherigen vier Unternehmungen ja nicht gerade von Erfolgen gekrönt waren«, warf Pater Honorius trocken ein.

»Umso mehr verlassen sich dieses Mal Papst und Kaiser auf unsere Schlagkraft«, entgegnete der Herzog. »Es muss einfach gelingen, die Heiden auf Dauer von jenen Stätten zu vertreiben, die uns Christen mehr als alle anderen heilig sind: jene Orte, an denen unser Herr Jesus seine Wunder gewirkt hat und seine heiligen Apostel gewandelt sind!«

»Amen!« Automatisch schlug Pater Honorius das Kreuz. Aber überzeugt schien er keineswegs – das war deutlich zu erkennen.

Der Herzog jedoch wurde nicht müde, das kriegerische Abenteuer zu verteidigen und vor allem den Sieg beinah krampfhaft heraufzubeschwören. Anna kam es so vor, als müsse er sich selbst davon überzeugen, dass diesem neuen Anlauf endlich militärisches Glück beschieden sein werde.

»Eines ist offensichtlich«, stellte zu ihrer nicht geringen Überraschung ausgerechnet Kajetan fest, der sonst in allem bedingungslos das Lied seines Herrn zu singen pflegte: »Der mitreißende Schwung des ersten und zweiten Kreuzzugs ist längst Geschichte und aus und vorbei! Die anfängliche Euphorie, die jedes Mal in bitterer Enttäuschung und letztlich schmählicher Niederlage endete, setzte sich fort im dritten Versuch. Doch dem Sultan Saladin, der Jerusalem eingenommen hatte, war einfach nicht beizukommen. Der vierte Kreuzzug hat gar nicht einmal das Heilige Land erreicht! Und jetzt soll es unserem Herzog mit nur fünfhundert Rittern gelingen?« Der alte

Chronist wiegte zweifelnd das weiße Haupt. »Der Herrgott möge unseren lieben Herrn Ludwig führen und geleiten und ihm den dringend nötigen Sieg verleihen!«

Anna faltete beim Bittgebet ihres Gemahls die Hände. Jeden Tag würde sie innig und nachdrücklich für Ludwig beten, damit er wieder heil nach Hause käme. Ob siegreich oder nicht – darum war es ihr in erster Linie nicht zu tun: Nur gesund müsste er heimkehren.

Dieses Mal sollte des Herzogs Chronist den Heereszug nicht begleiten. Kajetan war mittlerweile zu alt dafür; außerdem standen etliche Historienschreiber des Kaisers zur Verfügung, die den Verlauf der Aktion penibel festhalten würden.

Obwohl es Anna nicht leichtfiel, für vermutlich lange Zeit auf die Nähe zum Herzog zu verzichten, war sie insgeheim doch zufrieden mit seiner Entscheidung. Auch sie wurde nicht jünger … Trotz tatkräftiger Unterstützung durch Marie, Karel und Stephan fiel es ihr zunehmend schwerer, Kajetan während der Auslandsaufenthalte medizinisch zu versorgen.

Auf der Trausnitz, in gewohnter heimischer Umgebung, hatte sie alles weitgehend im Griff. Aber auf einer mit allerlei Gefahren und Unwägbarkeiten – von klimatischen Belastungen ganz zu schweigen – befrachteten Mission war es nahezu unmöglich, den alten Mann so weit zu kräftigen, dass er seine Aufgabe der Dokumentation zufriedenstellend verrichten könnte.

Die wohlgerüstete und hinreichend motivierte Truppe – immerhin bot sich die Gelegenheit, reiche Beute zu machen – fuhr vom apulischen Tarent aus ab. Ritter und Knechte setzten mit Pferden, Waffen und Vorräten mit Booten über das Mittelmeer über bis zur Nilmündung.

Dort, in der Stadt Damiette, kämpften seit längerer Zeit schon tapfer vor Ort ausharrende Kreuzritter gegen den Sultan; allerdings standen sie kurz davor, vollkommen aufgerieben zu werden. Die Neulinge aus dem Norden sollten nun die endgültige Katastrophe verhindern.

Ludwigs Scheitern

Nachrichten nach Deutschland – auch solche an den Herzogshof in Bayern – trafen nur höchst sporadisch ein, wobei die Abstände immer länger wurden, und waren in aller Regel unbefriedigend bis niederschmetternd. Aller Eifer der von Herzog Ludwig befehligten Kreuzritter, auch eine anfangs vielversprechende Expedition nach Kairo, waren vergeblich. Man musste sich eingestehen, dass das ganze Unternehmen kläglich zum Scheitern verurteilt war.

Mochten Herzogin Ludmilla, Anna und die meisten bayerischen Untertanen auch täglich Stunden auf Knien zum Herrn für ein gutes, also erfolgreiches Gelingen flehen – es nützte nichts! Der Ort Damiette musste endgültig an die siegreichen Araber übergeben werden.

Nachdem die beklagenswerte Kunde durch reitende Boten auf der Trausnitz eintraf, herrschten dort Trauer und Wut. Vor allem als die näheren Umstände der Kapitulation offenbar wurden:

»Sultan Al-Kalim verlangte, dass Seine herzogliche Gnaden, Ludwig von Bayern, zusammen mit etwa zwanzig anderen hohen Adeligen als Geisel in die Burg Mansurah komme«, verkündete der Bote. »Nur unter diesen Umständen erklärte der Sultan sich bereit, dass alle anderen geschlagenen Ritter Damiette verlassen und in ihre Heimat zurückkehren durften«, musste der von scharfem

Ritt erschöpfte und staubbedeckte Mann den Stand der Dinge vor den erbosten und verzweifelten Zuhörern verlesen.

Nach diesen Worten fiel Frau Ludmilla, die sich bisher trotz aller Sorge immer noch gut gehalten hatte, in Ohnmacht. Daraufhin verbreitete sich gewaltige Unruhe im großen Saal der Trausnitz, und vor allem Anna, aber auch der anwesende Medicus, Magister Godewind, hatten alle Hände voll zu tun, um die arme Herzogin wieder ins Bewusstsein zurückzurufen.

»Ein Tuch, kaltes Wasser und Nelkenöl!«, verlangte Anna, um Ruhe bemüht. Sie ließ die Herzogin zu einem rasch geöffneten Fenster tragen und rieb ihr das Gesicht, Hals und Hände erst mit frischem Brunnenwasser ab, ehe sie ihr ein mit Nelkenparfüm getränktes Taschentuch unter die Nase hielt. Eine Magd musste die eiskalten, sich wie abgestorben anfühlenden Finger Ludmillas reiben und so erwärmen.

Dies und die frische kühle Luft, die in die überheizte Halle strömte, brachten die Herzogin bald wieder zu sich. Auf Anordnung Annas schafften Domestiken die Ärmste, die in einem fort jammerte und sich bereits als Witwe – zum zweiten Mal! – wähnte, in ihr Gemach und legten sie dort auf ihre Bettstatt.

Die Aufgabe des Burgarztes war es nun, bei der hohen Frau einen Aderlass vorzunehmen – das übliche, über jeden Zweifel erhabene Allheilmittel, ohne das keine ordentliche medizinische Behandlung denkbar war.

Nur Anna hatte sich hin und wieder »ketzerische« Äußerungen bezüglich der Wirksamkeit des künstlich herbeigeführten Blutverlusts erlaubt: »Bei einem Schlagfluss mag der Aderlass ja hilfreich sein, weil er das dicke Blut hinausbefördert – aber sonst? Schwächt er den Kranken denn nicht noch zusätzlich?«

An diesem Tag jedoch unterließ sie jede Debatte mit dem Arzt der herzoglichen Familie; mochte der studierte Magister Godewind die alleinige Verantwortung tragen.

Eine weitere bitterböse Nachricht des Boten hatte Frau Ludmilla zu dieser Zeit noch gar nicht vernommen! Sie betraf sie wiederum persönlich, und zwar als Mutter: Der junge Graf Berthold von Bogen, ein Sohn aus erster Ehe und damit Stiefsohn Herzog Ludwigs, war zusammen mit vielen anderen Edelleuten bei kriegerischen Zusammenstößen mit den Muselmanen ums Leben gekommen! Und zwar bereits am 12. August 1218 in Damiette, also lange, bevor sein Stiefvater in Ägypten eintraf. Er galt als verschollen, und erst jetzt gelangte die Todesnachricht nach Bayern.

Nachdem man versucht hatte, es der Armen möglichst schonend beizubringen – nach Lage der Dinge ein zum Scheitern verurteiltes Unterfangen –, war die Herzogin lange Zeit nicht ansprechbar, weil untröstlich über den Verlust ihres Ältesten. Eine gewisse Herzschwäche machte sich zudem bei der edlen Frau bemerkbar, die durch die Ungewissheit über den Verbleib ihres Gemahls weiter verstärkt wurde.

In jenen bitteren Stunden schloss sich die Herzogin erneut eng an Anna an, die nicht müde wurde, der weit im Rang über ihr Stehenden Trost zu spenden in deren Kummer über den Verlust des Sohnes. Sie bemühte sich, der Edelfrau Zuversicht einzuflößen, was das Schicksal Herzog Ludwigs anbelangte, wobei ihr das sehr viel Kraft abverlangte; kam es sie doch von Tag zu Tag schwerer an, Optimismus zu verbreiten, den sie selbst längst nicht mehr aufbringen konnte.

Obwohl das Lösegeld seit langer Zeit bezahlt war und weitere Kuriere geschworen hatten, dem Herzog ginge es gut, fiel es ihr bei dem, was man so hörte über die Grausamkeiten, mit denen die Heiden ihre christlichen Feinde traktierten, sehr schwer, an einen guten Ausgang der Geiselnahme zu glauben. Es kam ihr vor wie eine Ewigkeit, seit sie Ludwig das letzte Mal gesehen hatte.

Allein das Zusammensein mit Stephania, die sich von Tag zu Tag mehr in eine bildschöne Jungfrau verwandelte, spendete ihr Trost. Insgeheim graute ihr davor, das Mädchen womöglich in Kürze an einen Gemahl zu verlieren, der sie ihr entreißen würde.

Dann bleibe ich ganz allein zurück, wenn Kajetan mich auch verlässt!, überlegte sie traurig, als sie Vater und Tochter nahe beieinander in vertrautem Gespräch sitzen sah.

Die Sorgen um den Herzog waren zum Glück unberechtigt. Im Gegenteil! Die Herren verstanden sich ausgezeichnet – und als guter Freund des Kaisers hatte Ludwig beim Sultan ohnehin »einen Stein im Brett«.

Der stolze Muselman schätzte Friedrich II. als klugen, weltoffenen und hochgebildeten Mann, der weit davon entfernt war, sich durch die »christliche Kleingeisterei« des Papstes und der Kirchenoberen den gesunden Menschenverstand vernebeln zu lassen.

Auch der Sultan wusste genau, dass hinter der (wiederum erfolglosen) Aktion des Herzogs nicht der Kaiser, sondern der Heilige Vater steckte. Um vor dem Papst und dessen Penetranz Ruhe zu haben, hatte Friedrich seinen Vertrauten Ludwig von Bayern als Stellvertreter diesen Kriegszug anführen lassen. Herzog Ludwig in seiner Klugheit und geerdeten Bodenständigkeit mochte zwar nicht an die Geistesfähigkeit Kaiser Friedrichs heranreichen, dennoch bereitete es dem Sultan ausgesprochenes

Vergnügen, sich mit dem hohen Herrn aus Bayern gedanklich auszutauschen. Zudem vermochte er mit ihm zusammen seiner ausgesprochenen Lieblingsjagdmethode nachzugehen: der Jagd mit Beizvögeln.

Bald durfte sich der Herzog doch mit anderen Geiseln auf den Rückweg in die Heimat machen. Trotz aller Erleichterung war das Ergebnis dieses als »Kreuzzug« begonnenen Abenteuers ausgesprochen kläglich ausgefallen; niemand hatte sich mit Ruhm bedeckt. Genau genommen hatte eigentlich gar kein Kampf um die geheiligten Stätten des Heiligen Landes stattgefunden. Von einem »Kreuzzug« konnte in Wahrheit keine Rede sein; war man doch schon in Ägyptens Norden gescheitert.

Auf der Rückreise kam es zu einem weiteren unglücklichen Ereignis. Einer der vornehmsten Teilnehmer an dem Abenteuer, Ulrich II, der Bischof von Passau, der auf der Veste Oberhaus lebte, verstarb gänzlich unerwartet.

Was Ludwig nach der gründlich misslungenen Mission fühlte, vermochte vermutlich nur Anna nachzuempfinden. Sie kannte ihn von Kindesbeinen an und wusste, was er dachte und wie es in seinem Innern aussah – in den meisten Fällen zumindest. »Unser Herzog empfindet Scham vor dem Kaiser wegen seines Versagens«, behauptete sie gegenüber ihrem Mann. »Und ich glaube, er fühlt auch eine gewisse Angst vor Friedrich und dessen Reaktion auf den Fehlschlag. Gewiss fürchtet er, der Kaiser könne ihm aus Enttäuschung seine Gunst entziehen.«

»Auf gar keinen Fall, liebste Frau«, widersprach Kajetan lebhaft. »Herzog Ludwig kennt keine Angst – vor nichts und niemandem!«

Anna, die sofort darauf eingehen wollte, stockte unvermittelt. Wie aus dem Nichts war eine längst verblasste

Erinnerung aus fernen Kindertagen vor ihrem geistigen Auge aufgetaucht: *der Teufel im Kalkgestein!*

Dieses merkwürdige versteinerte »Ding« samt langem Schwanz, deutlich erkennbaren Flügeln, scharfen Zähnen und Klauen und einer Art beinernem Auswuchs auf der Stirn, das sie und Ludwig in einer Höhle gefunden und das damals wohl noch keines Menschen Auge je vorher erblickt hatte – und vor dem auch ihr Oheim und sein Abt vom Kloster Weltenburg große Furcht verspürt hatten! Sie hatte Ludwig seinerzeit versprechen müssen, das Fundstück nicht einmal mehr zu erwähnen, solchen Schrecken hatte der »gefallene Engel« – also der Teufel – dem Knaben einst eingeflößt.

Anna schwieg, war sie doch sicher, dass der Herzog auch noch als erwachsener Mann vor dem Satan zurückschrecken würde … Weshalb sollte sie Kajetans Glauben an die unbedingte Furchtlosigkeit des Wittelsbachers erschüttern?

Mit ihrer Vermutung hatte Anna genau richtig gelegen. Aber die Bedenken Ludwigs im Hinblick auf den Unwillen des Kaisers über das vergangene Fiasko lösten sich schon bald nach seiner Rückkehr in Schall und Rauch auf. Entgegen allen Befürchtungen – auch Annas – verblüffte Kaiser Friedrich den bayerischen Herzog durch *ausdrückliches* Lob für die Mühen und Anstrengungen, die es gekostet habe, sich gegen die Ungläubigen zur Wehr zu setzen und zu allem Übel auch noch die schmachvolle Geiselhaft erdulden zu müssen …

Befreit konnte Ludwig aufatmen.

Wie er zudem Anna in einer ruhigen Minute anvertraute, bereitete ihm der Tod seines Stiefsohnes Berthold von Bogen zwar Kummer – aber keinen allzu großen. »Ich habe niemals Zugang zu seinem Herzen gefunden,

Annele«, gestand er ihr. »Bereits als Knabe hat er mich, der seines verehrten Vaters Witwe zur Gemahlin nahm, abgelehnt! Wer mir dagegen aufrichtig leid tut, ist Ludmilla, meine geliebte Frau. Ihr Schmerz lässt auch mich mit ihr fühlen. Alles gäbe ich darum, ihr Herzeleid abzumildern! Könnte ich ihr doch nur den geliebten Sohn wiedergeben!«

VI

Ein Ziehsohn für Ludwig

Die Ehe von Ludwigs eigenem Sohn und Erben mit Agnes von der Pfalz schien glücklich zu verlaufen – ungeachtet des Altersunterschiedes. Das Paar hatte sich mittlerweile im Heidelberger Schloss fürstlich eingerichtet und verbrachte die erste Zeit in seiner Residenz in Frieden und Freude, was vor allem Herzogin Ludmilla mit großer Erleichterung erfüllte. Nach dem Verlust des ältesten Sohnes lag ihr das Glück ihres Jüngsten umso mehr am Herzen.

Auch in Bayern war, abgesehen von immer mal wieder aufflackernden Scharmützeln, die dem Bauernland jedoch allerhand Schäden zufügten, relative Ruhe eingekehrt: Bei der Freundschaft, die der Kaiser für Herzog Ludwig empfand und stets aufs Neue durch Gunstbezeigungen zum Ausdruck brachte, überlegte es sich jeder potenzielle Gegner des Wittelsbachers zweimal, ob es sich lohne, sich ernsthaft mit ihm anzulegen – und sich dadurch den Unwillen des Kaisers zuzuziehen.

Eine gewisse Unruhe machte sich in kirchlichen Kreisen Bayerns – aber nicht nur dort, sondern im gesamten Reich – bemerkbar, als Papst Honorius im Jahre 1223 die Ordensgründung der Franziskaner bestätigte. Nachdem sein Vorgänger, Papst Innozenz, bereits 1220 den Dominikanerorden etabliert hatte, begann die rasche Ausbreitung des zweiten sogenannten »Bettelordens« in ganz Europa.

Sowohl Dominikaner als auch Franziskaner übten zum Teil harsche Kritik an den bestehenden Verhältnissen innerhalb der Kirche, vor allem am Verhalten der Kirchenoberen, die ihnen nur an immer größerem Reichtum, an Völlerei und Schlimmerem interessiert zu sein schienen.

»Kein Wunder, dass die Bischöfe samt und sonders ihre Stimme gegen die lästigen Mahner und Unruhestifter erheben und den Heiligen Vater in Rom mit immer neuen Warnungen überschütten! Es geht schließlich um die Fortdauer ihres zügellosen Lebenswandels und um die fetten Pfründe, auf die sie ein *natürliches* Anrecht zu besitzen glauben!« Anna, anlässlich eines Ausritts mit dem Herzog wieder einmal in der Lage, sich mit Ludwig auszutauschen, hatte in ihrer üblichen temperamentvollen Art das Thema zur Sprache gebracht. Zu ihrem Erstaunen fand sie dieses Mal kaum ein Echo beim Herzog.

Das alles waren Angelegenheiten der Kirche, und ihn beschäftigten im Augenblick andere Dinge: Seine Neugründung der Stadt Landau an der Isar stand spätestens im kommenden Jahr bevor, was all seine Gedanken in Beschlag nahm. Wozu sich mit Ordensgründungen befassen?

Kaiser Friedrichs ältester Sohn Heinrich, 1211 auf Sizilien geboren, war bereits als Einjähriger zum König von Sizilien ausgerufen und mit neun Jahren Herzog von Schwaben und auch König im deutschen Reichsgebiet geworden.

Selbstverständlich brauchte der kleine Heinrich einen Vormund, der die Erziehungsaufgaben seines zumeist in Sizilien weilenden Vaters übernahm. Ursprünglich war dazu vom Kaiser der Erzbischof Engelbert von Köln ernannt worden. Der hohe Geistliche war jedoch ermordet worden; somit war das ehrenvolle Amt vakant. Mittlerweile schrieb man das Jahr 1226.

Eigentlich rechnete fast jedermann insgeheim damit, dass Friedrich seinen guten Freund, Ludwig von Bayern, zum Vormund seines Sohnes und Nachfolgers ernennen werde.

Der Herzog selbst machte sich diesbezüglich auch große Hoffnungen. »Eigentlich vermag ich mir nicht vorzustellen, dass die Wahl auf einen anderen als auf mich fallen könnte«, gestand er Anna ein.

»Einen besseren Kandidaten als Euch wird Herr Friedrich auch kaum finden«, bestärkte die »Magd des Herzogs« ihren Freund aus Kindertagen.

Aber noch zögerte der Kaiser.

Als dann endlich die Wahl, die er getroffen, offenkundig wurde, war die Enttäuschung in Landshut enorm. *Leopold von Österreich* war der Auserwählte, Heinrichs zukünftiger Schwiegervater!

Ludwig empfand die Tatsache, dass man ihn so schmählich übergangen hatte, als besonders empörend und war entsprechend gekränkt und wütend. An dem Tag, als er davon Meldung erhielt, gelang es ihm nicht einmal, seiner cholerischen Veranlagung, diesem meist mit Erfolg unterdrückten wittelsbachischem Erbteil seines Vaters Otto, Herr zu werden. Man hörte den Herzog bis in den Burghof hinunter brüllen, er warf mit Gegenständen um sich und fuhr grundlos seinen Leibdiener an.

Jedermann auf der Trausnitz empfand es als klüger, ihm an diesem Tag und möglichst auch noch in den nächsten Wochen aus dem Weg zu gehen. Selbst Anna hielt sich von ihm fern, und Herzogin Ludmilla zog flugs ihren ursprünglich erst für später geplanten Besuch bei Sohn und Schwiegertochter in Heidelberg vor.

Zum ersten Mal erlebten die Domestiken eine gänzlich andere Seite des Herzogs, der auch unbeherrscht und geradezu Furcht einflößend sein konnte.

Einem Knecht, der sich erwiesenermaßen ein wenig tölpelhaft anstellte, als er Ludwig beim Besteigen eines Hengstes helfen sollte, zog er gar die Reitpeitsche über – etwas, das noch nie jemand von dem edlen Herrn erlebt hatte.

Der Herzog selbst schien jedoch erschrocken über seinen Jähzorn und tat etwas, was man von Herren seines Standes im Allgemeinen nicht kannte: Er entschuldigte sich bei dem eingeschüchterten Stallknecht. Lange sollte des Herzogs Unmut allerdings nicht andauern.

»Leopold von Österreich plant einen weiteren Kreuzzug und ist demnach gar nicht in der Lage, sein Amt als Vormund anzutreten, Anna!« Ludwig strahlte förmlich. »Der Kaiser, der längst wieder auf Sizilien weilt, hat sich also entschlossen, nun doch mich mit der verantwortungsvollen Aufgabe zu betrauen. Vor dir steht also der frisch gekürte Ziehvater des Kaisersohnes Heinrich!«

»Oh, das freut mich für Euch, Herr – ich kenne keinen, der diese Auszeichnung mehr verdiente als Ihr!«

»Und weil Friedrich genau weiß, dass er mich mit seiner ursprünglichen Wahl des Österreichers schwer vor den Kopf gestoßen hat, bin ich zugleich zum Regenten des Reiches ernannt worden.«

»Herr Ludwig, was für eine Freude für Euch und welch übergroße Ehre! Ihr seid jetzt also gewissermaßen der König in Deutschland!«

So endete das Jahr 1226 doch noch versöhnlich für den Herzog von Bayern.

Und trotzdem machte sich in Annas Gemüt eine gewisse Düsternis breit, was das weitere Schicksal ihres Herrn anbelangte – ohne dass sie zu erklären vermocht hätte, weshalb es so war.

Sehr lange sollte Ludwigs Genugtuung über sein Ehrenamt auch nicht anhalten. Zu Pfingsten im Jahre 1228 begleiteten Anna und ihr Gemahl Kajetan, dem es dank ihrer unermüdlichen Pflege einigermaßen gut erging, den Herzog und Frau Ludmilla in die Stadt Straubing. Die existierte jetzt bereits zehn Jahre lang, blühte und gedieh. Mit dem alten augsburgisch-bischöflichen *Strupinga* war sie längst zusammengewachsen, wie der Herzog es vor längerer Zeit prophezeit hatte.

Genau dort sollte die Schwertleite von Ludwigs Sohn Otto stattfinden, der anschließend die Regierung in der Pfalz selbstständig übernehmen konnte. Obwohl der Anlass üblicherweise ein bemerkenswert freudiger war, erschien Anna die Stimmung des Herzogs eingetrübt zu sein.

»Was habt Ihr, Herr, das Euch an diesem wunderschönen Tag die Laune zu verderben vermag? Ich bemerke sehr wohl dunkle Wolken des Missmuts auf Eurer Stirn!«

Wie immer war sie sehr geradeheraus in ihren Äußerungen. Der Herzog nahm es ihr auch nicht übel. Im Gegenteil! Anna schien es, als sei Ludwig geradezu erleichtert darüber, sich seinen Kummer ungeniert von der Seele reden zu dürfen.

»Es ist wegen meines arroganten Ziehsohns Heinrich! Der junge Herr ist jetzt siebzehn und glaubt, obwohl er nach seines Vaters Willen immer noch unter meiner Munt steht, er könne tun, was ihm beliebt!«

»Oje, Herr, da habt Ihr allerdings einen Klotz am Bein. Könnt Ihr nicht den Kaiser über die Unbotmäßigkeiten unterrichten?«

»Friedrich hat schon genug Klagen über die Eskapaden seines Nachfolgers gehört und findet diese auch keineswegs akzeptabel. Aber immerhin ist der junge Tunichtgut sein Sohn und Leibeserbe, und der Kaiser mag es wohl nicht, wenn man sich allzu stark und zu oft über Heinrich beschwert.«

»Ich verstehe, Euer Gnaden«, Anna runzelte die Stirn. »Da braucht es eine Menge Fingerspitzengefühl von Euch. Es tut mir leid, dass Euch dieses ehrenvolle Amt so viel Ärger macht.«

Wenig später erfuhr sie noch, dass der königliche Zögling sich keineswegs nach Ludwigs Wunsch entwickelte.

»Er ist anmaßend, verschwenderisch, hochmütig, eingebildet, heimtückisch, feige und unfähig!«, brach es unbeherrscht aus dem Herzog heraus. Unwillkürlich sah er sich um, ob ihn jemand belauscht haben konnte.

Das war bei Gott eine Menge unschöner Eigenschaften und ließ für die Zukunft des jungen Mannes als designierter König oder gar Kaiser des Reiches nicht viel Gutes erhoffen. Die vernichtende Kritik des Herzogs an seinem Mündel ließ Anna zum Thema »Heinrich« vor Schreck verstummen.

Sie war von jetzt an nur noch darum bemüht, den Sinn ihres Herrn auf den wichtigsten Tag seines eigenen Sohnes Otto, der ihm bisher nur Freude bereitet hatte, zu lenken. Er und seine Gemahlin Agnes hatten Ludwig im Jahre 1227 durch die Geburt einer Tochter Elisabeth zum Großvater gemacht.

Für Frau Ludmilla war dieser Tag sowieso einer der schönsten in ihrem bisherigen Leben. Jedermann konnte beobachten, wie sehr sie Otto liebte und wie stolz sie auf ihn war. Aber auch, wie nah Agnes, ihre hübsche, sanfte Schwiegertochter, ihrem Herzen stand: Immer wieder umarmte und küsste sie die Jüngere und ermunterte sie, gemeinsam mit deren Gemahl doch recht bald die Trausnitz aufzusuchen.

Anna, welche die traute Zweisamkeit zwischen Agnes und ihrer Schwiegermutter Ludmilla etliche Male miterlebte, wünschte sich aus tiefstem Herzen, selbst einst diese beglückende Erfahrung mit dem Gatten ihrer eigenen Tochter machen zu dürfen.

Etliche ansehnliche junge Herren aus besten Familien waren bereits in Landshut vorstellig geworden, von denen sich jeder als möglicher Bräutigam ins beste Licht zu rücken versuchte. Bisher hatte Stephania aber jeden Bewerber um ihre Hand kategorisch abgelehnt. Anna und Kajetan freute es einerseits, dass ihr Kind noch nicht danach verlangte, dem eigenen Nest zu entfliehen, aber insgeheim begann vor allem Anna, sich allmählich gewisse Gedanken zu machen. Wusste sie doch aus eigener Erfahrung, dass es nicht unbedingt das Allerbeste für eine Frau war, eine »alte Jungfer« zu werden, die letztlich froh sein musste, überhaupt noch einen Mann zu finden, den ihr womöglich jemand anderer aussuchte … Dieser Gedanke, kaum gedacht, bereitete Anna sofort ein schlechtes Gewissen: War sie etwa unzufrieden mit der Wahl Ludwigs, der sie zu einer Ehe mit Kajetan Winterhalter gedrängt hatte?

Nein! Die Antwort, die sich selbst innerlich gab, fiel eindeutig aus. Wer konnte schon sagen, ob sie mit Georg glücklich geworden wäre?

Seit Langem hatte sie es wieder einmal gewagt, an den Donaufischer zu denken – etwas, das sie sich einst selbst strengstens untersagt hatte. Sie seufzte und nahm sich vor, in nächster Zeit mit Stephania unbedingt das Gespräch zu suchen und dabei ganz nebenbei das Thema »Heirat« anzusprechen.

Sorge um Kajetan

Die feierliche Schwertleite seines Sohnes Otto, welche natürlich zahlreiche Erinnerungen an seine eigene in ihm wachrief, sollte für die nächste Zeit das einzig Erfreuliche bleiben, was dem Bayernherzog beschieden war.

Je älter Ludwig wurde, umso vermehrter verlangte ihn wieder nach Annas Gegenwart, was sie auch ihrem Manne zu berichten wusste: »Es ist beinah so, wie es in unserer Jugendzeit gewesen ist, Kajetan! Da steckten wir auch täglich zusammen, entweder beim gemeinsamen Lernen oder beim Spielen und Jagen oder Fischen. Und heute erzählt mir der Herzog Dinge, die er sonst niemandem außer mir anvertraut. Er weiß, dass er sich auf meine Verschwiegenheit verlassen kann.«

Sorgfältig rieb sie die blau geäderten Füße ihres Mannes ab, die sie gegen seine Schmerzen mit einem warmen, mit Beinwellwurz getränkten Wickel versehen hatte.

»Als Bub und später als Jugendlicher konnte und wollte Ludwig auch nicht ohne mich sein, sehr oft zum Ärger seiner eifersüchtigen Schwestern und nicht selten zum Missvergnügen seiner Mutter Agnes.« Sie schmunzelte. »Die Herzoginmutter glaubte immer, ich sei nicht der passende Umgang für ihren Sohn. Aber der alte Herzog Otto selig, der hätte das ganz anders gesehen! Und sein Sohn Ludwig hat sich zum Glück auch nicht darum geschert.«

Unbekümmert lachte sie auf und griff tief mit der Hand in einen Topf, gefüllt mit Schafsfett, um damit Kajetans Zehen und Fußsohlen zu behandeln. Sanft verrieb sie die etwas streng riechende, ölig-gelbliche Substanz auch über Rist und Knöcheln, die, wie immer in den Abendstunden, sehr angeschwollen waren.

»Sehr gut machst du das, Anna!«, lobte der alte Mann sie. Dann wandte er den Blick ab von dem Pergament, das neben dem Bett auf einem Nachttischchen lag. »Gib nur acht, Frau«, warnte Kajetan sie – sein Gesicht war ernst geworden –, »dass du dir nicht die gleiche Ablehnung durch Herzogin Ludmilla zuziehst. Auch sie könnte deine ständige Gegenwart beim Herzog irritieren. Es wäre schade, falls du sie dir unbeabsichtigt zur Feindin machtest.«

Aus der brüchigen Altmännerstimme klang echte Besorgnis, die Anna beinah zu Tränen rührte. Sie selbst sah keine derartige Gefahr, dazu war Frau Ludmilla ihr viel zu sehr zugetan. Aber sie wollte Kajetan nicht widersprechen. »Ich werde daran denken, mein Lieber!«

Sorgfältig wischte sie sich die fettigen Finger an einem Tuch ab und streifte dicke Wollsocken über die Füße ihres Gemahls. Er fror doch so leicht, selbst im Sommer.

»Das Licht im Gemach ist für Eure Augen viel zu schwach, Herr«, schnitt sie ein anderes Thema an. »Lasst mich das für Euch abschreiben! Ihr wisst, dass Ihr Euch auf mich verlassen könnt: Ich werde so sorgfältig und sauber schreiben, dass jeder denkt, Ihr hättet das Dokument ausgefertigt.«

»Das ist lieb von dir, Anna! Ich weiß, dass du es in der Zwischenzeit sogar weit besser kannst als ich, weil meine Augen mich neuerdings vor allem abends im Stich lassen.« Im Großen und Ganzen fühlte Ludwigs Chronist sich jedoch wohl, soweit es bei seiner schwächlichen Gesundheit möglich war.

Der Magister, den sie wegen Kajetans Leibschmerzen oft zurate zog und der ihr das eine oder andere hilfreiche Kraut zur Behandlung verriet oder sogar selbst mit ihr an den zahlreichen Altwassern der Isar danach suchen ging – selbstverständlich nur im Beisein eines Knechtes und einer Magd –, erinnerte Anna in vielen Dingen an den so brutal ermordeten jüdischen Arzt, Jacob Graubart. Auch der war ein Quell medizinischen Wissens und den meisten einheimischen Ärzten um ein Vielfaches überlegen gewesen. Wie es wohl seiner geliebten Tochter Rachel ergehen mochte?

Anna, in letzter Zeit oft unversehens heimgesucht von bösen Vorahnungen in Bezug auf den Herzog, schien leider recht zu behalten. Nicht nur machte der junge Kaiserspross Heinrich seinem Vormund das Leben schwer, nein, Ludwig musste auch weitere, sehr persönliche Niederlagen einstecken.

Im Laufe der Jahre infolge vergrößerter Machtfülle und Erfahrung mutiger und selbstbewusster geworden, war es dazu gekommen, dass Herzog Ludwig den Versuch wagte, nicht nur Bayern zu regieren, sondern sich sozusagen an die »große Politik« heranzutasten.

So war es ihm beispielsweise ein großes Anliegen, sich England anzunähern, etwa für Richard Löwenherz und andere Herren dessen Schlages zeigte er große Sympathien. Überdies hatten sich durch seine Schwiegertochter Agnes verwandtschaftliche Beziehungen zu den Inselbewohnern ergeben.

»So sehr ich mich auch bemühe, den Kaiser ebenfalls dafür zu erwärmen, desto weiter rückt Friedrich von England ab«, beklagte sich der Herzog eines Tages bei Anna. »Ihm schwebt leider eine engere Anbindung an Frankreich vor. Ich weiß nicht, wie ich diese fatale Annäherung noch verhindern soll! Ich traue dem französischen König nämlich kein bisschen über den Weg. Außerdem«, der Herzog verzog das immer noch attraktive Gesicht zu einem spitzbübischen Grinsen, »haben die Engländer den unschätzbaren Vorteil, auf ihrer Insel abgeschlossen und weit weg zu leben, wohingegen die Franzosen direkt vor unserer Haustür sind, was bei Zwistigkeiten bekanntlich von Übel sein kann.«

Anna hörte sich Ludwigs Klagen geduldig an. Zu helfen vermochte sie ihm freilich nicht, was er vermutlich auch gar nicht erwartete. Er suchte nur jemanden, mit dem er offen darüber sprechen konnte, was ihn bewegte. Sie sprach die Hoffnung aus, er möge sich mit seinen guten Argumenten bei Herrn Friedrich doch noch durchsetzen. »Ich wünsche Euch, dass Ihr Euch beim Kaiser mit Euren Überlegungen Gehör zu verschaffen wisst, Euer Gnaden!«

Bald war diese Hoffnung jedoch endgültig zerronnen, als Kaiser Friedrich II. ein altes Bündnis mit Frankreich erneuerte. Herzog Ludwig war wieder einmal tief enttäuscht und verbittert darüber, dass sein Wort beim Herrscher anscheinend so wenig Gewicht besaß.

Annas Unterredung mit Stephania verlief vollkommen anders als erwartet. Mit einer kindlichen Trotzreaktion, sobald das Hochzeitsthema aufkäme, hatte sie schon gerechnet – und auch mit der Beharrlichkeit der Tochter, nur den heiraten zu wollen, der ihr gefiele. Dafür hätte Anna sehr wohl Verständnis. Ihr und Kajetan lag es ferne, das geliebte Kind zu etwas zu zwingen – zur Ehe mit einem ungeliebten Mann schon gar nicht!

Nur hatte nun die junge Dame kategorisch erklärt, überhaupt *niemals* einen Ehebund schließen zu wollen!

Die Nachdrücklichkeit, mit welcher Stephania ihren festen Willen kundgetan hatte, und die Kompromisslosigkeit, die dabei in ihren Augen stand, hatten Anna im ersten Augenblick zutiefst erschreckt. »Wie darf ich das verstehen, mein liebes Kind? Fühlst du dich noch zu jung? Dann warten wir natürlich so lange, bis du dafür bereit bist«, versuchte sie, ihrer Tochter entgegenzukommen.

Aber Stephania winkte ab. »Nein, Frau Mutter! Bitte, zerbrecht Euch beide meinetwegen nicht den Kopf. Ich will überhaupt niemals einem Mann gehören, sondern allein Christus! Mich verlangt es danach, ins Kloster zu gehen.«

Anna war es, als kippe ihr jemand einen Kübel mit Eiswasser über den Kopf. Stephanias Wunsch traf sie vollkommen unvorbereitet. Noch nie hatte das Mädchen bisher Anzeichen erkennen lassen, Gott so sehr zu lieben, dass sie seinetwegen ein Leben hinter Klostermauern zu verbringen wünschte.

»Du bist eine wahre Verwandte deines Großonkels Adalbert«, brachte sie nach einer Weile heraus. »Er, ein frommer Benediktinermönch, würde sich jedenfalls sehr freuen, wenn er deinen Entschluss hätte hören können.«

»Das klingt nicht danach, dass Ihr Euch ebenfalls freut, Frau Mutter«, stellte Stephania mit jugendlichem Scharfsinn fest.

Anna, die es als falsch betrachtete, in dieser Angelegenheit zu lügen, bestätigte dies durch ein Nicken. »Ja, so ist es, meine Liebe! Ich bin überrascht und, ehrlich gesagt, auch ein wenig schockiert über deinen Entschluss. Du bist unser einziges Kind, und dein Vater und ich haben uns immer darauf gefreut, irgendwann Großeltern zu werden. Aber so wird das Geschlecht der Winterhalters wohl aussterben.«

»Seid nicht traurig, Frau Mutter! Ich habe mir das reiflich überlegt, und meine Sehnsucht nach dem Klosterleben ist keineswegs ein Strohfeuer. Ich befasse mich damit seit drei Jahren. Schon länger möchte ich Nonne werden. Nur habe ich es bisher unterlassen, darüber zu sprechen – oder Euch und Vater durch besondere Frömmigkeit mit der Nase darauf zu stoßen! Ihr hättet zweifellos versucht, mir das Ganze auszureden. Und das wollte ich mir und Euch ersparen, weil meine Entscheidung gefällt ist.«

Als Anna an diesem Abend ihre Tochter verließ, war sie zutiefst verwirrt – und nicht sehr glücklich. »Wie soll ich Kajetan *das* bloß beibringen?«, murmelte sie vor sich hin. Ihr Gemahl war zwar von tiefem Glauben erfüllt, aber ob er sich freuen würde, seine Tochter im Nonnenhabit zu sehen, wagte sie doch zu bezweifeln.

Auf dem Stuhle Petri saß mittlerweile ein neuer Papst: Gregor IX. Früher, als Kardinal, ein ausgemachter Gönner Kaiser Friedrichs, entpuppte er sich nunmehr in seiner Funktion als Oberhaupt der Christenheit als vehementer Gegner des Staufers.

Viele Gebildete bezeichneten Herrn Friedrich mittlerweile als *stupor mundi,* was man mit »Staunen der Welt« übersetzen musste. Gewiss ein höchst ehrenvoller Titel – Friedrichs enormer Weltoffenheit, erstaunlich breit gefächerter Bildung und immenser Klugheit geschuldet –, was jedoch von vornherein ausgesprochene Neidgefühle und brennende Eifersucht des Papstes auslöste.

Darüber hinaus glaubte Papst Gregor, deutliche Anzeichen dafür zu besitzen, der Glaubenstreue des Kaisers misstrauen zu müssen. Dieser schien ihm mit hochgestellten Anhängern Mohammeds zu freundschaftlich verbunden zu sein. Das Kirchenoberhaupt zweifelte daher nicht daran, dass diese intimen Freundschaften Auswirkungen auf Friedrichs Verbundenheit mit dem christlichen Glauben besaßen.

»Und das ausgerechnet zu einem Zeitpunkt, an dem unser Kaiser sein altes Versprechen in die Tat umgesetzt hat, einen Kreuzzug gegen die Muselmanen im Heiligen Land zu führen!«, empörte sich Herzog Ludwig. Für den seltsamen Widerspruch eine Erklärung heischend, wandte er sich an seinen Schlossgeistlichen, Pater Honorius: »Just in diesem Augenblick fällt der Heilige Vater dem Kaiser in den Rücken, indem er ihn mit dem *Kirchenbann* belegt, welch Unding! Das verstehe doch, wer will! Was konnte denn der Kaiser dafür, dass im Herbst 1227 eine schwere Seuche das Kreuzfahrerheer lahmlegte und er das Unternehmen abbrechen musste?« Ludwig hob wutentbrannt die Hände. »Ja, der Kaiser *selbst* war schwer erkrankt, und Landgraf Ludwig von Thüringen *erlag* dieser schrecklichen Krankheit sogar!«

»Das mag schon alles seine Richtigkeit haben, Euer Gnaden«, versuchte Pater Honorius seinen Herrn zu besänftigen. »Aber es verhält sich nun einmal so, dass Seine Heiligkeit dem Kaiser zutiefst misstraut. Er nahm ihm die Erkrankung schlichtweg nicht ab, sondern hielt sie für eine wohlfeile Ausrede! Bisher hat es der Kaiser ja tatsächlich mit großem diplomatischem Geschick verstanden, den versprochenen Kreuzzug immer wieder hinauszuzögern und auf den Sankt-Nimmerleins-Tag zu verschieben«, versuchte er dem Herzog die auffällige Feindschaft des Papstes zu erklären.

»Pah! Und diese durch nichts bestätigte Vermutung hat Gregor veranlasst, den Kaiser der Lüge zu bezichtigen und ihn für den Abbruch des Kreuzzugs am Gründonnerstag aus der Gemeinschaft aller Christen auszuschließen? Ich finde diesen Vorgang schlichtweg ungeheuerlich!«, hörten Anna und viele andere sich den Herzog ereifern.

»Der Kaiser teilt Eure Sichtweise, Herr! Wie wir aus Rom erfahren konnten, herrscht am Hofe der päpstlichen Kurie große Aufregung, denn Friedrich schert sich keineswegs um den Bannfluch, sondern bereitet bereits für den Sommer dieses Jahres einen weiteren Kreuzzug vor, was wiederum der Heilige Vater mithilfe der lombardischen Städte mit aller Macht zu verhindern sucht. Ein mit dem Kirchenbann Belegter darf nicht zum Kreuzzug für die Kirche aufrufen!«

Der Herzog regte sich schrecklich auf. So wütend und zornesrot im Gesicht hatte ihn Anna noch selten erlebt.

»Was den Kaiser allerdings nicht hindern wird, einen neuerlichen Kreuzzug in Angriff zu nehmen, obwohl seine Möglichkeiten als Gebannter äußerst bescheiden erscheinen ...«

»Was genau meint Ihr damit, Pater? Habt Ihr neue Erkenntnisse?«, erkundigte sich der Herzog. Ludwig war natürlich bekannt, dass sich Gerüchte und Tatsachen auf »klerikalen Pfaden« oftmals um ein Vielfaches schneller verbreiteten als auf den üblichen, nicht selten gewundenen diplomatischen Wegen.

»Der Kaiser gedenkt, wiederum von der Stadt Brindisi aus aufzubrechen, allerdings mit noch deutlich bescheidenerem Truppenkontingent als beim letzten Mal. Lediglich der Deutsche Ritterorden, Sizilianer, Pisaner und Genucsen werden Friedrich unterstützen, während ihm die Tempelritter, die Johanniter und der Patriarch Gerald von Jerusalem ausgesprochen feindlich gesinnt sind.«

»Das verheißt ja wahrlich nichts Gutes, Pater Honorius!«

»Ja, nun! Dass ihm wenigstens die Deutschordensritter zur Seite stehen werden, erklärt sich durch die Dankbarkeit, die sie dem Kaiser schulden; hat er doch mit der goldenen Bulle in Rimini dafür gesorgt, dass die Herren endlich ihren Ordensstaat in Preußen gründen konnten. Aber wer vermag vorauszusagen, wie lange ihre Treue anhalten wird? Ich stimme Euch zu, Euer Gnaden: Bei so wenig Unterstützung ist es sehr fraglich, ob Kaiser Friedrich Erfolg haben wird.«

Anna, die bei dieser Unterredung nur zufällig anwesend war, ging die Überlegung durch den Kopf, weshalb Herzog Ludwig den Kaiser nicht unterstützte, wenn er sich doch angeblich so besorgt zeigte! Seine Empörung allein würde Friedrich keine Hilfe gegen die Ungläubigen sein … Glaubte ihr Herr vielleicht, dass er mit seiner verunglückten Aktion zur Eroberung der heiligen Stätten bereits etwas beigetragen hatte?

Gleich darauf verwarf sie diese »ketzerischen« Gedanken: Ludwig würde schon wissen, was er zu tun hatte. Außerdem war sie insgeheim glücklich darüber, dass er sich nicht erneut den Gefahren eines Krieges aussetzen wollte, der gewiss mit großer Erbitterung geführt werden würde.

Erneut wechselt der Herzog die Seiten

Was weder Anna noch seine Gemahlin Ludmilla, sein Sohn Otto oder sonst jemand (vielleicht mit Ausnahme seines Beichtvaters Honorius) zu diesem Zeitpunkt ahnten, war die höchst befremdliche Tatsache, dass Herzog Ludwig längst mit dem päpstlichen Stuhl in geheimen Verhandlungen stand.

Gregor IX., dem die vielen Lobpreisungen gehörig gegen den Strich gingen, die den Kaiser als weltoffenen, gebildeten und weisen Herrscher erscheinen ließen, ja, die diesem von mancher Seite beinahe göttliche Verehrung zuteilwerden ließen, versuchte schon seit Langem, den als wankelmütigen Charakter bekannten mächtigen Bayernherzog allmählich auf seine Seite zu ziehen. Und zwar nach dem altbewährten Motto: Steter Tropfen höhlt den Stein.

Gregor selbst hielt den Einfluss Friedrichs, den er als kirchenfeindlichen Freigeist verabscheute und eher dem heidnischen Gott der Muselmanen zugewandt wähnte, für die gesamte Kirche und den Klerus für absolut gefährlich. Von daher war der Heilige Vater bestrebt, ihn seiner wichtigsten Anhänger und Verbündeten in Deutschland zu berauben, um ihn auf diese Weise vehement zu schwächen.

Was lag demnach für den Papst näher, als sein Glück bei einem Fürsten zu versuchen, der ohnehin bereits mehrmals die Seiten gewechselt hatte? Seit einem Jahr schon hatte sich zwischen Rom und Landshut ein lebhafter Briefverkehr entwickelt. Und ganz allmählich waren die Gedanken und Überlegungen Gregors in Ludwigs Herz und Verstand eingesickert und hatten schließlich darin Fuß gefasst.

So hatte der Heilige Vater sein Ziel langsam erreicht. Die subtile Hetze gegen den Kaiser war im unsteten Gemüt des Herzogs aufgegangen wie ein Samenkorn auf fruchtbarem Ackerboden: Schließlich wurde er dem staufischen Kaiser ebenso untreu wie einst dem welfischen.

Noch hielt sich der Herzog allerdings bedeckt und intrigierte nur im Geheimen gegen seinen einstigen kaiserlichen Freund.

Friedrich war Anfang September 1228 mit einem Häuflein Bewaffneter in Akkon gelandet. Seine Gegner, welche das Unternehmen neugierig verfolgten, rieben sich bereits die Hände: Der Kaiser musste scheitern! Vor allem, weil ihm, als einem vom Papst Gebannten, der blanke Hass der Tempelritter und der Johanniter entgegenschlug.

Doch dann geschah das Unerwartete.

Kaiser Friedrich II., der arabischen Geisteswelt großem Respekt entgegenbringend, erreichte in langwierigen Verhandlungen mit Sultan Al-Malik al-Kaml, was niemand erwartet hatte: die Abspaltung Jerusalems (mit Ausnahme des alten Tempelbezirks), ferner die Oberhoheit über Bethlehem und Nazareth samt einem Korridor zum Meer. Und das Ganze für einen Zeitraum von zehn Jahren!

Statt sich nun zu freuen über dieses fantastische Ergebnis, das ohne einen einzigen Schwertstreich erzielt worden war, und dem Kaiser ob seiner Klugheit und geschickten Verhandlungsführung Lob zu zollen, waren die Papstanhänger – wie auch manche der fanatischen Muslime – voller Missgunst und Argwohn. Einigen Anhängern Mohammeds ging die Freundschaft des Sultans mit dem Kaiser zu weit, und die von Rom aufgehetzten Sympathisanten Papst Gregors bewerteten die Kontakte Friedrichs zur arabischen Welt als Beweis seiner moralisch verwerflichen Freigeistigkeit und ketzerischen Gesinnung.

Patriarch Gerald von Jerusalem, mehr denn je ein Feind des gebannten Kaisers und bemüht, seine Verachtung deutlich zu machen, belegte gar Jerusalem mit dem Interdikt und verwehrte somit allen Pilgern den Zutritt zur heiligen Stadt.

Natürlich verbreiteten sich die Ereignisse rasch im gesamten Reich. Auch auf der Trausnitz erfuhr man frühzeitig von der überraschenden Wende. Der Herzog, der im Stillen natürlich felsenfest mit einem Scheitern des Kaisers gerechnet hatte, war perplex.

Weil er seine Verblüffung nicht zu verbergen vermochte und es auch nicht schaffte, Freude über Friedrichs Erfolg zu heucheln, erfuhr schließlich auch Anna von Ludwigs neuerlicher Kehrtwende.

»Die Herzogin, der Pater und selbst Ihr, Kajetan, habt längst darüber Bescheid gewusst! Warum hattet Ihr so wenig Zutrauen zu mir und habt mich nicht eingeweiht?«, beklagte sich Anna. Sie gab sich auch gleich selbst die Antwort. »Ihr hattet bloß Sorge, ich könnte versuchen, es Ludwig auszureden, nicht wahr? Ihr solltet mich inzwischen besser kennen, Herr! Ich weiß schon lange, dass ich

auf die politischen Entscheidungen des Herzogs keinen
Einfluss habe. Daher versuche ich es auch gar nicht erst.
Ihr hättet mich also ruhig ins Vertrauen ziehen können!
Nur Euch, Kajetan, sage ich es frank und frei, wie entsetzt
und wie maßlos enttäuscht ich bin über Ludwigs wiederholten Verrat! Ich bin nicht dumm, mein Lieber, und bin
mir bewusst, dass hohe Herren manchmal gezwungen
sind, ihre Meinung den Gegebenheiten anzupassen, und
auch hin und wieder vor der Wahl stehen, Freunde zu verlassen und sich anderen Parteien anzuschließen, sofern es
dem Wohle ihres Landes dient. Aber ohne Not mitten im
Lauf die Pferde zu wechseln, zeugt bei einfachen Reitern
von Dummheit, bei einem Fürsten jedoch von ...«
Anna stockte. Ihr Mann war ein bedingungsloser Gefolgsmann des Herzogs, und er würde sie hassen, falls sie
ihre Kritik so vernichtend formulierte, wie sie ihr auf der
Seele brannte.

»Ihr wisst, Kajetan, was ich von Menschen halte, die
ihre Freunde, von denen sie jahrelang nur Gutes empfangen haben, bedenkenlos fallen lassen! Mehr will ich dazu
nicht sagen.« Damit wandte sie sich ab, um ihn ihre Tränen nicht sehen zu lassen, Zeichen einer tiefen Enttäuschung, die sich ihrer bemächtigt hatte.

Friedrichs Gegner ließen indes keineswegs locker. Papst
Gregor ging ein enges Bündnis mit den lombardischen
Städten ein, die sich einer kaiserlichen Eroberung mit aller Macht widersetzten. Päpstliche Truppen streuten in
Italien sogar das Gerücht aus, der Kaiser sei tot, und drangen bis tief nach Apulien vor. So sah sich Friedrich II. veranlasst, das Heilige Land rasch zu verlassen und seine Be-
sitzungen in Apulien zurückzuerobern.

Dass der Heilige Vater auch sonst nicht untätig verharrte, sollten die Deutschen bald zur Genüge erfahren.

»Papst Gregor versucht, anstelle des Kaisersohns Heinrich einen welfischen Gegenkönig im Reich einzusetzen. Als guter Christ und treuer Sohn der Kirche ist es meine Pflicht, ihm dabei mit all meinen Kräften zur Seite zu stehen«, ließ Bayerns Herzog seine engsten Vertrauten wissen. Aber noch hielt er es offenbar nicht für klug und angezeigt, seinen überraschenden Seitenwechsel ganz offen zu demonstrieren, was Anna zu einem bitteren Auflachen veranlasste.

»Was wäre, wenn der Papst in dieser ›Schlacht‹ gegen den Kaiser scheitern sollte? In diesem Fall will der Wittelsbacher bestimmt nicht unbedingt aufseiten des Verlierers dastehen!« Diesen gehässigen Seitenhieb vermochte sie sich nicht zu verkneifen; und dieses Mal war es Kajetan, der es vorzog zu schweigen.

Während in deutschen Landen heimlich die Fäden gezogen wurden, genoss Friedrich im Süden seine unangefochtene Vormachtstellung. Natürlich hatte er sich in Apulien durchgesetzt und die Gegner vertrieben.

Der Hof des Kaisers, *Foggia,* war unter all den neu errichteten Kastellen und Schlössern zu seiner bevorzugten Residenz ausgebaut worden, welche sich zu einer Stätte von Wissenschaft und Kunst entwickelte, in deren Mittelpunkt der Herrscher selbst stand. Es gelang ihm, bedeutende Gelehrte, Christen, Juden und Muselmanen, an den Hof zu holen. Man diskutierte über das Weltbild des Aristoteles und disputierte über die Kommentare des arabischen Arztes und Philosophen Averroes, der nicht den Glauben gepredigt, sondern allein den Primat der menschlichen Vernunft für wichtig gehalten hatte.

Eine besondere Rolle spielten auch Astronomen, Astrologen sowie Gestalter amtlicher Schriftstücke; letztere in Konkurrenz zum kurialen Stil der päpstlichen

Kanzlisten … An der Spitze eines Kreises höchst gebildeter Juristen und Beamter stand der engste Vertraute des Kaisers, der Großhofrichter Petrus de Vinea. Die Hofbeamten waren auch zugleich Mitglieder eines Dichterkreises am Hof, zu dem der Kaiser selbst und einige seiner Söhne gehörten. Sie verfassten Sonette und Kanzonen im Stil der provenzalischen Troubadour-Lyrik. Obwohl sie es gar nicht beabsichtigten, wurden sie auf diese Weise zu Wegbereitern für die italienische Volkssprache, das *Volgare.*

All das wurde vom Papst, der Kurie und nicht wenigen deutschen Fürsten mit großem Misstrauen verfolgt. Umso mehr strengte man sich jenseits der Alpen an, einen Welfen als deutschen König zu gewinnen; ein Unterfangen, wofür sich Herzog Ludwig immer stärker engagierte – *insgeheim,* wie er glaubte. Er machte dabei allerdings die Rechnung ohne Heinrich, seinen ehemaligen Ziehsohn.

Der junge Prinz, seit dem Jahr 1225 verheiratet mit der ungeliebten Babenbergerin Margarethe, einer Tochter Leopolds VI. von Österreich, hatte sich, der ständigen Gängelei durch seinen Vormund Herzog Ludwig überdrüssig, schon im Dezember 1228 dieser Munt entledigt und selbstständig die Regierung als deutscher König angetreten.

Herzog Ludwig, der sich zwar als äußerst diskreten Taktierer betrachtete und sich vermeintlich klug im Hintergrund hielt, war trotzdem von Verbündeten der Staufer als Verräter entlarvt worden. So ein loyaler Anhänger war unter anderem Abt Konrad vom Kloster Sankt Gallen.

Dieser war auch gern bereit, König Heinrich VII. die Augen zu öffnen über die »Machenschaften« des bayerischen Herzogs. Ein waghalsiges Unternehmen angesichts der derzeitigen Machtfülle und der militärischen Stärke des Wittelsbachers!

»Mein Herr König«, hatte der Abt Kaiser Friedrichs Sohn eingeweiht, »Eure Herrschaft in Deutschland ist in besorgniserregendem Maße bedroht durch ehrlose Verräter, die nichts weniger als Eure Absetzung planen! Der Schlimmste dieser Verschwörer ist der ehemals gute Freund Eures kaiserlichen Vaters und Euer einstiger Ziehvater, der Herzog von Bayern, der sich kürzlich wiederum auf die Seite der Welfen geschlagen hat.«

König Heinrich soll daraufhin, wie Gewährsleute glaubhaft versicherten, vor Ekel ausgespuckt haben. Er hatte Ludwig ja noch nie gemocht und ihm noch viel weniger Vertrauen entgegengebracht. Aber diese Art von Verrat übertraf bei Gott alles, was er seinem Vormund jemals zugetraut hätte!

»Wenn der Herzog Krieg haben will, so soll er ihn meinetwegen haben!«, hatte er ausgerufen und sich beim Sankt Gallener Abt Konrad für die brisante Information bedankt. Sogleich hatte er begonnen, seine zahlreichen Anhänger um sich zu scharen und sein Heer aufzurüsten, wobei er sich vor allem auf den niederen Adel stützte sowie auf die ihm wohlgesinnten Reichsministerialen. Auch die Städte, denen Heinrich massive Förderung versprach, verpflichteten sich zur Unterstützung.

Verheerender Krieg in Bayern

Der Kampf, der bald darauf zwischen den wittelsbachischen und den staufischen Anhängern auf bayerischem Boden entbrannte, war nur als *mörderisch* zu bezeichnen.

Eine gewisse Beruhigung für Anna bedeutete es, dass wenigstens ihre Tochter einigermaßen aus der Schusslinie war: Stephania war inzwischen als Novizin in das um 770 gegründete Benediktinerinnenkloster auf der Fraueninsel im Chiemsee eingetreten und damit aus der ärgsten Gefahrenzone heraus.

Was Anna zuerst in der Seele wehgetan hatte, schien sich möglicherweise als Glücksfall zu erweisen: Ein Kloster anzugreifen, würde niemand so ohne Weiteres wagen. Zumindest keiner, der aufseiten des Papstes stand. »Die Feinde des Herzogs scheinen überall und gleichzeitig vorzurücken.« Kajetan hörte sich betrübt an. Wie üblich hielt er die wichtigsten kriegerischen Ereignisse in seiner bayerischen Chronik fest. »Wie soll da Herr Ludwig seiner Gegner noch Herr werden?«

Der klagende Unterton in seiner Stimme ließ Anna zornig auffahren. »Mein liebster Gemahl, solltet Ihr Euch nicht eher die Frage stellen, *warum* das Ganze überhaupt stattfinden muss? Wer hat denn den Herzog geheißen, Kaiser und König zu verraten und plötzlich aufseiten des Papstes und der Welfen zu stehen? Glaubt ja nicht, dass ich auch nur einen Funken Mitleid mit ihm habe! Dass die schwersten Schäden in seinen eigenen Landen an der Donau und bei Kelheim entstehen, hat er ganz allein sich selbst zuzuschreiben!« Kampfeslustig stemmte die »Magd des Herzogs« die Arme in die Seiten und funkelte ihren Mann an.

Kajetan erschrak richtiggehend, so wütend hatte er seine Anna bisher nicht gesehen, und er wusste auch nicht, wie er ihrem Zorn begegnen sollte. Fast getraute er sich gar nicht, ihr den Wunsch des Herzogs mitzuteilen, dass sie beide ihn nach Kelheim begleiten sollten, wo er gedachte, der schwer bedrängten Stadt und der spärlichen Besatzung der alten Burg beizustehen.

»Wenn unser Herr nicht schleunigst eingreift, kann es sein, dass die Stätte, wo er seine Kindheit verbracht hat, geschleift wird und die Stadt der Plünderung und Zerstörung anheimfällt. Die Umgegend dort soll bereits vollkommen verheert sein«, versuchte Kajetan seine Frau nachsichtiger zu stimmen, indem er ihr den Ernst der Lage begreiflich machte.

Die schlimmen Nachrichten bewirkten in der Tat bei Anna ein gründliches Umdenken. Kelheim war schließlich auch ihre Heimat! Damit verbanden sich wunderschöne Erinnerungen, und die schwebten jetzt in höchster Gefahr. Obwohl sie Ludwig nach wie vor grollte, weil sie ihn für das Unglück verantwortlich machte, ließ sie von ihrer Kritik ab.

Stattdessen machte sie sich ans Packen – und verfluchte die Feinde des Herzogs.

Dieses Mal sollten sie und Kajetan sowie der Beichtvater des Herzogs zusammen in einer Kutsche reisen, denn ihrem Manne waren die Strapazen eines Ritts nicht mehr zuzumuten. Begleitet wurden die Winterhalters von ihren böhmischen Dienstleuten Marie und Karel.

Und noch einer nahm teil an dem Zug nach Kelheim – allerdings zu Pferd. Das würde er ständig neben den Wagen lenken, um auf die Insassen ganz besonders achtzugeben: Stephan, dem von Anna und Kajetan die Freiheit geschenkt worden war, indem sie ihn wie versprochen vor einiger Zeit aus der Leibeigenschaft entlassen hatten.

Herzog Ludwig und sein Sohn Otto würden an der Spitze des Zuges reiten. Die Herzogin allerdings fehlte, ihr Gemahl hatte sie vorsorglich in die gut geschützte Residenz Heidelberg geschickt, wo sie zusammen mit der Schwiegertochter Agnes das Ende der Kriegshandlungen abwarten sollte.

Pater Honorius, den längst niemand mehr als »Letzten Weg« verspottete, hatte vor dem Aufbruch die wohl für längere Zeit letzte Messe in der endlich fertiggestellten Sankt-Georgs-Kapelle gehalten; anschließend hatte sich der relativ kleine Trupp im Hof der Trausnitz versammelt.

»Seine Gnaden hofft auf weiteren Zulauf von Rittern während des Ritts zur Donau«, flüsterte Kajetan seiner Frau zu, die mit besorgtem Blick das dürftige Häuflein Bewaffneter beäugte.

»Verstärkung durch weitere Truppen kann Ludwig wirklich brauchen«, erwiderte Anna trocken. »Sonst sehe ich schwarz für ihn – und für uns alle!«

»Mit Gottes und aller Heiligen Hilfe werden wir siegen und unsere Feinde aus wittelsbachischen Landen vertreiben!«, erschallte laut des Herzogs beschwörende Stimme, und der Pater sekundierte mit einem kräftigen: »Der liebe Herr Jesus und seine heilige Mutter, die Jungfrau Maria, werden uns und unserer gerechten Sache beistehen!«

Worauf wiederum die Reiter mit einem donnernden »Amen« antworteten, dessen Echo sich an den hohen Burgmauern brach. Entschlossen und siegesgewiss hörte sich das an – wenngleich in Annas und manch anderer Leute Ohren ein bisschen wie das sprichwörtliche Pfeifen eines verängstigten Kindes im Walde …

Je mehr sich die berittene und gewappnete Kriegerschar dem bedrängten Kelheim näherte, desto schrecklicher traten die bisherigen Verheerungen zutage.

Ganze Dörfer waren dem Erdboden gleichgemacht, verstümmelte Tote lagen vor den Häuserruinen oder quer über den Wegen. Als Anna, deren Hals vor Entsetzen wie ausgedörrt war, Stephan um einen Trunk Wasser aus einem der Dorfbrunnen bat, musste er ihr diesen Dienst leider versagen: Die feindlichen Soldaten hatten die abgeschlachteten Dorfbewohner nicht nur in Dorfteiche oder Bäche geworfen, sondern auch in die örtlichen Brunnen, damit die verwesenden Leichen das Trinkwasser verseuchten.

Wo einst blühende Gemeinwesen entstanden waren, ließen einen jetzt beißender Brandgeruch sowie der

Aasgestank sich zersetzender Tier- und Menschenkadaver vor Ekel würgen. Nicht nur dem alten Chronisten Kajetan wurde regelrecht schlecht von dem wie eine schwere Dunstglocke über den Dörfern liegenden Modergeruch.

Obstgärten und große Teile wildreicher Wälder mussten erst kürzlich in Brand gesteckt worden sein, denn nicht wenige schwarze Baumstümpfe schwelten noch vor sich hin.

Selbst aus Kirchtürmen und Dächern von Klöstern drang eklig grauer Qualm, der sich einem auf die Lunge legte. Auch da mussten die Täter sich erst vor kurzer Zeit davongemacht haben … Lebenden Menschen begegnete des Herzogs Heerzug kaum. Wer noch atmete, war geflohen, hielt sich versteckt im Gebüsch oder war womöglich auf Anhöhen hinaufgerannt oder in Höhlen geflüchtet, um sich möglichst tief in den Wäldern zu verbergen, die kein Berittener zu durchdringen vermochte.

In einem anderen Dorf glaubten Anna und ihre Leibmagd Marie, sie könnten vielleicht noch helfen, nachdem sie Frauen und Kinder auf dem Dorfplatz liegen sahen. Von Weitem hatte es so ausgesehen, als wäre in einigen von ihnen noch Leben … Sofort hatte Anna anhalten lassen. Beim Näherkommen erkannten die beiden Frauen ihren Irrtum. Hier war jede Hilfe vergebens.

Am entsetzlichsten erschienen Anna die geschändeten und verstümmelten Körper von Kindern, denen die Feinde nicht nur Köpfe und Gliedmaßen abgetrennt, sondern oftmals die Bäuche aufgeschlitzt hatten. Oder der blutige Anblick junger Frauen, die offenbar erst vergewaltigt worden waren, ehe man ihnen die Brüste abgeschnitten hatte.

Blind vor Tränen stolperten Anna und Marie zur Kutsche zurück. Erneut machte sich heiße Wut auf Herzog Ludwig im Herzen Annas breit, weil er es so weit hatte kommen lassen. Diese unschuldigen Menschen hatte eindeutig er auf seinem Gewissen! Aber ihre Wut war vermischt mit abgrundtiefer Trauer über das unmenschliche Leid der Betroffenen und das geschundene Land – aber auch mit der ernüchternden Gewissheit, dass jede Untat neue Gräuel der Rache nach sich zog.

»Deshalb verabscheue ich Kriege aller Art«, sagte Anna leise, als sie wieder neben Kajetan saß, und deutete anklagend auf all das grenzenlose Elend ringsumher, das sich ihnen auf ihrem Weg nach Kelheim in all seiner schonungslosen Offenheit zeigte. »Ihr wisst, Kajetan, ich habe in früheren Zeiten schon genügend Versehrte gesehen und selbst auch jene behandelt, die bei Kämpfen zu Schaden gekommen waren. Aber das hier ist etwas ganz anderes. Das war kein ritterliches Kräftemessen auf dem Schlachtfeld. Hier haben Bestien ihre teuflische Wut an hilflosen unbewaffneten Landleuten, an Alten, Weibern und Kindern ausgelassen!« Gewaltsam unterdrückte sie aufkommendes Schluchzen. »Der Teufel soll sie holen, allesamt! Jawohl, der Satan vergelte ihnen einst diese Schandtaten!«

Auch Kajetan Winterhalter war wie die Übrigen entsetzt ob dem Ausmaß der rohen Gewalt ringsum, wenngleich er sich nicht dazu äußerte. Das, was sie alle sehen mussten, ließ ihn sprachlos werden.

Was gab es da noch zu sagen? Vor zweihundert Jahren, als die meisten Bauern noch frei waren und berechtigt, Waffen zu tragen, mussten sie zwar mit ihren Herren in die Schlacht ziehen, aber sie waren wenigstens in der Lage gewesen, ihr Hab und Gut und ihre Familien zu verteidigen.

Pater Honorius betete leise und schlug hin und wieder vom Wagen aus das Kreuzzeichen über Tote, die am Wegesrand verrotteten. Das Heer hatte nicht die Muße, die Unglücklichen ehrenhaft zu bestatten: Die alte Heimatstadt des Herzogs war in höchster Gefahr, die Zeit drängte.

Kurz vor Kelheim hatten die Feinde am schlimmsten gewütet. Kaum ein Haus, das nicht in Brand gesteckt worden wäre; die Äcker sahen aus, als hätten Riesen sie umgepflügt; überall Anzeichen von Plünderung; kein einziger Baum trug noch Laub oder gar Früchte, und Haustiere suchte man vergebens; nicht einmal Hunde oder Katzen waren dem Wüten der Feinde entronnen. Was die Bewohner anbelangte, so waren diese entweder getötet worden oder noch rechtzeitig geflohen – der Himmel mochte wissen, wohin.

Des Herzogs erster Weg führte zur alten Kelheimer Burg. Jedermann des kleinen Haufens – nur wenige hatten sich dem Zug Herrn Ludwigs angeschlossen – befürchtete das Schlimmste. Obwohl das Herannahen der Herzoglichen, von Weitem deutlich erkennbar an den Wittelsbacher Farben auf Wimpeln, Satteldecken, Schilden und Fahnen, nicht unbemerkt geblieben sein konnte, rührte sich nichts. Kein Türmer blies für die Ankömmlinge ins Horn, kein Mann des Burgvogts eilte ans Tor, um es für den Landesherrn zu öffnen.

Es dauerte lange und bedurfte etlicher donnernder Schläge ans hölzerne Burgtor, bis sich jenseits der Mauern etwas regte. Erst nach einer gefühlten Ewigkeit und auf energische Zurufe des Herzogs schien die Burgbesatzung sich endlich sicher zu sein, dass es sich nicht um eine Falle handelte.

»Was müssen diese armen Leute erlebt haben, dass sie dermaßen verängstigt sind?« Nur Anna, die inzwischen aus der Kutsche ausgestiegen und ans Tor vorgegangen war, wagte es, laut auszusprechen, was wohl alle dachten.

»Mal den Teufel nicht an die Wand, Anna! Alles ist schon schlimm genug, auch ohne dass noch jemand Öl ins Feuer gießt«, wies der Herzog sie reichlich barsch zurecht.

Am Beben seiner Stimme erkannte sie, dass er kurz davor stand, die Nerven zu verlieren und entweder tierisch zu brüllen oder zu weinen anzufangen. »Verzeiht, Herr! Die Bemerkung war unbedacht von mir. Aber, so hört nur, da kommt doch jemand, um uns einzulassen!«

Endlich mühten sich der Kastellan persönlich und ein Knecht, den Anna noch nie zuvor gesehen hatte, damit ab, das schwere zweiflügelige Eichenbohlentor mit den eisernen Beschlägen zu öffnen. Erst einmal hatte sie erlebt, dass dieses Tor nicht einladend offen gestanden hätte: damals, als die feindlichen Regensburger die Gegend terrorisiert hatten und der Fischer Georg sie im letzten Augenblick unten an der Donau vor den Mordabsichten eines Fremden hatte retten können.

Mein Gott! Wie lange ist das alles her? Mit Wehmut dachte Anna zurück, als sie zusammen mit den anderen durchs Burgtor schritt. Wie mag es Georg jetzt wohl ergehen? Sie hoffte, er habe sich noch rechtzeitig in Sicherheit gebracht.

Da es bereits um die Abendstunde und ziemlich dunkel war und den ganzen Tag über düsteres Wetter zusätzlich aufs Gemüt gedrückt hatte, erwartete keiner der Ankömmlinge auch nur ansatzweise eine gute Nachricht. Ja, eigentlich rechnete jeder mit dem Allerschlimmsten.

Der Herzog forderte gleich im Hof des alten Gemäuers einen genauen Lagebericht seines Verwalters, ohne sich erst lange in die Versammlungshalle zu bemühen. »Sagt mir schonungslos, wie es steht, mein Freund! Auf dem Weg hierher habe ich genug Gräuel gesehen und weiß ungefähr, was mich erwartet.«

Zu seiner und Annas Überraschung tauchte jetzt auch Magister Eckardt auf, der als junger Mann in Italien *ars medicinae* studiert und später auf der Burg Kelheim den Leibarzt des Herzogs vertreten hatte, als der mit dem

Kaiser in den Krieg gezogen war. Inzwischen hatte Eckardt den alten Medicus, der vor Jahren an einer Seuche verstorben war, auf Dauer abgelöst.

Mit Überraschung hörten der Herzog und die Seinen den Bericht des Burgvogts und des Arztes an. Zu ihrer aller Verblüffung war es der geballten feindlichen Übermacht nicht gelungen, ihr schändliches Vorhaben auch nur teilweise in die Tat umzusetzen, seinen Geburtsort völlig zu zerstören und anschließend zu schleifen, um Ludwig persönlich zu treffen.

»Damit hier nichts mehr an diese Wittelsbacher, diese Ausgeburten der Hölle, wie sie sich ausdrückten, *zu erinnern vermag!,* haben die Feinde Zettel mit dieser Botschaft, gebunden an brennende Pfeile, zu Hunderten über die Burgmauer geschossen. Wir haben einige Exemplare aufgehoben, um sie Euch zu zeigen, Euer Durchlaucht! Wir haben die Tore fest verriegelt gehalten, sie eifrig von der Mauer herab beschossen – auch ihre Pferde haben wir gleich mit erledigt. So gelang es ihnen nicht, einzudringen. Wer versuchte, die Burgmauern zu erstürmen, wurde mit Eimern siedenden Pechs willkommen geheißen. Erst gestern Morgen sind die Kerle König Heinrichs voller Zorngeheul endgültig abgerückt. Zum Abschied riefen sie uns gotteslästerliche Schmähungen zu und verfluchten uns grässlich. Als sie endlich außer Sichtweite waren, sank die völlig übermüdete Burgbesatzung in einen todesähnlichen Schlaf, Herr Herzog«, schilderte der Vogt die Lage. »Daher haben wir Eure Ankunft weder gesehen noch gehört, weil auch der Türmer eingenickt ist. Wir alle haben über viele Tage kein Auge zugetan, Herr!«

Der mangelnde ehrenvolle Empfang durch die Burgbesatzung war im Augenblick des Herzogs geringste Sorge. Beinahe überschwänglich bedankte sich Ludwig beim Burgverwalter und später auch beim Medicus, der es mit

400

seinen Tränken, Pillen und Pflastern verstanden hatte, die Kampfkraft der Männer zu erhalten und zu stärken.

Etliche Stunden später – man hatte bereits ein einfaches Mahl zu sich genommen – saß Ludwig noch mit seinem Sohn Otto, Pater Honorius und Anna in der düsteren Halle beisammen. Alle anderen hatten darum gebeten, sich bald nach dem Essen zurückziehen zu dürfen, was der Herzog jedem zugestanden hatte. Den tapferen Verteidigern der Burg sowieso; und seine eigenen Männer waren vom harten Ritt ermüdet, denn er hatte ihnen auf dem Weg kaum Rast gegönnt, sondern sie unerbittlich vorangetrieben. Jeder suchte sich ein Plätzchen, meist in den Pferdeställen, um das müde Haupt niederzulegen. Am nächsten Tag wollte man sich um die Stadt Kelheim kümmern.

»Als wir ankamen, war nicht mehr genau zu erkennen, wie sehr die Stadtmauer gelitten hat und ob der Feind in Kelheim eingedrungen ist. Auch der Vogt war auffallend zurückhaltend, als ich ihn über die Lage der Stadtbewohner befragte, und wusste sich nur recht vage auszudrücken.«

»Das, Herr Vater, fiel mir ebenfalls auf«, fiel ihm Otto ins Wort. »Vermutlich bedeutet das nichts Gutes! Geb's Gott, dass uns da morgen keine böse Überraschung erwartet!«

»Wir werden sehen, mein Sohn«, wiegelte Ludwig ab. »Dass unsere alte Stammburg dem Feind so tapfer die Stirn geboten hat, hätte auch niemand von uns zu hoffen gewagt.«

»Ich werde heute Nacht noch beten für alle Kelheimer«, versprach der Pater, ehe auch er sich zurückzog.

Jetzt saßen nur noch der Herzog, sein Erbe und Nachfolger sowie Anna im schwach leuchtenden Lichtkreis des einzigen Kandelabers, dessen Kerzen noch brannten, beisammen.

Jeder von ihnen hing seinen eigenen Gedanken nach. Zu erraten, woran der Herzog dachte, war kein Kunststück. Und Herr Otto? Sicher lag auch ihm als künftigem Landesherrn das Schicksal Bayerns am Herzen.

Ob er seinem Vater insgeheim wohl Vorwürfe macht, so wie ich es getan habe – und immer noch tue, zumindest ein bisschen? Oder denkt er an seine junge, schöne Gemahlin, die er auf Heidelbergs Höhen zurückgelassen hat, in sicherer Obhut? Anna selbst machte sich auch Gedanken über Kajetan, den von Kindesbeinen an Kränkelnden, der jetzt zwar schon auf die achtzig zuging, sich aber noch den Umständen entsprechend wohlfühlte.

Auch der von ihr verlassene Bräutigam Georg kam ihr in den Sinn … Beunruhigt wischte sie die Gedanken beiseite. Morgen würde sie ohnehin mehr über ihn erfahren, hoffte sie.

Traurige Bilanz für Kelheim

Die Entdeckung, welche den Herzoglichen am nächsten Morgen bevorstand, erfüllte Anna mit Bangen. Die Anzeichen, dass die Feinde an mehreren Stellen die Stadtmauer durchbrochen hatten und ins Innere eingedrungen waren, ließ sie das Schlimmste befürchten.

Tatsächlich war der Empfang, den die verschreckten Einwohner Kelheims ihrem Herzog bereiteten, sehr gedämpft und zurückhaltend. Keine Jubelrufe erschallten wie üblich; schon die Torwächter, die ihm zwar bereitwillig das fest verrammelte Donautor öffneten, grüßten scheu und blickten betreten drein.

»Es hat den Anschein, als fürchteten sie sich vor Eurem Tadel, weil sie Eure Stadt nicht besser verteidigt haben«, flüsterte Otto seinem Vater zu, als sie gemeinsam an der

Spitze der Reiterschar durch die Hauptstraße Kelheims ritten, an deren Rändern sich allmählich die Bürger versammelten, um den Herzog mit Winken und Zurufen willkommen zu heißen – allerdings ziemlich leise und ohne die übliche Begeisterung, mit der man früher die Anwesenheit des hohen Herrn gefeiert hatte.

Der Anblick, der sich den Ankömmlingen bot, war in der Tat betrüblich. Zahlreiche Häuser auf beiden Straßenseiten waren zerstört und niedergebrannt. Vielfach qualmten noch die traurigen Überreste, während ihre verschreckten Besitzer versuchten, die Brände zu löschen oder wenigstens noch einen Teil ihrer Habe zu retten.

Beim gewaltsamen Eindringen der Feinde waren sie geflohen und erst vor wenigen Stunden, kurz nach Sonnenaufgang, zurückgekehrt, nachdem sie vom Abrücken der Königlichen und von der nachfolgenden Ankunft Herzog Ludwigs gehört hatten. Erst jetzt, und oft schon viel zu spät, konnten sie sich um die die Überreste ihres Eigentums kümmern.

In den meisten Fällen war allerdings nichts mehr zu retten. Anna wurde Zeugin, wie der Herzog, der gleich nach dem Betreten der Stadt vom Pferd gestiegen war, den verzweifelten Stadtbewohnern versprach, sie beim Neubau ihrer Häuser zu unterstützen. Für die zahlreichen geraubten oder mutwillig zerstörten Besitztümer fand sich derzeit allerdings kaum Ersatz. Den meisten Orten in Bayern ging es ja nicht besser …

Als man sich dem Marktplatz näherte, sah es noch übler aus: Nahezu kein einziger Stein war mehr auf dem anderen geblieben. Beinah sämtliche Wohnhäuser und das Rathaus, der ganze Stolz der Kelheimer, glichen einem Stein- und Holzhaufen. Sogar die Kirchen in der Ortsmitte waren nicht verschont geblieben. Ein ungeheuerlicher Frevel, der Pater Honorius regelrecht Tränen in die Augen trieb.

»Und solche Unmenschen nennen sich ›gute Christen‹«, empörte sich auch der junge Otto.

Als die Schar der Herzoglichen durch jene Gasse zog, in der unter anderem auch Annas hübsche Bleibe gestanden hatte, kündete lediglich eine riesige, die Atemwege reizende Qualmwolke davon, dass hier vor Kurzem noch alles anders gewesen war …

Entsetzt deutete Anna auf einen Schuttberg mit halb verkohlten Balken, verbogenem Eisengestänge und angesengten Brettern. »Die Überreste meines Hauses, Kajetan! Nur der Schornstein ist stehen geblieben! Insgeheim hatte ich mir ausgemalt, dass wir, wenn wir beide einmal uralt sein würden und dem Herzog in Landshut zu nichts mehr nütze, herkämen und unseren Lebensabend hier verbringen könnten!« Sie hatte sich vorgenommen, keine Schwäche zu zeigen. Andere hatten nicht nur Sachwerte, sondern auch noch ihre Familienangehörigen oder gar ihr eigenes Leben verloren. So biss Anna die Zähne zusammen, um nicht in Tränen des Zorns und der Verbitterung auszubrechen.

Erneut fiel ihr Georg ein. Er hatte versprochen, sich um ihre Habe zu kümmern! Wo steckte er nur?

Lieber Herr Jesus, lass meinem Georg nichts Böses widerfahren sein, betete sie stumm, aber inständig. Sie wusste doch noch von früher, wie peinlich genau der Fischer seine Versprechen einhielt …

Womöglich hatte er sich gegen die Zerstörung ihres Häuschens gewehrt und war dabei von den Schergen König Heinrichs getötet worden, schoss ihr siedend heiß durch den Sinn. Sie überlegte, wie sie sich unauffällig von den anderen entfernen könnte, um eigene Nachforschungen anzustellen.

Da kam ihr zu Hilfe, dass sich die Begleiter des Herzogs in verschiedene kleine Grüppchen aufteilten, um die ganzen Zerstörungen der Stadt genauer in Augenschein nehmen zu können.

Während Kajetan als Chronist dicht beim Herzog blieb, führte Annas nächster Weg in den winzigen Stadtteil – eigentlich handelte es sich nur um eine einzige Gasse –, in dem Kelheims Juden lebten. Hier hatten die Königlichen ganz besonders grausam gewütet. Von Jacob Graubarts Häuschen war nichts mehr zu erkennen; lediglich drei Außenmauern standen noch; aber so windschief, dass der nächste Sturm sie umblasen würde.

»Gut, dass mein alter Freund und seine Frau Esther das nicht mehr erleben mussten!« Unwillkürlich war Anna dieser Satz laut entfahren.

»Ja, dafür sei dem Herrn Dank! Aber traurig ist es darob nicht weniger!«

Wie von der Tarantel gestochen fuhr Anna herum. Diese Stimme war ihr doch nur allzu bekannt! »Ist es denn wirklich wahr? Oder träume ich?«

Die zwei Frauen – beide längst nicht mehr jung; auch Rachel inzwischen grau und vom Leben gezeichnet – fielen einander schluchzend in die Arme, während um sie herum die Trümmerhaufen, einst geliebte und gepflegte Heimstätten braver und fleißiger Leute, immer noch nach Rauch und verbranntem Hausrat stanken.

Nachdem die erste und völlig unverhoffte Wiedersehensfreude etwas verebbt war, erkundigte Anna sich nach Rachels Wohlergehen, während diese gleichzeitig nach Annas fragte. Das brachte die zwei ein kleines bisschen zum Lachen, aber gleich wurden beide wieder ernst.

Anna berichtete als Erste, was ihr in den letzten Jahrzehnten widerfahren war und wo sie mittlerweile eine neue Heimat gefunden hatte. »Ja, eine Tochter hat Gott uns geschenkt«, erzählte sie auf Rachels entsprechende Nachfrage und wirkte dabei seltsam traurig. »Aber eine

Stütze im Alter haben wir dennoch nicht, denn sie ist als Nonne in einen Orden eingetreten. Jetzt bist aber du an der Reihe, meine liebste Rachel!«

Das Gesicht der Jüdin, deren Haarschleier und Gewänder in einem düsteren Grauschwarz gehalten waren, wurde womöglich noch bleicher; sie schien regelrecht in sich zusammenzusinken. »Mein lieber Mann Mosche ist schon lange tot! Er fiel einer Racheaktion aufgebrachter Christen in Köln zum Opfer, die vollkommen Unschuldige für eine Seuche verantwortlich machten, die damals zahlreiche Kölner Bürger, aber auch Hebräer dahinraffte. Der jüdische Medicus, Ezechiel Rosenstamm, ließ zwar verbreiten, dass die Ursache des Massensterbens im Trinkwasser liege, das von den Gerbereien verschmutzt werde, aber keiner hat ihm geglaubt. Man suchte nach Schuldigen und meinte, diese wieder einmal unter uns Kindern Israels zu finden. Anna, in einer einzigen Nacht starben damals über zweihundert Juden in der Stadt einen schrecklichen Tod! Niemand hatte von dem heimtückisch geplanten Überfall gewusst, und so konnten wir uns nicht rechtzeitig in Sicherheit bringen. Die wenigen, die es doch versuchten, wurden an den Stadttoren abgefangen und zurückgetrieben – direkt in die Arme ihrer Mörder, einer Horde aufgehetzter Christen! Mosche ist im Haus seines Vaters der Volkswut zum Opfer gefallen. Auch seine alten Eltern hat man ermordet.«

»Oh, du Ärmste! Möge der Herr ihnen allen gnädig sein!« Anna zog Rachel erneut an ihr Herz und versuchte, die bitterlich Weinende zu trösten.

»Ich bin damals schwanger gewesen mit unserem zweiten Kind. Das erste hatte mir Gott bereits in der Wiege liegend wieder genommen. Und das zweite verlor ich nach dieser Nacht, als man mir den zerschlagenen Leichnam meines Mannes in den Schoß legte. Da habe ich es bitter bereut, auf Jeremias, meinen Schwiegervater, gehört und mich unter den Dachsparren hinter einer alten Truhe versteckt zu haben, als die Schergen unten die Haustür eintraten. Damals wünschte ich, ich wäre auch tot gewesen.«

»So darfst du nicht denken, Rachel! Gott hatte offenbar andere Pläne mit dir! Aber weshalb bist du nie mehr nach Kelheim zurückgekommen, als ich noch hier lebte, meine Liebste?«

Mit einem Kopftuchzipfel tupfte Rachel sich die Wangen ab. »Köln galt als ziemlich sicher für uns Hebräer, Anna. Wir standen immerhin unter dem Schutz des Erzbischofs, der ständig bei jüdischen Kaufleuten Schulden machte, die diese niemals zurückforderten. Aber die Bürger der Stadt waren oft verfeindet mit ihm und scherten sich keinen Pfifferling um seine ›Schutzjuden‹. Im Gegenteil! Wenn sie uns umbrachten oder vertrieben, konnten sie damit den Erzbischof empfindlich schädigen. Und dass mir vor Kelheim graute, als ich erfuhr, was man mit meinem Vater und Esther gemacht hatte, wirst du sicher verstehen …«

»Ja, meine Liebe, natürlich! Sag, was hat dich dann ausgerechnet jetzt hergeführt?«

»Ich wollte nach langer Zeit einen entfernten Verwandten aufsuchen. Aber er und seine Familie sind inzwischen auch verstorben. Und dann hoffte ich, dass ich *dich* wieder einmal sehen könnte.«

»Nun, das hast du, meine liebe Rachel – aber unter welch trostlosen Umständen!«

»Scheint, als wäre es mein Schicksal, immer dem Unglück hinterherzureisen«, sagte Rachel verzagt.

»Damit ist jetzt endgültig Schluss! Ab sofort lebst du bei mir und unter meinem Schutz!«

»Das würde ich mit Freuden tun, Anna! Aber solltest du nicht erst deinen Gemahl um Erlaubnis fragen? Und was wird der Herzog dazu sagen? Immerhin bin ich Jüdin und –«

»Was und?« Anna regte sich sofort auf. »Wer könnte ernsthaft etwas dagegen haben, dass jemand eine Witwe bei sich aufnimmt, die niemanden mehr hat, der sich um sie kümmert, und die nicht einmal weiß, wo sie wohnen soll?«

»Dass *du* das so siehst, weiß ich.« Rachel konnte ein Schmunzeln nicht ganz unterdrücken. »Für andere könnte es allerdings schon zum Ärgernis werden, einer ›Ungläubigen‹ wie mir Asyl zu gewähren, meinst du nicht? Ja, es könnte dir doch selbst ungeheuer schaden. Das kann ich nicht verantworten, Anna. Ich sollte wieder nach Köln zurück. Judenpogrome dauern dort immer nicht lange an, weil jeder Erzbischof die jüdischen Kaufleute braucht, damit sie ihn weiter mit Krediten versorgen, die sie dann nie mehr zurückzuverlangen wagen! Ich kann bestimmt auf Dauer bei irgendeinem Familienzweig von Mosche unterkommen.«

»Das kommt überhaupt nicht in Frage, Rachel!« Regelrecht streitbar wurde Anna nun. »Das wäre ja noch schöner! Mein Mann hat mir noch nie etwas untersagt, woran mein Herz wirklich hing. Und ich bin sicher, dass er nach so vielen Ehejahren auch nicht damit anfangen wird. Beim Herzog bin ich mir, das gebe ich ehrlicherweise zu, nicht so sicher. Natürlich hat er euch Hebräern einst das Bleiberecht in Kelheim zugesagt. Wie der Herzog sich allerdings zu deiner Anwesenheit auf der Trausnitz stellen wird, kann ich wirklich nicht sagen. Dafür weiß ich aber etwas anderes, Rachel: Falls er dich nicht bei mir dulden will, werde ich in Landshut meine Sachen packen und hierher nach Kelheim ziehen. Ich habe genügend eigenes Geld und kann mir ein neues Häuschen auf meinem eigenen Grund und Boden leisten. Kajetan wird mir nachfolgen, da bin ich fast sicher. Er ist alt genug, um den Dienst beim Herzog aufzugeben. So könnten wir drei zusammen leben und in Frieden unseren Lebensabend verbringen. Ich kann mich als Heilerin verdingen. Und du wirst mich dabei unterstützen!«, schlug Anna im gleichen Atemzug vor.

»In Frieden unseren Lebensabend verbringen?« Rachel schaute überrascht drein, wie damals, als sie mit ihren großen Mandelaugen einst das Herz der Freundin im Sturm erobert hatte. »Du glaubst tatsächlich daran, Anna, dass es bald *Frieden* geben wird in Bayern?«

Anna beugte sich zu Rachel. »Was ich dir jetzt anvertraue, liebe Freundin, muss unter uns bleiben, ja? Ich habe heute Morgen zufällig ein Gespräch zwischen dem Herzog und seinem Sohn Otto belauscht! Der junge Herr legte dabei Ludwig die bedingungslose Unterwerfung unter den Willen des Kaisers nahe – falls er Interesse daran hätte, dass Bayern nicht ganz dem Erdboden gleichgemacht würde! Er solle dem Kaiser Wiedergutmachung anbieten und hoffen, dass Friedrich ihm vergebe. Durch aufrichtige Reue würde auch König Heinrich der Boden für weitere Demütigungen entzogen sein. Ich muss sagen, der verständige junge Mann sprach mir aus der Seele! Auch der Herzog schien nicht abgeneigt. Also, liebste Rachel, ich denke, unser aller Wunsch nach Frieden wird sich bald erfüllen.«

Die Verwüstungen im Land und die vielen Toten, die zu beklagen waren, dazu keinerlei Aussicht auf militärischen Erfolg gegen die Truppen des Königs, zwangen Bayerns Herzog in der Tat fast augenblicklich, vom Gegner Waffenstillstand zu erbitten.

Dieser wurde ihm tatsächlich gewährt; allerdings nur für einen Monat. Jetzt konnten Ludwig und Otto sowie einige deren einflussreichster Anhänger ihre Fühler ausstrecken, unter welchen Auflagen und Forderungen der Gegenseite es möglich wäre, schnellstens Frieden zu schließen.

Im Bewusstsein seiner Stärke und kämpferischen Überlegenheit hatte es König Heinrich keineswegs eilig, dem verhassten Herzog in irgendeiner Weise entgegenzukommen. Vielmehr würde er die Rache für die vielen Male, die sein ehemaliger Vormund ihn grundlos gedemütigt hatte, sogar genießen, wie der König freimütig verbreiten ließ.

»Der Herzog muss regelrecht um Frieden betteln«, vertraute Anna der Freundin an, die mittlerweile – getarnt als weitere Dienerin – bei der »Magd des Herzogs« und Kajetan auf der Kelheimer Burg lebte. Da man, mit stillschweigendem Einverständnis des Chronisten, darauf verzichtete, Rachel mit der für Juden geforderten Kennzeichnung an der Kleidung auszustatten, fiel sie überhaupt nicht auf. Man hatte schließlich weiß Gott andere Sorgen.

Das große Wundenlecken

Mittlerweile war der Herzog mit seinen Leuten wieder in Landshut eingetroffen. Otto hatte sich nach Heidelberg zu seiner Gemahlin Agnes und seiner immer noch dort zu Besuch weilenden Mutter Ludmilla begeben; die übrigen Gefolgsleute Ludwigs hatten sich auf ihre zum Teil schwer zerstörten Burgen und Güter zurückgezogen. Auf jeden warteten Arbeit, Mühen und gewaltige Geldausgaben. Das Hasardspiel des Bayernherrschers hatte viele seiner Anhänger um einiges ärmer gemacht.

Man leckte sich die Wunden, die der Kriegszug dem Land und seinen Bewohnern geschlagen hatte, versuchte, die Schäden zu reparieren, soweit es möglich war, und wartete im Übrigen sehnsüchtig auf die offizielle Verkündigung des Friedensschlusses.

Der Herzog hatte wiederum Treue schwören müssen und sich auch dazu verpflichtet, Geiseln zu stellen, weil man verständlicherweise seinen Beteuerungen nicht mehr so ohne Weiteres Glauben schenkte.

Im November 1229 war es so weit.

»Friede!« – »Endlich Friede!«, verkündeten die königlichen Boten und die Glocken sämtlicher Kirchen dieselbe Frohbotschaft.

»Der Preis für den Herzog ist reichlich hoch ausgefallen!« Anna, erneut auf der Burg Trausnitz lebend, rümpfte die Nase.

Aber Kajetan verbat sich jegliche kritische Äußerung seiner Frau. »Was hast du denn eigentlich erwartet, Frau? König Heinrich wird, Friede hin oder her, niemals der Freund unseres Herrn Ludwig sein! Die beiden konnten sich doch von Anfang an nicht leiden! Und jetzt zahlt Heinrich seinem ehemaligen Ziehvater alles heim, wobei er glaubt, es geschähe dem Herzog recht, weil der ihn angeblich durch seinen Verrat schwer gekränkt haben soll. In Wahrheit beruhte doch alles nur auf der unbewiesenen Behauptung eines missgünstigen Abtes, der willkürlich wüste Gerüchte in die Welt gesetzt hat.«

Dazu hätte Anna einiges sagen können, aber sie wollte keine längere Debatte beginnen.

»Immerhin haben die beiden wenigstens Frieden geschlossen! Merk dir, Frau: Besser ein Ende mit Schrecken als ein Schrecken ohne Ende.«

»Ja, wenn Ihr es so sehen wollt, Herr, dann stimmt es wohl«, entgegnete Anna friedfertig. Sie legte keinen Wert darauf, mit ihrem greisen Ehemann Streit anzufangen.

Nur mit Rachel sprach sie so, wie es ihr tatsächlich ums Herz war. »Wozu dieser dumme und unnötige Krieg? Sag mir, wofür war all das grässliche Blutvergießen, Sengen, Brennen und Morden gut? Unzählige Dörfer, sogar ganze Landstriche sind verheert, Menschen sind mir nichts, dir nichts geopfert worden; übrig nur armselige Krüppel und viele Waisenkinder! Und obendrein hat König Heinrich den Herzog gezwungen, die Lehen seiner ewigen Gegner, der Grafen von Andechs, herauszugeben. Nur unter dieser demütigenden Bedingung war Heinrich, seit jeher ein Freund der Andechser, bereit, überhaupt einen Friedensschluss mit Ludwig *auch nur in Erwägung* zu ziehen. Pah!«

Rachel, immer in Sorge, jemand könnte hinter ihr Geheimnis kommen, war jetzt noch mehr verängstigt. Selbstverständlich war der Herzog angesichts der derzeitigen Lage äußerst missgestimmt; falls er je mitbekäme, dass Anna ihm ungefragt eine Hebräerin eingeschleust hatte, mochte sie sich gar nicht ausmalen, was dann mit ihr – und der lieben Freundin – geschähe.

»Sei nicht immer so verzagt, meine Gute! Seit unser Herr Ludwig in der Trausnitz die *Bayerische Staatskanzlei* mit ihrer beachtlichen Beamtenschar eingerichtet hat, halten sich so viele fremde Gesichter hier oben auf, dass du niemandem in dem Getümmel auffallen wirst, Rachele!« In letzter Zeit benutzte Anna häufig diesen Kosenamen für ihre Vertraute, die nur pro forma Magddienste verrichtete. Allerdings nannte sie sie nur so, wenn sie allein und sicher waren, von niemandem belauscht zu werden. Vor allen anderen hieß die Jüdin jetzt »Katharina«, denn der Name »Rachel« war verräterisch.

Meist war Katharina-Rachel an der Seite Annas, die überglücklich war, endlich eine Frau zur Freundin zu haben, mit der sie wirklich über alles sprechen konnte. Eine

Frau noch dazu, die ebenfalls klug und gebildet war, auch schon wirklich Böses im Leben erlitten – und überstanden hatte.

Anna war allerdings so gescheit, auch die Freundschaft mit Frau Margareth, der Burgköchin, nicht zu vernachlässigen. Damit verhinderte sie Neid und Missgunst der älteren Frau und hatte zudem eine weitere Person an ihrer Seite, die bedingungslos zu ihr hielt und in allen praktischen Dingen des Lebens große Erfahrung besaß, woran es bei Jacob Graubarts Tochter hin und wieder mangelte.

»Mach dir nicht zu viele Gedanken! Falls es wider Erwarten doch irgendwann aufkommen sollte, dass du zu Jehova und nicht zu Jesus betest, dann ziehen wir eben nach Kelheim. Ehe wir von dort weggeritten sind, habe ich an der alten Stelle den Neubau meines Häuschens in Auftrag gegeben. Ich denke, es müsste schon bald fertig sein.«

»Erledigt das Georg für dich?«, fragte Rachel, nachdem sie sich versichert hatte, dass kein ungebetener Lauscher sich in der Nähe aufhielt. Nur der besten Freundin hatte Anna gebeichtet, den einstigen Bräutigam doch noch in Kelheim ausfindig gemacht zu haben …

Gleich allen anderen Ankömmlingen aus Landshut, hatte auch Anna von den Lobliedern gehört, welche die Kelheimer auf einen Mann sangen, den sie sogar überschwänglich als »Retter Kelheims« feierten.

»Wenn der nicht gewesen wär, hätten uns die verdammten Königlichen den Garaus gemacht!« – »Da wär's nicht bei verbrannten Häusern und sinnlos abgestochenen Viechern geblieben, die hätten uns alle über die Klinge springen lassen!« – »Der Fischer ist unser Retter! Er hat Freiwillige aus der Schar der Kelheimer Männer mit Dolchen, Spießen und Äxten ausgestattet …« – »Weiß der Himmel, wo er das Zeug auf einmal herhatte! Er hat die Männer und jungen Burschen angeführt gegen die Eindringlinge, die geglaubt haben, unsere Stadt wär schutzlos, nachdem sie eine Bresche in die Stadtmauer gehauen hatten!«

Von allen Seiten waren die stolzen Loblieder erklungen.

»Jawohl, der Fischer hat uns gezeigt, wie man selbst einen überlegenen Gegner niedermacht!«

»Wir hätten die ganze königliche Bande kaltgemacht! Aber die sind feige abgehauen, als sie gemerkt haben, woher der Wind in Kelheim weht«, hatte Anna einen kleinen Kerl stolz zu einem andern plärren hören.

Es war sicher nicht ganz falsch, was der etwas zu kurz geratene Schreihals behauptete. Es entsprach zwar den Tatsachen, dass die von Spähern angekündigte, sich nähernde Streitmacht des Herzogs dazu beigetragen hatte, den Aufenthalt der »Königlichen« in Kelheim drastisch »abzukürzen«. Doch Anna zweifelte nicht daran, *wer* dieser Fischer war, den die Bürger in den höchsten Tönen priesen.

Und ehe sie noch wusste, ob sie ihn aufsuchen sollte, stand er bereits vor ihr und begrüßte sie lebhaft, beklatscht von den Kelheimern, die ihn auf der Stelle umringten, um ihm dankbar und anerkennend auf die Schulter zu klopfen. Manche Weiber küssten ihn sogar öffentlich ab …

»Gott zum Gruße, Georg«, sagte sie ihm freimütig ins Gesicht. »Anscheinend ist es deine Bestimmung, immer dann zur Stelle zu sein, wenn deine Hilfe am dringendsten gebraucht wird – so wie dereinst auch bei mir.«

»Anna!«, rief er freudig aus. »Mein Gott, wie lange ist das alles her!«

Sie gingen ein paar Schritte, wobei Anna ihm nicht verschwieg, dass sie noch immer verheiratet war, eine Tochter hatte, die Nonne geworden war, und mit ihrem Leben als Frau des herzoglichen Chronisten im Großen und

Ganzen recht zufrieden sein konnte. Georg hingegen war ledig geblieben, wie er es ihr damals bei der Trennung angekündigt hatte.

»Du wirst immer jung und schön für mich bleiben«, hatte er ihr ganz ruhig gestanden.

»Und dieser Satz traf mich auch jetzt wieder mitten ins Herz!«, Anna sah die Freundin an. »Nur gut, dass der Herzog bald darauf den Befehl zur Umkehr nach Landshut erteilt hat. Wer weiß, was man auch im Alter noch für Dummheiten machen kann?«

»Du nicht, meine liebste Freundin«, behauptete Rachel fest. »Selbst wenn dein Herz dir doch noch einmal einen Streich spielen sollte, bist du so besonnen, am nächsten Tag wieder aufzuwachen aus verliebten Träumereien und dich deiner Pflichten als Ehefrau zu erinnern. Niemals würdest du Kajetan in seinem Alter mit all seinen Leiden im Stich lassen – und den Herzog zu enttäuschen, fiele dir gewiss auch niemals ein!«

»Vermutlich hast du recht«, stimmte Anna nachdenklich zu. »Aber ich hab Georg noch einmal getroffen, um mit ihm den Neubau meines Hauses zu besprechen. Dass die Königlichen es niedergerissen und angezündet haben, tat ihm schrecklich leid, er hat sich immer wieder entschuldigt deswegen.« Sie schnaufte kurz, lächelte aber. »Zuletzt habe ich *ihn* getröstet, dass seine Leistung viel wichtiger war: Er hat so viele unschuldige Menschenleben gerettet! Ein Haus kann man schließlich leicht wieder aufbauen. Er hat versprochen, sich darum zu kümmern.«

Der ersehnte Frieden mit dem Kaiser war endlich da. Auch die Auseinandersetzungen mit König Heinrich waren beigelegt. Eigentlich sollte alles wieder den gewohnten Verlauf nehmen.

Herzogin Ludmilla blieb vorerst noch in Heidelberg, denn ihre geliebte Schwiegertochter erwartete die Geburt eines weiteren Kindes. Dieses Mal hoffte man auf einen Sohn.

»Meine Gemahlin macht sich im Gegensatz zu mir nichts aus Kelheim. Daher will ich die Gelegenheit ihrer Abwesenheit nutzen und erneut meine alte Heimat aufsuchen. Dieses Mal werden mich nur meine Vertrautesten begleiten«, ließ der Herzog sein Annele wissen. »Ich denke, wir beide sollten wieder einmal nach langer Zeit auf die Falkenbeiz gehen, Liebes!«

Wiederum war also das Packen der wichtigsten Dinge für Kajetan und seine Gattin angesagt. Aber dieses Mal stand ihr Rachel, alias Katharina, als geschickte Helferin zur Seite. Die inzwischen arg vom Reißen geplagte Magd Marie und den Knecht Karel wollte man in Landshut lassen, wo sie auf der Burg ihr Gnadenbrot erhielten.

Da Stephan längst freigelassen und inzwischen ein Kriegsknecht des Herzogs geworden war, teilte Ludwig seinem über achtzig Jahre alten Chronisten Kajetan Winterhalter und dessen Frau Anna einen neuen, jungen Burschen zu, der ihnen umsichtig und tatkräftig zu Diensten sein sollte. Sein Name lautete Bertwin, er stammte aus dem südlichen Bayern.

Bertwin stellte sich auch recht geschickt an – sofern er nicht gerade dem Blick auf die Alpen nachtrauerte, der besonders bei Föhn »ganz zauberhaft« sein sollte …

Gegenseitige Nähe und Annas Vorahnung

Kaum in Kelheim angekommen, wo der Regent der Burg nicht gerade in Freudenschreie ausbrach, seinen Herrn so schnell wiederzusehen (aber nicht wagte, sich etwas anmerken zu lassen), drohte erneutes Ungemach.

Dieses Mal hatte der herzogliche Bote von Schwierigkeiten zu berichten, deren Ursachen im Landesinneren zu suchen waren. Ärger bereiteten im Augenblick Graf Konrad von Wasserburg sowie die Herren von Tölz und Hohenberg. Vor allem die hinterhältigen Machenschaften des Grafen sollten in naher Zukunft weitreichenden Schaden mit verheerenden Folgen anrichten.

Im Moment allerdings genoss der Herzog noch die geradezu himmlische Ruhe in Kelheim, wo er von den Bürgern – allesamt damit beschäftigt, die Zerstörungen zu beheben, die die Feinde angerichtet hatten – stets freundlich begrüßt wurde, sooft er sich in den Gassen der Stadt blicken ließ.

»Siehst du, Anna, danach habe ich mich so lange gesehnt: Mich endlich wieder selbst frei wie ein Vogel zu fühlen, in der göttlichen Natur, nur mit dir als verständnisvoller Begleiterin!«

Anna und der Herzog hielten sich mit nur geringem Begleitschutz in den Wäldern rings um das Kloster Weltenburg auf, wo sie Ludwigs Lieblingsbeschäftigung nachgingen, der Raubvogelbeize. Dabei kamen die Nachkommen jenes Falkenpärchens zum Einsatz, das ihm einst Kaiser Friedrich zum Geschenk gemacht hatte.

»Du bist einfach viel geschickter als ich, Annele«, stellte der Herzog fest, als ihr Vogel wie der Blitz mit der geschlagenen Beute in den scharfen Fängen auf ihren Arm zurückkehrte und dabei, einer Taube nicht unähnlich, beinah zärtlich gurrende Laute von sich gab.

»Das Falkenweibchen scheint dich ja wahrhaftig zu lieben! Sieh nur, wie es deine Stimme und dein Streicheln genießt, Anna – man könnte beinah glauben, dass es sich freut, für dich Beute machen zu dürfen.«

»Ach, Ihr irrt, Euer Gnaden«, Anna lachte. »Sie ist nur schlau und darauf aus, als Dank von mir möglichst große

417

Fleischbrocken zu kriegen. Gegen Euch bin ich nur eine Stümperin bei der Beizjagd. Euer Falkenmännchen hingegen weiß, wer sein Herr ist, während mein Weibchen bloß gierig und launisch ist.« Obwohl sie damit ihre eigene Geschicklichkeit bescheiden unter den Scheffel stellte, wusste sie genau, was sie tat: nur beim Herzog keinen Neid aufkommen lassen!

Was hatte ihr einst Oheim Adalbert beigebracht: »Die hohen Herrschaften lieben es gar nicht, wenn andere, vor allem Niedriggestellte, gleich gut oder gar noch besser sind als sie selbst!«

Aber der Herzog wollte das nicht so stehen lassen. »Mein Falke gehorcht mir aufs Wort, das ist richtig, aber dein Vogel liebt dich, Anna! Ich könnte glatt neidisch werden!«

»Bloß nicht«, entfuhr es Anna unwillkürlich. »Dazu besteht wirklich kein Anlass, Herzog«, schwächte sie ihre Bemerkung, um von Ludwig nicht missverstanden zu werden, sofort ab. »Euch lieben alle Menschen in Bayern – nun ja, fast alle! Und wer liebt mich? Ein Falke!«

Der Herzog fasste die trotz ihres gehobenen Alters noch immer schlanke Anna, die auch mit den feinen Fältchen in ihrem ovalen Gesicht gut aussah, prüfend ins Auge. »Wenn du's jetzt noch nicht weißt, dann wirst du es wahrscheinlich nie begreifen, Anna, dass *ich* dich mein Leben lang wie eine eigene ältere Schwester geliebt habe. Ja, ich gestehe, sogar um einiges mehr als die meisten meiner vielen tatsächlichen Schwestern! Einige davon sind reichlich anspruchsvoll, nie zufrieden und ständig nur fordernd – während du nie etwas wirklich Wertvolles von mir verlangt hast.«

»Das war auch gar nicht nötig, Herr! Ihr habt mir schließlich mehr gegeben, als ich je zu erhoffen wagte: Eure Nähe nämlich, und Euer gnädiges Wohlwollen – selbst wenn ich Euch hin und wieder verärgert haben mag.«

»Mein *gnädiges Wohlwollen?* Ja, das besitzt du in der Tat, Annele! Und das wird auch immer so bleiben. Selbst wenn es mir nicht immer ganz leicht gefallen ist, dich in mein Herz geschlossen zu haben, denn du bist streng in deinem Urteil – und manches Mal warst du auch recht ungerecht!«

Ohne zu überlegen, überreichte sie – wie schon kurz zuvor auch Ludwig den seinen – ihren Jagdfalken und dessen Beute, ein Kaninchen, das sie bereits in einem Beutel verstaut hatte, einem der Jagdgehilfen und sank mitten auf dem Wiesenweg vor dem Herzog auf die Knie. »Verzeiht mir, Ludwig!« Sie griff nach seiner Hand und küsste sie. »Glaubt mir, ich war stets nur auf Euer Wohl bedacht. Wenn ich Euch gekränkt habe, so macht mich das traurig, Euer Gnaden. Seht es einer törichten alten Frau nach!«

»Steh sofort auf, Anna! Was fällt dir ein? Du und töricht? Ha, dass ich nicht lache! Und von dem Zustande einer törichten alten Frau bist du auch noch weit entfernt. Dein Anblick erfreut nach wie vor mein Herz und mein Auge.« Ludwig lächelte sie an und zog sie mit Schwung und starker Hand vom Boden hoch.

Die Knechte hatten sich längst diskret entfernt, während sie den Beizvögeln erneut die Kappen über die Köpfe zogen, um sie nicht durch das Erspähen potenzieller Beute unruhig werden zu lassen.

»Was ich dich schon immer fragen wollte, Annele: Hast du's mir nie angekreidet, dass ich dich damals gezwungen habe, den alten Kajetan zum Mann zu nehmen? Gewiss hattest du längst einen anderen, dessen Weib du viel lieber geworden wärest?«

»Ja, ich hatte zu dieser Zeit tatsächlich einen jungen und hübschen Bräutigam. Aber Euer Wunsch war mir Befehl, und ich habe mich schweren Herzens von ihm getrennt – zu unser beider Kummer. Warum sollte ich es leugnen? Aber ich habe es ja mit Eurem Schreiber nicht schlecht getroffen, und ich will mich nicht beklagen, Herzog! Kajetan ist ein anständiger und friedfertiger Gefährte. So, wie es ist, ist es recht. Und ich danke Euch von Herzen für diesen Gemahl, Euer Gnaden.«

Der Herzog war sichtlich erleichtert. Offenbar lag ihm dieser Punkt schon seit Langem am Herzen. »Und ich muss *dir* dankbar sein, meine Liebe. Verdanke ich doch dir meine Ludmilla! Die Herzogin ist die beste Ehefrau, die ich mir wünschen kann.«

Nachts, als Anna, die neben Kajetan im Bett lag, über den vergangenen Tag nachdachte und die Unterredung mit Ludwig im Geiste vorüberziehen ließ, fröstelte sie plötzlich.

Und keineswegs, weil dieses Gespräch unangenehm gewesen wäre – ganz im Gegenteil! Was auf einmal wie mit eisigen Fingern nach ihrem Herzen greifen ließ, war das Gefühl, als habe diesem Gespräch etwas Endgültiges, Abschließendes und, ja, gleichzeitig etwas Bedrohliches innegewohnt!

Ganz so, als hätten wir bereits Rückschau gehalten: als wäre schon das unabwendbare Ende unserer ganz besonderen Beziehung gekommen!

Anna schalt sich eine Närrin, die Gespenster sah. Weshalb sollte sie die Zuneigung des Herzogs verlieren? Aber das Gefühl von Kälte, das bis in ihr Inneres gekrochen war, ließ sich in dieser Nacht auch mit der warmen Decke nicht mehr vertreiben.

Es war bereits früher Morgen, als es ihr endlich gelang, für ein paar Stunden wegzudämmern, ehe Kajetan, den wieder einmal Atemnot quälte, ihrer Hilfe bedurfte. Beim Aufwachen erinnerte sie sich auch einer anderen Sache, die der Herzog ihr am vergangenen Tag nach der Beizjagd anvertraut hatte:

»Freilich ist es gut, zu wissen, dass der Kaiser seit dem Friedensschluss in San Germano bereit ist, mir erneut seine Gunst zu schenken. So muss zum Beispiel sein Sohn, König Heinrich, auf Friedrichs ausdrücklichen Wunsch hin auf die von ihm geforderten Geiseln verzichten! Ja, in diesem Friedensvertrag werde ich, Herzog Ludwig von Bayern, sogar ausdrücklich als ›Bürge des Friedens‹ aufgeführt! Und dennoch, will ich auf Nummer sicher gehen und mich *expressis verbis* vom Kaiser seiner Zuneigung und seines Vertrauens versichern lassen.«

»Ein ausgezeichneter Gedanke, Euer Gnaden – bloß, wie wollt Ihr ihn dazu bewegen?«, hatte Anna sich erkundigt.

»Zu diesem Zweck habe ich einen Brief verfasst, Annele, in dem ich mich dem Kaiser demütig als sein Knecht unterwerfe, über welchen er ab jetzt nach seinem Gutdünken verfügen kann! Und um sicherzustellen, dass dieses delikate Schreiben nicht verloren geht, habe ich Bischof Gebhard von Passau, der noch in diesem Jahr nach Süditalien reist, damit beauftragt, meinen Brief dem Kaiser persönlich zu überreichen.«

»Das war sehr weise von Euch, Herr.« Ehrlichen Herzens hatte Anna den Herzog für diesen Schachzug gelobt. »Wie leicht könnte so ein Schreiben auf dem langen Weg nach Sizilien in falsche Hände geraten. Bei Bischof Gebhard aber ist es gut aufgehoben.«

Kaum waren Anna im hellen Morgenlichte ihre Worte erneut in den Sinn gekommen, wurde ihr auch bewusst, dass die böse Vorahnung von vergangener Nacht genau daher rührte. Irgendetwas Schlimmes würde mit Ludwigs Brief geschehen! Darauf hätte die »Magd des Herzogs« an diesem Morgen schwören können.

Als jedoch nichts Derartiges bekannt wurde und auch sonst nichts für ihre Vermutung sprach, verflüchtigte sich schließlich das ungute Gefühl, und Anna gab sich wie der Herzog und alle anderen auch, die darüber Bescheid wussten, der irrigen Hoffnung hin, alles wäre gut.

Doch niemand ahnte etwas von den hinterhältigen Machenschaften des Grafen Konrad von Wasserburg.

Anmaßend hatte er sich verschiedenen Anordnungen herzoglicher Beamter widersetzt, obendrein beleidigende Äußerungen gegen den Landesherrn selbst ausgestoßen und als Krönung des Ganzen sogar damit gedroht, er werde sich sein Recht »schon mit dem Schwert zu holen wissen«!

Als der Herzog davon Kenntnis erhielt, hatte er eine Handvoll Bewaffneter nach Wasserburg gesandt, die den renitenten Grafen ganz schnell zum Einlenken gebracht hatten. Für Ludwig war damit der Fall erledigt gewesen, Konrads geheimer Groll jedoch schwelte von da ab im Verborgenen weiter.

Durch einen seiner Zuträger, der am herzoglichen Hof spionierte – welcher sich im Augenblick in Kelheim befand –, erfuhr Graf Konrad durch die unverzeihliche Indiskretion eines geschwätzigen Hofbeamten vom Unterwerfungsschreiben des Herzogs an den Kaiser. Damit nicht genug, verriet der einfältige Kanzlist auch noch die Art und Weise, *wie* dieser Brief zu Friedrich II. gelangen sollte!

Dass der ihm verhasste Herzog sich beim Kaiser erneut lieb Kind machte, war keinesfalls im Sinne des Grafen. Aus Rachsucht ließ er genau die Route erkunden, die der Passauer Bischof zu nehmen beabsichtigte, ließ den hohen Geistlichen durch ein paar seiner Knechte überfallen, festnehmen und nach Wasserburg in seine Gewalt bringen.

Als Erstes nahm er Gebhard den bewussten Brief ab. Danach hielt er den Bischof monatelang als Gefangenen fest, um ihn an der Weiterreise nach Sizilien zu hindern.

Eine Tat mit schwerwiegenden Folgen – wie sich später noch erweisen sollte. Denn niemals hat den Kaiser die demütige Bitte des Bayernherzogs um huldvolle Vergebung erreicht – worauf Herr Friedrich selbstverständlich gewartet hatte. Der Krieg mit König Heinrich mochte zwar beendet sein, um im Deutschen Reich nicht noch mehr Verheerungen anzurichten; aber das bedeutete noch lange nicht, dass der Kaiser dem Herzog so ohne Weiteres dessen Verrat vergessen und tatsächlich verziehen hatte!

Wer hatte ihn denn schmählich im Stich gelassen und war auf die Seite seines Feindes, des Papstes, eingeschwenkt? Wer hatte sich zum Befürworter eines welfischen Kaisertums gemacht? Und wer war es schließlich gewesen, der seinen Sohn, den deutschen König Heinrich, dessen Ziehvater er jahrelang gewesen war, schändlich verraten hatte?

Zugegeben: Kaiser und Herzog mochten nicht immer einer Meinung gewesen sein – aber *Hochverrat* war hässlich, gemein und eine furchtbare Schande!

Friedrich hatte zu Ludwig stets ein sehr gutes, ja, freundschaftliches Verhältnis gepflegt. Wie viele Gnadenerweise hatte er dem Wittelsbacher im Laufe der Jahre zukommen lassen! War es nicht so gewesen, dass viele Große des Reiches längst neidisch geworden waren auf das Füllhorn kaiserlicher Gunst, mit dessen Inhalt er Ludwig geradezu verschwenderisch überschüttet hatte?

Dass dieser ihm dann eines Tages grundlos in den Rücken gefallen war, das war mit den trockenen Formulierungen einer offiziellen Friedensvereinbarung allein nicht aus der Welt zu schaffen.

Lange wartete der Kaiser also auf ein Lebenszeichen seines einstigen Freundes. Er hoffte inständig darauf, der Herzog werde seinen Stolz überwinden, seinen Irrtum demütig eingestehen und den Irrweg aufrichtig bereuen. Doch er hoffte vergebens.

Während Ludwig seinerseits zwar den Frieden in Bayern genoss, wunderte er sich dennoch, dass er aus Sizilien kein noch so winziges Zeichen erhielt, welches ihm kaiserliche Vergebung signalisierte. Allmählich erwachte die Unsicherheit bei Herzog Ludwig, weil er nicht abzuschätzen vermochte, wie der Herrscher sich in Zukunft ihm gegenüber verhalten würde. Indessen wuchs im Herzen Kaiser Friedrichs der Grimm gegen ihn und seinen vermeintlichen Starrsinn beständig weiter an.

VII

15. September anno 1231

Das Nächste, was die entsetzte Frau an besagtem 15. September des Jahres 1231 wahrnahm, war die Hand des absonderlich gekleideten Fremden, in der im morgendlichen Sonnenlicht die lange Klinge eines Dolches aufblitzte.

Kein Laut drang aus dem Munde der wie erstarrten »Magd des Herzogs«. Es verschlug ihr buchstäblich den Atem, als sie hilflos mit ansehen musste, wie die Waffe tief in die Brust des Herzogs gerammt wurde, woraufhin dieser mit überraschtem Gesichtsausdruck, aber ohne den geringsten Schmerzenslaut, darniedersank.

Alle Umstehenden, nicht nur Anna, die sich nur mühsam aus der Erstarrung befreit hatte, schrien auf vor Entsetzen.

Ehe jemand einzugreifen vermochte – das Drama hatte sich viel zu schnell ereignet, Ludwigs Begleiter schienen noch immer wie gelähmt –, stürzte Anna mit einem wilden Aufschrei vorwärts, stieß den Attentäter beiseite, der eigenartigerweise seelenruhig an Ort und Stelle stehen blieb, und warf sich neben den am Boden Liegenden.

»Mein Herr, mein Herr«, murmelte sie sanft und bettete behutsam sein Haupt in ihren Schoß. »Mein liebster Herr!«

Der Dolchstoß des Fremden war so tief gewesen, dass die scharfe Klinge zwischen den Rippen des Herzogs stecken blieb und somit die Wunde verschloss, sodass kein

425

Blut austrat. Nur das mit silbernen Intarsien und Edelsteinen verzierte Elfenbeinheft ragte im Morgenlicht funkelnd aus dem rotgoldenen Wams des Herzogs. Ein Anblick, den Anna und all jene, die Zeugen der Tragödie werden mussten, ihr Lebtag nicht vergessen würden …

Wie ein kleines Kind wiegte sie den Sterbenden in ihren Armen, ohne wahrzunehmen, was um sie herum passierte. Sie hörte auch nicht den Aufruhr, der hinter ihr losbrach. Auf der Brücke vor dem Donautor herrschte das blanke Chaos. Doch weder das Wutgebrüll der Begleiter des Herzogs, aus dessen Antlitz mittlerweile jegliche Farbe gewichen war, noch die empörten Schreie der Kelheimer Bürger, die erst jetzt den ungeheuerlichen Vorfall registrieren, drangen an ihr Ohr. Auch nicht die beinah hysterischen Rufe nach einem Medicus, die in der Menge laut wurden.

Für Anna zählte nur der tödlich verwundete Freund, dem sie seit Kindertagen treu zur Seite gestanden hatte: Sie kannte ihn schon, seitdem ihr Oheim sich ihrer als armer Vollwaise angenommen hatte. Fortan hatte sie eng mit Ludwig zusammen in der hiesigen Burg gewohnt und auch den Umgang mit den Kindern Herzog Ottos sehr genossen. Am besten vertrug sie, die damals Achtjährige, sich jedoch stets mit dem damals fünfjährigen Ludwig …

Dass man keinen Arzt mehr zu rufen brauchte, wurde ihr sofort klar. Auch wenn die Dolchspitze nicht direkt ins Herz gedrungen war, so steckte sie doch ganz offensichtlich direkt in der Lunge des Herzogs; so viel verstand sie immerhin von todbringenden Verwundungen.

Gleichwohl erschrak Anna doch sehr, als mit einem Mal ein hellroter Blutschwall aus Ludwigs Mund und Nase quoll und ihren blauen Rock durchnässte. In wenigen Augenblicken würde es mit ihm zu Ende sein – aber noch, noch sah er sie an.

Anna erkannte, dass der Sterbende ihr etwas sagen wollte, wenn auch seine blaugrauen Augen bereits begannen, sich einzutrüben. Ohne sich darum zu scheren, dass das blasig aus seinem Mund sprudelnde Blut ihr weißes Brusttuch befleckte, beugte sie sich tief über ihn, um seine letzten Worte zu verstehen. Kein Leichtes bei dem irrsinnigen Tumult, der auf der Brücke losgebrochen war: Die aufgebrachte Menge schien den Attentäter an Ort und Stelle in Stücke hauen zu wollen.

Zwei, drei entsetzlich gequälte Todesschreie noch stieß der Mörder aus; ein Aufschrei in einer unbekannten Sprache, der Anna allerdings wie die Anrufung eines höheren Wesens dünkte. Dergleichen hatte sie einst als junge Frau in Palermo von dort ansässigen Muselmanen vernommen ...

Der Herzog vermochte nur noch ganz leise zu flüstern, während der Saft des Lebens ihm aus dem Munde rann: »Annele, Liebste, erinnerst du dich noch an unser Geheimnis?« Es klang, als sei ihm bange vor ihrer Antwort. Immerhin war seit Jahrzehnten nicht mehr die Rede davon gewesen ...

»Aber ja, mein liebster Herr«, erwiderte sie mit beruhigender Stimme. »Wie könnte ich das je vergessen?«

Der mit dem Tode ringende Herzog hob schwach die rechte Hand, woraufhin Anna sie fest umschloss, während sie den Sterbenden mit dem anderen Arm im Rücken stützte. »Habt keine Angst, ich bleibe bei Euch, Ludwig. Bis zum Ende.«

Des Herzogs Blick wurde sichtlich ruhiger und etwas klarer. Dann umwölkte sich seine totenbleiche Stirn, und blankes Grauen sprach aus seinen Augen. »Du lässt *ihn* aber nicht frei, nicht wahr? Niemals? Schwör's mir, Annele!«

»Oh, nein, niemals lass ich *ihn* frei! Ich versprech es Euch bei meiner ewigen Seligkeit, lieber Herr. *Er wird*

Euch nichts anhaben können auf Eurer letzten Reise ins Paradies – dafür sorge ich. Mögen der Herrgott und die heilige Jungfrau Euch beschützen, Liebster, und auch alle Heiligen des Himmels!«

»Amen«, hauchte der Herzog; dann entspannten sich seine Gesichtszüge.

Während Anna seine Hand hielt, war Ludwig I., der zweite Wittelsbacher auf Bayerns Herzogsthron, dahingegangen.

Die »Magd des Herzogs« war es auch, die dem Toten sanft die Augen schloss – im selben Augenblick, als die blindwütigen Rächer der ruchlosen Tat endlich von ihrem zerschlagenen und durchbohrten Opfer abließen. In bestialischem Rachesinn zugerichtet, lag der Fremde in einer riesigen Blutlache – nur wenige Schritte vom Herzog entfernt.

Aufs Grausamste hatte der Volkszorn gewütet. Verständlich nach der Rechtsauffassung der Zeit; das fand auch Anna – obwohl sich ihr beim Anblick der blutüberströmten Überreste des Attentäters beinah der Magen umdrehte.

Aber klug war es nicht: Jetzt würde man nie mehr erfahren, wer der Täter – und wichtiger noch, wer dessen *Auftraggeber* gewesen war …

Natürlich kam bald das Gerede auf, das Ganze sei ein infamer und grausamer Racheakt des auf Sizilien residierenden Kaisers gewesen. Nicht nur hinter vorgehaltener Hand verbreitete sich das Gerücht, Friedrich II. habe aus Zorn über Ludwigs Treulosigkeit einen Attentäter nach Kelheim entsandt, mit dem Auftrag, den Herzog zu ermorden. In Bayern glaubte das schließlich die Mehrheit der Bevölkerung; in Kelheim selbst vertrat sogar jeder Einzelne diese Ansicht.

»War der Mörder nicht so ein exotischer Kerl?«, wurde Anna von vielen gefragt. Man wusste schließlich, dass im Libanon »der Alte vom Berge« lebte, das Oberhaupt der ihm treu ergebenen »Assassinen« oder »der Entrückten«, wie man die regelmäßig Haschisch Rauchenden auch nannte. Dieser geheimnisvolle Herrscher war überdies mit dem deutschen Kaiser gut befreundet!

So konnte es durchaus gewesen sein: Als Friedrich sich bei ihm über den Bayernherzog beklagte, so erzählte man, habe dieser geheimnisvolle »Alte« einen seiner Anhänger auf die lange Reise vom Orient nach Kelheim geschickt, um den Verrat, der von Ludwig kürzlich an seinem kaiserlichen Freund begangen worden war, zu rächen.

Das flüsterte man einander zu, und bald wurde aus bloßer Vermutung felsenfeste Gewissheit. Möglicherweise wusste der Meuchelmörder gar nicht, dass Kaiser und Herzog sich einander längst wieder angenähert hatten …

Was die Zeitgenossen – die Kelheimer am allerwenigsten – nicht verstanden, war die Absonderlichkeit, dass ein Attentäter nach einem tödlichen Anschlag nicht wenigstens den Versuch einer Flucht unternahm, sondern sich stoisch der Rache der Anhänger des Gemeuchelten ergab. Zwar mochte ja alles auf reiner Spekulation beruhen, aber Tatsache war, dass die Assassinen für politische Mordtaten stets einen Dolch als Tatwaffe benutzten, sich selbst als gottgefällige Märtyrer einschätzten und ihren eigenen Tod billigend in Kauf nahmen. Nach Aussehen und Machart entsprach auch die beim Mord an Herzog Ludwig zum Einsatz gekommene Waffe einem Sarazenendolch.

Dennoch: Unbeweisbare Gerüchte über den Kaiser in die Welt zu setzen und zu verbreiten, erschien politisch höchst unklug und vor allem gefährlich. Obwohl selbst Ludwigs Sohn Otto, der aus seiner Residenz im Heidelberger Schloss sofort nach Kelheim eilte, an diese Version glaubte, wonach Kaiser Friedrich als Drahtzieher der Bluttat galt, breitete dieser auffallend schnell den Mantel des Schweigens über die Tragödie: Offiziell deklarierte man den Meuchelmord als die unbegreifliche Wahnsinnstat eines geisteskranken Ausländers.

Um mit den nach wie vor aufgebrachten Leuten nicht mehr darüber sprechen zu müssen, vergrub Anna sich in den folgenden Wochen weitgehend mit Rachel in ihrem Haus. Sie hatte genug an ihrem Schmerz zu tragen, und nur die jüdische Freundin vermochte sie ein klein wenig zu trösten.

Trauer und Wehklagen herrschten nicht nur in Kelheim, dem Geburtsort des Ermordeten, den die Bewohner jetzt nur noch »Ludwig den Kelheimer« nannten, sondern im gesamten Bayernlande. Es schien, als läge ein schwarzer Trauerflor über dem ganzen Herzogtum, der jede nach dem erst kürzlich beendeten schrecklichen Krieg zaghaft aufgeglommene Freude und Lebenslust seiner Bewohner vollends erstickte.

Der herbeigeeilte Herzog Otto II. verlegte als Erstes diesen »verfluchten« Zugang zur Burg; das Donautor ließ er sogar zumauern, die betreffende Brücke, auf der der Mord geschah, abreißen und an anderer Stelle neu errichten.

»Das Tor lasse ich zu einer Gedächtniskapelle für meinen toten Vater umgestalten«, kündigte er an. Die Baumaßnahmen erfolgten umgehend, und die Bürger Kelheims nannten das Gebäude nach ihrem Stifter bald »Otto-Kapelle«. Dazu gründete der neue Bayernherzog, gegen dessen Ernennung sich keine einzige Gegenstimme erhob, ein Kloster samt Spital. Beides wurde als Priorat dem Schottenkloster Sankt Jakob in Regensburg unterstellt.

Als bekannt wurde, dass Herzog Otto nicht Kelheim, sondern ebenfalls Landshut zu seiner Residenzstadt wählte, jene Stadt, die sein Vater ab 1204 samt der oberhalb liegenden Burg Trausnitz ausgebaut hatte, bedauerten dies die Kelheimer aufrichtig. Insgeheim hatten sich viele der Hoffnung hingegeben, der Nachfolger werde die Entscheidung seines Vorgängers rückgängig machen … Gleichwohl zeigen die Bürger Verständnis dafür, dass dem Sohn ihre Stadt verleidet war.

»Auf unserem schönen Kelheim liegt ein Fluch«, sagten sie ganz ernsthaft, und die reichen Bürger und Kaufleute ließen Seelenmessen für den gemeuchelten Herzog lesen.

Da sie Kajetan bei ihrer jüdischen Freundin in guten Händen wusste, brach Anna nach einiger Zeit zum schwersten Gang ihres bisherigen Lebens auf; sie suchte in Landshut Herzogin Ludmilla, die Witwe Ludwigs des Kelheimers, auf. Die beiden waren sich ja seit langer Zeit sehr zugetan, und Anna graute vor der Zusammenkunft; wusste sie doch nicht, wie sie der böhmischen Adligen Trost spenden sollte, da sie doch selbst nicht über Ludwigs Tod hinwegzukommen vermochte …

Die zwei so ungleichen Frauen – die eine vornehme Adelsdame aus altem böhmischem Přemysliden-Geschlecht und Herzogin, die andere ein armes Waisenkind und Eheweib eines bürgerlichen Chronisten – lagen sich weinend in den Armen. Beide hatten den Toten von ganzem Herzen geliebt und nun einen entsetzlichen Verlust erlitten – noch dazu auf so grauenvolle Weise!

»Ich werde vor der Stadt Landshut ein Kloster gründen, es *Seligenthal* nennen und Zisterzienserinnen aus Schlesien herbeordern, liebe Anna«, verkündete die Herzoginwitwe, nachdem sie sich einigermaßen gefasst hatte. »Dann kann ich mich in meinen letzten Lebensjahren

431

dorthin zurückziehen. Das hat zudem den Vorteil, dass es mir möglich sein wird, in der Nähe meines geliebten Sohnes Otto und seiner Familie zu leben.«

Einerseits freute sich Anna natürlich aufrichtig für die trauernde Witwe, andererseits vergrößerte Ludmillas Ankündigung ihre eigene Trauer noch ein wenig mehr, würde sie doch mit der edlen Frau wiederum einen Menschen verlieren, an dem ihr Herz seit Jahren gehangen hatte.

Kajetan war mittlerweile schon sehr alt und überdies schwer krank und schwach; leider war ihnen beiden nur eine einzige Tochter geschenkt worden. Stephania lebte fern von ihrer Familie in einer ganz eigenen Welt als »Braut Christi« in einem Kloster. Ob Rachel auf Dauer bei Anna bleiben würde, musste sich erst noch zeigen – Anna glaubte nicht recht daran.

Sehr einsam wird es werden um mich, dachte Anna zum wiederholten Male, als sie auf dem Rückweg nach Kelheim war. Sie hatte es eilig, nach Hause zu ihrem Mann zu kommen, und trieb die Stute entsprechend vorwärts. Nach einigen vergeblichen Versuchen, eine Unterhaltung zu führen, gab der Knecht, der die Schweigsame zu Pferd begleitete, es auf, sie von ihren düsteren Gedanken ablenken zu wollen.

Anna fühle eine schreckliche Zukunftsangst in sich aufsteigen und war jetzt noch um einiges niedergeschlagener als zu Beginn ihrer Reise nach Landshut. Fortan sollte im Kelheimer Schloss nur ein herzoglicher Pfleger residieren, den sie nicht einmal kannte und mit dem sie nichts zu schaffen hatte. So würde dieser mit so vielen wunderbaren Erinnerungen verbundene Ort ihr künftig verschlossen bleiben.

Frau Anna, die »Magd des Herzogs«, wie man sie in Kelheim seit Jahrzehnten ganz selbstverständlich und respektvoll nannte, lebte fortan äußerst zurückgezogen in ihrem neu errichteten Haus in der Nähe des Marktplatzes. Nur noch selten sah man sie auf Kelheims Gassen; die nötigen Einkäufe tätigte eine neu eingestellte Magd.

Rachel war tatsächlich fortgezogen; eine ältere kränkliche Verwandte aus Köln hatte dringend nach ihr verlangt, und die treue Seele hatte sich gefügt.

Beinah den ganzen Tag über war Anna nun damit beschäftigt, ihren Ehemann zu pflegen und zu umsorgen. Bereits seit Monaten siechte der Greis nur noch dahin.

»Wenn der Herrgott nur endlich ein Einsehen hätt und mich zu sich nehmen wollt!«, jammerte er ein ums andere Mal. »Mir ist das Dasein so verleidet, Anna, dass ich nur noch den einen Wunsch habe: recht bald sterben zu dürfen. Dann seh ich meinen lieben Herrn wieder, den Herzog Ludwig. Wer hätte je gedacht, dass ich armseliger Krüppel meinen Herrn Ludwig dereinst überleben werde?«

Es stimmte wohl, gesund war Kajetan nie gewesen. Geboren mit einem linken Bein, eine gute Handbreit kürzer als das rechte, und schiefem Rückgrat, litt er schon von Kindheit an auch unter einem schwachen Magen, einem Leberleiden und einer schlechten, unregelmäßigen Verdauung. Vor Kurzem hatte ihn außerdem ein Schlagfluss niedergestreckt. Seitdem lag er zermürbt im Bett und wartete nur noch auf den Tod, der ihn aber nicht zu sich holen wollte.

Anna war davon überzeugt, dass der Mord an Ludwig, für den Kajetan jahrzehntelang mit Herz und Verstand als herzoglicher Chronist gewirkt hatte, für die rapide Verschlechterung seines ohnehin labilen Gesundheitszustandes verantwortlich war.

»Ihr dürft Euch nicht selbst aufgeben, lieber Mann«, versuchte sie abzuwiegeln. »Der Herrgott wird Euch mir noch eine Weile erhalten – darum bete ich jeden Tag!«

»Warum tust du das, Anna?« Der Kranke sprach ganz ruhig. »Ich bin dir doch nur eine Last. Eigentlich bin ich das ja immer gewesen, seitdem wir ehelich verbunden sind. Sei ehrlich, Frau: Wenn der Herzog dich seinerzeit nicht dazu gedrängt hätte, wärst du nie mein Weib geworden.«

Was Kajetan, hilflos in seinem Bett, jetzt so betont gelassen aussprach, brachte Anna keineswegs in Verlegenheit; hatte sie ihrem Ehemann doch zu keinem Zeitpunkt die große Liebe vorgegaukelt. »Ich bin ehrlich zu Euch, Kajetan – und bin es immer gewesen. Ihr habt recht, ohne Herzog Ludwigs Eingreifen wären wir beide niemals ein Ehepaar geworden. Aber ich habe diesen Schritt noch keinen Augenblick bereut und tue das auch jetzt nicht. Im Gegenteil! Ich habe Euch und Eure liebenswerte und respektvolle Wesensart im Laufe der Zeit überaus schätzen gelernt.«

Sie schickte sich an, ihm die Kissen aufzuschütteln, damit er im Bett bequemer zu sitzen vermochte. »Ihr seid klug und belesen«, fuhr sie fort, während sie die Bettdecke glatt strich, »und wart Euer Lebtag lang ungeheuer fleißig und pflichtbewusst. Ihr habt Euch nie hinter Euren Gebresten versteckt, sondern habt gewissenhaft Eure Aufgaben erfüllt – und noch einiges mehr darüber hinaus! Herr Ludwig wusste, was er an Euch hatte. Auch ich bewundere Euch aus tiefstem Herzen und … ich mag Euch sehr, Kajetan«, behauptet sie schlicht. »Kein anderer Mann könnte mir angenehmer sein. Also, hört auf, vom baldigen Sterben zu reden! Ich jedenfalls werde alles mir Mögliche tun, um Euch noch so lange wie möglich am Leben zu erhalten.«

Am zufriedenen Gesichtsausdruck des hinfälligen Greises war ersichtlich, wie glücklich ihn ihr Geständnis – das erste dieser Art – machte. Es auszusprechen, hatte sie auch keinerlei Überwindung gekostet: Sie empfand tatsächlich so. Sie war ihm dankbar für alles; vor allem dafür, dass sie ihm Stephania hatte schenken dürfen.

Sie dankte Kajetan innerlich auch für sein Verständnis und seine Diskretion. Niemals hatte er davon gesprochen – selbst jetzt nicht –, dass er natürlich immer schon wusste, wem ihre große Liebe und Leidenschaft in Wahrheit allzeit gegolten hatte … Andererseits konnte er sicher sein, dass zwischen Anna und Ludwig niemals etwas Unziemliches vorgefallen war und es in ihrer Beziehung zu keiner Zeit auch nur das Geringste zum Schämen gegeben hatte. Ihr Gatte konnte sich keine ehrbarere Ehefrau wünschen, und das war ihm bewusst.

Dass Ludwig seit einem halben Jahrhundert den ersten Platz in Annas Herzen eingenommen hatte, das stand auf einem anderen Blatt und ging nur sie etwas an, dachte Kajetan. Er war sogar überzeugt, dass darüber nicht einmal der Herzog zu Lebzeiten so genau Bescheid gewusst hatte …

Nur noch eine einzige Bitte richtete er an seine Frau: »Sei so gut, Anna, und erhöre mich endlich, sag Du zu mir. Ich habe dich schon so oft darum gebeten! Ich bin nicht dein Herr – und du ganz gewiss nicht so etwas wie meine Sklavin!«

Anna versprach es ihm. Sie würde ihrem Mann alles versprechen, verdankte sie ihm doch das Kostbarste, was es in ihrem Leben gegeben hatte – und noch gab: die Möglichkeit, ohne schlechtes Gewissen an denjenigen denken und fortan sein Andenken in ihrem Herzen auf immer bewahren zu dürfen, der sie fast ihr ganzes Leben lang begleitet und den sie über alles geliebt hatte.

Annas Entscheidung

Niemand, am allerwenigsten Anna, hatte damit gerechnet, dass dieses Gespräch mit ihrem Gatten das letzte sein würde, das sie mit ihm führen würde. In derselben Nacht, für sie völlig überraschend, kündigte das Herz des alten Historienschreibers Kajetan Winterhalter seinen Dienst auf. Leise und unauffällig, wie es seinem Naturell entsprach, und ohne Anna aus dem Schlafe zu wecken, machte er sich davon in die Ewigkeit – wohl mit dem Ziel, seinem geliebten und verehrten Herrn, Herzog Ludwig von Wittelsbach, nachzufolgen.

Als Anna am Morgen die verstörende Entdeckung machte, neben dem bereits kalt gewordenen Leichnam ihres Gemahls zu liegen, kam ihr zuerst der Gedanke, ob dieser Tod wohl auch ihr eigenes baldiges Ende auf Erden einläuten werde. »Lieber Gott, jetzt bin ich ganz allein auf der Welt! Was soll aus mir alter Frau werden? Ohne Ehemann und ohne Kinder an meiner Seite – und ohne meinen Ludwig – ist mir nichts mehr geblieben, für das weiterzuleben sich lohnte! Selbst Frau Ludmilla verbringt fern von mir ihren Lebensabend in einem Kloster – genau wie meine Tochter Stephania. Und meine liebe Freundin Rachel opfert sich für eine entfernte Verwandte ihres verstorbenen Mannes in Köln auf …«

Ehe sie ihre Magd Rosalie rief, damit diese ihr behilflich sein konnte, sich um Kajetans Leichnam zu kümmern, wollte sie noch eine Weile allein sein mit ihm – über längst vergangene Ereignisse nachdenken und in Ruhe für die Seele dieses guten Mannes beten.

Mitten in ihren Gedankengängen kam ihr auf einmal zweierlei in den Sinn. Als Erstes würde sie am nächsten Tag die bewusste gefälschte Urkunde, die vor langer Zeit der Abt von Weltenburg von ihr gefordert hatte, an Herzog

Otto übergeben lassen. Sollte der neue Herrscher Bayerns darüber befinden.

Dann war da noch jenes geheimnisvolle Schreiben, vor dessen Inhalt sie einst Oheim Adalbert gewarnt hatte. Wenn nicht jetzt, wann denn dann sollte sie den Inhalt des geheimnisvollen Schriftstücks in Augenschein nehmen? Seufzend erhob sie sich und wandte sich einer bestimmten Truhe zu, wo ganz zuunterst, unter allen möglichen Schriftstücken und Dokumenten, wenigen Originalen und vielen Kopien echter (und falscher!) Urkunden, sich jenes Pergament in einem verschlossenen Umschlag befand, das angeblich für sie und gleichermaßen für die Familie der Wittelsbacher einen höchst brisanten Inhalt aufweisen sollte.

Einigermaßen aufgeregt, denn sogleich sollte ein großes Geheimnis gelüftet werden, zog Anna das Schreiben mit zittrigen Fingern hervor und nahm es mit sich zum Fenster, um dank des Tageslichtes besser sehen zu können. Sie erbrach das Siegel ihres Oheims, entfaltete mit Herzklopfen den Bogen und begann aufmerksam zu lesen …

Bald begannen die Buchstaben vor ihren Augen zu verschwimmen; der gesamte Text schien sich aufzulösen; sie erkannte nur noch sinnlose Aneinanderreihungen von Buchstaben, die sich zu ebenso kryptischen Wörtern zusammenfügten.

Wovon in Gottes Namen war hier die Rede?

Sie machte sich daran, erneut von vorn zu lesen, und studiert den Brief ein weiteres Mal.

Nach einer Weile ließ sie das Schreiben sinken. Gefälscht war es mit Sicherheit nicht. Allzu gut erkannte sie die Schrift ihres Oheims, die sie fast über zwei Jahrzehnte lang jeden Tag zu sehen bekommen hatte. Die typischen Schnörkel, die markanten Ober- und Unterlängen der

Buchstaben, ja, sogar manche nur ihm eigene Formulierungen sprachen für die Autorschaft des gewissenhaften Benediktinermönchs.

»Was, in Jesu Christi Namen, hast du mir hier nur hinterlassen, Oheim?« Diese Frage stellte Anna laut und seufzte schmerzlich auf, nachdem sie das Schreiben noch ein paarmal aufmerksam durchgelesen hatte.

»Ich zöge es bei Gott vor, dieses Geheimnis niemals erfahren zu haben! Aber dazu ist es jetzt zu spät«, flüsterte sie, an den im Bett liegenden Toten gewandt. »Wie mein Oheim gelegentlich zu sagen pflegte: *Die Büchse der Pandora ist geöffnet!* Der Herr steh mir bei, jetzt das Richtige zu tun!«

Natürlich hatte Anna sich beizeiten gewundert, dass Adalbert immer so wortkarg gewesen war, sobald es darum ging, ihr etwas über ihre so früh verstorbene Mutter zu erzählen. Eigenartig »drum herum« geredet hatte der Oheim! Er, der sonst so eloquent gewesen war, war wie die Katze um den heißen Brei herumgeschlichen, sooft sie etwas von ihm über seine jüngere Schwester zu erfahren forderte.

Er wisse nichts Näheres, da sie so viel jünger als er gewesen und er selbst sehr früh ins Kloster gegangen sei, diente ihm als wohlfeile Ausrede. Ja, und Annas Vater habe er angeblich so gut wie gar nicht gekannt.

»Natürlich habe ich ihm geglaubt«, flüstert Anna. »Mein Gott! Nie im Leben hätte ich die Wahrheit über meine tatsächliche Herkunft auch nur andeutungsweise geahnt! Obwohl ich jetzt im Nachhinein sagen muss, dass es durchaus Anzeichen gab, die möglicherweise in eine gewisse Richtung hätten deuten können.«

Da waren etwa die gar nicht so seltenen Bemerkungen von Besuchern des Herzogspaares über Annas auffallende

Ähnlichkeit mit Ludwigs Schwestern Richardis und Heilika, als beide Mädchen noch Kinder gewesen waren …

Erneut warf sie einen Blick auf die friedlich daliegende Leiche ihres Mannes. Kajetan hatte sicher nichts von ihrem Geheimnis gewusst. Wieder seufzte sie auf.

»Hätte, würde, täte, könnte! Was soll's? Auch Grübeleien darüber, ob und was Ludwig gewusst hat, bringen mich nicht weiter – und es spielt auch keine Rolle mehr.«

Jetzt hielt sie zwar die Wahrheit in Händen, wusste jedoch nicht recht, wozu ihr diese noch dienen konnte. Denn eines hatte die einsame Frau auf der Stelle bei sich beschlossen, nachdem sie nun wusste, dass sie die leibliche Halbschwester des verstorbenen Herzogs Ludwig war: Niemals und unter keinen Umständen würde sie jemals von diesem Wissen Gebrauch machen! Komme, was da wolle! Keines anderen Menschen Auge sollte jemals darauf ruhen, das schwor sie beim ewigen Seelenheil ihres toten Gemahls Kajetan!

Im Grunde war die Wahrheit sehr simpel: Herzog Otto I. von Wittelsbach war zeit seines Lebens – trotz aller Liebe zur blutjungen Agnes von Loon – stets ein Verehrer und Liebhaber hübscher Frauen und Mädchen gewesen. Adalberts bildschöner Schwester Veronika war er zufällig auf einem seiner Ritte durchs Bayernland begegnet. Sie hatte dem trotz seines nicht mehr jugendlichen Alters sehr ansehnlichen Mann einen kühlen Trunk gereicht, als dieser bei sommerlicher Gluthitze mit seinen Mannen durch ihr Dorf geritten kam, wo er ursprünglich nur eine kurze Rast hatte einlegen wollen.

Veronika hatte dem dafür sehr empfänglichen Herzog jedoch so gewaltig den Kopf verdreht, dass er intensiv, offenbar mit Erfolg, um sie geworben und seinen Aufenthalt ungewöhnlich lange – über einen Monat nämlich! – ausgedehnt und in dieser Zeit eine uneheliche Tochter gezeugt hatte.

»Mich!«, sagte Anna laut und schüttelte, immer noch etwas ungläubig, den Kopf.

Als klar war, dass die Liebelei mit der Bauerntochter, deren Bruder Mönch im Weltenburger Kloster war, Folgen zeigte, hatte Herzog Otto dafür gesorgt, dass die Geschwängerte an einen Mann verheiratet wurde, der sie ohnehin liebte und den es auch nicht störte, dass seine Liebste einen Adelsspross zur Welt bringen würde. Auch Adalbert und Veronikas Eltern waren eingeweiht worden, nicht jedoch der Abt und die Brüder vom Kloster Weltenburg.

Keine Ahnung hatte auch Frau Agnes gehabt – obwohl ihr gewiss manches Mal ein Verdacht gekommen sein mochte. Anna erinnerte sich jetzt noch gut an so manch prüfende Blicke der Herzogin, die diese ihr heimlich oder auch ganz offen zugeworfen hatte. Erst jetzt begriff sie auch den Grund dafür: Ludwigs Mutter argwöhnte etwas …

Der Herzog, der zu seinem Fehltritt stand, hatte Adalbert, den er an seinen Hof in Kelheim als Beichtvater verpflichtete, zugesichert, finanziell allezeit für sein Bastardkind zu sorgen. Es werde ihm niemals an etwas fehlen, lautete sein Versprechen. Veronikas Ehemann würde das Kind mit Freuden als sein eigenes annehmen. So weit war alles gut – und dennoch war es zur Katastrophe gekommen.

Als Veronika bei Annas Geburt verstarb, nahm sich ihr junger, in sie vernarrter Ehemann, der als Kindsvater vorgesehen war, vor Kummer das Leben. So war Anna kurz nach ihrer Geburt zur Vollwaise geworden.

Wiederum war es Herzog Otto gewesen, der Pater Adalbert die Munt über das kleine Wesen übertragen und überdies dafür gesorgt hatte, dass es an den Herzogshof kam, um zusammen mit seinen legitimen Sprösslingen erzogen zu werden.

Anna hielt sich den Brief noch einmal vor, um ihn ein allerletztes Mal zu lesen.

Nicht einmal Frau Agnes, unsere Herzogin, weiß darüber Bescheid, dass ihre Kinder eine Halbschwester besitzen, die mit ihnen am Hof zu Kelheim lebt! Nur Herzog Otto und ich – und jetzt auch du, meine liebe Nichte! Überlege gut, wofür du irgendwann dein Wissen über deine edle Abstammung verwendest!

Damit endete das Schreiben.

Jetzt war auch klar, woher die ansehnliche Summe ihres Erbes stammte. Insgeheim hatte sie sich immer gewundert, dass eine einfache Bäuerin so viel Vermögen besessen haben konnte, um es der Tochter zu hinterlassen.

Langsam und bedächtig zerriss sie das nach all den Jahren verblichene Schreiben und warf die Fetzen in die Glut des kaum noch knisternden Kaminfeuers. Während die schwach züngelnden Flammen das brüchige Pergament verzehrten, blickte sie auf ihr erfülltes Leben zurück.

Endlich richtete sie sich energisch auf.

»Es war früher eben so – mit sämtlichen Höhen und Tiefen. Und ich genieße jetzt alles in allem ein recht gutes und vor allem friedliches Leben. Obwohl mir die liebsten Menschen fehlen, die ich je hatte, bin ich doch ziemlich sicher, dass mir die Zukunft noch allerhand Erfreuliches bescheren wird. Ja, eigentlich bin ich mir dessen sogar ziemlich gewiss.«

Ganz leise hatte sich Georg, der heldenhafte Fischer, in ihre Gedanken geschlichen. Er wartete schon seit Langem geduldig – überdies ganz in der Nähe – auf sie, wie einer der getreuen Paladine aus den Liedern der fahrenden Sänger. Mit ihm zusammen könnte sie mit Gottes Hilfe noch viele gute Jahre vor sich haben.

»Ich werde die Anna bleiben, die ich immer gewesen bin! Wozu den wunderbaren Ehrentitel ›Magd des Bayernherzogs‹ gegen die eher zweifelhafte Bezeichnung ›uneheliche Halbschwester von Ludwig dem Kelheimer‹ eintauschen?«

Beinah wie um Zustimmung heischend, sah sie hinüber zur Bettstatt. Und in diesem Augenblick war es, als umspielte ein Lächeln der Billigung das bleiche Antlitz des sanft Entschlafenen.

Frohen Mutes erhob sie sich, um Rosalie, ihre ergebene Magd, zu rufen.

Epilog

Die öffentliche Meinung hielt Kaiser Friedrich für den Anstifter des Attentats auf den Herzog, als verspätete Rache für Ludwigs wiederholten Verrat.

Anna erinnerte sich an den »Teufel«, von dem Ludwig kurz vor seinem Tod gesprochen hatte, entnahm ihn dem steinernen »Gefängnis«, in welches Pater Adalbert, ihr Oheim, ihn vor vielen Jahren verbannt hatte, und versenkte das merkwürdige Ding eines Nachts in der Donau.

Niemals mehr sollte das unheimliche Knochengebilde einem Menschen Angst einjagen können.

Nachwort

Im Jahr 1855 wurde in einem Steinbruch in Jachenhausen bei Riedenburg im Altmühltal ein Fossil gefunden, bei dem es sich nicht um einen Flugsaurier, sondern um das Exemplar eines »Urvogels« handelte: einen Archäopteryx. Es gab seitdem in dieser Gegend noch mehrere Funde der urzeitlichen Tiere, die über Zähne, einen langem knöchernen Echsenschwanz und sogar bereits über ein Federkleid verfügten.

In diesem Roman entdecken Kinder die Überbleibsel eines dieser Geschöpfe ein paar Jahrhunderte früher …

Weitere historische Heimatromane

Das Erbe der Radlmeiers

Benedikt Radlmeier ist Parkaufseher im Englischen Garten. Dort begegnet er im
Jahr 1814 Max I. Joseph. Von da an geht es aufwärts. Sein Sohn Ambros verdankt
dem König seine Stellung als Hofkutscher.
Ambros hofft, die Gunst von Charlotte zu gewinnen. Diese träumt jedoch
von einem Leben als Schauspielerin und benötigt dafür einen Mann mit viel Einfluss.

Bibliografische Angaben:
Carl Oskar Renner
Das Erbe der Radlmeiers
464 Seiten

ISBN 978-3-475-54478-1

Die Rosen des Laurin

Tirol im Jahre 1809. Im Land wütet der Volksaufstand gegen Napoleon – die Tiroler wehren sich verzweifelt gegen die aufgezwungene Herrschaft durch die Bayern.
In diesen stürmischen Zeiten erleben drei junge Frauen ihre erste Liebe. Sie werden in den Sog von Krieg und Gewalt hineingerissen, und nur für eine hält das Schicksal einen versöhnlichen Ausgang bereit.

Bibliografische Angaben:
Elisabeth Häntschel
Die Rosen des Laurin
384 Seiten

ISBN 978-3-475-54188-9

Die Niemalsbraut

Karoline, die jüngste Tochter vom Niedermoosbacher-Hof hat es nicht leicht.
Der Vater hat ihrer sterbenden Mutter das Versprechen gegeben, dass die sechs
Töchter der Reihe nach heiraten werden – Johanna als Älteste zuerst, Karoline
als Jüngste zuletzt. Als Johanna in den Bergen verunglückt und weitere Schwestern unter rätselhaften Umständen sterben, richtet sich der Verdacht auf Karoline. War sie tatsächlich bereit, für den Mann den sie liebt über Leichen zu gehen
oder ist sie selbst Opfer eines unheilvollen Spiels?

Bibliografische Angaben:
Angeline Bauer
Die Niemalsbraut
224 Seiten

ISBN 978-3-475-54124-7

**Mehr Informationen zu unserem Verlagsprogramm finden Sie
unter www.rosenheimer.com**